学院的立场　可信的尺度　严格的筛选　切近的点评

2006中国小说

北大选本

曹文轩 邵燕君 主编

北京大学出版社
PEKING UNIVERSITY PRESS

图书在版编目(CIP)数据

2006 中国小说 / 曹文轩,邵燕君主编.—北京:北京大学出版社,2007.1
(北大选本)
ISBN 978-7-301-11579-4

Ⅰ.2… Ⅱ.①曹… ②邵… Ⅲ.①中篇小说—作品集—中国—当代
②短篇小说—作品集—中国—当代 Ⅳ.I247.7

中国版本图书馆 CIP 数据核字(2007)第 013266 号

书　　　　名:	2006 中国小说
著作责任者:	曹文轩　邵燕君　主编
责 任 编 辑:	高秀芹
标 准 书 号:	ISBN 978-7-301-11579-4/I·0891
出 版 发 行:	北京大学出版社
地　　　　址:	北京市海淀区成府路 205 号 100871
网　　　　址:	http://www.pup.cn
电　　　　话:	邮购部 62752015　发行部 62750672　编辑部 62750883
	出版部 62754962
电 子 邮 箱:	pw@pup.pku.edu.cn
印　　刷　者:	三河市欣欣印刷有限公司
经　　销　者:	新华书店
	650 毫米 × 980 毫米　16 开本　26.5 印张　403 千字
	2007 年 1 月第 1 版　2007 年 5 月第 2 次印刷
定　　　　价:	32.00 元

未经许可,不得以任何方式复制或抄袭本书之部分或全部内容。
版权所有,侵权必究　举报电话: 010-62752024
　　　　　　　　　　　　电子邮箱: fd@pup.pku.edu.cn

目 录

2006：从期刊看小说（导言）……………………………邵燕君（1）

中短篇推荐作品

双驴记………………………………………………………王　松（1）
乡土人物……………………………………………………韩少功（36）
家道…………………………………………………………魏　微（47）
父亲讲的故事………………………………………………石舒清（74）
穿堂风………………………………………………………刘庆邦（87）

命案高悬……………………………………………………胡学文（98）
提拉米酥……………………………………………………须一瓜（151）
苏安·梅……………………………………………………严歌苓（169）
携王奎向张亮鸣谢…………………………………………曹　寇（181）
菜地…………………………………………………………王祥夫（203）

蓝铃姑娘……………………………………………………白　桦（220）
单双…………………………………………………………黄咏梅（262）
成人礼………………………………………………………温亚军（291）
流浪者拔营（节选）………………………………………苏伟贞（301）
抬头老婆低头汉……………………………………………冯骥才（311）

争鸣作品

霓虹…………………………………………………………曹征路（328）

推荐作品存目及点评

色拉酱 ………………………………………… 文　珍(377)
物理老师 ……………………………………… 薛忆沩(379)
医院 …………………………………………… 李师江(381)

失败之书 ……………………………………… 李　浩(382)
车厢峡 ………………………………………… 李　冯(384)
蓝宝石戒指 …………………………………… 滕肖澜(387)
云端 …………………………………………… 马晓丽(388)
奸细 …………………………………………… 罗伟章(389)

生死疲劳 ……………………………………… 莫　言(391)
笨花 …………………………………………… 铁　凝(393)
悲悯大地 ……………………………………… 范　稳(395)
丁庄梦 ………………………………………… 阎连科(397)
爱人有罪 ……………………………………… 艾　伟(399)

附录：本书作者简介 …………………………………… (401)

2006：从期刊看小说[①]（导言）

邵燕君

相对于2005年，2006年大概可称为一个文学的"小年"。2005年形成的几个热点仍在继续，但缺乏更有力的推进。长篇仍有不少"名家巨制"推出，但无扛鼎力作；"底层文学"看似继续升温，但不少作家因"题材热"而挤入，功利心强，文学性差，使"底层如何文学"的问题愈发严峻；"80后"的写作在失去了最初的"明星效应"后，开始分化和重组，在"新潮"与"创新"间寻找落点。与此同时，一些勤恳的作家继续着自己的开垦和耕耘，他们或以直面现实的精神开掘"底层经验"，或以执拗的态度进行形式探索，或以平静的心态经营自己的园地；一些并非"新秀"的新人也在寂寞中摸索路径，形成了自己的特色。他们的收获为文学的荒年奉献了果实，为本书的编选提供了令人心安的佳作。

长篇势旺而少力作

继2005年的"长篇热"之后，2006年新年伊始，不少著名作家推出了重头长篇，如莫言的《生死疲劳》（《十月·长篇小说》第1卷）、阎连科的《丁庄梦》（《十月·长篇小说》第1卷）、张洁的《知在》（《收

[①] 因出版时间限制，考察范围截至2006年11月，此后出版期刊的作品，归入下年度考察范围。

获》第1期）、铁凝的《笨花》（《当代》第1期）等。此后，余华终于将其《兄弟》的下半部分两次在《收获》续完（第2期、第3期），严歌苓推出长篇《第九个寡妇》（《当代》第2期），范稳推出了《水乳大地》的续篇《悲悯大地》（《十月·长篇小说》第3卷），艾伟也继《爱人同志》之后推出《爱人有罪》（《长篇小说选刊》第3期）……使长篇创作的"旺势"继续保持。

这些长篇大都以"名家力作"的规格推出，推出之际通常也伴以评论界的"如潮好评"。然而，年底以冷静心态观之，我们看到，这些作品中存在的最普遍问题恰恰是内力不足，即便不以一些作品宣称的"经典"标准要求，只与上年度贾平凹《秦腔》等作品相较，也尚有一段距离。从年度推荐的标准来看，目前进入推荐之列的作品，虽然或整体水准较高，或在某一方面有突出成绩，但也都存在不同程度的问题。并且，这些问题并非某作家、作品所独有，而是显示了当代创作中的某种有代表性的症状，因而，对这些症状的探讨更有意义。

在本年度推出的长篇小说中，莫言的《生死疲劳》可谓先声夺人，被称为"一部向中国古典小说和民间叙事的伟大传统致敬的大书"。小说通过讲述一个"冤死地主"西门闹的六度轮回和一个单干农民蓝脸执拗一生的故事，对中国1950年到2000年的农村历史，对"土地与农民的关系"，进行了不同于以往教科书的"颠覆性重述"。除了具有"颠覆性"的"新历史观"和"六道轮回的东方想象力"之外，小说在叙述上运用了古典小说章回体的形式，并借用了各种动物的目光来观察世界，这些都构成了引人之处。

然而，如果以"大书"的标准来衡量，这部作品最大的"内力不足"之处在于，作家对他所借鉴、使用的精神、文化资源未能深入融会，因而无法使之形成贯穿作品的思想艺术力量。无论对于"新历史观"还是对于"六道轮回"的佛教观念，莫言的理解都嫌简单浮浅。那种所谓具有"颠覆性"的"新历史观"其实是上个世纪80年代知识界的流行观点，至今继续沿用，既无法有效地解释中国农村半个世纪以来错综复杂的历史，更无力面对今天农村出现的新矛盾，而这些新矛盾的复杂性恰是贾平凹的《秦腔》里重点展现的。佛教"六道轮回"的观念也只是在民间最简单的"轮回托生"的意义上被运用,它的实际功能只是搭建小说的结构框架而非精神框架。而这一结构又无法与章回体小说"自成段落"的叙述特质内在相合,结果只是以章回体小说的"回目"对西式小说的"标题"进行简单的置换。如此的"推陈"便难以"出新",那些被致敬的"传统",更像是道具、衣服,甚至标签,使作品虽有史诗的长度,也不乏才华的密度,但在总体上却放弃了难度。

《生死疲劳》相当典型地体现了莫言近年来的创作姿态,对这一姿态的警觉对于当代文学的创作更有借鉴意义。这部小说最让人惊叹之处是莫言的才华依旧横溢。近50万字的长篇一气呵成,开篇即气势磅礴,直至篇末仍笔力不散,尤其是据作家称,如此巨制竟在43天内完成,可再度作为"莫言神话"的证明。在中国当下的作家群体中,才华已经成为越来越缺失的珍贵资源,在"纯文学"面临四面楚歌的当下环境中,才华的保护也越来越艰难;而在商业社会里,才华也可以成为一种特殊的文化消费品。中国那些少数的拥有文学天才的作家,尤其像莫言这样功成名就尚宝刀不老的作家,如何运用自己的才华——是潜心创作足以捍卫长篇这种"伟大文体"尊严的"大书",还是制作可供文化消费的才华表演秀——这直接关系到当代创作的质量。

如果说《生死疲劳》让人感叹"莫言依旧是莫言",《兄弟》则让人叹息"余华不再是余华"。《兄弟》上半部在上年度推出后,虽然也引起不少批评,但余华的印记依稀还在。到了下部,所有"先锋余华"的特征都被涤荡一空,小说顺流而下,一路欢腾。于是,在结构上,我们看到电视剧的"板块";在语言上,我们看到段子的"幽默",在价值倾向上,我们看到对"成功人士"李光头的顶礼膜拜。小说写到这个地步,讨论《兄弟》作品本身的价值已经意义不大,值得讨论的是,"先锋余华"如何丧失了其独特的艺术品质而顺流而下?作为"中国当代最优秀的纯文学作家",余华自诩"十年磨一剑"的"飞跃之作",竟是一部不折不扣的畅销书——这暴露了余华在创作状态和创作能力上存在着怎样致命的问题?这些问题哪些是余华个人的,哪些是"先锋作家"为主体的"纯文学"作家所共有的?这与"先锋文学"的"先天不足"有何必然联系?近几年学术界对于"纯文学"的反思一直持续进行着,余华的《兄弟》正可为深入反思提供个案。

铁凝以往的长篇如《无雨之城》、《大浴女》、《玫瑰门》等，都以写城市生活与女性经验为主，《笨花》是其转型之作。小说以华北平原上的一个名为笨花的小村落为中心，以一种"地方志"的叙述方式，建构普通人视野中的中国故事，发掘历史风云变幻中"日常生活"的意义和"中国凡人"的价值。作家"以小写大"、"以静写动"，精心于历史细部的描绘，这些都构成了这部作品的价值和艺术特色。

不过，这部小说更值得关注的是在"历史重述"的过程中表现出的价值倾向。小说中"中国凡人"的代表向喜"每到关键性选择的时候，不是向前一步，而是退后一步"，但最终却能够保持气节和尊严。铁凝认为，向喜这样的"中国凡人"虽在乱世中如尘土一般，却是最珍贵的尘土，是"这个民族的底色"。（铁凝：《长篇小说创作中的四个问题——从<笨花>说开去》，《长城》2006年第4期）这样的表述很自然让人想起那句流传已久的"张氏名言"："我发现弄文学的人向来注重人生飞扬的一面，而忽视人生安稳的一面。其实，后者正是前者的底子。"（《自己的文章》）然而，张爱玲笔下的人物确实是一些地地道道的小女人，她们几乎游离于历史之外，过着地老天荒的日子。但向喜这样的"中国凡人"却承担着演绎大历史的使命。对其性格中"安稳"一面的着力肯定和对其"飞扬"一面的刻意消解，并不仅仅是对人物的简单化理解，而是体现了一种有意的规避性——对意识形态、对革命的规避，这在近来的"历史重述"作品中，如上年度刘醒龙的《圣天门口》，本年度莫言的《生死疲劳》、严歌苓的《第九个寡妇》等，是一种主导性的价值倾向。然而，这里必须存疑的是，既然20世纪的中国历史确实是革命占主导的历史，今天的"重述"为什么以"去革命化"为总体倾向？回到民间的"日常生活"就能恢复历史的"自然状态"吗？会不会是另一种意识形态的强力投射？在今天"告别革命"、"全民奔小康"的普遍语境下，追求"恒常"，追求"安稳"，岂不正是社会上下一致认同的主导价值观念？这种投射很可能是无意识的，但却是真正一流作家应该警觉、质疑、超越的。

严歌苓的《第九个寡妇》也是一部"历史重述"的小说。它的特点在于，试图借助舒张女性的"自然本性"，来翻转"不自然"的历史——只认人伦亲情、毫无"政治觉悟"的王葡萄在土改时，将被枪决而侥幸未死的"恶霸地主"公爹藏于地窖二十多年，直到"改革开放"才重见天日，由此翻转了《白毛女》"新社会将鬼变成人"的故事，王葡萄以其"浑然不分的仁爱与包容一切的宽厚"守住了人生的"常"。放在"历史重述"的作品系列里，这部作品最大的问题还不在于观念是否太偏执，而在于艺术论证得太无力。整个故事就靠王葡萄"天性生蛮"的"一根筋"性格来推动，无论是故事的发展逻辑还是人物的性格逻辑都缺乏说服力。严歌苓的写作向以尖锐的女性体验和锐利的语言风格著称，她2005年发表在《上海文学》第3期上的中篇《吴川是个黄女孩》，将女性的飘零感和游子的漂泊感融为一体，演绎得荡气回肠，堪称该年度中短篇小说的"压卷之作"。然而，对一段难以把握的历史进行"翻转性"重述，她显然力不从心。

尽管《第九个寡妇》在严歌苓个人的创作和本年度的长篇创作中都未必是最重要的作品，但王葡萄这样的"一根筋"形象却在近来的作品中具有代表性。莫言《生死疲劳》中的蓝脸、余华《兄弟》中的宋凡平也都是一条道走到黑的牛脾气，他们能在一个特殊的年代坚持一种非常的生活方式，完全靠"本能"的支撑。"本能"是固定的、生物性的，它似乎不受社会观念的左右，因此"去意识形态化"最为彻底。但实际上，这样僵硬的傀儡式人物恰是从理念中催生出来的，其纯之又纯的形象和一往直前的姿态很像当年芭蕾舞台上的白毛女和洪常青。这提醒人们，意识形态果然是没有终结的。像当年"革命历史小说"中那种特定的规定性，可以以任何一种新理念的形式在创作中重现。

《知在》也是张洁寻求自我突破的转型之作，老作家将其擅长书写的"逼人之情"抛洒向一个跨越时空的传奇故事，但比起此前的《爱，是不能忘记的》、《无字》等典型"张洁风格"的作品，《知在》对"镂心刻骨"之情的表述更多地停留在一种并不出人意料的"构思"层面上。小说的大多数情节虽然称得上曲折离奇，甚至加上了一些魔幻玄奇的时尚元素，但却少了以往作品里的那种切肤之痛。在张洁的创作历程中，《知在》的转型恐怕难言成功，它提醒人们注意的是：离开了经验性的领域，面对各种流行文化的入侵，作家们如何在保留自己原有创作个性的前提下，引领小说谨慎地"突围"？

多年来致力于滇藏地区文化研究的范稳，继《水乳大地》之后又在本年度推出了《悲悯大地》。这两部"对西藏宗教信仰正面强攻"的长篇，都是直接运用史诗的方式和宗教的生命观，来摹写那个人神不分的世界，颇有魔幻色彩，总体的气势也甚磅礴。在汉民族文化处于价值中空的当下环境中，范稳的写作颇有点"精神借力"的意味。可惜的是，强大的宗教观念未能充分地以文学的方式在人物身上"附体"。"学识性大于文学性"的问题本来在《水乳大地》中即已存在，在《悲悯大地》中愈加明显。

阎连科的《丁庄梦》是中国第一部正面书写艾滋病题材的长篇小说，并堪称力作。小说最见功力处在于，作家没有把对艾滋病的书写局限于艾滋病本身，而是在乡村政治、经济、文化的整体格局中，尤其是在对身处绝境的病人们的权力、利益争夺欲望中，透视这一灾难形成的深层原因，显示出阎连科在创作初期就持有的对"恶"不回避的姿态和批判的力量。而小说的欠缺处也恰在于，作家在对人性恶进行严厉拷问的同时，对于与之抗衡的人性善、人道主义的力量缺乏有力的呈现，这是这部作品不及加缪的《鼠疫》等经典作品之处。特别值得注意的是，这样光明的力量在现实生活中一直存在着(如各种志愿者的救助工作和艾滋病者的自救组织，新闻中已多有报道)。作为一部直面现实的作品，对这部分现实完全回避，不能不说是个重要的残缺，这或许也正反映了作家精神世界的残缺，而这样的残缺，在中国当代作家身上恐怕也是普遍存在的。

艾伟的《爱人有罪》也是一部颇有力度的作品。小说的力量不是来自正面的社会批判，而是发自社会边缘人群的反叛。艾伟继《爱人同志》之后继续在"悖反式"的题目之下，探讨自责与受虐、暴力与性欲等命题，将一对"虐恋"男女爱恨生死的故事从开端一直推进到尽头，保持了其一贯的"既邪且狠"的风格和力度。当下长篇创作之所以普遍存在"内力不足"的问题，主要原因是"宏大叙事"解体后，中国作家整体陷入价值瘫痪的困境，难以找到新的支点支撑"宏大的叙事"。然而，艾伟并不受制于这样的"公共话语",他走的是一条相当陡峻而纯粹的"个人化"写作路数,力量爆发自"内宇宙"。像艾伟这样的作家,在当代文坛是少见的。人们在对"宏大叙事"的习惯期待中,往往会认为这样的作品过于封闭、狭窄,缺乏社会指向。或许迫于这样有形无形的压力,抑或是长篇写作的需要,在《爱人有罪》中,艾伟比较有意识地将那对"虐恋"的男女置于比较广泛的社会关系之中,试图以"异类"的扭曲来呈现"正常社会"的荒诞及其清洗机制的严酷。这样的思路或许可以成就更伟大的作品,但从此篇的效果来看,"社会"的部分显得平庸,未能形成更大的张力,反而松懈了内在的紧致力量。

本年度《收获》、《当代》、《大家》、《钟山》、《作家杂志》、《十月·长篇小说》、《当代·长篇小说选刊》等杂志都推出了不少长篇,但质量普遍不高。其中值得关注的是几位新人的作品,如程琳的《香水》(《当代》第3期)、王华的《傩赐》(《当代》第3期)、姚鄂梅的《白话雾落》(《钟山》第4期)和王松的《蛾的飞翔》(《大家》第4期)等,虽然作品本身都存在局限,但见得出各自的特点和努力。

"底层文学"艰难拓进,"世情小说"暗挑大梁

"底层文学"自2004年兴起,2005年以来形成热潮,本年度基本成为了当代文学最大的主潮。自从上世纪80年代中期文学开始"向内转"以来,这是中国作家首次大规模地面对社会重大问题,应该说是一个十分令人振奋的潮流倾向。然而,随着"底层文学"从一种"冷门叙述"变成一种"热门叙述"的同时,它也开始从一种"异质性叙述"变成为一种"主流性叙述"。一些作家,未必有真诚的"底层关怀",却因"题材热"、"政治正确"挤进来;一些期刊也放弃原有的定位,赶题材的时髦,致使大量质量粗劣的"底层文学"充斥版面。由此造成本年度"底层文学"表面热火朝天、实际泥沙俱下的局面。

目前,"底层文学"存在的最大问题是文学性不足,除了写作技巧的原因外,背后更深层的原因是,从事"底层写作"的作家普遍缺乏深切的"底层"经验,更缺乏有效的思想资源来穿透这些经验,使其得到

有力的表达。这些问题都不是"底层文学"所独有的，而是当代文学创作、尤其是现实主义创作这些年来深层困境的反映。因此，我们今天讨论"底层文学"，不能就"底层"谈"底层"，而是至少要将讨论放在现实主义文学如何在当代继续发展的层面上来进行。换一个角度说，"底层文学"也正是现实主义创作在当下显示意义、展现实力、暴露问题、获取动力的一个重要契机。因此，无论是肯定其成绩，还是检讨其问题，都应该从建设性的角度进行。

本年度，在"底层文学"方面推出最有实绩作品的期刊，仍首推以"直面现实"为宗旨的《当代》。该杂志第4期发表的《命案高悬》（胡学文，中篇）和第5期发表的《霓虹》（曹征路，中篇），在"底层文学"的创作序列里都称得上是最新力作，并且分别在经验的深透性和思想的穿透性方面有所突进，在艺术方面也颇值得考量。

胡学文的《命案高悬》通过对一桩命案的追寻，对当下农民的生存状态和农村基层权力的运行方式进行了深透而又精微的书写。小说最成功之处，是塑造了吴响这样一个"圆形人物"。吴响亦官亦民，既是个爱占女人便宜的"光棍儿"，又是命案真相执著的追寻者。多面的身份和性格，使他能够自然地游走于官民之间，展露双方的对立和"底层"的众生相。最后，人们看到，致使"命案高悬"的原因，不仅是人所共知的官员贪污腐败和草菅人命，也有"底层人"的贪财怕事、麻木不仁等复杂的"民情"。有着深厚基层生活经验的作家胡学文秉承现实主义"写真实"的文学传统，不夸张、不虚矫、不回避，吴响这个"典型人物"深植中国当下农村"典型环境"的泥土中，叙述沉稳、从容又不失内在激越，显示出深切的底层关怀和扎实的写实功力。对于一些急功近利、闭门造车，只顾罗列简单现象、发表空疏道德义愤的"底层"写作者而言，胡学文的《命案高悬》无疑是一个可供参照的样本。

曹征路的新作《霓虹》，可以视为其"底层小说"代表力作《那儿》（《当代》2004年第5期）的姊妹篇。小说由勘察报告、侦查日志、谈话笔录、日记构成，力图以"事实"的方式，呈现沦为妓女的下岗女工倪红梅的悲惨生活及其在绝望中的挣扎与反抗。小说最高潮的部分是倪红梅组织那些身体上遭受摧残、人格上遭受践踏的姐妹们"维权"的斗争，显示了曾为"国家主人"的工人阶级即使沦为"最卑贱的底层"后,仍然蕴含着的群体反抗力量——这是倪红梅不同于以往文学作品中的那些被逼为娼的可怜女性(如老舍《月牙儿》中的女主人公)的特质,在此,曹征路再次鲜明地显示了其左翼文学立场。小说在文学上的成功之处在于,通过对倪红梅等人从绝望到反抗的心理过程的描绘,逼真地再现了群体反抗之所以发生的现实情境——或许这样的情境只在文学作品中存在,作家却建构了相当充足的现实合理性和逻辑必然性,从而使作品具备了理想主义色彩,人物也具有了"高于生活"的"榜样力量",这也正是左翼文学的宗旨要求。不过,相对于《那儿》,《霓虹》在人物形象的塑造上有简单化的倾向,叙述角度也更为单一,细节(特别是倪红梅卖淫生活部分)未能超出人们惯常想象。这些都是左翼文学容易出现的问题,也是我们今天此类创作需要警惕的。《霓虹》在艺术上的尝试主要在于勘察报告、日记等文体的运用,可惜并没有把这些文体的最佳优势充分发挥出来,有的地方还现出人造痕迹——尽管存在这些问题,小说仍瑕不掩瑜,《霓虹》延续了《那儿》的高度和大气,在当下"底层写作"一片廉价的哀号中,更显出鹤立鸡群的刚健骨气。

当前"底层文学"面临的最难解决的问题是思想贫乏,大多数作家,包括创作了优秀作品的作家,基本都是本着朴素的人道主义情怀进行创作,对学术界近十几年来面对国内外变化了的现实而发生的思考、争论(如"自由主义"与"新左派"之争),基本上是避而远之或茫然无知。像曹征路这样自觉地秉承左翼文学传统,并一定程度上吸纳了学术新资源,比较明确地从阶级的角度解读"底层问题"的作家,本来至少应该有一个群体,现在却几乎是独一无二的。"底层文学"要获得深入发展,作家们必须具备相应深度的思考能力,缺乏有效的思想资源支持,就难以获得文学史意义上的推进。

继《大嫂谣》(《人民文学》2005年第11期)之后,罗伟章又推出了典型的"底层题材"小说《变脸》(《人民文学》第3期,中篇)。然而,相对于《大嫂谣》的朴素真切,《变脸》有明显的概念化倾向,人物脸谱化,议论直白急切,文字也愈显粗糙。罗伟章的迅速"变脸"显露出"底层文学"中存在的普遍问题以及一种令人担忧的发展趋向。然而，令人安慰的是，在此后发表的《奸细》(《人民文学》第9期，中篇)中，罗伟章又把双脚落回到实处。《奸细》写的不是"底层问题"，但也是当今社会中一个颇受关注的问题——高考前各中学互挖"尖子生"的"掐尖大战"。小说有"生活"，但已不是其早期创作依赖的那种亲身经历，而是可供作家进行更广泛创作的素材、经验。小说的速度慢了下来，叙述平稳了，文字也细致了，人物的设置和刻画都见匠心，主人公内心的挖掘也颇见深度。至此，罗伟章可以说完成了其从"文学新人"到成熟作家的"成长历程"。如果罗伟章以这样的写作态度和方法写作"底层文学"，相信效果会好得多。这也让人再次看到，现实主义文学不管是不是写"底层"，首先要立足现实；"底层文学"不管多么"政治正确"，必须首先是文学。

本年度发表的"底层文学"中，还有一些作品虽然没有从更高的视点和社会批判立场关注"底层问题"，但作家能"贴着人物、贴着经验写"，让人们看了比较丰富、真切的"底层"画面。马秋芬的《北方船》(《十月》第2期，中篇)从小人物的角度切入，颇有层次地呈现了"北方船"（一个建筑工地名字）这个由民工和城市下岗女工等人构成的"底层世界"，突破了城乡对立的简单模式；张鲁镭的《幸福王阿牛》(《人民文学》第10期，短篇)，写一个善于营造"幸福生活"的民工如何"把自己的工棚小日子打发得有滋有味有汤有水"，虽然这"幸福"有点轻，但充溢着浓郁的生活气息；冉冉的《河边》(《上海文学》第8期，短篇)写一个乡下姑娘在城市打工的遭遇，小说没有刻意写"底层"，却饱含了"底层"女性的痛楚和无助。这些作品写得都比较朴素，有的显得过于平实，但是不唱高调，贴心贴意，倒是适合"底层文学"健康生长的厚实土壤。

尽管"底层文学"是本年度很多期刊主推的重头作品，但因普遍存在文学性不足、可读性不强的问题，往往并未构成一个刊物的实际看点。倒是为普通读者津津乐道的"世情小说"，由于作家体验的真切和心思的缜密、细节见情入微、文字好看，阴错阳差地落了主座。

有心栽花和无心插柳之间的错位，以《人民文学》表现得最为明显。作为"国刊"，发表反映"人民疾苦"的"底层文学"显然更是刊物的职责，然而其屡屡推重的"底层文学"往往失之于陋，而注重人物小心机、讲究叙述小腾挪的"世情小说"却更耐咀嚼，虽然有些"小模小样"，但在技术与内容上最为均衡，质量和数量颇为稳定，在暗中挑起了刊物的"大梁"。这一现象颇耐人寻味，其中一个重要原因是，作为刊物服务对象的"人民"已然分成两类，或者即使是同一类人也具有了两种身份：一是作为"国家主人"的"人民"，一是作为消费主体的"大众"。《人民文学》失之"底层"、收之"世情"，说明后者的力量在今天的文学生产机制中占据绝对主导，即使以"国刊"地位之重，以"底层文学"热浪之高，都难掩其繁盛之势。这种"实力基础"必然影响未来文学的走向。

本年度的《人民文学》中，最能代表这类"小模小样"的"世情小说"风格的作品，当属滕肖澜的《蓝宝石戒指》（《人民文学》第4期，中篇）。小说乍一看并非光彩夺目，却入眉入眼地演绎了两个处境迥然的女人相互之间由慕生妒的对决。它与《煲汤》（畀愚，《人民文学》2004年第7期，中篇）、《紫蔷薇影楼》（乔叶，《人民文学》2004年第11期，中篇）一脉相承，在风格上延续了池莉等人的"新写实小说"的平实、切近，题材上多涉及婚恋关系和女性体验，具有当下性和时尚性，写法上更追求"好看"，成为这几年《人民文学》的"当家主菜"。

中短篇平实中见佳作，新人探索各呈特色

相对于长篇的势旺而少力作，本年度的中短篇质量偏高，像是自家园地精耕细作结出的果实，十分耐读。这样的特征在《收获》中有典型的体现。

《收获》向被认为是中国艺术水准最高的文学期刊，所刊发长篇也被期望代表年度长篇的最高水准。2004年曾因所刊长篇整体大失水准而广受诟病，2005年局面大改，《秦腔》、《后悔录》、《平原》、《额尔古纳河右岸》等重头长篇皆首发于此。本年度，长篇又令人失望。所推名家的作品，张洁的《知在》（第1期）、余华的《兄弟》（第2、3期）都是转型未成功之作，即使在整体不如人意的名家新作中也算质量偏弱

的；张欣的《夜凉如水》（第4期）倒是不失水准，但仍是电视剧脚本式的好看小说；新人作品中，王微的《等待夏天》（第5期）对华人海外生活的展现有新意，可惜文字功夫还需大幅提高；而张惠雯的《迷途》（第3期）漫长而琐碎，无论题材还是技巧，都找不到"上《收获》"的理由。尽管如此，在长篇普遍歉收的大势下，靠几个出色的中篇，《收获》仍算压住了阵脚。

王松的《双驴记》（第2期）专注于叙述，作家一直闷着头讲故事，故事推进的方式虽稍显单一和陈旧，但它在执拗的推进中毫不懈怠，最后作品终于冲出了故事，获得了单纯的力量。魏微的《家道》（第5期）不以情节取胜，在波澜不惊的"家常"中缓慢平淡地推进，在人物内心的曲折幽微处步步为营，时空交错的断续追忆与世态炎凉的轻声感喟叠印成浩荡渺远的烟景，越发显出人生苍凉如梦。李冯的《车厢峡》（第4期）借重述李自成的故事进行纯粹的艺术探索，其旁若无人的劲头让人疑惑上世纪80年代高扬的先锋旗帜尚自飘扬。虽然对小说探索追求所达到的效果如何可以争论，但其"困兽犹斗"的精神在艺术探索备受冷落的今天值得称道。

《上海文学》本年度小说整体质量颇高，除大陆作家作品外，还发表不少海外华人作品，既显出了该刊一贯的"洋派"风格，又体现了面向全球华语创作的开放性。第7期推出的严歌苓的"非洲小说专辑"，据说是作家随大使丈夫远渡非洲之后的潜心之作。小说涉及命运、善恶、文化殖民等主题，出语尖新，刺痛深狠，将之与《第九个寡妇》对比，让人再次感到，对于严歌苓来说，至少是现在，她的长处不在于写长篇、写国家民族的大历史，而在于写中短篇，写小故事，写生活中处于边缘、弱势的人，写女人，写孩子。第9期推出"华语语系文学专号"，其中以苏伟贞的《流浪者拔营》（第9期，长篇节选）和骆以军的《夏日烟云》（第9期，短篇）及《黄金体验》（第9期，短篇）为最佳。与朱天文、朱天心姐妹一样，这几位台湾作家都极重酌词炼字，语多长句，欧化色彩极强，以致晦涩难懂，但其考究到极致的语言追求，值得大陆作家借鉴。

当代大陆作家中，最讲究酌词炼字的当属西北作家石舒清。他的

《父亲讲的故事》(《上海文学》第4期,短篇)在作家惯常的亦诗亦散文的风格中,又加入了西北的方言和腔调,方言是雅化后的方言,白而不俗,新鲜又绝不刁钻,和小说散发的气息完全一致,仿佛"语出天然"。石舒清本年度发表的几个短篇,篇篇均是精打细磨之作。《黄昏》(《十月》第1期,短篇)以苍婉的笔调写黄昏中的寂寞,空寂而优美,自足而强大;《长虫》(《人民文学》第7期,短篇)以舒缓的笔致写紧张的情境,亦能动人心魄。在如今充满浮躁之风的文坛环境里,这样沉得住气的作家越来越少见了。

白桦和冯骥才两位老作家搁笔多年后也在《上海文学》推出新作。《蓝铃姑娘》(第4期,短篇)是白桦所写的边地传奇系列之一,从题材到叙述语调都有梅里美《卡门》的风格,这样纯正的浪漫传奇作品在当代创作中一直是少见的,令人耳目一新。冯骥才的《抬头老婆低头汉》(第4期,短篇),正是他当年名作《高女人和她的矮丈夫》的姐妹篇。两篇情节类似,风格也是外谐内庄,而时隔26年之后,作家在故事背后操纵大局的功夫更游刃有余。

韩少功的《山居笔记》(《钟山》第6期,从中抽取的《乡土人物(四篇)》,发表于《佛山文艺》第6期)继《马桥词典》、《暗示》之后继续进行文化探讨和文本探索。小说有传统笔记小说的风格,又以"长篇散文"形式推出。作家以现代人的目光捕捉乡间奇人异事,对现代性颇多反思,如对农民的"迷信"戏谑中多理解,对"现代"的科学揶揄中多质疑,体现出与"五四"以来的启蒙话语不同的思路和叙事风格。

刘庆邦的作品总是深谙人间情味,《穿堂风》(《人民文学》第4期,短篇)亦是如此,故事凄凉而色调淡暖,将看穿世事的孤寒与宽容体谅的温暖均溶入平静温和的语调中,足见一位实力派作家的本事。王祥夫的《菜地》(《花城》第1期,短篇)也是一篇"人情通透"的小说。小说取材于当下农村中发生的一件小事,事情很一般,但王祥夫讲述得津津有味,处处见出人情练达和叙述的精心。温亚军的《成人礼》(《大家》第2期,短篇)写浓得化不开的夫妻情,作者很好地压住了笔调,在不温不火的叙述中,男人的味道、女人的味道、男女之情的味道浓烈地散发出来。须一瓜的《提拉米酥》(《人民文学》第2期,短篇),颇见人情的微妙，写办公室男女的故事，又不关乎风月，其中的分寸尺度着实难拿。须一瓜的写作一度沉迷于借助新闻报道中凶杀、悬疑案件来结构情节，但总是驾驭不住，往往陷入重复的窠臼，而写这种取材于现实生活的小说倒能驾轻就熟。小说写得既聪明又轻盈，如"提拉米酥"般甜香悦人。马晓丽的《云端》（《十月》第4期，中篇）将"革命女"和"小资女"（两人同名"云端"）的较量置于战争的大背景下，探讨掩藏在革命、正义、进步等名义下女性的压抑与抗争。小说不独构思巧妙，细节也较为丰满。这几篇小说都写得比较"周正"，但意蕴深厚，笔法周严，是圆熟的佳作。

《花城》一如既往地推重艺术创新之作，且不拘一格。本年度几个出色的作品都不"周正"，但富有特色。薛忆沩的《物理老师》（《花城》第3期，短篇）有一股哲学气质，浸透着对时间、对生命的思索，但又毫不概念化，完全由四个人物的生命轨迹彼此缠绕构成。作者用克制的叙述制造了许多细腻的弧度，把许多人世的感叹都化入其中。李师江的《医院》（《花城》第4期，中篇）以王朔式的对话支撑小说的主干——没正经的调侃、没正经地调情，加上一些怪异的情节，却旁敲侧击地完成了一次荒诞的医院之旅，具有当下小说中难得一见的游戏精神和黑色幽默的元素。曹寇的《携王奎向张亮鸣谢》（《花城》第5期，短篇）透过一个滥套的故事，将小说的重心悄然建立在对人物复杂关系的营建上，叙述切入的角度和人物塑造的方式都耐人寻味。

《山花》依旧是"新锐"探索的"大本营"，《作家》和《天涯》也以发表新锐文本、扶植新锐作家为特色，本年度《西湖》更是设立了"本期新锐"栏目，推举了多位崭露头角的新作家。纵观这几份杂志全年发表的小说，"新锐作家"水平参差不齐，尤其在先锋文学形式试验方面不尽人意，或锐气不足、放不开手脚，或剑走偏锋、落入了异境。然而，在先锋运动退潮、创新精神低靡、平庸之作充斥、"好看"原则优先的整体大势下，这几个"小杂志"坚持为"纯文学"保存火种，培育新人，实在难能可贵。

本年度，有几位新锐作家的作品颇具特色，值得关注。黄咏梅的《单双》（《钟山》第1期，中篇）继续描写边缘人的偏执心境，以生命作赌注的李小多，和作家上年度发表的《负一层》(《钟山》2005年第4期)中的智障女阿甘一样，也是一个非正常的人物。黄咏梅在处理这样的人物的时候，似乎总是能深入人物的灵魂。小说写得极有张力，冷峻的笔调贯彻始终。李浩的《失败之书》(《山花》2006年第1期，中篇)以哥哥这个"坚硬的失败者的形象"为核心展开故事，以类似雕塑的写法刻画他的不同侧面。作品主题之陡峻，人物形象之凌厉，在近年来的文学作品中较为少见。文珍的《色拉酱》(《山花》2006年第1期，短篇)有着令人讶异的新异品质。小说以追忆的口吻叙述了两个女孩之间微妙的感情经历，但绝不混同于以奇异情节取胜的小说。作品很短，然细节丰盈，文字空灵犀异，近于诗歌之美。

这些作品的写作显然建立在作家深切个人经验的基础上，呈现出鲜明的个人风格。这样的创新未必能形成什么潮流阵势，却如一株株扎实开放的小花，体现着对"纯文学"的执拗追求，纵观起来便呈现出小说的多种姿态。

纵观2006年的文学创作，具体的收获或许并不甚丰，暴露的问题却值得思考。当代创作如何获得思想动力、创新动力和经验基础？作家的社会责任感和文学追求之间如何协调？"纯文学"如何拓宽概念，在"好看小说"的包围中获得旺盛的生机？新人培养机制如何能与当代文学机制更有效地对接？这些问题都不新鲜，但要寻找切实的路径必须从具体的困境出发。以长远观之，正视困境，发现路径当是更重要的收获。

本选本由"北京大学当代最新小说点评论坛"编选。编选者在通读十余种主流文学期刊并参考多种选刊的基础上，经过反复研讨比较，筛选出优秀之作。在每个推荐作品之后都附有点评文字，陈明推荐理由，分析艺术得失。其中，《霓虹》因争议较大，且论争问题涉及文学重要原则，对当下创作影响较大，特设"争鸣"栏目辑出，以期引起关注。编选者希望通过扎实的工作，为读者提供一个可信赖的选本，为文学史提供一份可供参考的史料。

双驴记

王 松

直到若干年后，马杰才告诉我，他终于真正了解了驴这种畜生。他是在大学里学到这些知识的。他读的是农学院。这让我很不理解。我和马杰同是1977年参加高考，而且在同一考点的同一考场。但后来，我去师范大学数学系报到时才听说，他竟然考去了农学院的牧医系。说牧医好听一些，其实就是兽医。那时电话还不普及，农学院又在市郊，交通很闭塞，所以直到上大三时我才给他写了一封信。我在信中对他选择这种专业表示不解。那时还是计划经济，大学里包分配，这个说法今天的大学生未必能懂，也就是毕业后学校负责分配工作，因此一旦学了什么专业也就如同嫁人，注定一辈子要从事这种工作。我在信中对他说，农学院，又是牧医系，将来的去向可想而知，大城市里的骨科医院或妇产科医院自然不能为牲畜治病，难道你去农村插队几年，在那种地方还没有呆够吗？我又在信上说，你对哺乳类动物感兴趣不一定非要学兽医，人也是哺乳动物，你完全可以去读医学院。当时我想，我在信中的言辞可能过激了一些，而且事已至今，再说这些话也没什么意义，当然，马杰也未必会以为然。马杰一向是个很自信的人，无论什么事都有自己的主见。几天以后的一个上午，我刚下课，系办公室的老师来叫我，说有我的电话。我立刻猜到了，应该是马杰，别人找我不会把电话打到系里去。果然是他。他的情绪听上去很好，说话还是那样不紧不慢。我在心里想象着，他这时大概正穿着一件肮脏的白大褂或扎着一条黑皮围裙，刚摆弄完一只什么动物。我似乎已经闻到，从电话的那一端传来一股腥臊气味。果然,他告诉我,他是在解剖教室打来的电话,他们刚刚解剖了一头驴。你能想到吗,这是一头成年雄性亚洲驴,而且还是活体。他并没有提那封信的事,听上去似乎颇为得意。他说,看来我过去真没猜错,驴确实是一种不可思议的动物,从解剖学的意义讲,它还是马的一个亚种呢。他说话的口气已明显跟过去大不一样,似乎有了些学院派的味道。接着,他又说,马的学名叫 Equus caballus,而驴的学名则叫 Equus asnus,由此可见,它们应该同属哺乳纲,但后者却是马科马属,驴亚属。马杰这样说着,似乎在电话里笑了一下,当然,如果在野生环境里,驴这个亚属应该更适于生存,因为它们的耐力和生命力都要优于马,比如寿命,马是30年,驴却可以40年甚至更长。而且,他又意味深长地说,它们的智商也的确很高,比你想象的还要高。

我忽然有些伤感。我终于明白了,马杰对过去的事还一直耿耿于怀。

其实我对驴也并不陌生。早在农村插队时,我就知道,驴作为牲畜是分为两种的,一种草驴,另一种则是叫驴,其中草驴是雌性,而叫驴泛指雄性。当然,这些也都是马杰讲给我的。我和马杰插队并不在一个村。他在北高村,我在南高村。那时他经常去公社粮站拉草料,每次路过我们村都要来集体户里坐一坐。他还告诉我,驴的后代也分为两种,一种是驴,另一种就是骡子。骡子自己是不能生育的,要由驴和马来交配。当然,马也分两种,儿马和骒马,前者雄而后者雌。叫驴与骒马配出的是驴骡子,草驴与儿马配出的则是马骡子。由此可见,马杰说,牲畜之间所形成的关系链与人相似,也是以雄性为主,应该属于父系社会。那时我就搞不懂,马杰也生长在城市,他的这些知识究竟是从哪里来的?

后来因为一件事,竟然连北高村的当地人对他也很服气。

这件事很奇怪,至今想起来仍然令人感到不可思议。当时北高村有一个绰号叫大茄子的女人,由于下体溃烂病死了。据说这女人很放荡,性欲也很旺盛,丈夫死后经常跟村里的男人胡搞,很可能因此才得了这样一种脏病。大茄子的死并没有什么奇怪,奇怪的是她的女儿。她的女儿叫彩凤。彩凤去墓地埋葬了她母亲大茄子，一回来突然就精神失常了。她的这种精神失常极为罕见，虽然神志不清，语言混乱，但说话的口气和腔调却似乎都已不是她自己，而是酷似她的母亲大茄子，一个二十来岁的姑娘竟能说出一些不堪入耳的话来。村里人立刻感到很惊骇，认为她是被大茄子的鬼魂附了体。后来有人说，彩凤很可能是得了壮科。所谓壮科，在中医讲也就是癔病。但当地人对这种病症却有另外一种解释，认为是被一种叫黄鼬的野物迷住了。据当时一起去墓地的人回忆，彩凤在回来的路上曾去过田边一间废弃的土屋里小解，如果她真的是被黄鼬迷住，应该就在那里。

但尽管大家这样猜测，却并没有人敢去看一看。

马杰听说此事，当即就去了村外的那间土屋。

那间田边的土屋曾是用来浇水的泵房，由于闲置多年早已没有门窗，屋顶和坯墙也都已破败不堪。马杰走进来仔细搜寻了一阵，果然就在墙角的一堆干草里发现了一窝吱吱乱叫的黄鼬。这窝黄鼬还很小，刚长出茸茸的皮毛，看上去就像一堆黄色的棉花球。它们的父母大概是听到动静逃走了或出去觅食还没有回来。马杰蹲下看了一阵，就去端来一杯水，又在水里滴了一些地瓜烧酒，然后喷到这些小黄鼬的身上。当时村里人都感到疑惑，不知马杰这是在干什么。但是当天夜里，人们就都明白了。在那天深夜，两只大黄鼬悄悄地潜回来。它们突然闻到小黄鼬的身上有了一种奇怪的异味，就满腹狐疑地不敢再去接近，只是围着这些嗷嗷待哺的幼仔来回转着不停地叫。就这样，那窝小黄鼬和两只大黄鼬高一声低一声地整整叫了一夜。第二天一早，村里的大队书记就来找马杰。北高村的大队书记姓胡，因为长了一脸络腮胡须，都叫他胡子书记。胡子书记在这个早晨闯进知青集体户，问马杰究竟对那些黄鼬干了什么，说再让它们这样叫下去恐怕村里还要出事。马杰听了并没有说话，立刻又来到那间土屋。他先用铁锹将那窝小黄鼬铲出来，然后浇上柴油，划一根火柴就点燃起来。当时的情形可想而知。黄鼬这种动物的皮毛里积存着很多油脂，被火一烧就呲呲地冒出来，这些小黄鼬立刻被烧得一边惨叫着一边乱爬，如此一来桔黄色的火焰也就越烧越旺。正在这时，突然又发生了一件更令人意想不到的事情。就在那些小黄鼬在火里吱吱惨叫时，突然从田野深处窜来两团黄乎乎的东西，还没等人们反应过来，它们就以快得难以想象的速度钻进火里。火堆的上空立刻腾起两团冒着黑烟的火星。直到这时，人们也才看清楚，竟然是那两只大黄鼬。它们显然想从火里将那些小黄鼬叼出来，但此时的小黄鼬虽然还在吱吱惨叫，身上却都已喷出耀眼的火苗，大黄鼬刚叼到嘴里这团火苗就散落开，变成一摊黏稠的油脂流淌到地上。这时两只大黄鼬的身上也都已着起火来，这火一边燃烧着还发出一种奇怪的声响。接着，它们很快就在火里安静下来。它们先是将身体紧紧靠在一起，然后揽过那几只小黄鼬用力掩在自己的身下，就这样趴在火里不动了。这堆大火足足烧了有一支烟的时间。因为当时胡子书记点燃一支烟，却没有顾上去吸，就那样愣愣地举着，直到他发觉烧了手，这堆大火才渐渐熄灭下去。也就在这个上午，人们发现，彩凤的神志也清醒过来。

其实马杰初到北高村时并不起眼。包括胡子书记在内，村里人都以为他只是个很普通的知青。但是，这件事以后，人们立刻对他刮目相看了。胡子书记曾经很认真地问过他，为什么一开始没有去烧那窝小黄鼬，而只是往它们的身上喷酒。马杰说，他原本也不想烧它们，他之所以这样喷酒，就是想改变一下它们身上的气味。马杰说动物之间都是靠气味交流的，大黄鼬发现它们身上的气味变了，也就不肯再去接近，如此一来它们也就会自己慢慢饿死。但是，他说，他后来发现这种办法不行，倘若让它们一直这样叫下去很可能召来更多的同类，而那就会给村里带来更大的麻烦。所以，他说，他用火烧也是迫不得已。胡子书记直到这时也才发现，马杰在这方面竟然有着特殊的才能。于是当即决定，将他调去村里的牲口棚。

马杰就从这时开始，才真正接触到了驴这种动物。

那时北高村的大牲畜除去马和骡子，只有两头驴，一头叫黑六，另一头叫黑七。马杰觉得这名字有些奇怪，就问胡子书记，黑六黑七是怎么回事。胡子书记告诉他，因为这两头驴的家庭出身都不好，往上追溯几代，它们的曾曾祖父曾是村里大地主高久财家豢养的，整天吃香喝辣，住的牲口棚里都砌了火墙，比咱贫下中农可舒坦多了。胡子书记说，据当年亲眼见过的人说，那是一头白嘴唇大鼻翅的板凳驴，长耳朵长脸小短腿，专门让高久财的小老婆骑着回娘家的，每次都是红樱铜铃紫缎鞍垫，走在街上很是气派。胡子书记忽然嘿嘿一笑，又说，这种驴自然不能算咱无产阶级，该划入"黑五类"，可"黑五类"是"地、富、反、坏、右"，没有驴，村里就给它排个第六，这一头叫黑六，那一头是它兄弟，就叫黑七。

马杰觉得有趣，从此就很注意这头黑六。

马杰很快发现，黑六和黑七的待遇并不一样。黑六虽然出身不好，却被分槽喂养，每天要吃精草细料，而且从不拉车，更不下田参加劳动。当然，黑六也有得天独厚的生理条件。马杰注意到，它竟然有着一根极为罕见的阳具。它的这根阳具硕大无比，尤其尿尿时，几乎可以垂落到地上。因此它唯一的工作也就是配种，专职为生产队里繁殖后代。据说也曾有贫下中农提出过质疑，说黑六毕竟是这样一种家庭出身，总让它繁殖后代，生产队的牲畜血统是否会受到影响。但黑六的品种也确实很好，它生出的后代从身形到骨架都很匀称，而且有着很强的体力和耐力，不仅可以拉车，也适合田间的各种劳作。但是，马杰对此却有着自己的看法。马杰认为，黑六不能只管配种。驴的发情周期每年只有一次，而每次的时间也并不是很长，如此一来，它不发情时也就无事可干。马杰认为这不仅不合理，也是一种资源浪费，生产队里总不能整天用好草好料供养着这样一条骄奢淫逸只会交配的寄生虫。

于是，他当即决定，要让这个黑六参加一些力所能及的体力劳动。

马杰第一次是让黑六驾辕，准备去麦场拉一些干草。

一天下午，马杰特意从场上找来一辆很小的木板车。这种车其实是人畜两用，所以装载量很小，拉起来也并不费力。但在这个下午，黑六一被套上绳索立刻就警觉起来。它显然从没受过这样的待遇。当它明白了马杰是要让它驾辕拉车，立刻就像受了侮辱似的一边乱踢乱咬一边呜啊呜啊地拼命狂叫。马杰却不管这一套，不由分说就给它勒上了嚼子，然后用力向后拽着将它塞进车辕搭上扣襻套起来。但是，就在他转身去拿鞭子时，黑六突然将身体往后一蹲，又猛地向前一窜就拉着这辆空车朝街上狂奔而去。马杰顿时慌了手脚，连忙上前追赶，一边还在它的后面狠狠甩出一个响鞭。马杰的这根鞭子与众不同。一般车把式的鞭子都很柔韧，鞭杆用几根竹枝拧结而成，鞭绳也是细而短，这样甩起响鞭不仅省力，也便于使用，更重要的是这种响鞭只具有威慑力，打到牲畜的身上却并不疼。马杰的鞭子则是向村里的拖拉机手要来几根机器上的废三角带，用上面拆下的胶皮绳编织而成，而且上粗下细，足足有八尺多长，木柄则是一截粗短的镰刀把，这样掂在手里就像是一根凶悍的霸王鞭，甩起来也震耳欲聋，几乎让所有的牲畜听了都心惊胆战。但这一次，黑六却对马杰的鞭声充耳不闻。它就那样拉着一辆空木板车叮叮哐哐地朝街里绝尘而去。那辆木板车原本只是用一些木条和竹片拼接而成，并不结实，被黑六这样拖着一跑很快就甩掉了两个轱辘。但黑六仍不肯停下来，还一边尥着蹶子拖着车架子在坑洼不平的街上狂奔。车架子很快就被颠得面目全非，街上到处是散落的木板和竹片，待胡子书记和生产大队长发现时，黑六身后拖的就只剩了两根光秃秃的车辕。北高村的生产大队长是一个很健壮的女人，姓高，叫高大莲，村里人都叫她大莲队长。据说这个大莲队长曾经担任过全公社的妇女突击队长，在农业学大寨大搞水力建设的工程中干出过许多成绩，因此很有些名气。在这个下午，胡子书记和大莲队长刚从外面开会回来，迎面正好看到从街上狂奔而来的黑六。大莲队长走上前去，吆喝一声就将黑六拦住了。这时马杰也拎着鞭子气喘吁吁地从后面赶过来。胡子书记看看黑六，又看了看马杰，皱起眉问，这是怎么回事？马杰并不回答，扑过来就抽了黑六一鞭子。黑六立刻疼得哆嗦了一下。大莲队长已经看明白了，于是对马杰说，你不该让它拉车，它的工作比拉车更重要。黑六似乎听懂了大莲队长的话，连忙将头扎进大莲队长的怀里，像是受了很大的委屈。胡子书记伸手拍了一下黑六，也说，我们对有"黑五类"成分的人还要给出路，让人家改造自己重新做人，更不要说黑六，它毕竟还是一头牲口！事后马杰对我说，当时他简直不敢相信，这头叫黑六的畜生竟然如此虚伪，甚至比人还要阴险。它听了胡子书记和大莲队长的话先是在他们面前温顺地垂下头，接着就又开始哆嗦起来，似乎是由于刚刚挨了鞭子疼痛难忍，后来这哆嗦竟还渐渐地变成了抽搐，好像痛苦得随时都要瘫倒下去。直到胡子书记当即宣布，扣掉马杰这一天的工分，并让他用软毛刷子为黑六刷洗一遍全身，它才好像好了一些。

在这个下午，马杰没再说话就将黑六牵回牲口棚。但是，他刚按大莲队长的要求为它拌好一槽精细的草料，再回头看时，却发现黑六早已若无其事，正一边打着响鼻跟邻槽的一匹枣红骡马摇着尾巴调情。马杰盯住它看了一阵，慢慢放下搅料棍，转身又拎起了自己的鞭子。这时黑六也已注意到了。它立刻丢下那匹骡马，两眼一眨一眨地看着马杰。马杰冲它冷笑一声说，你不用看，大莲队长不是让我给你刷毛吗，我现在就给你刷。他一边说着将鞭子在头顶用力甩了一下，鞭绳立刻在空中扭出一个很好看的花结，然后悄无声息地落下来。马杰的鞭技一向很精湛。我曾经亲眼见过，他竟然可以一鞭就将一只落在树上的麻雀抽下来。他得意地告诉我，北高村的牲畜都很怕他，他的鞭子不仅很疼，而且可以不留任何痕迹。一般的车把式用鞭子抽打牲畜都会有一条一条的鞭印，那是因为将鞭绳整个落下去，他则不然，他只用鞭绳的末梢，这样落到牲畜身上就只是一个点，而且想抽哪里就抽哪里。其实马杰抽打别的牲畜时，黑六一定亲眼见过，因此也就应该深知这根鞭子的厉害。但是这时，它看着马杰，脸上的表情却忽然轻松下来。马杰起初有些不解，但接着就明白了，黑六是有恃无恐。刚才胡子书记和大莲队长让他用软毛刷子为它刷毛，过一会就肯定要来检查，而倘若他用鞭子抽了它，即使痕迹不明显他们也能一眼就看出来。所以，黑六断定，尽管马杰将那根鞭子在自己面前挥得呼呼生风，却并不敢真落到自己身上。

但黑六毕竟是一头牲畜。它还是想得过于简单了。

马杰看懂了它的心思之后，只是微微一笑，就将它牵到旁边的一片空地上。黑六搞不懂马杰这是要干什么，有些不解地看着他。马杰不紧不慢地弯下身，将它的缰绳拴在一根木桩上，然后倒退几步用力抖了抖手里的鞭子。这时黑六才开始紧张起来，但它仍然紧盯着马杰，似乎想看一看，他今天究竟敢不敢用鞭子抽打自己。马杰先将鞭绳在手里拽着试了试，然后举起木柄，突然用力一甩，啪地一声，那根长长的鞭绳打了一个旋就发出一声脆响。黑六的一条后腿猛地颤抖了一下。它这时才感觉到，自己这条腿的腋窝里像被刀子狠狠割了一下。但是，还没等它回过神来，就又是啪地一声。这一次它站不稳了，它感觉到另一条后腿的腋窝里又狠狠地疼了一下，这疼痛就像一股电流立刻通遍全身，接着它的两腿一软就咕隆跪了下去。马杰一手抓住鞭绳，对它说，站起来。黑六又艰难地站起来。黑六直到这时才终于明白了马杰的险恶用心。在牲畜身上，四条腿的腋窝处应该是最隐蔽的地方，如果不钻到肚子底下是绝对看不到的，而且和人一样，这也是最敏感的部位，倘若用鞭子抽到这里也就更加疼痛难忍。而就在这时，马杰又做出一个更可怕的举动，他去拎来一桶凉水，将鞭子在里面蘸了一下。黑六起初还不明白马杰这样做的用意。但是，当这根蘸了水的鞭子又抽在它两条前腿的腋窝里时，它立刻意识到，这样的疼痛竟然比刚才更可怕。

在这个下午，马杰就这样用这根湿漉漉的鞭子轮番抽打黑六四条腿的腋窝，每抽一下，黑六的全身都要剧烈地抽搐一下。但是，这根鞭子实在太长了，甩起来要花费很大的气力，而如此一来也就渐渐影响了准确性。这是马杰事先没有想到的。就在他又一次举起鞭子时，突然感觉自己的手臂酸了一下，他原本是想抽打黑六的左后腿，因为他当时是站在它的左前侧，这样就只有将鞭子朝相反的方向甩才能使鞭梢落到它左后腿的腋窝里。而由于他的手臂突然感觉不对劲，就稍稍向里偏了一点，于是鞭梢也就落到了不该落的地方。事后马杰对我说，他绝没有想到会是这样，他发现，黑六那根硕大的阳具突然抖动了一下，然后就像一条探出身体的蛇倏地缩了回去。马杰直到这时才意识到，是自己的鞭子出了问题。他立刻蹲下身去观察，发现黑六的那里已完全缩进身体，连两个睾丸都不见了踪影。马杰的心里一下有些慌，他知道这件事意味着什么。但他这时还在安慰自己，他想这东西应该伤得并不太重，否则黑六就不会这样安静了。这时黑六看上去也的确很安静。它似乎还在暗暗庆幸，由于自己的下体出了这样一点意外，才终于躲过了马杰的这一顿鞭子。

但是，马杰和黑六都没有意识到，事情远比他们估计的要严重得多。

接下来的问题是出在第二年春天。

在这个春天，黑六没像往年一样按时发情。北高村与我们南高村一向在繁殖牲畜方面保持着协作关系，这时我们村已让几匹有生产任务的骡马做好各种准备。如此一来也就产生了误会。我们村认为北高村说黑六没有按时发情不过是一个托词，黑六每年的发情期比日历还要准，说它不发情就如同说骡子发情一样令人难以置信。我们南高村认为，北高村一定是出于什么利益的原因为黑六另寻了新欢，而他们这样做不仅不道德，也是一种极不讲操守的行为。北高村的大莲队长听说此事特意来向我们村解释，她说没有别的原因，任何原因都没有，就是黑六不发情。大莲队长无可奈何地说，牲畜不发情是谁都没有办法的，你就是给它们硬来也没用，这跟人是一样的道理。大莲队长说到这里，脸一红就不好再说下去了。

我们南高村很快了解到，大莲队长说的话的确属实。黑六在这个春天不知为什么，竟像是将发情这件事忘记了。往年它早早地就会躁动起来，哪怕碰一碰皮毛或摸一摸脖子，都会立刻张大嘴吐出一些白色的黏液，走在街上遇到外村的骡马或草驴拉车经过，也要追在后面打着响鼻去向人家献殷勤。但这一次它却毫无迹象，就是将再漂亮的红鬃骡马或花背草驴牵到它面前，它的反应也很淡漠，似乎已心如止水，万念俱灰。大莲队长当然不甘心。村里一向待黑六不薄，对它的照顾几乎比对五保户和伤残军人都要高，大莲队长不相信它的身体里好端端的会出什么问题。于是就亲自将它牵去公社的兽医站。但兽医站的兽医也看不出任何问题。兽医很认真地检查了一番，摇摇头说，牲畜的生殖力也是一种能量，既然是能量就总有释放完的时候。兽医拍了一下黑六的屁股，得出结论说，它已经没用了。

大莲队长直到这时也才终于相信，黑六的历史使命是彻底完成了。

黑六从此就失去了一切待遇。它被拴来大槽子上，和干粗活的牲畜一起乱踢乱咬，一起去抢吃掺着粗茬干草的混合饲料。每天的早晨和下午也要被套上绳索去拉车，或被轰赶到田里去干各种农活。但是，直到这时，它身上致命的弱点也才暴露出来。原来它的体力竟然很差，由于长年养尊处优，到田里踩着松软的泥土连站都站不稳，更不要说去拉犁耕地。胡子书记这时就又想起它当年的曾曾祖父，也就是那头白嘴唇大鼻翅长耳朵长脸小短腿的板凳驴。胡子书记突然发现，这头黑六的长相竟与它当年的曾曾祖父极为相像。于是，经过与大莲队长和其他村干部商议，就做出一个新的决定，既然黑六不适合干农活，索性就让它继承祖业也去充当交通工具，专门供村里的干部们骑着去办事。我想，这对于黑六来说应该更是一种奇耻大辱。如果让它自己选择，它肯定宁愿去拉车耕地也不想这样供人驱使。

也许正因为如此，才发生了后来的事。

那是一个初夏的上午，北高村的贫协主任要去公社参加贫协代表联席会。其实这个贫协主任完全可以搭乘村里顺路的拖拉机，即使步行也不过几里路。但他却坚持要骑黑六。他说当年大地主高久财的小老婆经常骑着它的祖先回娘家，他看了一直很眼热，所以现在他也要骑它尝试一下，看一看当年的那个女人究竟是一种啥样的感觉。贫协主任这样说着就牵出黑六，然后翻身骑上去。其实贫协主任很瘦，所以骑到黑六的背上，应该不会有太重的分量。但他并没有意识到，这样骑在黑六身上还一边用木棒抽打它的屁股就已不仅是简单的重量问题。当时贫协主任只顾高兴了，他发现这样骑着黑六的确感觉很好，不仅舒服，还有一种高高在上的优越感，再看眼前的一切似乎都变得居高临下起来。所以，他也就并没有注意到黑六脸上的表情。事实上他就是注意到了也无法看到，因为这时的黑六正将脖子直直地向前伸出去，两眼不停地向左右睃寻。事后据亲眼目睹的人说，黑六驮着贫协主任就这样走了一段路，突然转身朝着道边的一棵槐树走过去。那是一棵几十年的老槐树，树干已经粗糙皱裂。黑六走过去只是不动声色地把肚子在树上轻轻蹭了一下，又蹭了一下，贫协主任突然惨叫一声就滚落下来。当时正在田里耪地的人们连忙赶过来，将贫协主任抬回到村里。待将他的裤腿撕开，这条腿只是膝盖以下有些发红，除此之外并没有什么伤痕。

但是，人们很快发现，贫协主任的伤势似乎还没有这样简单。

他这条腿已完全失去知觉，而且像充了气似地迅速肿胀起来。

胡子书记意识到事情的严重性，立刻派人将贫协主任送去公社的卫生院。卫生院的几个医生看过之后都面面相觑，摇着头说卫生院没有这样的设备，恐怕要去县医院。送去的人问什么设备。几个医生说，锯腿的设备。大家一听立刻惊得目瞪口呆，有人问，只是让驴在树上蹭了一下，就要锯腿？！一个医生说，锯腿已经是轻的了。另一个医生也摇摇头，说这头驴实在太厉害了，你们不要看这条腿表面没什么，其实它里面已受了严重的挤压，现在皮肉跟腿骨已经完全脱离开，如果不尽快锯掉，恐怕连性命都很难保住。

就这样，贫协主任又被转去县医院，就将这条伤腿从根部锯掉了。

那天直到傍晚，马杰才在村外的一片树林里找到了黑六。

马杰走到黑六跟前，立刻吓了一跳，只见它的嘴里满是鲜血，跟前的许多树干都已被啃掉树皮，乳白色的木碴上沾着黏稠的血迹。马杰立刻明白了，黑六显然知道自己闯了大祸，也意识到这一次是在劫难逃，所以就想尽快一死了之。但它实在想不出什么更好的自杀办法，只能采取这种笨拙徒劳而又只会增加痛苦的原始方式。黑六看到马杰，立刻惊恐地向后退了几步。它自从那一次挨了鞭子，再见到马杰就总是心惊胆战。这时，它已经完全崩溃了，它慢慢退到一棵树的旁边，四条腿不停地打着颤，两个耳朵也相互叠着耷拉到一起。它认为马杰一定是来找它算账。它已经料到，马杰这一次绝不会轻易放过它。但是，它很快发现，马杰的手里并没有拿着那根可怕的鞭子，脸上也没有太多的表情。他只是走过来，从地上捡起缰绳，就牵着它朝村里走去。这时胡子书记和大莲队长已经等在牲口棚。

胡子书记迎过来，掰开黑六的嘴看了看，牙齿已经脱落得所剩无几。

于是，他回过头去，跟大莲队长相视了一下。

大莲队长嗯一声说，看来也只能这样了。

胡子书记点点头说，杀了吧。

杀……杀了？

马杰有些意外，看着胡子书记。

大莲队长说，刚才，生产队里已经研究过了，既然它不能干活，骑又不能骑，留着也就没啥用处了。胡子书记说是啊，现在它的嘴又成了这样，以后连草料也不能吃，生产队里总不能用粮食养着这样一个废物，痛痛快快杀了它，大家还能分一些肉吃。

事后马杰对我说，他当时就已预感到，杀黑六这件事肯定会落到他的头上。因为他是饲养员，一向熟悉牲畜的习性，而更重要的是当地农人是轻易不肯自己动手杀牲畜的，他们都很迷信，认为牲畜的一辈子不容易，倘若杀它们会遭报应。果然，在这个傍晚，胡子书记和大莲队长临走时对他说，这件事，就由你来干吧。马杰连忙说不行。他说自己确实不行，他平时杀一只鸡都下不去手，更不要说杀这样大的一头牲畜。胡子书记又跟大莲队长对视一下，就走到马杰的面前说，有些事，还是不要说得太明白了，这头黑六原本好好的，每年都能按时配种，可到你手里还不到一年，怎么就成了废物呢，现在你不杀它还让谁来杀？

大莲队长也说，不要说了，这件事就这样决定了。

一边这样说，又看了马杰一眼，让它死得痛快些。

当天晚上，村里的胡屠户来到牲口棚找马杰。胡屠户是胡子书记的亲叔伯堂弟，在村里专门负责宰杀猪羊一类家畜。马杰一看见胡屠户就像是见到了救星，连忙对他说，你来得正好，你杀猪有经验，黑六还是由你来杀吧。胡屠户却摇摇头说，你这话就外行了，屠户也并不是啥都能杀的，杀猪跟杀牲口可不是一回事，我来是给你送工具的。胡屠户说着就打开一个麻布包，里面是刀子钩子和一些看不出用途的利刃。胡屠户拿起一把细长的牛角弯刀，这把刀大约有一尺多长，看上去像一钩弯月，刀刃飞薄，刀尖也很锋利。胡屠户用拇指在刀锋上试了试说，我给你挑了这把长一些的牛角刀，刚才还磨了一下，驴的脖子比猪脖子要长，但杀起来道理是一样的，只要将这把刀从脖子底下插进去，一直插到胸口，然后用刀尖在心脏上划开一个口就行了，记着，放血要用大盆，驴血是大补可不要糟蹋了。

胡屠户说罢，放下这些刀具就走了。

这时马杰才发现，槽子上的黑六正朝这边看着，一直在很认真地听。

马杰经过反复考虑，最后还是决定不使用胡屠户送来的这些刀具。胡屠户杀猪马杰是见过的，尽管他的技艺很精湛，但猪在死时也很痛苦，总要挣扎半天才会断气。因此，要想让黑六死得痛快些就只有另想办法。在这个晚上，马杰从草垛旁边搬来一口铡刀。这铡刀是专门用来给牲畜铡干草的，钢口还说得过去。马杰从木槽上卸下刀片。这片刀片已有些生锈，而且由于长期铡草，刃口也很钝。马杰拎着来到牲口棚。在牲口棚的角落里有一眼石井，这是用来饮牲畜的，井台上有一盘很大的青石。马杰将铡刀放到井台上，撩了一点水就用力磨起来。刀片约有四寸宽，三尺多长，磨起来霍霍的声音就很响亮。马杰这样磨一阵，停下来用水冲一冲，然后再磨。黑六始终站在旁边，还不时晃一晃耳朵，伸过头来看一看。马杰一回头，突然发现它也正在看着自己，他跟它的目光碰到一起，心里突地一颤。于是，他将刀片立在旁边，去拎来一桶水，就开始用软毛刷子为它刷洗全身。马杰一边刷着还特意摸了摸它的脖颈。它的脖颈很柔软，隐约可以感觉到里面的颈骨。

就在这时，他又看到了黑六的眼睛。

黑六的眼睛很湿冷，黑得深不见底。

马杰杀黑六是在第二天上午。地点就选在牲口棚。

杀牲畜是一件大事，北高村的全村特意歇了半天工。村里的人们虽然不肯亲自动手杀牲畜，但吃肉的欲望却很强烈，早早地就都在家里刷锅烧水做好一切准备，然后端着盆或簸箩来到牲口棚等着分黑六。马杰看一看大灶上的水已经滚开起来，就将黑六从槽子上牵出来，拴到那片空地的木桩上。这时人群里就响起一片唏嘘的声音。马杰朝人群里看一眼，就转身去拎过那把铡刀。铡刀的锋刃已磨得雪亮。马杰为了应手，还特意在铁柄上缠了一些麻绳。他来到黑六面前，掏出一块黑布将它的两眼蒙起来。

但黑六用力一摇头，将黑布甩掉了。

马杰再蒙，又被它甩掉了。

然后，它慢慢回过头，睁大两眼看着马杰。

事后马杰对我说，你能相信吗，驴这种畜生竟然会笑。当时黑六的脸上皱了皱，眼角居然还出现了一些细碎的鱼尾纹。他说他看出来了，它的确是在笑，它是在冲着他微笑，他甚至还听到它的嘴里发出一阵嘿嘿的声音。马杰顿时有些心慌意乱，立刻举起铡刀就呼地砍下来。在此之前，马杰已在黑六的脖颈上看好了位置，他发现它稀疏的鬃毛间有一个不大的缺口，这缺口离头颅很近，而且恰好是脖颈最细的地方，他想如果把刀砍在这里,应该会省力一些。但是,由于他的刀举得过高,在挥下来时有些发飘,这就使落刀的位置发生了一点偏离,似乎靠上了一些。马杰感觉到了,这把铡刀的确磨得很快,因此尽管靠上,在落下的一瞬也几乎没遇到什么阻力,只听喀嚓一声,黑六的头颅就从脖子上齐刷刷地滚落下来。这颗头颅如同一只巨大的冬瓜,在地上骨碌碌地滚出很远。直到它停下来,那只冲上的眼睛仍还皱着一些鱼尾纹,它睁得大大的,像在瞪着马杰,又像是瞪着马杰身后的人们。那个失去了头颅的身体并没有立刻倒下去,似乎沉默了一下,突然就有一股黏稠的血水从脖腔里直喷出来。这血水一直喷溅出很远,如同一团猩红的烟雾朝人群里落下去。

人们惊叫一声,立刻朝四处散开了。

失去了头颅的黑六似乎犹豫了一下,又犹豫了一下。

它迟疑着朝前走了两步,然后,才慢慢地瘫倒下去。

马杰没去管清洗黑六的内脏。只是将它的皮剥下来。

这是一张完整的驴皮,非常柔软,看上去栩栩如生。

马杰犯了一个错误。他不该在牲口棚里杀黑六。

在这个上午,马杰并没有注意到,从他用那口铡刀砍下黑六的头颅,直到在血泊里用牛角尖刀一点一点地将它的皮剥下来,始终有一双眼睛在注视着他。这就是黑七。其实马杰在事先已考虑到这个问题。他想,在杀黑六时不应该让其他牲畜看到这个血腥的场面。牲畜的身材虽然高大,心胸却很狭窄,胆量也很小,这样的场面会对它们的情绪产生严重影响,搞不好还有可能发生炸棚。炸棚是指由于某种突发的刺激,使牲畜们同时受到惊吓而狂躁起来,这种情况一旦发生是很难控制的,牲畜也会因为互相踩踏和撞击而受到伤害。但是,马杰将所有的牲畜都牵去了别的院子,却惟独忽略了拴在角落里的黑七。所以,黑七也就目睹了马杰砍杀黑六的整个过程。马杰直到拎着黑六那张血淋淋的驴皮朝牲口棚的外面走去时,才无意中发现了黑七。黑七正站在槽子旁边,目不转睛地盯着他和他手里的那张驴皮,眼睛里似乎有些湿润,尾巴也像一根木棒直挺挺地撅起来。在此之前,马杰并没有注意过这头黑七。黑七的外形与黑六很相像，也是长耳朵长脸四肢短小，但阳具也很小，所以也就没有配种任务。其实严格讲，这种板凳驴是专供人骑的，并不适于田间劳作，因此黑七的主要工作只是拉车。但它的性格却与黑六不同，平时沉默寡言，因此也就很少引起人们的注意。

马杰绝没有料到，黑七接下来竟会弄出一场如此之大的事故。

马杰觉得自己在这场事故中很无辜。尽管胡子书记和大莲队长一致认为，这件事的责任完全在他，也就是说，是由于他的疏忽大意造成的。但马杰却坚决否认。马杰一口咬定是黑七所为。马杰说，在这件事发生前的最后一瞬，他是亲眼看到的。他说黑七当时干的事简直不可思议，没有人会相信它竟然能这样做。胡子书记当然不能认同马杰的这种说法。胡子书记说，黑七不过是一头哑巴畜生，无法为自己辩解，这就让人怀疑是马杰故意要将责任推给黑七。大莲队长也这样认为。大莲队长说，黑七再怎么说也只是一头驴，而且是一头比黑六还要老实的笨驴，它不会也不可能像马杰说的那样故意做出破坏集体财产的事来。

这起事故是发生在杀黑六几天以后的一个上午。在这个上午，别的牲畜都被牵去下田了，牲口棚里只剩下黑七和一匹怀驹的骡马。马杰在这个上午是故意将黑七留下的，他准备套它去公社粮站拉一些饲料。他在临走前先为那匹骡马饮过水，又在槽子里添了一些草料，然后拿过棕刷为它的全身刷了刷毛。马杰在照料临产牲畜方面很有经验，他知道经常为怀驹的骡马刷一刷毛，会使它的产门肌肉松弛，这样可以有利于将来的生产。但是，就在他为这匹骡马刷毛时，突然听到了一种奇怪的声音。这声音似乎是来自他的身后，又像是在头顶。接着他就感到，好像整个牲口棚都嘎吱嘎吱地响起来。他连忙回过头去，才发现竟然是黑七。黑七正在不动声色地啃咬着牲口棚里的一根立柱。在牲口棚里大约有五六根这样的立柱，但这一根最粗，而且刚好竖在牲口棚的中央，是专门用来支撑整个棚顶的关键部位。事后马杰说，他一直搞不懂，黑七怎么会知道选择这样一个要害的部位。当时黑七发现马杰正在看着自己，于是就停下来，也抬起头看看他。但它接着就又埋下头去，若无其事地继续啃咬那根立柱。它咬得不慌不忙又非常卖力，为使这根立柱尽快松动，它还用头去顶住它的根部用力晃动。于是整个牲口棚立刻也跟着忽忽悠悠地摇晃起来。牲口棚的棚顶虽然只铺了一层秋秸,但由于下雨潮湿就已有了相当的重量,这时这根立柱已被黑七啃咬得拔出地面,再这样一晃动,棚顶就开始渐渐地向一边倾斜。马杰突然明白了黑七的意图,立刻丢下手里的棕刷朝它扑过去。但为时已晚,整个牲口棚随着晃动扭了几扭,突然发出一阵巨大的断裂声就轰然塌落下来。而就在这一瞬,马杰看到黑七朝旁边轻轻地一跳,就跳到了牲口棚的外面。北高村一共有二十几头牲畜,因此牲口棚也就具有相当的规模,这样一坍塌情形自然可想而知,顿时尘土飞扬狼藉一片。但是,牲口棚坍塌还只是这场事故的开始。在马杰身后的立柱上,还挂有一盏仍然亮着的马灯。这是马杰给牲口添夜草时拎过来的,后来一忙就忘在了那里。这时棚顶坍塌下来,这盏马灯也就被砸在了里面,煤油流淌出来引燃秋秸,立刻就着起了大火。这场大火烧得很快,火势也很猛,随着迅速蔓延整个牲口棚里转眼间就成了一片熊熊的火海。闻迅赶来的村人想用水桶救火,但试了试却都无法靠近,只能眼睁睁地看着火焰夹裹着浓烟越烧越旺。也就在这时,人们突然闻到了一股奇怪的气味。这显然是烤肉的香味,非常香,与燃烧的烟气混在一起就似乎更加诱人,很像今天街上卖的烤肉串。这时大家才突然想起那匹怀驹的骒马和黑七,接着就又想到了马杰。但人们很快就发现了黑七。黑七并没有被砸在火里,它正站在不远的地方,面无表情地向火里望着。这就可以断定,仍然在火里的只是那匹骒马和马杰,也就是说,这股烤肉的香味应该是从它或他的身上散发出来的,又或许是同时散发出来的。其实人与牲畜的区别并没有很大,这样用火一烧,竟然分不出谁是谁的气味。人们想象着正在大火里被烧烤的那匹骒马和马杰,立刻都感到不寒而栗。

  这场大火烧了一阵才渐渐熄灭下去。牲口棚已变成一片废墟。人们果然在灰烬里发现了那匹骒马的骸骨。它显然被烧得无处躲藏,于是扎到一个角落里,浑身的骨头都已被烧得黑漆漆的,还在冒着淡淡的蓝烟。但是,却没有发现马杰。胡子书记和大莲队长皱着眉对人们说,再找一找,仔细找一找,那样大的一个活人再怎样烧也总会留下一点痕迹的。但是,人们将整个火场都仔细搜寻了一遍,却仍然不见马杰的踪影。就在这时,一个女人突然惊叫了一声。胡子书记和大莲队长连忙走过来。那女人一边向后退着，用手朝地上指着说，那里……就在那里。这时胡子书记和大莲队长才发现，在地上正有一堆黑乎乎的灰烬向上一拱一拱地微微动着。接着猛地一翻，一颗人的脑袋就从里面冒出来。这颗脑袋已经与那些灰烬浑然一色。他用力喘出一口气，然后张开嘴打了一个很响的喷嚏。

人们围过来仔细看了一阵才认出来，竟然是马杰。

马杰虽然已黑得面目全非，身上却毫发无损。原来就在牲口棚坍塌的那一瞬，他不知怎么竟被压进了那眼石井。这一来反而救了他。他先是将身体在井水里浸泡了一下，然后就像一只壁虎似地紧紧贴着井筒，直到上面的大火渐渐熄灭，他才试探着一点一点爬上来。

胡子书记和大莲队长当然不相信马杰所说的话。他们认为这件事与黑七没有任何关系。黑七之所以能在这场大火中幸免于难，是因为它当时刚好站在牲口棚的边上，而这也正说明它不可能做出马杰所说的那种事来。胡子书记对马杰说，黑七从没有啃缰绳的习惯，你是饲养员应该最清楚这一点，既然它连缰绳都不啃，又怎么可能像你说的那样去啃那根立柱呢。大莲队长也说，不管怎样说，这件事也是你的责任，就算这根立柱是被黑七啃倒的，也说明它早已不太结实，好好的一根立柱，怎么可能就这样轻易地让驴给啃倒了呢，你作为牲口棚的饲养员事先就没有发现吗，或者发现了，又为什么没有及时加固呢。大莲队长最后得出结论说，由此可见，这起事故是迟早都要发生的。大莲队长说，幸好当时别的牲畜不在，否则后果就更不堪设想了。胡子书记严肃地说，可那匹怀驹的骒马还是烧死了，一尸两命，这给生产队的集体财产也造成了很大损失。接着，胡子书记就当众宣布了对马杰的处理决定，胡子书记说，首先要扣掉马杰全年的工分，其次，马杰要尽快将火场清理干净，协助村里搭建起新的牲口棚，然后将这里的所有工作移交给新任饲养员。

也就是说，胡子书记对马杰说，你已经被撤职了。

马杰对我说，直到这时，他仍然没把黑七往太深处想。他认为黑七在那个上午啃倒那根牲口棚的立柱并没有什么很明确的目的，也许它只是出于无聊,因为对于这样一头驴,除去无聊他实在想不出它还会有什么别的用意。但是,接下来的事终于让他警觉起来。

他突然发现,这个黑七确实不是一头简单的驴。

马杰用了整整一天,直到傍晚才将牲口棚的废墟清理干净。然后,他就按着大莲队长的要求套了一辆木板车,准备将这些炭灰拉到田里去当肥料。但是,他又犯了一个错误。他不应该让黑七驾辕。在这个傍晚,他刚刚把车装好,正在清扫最后一点灰烬时,黑七突然拉起车就径直朝那眼石井走过去。它走得不紧不慢,而且声音很轻,来到石井跟前还绕了一下,待马杰回头发现时,它已经将屁股用力向上一撅,高高地扬起车辕,然后呼噜一声就将整整一车炭灰都倾倒进了井里。井口立刻腾起一团黑色的烟雾。这眼井是专门饮牲畜的,这样倒进一车炭灰井水显然也就不能再用。大莲队长刚好在这时来到牲口棚。大莲队长立刻走过来,扒着井口朝里看了看,然后抬起头对马杰说,看来,胡子书记真的是看错你了。

看……看错我了?

马杰看看大莲队长,不明白她这话是什么意思。

大莲队长说,这一次是我亲眼看到的,你还怎样解释?

马杰沮丧地说,既然你都看到了,我当然不用再解释。

大莲队长冷笑道,你是不是又要说,是黑七存心搞鬼?

马杰说难道不是吗。

大莲队长立刻反问,你认为是这样吗?

马杰说当然是这样。马杰说,黑七是自己把车拉过来的,又是它自己把车上的灰倒进井里的,不是它在搞鬼又会是谁呢,难道是我吗?可是,大莲队长说,牲口是听人吆喝的,你如果不吆喝它,它又怎么会跑到这里来呢?这时,马杰终于忍耐不住了,他不明白大莲队长为什么一定要将责任强加给自己。于是很生气地说,我根本就没吆喝它!

你没吆喝吗?

我当然没吆喝!

马杰觉得大莲队长这样指责自己简直没任何道理。黑七是擅自把车拉到井边来的,他想问一问大莲队长,这样简单的事她怎么会看不出来。大莲队长点点头说，我当然看出来了，这件事就是你故意做的，你对村里处理你的决定心怀不满，所以才让黑七把这一车炭灰倒进井里，好给下一任饲养员增加一些麻烦。大莲队长摆摆手说，你不要再说了，淘井的事我会安排别人来干的，实话告诉你，现在让你来淘我还真有些不放心呢。大莲队长临走时又说，你尽快把这里收拾干净吧，村西还有一堆人粪肥，从明天开始，你去田里送粪。

大莲队长说罢，又用力看了一眼马杰就转身走了。

马杰看看大莲队长结实的背影，又扭头看一看仍站在井边的黑七。这时，他发现黑七也正在看着自己。它一下一下地眨着眼，眼角忽然皱起一些鱼尾纹，这些鱼尾纹很细，如果不仔细看几乎不易察觉。马杰立刻明白了，它这是在笑，它正在冲着自己笑。黑七的这个笑容立刻让马杰想起当初的黑六。马杰突然有一种感觉，他发现这个黑七竟然比当初的黑六心计更深，也更阴险。好吧……你就笑吧，咱们看一看究竟谁能笑到最后。

马杰冲它点点头，一边这样说着就转身朝不远处的灶屋走去。

马杰来到灶膛跟前，用一根火通条在里面拨了拨，就拨出一块烤白薯。这块白薯是红皮的，几乎有两个拳头大小，由于刚在灶膛里烧过也就非常的烫手。马杰一边吹着气将它在两只手里来回颠倒着，又抬头看了看黑七。这时黑七眯起两眼，正朝这块烤白薯贪婪地看着。马杰就笑了。他知道黑七还在饿着肚子。他从早晨到现在还一直没有给它喂过草料。于是，他又想了一下就朝墙角的水缸走过去。他舀了一瓢凉水，将这块烤白薯在里面泡了一下，然后走到黑七面前，心平气和地对它说吃吧，快吃吧，这东西很好吃呢。他一边说，就把这块散发着香甜气味的烤白薯送到黑七的嘴边。黑七立刻迫不及待地一口就咬到嘴里。由于这块烤白薯刚被凉水泡过，所以吃到嘴里也就很舒适。但是，黑七一嚼就出了问题。它没有想到白薯的里面竟然如此之热，立刻被烫得浑身一激灵。接着它就又做出了一个更错误的判断，它以为只要这样继续嚼就可以将这东西的温度迅速降下去，于是也就更加卖力地嚼起来，一边嚼着嘴里竟还冒出腾腾的热气，连鼻孔也被烫得翻卷起来。黑七很快意识到，这样嚼下去显然是错误的，它应该尽快把这个热得可怕的东西吐出来。但它刚要张嘴，马杰已经看透它的心思，于是一伸手就将它的嘴给捏住了。黑七被烫得呜的一声，两眼用力向上一翻，立刻鼓起两个很大的眼白。马杰开心地看着它，欣赏着它的表情，过了一会才慢慢松开手。

但这时，黑七已将那块滚烫的烤白薯咽了下去。

它用力张大嘴，哈哈地喘着气，肚子里发出一串咕噜咕噜的声音。

黑七一连几天没吃草料。马杰知道，它的嘴里肯定已烫起了水泡。他故意拌了一些精细的饲料倒进黑七面前的食槽子里。饲料散发出一阵阵谷物的香气。但黑七只是用嘴唇一点一点拱着，却并不能吃进去。大莲队长也感觉黑七出了问题，来牲口棚看过几次。她发现黑七一直在槽子里用嘴唇拱着草料，就以为它是在吃，反而还表扬了马杰几句，说他这样做就对了，善始善终，只要一天没将饲养员的工作交出去就对集体的牲畜负责任。马杰受到表扬往田里送粪也就干得更加卖力，每天让黑七饿着肚子从早晨一直干到天黑，车也越装越满。但是，马杰并没有注意到，黑七的眼神也越来越有些异样。

每当它看他时，眼里就会忽地暗下去，似乎闪着幽幽的磷光。

后来的事情是发生在一天傍晚。在这个傍晚，马杰终于完成了大莲队长交给他的任务。他将最后一车粪肥装好时，连自己也感觉有些饿了。他赶着黑七来到村外，无意中摸了摸它的屁股，发现它身上已渗出泅泅的汗水，于是看一看四周没人就对它说，你现在肯定是又饿又累，对不对？黑七似乎没听见，仍然低着头，拉着粪车慢慢地向前走着。马杰笑一笑说，你知足吧，跟黑六比起来你幸福多了，你还没尝过我的鞭子呢，那滋味可比现在难受。马杰一边这样说着，粪车就已来到一座桥上。这是一座很窄的石板桥，刚够一辆粪车通过。桥下是一条水渠，虽然不深，但已积了很多淤泥。

马杰正说得高兴，黑七就已拉着这辆粪车走到石板桥的中间。

就在这时，马杰突然感觉有些不对劲了。他发现黑七回过头来看了自己一眼。在它回头的一瞬，他又从它的眼角看到了鱼尾纹。马杰立刻意识到，这时黑七冲自己笑应该不是好兆。他赶紧冲它大喝了一声：吁——！他这样喊是想让黑七停下。但是，黑七却似乎听而不闻，并没有要停下来的意思。于是马杰连忙又去拉车辕上的手闸。仍然无济于事。黑七的四条短腿突然变得强健有力，就这样拖着车闸硬是朝石板桥的边上走去。马杰慌了手脚，他意识到如果继续坐在车辕上是很危险的，但就在他要往下跳时，只见黑七的身体猛地往下一塌，又用力一缩，竟然就从辕套里钻了出去。装满粪土的木板车顿时失去了平衡，朝旁边一歪就从石板桥上翻了下去。这时马杰仍坐在车辕上，他向下坠落着，只觉耳边呼呼的风响，渐渐地头已经朝下，接着许多散发着恶臭的粪团就噼噼啪啪地冲他砸过来。这时他的心里还很清醒，他知道倘若一直这样栽下去后果将不堪设想，他的头很可能会插进渠底的淤泥，而那样一来自己也就要像一株植物似的栽在了渠里。所以，他立刻试图让自己的身体正过来。但这座石板桥的高度毕竟有限，还没等他做出努力，他和这辆木板车就已轰然掉进了水渠。幸好他这时已从车辕里挣脱出来，于是被狠狠地抛到了一边。他感觉自己的身体是平着落入水中的，接着那些粪团便铺天盖地砸下来。他用尽全身的气力，好容易才从水里伸出头。

就在这时，他发现，黑七正面无表情地站在岸边看着他。

马杰这一次遇险最先惊动的是我们南高村。因为这条水渠恰好是两村的界河，而就在他出事时，我们南高村的人又正在附近的田里锄地，因此大家立刻赶来搭救他。马杰确实被搞得很惨，险些就丢了性命。大家七手八脚地将他从渠里捞上来时，身上简直臭不可闻，而且从鼻子和嘴里仍然不断地有水流出来，那水的颜色和气味也很可疑。

马杰就这样被送回了北高村。胡子书记和大莲队长当然不相信黑七会做出这种事。胡子书记摇着头说，黑七这样老实的一头驴，况且又不会缩身术，如果将它套牢了怎么可能从辕子里钻出去？不可能，胡子书记十分肯定地说，再怎样说这也是不可能的。大莲队长去村外的水渠边找到黑七，将它牵回来时发现，在它的肩胛处有一道明显的擦伤。大莲队长认为，这显然是因为套车的绳索没有拴牢，滑脱时挂伤的。大莲队长说，黑七的出身虽然有些问题，但在村里一向表现很好，它拉车拉了这样久，还从没有出过这样的事情，如果把缰绳拴牢了它是不可能褪套的。大莲队长还特意将黑七牵来知青集体户，似乎要让它与马杰当面对质。但这时的马杰已说不出话来。他由于肚子里灌进了太多的脏东西，一直在不停地呕吐，先是将前几次吃的饭菜都呕出来，渐渐吐的就只剩了黄绿色的胆汁。

彩凤一直守在马杰身边，只是不停地流泪。

彩凤那一次得了壮科，因为马杰烧死那一窝黄鼬才清醒过来。从此她就经常来集体户帮马杰烧水做饭，或为他洗衣服。北高村的人都有些惧怕大莲队长，但彩凤却不怕。彩凤在这个傍晚对大莲队长说，你还是把黑七牵走吧，他已经成了这个样子，你再跟他说这些话还有啥用呢。彩凤说，就算他没把那辕套拴牢，也是为了给生产队拉粪，城里的工人出了事故工厂还要照顾呢是不是？大莲队长看看彩凤，就不再说话了。但是，这时谁都没有注意到黑七。黑七一来到集体户就始终盯着门外的那面墙壁。在那面墙壁上钉着一张黑色的驴皮。它的四肢向两边伸展开，似乎是很舒服地趴在墙上，虽已有些干硬，但那身皮毛仍然闪着黑亮的光泽。旁边还有一小块驴头形状的毛皮，两只眼睛已是两个洞，似乎瞪得大大的。

接着，黑七就做出了一个很奇怪的举动。

它慢慢走过去，伸出舌头在那张驴皮上舔了舔。

马杰直到夜里仍在不停地呕吐，还发起了高烧，嘴里一直嘟嘟囔囔地说着胡话，似乎在跟黑七争论着什么。胡子书记来看了，皱着眉说这样下去不行，还是赶快送医院吧，灌了一肚子大粪，弄不好会死人的。马杰就直接被送去了县医院。

其实我早就知道马杰和彩凤的事。那时马杰去公社粮站拉草料，经常带彩凤一起出来，偶尔也到我们集体户里坐一坐。彩凤很大方，看上去不像农村女孩，皮肤很白，五官长得也很细，只是稍微胖一些，身上圆圆的很丰满。那时女知青嫁给当地农民的有很多，但男知青跟当地女孩子谈恋爱却不多见，因此马杰和彩凤的事也就引起很多人的关注。据说胡子书记曾经找马杰很严肃地谈过一次，问他是不是真想跟彩凤搞对象。胡子书记说，彩凤这孩子不容易，从小死了爹，她妈又是那样一个女人，这些年一直没有人疼，你如果没这心思，可不要害她。但马杰听了胡子书记的话并没有说什么。马杰认为也没必要跟胡子书记说什么。

他觉得无论自己有没有这个心思，或者彩凤是否这样想，都只是他们两人之间的事，跟别人没有任何关系。但马杰曾对我说，他的确很喜欢彩凤，他说他喜欢胖一些的女孩，所以彩凤很合他的心意，至于她是不是农村女孩则无关紧要。

马杰很认真地说，彩凤也是读过高中的。

马杰这一次在县医院住了将近一个月。其实医生为他注射了催吐针剂，将胃里的脏东西吐干净也就很快没事了。但他的心理还是有一些问题。马杰在心理上一直摆脱不掉那件事的阴影，他一想起自己的嘴里曾经灌满那些脏东西就感到恶心，接着就又会不停地呕吐，无论医生用什么手段都无法控制。后来县医院的医生只好无可奈何地告诉他，这已是精神卫生方面的事，他们只是内科医生，也无能为力了。医生对他说，要想彻底痊愈只有去做心理治疗，或者自己慢慢调整，平时多想一些干净的美好的事物。

就这样，马杰只好出院了。

马杰是在一个夏天的上午出的院。彩凤赶着大车来县里接他。马杰已经很长时间没有看到彩凤，见面一高兴竟然连呕吐的事也忘了。但是，在这个上午，马杰拎着东西一走出医院的大门立刻就愣住了。他发现，彩凤赶来的大车竟又是黑七驾辕。黑七这时也已看到马杰。但它只是漫不经心地朝这边瞥一眼，然后晃了晃头就把眼垂下去，似乎继续在想着自己的事情。马杰这时毕竟刚刚见到彩凤，正在兴头上，所以不想让黑七破坏了自己的心情。于是，他将手里的东西扔到车上，又让彩凤坐上去，自己就赶起大车从医院出来。

夏天的上午已开始热起来，但微风轻轻一吹，还是有些凉爽。马杰的心情很好，刚刚出了县城，看一看前后没人，就迫不及待地将身后的彩凤搂过来。彩凤满脸含羞地推了他一下，说这里人多，再往前走一走吧。于是马杰在黑七的屁股上用力拍了一下就让它跑起来。大车来到瘦龙河边。这里只有一条被树阴遮掩的蜿蜒小道，只要继续往前走就可以直接通向北高村。马杰看一看路边，发现有一片灌木林，就将大车赶进去。接下来的事情自然也就可想而知。那时县级医院的条件还很差，住院病人要自己带被子。马杰没有想到，他带来的被子在这时竟然派上了大用场。他先和彩凤亲热了一阵,然后又将大车赶到一片枝叶更茂密的地方,把黑七的缰绳拴在一棵树上,就将车上整理一下,抖开了那床被子。这架大车的宽窄刚好像一张双人床,马杰和彩凤躺上去钻到被子里,这架双人床立刻就像一条小船似地晃晃悠悠摇荡起来。就这样从上午一直摇到中午,又从中午摇到了下午。后来他们摇得实在太累了,困倦了,就不知不觉地相拥着在被子里睡着了。

马杰和彩凤绝没有想到会发生后来的事。

在这个上午,黑七先是看着身后的木板车在一颠一荡地摇着,并没有什么反应,直到耐心地等到了中午,又从中午等到了下午,看一看车上安静下来,渐渐地还传出均匀的鼾声,它才开始伸过头去不慌不忙地啃咬拴在树上的缰绳。其实马杰拴的是一种莲花扣,这种绳结不要说牲畜,就是人也很难解开。但黑七这样啃了一阵,不知怎么竟就将这绳结啃开了。黑七又回头看一眼,就拉起大车悄悄地走出这片灌木林,然后沿着蜿蜒的小道径直朝前走去。它走得很轻,四蹄慢慢地抬起来又慢慢地放下,因此身后的木板车也就平稳得像一条船。下午的阳光透过繁茂的枝叶洒落下来,地上斑斑点点的如同微微泛起的波纹。在这个下午,当黑七拉着车走进北高村时,已是傍晚收工时间,去田里锄地的人们都在陆陆续续地往回走。这一来事情就好看了。马杰和彩凤仍还在车上很舒服地相拥睡着,他们在梦里已完全没有了时间和空间的概念,他们不管自己在哪里,也不管是中午还是下午,只是沐浴在夏日的阳光里恣肆惬意地睡着。他们觉得只要这样相拥在一起就已拥有了这世界上的一切。就在这时,他们恍惚中似乎隐约听到了什么声音。于是一起睁开眼。这时,他们才突然发现,这辆大车不知怎么竟然停在村里的十字街口,四周已经围满了人,大家正好奇地伸过头来向他们看着,就像在欣赏什么表演。彩凤立刻尖叫一声就将头缩进被子里去。马杰本想翻身起来,但意识到自己还一丝不挂,又赶紧躺下了。就在这时,车辕上的黑七突然扬起头,将脖子一伸就嘹亮地叫起来。它的叫声直抒胸臆,因此有着很好的共鸣,听上去就像花腔男高音一样地将气韵一直灌到了头顶。人群里不知是谁实在忍不住了,噗哧笑了一声。接着大家就立刻都跟着笑起来。这笑声和着黑七的叫声,如同是在伴唱。

当天晚上,马杰拎着一瓶地瓜烧酒来到牲口棚。牲口棚里的新任饲养员是贫协主任。贫协主任自从失去了一条腿,由于无法再去公社开会,就主动辞去了主任职务。但村里的人们仍然习惯叫他贫协主任。马杰对贫协主任说,他心里不痛快,想跟他一起喝一喝酒。贫协主任一听当然很乐意奉陪。其实贫协主任并没有太大的酒量,但马杰还带来了一盒沙丁鱼罐头,这盒罐头非常的诱人。贫协主任想,自己当然不能只吃人家的罐头而不喝酒,那样会显得过于嘴馋。于是,他为了这盒沙丁鱼罐头也就只好硬着头皮陪马杰喝起来。

就这样喝了一阵,贫协主任很快就醉了。

马杰伸手推一推,见贫协主任已睡过去,就起身来到牲口棚。

黑七这天晚上的食欲很好,一直在悠闲自得地吃着草料。这时,它一抬头看见马杰,先是愣了一下,接着就本能地向后倒退了几步。马杰并没有说话,走过来解下缰绳,将它从牲口棚里牵出来。马杰一边走着,手里已拎了自己的那根鞭子。他神不知鬼不觉地将黑七牵到村外,又来到了那条水渠的边上。这时黑七已闻到马杰身上的酒味,立刻就有了一种不祥的预感,它一扬脖颈张嘴想叫,却立刻被马杰用事先准备好的笼头套住嘴。马杰将它牵到石板桥的下面,把缰绳拴在水边的一根木桩上,然后将手里的鞭子轻轻抖开。马杰事先已将这根鞭子做了处理,在鞭梢上拴了一块一寸左右宽的牛皮。他先在水里把鞭子蘸了一下,然后走到黑七的面前,看着它说,我真不明白,你为什么总跟我过不去?

这时黑七的眼角已经耷拉下去,嘴里紧张得不停地嚼着。

它瞥一眼马杰手里的鞭子,两只耳朵颤抖着扭了几扭。

马杰又说,我知道你害怕,可现在已经晚了,我对你一直是一忍再忍,可你总以为我好欺负,你现在把我搞到了这步田地,我已经无法再在这村里呆下去了,还有彩凤,她怎么惹着你了?你干嘛要把她也扯进来?马杰说着哼一声,又用力点点头,你一个畜生能把我折腾成这样,你也够有本事了,好吧,今天咱们就把这笔账好好算一算吧。

他说着突然用力一甩,就把鞭子抽下来。他的鞭子抽得很讲究,只有那块鞭梢的牛皮挂着风声落到黑七的身上,而整条鞭子却没有发出一丝声响。由于这块牛皮很宽，所以落到黑七身上也就只留下一块灰白的印迹，倘若不仔细看几乎看不出来。但疼痛却是一样的，黑七的身上立刻抖了一下。马杰的鞭子接着就像雨点般地落下来。他抽打得很有条理，也很均匀，黑七的身上渐渐地就出现了排列整齐的印迹。尽管黑七疼痛难忍，但也大感意外，它没有想到这个马杰竟然有如此厉害的鞭技。马杰在这天夜里就这样往黑七的身上抽打一阵，去水渠里蘸一下鞭子，接着再继续抽打。直到后半夜，他才终于停下手，将鞭子在木柄上缠了缠，然后走到黑七的面前说，我希望今天夜里的事，你能牢牢记住，下一次可就没有这样简单了。他这样说着，又用手拍了拍黑七那颗硕大的头颅，如果黑六在天有灵，它会告诉你的。但这时，黑七反而平静下来。它盯着马杰，突然眯起眼，又在眼角皱出了一些鱼尾纹。

好吧，你就笑吧，马杰点点头说，只要你有胆量，咱们就走着瞧。

他这样说罢，将鞭子插进身后的腰里，就将黑七悄悄地牵回来。

第二天早晨，贫协主任酒醒之后来牲口棚里添草料，突然发现黑七的身上起了变化。黑七原本是纯黑的，这时却不知怎么变成了灰驴，而且不是正灰，隐约还能看到一些泛红的斑点，似乎一夜之间就成了一头雪花青。贫协主任以为是自己看花了眼，走到近前又仔细观察一阵，就发现了一件更奇怪的事情，黑七的脸上竟然还是本色，而且一头乌黑的皮毛显得更加油亮。贫协主任觉得这件事非同小可。恰在这时，胡子书记和大莲队长来到牲口棚。胡子书记和大莲队长先是很认真地看了看黑七，也没看出究竟是什么问题。但就在这时，胡子书记突然闻到贫协主任的身上有一股酒味，立刻问他，你昨晚喝酒了？

贫协主任点点头，说喝了一点。

大莲队长一听也立刻警觉起来。

于是问，昨晚，还有谁来过这里？

贫协主任吭哧了一下才说，知青马杰。

大莲队长和胡子书记相视一下，当即就奔知青集体户来。

马杰这时还没有起，仍然仰在炕上酣然大睡。胡子书记一走进来就闻到一股浓重的酒气，于是上前一把拽起马杰，沉着脸问，你昨晚去牲口棚，都干了啥好事？

马杰坐起来，揉揉眼，愣了一下才看清是胡子书记和大莲队长。

他懒散地说，我现在，还能干什么好事？

大莲队长问，你去跟贫协主任喝过酒吗？

马杰说喝了，心里烦，喝一点酒散散心。

大莲队长又问，黑七的身上是怎么回事？

马杰说我是跟贫协主任喝酒，又不是跟黑七，它的事我怎么知道？

胡子书记明白了，马杰是无论如何不会承认的。而且，他也实在想不出马杰究竟用了什么手段才使黑七变成这样的。于是说，好吧，你赶快起来，抓紧时间收拾行李吧。

去哪？马杰有些奇怪。

去工地。胡子书记说。

胡子书记告诉马杰，公社马上要动工挖一条排灌渠，已经下发通知，让每村至少派一名劳力，还要出一头牲畜，立刻去工地报到。这时大莲队长也缓下口气，对马杰说，你现在的情况，自己心里应该最清楚，这一次闹出的事在村里影响很不好，非常不好，我已经派人把彩凤送去了她姨家，你这一阵也不要呆在村里了，就先出去挖渠吧。

马杰听了想一想，觉得这对自己倒是一件好事。

胡子书记又说，关于派牲畜的事村里也已研究过了，就让黑七跟你去。胡子书记盯住马杰，又意味深长地说，虽然这一阵，黑七跟你闹出一些事来，可毕竟一直是你用它，你们彼此熟悉，况且它在村里除去拉车也没别的用处。马杰一听是黑七，立刻要说什么。胡子书记却冲他摆一摆手，说别的话就不要再说了，这件事已经决定了。

马杰这次来工地时就已有预感，后面可能还会出事。

他没有想到的是，这一次闹出的事竟然不可收拾。

马杰对我说，其实在他出来前，北高村的贫协主任就已提醒过他。贫协主任对他说，他早已看出来，黑六和黑七这两头驴的心计太深，不知是不是它们出身的缘故，好像总跟人民公社不是一条心。贫协主任指着自己的那条断腿告诫马杰，说驴要歹毒起来可比人厉害，尤其这头黑七，表面看着不声不响，心里更比黑六深得没底，带它出去可千万要小心。

马杰对我这样说时,正在工地附近的一个水塘边上给黑七喂树叶。

这一次挖渠任务,我也被南高村派出来。但与我一同出来的还有一个当地农民,所以牲畜的事也就不用我去操心。关于黑七,马杰早已对我说过一些,因此我对它并不陌生。我很认真地观察过这头黑驴,却没看出有什么特别,我甚至觉得它比一般的驴还要猥琐,看上去不仅没精打采,还有些呆头呆脑。按公社规定,各村派出的劳动力工地上是统一管饭的,但牲畜不管,要自己解决。马杰虽然也带来很多饲料,却从不喂黑七,他将这些饲料都拿去跟附近村里的农民换了旱烟和地瓜烧酒。马杰说对黑七这种畜生就要采取虐待的方式,如果让它吃饱喝足,它就又会有精神生出一些事来。所以,他只是将它牵来附近的水塘边,喂一些树枝树叶或塘里的水草。这些东西黑七当然难以下咽。马杰却并不在意,爱吃不吃,渴了就让它喝水塘里的水。这是一个死水塘,青黄色的塘水已有些发臭,上面还漂了一层肮脏的浮萍。有时黑七宁肯伸着头去舔吃那些水面上的浮萍,也不愿吃树叶。

就这样,黑七很快瘦下去,渐渐地连肚子两侧的肋骨也显露出来。最先发现问题的是工地上的质检员。质检员姓杨,来公社之前也曾在村里喂过牲畜,因此对这方面很在行。杨质检是从黑七的粪便里看出问题的。于是一天傍晚就来找马杰,问他这头驴是怎么回事。马杰有些奇怪,说没什么事啊,很正常。

杨质检摇摇头说,可是看它的粪便,好像不太正常。

杨质检问,你每天给它喂的,是什么饲料?

马杰说牲畜还能喂什么饲料,当然是草料。

杨质检问,哪一种草料?

马杰说就是一般的草料。

杨质检说不对,我怎么看着好像还有树叶。

马杰一听笑着说,可能是它自己从地上拣着吃的。

杨质检点点头,说这样最好,现在工程很紧,上级要求的时间更紧,所以不仅是人,牲畜的任务也很繁重,一定要让它们吃好喝好,还要注意它们的休息,这样才能确保工程正常进行。杨质检临走又特意叮嘱,说你要注意了，要我看，这头黑驴的肚子好像有问题。

　　黑七的肚子确实有了问题。由于马杰经常给它吃一些树叶水草之类的东西，又喝塘里的脏水，很快就拉起稀来。黑七拉稀也与众不同。它的肚子里似乎胀满了气体，每次拉稀前总要先放一个很响亮的屁，然后东西才随着气体一起喷出来，看上去就像一团米黄色的烟雾。如此一来，也就给马杰增添了许多麻烦。这条排灌渠其实就是一条河道，按设计要求不仅具有相当的宽度，深度也达五米左右，因此岸坡非常陡峭，从渠底挖了泥，仅凭人的力量根本无法用手推车推上来，必须要用牲畜在前面拉坡。马杰将黑七的绳索拴得很短，这样可以便于他一边推车一边用鞭子抽打。但黑七在拉坡时一用力，往往憋不住肚子里的气体和稀屎，经常会直接喷向在后面推车的马杰。如此一来马杰就要时时提高警惕，每当听到很粗闷的一声，立刻就要低下头去迅速将自己藏到车后，接着他的头顶上也就会出现一片昏黄的雾气。马杰很快就寻找到一个有效的办法。他再挖泥时，将铲起来的泥条一锹一锹在车里排列整齐，然后再像砌砖一样地一层一层码起来，这样也就形成了一道很高的像墙一样的屏蔽。如此一来，马杰的表现也就显得格外突出。工地领导当即向马杰提出表扬，号召全工地都来向他学习，为了早日完成挖渠任务"一不怕苦、二不怕死"。上级领导为此还特意奖励了黑七一袋精细饲料，说它的表现和马杰一样，也是其他牲畜学习的榜样。

　　但是，这袋饲料黑七却并没有吃到。当天晚上，马杰给黑七喂过树叶，就将这袋饲料弄去附近的村里跟当地农民换了一瓶地瓜烧酒和几个老腌儿鸡蛋。我曾经很认真地提醒过马杰。我对他说，最好对黑七不要太过分。我说让牲畜拉坡其实是一件很危险的事，你不为黑七想也要为自己想一想，它的身体一旦被搞垮，爬坡时突然拉不动车，那后果是不堪设想的。马杰听了只是微微一笑。他说没关系，他了解这头畜生。

　　但是，接下来的事情还是被我说中了。

　　关于这件事我一直没有搞明白。我觉得这很像是一起普通的事故。原因当然在马杰。由于马杰经常让黑七吃树叶，而黑七又一直拉肚子，体力也就越来越差，因此发生这场意外应该是黑七力不能支造成的。但马杰却对我说，你太善良了，也太小看这头畜生了，它可不是一般的驴，你就是给它吃一年的树叶再让它拉坡,只要它肯咬牙也照样能爬上去。马杰很肯定地说,这畜生就是故意的,它这一次的用心更歹毒,它是想要我的命。

但我仍然将信将疑。我很难想象黑七会有这样险恶的用心。

发生这件事是在工程接近尾声的时候。这时水渠已挖到最底层,地下水也渐渐渗出来。因此工程也就更加艰难,大家不再是挖泥,而是用铁锹在水里捞泥。那是一个上午。当时马杰正赶着黑七爬坡。岸坡不仅泥泞,也越来越湿滑。就在黑七快要爬到坡顶的一瞬,它突然站住了,四个蹄子用力在地上刨着不停地打滑。马杰立刻看透了它的心思。以往黑七也曾耍过这样的伎俩,爬坡时故意表现出筋疲力尽,上去卸车后好趁机休息一下。但这一次马杰却不想让它休息。就在前一天的晚上,工地刚刚为劳力们加钢。所谓加钢也就是改善伙食的意思,每人一大碗油汪汪的炖肥肉,外加八个浑圆雪白的硬面馒头。因此马杰这时仍然浑身是劲。马杰抡起鞭子就朝黑七抽了一下。他这一下非常狠,正抽在黑七的耳根上。马杰当然知道,牲畜的耳根是轻易不能抽打的,由于这里过于敏感,牲畜往往会因为突然的疼痛而受惊。但是,马杰故意要这样做,他就是想警告一下黑七,让它明白,他已看透了它的小聪明。黑七挨了这一鞭子突然一愣,然后把身体微微地向后顿了一下。这时它的四个蹄子已深深地插进泥里,浑身的骨头也将毛皮用力地绷起来。它慢慢回过头,朝马杰看了看。

马杰突然发现,它的眼角又皱起了一些鱼尾纹。

他原本已经又一次举起鞭子,这时突然停住了。

就在这时,黑七的屁股慢慢塌下去,接着将身体猛地一缩,又用力向前一蹿。它的用意显而易见,是想故伎重演再一次从辕套里钻出去。但马杰已接受了上一次的教训,事先早有防备,他将黑七牢牢地在辕套里拴死了。如此一来事情也就更加严重。黑七拉着车原本是绷紧气力的,这时稍一松劲,泥车立刻就顺着岸坡开始向下溜去,而且越溜越快。待黑七意识到自己根本无法从辕套里钻出去,再想将车控制住为时已晚。这辆装满湿泥的手推车拖着黑七一直向下冲去,接着又猛地一颠,便裹挟着马杰一起翻下沟底。马杰的两手仍然紧紧抓住手推车的把手。

他只觉天旋地转，很快就被一股巨大的力量抛向一边。就在他被泥土埋起来的最后一瞬，看到黑七一直滚下来，被沉重的泥车砸在了下面。

马杰这一次险些丢了性命。他从泥里被挖出来时，耳朵鼻子和嘴里都已塞满了泥浆，憋得几乎透不过气来。杨质检立刻指挥大家拉过一根胶皮管，接到一台抽水泵上用力朝他冲了一阵。直到将他冲出本来面目，又狠狠打出几个喷嚏，吐出一些泥沙，才终于喘过气来。

但是，黑七却没有这样走运。它的一条前腿被砸断了。

工地的杨质检亲自用一台拖拉机将马杰和黑七送回村来。北高村的知青集体户是在村口，所以杨质检没有进村，直接就将马杰和黑七拉来集体户。马杰送走杨质检，回到集体户的院子时，突然发现黑七又站在了门口那面墙壁的前面，正冲着墙上的那张驴皮呆呆地发愣。它的两个耳朵软耷耷地垂下来，鼻孔里发出突噜突噜的喘息声。那条伤腿还不时地往上抬一抬，似乎想触摸一下墙上的那张驴皮。但这驴皮实在挂得太高了，它触摸不到。它的眼里似乎蒙了一层雾气，接着就有一些像泪水一样的浑浊液体流淌出来。马杰走到它跟前，抓住缰绳用力拽了拽，想把它从这张驴皮的前面拉开。他觉得它这样看着这张驴皮让人很不舒服。但他使劲拉了几下，却没有拉动。黑七仍然执著地朝墙上看着，四个蹄子像是钉在了地上。马杰用缰绳朝它脸上狠狠地抽打了一下。

黑七突然回过头，盯住马杰。

马杰与它的眼神碰到一起，不禁愣了一下。

就在这时，胡子书记和大莲队长带着几个村干部来到集体户。他们正在村里开会，研究秋收的事，听到消息就立刻赶过来。胡子书记先询问了一下马杰和黑七的伤势。马杰说自己倒没有太大问题，只是肺里呛了一些泥水，还有些咳嗽，身上和腿上也被砸了几处，并没有伤到筋骨。但贫协主任很快发现，黑七的问题却很严重。贫协主任将它的那条伤腿搬起来看了看，发现已断成三截，于是摇摇头说，这畜生废了，以后没啥用了。

胡子书记还有些不死心，看了看贫协主任。

要不要……再牵去公社兽医站看一看？

大莲队长也说，牲畜的事，最好慎重。

马杰却在一边说，不用看了，没用了。

没用了？大莲队长问。

没用了。马杰说。

胡子书记和大莲队长商议一阵，又跟几个村干部碰了一下。

然后，胡子书记就点点头说，好吧，看来杀是一定要杀了。

大莲队长说，喂一喂也好，秋天正是牲畜上膘的时候。

胡子书记看一眼马杰说，等喂得肥一些，还是由你来杀吧。

就在这时，谁都没有注意，站在旁边的黑七慢慢抬起头，朝胡子书记和大莲队长这边看了看，又用力瞥一眼马杰和贫协主任，然后转过身，就一瘸一拐地向门外走去。

接下来的事情就有了一些传奇色彩。

马杰对我说，这件事确实令人难以置信。

那时已是初冬季节。田里的粮食收到场上，都已用苇席一垛一垛地囤起来。马杰因为身体还没有完全康复，就被派到场上守夜。在那个出事的夜晚，马杰确实感到有些异样。就在这一天的下午村里刚刚做出决定，第二天上午，要由马杰动手杀掉黑七。尽管马杰一再向村里提出，他的身体还很虚弱，杀黑七不是一件简单的事，恐怕自己还没有这样的气力。但胡子书记的理由却似乎更加充分。胡子书记说首先，当初黑六就是由马杰杀的，而且事实证明，他这种砍头的方法也很好，不仅可以使牲畜少受痛苦，浑身的血一下被放出来，肉也更加好吃。再有，胡子书记说，让马杰来杀黑七应该也最合适，黑七这段时间没少跟马杰找麻烦，起初大家还怀疑，是不是马杰对村里有什么意见才故意在黑七的身上出气，但现在看来，应该不是这么回事，而且经公社的杨质检证实，这一次在工地上，黑七还差一点就要了马杰的命，所以，胡子书记说，让马杰杀黑七也正好可以出一出心头的闷气。胡子书记最后又说，还有一点也很重要，村里人都不愿动手杀牲口，这马杰应该是知道的，所以让他来杀也算是为村里做了一项工作，大家的心里都有数，自然是很感激的。

马杰听胡子书记这样一说，也就不好再说什么了。

在出事的这天夜里，天很阴，到后半夜时还飘起了细碎的雪花。马杰像往常一样，先去四周巡视了一遭，看一看没有什么事，就在场边点起一堆火，然后掏出一瓶地瓜烧酒独自喝起来。这时四周万籁俱寂，只有远处的田野里偶尔传来土獾或黄鼬的叫声。马杰一边喝着酒，忽然想起彩凤，心里就不免有些伤感。据大莲队长说，彩凤的姨家是在关外，她的姨已在那边给她找了一个对象，而且很快就要结婚了。马杰想，他和彩凤也许今生今世都不会再见面了。于是他就又想到了黑七。他觉得他和彩凤的事弄成今天这样完全是黑七造成的。他怎么也想不明白，这个黑七不过是一头驴，它为什么会对自己怀有如此刻骨的仇恨。

马杰正在这样想着，忽然听到一阵轻微的笃笃声。

这声音时断时续，又非常的清晰，似乎越来越近。

他慢慢回过头，朝黑暗里看了看，就看到了黑七。

黑七显然是啃开缰绳溜出来的。它的一条前腿仍然高高地抬起来，走路的样子有些奇怪，像在跳一种舞蹈。这时，它走到马杰的面前，歪起头很认真地看着他。马杰借着火光突然发现，它的眼角又皱起了一些鱼尾纹。它的脸已明显地胖起来，因此这些鱼尾纹看上去也就更像了一种很怪异的笑纹。马杰慢慢站起来，也盯住它看着。就这样对视了一阵，黑七就慢慢转过身，不慌不忙地朝着附近一间堆放工具的土屋走过去。在那间土屋的门口放着两只巨大的油桶，里边装满农机用的柴油。黑七走到一只油桶跟前，低下头去用力顶了一下，又顶了一下。就在这时，马杰突然有了一种不祥的预感。他立刻朝那边扑过去。但是已经晚了，那只油桶被顶得晃了几晃，咕咚一声就倒在了地上，里边的柴油立刻汹涌而出。接着，黑七做出了一个更令人吃惊而且不解的举动，它慢慢躺下去，在那流淌的柴油里滚了几下。它身上的皮毛虽然短却很蓬松，所以这样一滚那些柴油立刻就被吸进去。它又滚了一阵，用力站起来，然后就一瘸一拐地朝马杰走过来。它的那条前腿仍然高高地抬着，似乎在挥舞着一只拳头。马杰突然明白了，立刻转身朝场边跑去。在那边堆放着两垛秫秸，秫秸垛的旁边就是一囤一囤的粮食。但黑七的动作却比马杰更快，尽管它瘸着一条腿，看上去仍然异常的灵活，它只在那堆火上一跃而过，身上就立刻燃烧起来。接着，它一扭头就猛地朝马杰直冲过来。马杰向后倒退了两步，转身朝着粮垛相反的方向跑去。事后他对胡子书记和大莲队长说，他这样跑当然是想将黑七引开，因为他已明白了它的企图，他绝不能让它的阴谋得逞，更不能眼看着贫下中农辛苦一年的劳动果实付之一炬。但是，他却告诉我，他当时这样跑其实是慌不择路，倘若他再跑慢一点浑身燃烧的黑七就会朝他撞过来，那样他的后果将不堪设想。在那天夜里，马杰就这样不顾一切地向前狂奔着。黑七则跟在后面紧追不舍。黑七身上的火焰越烧越旺，几乎将村外的田野映得通亮。直到马杰在村外绕了一圈，又跑回知青集体户，黑七追到门口终于无法再跑了。这时它的身上已着起了熊熊大火，皮下的油脂哗哗流淌着，使耀眼的火焰一直升腾到半空。它就那样站在知青集体户的门外，睁大两眼瞪着惊魂未定的马杰。那条伤腿仍在一下一下地用力挥动着⋯⋯

天亮时，雪已越下越大。清新的空气里弥漫起一股肉香。但这香味有些奇怪，隐隐地含着一些焦煳，似乎还混有一些柴油的气味。北高村的人们循着这气味来到村外，赫然看到了黑七。这时的黑七仍站在大雪里，身上只剩了一具灰褐色的骨架。这骨架还在冒着一缕缕坚硬的青烟，看上去如同金属的一般，就那样硬挺挺地站立在雪地里。

（选自《收获》，2006年第2期）

点评者：过桥

这是一个故事和意蕴并举、由故事本身生出巨大意蕴的小说。它一直闷着头在故事里老老实实地走，不拔剑四顾，也不好高骛远，但故事结束的时候，你会发现，那头名叫黑七的驴已经冲出了故事，跑到了小说应该到的位置，那就是坚忍、绝望、玉石俱焚的决心、复仇与恶。

小说中的善和恶如同硬币的正反面，在针对恶的同时，也是在追问善。黑七其实是个人，在这场惊心动魄的持久战中，它与其说是黑六的兄弟，不如说是马杰的兄弟，或者再升华一点，是开满了善恶之花的整个人类的兄弟。小说不是简单地让一个人和一头驴对称着往前走，以获得象征和寓言的效果，而是相互补充，相互促进，他们俩像一条绳索的两个分支，扭结着向前推进，谁也无法停下来。故事的张力就出来了。没有天花乱坠也没有匪夷所思，甚至故事推进的方式都比较单一和陈旧，但它在执拗的推进中毫不懈怠，反而获得了单纯的力量。故事越走越远，故事的阴影就越来越大，而这越来越大的阴影，正是小说孜孜以求的、超越故事之外的意蕴，也是故事和小说的目的。

乡土人物

韩少功

青龙偃月刀

何爹剃头几十年，是个远近有名的剃匠师傅。无奈村里的脑袋越来越少，包括好多脑袋打工去了，好多脑袋移居山外了，好多脑袋入土了，算一下，生计越来难以维持——他说起码要九百个脑袋，才够保证他基本的收入。

这还没有算那些一头红发或一头绿发的脑袋。何爹不愿趋时，说年青人要染头发，五颜六色地染下来，狗不像狗，猫不像猫，还算是个人？他不是不会染，是不愿意染，师傅没教给他的，他绝对不做。结果，好些年青人来店里看一眼发现这里不能焗油和染发，更不能做离子烫和爆炸式，就打道去了镇上。

何爹的生意一天天更见冷清。我去找他剪头的时候，在几间房里寻了个遍，才发现他在竹床上睡觉。

"今天是初八，估算着你是该来了。"他高兴地打开炉门，乐滋滋地倒一盆热水，大张旗鼓进入第一道程序：洗脸清头。

"我这个头是要带到国外去的，你留心一点剃。"我提醒他。

"放心，放心！建伢子要到阿联酋去煮饭，不也是要出国？他也是我剃的。"

洗完脸，发现停了电。不过不要紧，他的老式推剪和剃刀都不用电——这又勾起了他对新式美发的不满和不屑：你说，他们到底是人剃头呢，还是电剃头呢？只晓得操一把电剪，一个吹筒，两个月就出了师，就开得店，那也算剃头？更好笑的是，眼下婆娘们也当剃匠，把男人的脑壳盘来拨去，耍球不是耍球，和面不是和面，成何体统？男人的头，女子的腰，只能看，不能挠。这句老话都不记得了么？

我笑他太老腔老板，劝他不必过于固守男女之防。

好吧好吧，就算男人的脑壳不金贵了，可以由婆娘们随便来挠，但理发不用剃刀，像什么话呢？他振振有词地说，剃匠剃匠，关键是剃，是一把刀。剃匠们以前为什么都敬奉关帝爷？就因为关大将军的工夫也是在一把刀上，过五关，斩六将，杀颜良，诛文丑，于万军之阵取上将军头颅如探囊取物。要是剃匠手里没有这把刀，起码一条，光头就是刨不出来的，三十六种刀法也派不上用场。

我领教过他的微型青龙偃月。其一是"关公拖刀"：刀背在顾客后颈处长长地一刮，刮出顾客麻酥酥的一阵惊悚，让人十分享受。其二是"张飞打鼓"：刀口在顾客后颈上弹出一串花，同样让顾客特别舒服。"双龙出水"也是刀法之一，意味着刀片在顾客鼻梁两边轻捷地铲削。"月中偷桃"当然是另一刀法，意味着刀片在顾客眼皮上轻巧地刨刮。至于"哪吒探海"更是不可错过的一绝：刀尖在顾客耳朵窝子里细剔，似有似无，若即若离，不仅净毛除垢，而且让人痒中透爽，整个耳朵顿时清新和开阔，整个面部和身体为之牵动，招来嗖嗖嗖八面来风。气脉贯通和精血涌动之际，待剃匠从容收刀，受用者一个喷嚏天昏地暗，尽吐五腑六脏之浊气。

何师傅操一杆青龙偃月，阅人间头颅无数，开刀、合刀、清刀、弹刀，均由手腕与两三指头相配合，玩出了一朵令人眼花缭乱的花。一把刀可以旋出任何一个角度，可以对付任何复杂的部位，上下左右无敌不克，横竖内外无坚不摧，有时甚至可以闭着眼睛上阵，无需眼角余光的照看。

一套古典绝活玩下来，他只收三块钱。

尽管廉价，尽管古典，他的顾客还是越来越少。有时候，他成天只能睡觉，一天下来等不到一个脑袋，只好招手把叫花子那流浪崽叫进门，同他说说话，或者在他头上活活手，提供免费服务。但他还是绝不焗油和染发，宁可败走麦城也绝不背汉降魏。大概是白天睡多了，他晚上反而睡不着，常常带着叫花子去邻居家看看电视，或者去老朋友那里

乡土人物　37

串门坐人家,从李白的"床前明月光",到白居易的"此恨绵绵无绝期",他诗兴大发时,能背出很多古人诗作。

三明爹一辈子只有一个发型,就是刨光头,每次都被何师傅刨得灰里透白,白里透青,滑溜溜地毫光四射,因此多年来是何爹刀下最熟悉、最亲切、最忠实的脑袋。虽然不识几个字,三明爹也是他背诗的最好听众。有一段,三明爹好久没送脑袋来了,让何爹算着算着日子,不免起了疑心。他翻过两个岭去看望老朋友,发现对方久病在床,已经脱了形,奄奄一息。

他含着泪回家,取来了行头,再给对方的脑袋上刨一次,包括使完了他全部的绝活。三明爹半躺着,舒服得长长呼出一口气:"贼娘养的好过呀。兄弟,我这一辈子抓泥捧土,脚吃了亏,手吃了亏,肚子也吃了亏呵。搭伴你,就是脑壳没有吃亏。我这个脑壳,来世……还是你的。"

何爹含着泪说:"你放心,放心。"

光头脸上带着笑,慢慢合上了眼皮,像睡过去了。

何爹再一次张飞打鼓:刀口在光亮亮的头皮上一弹,弹出了一串花,由强渐弱,余音袅袅,算是最后一道工序完成,他看见三明爹眼皮轻轻跳了一下。

那一定是人生最后的极乐。

船老板

有根是个船老板,看见我游泳,远远地在船上招手,嘴巴一阵开合——喊声在柴油机噪音中其实完全听不清。他有时给我捎来东西,在院墙外停了机器,一声大喊抛过墙来:"拿兔子肉呵!"或者"拿野猪肉呵!"我闻声赶去水边,从他那里接过肉,还有坝上一个猎手朋友的问候。

与有根熟了以后,碰到城里朋友来访,我常常包租他的船去库湖中游玩。在这个时候,他对船钱总是推让。"给什么钱呢?几个朋友!"或者说:"下次再说,下次再说,我现在不缺钱!"

我后来知道,有根在开船之外兼看风水,还懂一点小方术。他走进我家院子,总要东张西望,细加观察,然后讲解"内白虎(指我家院内一个坡)"和"外青龙(指我家墙外一道山)"的深义。听说我家鸡埘里出现一种麻色小蛋,他一口咬定那不是鸟蛋,也不是蛇蛋,而是臭婆娘(不知他是说谁)拿来偷换鸡蛋的。我应该马上去鸡埘边贴一红纸条,方可以正压邪,清净门户,赶走那个臭婆娘。

他是一个业余萨满,常被乡亲邀去解决难题。乡亲们一碰到事情不顺,比如出门便摔跤,进门又打碗,埘里刚死鸡,圈里又猪瘟……这就值得注意了,就不能当作一般事务来处理了。取冷饭一碗,配鱼肉若干,倒在屋后僻静处,辅之以烧香和贴符,俗称为"倒冷饭",可把小鬼打发远去,算是打破险局的简易伎俩。如果事情比较严重,比如房屋起火还加上恶病缠身,那就不光要救火和治病,更要找出形而上的原因。在这种情况下,乡下人信赖科学但不满足于科学,一定会去求助有根这样的人,或是去求助更高级的和尚或道师。

到底找什么人,依情况的严重程度而定,也取决于当事人的支付能力。

这些做法十分可疑,但从心理学的角度来看,是否算得上某种草根民间的心治之术?祛邪驱鬼一类是否也不失为心理暗示和精神调节的偏招?就像很多老师要孩子们临考前大喊三声"我是最棒的",这种十之八九的谎言常常也管用,近来也被列为科学的一部分——不过是传统科学所忽略的科学。

倒是另有一些科学的接连露馅:化肥破坏土质的大弊近来才被人们认识。瘦肉精、催长素、DDT、隆胸硅胶、不粘锅的特富龙等等,也以其危害最终吓坏了公众。神经毒气和细菌武器更不用说,似乎比巫术更混蛋,其制造者分明是一些穿着白大褂的邪教教主。

但我还是一个信奉科学的教徒,对有根的热情指导一笑了之,急得他瞪大眼睛:"你以为这迷信?明明是科学,条条都是有书对的!"

他也想抢戴一顶科学的桂冠。

他给我看过一些油印小册子,解释地理与命理的关系,包括地理如何改变命理,命理如何改变地理——一个人只要三年不做恶事,家中的树木一定长得郁郁葱葱,如此等等。他还说到毛泽东、周恩来、蒋介石、林彪的祖坟,一个劲儿解释那些坟墓与命运的关联。据说那都是他们堪舆界公认的经典案例，还经过他一次次亲自考察。他决不容我对此心不在焉，把目光移向报纸："老韩你听听……"，"老韩你想想……"，"老韩你来说，事情是不是这样……"他一次次用点名和盯人的方式，用假装提问但并未提问的方式，把心猿意马的我拉回来，逼我继续聆听。

"如果不是何键挖了毛主席的祖坟，毛主席怎么会香火不旺？他儿子怎么可能死在朝鲜？"

"你看了几十年风水，为何自己没选个好风水？"我想击其要害。

"你说我家？我家的风水不错呵！以前只是大门偏了一点，前年我已经把门改过来了。但地理还得有命理的配合，你懂不懂？我的八字是缺水，缺水也就是缺财，你懂不懂……"他说不通左就说右，绕一绕，又能把话圆回来。

这一天，我与他在雁泊湾看朋友，在一农户家吃晚饭。天色渐晚，主妇把一只大母鸡追得满地飞，说那只鸡几天前不知受了什么惊，晚上总是不回窝了，怕是要变野鸡了。

有根笑了笑："你等我来。"

"你抓得住它？"

"鸡有脚，自己不会走么？你只给我找一张纸。"

"要纸做什么？"

有根讳莫如深，笑而不答，取一张废报纸去灶角里点火，嘴里念念有词。

"回来没有？"他接下来大声问。

"回来了！"主妇往地坪里一看，大觉意外。

"你再看看，它进埘没有？"

"进去了！已经进去了！"

"看清楚呵，没有再出来吧？"

"没有！真的没有！"

主妇和我都目瞪口呆。

如果我不是在现场目睹，如果这件事只是传说，我撞破脑袋也不会相信。但这的确是事实，完全超出了我的理解能力。我立刻想到的下一点是：我是不是应该遵照他的嘱咐，去鸡埘边贴红纸条？

深夜，我们离开雁泊湾。他把我送回家。

我上了岸，在朦胧夜色中摇摇手，看他一点篙，船就离了岸，船尾有缓缓鼓动的浪花，搅碎了满湖星光。我答应下次跟他去看看峒里最好的一块风水，据说是块要出宰相出将军的宝地。我的巨大殊荣是最早得知此事，是获准参观的第一人。他对我千叮咛万嘱咐：看了以后不能说。

卫星佬

当年的一位插友姓刘，眼下在电视台当差，来我家玩过一次，执意要帮我装上电视卫星天线，绝不让我成为文明的弃儿。

一辆工程车就这样灰头土脸地开来了。

车上跳下两位技师，手操对讲机，吩咐手下人搬出监测器、钻孔机、定向仪、解码器、手提电脑等等，还忙着检查基础工程，即一个直径一点五米的水泥座——我家已经遵照吩咐提前打造好。

他们架上铝皮锅，靠定向仪确定方位，靠监测器查验信号，靠电脑上网搜寻参数资料。一拨人在野外操作天线，另一拨人在室内调试电视，双方在对讲机里哇啦哇啦呼叫，忙得一个个满头大汗。碰到什么疑难，他们还打手机咨询更高级的专家，甚至直接打到出产设备的厂家。在这个令人眼花缭乱的高科技过程中，我只能端茶倒水，完全帮不上忙。

朋友送来的这口锅，本身就价值两千。这笔厚礼实在让我过意不去。买一车西瓜送去电视台还礼，是后话不提。

几个月以后，雷击打坏了天线。我不好意思要工程车再跑一趟，正在为难之际，一位邻居对我说："何不喊毛伢子来一趟？"

毛伢子是谁？

毛伢子就是桥头村路边那个杀猪佬呵。邻居说，他近来也兼营卫星天线安装，别人也叫他"卫星佬"。

我不大相信杀猪的能玩好卫星，没有接受邻居的建议，含糊了一下。没料到我的邻居很热心，竟自作主张拜托一位运竹木的司机，捎了个口信下山去。卫星佬就这样进山了，站在院门外高声大叫。

我不认识他，见两个汉子的裤腿上满是泥点，以为是打鱼人来卖鱼,连连表示我们不要鱼。"不是你叫我来的么?"毛师傅很纳闷,给我出示一只用草绳拴着的铝皮锅,让我明白他们的来历和来意。

他们当然没有汽车,只骑来了一辆浑身哗啦啦乱响的旧摩托。一个人抱着大锅反坐在车尾,另一个挂着两个工具袋向前开车,一正一反珠联璧合,就像一棵歪着头的大蘑菇上了路,更像一架支着锅形天线的预警飞机嗡嗡嗡进了山,哪怕在田间小道也能七弯八折,一往无前。

进了大门以后,大脚板踩得到处是泥印,他们既不细察,更不多言,三下五除二就打上前去,动作如果不说是粗鲁但至少是猛烈,简直是在杀猪。他们不由分说把肥胖的电视机抬到室外,扔在草地上任它哼哼,接上电线,就当成监测器用上了。

他们既不需要定向仪,也不需要用量角器,只是抬抬头,看看太阳的位置,甚至是太阳在云中可能的位置,把一口铝皮锅左挪一下,右旋两下,再踹它三两脚,差点踹出了我想象中的尖叫,很快就校准了卫星方向。他们对锅座安装更无教条主义,如果你同意,他们更愿意省掉钢架,找来一些断砖废石,不一会就砌出三个砖墩,让锅座由一条钢腿变成三条砖腿,不像是架天线,倒像是砌猪圈。

卫星锅成了潲水锅。这样虽不大好看,虽不符合技术规程,但实际上更结实和更稳固,有抗风和防锈的诸多实惠。在锅中央的高频头上,他们随手罩上个底朝天的可口可乐半截瓶子,算是乡下人的即兴创造,一个防雨的小把戏。

猪杀完了,肥胖的电视机也被捉回室内重上屠案。

杀猪佬揪去一把鼻涕,在裤子上擦了一把,对各种解码参数烂熟于心信手拈来,对"亚太一号""泛美二号""雅玛尔"一类卫星名称如数家珍脱口而出,随手调试出屏幕上中国的、港台的、南亚的、中东的、欧美的各种音画,就像从竹笼里掏出一只只猪,看你要哪一只,看你要剁哪一块,他都可以熟练地剁好,足斤足两,老幼无欺。价格也便宜:装一口锅,连人工和线材费用总共三百左右,不到一头猪的钱。

我这才知道卫星天线已经大大降价。

我要他们吃了饭再走,他们连连摇头,说天已不早,还要顺路去茶盘砚收猪,准备明天卖肉,说完一溜烟骑着摩托走了。

我目送他们远去，怀疑他们的小小摩托无所不能，不但能把肥的瘦的卫星节目统统带上山来，也能把电子化数码化的大肥猪运下山去。

蛇贩子黑皮

山峒里多蛇，贩蛇便成了一种不错的行业，其中最有名的蛇贩子是端妹子。照当地俗称习惯，"端妹子"其实是男性。他额角有一大块黑皮，所以又有人叫他"黑皮"。

黑皮原来是吃铜锣饭的，唱乔仔戏。打电视普及以后，铜锣饭不如从前好吃，他就拜了师傅，改从贩蛇之业，成天骑着一辆破脚踏车，挂着两只化纤口袋，在山峒里走村串户。他的口袋里有乌丝蛇和菜花蛇，价贱，仅蛇胆可以入药。还有蝮蛇，俗称土皮蛇，价也贱，十来块钱就可以收得一条。比较贵的要数扇头风，即读书人说的眼镜蛇，商贩一般得出价六十至八十，才可能说动卖主。

黑皮把收来的蛇存入家里的竹笼子，积上百条左右以后，再集中运到山外，转卖给广东来的蛇老板。

其中比较稀奇特异的蛇，他就拿去卖到省城里的什么大学，给人家师生做实验。

实在无蛇可收的时候，他也顺手收点黄鳝或者团鱼，卖给镇上的饭店，反正一辆破脚踏车成天得骑着，一个装了些小石子的铝皮水壶成天得摇响，在山道上摇出有一下没一下的哗啦声。

毒蛇并不乱开口，一开口则必定伤人，黑皮不怕蛇，有成百上千条蛇过手，从未被蛇咬伤，全靠他从师傅那里学来的技术，还有一套防身的密传咒语。

他说过，贩蛇人有行内的规矩，比如一生不得吃狗肉，这是第一戒；也不得医治任何蛇伤，这是第二戒——即便看见至爱亲朋在蛇咬之下危在旦夕，也须硬着心肠袖手旁观，否则就彻底断了自己的财路。他师傅说：贩蛇的不能治蛇，治蛇的不能贩蛇，天下人各有生路，你不能赚夹份钱，这是一大基本原则。

据说贩蛇的其实也很难抓到蛇，甚至平时根本看不见蛇，因为这种人身上杀气太重，还隔上两三里路，就把蛇吓跑了。

　　黑皮就这样以蛇为生过了七八年，小日子过得不错，不但把自己的脚踏车换成了摩托车，还给哥哥嫂嫂买了一台彩电。嫂嫂见他一直单身，平时多有关心，帮他洗洗衣，扫扫房子，做个鞋垫什么的。有时候心生好奇，嫂嫂就要小叔子玩玩蛇术，比如看黑皮是如何念一通定身咒，使蛇原地不动寸步难行。有一次，黑皮玩得高兴，把一黄一黑两条小蛇拦腰斩断，念一些咒语，两条蛇居然交换连接，黑头连了黄尾，黄头连了黑尾，都成了两色花蛇，还能游窜如故，令嫂嫂大开眼界，连声惊叫。

　　这一天嫂子去他家送碗汤，顺便说了一句："你的床怎么这样窄？准备一辈子打光棍呵？"黑皮这天正高兴，调笑话脱口而出："嫂嫂要不来试一下？这张床看起来不宽，睡嫂嫂这样的小个子，还是睡得下的。"妇人倒也不恼，咒了一声"臭嘴"，笑着站起来说："你等着吧，我下次来试。"然后哈哈大笑而去。

　　这一声大笑，似有心，似无意，笑得黑皮有点晕。就在这一天，嫂嫂在菜园里被一条竹叶青咬了。黑皮一急，意忘了守戒，跑到村头拔了两枝七叶莲，赶到嫂嫂身边又是吮毒，又是敷草药，救了一条命。

　　嫂嫂怕得大叫的时候，紧紧抓住他的一只手，竟把这只手掐破了皮，掐出了血。

　　黑皮就是这样坏了自己的功法，后来他去茶峒收蛇，才走到坡上，就被群蛇围攻。他的定身咒不管用了，两脚也软弱如泥，怎么也跑不动，结果一命呜呼。人们后来发现他身上留有几十种不同齿痕的蛇伤，发现他全身黑紫，脸肿如盆，七孔流血，手里掐着断蛇，脚底踩着死蛇，口里咬着两个蛇头，耳朵眼和鼻孔里还悬出半截小蛇尾……一场人蛇大战，可见何等惨烈。他的摩托也未能幸免，车上电线、坐垫等软质部件，全被蛇咬了个千疮百孔，连排气管里都钻进了一条土皮蛇，大概想毒杀发动机。

　　据对面山上的放牛人说，他临死前大叫了一声，是叫一个人的什么名字。

　　他双亲已故，除哥哥以外没有其他特别重要的亲友，以后每逢清明节，他的坟头只会出现一个默默烧纸的妇人。

(《佛山文艺》，2006年第6期)

点评者：邓菡彬

纯文学作品喜欢追求深刻，但是否一味往"狠"里写才叫深刻？有时奇险乖戾恰是为了掩饰思想的苍白。而且，狠的法子太雷同，大家想法差不多，就不再是深刻，而成了媚俗。或者，媚雅。

韩少功早年不是没写过"狠"的作品，但他近十几年的作品，往往把深挚的精神诉求蕴涵在平平常常的叙述之中。功力炉火纯青，方能四两拨千斤。

现代化的浪潮逐渐抽空了乡村，使带着人们昔日很多美好感情的乡村越来越破败。《乡土人物》的第一则《青龙偃月刀》便写这种哀叹。与许多写同类感受的作品不同，韩少功并没弄那些神神叨叨的乡土寓言和一厢情愿的生死大戏。短短的篇幅，平平淡淡，从头到尾，没有一点激烈的抗争，但并不意味着没有痛苦。老百姓不是知识分子，他们迫于生活，总是对实实在在的东西关注得多一些。他们心中的苦与痛，总是隐得很深，表现出来的则很浅。《青龙偃月刀》胜就胜在自然，貌似清淡，实则有力。

第二则《船老大》更是彻底的韩记美文。不仅文章美，勾提点抹，起承转合，都透着洒脱自如，而且意蕴也耐人寻味。对船老大的风水方术，叙述者也是将信将疑，因为实在跟自己所受的科学教育相抵触。但叙述者显然对所谓科学也有疑问。或者说，干脆就是把科学和迷信骇人听闻地摆在平等的位置上，要怀疑都怀疑，但怀疑也不等于否定。于是，迷信不迷信这个棘手的问题被淡化，凸现出来的，也就是作者当真要写的，是那个活生生的乡土人物。不管怎样，迷信是他的生活和精神世界的一部分，把对它的价值判断悬置起来，人物才更鲜活、生动。第三则

《卫星佬》也是如此，不仅人物鲜明，而且在这种对比的写法中，露出一点乡土智慧对现代标准化生活的揶揄。但后者不是重点，所以并没有像作者的其他小说中那样把揶揄的笑容扩大。重点还是写人。第四则写收蛇的汉子，也是从人物本身来写人物——如果把他身上所带的神话进行"科学"的解释，他也就不再是他了。

这四则故事其实是从韩少功的《山居笔记》中抽出来的。《山居笔记》延续了《马桥词典》、《暗示》以来的文体特点，而且取"笔记"之名，干脆放弃"小说"的名号（在《钟山》第6期发表时干脆称"长篇散文"）和真实/虚构的界限。99个乡村人物或生活场景的片断不是各自为政，而是有整体的表达需要。作者对乡间奇人异事的捕捉，对农民生存哲学的戏谑和理解，让我们看到与"五四"以来的启蒙叙事完全不同的一种文学形式。作者不再充当高高在上、充满批判精神的启蒙者，而是让乡村生活自身的逻辑展现出来，并与作者的知识分子视角进行平等对话。

家道

魏微

一

父亲出事以后,生活的重担就落在母亲一个人身上,其时她四十出头,我年方十九,正在大学里读书。父亲出事的当天,我没在现场,据母亲说,市委王伯伯打来电话,通知父亲参加一个重要会议,那是周末的一个晚上,夫妻俩正在吃饭——他们俩实在难得一起吃饭的,因为父亲总是很忙。

王伯伯是市委秘书长,和我们家关系一向不错;我印象中他是个胖子,走路一阵风似的,说话却是慢吞吞的,而且最会敷衍小孩子,丫头长丫头短,问问你的成绩,摸摸你的小辫子——小时候,他常来家里走动,当然那时他还没有"入仕",和父亲一起在中学里任教。

电话是我母亲接的,很多年后,她都不愿提起这一幕。她说,他怎么就做得出呢,他声音没有一点异样。

原来,那天晚上并没有什么会议,王伯伯受命设了个圈套,待父亲急匆匆地赶到市委招待所,看到门廊里转悠着几个便衣,会议室里端坐着几个"上面来的人",他就明白是怎么回事了。父亲在被双规前是我们那地方的财政局长,俗称"财神爷"的。接下来的事情我就不多说了,无非是立案,抄家,审判,程序上的事我也不是很懂。父亲被判了八年,罪名是行贿受贿,这成了我们小城最轰动一时的案件之一。

"轰动一时"是什么意思呢,说的是此案涉及面太广,不少省部级的大人物都被裹挟其中,相比之下,父亲的官阶卑微如草芥(他是处级),他不过是环环相扣中最不起眼的那一环,而且是顺手牵羊得到的"战利品"。

那么"之一"呢,说的是那些年,我们城总有一些官员落马,上至市委书记,下至银行行长、电视台台长……明白了吧,都是一些小城"要人",媒体上的说法是"连挖几条蛀虫,百姓拍手称快"这一类的,其实我估计,百姓拍手称快也谈不上,因为这类事太多,在父亲出事的前后五六年间,每年总有人家在鬼哭狼嚎,也有死的,也有疯的,他们都是我母亲所说的"官宦阶层"。

我母亲很喜欢说政治术语,其实她于政治上并不很通,我也不通,但我至少不像她那么天真,比如在王伯伯打电话这件事上,她就很感"冷风彻骨",其实,这有什么好心寒的呢?换了父亲,他也会这样做,他们不过是人手心里的一粒棋子,想把他们放到哪里就放到哪里,所不同的是,父亲很早就被吃了,而王伯伯笑到了最后。

王伯伯后来官运亨通,调至省城,升至副厅,现在应该是退休了,我想这也是常情,他本来就比父亲更适合当官。当官这件事,照我的理解,也有适合不适合的,就像有的人适合当诗人,有的人适合演戏,有的人适合练田径一样,我父亲适合当中学语文老师。

老天爷,你不知道我父亲的课上得多好,他是我们城里著名的四公子之一,尤以博览群书、出口成章著称,我没福成为他的学生,却有幸做了他的女儿,很多年后,我遇上他早年的一群学生,还跟我遥想起当年的小许老师,何等的风流秀雅,遥想起他带他们去野外踏青、吟诗作赋的情景,那是他们一生中的好时光,可是我想,那又何尝不是父亲一生中的好时光呢?

父亲培养的学生中,有几个是"文革"后的第一批大学生,还有一些是考上北大清华的,有经商的,从官的,务农的……据我所知,父亲待他们一视同仁,我想那是因为他爱他们,这其中,父亲尤其赞赏那些教书育人的,他说,教育,兴国之本啊!可是后来,他自己却八竿子打不着地当了个财政官员。

父亲的"发达"可能连他自己都没想到。很多年后,我还能记得我七岁那年的夏天,他坐在院子里,和一群学生在畅谈诗书、教育的情景。

他穿白府绸衬衫，黑长裤，戴黑框眼镜，那样子也就是个读书人。他安于做一个读书人，我猜想，也乐意把这种清高古朴的气息传递给他的学生；这气息隐隐伴随他一生，在他得意的时候，失意的时候……我现在想来直犯怵，不知父亲该怎样的身心分裂，因为无论"入仕"还是"入狱"，他身上的气息于这两处环境都是格格不入的。

我记得有一年冬天，那时他已是市委书记的红人，好像也熬到市委办副主任这样的位子上；那天晚上，他大概是喝了点酒回家，脸色泛白，可是特别想说话，便把我从被子里摇起来，借故检查我的功课，说，给爸爸背两句《论语》。

我那年小学四年级，还没有学《论语》。

他说，那爸爸给你背。

他站在床边，摇头晃脑地就背了起来，像个学童一样。很多年后我都不能想起这一幕，因为想落泪，因为那天晚上他神色痴迷，实在背了些什么，他自己并不知道：那些字句已刻到他的记忆里，成了他的潜意识——因为那些字句于他已派不上用场。

即便后来做了不相干的财政局长，每天晚上他也必回书房坐上一会儿，他那些线装书早就不看了，取而代之的是经济、政治、现代企业管理这一类的书，摆在书橱最显要的位置，究竟这些书他看了没有，我也不知道。他整天忙得昏天黑地，恐怕也难得静下心来读点书，或许他也意识到，读书对于他这个行当，非但是无用的，反而是有害的？

很多年后，我父亲总结他失败的一生，得出一个结论，除了授课，他别无用处。

那么现在，让我们把视线再转回那年夏天的午后，看看父亲和他的学生们，怎样坐在葡萄架底下，一边摇着芭蕉扇一边说笑的情景，这清寒、平静的时光所剩不多了——我父亲并不知道，早在两个月前，他的材料就被有关部门调走，其时百废待兴，求贤若渴，正值提倡"干部年轻化、知识化"的春天，那也是父亲的春天啊，他三十四岁，英气勃发，因写得一手好文章——《关于高中语文教学的几点思考》等——被组织部门看中了，说，这是个很好的干部人选嘛，先过来给领导写材料吧。

父亲就这样成了领导的秘书，开始了他短暂、疲惫的飞黄腾达之旅。

也就是这年夏天，我奶奶说，她看到一片紫云从我们院子上空流过；紫云当然是吉祥之云了，我奶奶心想，莫非儿子就要走鸿运了？大太阳底下她把双手一合，咕哝了几声"阿弥托佛""菩萨保佑"，一颗心跳得"咚咚"作响。

我父亲笑她的附会，因为紫云也流过别的人家了。

我奶奶说，那不管，谁看到了谁作数。

不管怎么说，我父亲的升迁给奶奶带来了极大的安慰，她只有这么一个儿子，每天烧香拜佛，为的就是让他升官，发财，养儿子（我父母只有我一个女儿）。

父亲的升迁也给我们家族带来了荣光，我们许氏家族洋洋上百口人丁，几十年间就很少出过官绅、秀才、有钱人，现在父亲一步登天，"把这些都占了"。我有个堂爷爷颇有点见识，告诫父亲说：小心点，官可不是那么好做的！它既能抬你，就能灭你。

多年以后，这话竟成了谶语！

想必父亲在那年秋天，也听到了这句谶语，但是他没往心里去。那年秋天，来家里贺喜的人络绎不绝，亲朋好友，紧邻旧交……我们全家迎来送往，断断续续忙了一个多月，就连七岁的我也被当个人用了，端茶送水，偶尔也被支使出去买糖果糕点——我简直是满怀喜悦，一路飞奔跑到小卖店，再一路飞奔地跑回来，末了还不忘向母亲报账，我买的是最便宜的糖果。

全屋子的人都笑了。

就有人说，你很快就会吃上最贵的糖果了。

也有人把我拉进怀里，搓揉我的头发，捏捏我的小手，说，这丫头真漂亮，你看这双大眼睛，哎呀，真是可爱死了。

我也略微有些疑心，觉得人家是在奉承我——当时，我还不知道有"权力"这一说，可是我分明就看见了它，在我父亲身上荡漾着，闪着光，我知道这是个好东西。我从七岁那年渐知人世，因为父亲的发达，把我卷进了一个纷繁嘈杂的群体，家里常常门庭若市，一群人走了，一群人又来了，是从这一年开始，我额外得到太多人的疼爱关照，直到十二年后父亲入狱，一切戛然而止。

我从来没有责怪过这些人，这是真的；即便很多年后，我也记得当年的自己，怎样沐浴在屋子的日光里，家里充满欢声笑语，简陋的客厅也自蓬荜生辉。才七岁啊，可是我的心也因晓得感激而颤抖。有那么一瞬间，我想我定是抬起了头，我要看看他们，他们的笑容，友善的眼神，嘴里喷出来的烟的气雾……直到今天，我仍感念他们给予我的欢乐尊严，他们坚持了十二年啊；只是我的喉咙现在涩得发疼。

那年秋天，我父亲坐在客厅里，接受各色人等的祝福，他架着腿，微笑着，他的态度几乎是谦卑的，破例很少说话了。我想他一下子还不能适应。我父亲很少觊觎什么，他出身寒门，一没有关系，二不走后门，况且他也是个老实人，暂时还没那么多的想象力。至少在那年夏天，他坐在葡萄架下扯闲篇的时候，我们已注意到他恬淡无欲的表情，穷则独善其身，他在他的角色里深深地沉醉了。

可是突然一阵晴天霹雳，我父亲抬头看看天，简直忍不住要笑了。嗯，他也想"达则兼济天下"了。

二

很多年后，当父亲刑满释放，拎着包裹走往回家的一条偏僻小路，当他看见夕阳，小草，野花；当他走累了，索性坐下来，回头看看身后的山峰，高墙，电线杆……这些孤寂的物件陪了他八年，层峦叠嶂的让他想起自己雾蒙蒙的一生！当他的眼睛掠过蓝天白云，终于能看到更久远的往事——他所经历的荣华富贵，以及他从荣华富贵中焐吸到的冬阳的温暖，我父亲闭了闭眼睛，他后来跟我说，那一刻他脑子有点闷。

我父亲的脑子坏掉了，八年的牢狱生活使得他根本不在现实里，人生的荒诞感其实在很多年前他从中学老师一跃而为市委办秘书的时候，他就略微感觉到了；所以晚年的父亲常说，越想越觉得是一场梦啊！这几乎成了他的口头禅。

我也有种做梦的感觉，人世亦真亦幻，若不是亲身经历，恐怕很难有这种体会。父亲永远也不会知道，在他身陷牢狱的那段日子里，我和母亲过着一种什么样的生活，对比过往的繁华，那不是荒诞又是什么呢？

我母亲是个很有身份感的女人，以前是一家工厂的会计，在父亲发达以后，她就辞了职，过起了相夫育子的官太太生活。其实父亲的发达，最大的受益者就是我母亲，这使她的虚荣心得到了极大的满足，依我看，她的满足与其说来自物质，倒不如说是精神上的自尊自足。我举个例子，在我们家门庭若市的那些日子里，由我母亲经手的小恩小惠总是有一些的，比如冰箱，彩电，洗衣机，照相机（这都是那个时代的奢侈品）……过年过节时我的压岁钱，全家的吃穿用度：羽绒衣，羊毛内衣，进口水果，乡下的土特产品……

我们果真需要这些贿赂么？需要也是需要的，但最让我母亲喜欢的，恐怕还不是这些物件本身，而是它背后所散发出的人世的光辉，这光辉里有整个的人情世故，使人忍不住就想回味叹息：送礼也需讲究的，话不能明说，但又不能不说；坐在富贵人家的客厅里，首先笑容就不能寒缩，言谈可以谄媚一些，但必须得克制，否则就是下作了。坐在富贵人家的客厅里，最讨巧的不是巴结奉迎，而是要跟这户人家的主妇取得联络，比如适当的时候，可以推心置腹，说说爱情、婚姻、孩子等诸多烦恼，说说烹饪和时装，当然了，要是熟了，那便是什么胡话都说得的，比如乡野趣闻，男盗女娼……

我记得好几次，我母亲坐在客厅里咯咯地笑，她是真的开心了。权势人家的尊贵她想要，市井小民的粗鄙热闹她也喜欢，而这两者，在父亲当权的那些日子里，竟然有机地结合在一起，相得益彰。

不得不说，我母亲一生所能体味到的幸福全在这里了，它是欢乐，体面，尊严……你明白了吗？当她意识到自己高高在上，而她又不惜屈尊，愿意平等待人；当她知道，自己的枕边风很有可能改善一个人、乃至一个家庭的命运和境遇，我母亲的满足感油然而生。于别人，她是一个有用的人，还有什么比这个让她活在世上更有滋味的呢？

我母亲绝不是个愚笨的女人，事实上她非常精明，对人世的转弯抹角处，她闭着眼睛都能安全通过，我父亲后来的发达，一部分是由于她的督促协助。

她也不算贪婪，比如在受贿这件事上，她绝对知道哪些是非收不可的（否则就太不近人情了），哪些是可收可不收的，哪些是收了有危险的……她把眼风稍稍向上一抬，芸芸众生全在她脑子里流过。为丈夫的仕途计，她一直都小心翼翼，也为他挡了不少事；适当的时候她也会回送一些小礼，这就有礼尚往来的意思了。

做官不是为了受贿，但做官躲不过受贿，一直以来，我母亲都以为，她已为丈夫找到了一条安全路径，所以对他后来的出局，她也只好感慨命运不济了。

我母亲所说的命运不济，是指父亲领导的犯事，很多年后，她还忍不住向我抱怨说，黄雅明是真糊涂，他在官场混了那么多年，什么钱能收、什么钱不能收、什么人能交、什么人不能交，他怎么就没数了呢？他哪怕稍微小心点，你爸也不至于今天这样！

黄雅明是父亲从前的领导，以前是我们这里的市委书记，后来升任副省长去了。早些年，我曾在电视上见过他，一个高高瘦瘦的中年人，戴着眼镜，喜欢背着手，稍稍有点驼背。总之，他天生一副为官者的派头，表情严肃，性格果决，我至今还能记得，他发表电视讲话时的严厉口气，坐在主席台上，一拍桌子就站了起来。

还有他赶赴抗洪救灾第一线，穿着雨衣，双手掐腰站在河堤上。

或是大年初一，他率领四套班子成员，驱车赶往乡下，给贫困户带来"党的温暖"，他坐在破旧的房舍里，膝上放着一个孩子，手拉着一个老太太的手，也不过是说些家常，问问收成怎样，家里有几口人，这时候，他亲切得就像这户人家的亲戚。

这些，我们都是从电视新闻里了解的。他所到之处，难免人头攒动，而他背着手，只是静静的。有那么一瞬间，这世上好像只剩下他一个人，而他的目光遍及四野，到处都是。总之，他向我们老百姓展示了一个官人所应该有的气魄和魅力，使我们唏嘘向往，使我们满足叹息。

有一次，我母亲竟在人群里看见了父亲，他穿着单衫，胳膊底下夹着一个公文包，在离黄书记不远的地方挤进挤出，忙得不亦乐乎。

我母亲喜得直推我，说，快看快看，你瞧你爸的样子，屁颠屁颠的。

可是镜头一闪而过，我竟错过了父亲"屁颠屁颠"的模样。那天晚上，我们全家莫名其妙都有些兴奋过度，想来父亲不过是千百人群中的一个，他的电视形象怕也未必好，忙得汗流浃背的，那样子也就一个小喽啰，然而我们都为他感到激动，就好像他挨着领导近，他身上总归也能沾上一点官气。

从此以后，我们全家定点收看电视新闻，只是我们再没看到父亲，看到的都是黄书记。

照实说呢，黄书记这人还是不错的，他虽然会做些官样文章，在我们这一带的声名却相当好，因为亲民，也毕竟做过一些实事。他在任五年，关于国企，引进外资，安置下岗工人，都进行过卓有成效的改革，而这些，都是他的庸碌无为的前后任不能及的，可是他的前后任平安无事，他最后却死在了监狱里。

他被判了二十年。由于他的东窗事发，带来了一大群人的家破人亡，这些人多是他从前的部下，或是亲信，这其中也包括我父亲。

他是得癌症死的。他死的时候，我父亲还在服刑，当我们把听来的消息转告给他的时候，他舔了舔干燥的嘴唇，也没有说什么。

是啊，还有什么好说的呢，人世如此，直叫我们无言。

三

我奶奶死于父亲入狱三个月以后，享年六十八岁。她本来身子骨柔弱，咳咳嗽嗽总是难免的；起先，我们把父亲的事向她瞒过了，只推说他去省里学习了，怎么着也要有半年才能回来。她搭了我们一眼，也没有说什么。

她是何等敏感的老人，把什么都看在眼里了，可是她什么都不说；她不说，这事还留有余地，她一说，这事就成真的了。

她说，你不好好在学校呆着，这时候跑回家干什么？

我嗫嚅道，回来搞社会实践。

那阵子，我和母亲都快疯了，因为父亲的量刑还没下来，我们不得不游走于一些显赫有权势的人家，他们多是父亲的旧交，或是老上级。你可以想见，我们娘儿俩怎样徘徊于夜晚的街道上，或是孤零零地站在人家门口，为是否敲一敲门而犹豫不决。这些都是朱门大户啊，曾几何时，我们也该是他们的座上客，可是今天，我和母亲只感到自卑和巨大的压迫。

　　一切都变了呀。我不能想象当年的自己，寒寒缩缩地站在人家门口，那脸上一定有着贱民的表情，那是受了惊吓的，寒窘的，梦游一般的，既让人同情也使人厌烦的……若真如此，我想我一定会羞愧至死，落魄竟让人如此丑陋，没骨气！若非如此，我又很难理解这些人家为什么要从门缝里看我们，或是堵在门口，朝我们讪讪地笑着。

　　我们也只好低头讪笑，抱歉地说道，那就不打扰了。

　　只有寥寥几户人家接待了我们，所谓接待，也不过是把我们让进客厅，劝慰两句，并未能帮上任何忙。其中一个潘伯伯，时任监察局局长，倒是和我们感慨了一通世事无常。我们听着，难免就要掉泪，既伤心，又觉得宽慰，又像一切离得很远，是在做梦。我们懵懵懂懂地坐在人家的客厅里，很小心地说一些话，心里有一种奇怪的飘飘忽忽的感觉，就连痛苦也不太能察觉，更像做梦了。

　　潘伯伯说，光明是跟错人了呀。

　　我母亲说，依你看，这事就没指望了？

　　潘伯伯叹口气说，现在风声那么紧，案子又大——

　　我母亲突然捂住脸，失声痛哭。她真是被吓着了。她说，光明，我们家光明不会是死罪吧？

　　潘伯伯抬了抬眼睛，搭了她一眼。他虽然神色端正，然而我总感觉他脸上隐隐有笑意。他说，他是不是死罪，你应该清楚吧？

　　我母亲低了低眼帘，不说话了。我父亲的收入是笔糊涂账，我母亲虽精于算计，估计弄到最后她也糊涂了。后来母亲跟我说，老潘想套我的话，你发现没有？——她哧的一声发出冷笑：我还奇怪了呢，这个点上他倒不避嫌疑了，还有头有脸的把我们请进客厅，原来是跟我玩这套！

　　我听了，也不知该说什么。我母亲现在草木皆兵，她不再相信任何人了。对整个世界她都怀有芥蒂和提防。那阵子，她隔三差五就被纪检部门传唤，我能想象，她被关在一个小房间里，头顶上的日光灯发出刺眼的光，有时一坐就是一天，一夜，两夜，有时是她一个人，有时会进来一些人，问她一些话，他们都和颜悦色的，说，没关系，你再好好想想，我们有的是时间。

可是我母亲始终不说话，她抬头睬了他们一眼，她的眼神都是直的。待她出来的时候，看见满世界的青天白日，她整个人差不多也要摇晃了。我想，那时她已经到了精神的临界点，父亲的案子再不判，她可能就要崩溃了。可是她也有神智清明的一瞬间，跟我说，你放心，你爸不会有大事的，最多判个五六年，我有数的。

我哭道，你就什么都招了吧，既然爸没事，你何苦要受这份罪？

她看了我一眼，竟然奇怪地笑了一声。她说，总有一天我会说的，但不是现在，我不想让他们过早称心如意。

我吃惊地看着她，不能想象她把眼睛看着空气时，心里到底在想些什么。那是一张平静到呆板的脸，几乎没有表情；若是附会一点，我可以说，她的神情是硬的，里头有恨；然而我不愿意这么说，因为这些东西是看不出来的。

我说，爸到底行贿了没有？他贪污了多少？

她又笑了。很奇怪，那天我们娘儿俩的密谈，有点像说家常，两人都心平气和的，虽然这事性命关天，也涉及到一个家庭的盛衰成败；所以我总相信，人在极端压抑、困顿的情况下，并不都是愁苦绝望的，某一瞬间，他们也会获得解放，身心悠远平静超脱，那几乎可以达到"道"的境界了。

我母亲说，说你傻吧，你还真就傻了。入了这行当的，有几个是干净的，谁敢说自己是清白的，从来没拿过人一分钱，从来不送礼，从来不收礼，谁敢说？也就是量多量少，漏网不漏网罢了。

我说，那爸到底量多量少啊？

我母亲说，也就那么回事吧，只要盯上你了，几百块钱还能立案呢！再说了，你爸这人，你又不是不知道，胆子小得很，就他那么一窝囊废，让他给黄雅明送点美金，他还推三挡四，送了半年也没送得出去。

送美金的事我是知道的。那时我年幼，父亲也刚进市委办当秘书。那阵子，我母亲攀上了一门阔亲戚，是解放前她逃到台湾的舅舅，老先生做点小本生意，一辈子无儿无女，晚年思乡心切，便壮胆回大陆寻亲来了（当时海峡两岸还少来往）。

我母亲分得几张百元美金，有一天跟父亲说，这东西稀罕，不如你给黄雅明送过去吧。

我父亲皱一皱眉头说，怎么送啊。

母亲说，你就说，这是亲戚给的，我们也用不上——她推了一下丈夫，嗔怪道，你这人真是的，这种话还要我教你的！

我父亲拉着脸，对妻子的这个提议明显感到不高兴。第二天早上，父亲还没吃早饭，就被母亲支使出去了，因为送礼"赶早不赶晚"。我后来猜测，我父亲压根儿就没去黄府，他径直去了一家豆浆店，在那儿一直坐到上班时间。或者呢，他去了黄府，看见铁门紧闭，也不便敲门，便沿着石阶坐下了。那是隆冬的早晨，时间大约六七点光景，天色还没有大亮，早起的环卫工人正在清洁街道。我父亲呆呆地坐在石阶上，袖着手，也不知他是否觉得冷，也不知他是否为自己感到凄凉。

我仿佛已经看到了这样的场景，因为我了解父亲，送礼会要了他命的，这一点我母亲从来不体谅；因为父亲跟我说过的，他说，丫头，世道艰难啊，官场根本不是你妈想的那样。

那段时间，他们两人总吵架，因为父亲没把美金送出去，理由是"不方便，黄书记家有客人"。我妈说，不可能，大清早他家哪来的客人！你去了没有？你说你去了没有？

有一天夜里，他们又吵起来了，我母亲口气严厉，历数丈夫的软弱无能之处，她说，许光明，你连这点屁大的事都做不好，我要是你，不如撞墙死了算了。

我一下子跳下床来，一脚踢开他们的门，朝母亲怒目而视。我父亲看了我一眼，苦笑了。我至今还能记得他那笑容，温绵的，难堪的。他不愿意我看到这一幕，——我后来想，他愿意在我面前保持一个完好的父亲形象，优雅的，风光的，无所不能的……我替他们掩上门，哭了。我不能哭出声音来，所以就拿被子罩住了脸，身体痛苦地蜷缩成一团。我父亲的仕途竟是这样的艰难，里面充满了辛酸，卑贱，屈辱……世人只知富贵好，可是我看到的都是富贵背后的凄凉。

可是父亲也有"好"的时候，比如说，在他被封了官以后，在他一步步往上爬的过程中，在他忙得穷凶极恶，被人追得到处躲藏，偶尔也必得应付一下各类宴请、交游；在他从一个会场赶往另一个会场的途中，有人主动跑过来跟他握手寒暄，当他终于混到能坐上主席台——开始是边上，后来就慢慢的往中间靠——当他的名字有一天也出现在报纸、电视上，而且排名也不算靠后；我猜想，这是我父亲一生中最感温暖的时光。

我不想说，父亲为此"神魂颠倒"，事实上，风光这东西，一旦得到了，也不过那么回事，他渐渐露出疲沓相来了。但是男人嘛，没这东西好像也不行。

总之，就是在这段时间里，我发现了父亲身上在他做中学老师时所不曾有的魅力，那时他也有魅力，只因长得好，气质淡雅清香，可那是书生的魅力，怎堪比"仕"的魅力：那是向外发散的，光芒四射的，热烈的，自信的，使人甘愿俯首称臣的……那是男人的魅力啊。你简直没法想象我父亲当时的样子，他戴着眼镜，神情笃定坚毅——我直好奇，因为父亲性格绵软，何曾有过这样坚毅的表情？我后来知道，那是因为他自信了；男人一自信，那真是身穿烂衫也好看，污言秽语也迷人。

也就是在这段时间，他的仕途局面打开了，各种人际关系调理到最佳状态。在我们城里，没有他办不成的事，一切可谓风调雨顺，手到擒来；家里常常高朋满座，人来车往——"谈笑有鸿儒，往来无白丁"说的就是这层意思吧？是啊，当父亲坐在家里接待来客，当他和同僚们一起叽叽咕咕谈些时局政治，当他把手臂一挥，偶尔也爆发出爽朗的笑声，这时候，他是多么的意气风发，神采飞扬啊；这时候，我难免就会想，他还记得他曾作为一个小公务员的难堪屈辱吗？——我不知道自己为什么总对这些耿耿于怀；我为父亲暗中哭泣的日子，即便在他正处盛世的时候，我也时常想起。

或许我本是个穷孩子，却目睹了一场发迹的过程，我看见的权贵卑贱，从来是连在一起的，使我在熟睡时也会微笑，在微笑时偶尔也会心一凛——我这样的性格，我妈说，是有那么点神叨叨的——财富，地位，幸福，在那几年里，它们不是轻轻地，而是重重地砸过来，砸到我身上，发出金石的脆响。我闭了闭眼睛，甚至有点害怕了，我害怕这一切总有一天会失去，老天爷，"人无千日好，花无百日红"的惶恐，即便在那时我也有所体会。

那时，家里常来一些神情凄苦的客人，他们多是市民阶层，托张三拜李四，转弯抹角就找到了我们家。他们是来求助的，或是想谋一份职，或是想换一家福利较好的单位，或是为孩子的升学……我父亲坐在客厅里，静静地听他们诉说。

我后来跟父亲说，爸爸，帮帮他们……我有点说不下去了，好像泪水已汪在眼里。我不能忘记，我曾经也是个穷孩子。

我说，帮帮他们，在你权力范围之内……但不要犯错误。

很多年后，我还记得父亲的神情，认真地打量我一眼，那眼神里有温和、肯定和笑意。我不能想起那一幕了，我差不多要为自己流泪，那时我还是个少年，却也晓得体谅父亲仕途的艰险！

那时，父亲和黄书记的关系也有了进一步发展，每天朝夕相处，再是铁人怕也难免生情吧？况且，老黄是"那么有人情味的一个人"（我父亲语），根本不是他外表那个样子的。他把"小许"当作自己人，小许呢，三天两头往他家里跑，跟他汇报工作，跟他聊心得体会，偶尔在他家吃个便饭也是有的……小许忙坏了，老黄家的吃喝拉撒，哪一样不是他管？比如换煤气啦，修马桶啦，院子里要铺个地砖啦……我父亲的眼头突然活了，他出入于黄家大门，实在比自家还要勤快；这一点连我母亲都很感奇怪。

很多年后我还在想，人在顺境时，绝对会"疯"的，那该是父亲的非正常状态。总之，一切机关全打通了，我父亲顺了。我估计，那几张美钞就是在这段时间送出去的，这时候送就对了，我父亲不会为自己感到羞耻，因为他们已经有了感情。

而感情这东西，嘿，谁又能说得清呢？

四

我们一家重新变回穷人，是在父亲入狱的那年秋天，那时我们已从机关大院里搬出来，那是我们住了多年的一户独立小宅院，此外我们还有几处私产：两套商品房，一幢行将封顶的郊区别墅……这些，大概都是房地产商以"明卖暗送"的价格相赠的；我母亲后来虽拿出房契合同，又搬出她已过世的台湾舅舅，以证明财产的合法来源，但房子还是被没收了。

另外还有几张存折，也早于房产之前被冻结了，具体数目我也不是很清楚。

有些事大概真是说不清的。家道的败落非常快，几乎就在一夜之间，某种我们今生看不见的东西，就以"迅雷不及掩耳之势"掠走了我父母十多年挣下的家业，十多年啊，那是他们像蚂蚁搬家、像小鸟筑巢一点点辛苦攒下的——怎么不是辛苦的，有我父亲的屈辱为证。

有好长一段时间，我母亲对一切都恨之入骨，她咽不下这口气：这世上的贪官污吏那么多，怎么就偏偏落在许光明身上？后来她得出一个结论，我父亲的入狱，根本原因不在于他经济上的污点，而在于他是官场潜规则的牺牲品。什么是官场潜规则呢，我至今也不甚明白，可是我晓得母亲的意思了：任何圈子都有规则，我父亲的失败，就在于他对规则是太遵循了，他还不能做到游刃有余，能进能出。

规则一定得遵循，我母亲跟我举例说，这就好比打扑克牌，你不遵守规则，这游戏就没法玩，你太守规则，最后的结果就是全盘皆输；我早提醒过他的——我母亲恨道：黄雅明这人不牢靠，迟早会出事，对他差不多就行了；可你爸就是个猪脑子。

我说，爸太看重感情。

我母亲拍掌道：让他看重啊，这下玩完了吧。

不得不说，在对黄雅明的感情问题上，我父母后来一直存在分歧。我母亲以为，为官者最不能讲感情，我父亲的落马就是明证；我父亲以为，感情还是要讲一点的，要不人心怎能平安？无论如何，我父亲的晚年平静而通达，他对一切都服气了；他牢狱八年，很多事情不知翻尸倒骨想了多少遍，他不后悔。

对黄雅明的怀想，成了他出狱以后的一个寄托，他常说，人非草木，孰能无情；他又说，我跟他之间，不是普通的上下级关系，鞍前马后的跟了他那么多年……他有点说不下去了，此时他已年近六十，坐在早春的院子里跟我回忆往事，偶尔有一两片树叶的阴影就飘进他的眼睛里，他平静地看着前方，腮帮子一瘪一瘪的。

我坐在他的脚边，不时也抬头看看远天，我想那一刻我看到的定是比远天更辽阔的人心；人活一世，总归要信一些东西的，就比如说感情、理想、精神……都是些空洞的东西，平时未见得有多大用处，可是到最后，它就会来救我们。我突然有些感激涕零，我父亲找到了这个东西，他安心了。

我母亲从不相信这些东西，她活在现世，当灾难来临之际，她不晓得以心灵去消化，而是以血肉之躯去迎接，当然她也不后悔，因为她是个彻底的唯物主义者。

当时我奶奶还没死，随我们住进了由一个亲戚腾出来的平房里。这房子位于老城区的一个大杂院里，不足二十平米；因久置不住（主要是放杂物用的），房间里有一股霉馊味。其实我们的境况本不至于此，这房子是我舅舅的；我这个舅舅年轻有为，在父亲的关照下，不到三十岁就升任交警队队长，他本来要接我们一家同住的，或是为我们另租一套房子，但是我母亲抵死拒绝了。

穷人也有穷人的尊严；这时，我母亲的自尊心突然起来了，她一向接济别人，等到有一天由别人来接济，她受不了。我想她一定是疯了，否则就不能解释她为什么要和自己的弟弟计较这个。她把手臂轻轻一挥，以一种大无畏的精神就把我和奶奶带进了赤贫者的行列。搬家的前一天晚上，她领我来清扫房间，虽然有足够的心理准备，但院子的嘈杂破落仍使我不住的唉声叹气。不大的一个院子，挨挨挤挤着十来户人家，昏黄的灯光，旮旯里临时搭建的棚舍，报纸糊贴的窗棂子……这就是我们一家的生活窘境啊。

及至打扫完毕，我母亲站在房子中央，四下里看看，"呼哧呼哧"直喘气，我有理由相信，她的喘气不是劳累所致，而是因为她在生气。造成我们一家衰败的如果是一个人，我想母亲定会找他拼命，她要叫他"白刀子进去，红刀子出来"，然而没有这样一个人，而是一个机构，一种关系，一团繁杂的我们根本看不见的东西。母亲的仇恨没能及时释放，积郁在身体里化成一股奇怪的力量，这就是激情，是"一荣俱荣，一损俱损"的激情。

那天晚上，我站在破旧的房舍里，身上涌起的也是这股激情。窗外是萧索的秋风秋雨,可是我的身体竟激动得簌簌发抖,我的眼里也因此而饱含泪水。穷他妈的算什么,我连死都不怕,我突然明白母亲为什么要使我们一家三代沦落到这副境地,那就是我们绝不接受别人的救济,要保存身上的这股元气,若不能东山再起,那就留着它跟自己拼命!

可是我奶奶死了,那时我们搬来这大院还不足三个月,离春节也很近了。其实奶奶的死,我和母亲早有防备,只是处在那种疯狂境地,我们实在也顾不上她了。等到一切尘埃落定,父亲也进去了,家也没了,回头再看奶奶,她差不多已经奄奄一息了。自从儿子出事那天起,老人家就卧床不起,也没什么大病,就是咳嗽得厉害,上气不接下气。有一次我要领她去医院,她冷漠地看我一眼,吧嗒了一下眼睛,意思是拒绝了。我不理她,径自把她从床上架起来,她把手臂陡地一缩,于我是绵软,于她是攒了一身力气的;我站在一旁呆了呆,知道老人家是在等死。

我去药店买来一些药,她从前一直是吃药的,自从儿子出事,她就拒绝吃药;我亦知道,老人家现在只求一死。

在我们搬来寒舍的那天晚上,她破例没有躺到床上去,而是坐在椅子上,双手扶着膝盖,那样的端庄肃穆,仿佛有个照相机镜头对准她一样。我趴在她的膝盖上淌眼泪;她是小脚,穿旧式的绒衣绒裤,她把手搭在我脸上,一双很老的手,麻皮挲挲的,然而有温度。我不由得浑身一凛,抬头看了她一眼,也未看出什么异常来,却有一种奇怪的人之将亡、大祸临头之感。

在我们的身后,母亲站在椅子上,往墙上砸钉子,挂挂钟。母亲跳下椅子,端详了一下挂钟,便双臂一抱,低下头只管自己踱步了。

有那么一瞬间,我们祖孙三代都往墙上看,我一生中恐怕再也不会经历那样清晰明净的时刻,这世界是冷静的,墙上的挂钟"滴滴答答"地走着,它是没有生命的。屋子里的三个女人,虽然身处绝境,那一刻她们也是平静的,也不疼也不痒,她们是平静的。

在生命的最后几个月里,我奶奶始终保持着这份庄重平静;在我和母亲呼天抢地之时,她只是静静地看着我们,她甚至不和我们说话,因为儿媳孙女根本不在她眼里,她心心念念的只是儿子,可是她也很少提及儿子,她只是把他放在心里,脸上呈现出一股决绝的表情……我想她是恨的，她也认命，她一生信佛，可是佛最后却不帮他的儿子，这真是讽刺。

什么叫"哀莫大于心死"，我是从奶奶身上得到了验证。一个真正悲哀的人，就应该像奶奶这样子的，相比之下，我和母亲应感到羞愧，因为我们还晓得啼哭，悲哀就这样被哭没了，只有奶奶在承受，当有一天她承受不起了，她就死了。

很多年后我还在想，母子可能是世界上最奇怪的一种男女关系，那是一种可以致命的关系，深究起来，这关系的幽远深重是能叫人窒息的；相比之下，父女之间远不及这等情谊，夫妻就更别提了。

我奶奶死在那天中午，母亲一阵慌乱，后来便抚尸大哭。看样子，这一次她是真哭了，为什么这么说呢？因为自从父亲出事，母亲的情绪便极端不稳，哭哭笑笑那是常有的事，我不是说她疯了，以她的承受能力，她还不至于此，她只是需要排遣。我举个例子，父亲的案子刚判下来的时候，她也假模假式地哭过一次，说是判重了；可是我想，她私下里没准感激涕零，因为父亲没死。那时我们一家的底线已迅速越过人界，滑向畜类；那就是不求富贵，只要活着。

婆婆之死，能让一个媳妇哭成这样，起先我觉得不可思议；老实说，我们许家这对婆媳处得也就那么回事，可是那天晌午，母亲跪在奶奶身边，哭一回就抬头看看屋脊，偶尔也会狗抖毛似的浑身一凛；我也抬头看屋脊，慢慢的便也觉得周遭确有一股肃杀之气，令我想到"灭顶之灾"这一类的词。我后来想，母亲哭的不是奶奶，她是在哭我们的处境，哭我们一家的灾难。

我之所以不惜浓墨重彩来描述奶奶之死，实在因为它是我们衰落过程中唯一有点"悲剧意味"的事：清寒的屋子里，一具尸体，冬天的阳光突然跳进门洞里来了，风一吹，像个小狗一样在那里调皮翻滚；一个蓬头垢面的中年女人；一个少女静静地睁着眼睛；邻居们跑进屋子里来了，影子像风浪一涌一涌的……"悲剧"到我这里，突然变得非常安静了，几乎很少触及感情；悲剧也还是"正大"的，但看奶奶的面容，那样的平静，堪称"正大仙容"。

后来我索性屈膝抱腿，坐到地上来了。我一生中所能体会到的"不幸"全在这里了：死亡，贫困，居无定所，牢狱之灾……我把这些放在脑子里过滤了一下，心里出奇的镇定。我无需再怕什么了，我们已经降到底了，我们不会再失去什么了。此时，幸福这个概念在我心中再次隐隐出现，我不是说，一个人遭遇不幸，他就是幸福的；我只是说，此时我非常的安心。

我这一生经历过"富贵"（我母亲的词汇），也遭遇过真正的贫寒，我在这里将以自己的亲历作证：世上最可怕的不是贫穷，而是富裕，以及对富裕的牵挂担忧。贫穷这东西没什么好说的，外人看着总归觉得撕心裂肺，其实当真身处其中，也照样安之若素，因为包容它的是阔朗的人的心灵，那就好比一粒石子砸向水中，哪怕掀起冲天巨浪，可是石子最终会沉入水底，湖面照样恢复平静。

我要说的正是人心，有了这个在，"悲剧"这东西其实是不存在的，因为人心把什么都化解了。我原担心母亲，她心气旺盛，在经历了一番安富尊荣之后，是否还能回头过安贫乐道的日子？事实证明我的担心是多余的，在贫富的转换过程中，她比我快多了。

我还记得为父亲奔波游走的那些日子；那天晚上，我和母亲从潘伯伯家走出来，走了一阵子，不知为什么又都回过头去看。潘家的宅子位于市中心，是一幢仿古的两层小楼，外带一个庭院；说老实话，这房子未必就比当时我们还住着的房子更气派，然而我和母亲都看出点别的来了。我看到的是我的卑微寒酸，我的敬畏艳羡，一户"官邸"对一个即将被贬为"庶民"的人的压迫；即便近隔一条马路，这房子的堂皇巍峨仍使我觉得像是身处梦中……我母亲看到的东西非常简单，那就是仇恨。

那天我们娘儿俩扶着一棵老梧桐站下了，当时夜色已深，路上行人稀少，风吹得梧桐叶满地乱跑。我母亲伸手裹了裹衣衫，看着潘宅说，这帮狗娘养的，拉出来个个都得杀头。

我说，他这是祖宅。

母亲朝我凶道，祖宅？翻新装修要不要钱？呃？他一个监察局长哪来的钱？你倒是跟我说啊！

我看了她一眼，心里堵着一口气：在我们还没沦为穷人之前，我们已经有了穷人的心态！我母亲尤盛，自从父亲出事以后，对这世上的富人她就怀有一种斩尽杀绝的革命心态；及至我们搬到穷街陋巷，开始生活在穷人之间，我们的身边都是贩夫走卒，一群地道的赤贫者，我才知道，真正的穷人根本不及我们这样疯狂下流，他们实在要高贵平静得多。

呵，我终于可以说说他们了，这拨穷人，我的邻居们，我们朝夕相处的时间也不过半年，可就是在这半年里，我们一家受过他们的恩泽：我奶奶的后事，是他们跑前跑后，帮着火化安葬；我母亲病了，是他们端茶送水，轮流服侍；我们母女俩偷偷地抹眼泪，他们看见了，也一旁抹眼泪。他们说，这就是命啊，好好的一个人家，怎么说散就散了呢？

他们叹道：世道啊！

我们是落难人家，他们从不把我们看作贪官的妻女，他们心中没有官禄的概念。我们穷了，他们不嫌弃；我们富了，他们也不巴结奉迎；他们是把我们当作人待的。他们从来不以道德的眼光看我们，——他们是把我们当作人看了。说到他们，我即忍不住热泪盈眶；说到他们，我甚至敢动用"人民"这个字眼！

五

在那段困难的日子里，我成了母亲唯一的希望。奶奶死后，我们也慢慢恢复了平静，在陋巷里过起了日常生活。我们与邻居们和睦相处，白天替他们照看一下孩子，晚上他们收工了，我们倚着自家的门框，与他们一递一声说些闲话。

我们也常常串门的，站在不拘谁家的屋子里，我母亲东看看，西看看；或是坐在小矮凳上，她把双手朝袖子里一放，整个身子就窝在膝盖上了。这时她已经很不修边幅了，阳光的反光里，她的蓬蓬的头发是扡着的，远远看上去，那样子也就是一个淳朴的农妇。那段时间，也不知为何她嗓门就大了，步子也快了，身上不知什么地方总有股结实的劲头；说到家长里短，她也能笑得嘎嘎的。

你明白我意思了吗，时间是件太奇妙的东西，不到半年，我们母女就认领了穷人的身份，身心舒泰的以穷人自居了。过往的繁华，我们差不多就忘了哩……嗯，我是说有时候。

有时候，我和母亲竟生出一种奇怪的错觉，就好像我们生来就住在这院子里，从来就是穷人；逢着这时候，我们的心就平静了，也不再怨恨了，对这世界也怀有慈悲和善良。

更不堪的是，我们甚至把父亲也忘了，说真的，我们已经顾不上他了，毕竟，生计是重要的，"吃"成了那段时间我们最犯愁的一件事，吃什么，如何吃，这全是问题。常见母亲歪在床上，手撑着脑袋，把一双眼睛"骨碌骨碌"转个不停；或是深更半夜，她突然就从床上坐起来，那感觉就像打了一个激灵。其实按照大杂院的标准，我们本不该这么愁苦，又不缺胳膊不缺腿的，哪儿就能把人饿死？但是你要知道，活着那时已不是我们的底线了，欲念这东西在我们身上已经醒了。

母亲常肿着一双眼泡跟我说，你要争气啊，回到学校一定得好好学习，要头悬梁、锥刺股，我们许家能不能翻身就全靠你了。

其实母亲应该知道，许家的翻身并不在于我成绩的好坏，而在于能否钓到一个"金龟婿"，这是她手里能打出的最后一张牌了；有一次，她拿这个问题试探过我，她说，学校里有没有男孩子追？

我说没有。

她抿嘴一笑，拿眼梢瞥了瞥我，也没再说什么。那阵子，母亲的脸上常挂着这么一种意意思思的微笑来，不管她在干什么：在削土豆、在吃饭、在去公厕的路上……她随时都有可能停下来，把眼睛斜向虚空的某个地方，微笑从脸上绽放出来。总之你也看到了，我母亲并没有被生活压垮，经过短暂的痛苦，有一件事情让她对未来再次充满了希望。

母亲说，我们和他们没法比。——她朝窗外努努嘴，意即那些穷邻居们。

当时正值年关，家家户户都在忙吃的，有腌肉的、风鸡的，也有一车车大白菜往家里推的……破落的院子欢乐吵嚷，然而于其中，我也确实感到一种穷奢极侈的气息：单看他们酒足饭饱后涨得发紫的脸膛，他们的眼神是呆的，身子是飘的，突然膝盖一软，弯腰泄出一大堆的酒后物……我母亲呆呆地看了一会，叹气道，这种生活我是没法过的。

真可怜，一年忙到头，就为了一张嘴，这跟动物有什么两样？

我把母亲的话放在心里过了一遍，隐隐觉得她的话好像也没法反对。她说，过这样的日子我宁愿死！俗话说"人往高处走，水往低处流"，人要是不往高处走，那还叫人吗？

我不满道：人跟人不一样。

她说，当然不一样，我们的成本要高得多。——别忘了我母亲以前的职业，她对一切都要计算成本的，就连人生也不例外。

有一点不得不承认，我母亲之所以能度过那段艰难的日子，并不是因为她坚强，而是因为她无穷尽的欲望，她对生活的贪婪以及由欲望和贪婪派生出来的想象力。我母亲的想象力实在太丰富了，好像一本书里写过：人类丧失幻想，就好比鸟儿失去翅膀；总之，重新长出"翅膀"的母亲又活了过来，母亲一旦活过来，她就不再是大杂院里那个邋遢的落魄妇人了，她的言行重新变得精雅起来，她甚至很少出去串门了，成天躲在屋子里想入非非。

我们母女俩度过了一生中最清冷的一个春节，连一顿像样的年夜饭都没吃——母亲不饿，因为她顿顿吃的都是精神食粮；同时，母亲度过的又是她一生中最丰盛的一个春节：对过往繁华深情的追忆，对未来繁华狂热的想象，使她对眼前的窘境完全视而不见，单只是把眼睛意味深长地落在我身上。

我嫌烦，嗔怪道，干什么啊？

母亲笑了笑，然后严肃地说，你可要好好的，妈可只有你这么一个宝了。

那阵子，她最怕别人来打扰；当然除了穷邻居们，还有舅舅一家，也没人愿意再来打扰我们了。从前过春节，来家里拜年的人络绎不绝；今年过春节，这些人全如寒蝉一般消失了。母亲虽言称不在乎，可是有一次，她也忍不住感慨了一番世态炎凉，她抹着眼泪哽咽道：叫我说，这世上最可怕的还是人啊！

很多年后，母亲的话犹在我耳边回响，那真是声声泣血，字字带泪！这是母亲积她一生经验，对人世得出的一个最有力的总结。很多年后，我还记得那年春节，我坐在寒伧的房舍里，侧耳听窗外的风声，即便平静如我，亦生悲愤之心；家里连遭噩运，我都能平安度过；可是人的势利却轻易打击了我！大概就是从那一刻起，我下定决心要力求上进；富贵这件事，为什么母亲总挂在嘴边，因为它的背后藏着人的尊严。

我前边已经说过，我从来没有责怪过这些人；设身处地，我自己难保就不是这等势利之人，那就是对富贵的趋近，对贫寒的逃避，这才是人世啊。

这就是我和母亲在离家之前的一段生活。春节后不久我就返校了，大约隔了一个月，母亲连个招呼也不打，就跑到南京找我来了。南京这个城市，我母亲是太熟了，父亲在位的时候，她一年里不知要来多少趟，从来都是专车接送，住豪华宾馆，品淮扬佳肴；有时候是来购物，有时仅仅是为去梅花山看一眼早春的梅花。

那年也是早春时节，中午我放学回来，看见母亲站在我宿舍门前的一棵樱花树底下，脚边放着一个大皮箱子，正在东张西望。我跑上前去问，你怎么来了？

她笑眯眯地说，我怎么就不能来？我还就不走了呢。

那天她穿一件紫罗兰的对襟线衫，深蓝的及膝裙，半高跟皮鞋；头发也稍稍做了一下；见我正在打量她，她说，怎么样？你老娘不会给你丢脸吧。

我笑道：怎么跟换了个人似的，好像又活回来了。

她附在我耳边说，傻瓜，我能不收拾一下吗，我要来给你挑男人。

概而言之，她这次来南京原是作长期逗留的，一是要挣钱供我读大学，二是要为我物色个未婚夫，因为这两者都是我们的饭碗；对于后者，我母亲尤为自信，首先这是她的爱好，也是她最擅长的一项技能；只是这项技能在嫁给父亲之后，她再也没施展过，所以现在难免有些技痒。

现在你也看到了，在家庭"悲剧"发生还不到半年的时间里，母亲就迅速把它扭转了方向，使它变成了一场男女的较量。直到今天，我也不愿意承认，这转变就是轻佻的，因为它的背后立着生的艰难；生存和男人都很重要，可是母亲抿嘴一笑，就把它们糅合到一块去了。很多年后，我仍禁不住要微笑：女人能把世上的一切关系最后都变成男女关系，这个实在是太奇妙了。

我们母女度过了一段愉悦时光，即便一个人呆坐着也忍不住要发笑；这世上大概没有比男女之事、以及对它的切磋探讨更让女人动心的了。总之，家破人亡之后，母亲领着我一个斑斓转身，使整个事件看上去就像一场幽默。由此我也知道，这世上是没有真正绝境的，绝境走到头，那必是不着边际的轻松荒唐；然而我们做的时候却是认真的。

　　没课的时候，我就陪母亲在校园里走走，或是找一个有树荫的地方坐下来；若是有男生走过，我和母亲总是要搭上他们一眼。我得承认，那时我不够纯洁，才二十岁，连男孩的手都没摸过，可是刚从重压之下逃生出来，人轻得简直要飘起来；我看男生的眼光，如果不是不三不四的，至少也是有点玩世的。可是母亲及时纠正了我。

　　母亲说，喏，这个孩子不错。

　　我问怎么不错。

　　她说，他身上有一股气场，你注意看他的神情——看到没有？他是能沉得住气的那种，这会使他将来有出息的，即便时运不济，他也能安安分分地过日子。

　　我指着另一个说，这个呢？

　　母亲摇摇头说，这个不行。

　　我问为什么？

　　她只简单地说了一句，这个太机灵。

　　有些话我不知道该怎么说，母亲利字当头，可是即便在我们最困难的时候，她也没有把我往火坑里推，她没有让我嫁给一个老头子，或是暴发户，我想她秉承的是"利益最大化"原则，她的女儿还这么年轻，她应该有这个耐心，在校园里弄到一张"潜力股"，她对女婿的要求是，一是人品，二是能力——我问，那爱情呢？

　　母亲笑道，爱情嘛，当然也要有一点的。

　　下面的事情我就不多说了。总之，在母亲的默许下，我谈过几个男朋友，我爱过他们，幸福的时候也曾浑身发抖，失恋的时候也曾伤心欲绝，可是即便这个时候，我也很清醒，知道这全是过程；这就好比过河搭桥，人生的目的，是为了走到河对岸，而不是为了那几座桥；可是无论如何，桥于我们是必需的。

母亲的小饭馆不久就开张了，在我大学毕业之前，她就是靠这个来养活我，省吃俭用也要给我买漂亮的衣服——这于她是一笔投资，许家的"发达"在此一举也未可知！她说，要打扮得漂亮些，男人喜欢这个东西。

我迟疑道，也不一定吧，也有男人不看重这些的。

母亲笑道，扯淡，没有男人不吃这一套的，他们肚里那几根花花肠，我是太清楚了。

她常跟我叹道，许家是垮了，可是许家的女人不能垮，人活着就为一口气，精神头要足，平时把腰杆给我挺直了！——那几年我也确实争气，穷凶极恶去挣奖学金、去做家教，当过业务促销员，在街上散发过传单……稍微得一点空闲，就跑到母亲的小饭馆去帮工。

母亲的饭馆开在城南的一条陋巷里，说是饭馆，其实也不过是两间违章搭建的棚舍，以前这里是一家发廊，开倒闭了，母亲便从舅舅那里筹一笔钱把它盘了下来。母亲的饭馆什么都做：小炒，套餐，面条，饺子，桂花酒酿，鸭血粉丝汤……我母亲心灵手巧，她是边学边卖，一道工序也要费尽思量，炒菜时她也不忘要加一点罂粟壳。

母亲的顾客多是附近的居民，或是一些看上去农民工模样的人；她又能言善道，生得又白皙端庄，每天又都收拾得干净利索的，所以你应该能想象，常来照顾她生意的还是男人们占多。母亲既做男人的生意，她就必得凸显她女性的特征，整天笑得咯咯的，把他们侍候得舒舒服服的，哄得他们既掏了钱，又不时来店里帮她做义工。我去店里帮忙的时候，母亲就把我往前台推，因为我年轻秀色，又是大学生，这都是小店的门面。我给他们端茶倒水，上菜点烟……其实就是一个女招待的角色了。

诸位看官读到这里，千万别起下流心思，以为我们母女是做什么的；其实我们还不至于此，生财也得有道；这个道就是利用男女两性的微妙，我母亲深谙其中的关节，她的分寸一向把握得好，——她利用了这个东西，又能使自己不湿脚，那真叫比疱丁解牛，游刃有余啊。

逢着店里没人的时候，我们母女便会坐下来，隔着半开着的玻璃门朝街上看，街上走过的或有男人，或有女人，而我脑子里晃晃悠悠的也不知为何全是男人。一个面色暗黄的中年人从门前走过，又退回两步，眼睛在我们母女身上眯了两眼；母亲一脸静容，完全视而不见，待他走过了，她才在地上重重"呸"了一声。我也抬头深思，想着对于女人来说，男人真是世上的一笔大单子啊。

只有晚上打烊的时候，母亲才恢复了她疲惫的面目，她白天的鲜活好看全不见了，我看到她老了，生活的辛劳把我母亲变成这个模样！可是她一会又活了，因为她开始盘点算账了，她数钱的手势真是可爱极了，五个手指头快速飞舞；蘸了一口唾沫，慢慢再数一遍，又把它递给我，说，毛利八百六十五，你再数数。

我一边数着钱，一边心在颤抖，白炽灯光下洋溢着我今生再也不能描述的幸福温暖；劳动如此庄严，可是我直想放声大哭，因为这里亦有我母女的含辛茹苦。我想母亲一定比我更能体会到"劳动"一词的分量，从前家底何等丰厚，她也没这么紧张过，可是现在，一天区区几百块钱的进账就使她丧失了从容！钞票的失而复得一定打击了她，使她变得胆小害怕了，这就是为什么在最穷困之时，她还能挺住，在挣到钱之后她却信了耶稣。

教堂离我们的饭馆不远，母亲每天买菜都要经过这里，偶尔她也会站下来，隔着红铁护栏朝里头看：彩绘玻璃窗，高高的拱形门洞，从门洞里出入的面带愁苦的人群……我猜想，这其中一定有什么东西让母亲感到了安全；大概就是从这时起，母亲才意识到，她也该为自己的心找个归处，她相信，只要她是虔诚的，上帝就会保佑她的钱财不会再次流走。一个星期天的上午，我陪她去祷告，她闭着眼睛，双手合十；我看着她，心一阵阵刺痛，同时又略微有些担心，她这么功利，上帝若是知道恐怕也会不高兴吧？

《圣经》里说，人要行善，戒欲念。行善她是愿意的，戒欲念却难；好在她是中国人，晓得变通，知道书上写的是一回事，现实却是另一回事；所以她一边郑重其事地画十字，一边亲切地跟上帝提要求，她说，你要保佑我女儿找个好男人，还要保佑我的饭馆不断地有客人……说来说去，都是男人客人。

有一天下午，几个客人喝多了，赖在店里磨磨叽叽不想走，不停地拍桌子，要酒上菜，我把一盆老鸭汤端上去，其中一人便涎着眼睛看我，口水哩啦的也不知说了些什么，我把汤盆放下，他顺势捏了捏我的手——也没什么，只是捏了捏我的手；我把手缩回来，带笑不笑地走到门外站了一会。

其时正是夏日的午后，暑气逼人，我抬头看了看树梢，盛大的阳光从绿叶深处掉下来，我静静地眯缝着眼睛，不由得就想到了父亲，想到他温儒的形象，想着在没有他的日子里，为什么我们母女与这世界的关系竟变得这样暧昧荒唐，我又想到我的男友，一个踏实上进的青年，在男女之事上一直有他清贞的道德操守……大学毕业不久，我就嫁给了他，现在父母与我们同住；有时饭桌上，两个男人难免就会提到那段清贫的岁月，我们母女是怎么度过的；然而我和母亲也只是云淡风轻，笑了一笑。

母亲的饭馆后来很是挣了一点钱，因为规模大了；她的女婿也很争气，现在是一家颇具规模的企业的老总，总之，我们又回到了"富裕阶层"，只是不再有欣喜，因为我们付出了艰辛劳苦——我们只记住了这劳苦，所以有时更觉委顿。

现在，让我们再回到那个夏日的午后，你将会看到，母亲怎样走出小店，在我身边惶惶站了一会，不时也拿眼睛打探我；有那么一瞬间，我们两人都回头看小店，隔着玻璃门，那几个客人也在醉眼朦胧地看我们，母亲不安地朝我笑笑，问，他们没把你怎么样吧？

我说没有。

母亲搭讪道，这些个死鬼。

我也会意地笑笑。

一辆卡车从路边疾驶而过，风浪掀起了阵阵灰尘，使这个真实的世界在那一刻显得模糊了；我站在漫天的灰尘里，脑子一片空白，后来微笑就漫到了脸上。

（选自《收获》，2006年第4期）

点评者：刘晓南

《家道》是一篇非以情节取胜、而以内心的曲折微妙织就的作品。出身中学教师的父亲忽然"发达"入仕，开始了"短暂、疲惫的飞黄腾达之旅"，从被动地融入到主动地享受，性格也随之由"士"的绵软淡雅转变为"仕"的坚毅自信。精明的母亲的虚荣之心也由此点燃，在名利场中浸淫、生长；直到父亲锒铛入狱的那一刻，浮华尽灭，人生立即显现出虚妄而荒诞的本相。

小说前半部分重点勾勒父亲的升沉痕迹，后半部分则把笔墨落于家道中落后挑起家庭重担的母亲身上。做了十二年"官太太"的母亲面对众叛亲离、卑微寒酸、屈辱失尊的生活，如何另起楼台，如何实现她"斑斓转身"的蜕变，是小说中更为动人出色之处。魏微没有让一个家道中落的故事被情节的曲折淹没，却始终将其停留于"家常"层面，以一种沉郁瓷实的气质，将笔触徘徊于命运起落的特定时刻，逡巡于某些不为人知的细节角落。她甚至回避了戏剧性，让一切在对记忆碎片的缝补中娓娓道来，波澜不惊。作者时而以旁观者的眼睛、时而以一个亲历者的口吻，时远时近、忽实忽虚地穿梭于叙事之中，时空交错的断续追忆与世态炎凉的轻声感喟叠印成浩荡渺远的烟景，恍惚间，已是白云苍狗，浮生若梦。

魏微是个颇具风格的"本色演员"，擅于扬长避短，总能将各色题材剪裁成适合自己的式样。《家道》中弥漫着许多人生感慨，但在魏微的叙述中却能缝合得恰到好处，不显赘余。比之2004年发表的《异乡》，《家道》在题材上有相近处，但手法更加娴熟从容，又添几分沧桑之味。小说最后一节的发展稍嫌快速，倘若家道中落后母亲转变的细节更为丰富有力一些，母亲的形象会更加落地生根，小说在语调真切苍婉的同时，节奏或会更加熨帖完美。

父亲讲的故事

石舒清

驼　粪

那时节，我就是七岁多一些。记下的事情像是牢实得很，一辈子都忘不掉。

先说个骆驼的事。

那时候，村子里常过骆驼，是脚夫哥们赶的。有骆驼队，有骡马队，你的一个姑太爷就是顺德客的骡子踢坏的。那骡子说是个头高得很，膘也好，胯子上肥得苍蝇都趴不住，能驮三四百斤走长路，已经有一口袋麦子驮着了，你姑太爷和顺德客又抬了一口袋往它背上架，它大概看出你姑太爷是个生人，不顺眼，胯子一拧，就给了你姑太爷一蹄子，正踢到眼眶骨上，糊涂了一天一夜，从山背后请了一个老中医守着看，也没有救下他的命。都是常来常往的老朋友嘛，你姑太爷个子碎（小的意思），人是一个大肚量人，把羊皮羊毛发给顺德客，几年不见面，几年后把钱再拿来都是可以的。顺德客难过得很，后悔得很。但说到底是牲口踢坏的，又不是人踢坏的。顺德客留下两个骡子，你姑太爷家没要。这个不要是对的。顺德客呦着骡子哭着走了，听说是改了线，再没有打你姑太爷的庄子里走过。

脚夫们有打陕西来的，有打宝鸡、平凉一带来的，也有四川来的。叫我忘不掉的是骆驼队。

不知道为啥，骆驼队都是夜里过，白天是见不着一个的。有时节灯还没有吹，在窗台上亮着，你祖太太就凑在灯跟前补这个缝那个，实际上你祖太太的眼睛已经看不着了，是黑摸着补呢，她先是找到破的地方，拿手一遍一遍地摸着熟悉着，然后把破的地方捏紧，针脚跟紧着补过去。针脚有些粗，有些歪扭，大样子还是看得过去的。那时节你祖太太已经是九十多岁的人了，刚刚吃过饭，刚刚把碗放下，刚刚用手把嘴擦过，你问她，你老人家吃了没有呢？说没有。说你刚刚把碗放下，碗都没有洗，咋能说没有吃呢？她说，我吃了么？我记着我没有吃。然后眯着眼睛像是想了一阵子，有些委屈埋怨地说，你们哪个给我吃呢，你们都是各人顾各人吃。你要是再端来一碗饭呢，老人是真吃呢。但是再不敢端了。实际上她是吃了嘛，她心里没数，我们心里是有数的。就是忘不了做针线。针鼻关在哪边都看不出来了，还做。一做针线，眼睛往上的皱纹就多起来，一个把一个挤得不行，两个眼睛里还流水，不是眼泪，就是水，把老人家的脸泡得像一个烂果子。你祖太太是咱们家里寿数最高的人，庄里有些年龄大的人说，她老人家活了九十九岁，还有的说过了一百岁。你祖太太做的最后一个针线活就是你的尿布子，拿一些布片片子往一起弄。说个不该说的话呢，她常摸你妈的肚子，摸着说，活嘛也活过了，福嘛也享过了——也不知道她享的是啥福。要是重孙孙下来，看上一眼，她就走，再不活在世上丢人现眼了。可是把你的尿布子没弄完，老人家就无常了，过了一个多月你才养下，这个我给你讲过吧。

我就记得你祖太太凑着煤油灯做针线的时节，能听到骆驼队过村子的声音。骆驼都是有铃子的。当啷，当啷，还不像是这么个声音，是咋的个声音呢，我想办法给你说一说，这个我记得牢实得很，就像昨儿夜里还听过一样，我给你咋说呢？唉，秃嘴笨舌的，没办法说出来。就是叫人忘不下，想起来人的心都要忍不住颤了，像是要化掉呢。一阵阵听起来远得很，像在天边边呢，像紧贴着豆子大的星星走呢，一阵阵又响起来，像离着街门不远。狗也咬起来了，就像是在咬这些铃声。狗的声音听起来像蔫萝卜。但是听得出来，狗没有办法咬那些声音，它们咬不上，一声一声都咬在了旁边，空处，那些声音像是一点子也不怕，一点子都不乱，有时候简直是没有了，费了劲去听，听得耳朵胀，听得人像是从深崖里掉下去，掉不到个实处，没有底底子，听得人像是一个空壳壳子，心都像不跳了，还是听不到它们的声音。但是不知咋弄了一下，又听到了，像个绣花针的针尖尖一样，在你的眼前头，一下一下地清楚着，但总还是有些不清楚。像是太清楚了，人会受不了。不知道你祖太太听到这声音没有，也没细问过。还有个要说的，就是一想起这些驼铃时，就会也想起窗台上的灯盏来，那灯盏黑呼呼的，有一个人的拳头大，火苗儿就像随手掐下的一截韭菜叶子。在驼队经过的时候，这一截韭菜叶子也不长一下，也不短一下，也不动一下，就那么端端正正一动不动地站着。像是和远处的声音有着一种啥关系。那时节觉得，就是贴在灯盏跟前，鼓劲吹这灯，也吹不死它。还有你祖太太，对着窗前的灯盏背坐着，背影子那么大，黑乎乎的，头低下去只叫人看到个脑勺子，看起来也像是一个还没有点着的大灯盏。这一些子给我留下的印象真是太深了，一想起来心就不由得跟上走了，像是我的魂丢在那里了，不想嘛还罢了，想起来就觉得只有美美地哭一场才能舒服。

　　有时候灯吹了，人睡下了，还能听到那声音，不远不近的，不紧不慢的。灯一吹，像是把它能听得更清楚了。但是听起来像是结了冰打了霜一样，叫人觉得冷清得很，无缘无故地伤心得很。狗还在有心无意地咬着。这里一声那里一声的，风吹散的野蒿子一样。脚夫哥们都是冬天过。跟驼铃子的声音比较，狗叫声听起来还算是暖和的，汪的咬一声，它们喷出嘴来的雾气像是都能看见。现在村子里的狗不多了。那时节狼多，常跑到村子里来叼羊，狗就也是不少的。现在想那时节狗叫的声音，就像是夜里的一些火把。只要灯亮着，狗叫着，骆驼队不紧不慢地由村子里走过去，人心里就是很安宁很踏实的，像是没有啥害怕的了。还有一个奇怪的情况，灯亮着时还觉不来，灯一吹，睁着眼睛，听着像有又像没有的驼铃声，再睡上一阵阵，就会觉得不但是驼队在慢慢地走在黑夜里，睡在炕上的人也像是一晃一晃地向哪里去，说不清是往前走还是向后退，像是黑沉沉晕乎乎的说不来个方向，又像是原地旋转着，就像是睡在大大的磨盘上。这么着一摇一晃，再加上个旋转，人就一点一点的忘了自己的胳膊腿子，睡着了。

我记着骆驼队没有在村子里住过。在我的印象里驼队是一直走着的，没停过。实际上跟路边的人家要过水，干粮啥的。咱家住得偏，过了那么多年驼队，脚夫哥也没有到门上来过。出门人是很大胆的，但也是很胆小的，听说他们跟路边的人家买东西换东西时，街门里都不进去的，就在街门外头规矩地等着，一拿到手里，道个谢就走。他们出手是大方的，你拿一碗黄米就能换值几碗黄米的东西。但是你不能一见便宜就收不住闸，背出一麻袋黄米来跟人家交换。脚夫哥一次最多只换一小盆黄米，多了人家是不要的。村里人也清楚便宜得一点一点地沾，不能一下子沾尽，于是就按脚夫哥的来，脚夫哥说换多少，就换多少，脚夫哥顺手给什么，就拿什么，总之闭着眼睛也不会吃亏的。都在这世上活，无论主人客人，各自都有着各自的规矩的。

但是也有破规矩的。也难免，骆驼队过了多少，再好的糜地里也出个火穗呢。常出事不好，但一件事情都不叫出也不可能。这事情说来没有发生在咱们村子里，发生在哪里呢？发生在水淌清。那时节无论是咱们村子，无论是水淌清，都小得很，咱们村子是两个队，相对还大些，水淌清就只有十几户人家。说是两个村子邻居着，但看起来要比现在远老多。

一天夜里就发生了个事情。

路边上一户人家的儿媳妇脑子一热，跟上脚夫哥跑了。具体是谁家我就不说了吧。说了也不妨事，就是那个那个谁家。那个女人本身是有些个俊，本身就不大看得上自己的男人，脚夫哥在街门上站过几回，两个眉来眼去地沟通上了，就叼了个机会跟上跑了。

这个女人错就错在跑了就不该再回来。但是她回来了。回来也不能再回水淌清呀。她端端儿回到水淌清来了。大概过了个一月半月吧，她就跳到水窖里去了，怀里还抱着她的个女儿。都淹死了。都夸着说这个媳妇子野是野，但还算是仁义的，把女儿抱着淹死了，把儿子给婆家留下了。

两个庄子离得近嘛，我们一伙子娃娃还跑去看了呢。屋子里又黑又窄狭，紧挨着门槛停着母女两个人的尸体。那时节的记性就是好，我还记得用一条补满了补钉的红单子盖着，一揭开来，先看到大人；再揭得开些,就看到睡在她胳膊边的碎女子。

就听到人们议论说,要是能捉到那个脚夫哥,就在这两个尸体前头把头用老刀子割掉了,就算是美死了。

但绝大多数脚夫哥都还是好的,都规规矩矩本本分分地呦自己的骆驼。要都像那个不负责任地乱领女人的脚夫哥,他们出门在外,无亲无故的,势必要被村里人捉住,一个个宰掉。听说脚夫哥们在这一点上规矩是很大的,比如已经混熟的人家,一天夜里又到他门上,发现女主人出来,男主人不在时,脚夫哥就会匆匆告一个别,到另外一家去换取自己需要的东西。和村里人再熟悉,他们也不会在村子里过夜。据说他们都是在荒野里过夜,就算下大雪也是这样。据见过的人讲,大雪天,他们找一个僻背的地方,让骆驼一字儿排开,挨紧着卧下来,然后每个人把骆驼头跟前的雪清去,清出够一个人睡的地方,然后在每个骆驼脖子里吊一个草料袋子,夜里,人就睡在骆驼的脖子下面,一边听骆驼吃草料,一边在骆驼的脖子边上望着天空扯闲话,只要把腿脚和头顾缠好,是不很受罪的。

实际上骆驼的脖子比几个棉被都要厚的。

我已经七岁多了,得帮家里做点子活计了,我最爱干的就是拾粪。

那时节每家都有几个拾粪权权的。

拾粪最好是赶早儿,星星还没落净,但又能看清地上时,最好。太早了看不着粪,太迟了粪叫别人拾去了。说起来,拾粪的时节嘛,冬天最好。冬天是有些个冷,可是呢冬天的粪容易冻住,冻住就容易拾。上去先来给一脚,踢得动了,权子一端,就整个的端起来了,又轻省又方便又一点也不浪费。不像别的时节,看着一泡粪大得很,但一点点捞到背斗里得老半天。牛粪驴粪的倒罢了,遇上狗粪人屎,还臭得很。冬天的粪就没有臭味。

但我最爱拾的还是骆驼粪。不要看骆驼比牛还大,巴下的粪却不大,而且不像牛那样稀嗨嗨的给你拉一大滩,骆驼粪是一个个圆蛋儿,比核桃大不了多少。

骆驼夜里走过村子去了,我们赶早儿去拾骆驼粪,抢着拾。实际上拾骆驼粪用杈子倒不得劲，你用杈子一拾核桃就知道了。干脆我们就用手去拾。拾回来我们先玩，然后再给家里烧水填炕用。那时候是有不少关于骆驼粪的玩法的，现在像是忘掉了。细细想还能想得起来吧。

我一直都觉得我自小儿就见过骆驼的，今儿给你讲这些，一细想，才觉得那时节我不能说是见过了骆驼，我只是见过骆驼粪，听过它们脖子低下的铃声。

说起来我第一次亲眼见骆驼已经到了十五六岁，那时节你爷爷在银川劳改，我骑自行车给他老人家去送吃的，路过中卫，第一次见到了骆驼，说个老实话，我有些意外，觉得它们不像。

拆　墙

再给你讲一个拆墙的事，也是发生在夜里，也是印在脑子里一辈子不能忘掉。

你多少是个知识分子，看事情比我全面透彻。我们没知识，但是也活出了一些个老经验。我的一个经验就是，这世上哪一天都有风呢，区分只在个风大风小罢了。有时候风大得你抱住一个树也站不住，有时候又小得你觉都觉不来，像是没有风，实际上是有的，实际上像是没有风的这些个风是很厉害的，会防的人就防这一路子风。说是常常叫人鼻子囊的感冒的风就是这种风。看着没有，实际上有，想一想这有多可怕。这是最歹毒的风。一句话，完全一丝丝风都没的日子是没有的。这就是我的个经验和认识。

那么我说这个话是个啥意思呢？意思就是说，只要你活着你就不要指望轻松，不要指望啥事情都没有，活着就是来承当大大小小数也数不来的事情的，除非死了就没事情了。但死了到底还有没有事情，活着的人说了是不算数的。

就像有一段日子风天多一样，我小的时节，跟你们相比，稀奇古怪的事情要多一些，也难免，刚刚儿改朝换代嘛。当然你们也有你们的事情。

说到你爷这个人，你是知道的，话少，人稳重，待人实诚，但也不安分，好做个小生意。咱们人老五辈都爱做个生意，但没一个把生意做大的，我跟你爸爸（叔叔之意）做生意二十多年了，一点子起色也没有，将就着能过个日子罢了。实话说，我从心里头也没有想着做多么大的生意，将就能过就成了。我觉得生意做得越大越危险，还是脚踏实地小买小卖的好。这话没出息。谁想这么说说去，各人有各人的活法。一风吹了的事太多了。但你爷跟我跟你爸都不一样，你爷心里头谋着是要做个大生意人的。就是没做成。你爷命不好，要是把你爷放在现在，说不定就做成了。咱们家，就你爷还像个正经生意人，都说像你祖太爷。你祖太爷省吃俭用把光阴置下，叫你太爷一脚踢了。光阴是个啥？是个皮球，今儿一脚踢到了我手里，明儿一脚踢到了他手里，没有谁一家一姓把个球祖祖辈辈都攥在手里的，不该你攥时，你就是把吃奶的力气费上也攥不住。

　　你爷刚开始做生意时，买了个老驴，花的钱不多，刚买来的时节，驴膝盖还烂着，你爷就用胰子给洗，洗后用手巾缠住。就好了。好了你爷就赶着驴去固原炭山驮炭，连夜走，一来回得三四天，来回挣多少钱？一块大洋。一块大洋值多少？能买一口袋麦子。一口袋麦子也就一百七八十斤。你爷这个人，第一个能下苦，第二个人实诚，驮的炭都是最好的炭，最上头的炭和最下头的炭一个成色，再一个说一是一，说二是二，说好给谁家去驮炭，回来，旁人出多高的价也不让，端端儿驮到订好的那一家去。就这么着做生意，慢慢地生意就有起色了，就不再驮炭，下宝鸡贩布匹，这里把粮食驮上，到宝鸡换回布匹来。那时节布贵得很，一个裤腰也得一口袋粮食。你爷靠的还是这个守信和实诚。这时候你爷又交往了你干爷马富荣等几个有钱人，结拜成了弟兄，准备好好地干一场了。结果风声紧了，应该说刚开了个头就结束了。这个我以后给你说。你爷从宝鸡骑回一个自行车来，就发现已经有些个不对劲了。实际上你爷那几年一直是泼着胆子往外跑，心里头还是害怕的。这一会儿就不敢去了。那时节全县还没几个自行车，你爷就有一个了。一看风声不对，你爷就把自行车拆了，藏到磨坊里了。人问你的自行车呢？你爷说老鼠啃着吃了，一时节庄里的人都传说你爷的自行车让老鼠啃着吃掉了。当然都是当个笑话说。你爷不是捣布匹换粮食嘛,存下了不少粮食,下不了宝鸡了,咋办,在院子里挖了好几个窖藏起来。这些粮食以后哪里走了呢?我慢慢给你说。唉,不说像是真的没个啥说头,一说才知道陈谷子烂麻的多得很。长话短说,你爷跑生意不但是没跑好,还把祸招上了。先是给咱们定了个地主。可是地咱们其实没有多少,就商量来商量去,定了个上中农。

你爷哪里都不敢去了,就窝在村子里劳动。实际上你爷这个人,有一个特点,很明显,一辈子都没改过,就是他总想一个人干,不想和大家搅和在一起干。正是这个性格特点吧,叫他老人家后来劳改了十年。

但你爷实在是个儿子娃,这个你不想承认都不行。

那时节发生了这么个事,说来是个笑话,顺便说一说吧。

村里已有了工作组,组长姓洪。对你爷还不错。你爷这个人,是你敬我一尺,我还你一丈,就把个自行车装好后送给洪组长了。

洪组长一个人不敢要,就成了队里公有的车子。多的时节洪组长骑着,另外几个有头脸的人也骑着。马风义那时节是队长,也骑,没防住摔下来,一个前门牙折了半截,再不敢骑了。

我还记得那自行车,深绿颜色的车瓦,铃子响得很。洪组长骑在上面,有人没人的他都爱摁个铃子。

说那个笑话。

一天,牲口棚塌了,说是牲口棚,实际上是个崖窑。塌下来把一对牛压在了下面。一大一小,是娘儿俩。你李德昌太爷当时是积极分子,真主饶恕着,他不是有个背锅么?跑起来不方便的。当时不知道为啥,就你爷和他在附近,忙忙跑去救,先刨出尾巴来,牛腿也蹬得土冒着。两个人就在牛尾巴上用力往外拽,结果你李德昌太爷用力太过,挣出一个屁来,你爷忍着忍着没忍住还是笑了。结果牛没有救下,娘儿俩都叫压死了。你李德昌太爷当时没有说啥,但是偷偷地去报告给洪组长了。夜里就开了你爷的批斗会,说贫下中农为了救公家的财产,命都舍着不要了,资本分子不但不用力,还在旁边偷着笑呢。你李德昌太爷当时走到你爷跟前,手指头朝上指着你爷的鼻尖子,一连问了三次,三次都只是一句话:你说说你的笑是个啥意思?

实际上他放屁的事不是你爷说出来的，你知道你爷不爱说这些个事，是你李德昌太爷自个说出来的，先是他忍不住说给了谁，结果一传十，十传百就传开了。他又气冲冲地来问你爷，你爷说，姑夫，我给谁都没有说过，谁要说是我说的，你领他来见我，他要不来，你领我去见他。你爷这样地一说，不要说人，连村里的狗都是相信的。

现在他们两个都睡到土里头了。

一天，我去给你爷上坟，不觉意间，看到你李德昌太爷的坟，就想起这些来。实际上他是你爷的亲姑夫。但也并不是说他有多坏，他这个人并不坏，最大的毛病也就是爱当个积极分子，一次让他代表队里的积极分子到大队里发言，他发了个一塌糊涂，胡子见白的人了，叫洪组长骂了个五五二十八。原本如果发得好，还可以到公社到县上去的，他一直指望着到县招待所吃上一顿小炒，结果当然是没吃上。他这个人心还是比较实的，能吃苦，为公家的事真的是能把自个的命豁了，他那一次把牛尾巴都拽断了，真不知道用了多么大的劲。他就是嘴有些秃。说话总是说重复话，翻来覆去的像在嚼自己的舌头。你爷劳改期间，他送过箍馍馍，还送过几包红糖。那时节的红糖可是不得了的。

先是洪组长，到后头洪组长不见了，又来了个叶组长，是个女的，刷刷头（头发短而精干之意），说话一个手爱叉在腰里，一个手在前头一挥一挥地说。这个女的不得了。人怕洪组长怕是个怕，但还没有到怕她那个程度。这个女人的事情也多得很，一说就都想起来了，我慢慢儿给你说。

那时节的人白天劳动，夜里也劳动。

一天夜里，黑得很。在小学里念了一阵子报纸，人们就提着铁锨，背着背斗出发了。

向山梁上摸着去了。

我可能九岁了。我跟着你爷。你爷抓着我的手，我一直跑着。一说就想起来了，当时的情景还是清楚的，但是没办法把它说出来。一个特别的感觉就是夜黑得厉害，天也黑得厉害，不记得有没有星星，肯定是不多。人们走得很快，铁锨不小心碰得响一下，也会招来骂声。连咳嗽声都没有的。有的人刚咳嗽出一点来，像是叫谁一下子就给堵回去了。

记得最清的就是人的脚步声,像是一个人睡在屋子里,听见许多人在房背后或房顶上密密麻麻团来团去地走着。觉着是走得很快的,但又总觉是在原地走着。走路的脚是看不见的。实际上人的大半个身子都是看不见的,只看见一些晃动着的头,还有高过人们头顶的铁锨的黑影。

你爷见我跑着也跟不上,还把我抱了一阵。你爷嘴里的热气都哈到我脸上了。我记着离你爷的脸那么近,能摸得着,但还是看不清楚。看得最清楚的是你爷的鼻尖子、眼睛,其他的都隐隐糊糊的,像是有些远,脸上只有鼻子眼睛跑到前头来了。多少年过去了,想起来还是这么个样子。

到勉家庄子跟前,停下了。

庄子里那时节一百来口人,**勉家搬**下来后,庄子里大了一些,但还是一百来口人。勉家是大户,还是庄里的地主。搬下来后,他们的院子就丢在山梁上了。

勉家庄子黑乎乎的,像一个塌羊圈,墙头上的蒿子嘘嘘地响着。一个人夜里要到这里来肯定是一吓死。但人多了就不怕了,反而是叫人觉着有些个兴奋。一到庄子跟前,人们就往手心里吐着唾沫忙起来了,就像把一大堆干蒿子点着了一样。人们放墙的放墙,背土的背土,满耳朵都是铁锨镢头的声音,满耳朵都是墙轰隆轰隆倒着的声音。老墙倒下来也看不清楚,只听着轰隆隆一声,像是一个牛叫宰倒了,才知道是墙倒下来了,紧跟着震起的土尘扑人一脸,呛得人直咳嗽,眼睛揉老半天,也揉不干净。有人不断地过来过去指挥着。也看不清指挥的人是谁,不知道有多少个指挥的。

你爷是个背土的。

也看不清是谁递给他上土,到谁跟前,谁就上。你爷得轻轻说一声,上土,就有土噗的一声扔到你爷的背斗里了。像是只要到墙跟前,哪里就都有上土的人。听到土簌簌往下掉时,就说明背斗已经满了,你爷就躬下腰小跑着去了。我有时节也跟着你爷跑去。墙土是往周边的田地里背去的。脚下的土有些绵软,跑起来很不得劲。但还是跑着。你爷那时候才三十多岁,力量是有的,但你爷是个柔性子人,说是小跑着,后来的人还是一个个超过着去了。当然你爷也超过着一些人,对面的人也不断地跑过来，倒空了的缘故，他们跑得很快，背斗在他们后面吧哒吧哒鸡膀子一样拍着，像是催促着他们更快地跑。我觉得地都轰隆隆地响着，脑子里乱哄哄的。不知道咋那么多人。黑乎乎的跑来跑去的认不下一个。我就认下个你爷。远远地看见一个人拿着个手电，红巴巴的像得了烂眼病，他指挥着人们倒土，他嘴里不停地说着往这搭倒往这搭倒。这几个字在他的嘴里一忽儿也没有停过，实际上人们在按他的手电光行事，他的手电光点到哪里土就倒到哪里，就会有几把锹头抢骨头的狗脑袋一样，伸进那点亮光里来，几下子就会把这一堆土分成好几份，弄成黑面馒头的样子。给我留下深刻印象的是那个拿手电筒的人，看不到他的脸，他的脚倒是看得来的，他的脚忙坏了，像是一双脚变成了许多脚，但许多个脚还不够用一样。唰的倒下来，很多时候就埋了他的脚，但是锹头伸过来的当儿，他的脚已经成功地抽出去了。他的嘴里更是炒豆子一样重复着那几个字。

后半夜的时候墙土背完了，地还没有完，我已经有些瞌睡了，你爷一遍遍低下头来对我说，不敢睡不敢睡。我就像是做睡梦一样，看着人们在平地里弄起着土堆。手电光像是多起来了，像是有三四个，四五个，都是红巴巴的，也许是我瞌睡了的缘故，觉得一地的手电光乱晃着乱落着，红巴巴的手电光落到哪里，哪里就会很快地长出一个小土堆来。

我当时一点也不知道，人们辛辛苦苦在夜里弄这些土堆子干什么，后来知道了，他们是拿那个充当粪堆子的。第二天我睡过了头，醒来才听说村里来了上头的人，但是已经很满意地走掉了。

我到底没有听你爷的话，牵着你爷的手站着睡着了。人站着是能睡着的。后来你爷就把我装在背斗里背回来了。一村子人往回走时，东方都已经开了。

（选自《上海文学》，2006年第4期）

点评者：和碧

有一类作家以慢著称，比如宁肯就在他的《沉默之门》后记里提到自己的慢，数年才写一本长篇，并且辩称："如果一个人慢一点可以写得好一点，为什么要快呢？现代小说是慢的艺术。"同样，石舒清的"慢"也大抵是有目共睹的事实：每年不过出手几个短篇，在充满浮躁之风的当下环境里，这样沉得住气的作家愈见稀缺；可喜的是，他出手虽慢，用心却深，作品非精细打磨则轻易不示人。

本年度人们所见的石舒清的几个作品也都称得上是慢工细活儿，《黄昏》（《十月》第1期，短篇）以温婉笔调写黄昏寂寞，空寂而优美，自足而强大；《长虫》（《人民文学》第7期，短篇）以舒缓笔致写紧张情境，亦有动人心魄处。而这篇《父亲讲的故事》（《上海文学》第4期，短篇），则大概是今年他所有小说中最让人舒心适意的一篇，在作家惯常的亦诗亦散文的风格中，又加入了西北腔调和雅化后的方言，分外的熨帖，不突兀，不造作，和文章散发的气息完全一致，让人阅读时自然而然地感到愉悦，仿佛"语出天然"，每一个词都落到了它原本应该落下的地方，足见作家"炼字"功夫。而这炼过的字词，一经融入朴素委婉的叙述语调中，又仿佛静中见动，汤里点盐，使小说更平添了几分生气。

小说很短，不到五页，父亲讲的故事——当真是文如其名，说者既不急不徐，听者也便戒骄戒躁，心平气和听他慢慢道来，如此沉静到底，方能够细细体会到声声句句潜藏不露的美意。开头就好："那时节，我就是七岁多一些。记下的事情像是牢实得很，一辈子都忘不掉。"写骆驼队过村子的声音，"灯一吹，像是把它能听得更清楚了。但是听起来像是结了冰打了霜一样，叫人觉得冷清得很，无缘无故地伤心得很。狗还在那里有心无意地咬着。这里一声那里一声的，风吹散的野蒿子一样。"写一村子的人都半夜起来拆现成的土墙，如此惊心动魄的情节换第二个人写来，恐都不能写得如此温柔敦厚："我当时一点也不知道，……后来知道了，他们是拿那个充当粪堆子的。第二天我睡过了头，醒来才听说村里来了上头的人,但是已经很满意地走掉了。"而最后的结尾也好:"我到底没有听你爷爷的话,牵着你爷的手站着睡着了。人站着是能睡着的。后来你爷就把我装在背斗里背回来了。一村子人往回走时,东方都已经开了。"像"牢实"、"有心无意"、"东方开了"一类的语词,单看起来字字都不冷僻,可是一当作比喻便觉何其新鲜生动,收拾成文,给人那一种耳目清爽之感难以胜言,就好比平素见惯了衣香鬓影环佩叮当的贵妇,蓦然再遇着素面朝天不施脂粉的好女子,便惊觉布衣裙钗自有一种明秀可人。

穿堂风

刘庆邦

  他的名字叫瞧,因是个瞎子,村里人就把他叫成瞎瞧。他是胎里瞎,一生下来就两眼一抹黑,什么都看不见,可不是瞎瞧么!除了眼睛先天有缺陷,他不少胳膊不短腿,身体别的方面还算全活。然而人的身体如同一台机器,缺少了任何一个部件都不灵,整台"机器"都不能正常发动,运转。比如瞎瞧的两条腿,没有眼睛指明道路,他的两条腿就迈不出去,就不能发挥腿的功能,有腿跟没腿也差不多。不能走动的瞎瞧只能一年到头在屋里待着。下雨了下雪了,他在屋里待着;收麦天,村里人忙得脚后跟打腚锤子,他还是一个人在屋里待着。
  瞎瞧也不是一点用处都没有,村里人如果有人受了屈,或心里憋得慌,想找个人说说话,他们就找瞎瞧去了。他们找别人不一定找得到,找瞎瞧一准能找到。瞎瞧像是一棵树,一棵椿树或一棵石榴树,老是待在一个地方。没人找他的时候,他在地上站着,右手的食指和中指岔开,捣着两个没有眼珠的眼窝子,身子左转一下,右转一下,像是在做转体运动。听见有人来了,他就把手放下,停止转动,面向来人,脸上露出微笑的表情。他对谁都表示欢迎。有时来的是一个小闺女儿,小闺女儿在家里刚挨了娘的打,脸上的眼泪揉得满脸花。他把小闺女儿的小手拉住了,蹲下身子说:来,我替你出气!出气的办法,是拿着小闺女儿的小手打在自己脸上,一边打一边说:我叫你打人,我看你还打不打!有一下打得重一些,他故作惊讶道:哟我的娘哎,你别真打呀!这么一逗,小闺女儿就乐了。有时来的是一个叫金狼的残疾人。金狼小时候,娘给他拔火罐，拔在了脊梁骨上，结果把他的脊梁骨拔弯了，他就成了背锅子。腰上背了"锅子"的金狼干啥都差点劲，四十多岁了还没找下老婆。没老婆就没人说话，没人做伴，有事无事，金狼只好去找同样没娶老婆的瞎瞧。他们在一起也不一定说话，两相比较，金狼觉得自己眼能看人，腿能走路，比瞎瞧多少还是优越一些，这对他精神上像是一个安慰。

有时来的是一个不久前死了丈夫的中年妇女，妇女向瞎瞧打听，她丈夫在阴间干什么呢？因瞎瞧从黑暗中来，并一直生活在黑暗之中，有人认为他的处境应该与阴间有相通的地方，就问他能不能过阴。所谓过阴，就是阳间的人能到阴间去，与阴间的鬼对话，打探到阴间的一些消息，带回阳间来。瞎瞧顺水推舟，说他当然能过阴。既然能过阴，村里人不免向他打听阴间的事。他对那个妇女说，妇女的丈夫到阴间上大学去了，每天带着皮夹子，骑着自行车，上得高兴得很。得到好消息的妇女也很高兴，说她丈夫年轻时一直想上大学，在阳间没有上成，没想到在阴间遂了愿。不过妇女也有担心，问瞎瞧她丈夫身边有没有女同学，要是丈夫跟女同学好上了，将来会不会不再要她？妇女烦瞎瞧再到阴间替她问问，她丈夫有什么想法，会不会变心？瞎瞧答应再过阴，但白天不能过，要等到夜深人静、鸡不叫狗不咬的时候才能过。瞎瞧还说，他过一次阴也不容易，要上一个刀山，下一个火海，还得把七十二个把门的牛头马面都打败，累得歇上三天三夜都缓不过来。尽管每过一次阴都要付出相当大的代价，瞎瞧还是再次闯入了阴间，给妇女带回了好消息。他说妇女的丈夫说了，不管是上了大学，还是当了官，妇女的丈夫都不会起花心，会一直等着妇女到阴间跟丈夫团聚。妇女对这个消息非常满意，感动得直抽鼻子。后来村里的人们知道了，不管谁请瞎瞧过阴，瞎瞧从另一个世界带回的都是好消息，一个不好的消息都没有。谁都爱吃甜枣儿，不爱吃黄连，人们都愿意相信瞎瞧带回的消息是真的。越是日子过得不如意的人家，越愿意请瞎瞧过阴。这么说来，瞎瞧是专门让人高兴的。他虽然不会下地干活儿，不会给人吃，给人喝，但凡是找过他的人，比吃了他的，喝了他的，心里还快活。

瞎瞧的侄媳妇房林凤，跟别人的看法不大一样。房林凤不把瞎瞧喊叔，人前背后都把瞎瞧叫成瞎子。她说瞎子都是瞎说，谁都不要相信瞎子的话。她还说，瞎子该死了还不死，都六十多了，还活着干啥呢！房林凤这话是跟邻居说的，说的声音很大，故意让瞎子听见。瞎子的眼睛不行，要是耳朵也不行就好了，他就彻底清静了。无奈他的耳朵没什么毛病，该听见的，不该听见的，他都听得见。他的耳朵不但没什么毛病，仿佛因为他天生失明，使用耳朵多一些，他的耳朵显得特别灵，春天的第一滴春雨，冬天的第一朵落雪，都是他先听见。侄媳妇跟邻居说的话他听见了，不止一次听见了。听见了能怎么样呢，他脸上一寒，把眉毛低下了。他的眼睛不存在，眉毛还是存在的。他的两道眉毛细细的，弯弯的，如两个修饰性的括号。可惜他的"括号"是单向的，好像只有上"括号"没有下"括号"，或者说只有前"括号"，没有后"括号"，"括号"就括不到什么，也修饰不到什么。可既然眉毛存在着，对眼睛就有一些象征性，并能代替眼睛发挥一点作用。眉毛低下来，表明他在沉思。沉思的结果如何呢？他对侄媳妇希望他死提不出什么反对性的意见。就算他不想死，他也不敢说半个不字。现在他跟着侄媳妇生活，靠侄媳妇养活，侄媳妇给他端一口饭，他就有一口饭吃，侄媳妇不给他端呢，一口饭就没了。俗话说人以食为天，侄媳妇给他饭吃，就等于给一块天，不给他饭吃，他的天就得塌。他从来没有见过天是什么样，不知是青的还是白的，是黄的还是红的。他扬起眉毛，象征性地往天上望了望，并伸出一只手往天上够了够，预感不是很好，他的天似乎越压越低。

房林凤再给瞎子端饭时，当面把要瞎子死的话对瞎子说了出来。她给瞎子端的是半碗汤面条，瞎子伸着双手接时，她却不往瞎子手里递，瞎子向东边伸手，她往西边递，瞎子向西边伸手，她又往东边递。这样房林凤就有话说了，她说：连个饭碗都摸不着，还活着干什么，我看不胜死了他，谁该伺候你一辈子呢！

瞎子终于把饭碗接住，却不好意思就吃。侄媳妇把话说得这样直截了当，他没有一个态度恐怕说不过去。他承认自己是该死了，离死不会太远了。

侄媳妇问他离死到底还有多远，是一里还是二里？是三天还是两天？

让瞎子准确做出答复，瞎子也难。别管是谁，都是只知道自己出生的时间，不知道自己死的时间，等到死的那一刻，就什么都不知道了。

且不说记死,就说睡觉吧,谁说得清自己是哪一分哪一秒睡着的,你要是说得清,就不算睡着。瞎子叹了一口气,说:依我说我想这会儿就死,一口气上不来,比啥都强。谁都不怨,我就怨老天爷,老天爷不收我,我有啥办法呢!

侄媳妇说:你不要怨老天爷,你的命阎王爷管,不归老天爷管,别当我不知道。你不是会过阴吗,不是吹着认识阎王爷吗,你去问问阎王爷嘛,看看阎王爷啥时候招你回去。我看你还是不想死,要是想死的话,早几百年头里就死了。

爹死了,娘死了,哥死了,嫂死了,连侄子也死了,瞎瞧觉得自己真的没必要活着了。生产队那会儿,家里吃粮磨面靠人力推磨。那时候,瞎瞧还可以帮嫂子推推磨。现在都是用机器打面,石磨东扔一扇,西扔一扇,早就用不着了。年轻的时候,瞎瞧还学过拉弦子,曲胡、坠曲都会拉。下雨天或下雪天,无法下地干活,人们就到瞎瞧住的小屋去了,让瞎瞧拉一段。那么瞎瞧从床里侧的墙上取下一只曲胡,拧拧调弦的纽子,就拉。曲胡的琴杆是枣红色的,挺长。他坐在床边,把琴筒放在大腿上,琴杆的杆首要高过他的头。琴杆被他的虎口磨得很光滑,滑得闪着紫红的亮光,像镀了一层玻璃质的东西。操琴时,他抚弦的手在琴杆上下翻飞,滑动极快。他握弓的手抽送得也极快,称得上弓如腾蛇,指似飞鸟。拉弦归拉弦,他闭着眼睛,谁都不看。他本来就没有眼睛,想看也不能看哪!也许他心里有一双眼睛,他只看着自己的内心。这样他拉弦子就拉得比较忘我,仿佛世界上只有琴声。他拉了一曲又一曲,把前去听琴的人都听得痴迷着。过春节时,有人拉了他的手,把他拉到村中大一点的场合,让他在那里拉琴。他拉着拉着,有人心潮涌起,便凑上来和着弦子唱戏。男人唱罢女人唱,一潮未平一潮又起,给人们带来的欢乐就大一些。这么说吧,全村的男男女女,老老少少,没有一个人没听过瞎瞧的琴声,他们都在瞎瞧的琴声里叹过气,走过神儿。小孩子是听着瞎瞧的琴声长大的,老年人则听着瞎瞧的琴声走完了人生的最后一程。自从侄子死后,瞎瞧就不再拉弦子。侄子死时岁数不大,才五十多岁。侄子活着时,都是由侄子给他买琴弦,买涩弓子用的松香。侄子一死就没人操弦子的心。弦子的丝线已经断了,琴筒上应该有松香的地方也光光的。有人难免仍到瞎瞧住的小屋让瞎瞧再拉弦子，瞎瞧把挂在墙上的两把胡琴一指，口气并不悲观，说胡琴的嗓子坏了，拉不成了。又说胡琴老了，底气不足了，该歇着了。细心的人走到床边，就近把胡琴看了看，见胡琴的纽子之间果然长了白发。那不是真的白发，是蜘蛛用极细的蛛丝结的蛛网。见大面积的人脸凑近蛛网，一只小蜘蛛大概吃惊不小，吓得赶紧溜到蛛网的边缘去了。

机会来了，是瞎瞧死的机会，也是房林凤让瞎子死的机会。瞎子住的小屋要扒掉，翻盖成新房，瞎子必须从小屋搬出来。房林凤自己住的房子翻盖过了，盖成四间砖瓦房。这次扒掉瞎子住的小屋，是利用那片宅基地，为房林凤的儿子盖房。房林凤的儿子到城里打工挣了钱，当然也要盖几间像样的房子。瞎子原来住的房子是两间矮趴趴的泥巴座草顶小屋，一间由瞎子住，另一间盛过柴草，养过牛，也拴过羊。这个小屋瞎子住了几十年，现在住不成了。季节到了秋后，秋风一阵凉似一阵，瞎子住到哪里去呢？按说房林凤应该让她的瞎叔到她的砖瓦房里住。房林凤才不呢。房林凤知道，因公爹长年在外面工作，瞎子年轻时，曾与婆婆不干不净过，这件事在村里传得七个八个，房林凤才不愿意让瞎子进她的房呢！房林凤的院子口搭有一个门楼，门楼下面有一个过道，她让瞎子住在过道里。等房子翻盖完成后，瞎子还能搬回去住吗？不能。房林凤已经放出话了，她的儿子才不让瞎子住新房呢。这就是说，瞎子出来后，再也回不去了，从草屋扒掉那天起，就预示着他从此无家可归。实际上，这是房林凤给瞎子规定的一个期限，一个死的期限，在这个期限内，瞎子应该死掉，或者必须死掉。瞎瞧不笨，他明白侄媳妇的意思，这等于侄媳妇给他判了死刑。古戏上都说秋后问斩，这个时间是对的。

门楼下的过道很窄，要是放一张小床，就等于把过道堵上一多半，进出很不方便。房林凤不让瞎瞧睡床了，靠过道一侧墙边的地上放一领折叠起来的秫秆箔，让瞎子睡在秫秆箔上。他们这里有一个规矩，人将死时，都不能再躺在里间屋，也不能再躺在床上，而是要抬到屋当门儿地上铺的秫秆箔上。秫秆箔也叫停尸箔。躺在秫秆箔上的瞎瞧，人还没死，心已经开始凉了。

过道一头有门，一头大敞着口子。门是老房上拆下来的旧木门，门上裂着宽缝子,挡风是有限的。过道往院子里吸风,过道口就是进风口,穿过过道的风叫穿堂风。风在村街上走着走着,遇到一个院子的过道口,就突然集中,并加快速度,向过道里涌去,因此穿堂风总是比较大,也比较迅猛,凌厉。打个比方,乡村河流上的小石桥总是比河道窄,当河里涨水时,水头就汹涌着往桥下挤,桥洞里的水流特别猛烈,冲击力特别强,谁要是从桥上掉下去,桥洞子一口就会把人吞掉。过道里的穿堂风就好比桥洞里的流水差不多。在夏天,人们对穿堂风是喜欢的。在外面干活出了一身汗,站到过道里让穿堂风吹一会儿,身上的汗就落下去了。夏天吃午饭,人们也愿意蹲在过道里吃,穿堂风溜溜地吹着,人们不必拿嘴吹热饭,风就把饭里的热气吹跑了。然而到了寒秋就不行了,人们从过道里走过,穿堂风吹得透骨凉,人们赶紧躲到屋里去了。瞎瞧无处可躲,只能听凭穿堂风发落。穿堂风穿过他的被子、衣服、皮肤、骨头,还有五脏六腑,都可以。既然侄媳妇给他规定了死期,他自己也没提出什么异议,那就赶快死吧。

别人都渴望生,瞎瞧这时候渴望死。最好是头天晚上睡着,一觉睡死过去,第二天早上就起不来了,永远起不来了。可是,第二天第三天早上,窗台上的公鸡一叫,他又醒过来了。他摸摸鼻子,鼻孔还能出气。摸摸小肚子,小肚子还是热的。真烦人!有那么一刻,他在秫秆箔上躺直,衣服拉展,扣子扣齐,双腿并拢,双手放在身体两侧,闭上嘴巴开始憋气。不就是一口气嘛,他把气憋住,不让气出来,不就完了。不料他把气憋到了最大限度,憋得肚子和腮帮子都鼓了起来,到底未能把一口气憋住。他的牙把气咬住了,鼻孔里没有牙,气都从鼻孔里冒了出来。看来一个人想死也不是那么容易的。

直到第五天早上,瞎瞧身上才起了烧。他觉得胳膊腿儿冷得直打抽抽儿,摸摸脑门子,脑门子已经热得烫手。掺了曲粉子的麦仁儿起了烧,就会烧得稀软,变成酒酿子。包了湿麻叶和棉被的熟黄豆起了烧,豆子上就会长白毛,变成臭豆子。身上起了烧的瞎瞧似乎有些欢喜,人一起烧,离死就不远了。这天他一直在箔上躺着,吃午饭时都没起来。帮着儿子盖新房的房林凤来回从过道里走,看见瞎子跟没看见一样,她大概提前把瞎子当成了死人。瞎子觉得应该把自己发烧的消息向侄媳妇报告一下，就报告了。侄媳妇没有伸手摸他的脑门儿，没说给他请医生，也没有显得太高兴，只是问：那你晌午还吃饭吗？

瞎子回答得有些犹豫，说，那就不吃了吧！

侄媳妇说，不吃就不吃，这可是你自己说的。

天阴了，下起了小雨。雨落在地上，落在杨树叶上，落在柴草垛上，落在哪儿，就把哪儿变湿，颜色变深。鸡的翅膀也淋湿了，一淋湿它们的羽毛就失去了光彩，变成了所谓落汤鸡。落汤鸡们不想继续落汤，三三两两踱到门楼下的过道里避雨去了。其实过道里避雨效果并不好，除了风更紧，更冷，秋风还裹着斜雨，渐到了过道里。那些借了风力的斜雨射在地上丁丁的，简直像是雪粒子。鸡们大概顶不住了，它们缩成一团，提起一条腿，纷纷呻吟起来。

瞎瞧也想呻吟，可他使劲忍住了。鸡的呻吟是给人听的，他呻吟给谁听呢！

翻盖房子期间最好是响晴天，阴天下雨是让人讨厌的。于是房林凤骂人，骂老天爷。她骂老天爷不长眼，早不下，晚不下，为啥单等她家盖房子时才下雨呢！

瞎瞧死了。村里有了这样的说法儿。瞎瞧尽管是个瞎子，他也是村里的一口人哪！是一个人，就不是一只猫，一只狗，死了也算一件事呀！老辈子传下来的章程，不管谁家死了人，不管人是啥时候死的，人在刚断气之后，都要放三声炮向全村人知会一下，让村里人知道，村里又死了一口人。可这两天一声炮响也没听见，怎么就说瞎瞧死了呢？

背锅子的金狼，踏着泥巴找瞎瞧来了，在过道的地上找到了瞎瞧。按辈数，他该把瞎瞧叫瞎爷。瞎爷的被子蒙着头，粗布蓝印花被子被雨水渐湿了半截。金狼没敢掀瞎爷的被头，他想象不出瞎爷死后是什么样子，他害怕看死人。他问：瞎爷，瞎爷，你当真死了吗？

瞎爷在被子下面嗯了一声。

金狼说：人家都说你死了，你没死呀！

瞎爷说：快了，也就是这一两天的事儿。你来得正是时候，你要再晚来两天，咱俩就说不成话了。你不想再看我一眼吗？

我不敢，我害怕死人。

我不是跟你说了嘛，我还没死呢，一点儿都不吓人。

金狼这才蹲下来，小心地把盖在瞎爷脸上的被子掀开了。金狼还是吃了一惊，因为瞎爷的脸太白了，白得像沤烂的麦草下面长出来的蘑菇一样。

瞎爷说，你看，我说没死吧。你摸摸我的鼻子，还会出气呢。

金狼把手背到身子后头去了，他说，瞎爷，我不想让你死。

瞎爷说，这事儿你不当家，我也不当家，该死的时候，谁都得死。

你死了，我就找不到人说话了。

我到阴间等你，等你到了阴间，咱爷儿俩再说话。

到了阴间，你的眼还瞎吗？

看你这孩子说的，到了阴间还瞎什么！我的两只眼睛变得明明亮亮的，大闺女经我的眼一看，小腰儿就变得软软的。

金狼这才放松下来，问，那我呢，到了阴间，我的腰还背锅子吗？

我敢保证，到了阴间，你的腰会挺得比杨树都直，谁的腰都比不上你的腰直。到那时候，大闺女会争着嫁给你。

金狼像吃了一枚定心丸，咧嘴笑了，说，那，我也到阴间去。

老队长也来看瞎瞧了。老队长虽然七十多岁了，辈分却比瞎瞧小，应该喊瞎瞧为瞎叔。老队长是个爱说笑话的人，他说，瞎叔，村里人都说你走了，你这不是还出着气嘛！

瞎叔说，气出不长了，秋后的蚂蚱，没几天蹦跶。

老队长把死说成走，说，说走就走吗？你急什么！等过罢年，春暖花开时再走也不晚哪！

瞎叔说，我在阳间待的时间不算短了，该走了，轮也轮到我了。打我记事起，村里年年都走人，走一个，我心里记一个。到今天为止，村里已经走了一百零五个人了。我这两天一走，就是一百零六个。

老队长心里打了个沉儿，方知道瞎叔是个心里有数的人。村里一共走了多少人，恐怕别人心里都没数，只有瞎叔心里有数。瞎叔走了之后呢。也许再也没人记数了，永远都是一笔糊涂账。他呢，也得落到糊涂账里头，成一个糊涂鬼。老队长也有些悲观，他说，要走就走吧，反正早晚都得走，早走早清净。你提前问问那边管事儿的没有，到阴间你准备干啥呢？

我问过了，我一到那边，那边的人就安排我到戏班子里拉弦子。

要得欢，进戏班，老队长认为拉弦子的差事不错。他要瞎叔临走时一定想着把两把弦子带走，别忘在这边。到阴间虽说不愁买不到弦子，但这两把弦子瞎叔毕竟拉了几十年，用习惯了。说到弦子，老队长就往墙上瞅，墙上没挂着弦子。老队长问，你的弦子呢？

弦子？弦子没在墙上挂着吗？他发烧烧得可能有些不大清醒了，以为自己还住在原来的小屋里，从被窝里伸出一只手往墙上摸。

老队长说，你不用摸了，墙上啥都没有。他喊房林凤，问，瞎叔的弦子呢？

房林凤说，我也不知道，扒房子弄得那么乱，谁知道弦子扔到哪儿去了。

你去找找，把弦子给瞎叔拿过来。

我没地方找。

老队长生气了。房林凤故意把瞎叔放在过道里冷冻，冻病了也不找医生给瞎叔看看，明摆是不让瞎叔活，这女人做得太过分了。老队长说，不行，你必须把弦子给我找到，找不到我不愿你的意！

老队长是房林凤远房的堂哥。见堂哥发了脾气，房林凤不敢不去找弦子。临去找弦子，她还小声嘟囔着犟嘴，说，他又拉不成了，还要弦子干什么！

过了阳间，还有阴间，瞎叔在阳间拉不成了，不等于到阴间也拉不成。谁都有到阴间的那一天，你到了阴间，说不定还得听瞎叔拉弦子呢。

我不听！我不去阴间！

这不是你想去不想去的问题。

房林凤把弦子找来了，两把弦子都成了残废。那把坠胡的杆首被摔断了，没有了头，只剩下尾。而那把曲胡下面的琴筒没有了，没有了尾，只剩下头。房林凤一手握着两把残缺不全的弦子，像随便拿着两根柴火，还是被雨淋湿的柴火，交给了老队长。

老队长没有告诉瞎叔弦子坏了，这两把弦子是瞎叔平生的心爱之物，弦子陪瞎叔笑过，陪瞎叔哭过，瞎叔的喜怒哀乐都在弦子肚子里装着，倘是瞎叔知道他的弦子坏成这样，不知有多伤心呢！他说，瞎叔，

穿堂风　95

你的弦子拿来了,两把弦子都好好的。

瞎叔的手抬起来了,显然是想把弦子摸一摸。

老队长把弦子递到瞎叔手里,让瞎叔摸。少尾的那一把,他只让瞎叔摸头;没头的那一把,他只让瞎叔摸尾。瞎叔的手又瘦又弱,苍白得好像只剩下几根绿筋。瞎叔的手颤抖得厉害,仿佛知道他的弦子已经坏了,又仿佛在与阳间的弦子作最后的告别。以前瞎叔拉弦子时,手指也这样颤抖过,那是为了让弦子发出颤音,是出于技术上的需要。现在的颤抖是从内部发出来的,瞎叔已管不住自己,想不颤抖都不行了。

雨还在下,村里不少人都去看瞎瞧。其中有一个当娘的,儿子前几天刚在煤窑里被砸死了,她还处在悲痛之中。她叫瞎瞧瞎哥,她想请瞎哥过一下阴,看看她儿子在阴间干啥呢,嘱咐她儿子一句,在阴间千万不要再下煤窑了,阴间太阴,煤窑也太阴,儿子会受不了。她喊了瞎哥好几声,瞎哥都不答应。瞎哥的眉毛动了动,像是答应的样子,但到底没有答应。瞎哥的嘴微张着,出气回气都很费劲,看来过阴是过不动了。那么这样一来,村里再也无人会过阴,再也无法从阴间带回好消息,阳间的人再也无从得到安慰。当娘的顿感失望,眼泪扑簌簌滚了下来。

一天下午,三声小炮响过,瞎瞧死了。从小屋搬出来后,他只存活了八天。

瞎瞧死后,人们才意识到瞎瞧其实是一个很有意思的人,以后再也不会出现那样有意思的人了。人们心里一时空落落的。

(选自《人民文学》,2006年第4期)

点评者:赵晖

刘庆邦的《穿堂风》深谙人间情味,故事凄凉而色调淡暖,是刘庆邦走熟了的那派温情的路子,读者虽跟着他上了老路,却能走得耐烦,且行且叹,掩卷尚堪回首,实在见出一位实力派作家的本事来。

主人公单字叫"瞧","因是个瞎子,村里人就把他叫成瞎瞧"。年老的瞎瞧在乡下靠侄媳妇养活,他心地淳朴、善良,拉得一手好弦子,全村老小"都在瞎瞧的琴声里叹过气,走过神儿";瞎瞧谎称自己会"过阴",只是为了给活着的人宽心;乡下日子清苦,瞎瞧是一村人寒素中的温暖。可侄媳妇到底嫌弃了瞎瞧,要扒掉他的小屋,瞎瞧只得住在门楼的过道中,吹着穿堂风睡在人弥留之际才躺的秫秆箔上,"别人都渴望生,瞎瞧这时候渴望死"——小说的文字一如题目,有种看穿世事、泯尽悲喜的温和平易,却于不动声色中一点点将人物推向孤绝,一面是人情之寒、世事之艰彻入骨髓,一面是惯于被漠视的瞎瞧临死前对世界的体谅和眷恋,两相映照分外令人动容。

这个世界似乎越来越势利,利益比天大,人情比纸薄;瞎瞧刚好反过来,他"不会下地干活儿,不会给人吃,给人喝,但凡是找过他的人,比吃了他的,喝了他的,心里还快活";可是这样的人于了无利益牵挂的村人才是好的,对侄媳妇来说终究是平白添出了一碗饭、一间屋。就是这一碗饭、一间屋,害得瞎瞧要饱受穿堂风之苦,甚至于着急自己的"总不死"。面对如此景况,刘庆邦没有选择迎头上去激烈地谴责侄媳妇的寡义,或是不切实际地攻击其他乡亲的袖手旁观,相反,他默默地陪伴在瞎瞧身边,冷眼看着他凄凉赴死。与那种处处对世界横眉冷对的小说相比,这种低调的讲述似乎不够直接,但它的勇力恰似一阵穿堂风,直把我们吹薄透,逼迫我们检视周围的世界和自己的内心。

命案高悬

胡学文

1

夏日的中午,光棍吴响伏在芟芟丛中,虎视着牵着牛的尹小梅。

吴响想把尹小梅搞到手。在北滩,尹小梅算不上漂亮,一张普通的梨形脸,眉眼也不突出,总在躲着谁似的,更没有王虎女人那种风骚劲儿。她很瘦弱,走路慢悠悠的,像一棵失去水分的豆芽菜。可吴响就是喜欢她。从尹小梅嫁到北滩那天起,这种喜欢就固执地扎进吴响心里,在清淡的日子中蓬蓬勃勃地生长着。喜欢当然要费点儿心思,当然要下手。只是几年过去了,吴响仅接近了尹小梅两次。一次是在河边,尹小梅挽着小腿洗衣服。吴响装作正巧经过的样子,和尹小梅亲昵地打招呼。尹小梅顿时涨红了脸,没等吴响再说什么,抱着衣服逃了。这个女人一定读懂了吴响的眼神,害怕了。第二次是在尹小梅家,吴响给尹小梅下一份通知。吴响是护林员,有资格给各户下"通知"。尹小梅接过那页写着黑字的黄纸,吴响趁机抓住她的手。手很软,似乎没有骨头。尹小梅惊恐地一缩,但没抽出去。她往后撤着身子,脸漆一样白。吴响微微笑着,加重了力气。黄宝在县水泥厂当壮工,两星期才回来一趟。尹小梅的公公黄老大住在隔壁的院子,吴响有恃无恐。两个人拽着,很有些游戏的成分。尹小梅突然低头咬了吴响一口。不是一般的咬,是拼了性命的。吴响带着血青色的牙印悻悻离开。尹小梅竟然如此刚烈,出乎吴响意外。说到底,吴响不敢把事情做得太绝。和女人好,要来软的,或软中带硬，一味硬肯定糟。吴响清楚这点。

吴响没得手，但想头更厉害了，几近痴迷。就像摁弹簧，摁得越紧，撑得越长。越是得不到，越是想得到。吴响虽是一介光棍，但身边不缺女人，可谁也代替不了尹小梅。谁也代替不了尹小梅在吴响心中的位置。吴响发誓一定要把尹小梅搞到手。机会像旱天的雨，好容易飘过一团云，没等掉下一滴，又忽忽悠悠飘走了。

吴响是光棍，在村里的地位却不低，因为他是护林员，挣着一份工资，享受村干部待遇。吴响比村干部还会享受，他把地包给别人种，平时除了去树林里转一遭，再无事可干。多余的精力没处打发，只能找女人。

吴响鼻子很灵，如果发现树被砍掉，只消一个时辰就会嗅着木头的气息追到偷伐者家。那些人讨好着，恭维着，检讨着，然后往吴响兜里塞两盒烟或三五块钱，吴响训斥两句也便作罢。村民砍树都是自家用，没有卖掉，吴响睁只眼闭只眼。村长找过吴响，怪他没原则。吴响很干脆地说，那就把我换掉。村长没换吴响，在村里找不出能替换吴响的人。吴响有一股蛮劲，一股驴劲，拉下脸六亲不认，村民心里骂吴响驴，都怕吴响。护林员就得吴响这种人，换了别人，那些树早就光秃秃的了。吴响的"身份"对尹小梅不起任何作用，尹小梅连树林都不进，总是离吴响远远的。

但转机还是来了。两年前，吴响又多了一份职务：护坡员。以前草场可以随意放牧，随意挖药材，现在不行了，要保护草场。草场都用铁丝围栏圈住，护坡员的职责就是防止人和牲畜进入。和护林员不同的是，护坡员的工资由乡里出。吴响去乡里开了一个会，回来把乡里的禁令贴到村头。那份禁令主要是罚款数额：人进草场挖药材，一次罚六十；牛马进入罚一百；羊进入一只罚五十。禁令贴出第二天，吴响就抓住了挖药材的王虎女人。吴响沉着脸问，没看见禁令？王虎女人笑嘻嘻地说，看见了。吴响说，看见还进来？王虎女人撇撇嘴，你黑夜敲窗户，白天就正经了？吴响说，一码归一码，乡里让我管我就管。王虎女人瞅瞅四周，我就不信这一套，说着就脱裤子。白晃晃的屁股一闪一闪，吴响的眼便眯成了一条线。送到嘴边的肉，吴响哪有回绝的道理？吴响心疼嫩绿的花草，紧抓着王虎女人的腿，不让她来回翻滚。事后，吴响在白屁股上拍一掌，下次别进来了。可过了没几天，王虎女人又进去了。吴响还是老规矩。吴响的窍就是被王虎女人捅开的，再逮住别的挖药材或放牧的女人，吴响就罚她们的款，一直罚到女人脱了裤子。

　　吴响又瞄上了尹小梅。尹小梅可以不去树林，但她躲不开草场。尹小梅家有一头奶牛，奶牛当然要吃草，哪里的草有围栏里的茂盛？只要她钻进一次，他就牢牢套住她。尹小梅似乎觉到了吴响的阴谋，要么自己割草，要么在地畔放牧，始终不越过那道线。直到最近，吴响才发现尹小梅的蛛丝马迹，原来她和他打游击呢。尹小梅利用吴响中午吃饭的机会，把牛牵进草场大吃一顿。没想到尹小梅竟有这鬼心眼，吴响意外而窃喜。

　　吴响继续盯着尹小梅。尹小梅穿了件浅绿色衬衣，吴响看不清她突出的胸部，这使他对那个地方有了更多想象成分。尹小梅鬼鬼祟祟地望着村里的方向，又望一眼，确定没有人影，牵着牛朝围栏豁口走去。吴响的心跳撞在芨芨草上，击出空空的声音，生怕自己飞起来，紧抓着细长的草叶。吴响为了套尹小梅，只是回村绕了一圈，又悄悄潜回草场。

　　六月的阳光骨白骨白的，很重。

　　吴响特意选在毛文明来的日子收网。如果尹小梅不给面子，就把她交给毛文明。毛文明是副乡长，包着北滩的工作。吴响刚当护坡员那会儿，毛文明郑重其事地找吴响谈话，老吴啊，咱俩拴在一条线上了，你可不能吊儿郎当的。吴响拍着胸脯保证，毛乡长放心，我吴响不是吃素的。毛文明赏了吴响一盒烟，就靠你了。过了一段，毛文明又找到吴响，说别的村罚了多少多少钱。毛文明说护坡员的工资就由罚款出，罚不上款，年底吴响就甭想领工资。吴响听出意思，光护不行，罚款也是一项重要任务。

　　罚就罚，吴响随时能把脸拉下来。进草场的并非都是女人，是女人也不是都给吴响脱裤子。吴响挑挑拣拣的罚，不过没按照乡里的禁令罚，咋说也是一个村的，该抬手还得抬手。比如柳老汉，快七十的人了，一听罚钱，扑通一声就跪下了，求吴响放了他。慌得吴响搀他起来，让他赶紧走。比如哑巴女人，穷得连袜子都穿不上，唯一值钱的就是那两只羊,吴响忍心罚吗?对那些耍腻的,吴响就交给毛文明处理。别看毛文明嘴巴的毛没长齐,很有手段。毛文明嫌吴响罚的少,北滩的草场面积全乡最大,别的村都罚到北滩的几倍了。毛文明给吴响弄了一辆旧摩托,还说罚款额增加了,给吴响换辆新的。毛文明也不闲着,三天两头检查。吴响充其量是刀背,毛文明则是刀刃。尹小梅若是不识好歹,就让她碰碰刀刃。

尹小梅牵着牛从豁口进了草场。她终于进去了,吴响轻轻咬咬嘴唇,生怕一不小心笑出声。豁口是那些进草场的人弄出来的,吴响曾报告过毛文明,想把口子补住。毛文明说算了吧,补上还是往坏弄,乱花钱。后来吴响琢磨出这句话的味儿了,毛文明确实比吴响心深,一种探不到底的深。

吴响匍匐爬行,慢慢向草场豁口靠近。吴响搞女人是老手了,但从来没有现在这么兴奋过。他实在太喜欢尹小梅了。

尹小梅盯着牛的嘴巴,轻声催促,快点儿!快点儿!!吴响暗笑,就算牛长了一丈长的舌头,也得一口一口吃。

吴响站起来,喊了声尹小梅。声音很轻,他怕吓着她。

尹小梅猛地一抖,迅速回过身,满脸的惊恐和慌乱。她的嘴唇碰了碰,却什么也没说出来,只是吃力地挤出一丝生硬、干巴的笑。

吴响绷住脸,你这是第几次了?

尹小梅紧张地说,三次。

她显然吓坏了,想撒谎又不敢彻底地撒。

吴响说,你根本不止三次。

尹小梅躲避着吴响的目光,就三次。

吴响说,就算你三次吧,一次一百,三次罚三百。

尹小梅仰起苍白的脸,这么多?

吴响问,禁令上怎么写的?你没看?

尹小梅小声说,我没钱。

吴响说,没钱拿牛顶。

尹小梅下意识地牵牵绳子。她用央求的口气说,放了我吧,下次不敢了。

吴响为难地说，我放了你，乡里可不放过我。

尹小梅的目光在草上跳闪着，无措的样子。如果是王虎女人，早就把裤子脱了，哪用费这个唾沫？尹小梅守得紧紧的，一点儿不懂利用自己的资源。可吴响喜欢她的也正是这点儿。吴响想尹小梅永远不会主动，自己动手得了。他试探地拍拍她的腰，她马上躲开，敌视而慌张地瞪着他。吴响笑笑，放你倒是也行，不过……尹小梅已经明白，脸上飞起一抹红晕，但还是警觉地问，你要干啥？吴响说，我喜欢你，从你嫁到北滩那天就喜欢你了。尹小梅扭转头，胸脯迅速起伏着，不知是紧张还是害羞。

吴响觉得时机成熟了，突然抱住她。

尹小梅大惊，奋力挣扎着，叫着，别……声音很轻，但很执拗，没一点儿妥协的意思。

牛受到惊吓，挣脱缰绳跑了。

尹小梅没有像上次那样咬吴响，她躲避着，眼睛湿淋淋的。

吴响松开了，他不想强迫她。

尹小梅惊喘着，满脸是泪。她瞪了瞪吴响，往草场深处追去。那头牛快跑得没影儿了。

吴响帮尹小梅牵回牛，毛文明恰好到了草场边。毛文明带着三轮车，每次来他都雇一辆三轮。人证物证俱在，尹小梅抵赖不了。吴响憋了一肚子火，当然不会帮尹小梅说话，是她自己撞到枪口上的。毛文明要罚款，尹小梅一口咬定没钱。她的语气很硬，直到毛文明要拉牛，她才慌了。毛文明唬着脸说，明知故犯，乡里正想抓个典型呢。尹小梅求救地望着吴响，吴响的心动了动，但他闪开了。这个女人，得让她吃点儿苦头。

尹小梅撒泼了，她竟然撒开泼了。她拦着毛文明，并且在毛文明手上咬了一口。她咬顺口了，可那是毛文明的手，怎么能咬呢？可她就是咬了。似乎还想咬第二口，毛文明躲了。尹小梅没能拦住谁，牛被强行弄到车上。尹小梅疯了似的，扒到车上，紧紧抱住牛腿，像抱着命根子。毛文明冷笑，我正想让你去呢，和政策对抗，就不光是罚款的事儿了。那时，吴响确实想替尹小梅说句话，可毛文明正在气头上，他刚吐出一个字就被毛文明挡回来。吴响的舌头转了转,叫,小梅!尹小梅抬起头,她的眼睛有些肿,有些红,水汪汪的,可目光分外地硬,直直地刺进吴响心里。一绺头发垂下来,在眉角拐了个弯儿,贴在鼻翼一侧。吴响哆嗦了一下,嗓子忽地哑了。

这是尹小梅留给吴响的最后形象。

2

吴响很蔫。尹小梅和她的牛被毛文明拉走,一股黑烟扑到吴响脸上,吴响就蔫了。吴响蓄谋多日的计划扑了个空。那情形就像一个胸有成竹的猎手,火都架好了,就等夹子一响收猎物了,没想到猎物和夹子一块跳进了别人怀里,自己扑到的只是一团风。尹小梅这个死心眼女人,碰都不让他碰。撞到毛文明枪口上,有你好受的。甭说罚三百,罚六百也得交。毛文明要是算起老帐,也许不止六百。毛文明不是吴响,不会给尹小梅留面子,更有办法撬开尹小梅的嘴巴,让她交待私进草场的次数。尹小梅自作自受,怨不得吴响。可吴响的心是那样的空,空得能装下整个草场。尹小梅在空旷中固执地长出来,柔软而坚硬地直视着吴响。吴响的腿颤了颤,一弹一弹往回走。他得通知黄老大,早点儿往回领人。他只想让尹小梅吃点儿苦头,一点点儿就够了。

黄老大驴个子,只是背总是驼着,随时给人鞠躬的样子。黄老大空长一副大骨架,看起来壮,身体非常虚弱,常年吃药,秋天的脚步还没到就捂上了大口罩,整个一个病老爷。性格也弱,女人在的时候,什么都是女人拿主意;女人死后,黄老大没了主心骨,就向别人讨主意。吴响平时很少和黄老大打交道。

吴响叫了半天,没人答应,便推门进去。黄老大正睡觉,身上搭一块厚厚的棉垫子。吴响举起手,又缓缓放下了。黄老大未必吃得住他这一拍。吴响重重地嗨了一声,黄老大抬起被炕席印出各种图案的脸,吃惊地看着吴响,嘴里呼出厚重的铁锈味。吴响说得简短,但很清楚,黄老大慌慌地点头。吴响一转身,黄老大叫住他,问,她进草场了?吴响说,当然进了。黄老大嘀咕,这可咋办,这可咋办?吴响强调,拿钱领人。他到了街上，黄老大又三摇两晃追上来，问带多少钱。吴响说二百吧。黄老大几乎哭出来，我没钱啊。吴响说，没钱去借，一头奶牛，一个儿媳，总不止二百吧？黄老大的眼球艰难地滑动着，似乎在算这笔账。

　　吴响泡了碗饭，还没扒拉两口，黄老大又躬腰进来。吴响为了套尹小梅，没顾上吃午饭，这阵儿饿了，懒得理他。吴响不问，黄老大也不开口，紧盯着吴响的碗。吴响实在憋不住了，问他有什么事。黄老大伸长脖子，什么时候领人？吴响粗声道，什么时候都行，越早越好。黄老大愁眉苦脸地说，我借不上钱啊。吴响没好气，借不上找我干吗？黄老大说，你替我想个主意。吴响不耐烦地说，给黄宝打电话，让他回来。黄老大垂着手，我……没他的电话。吴响说，那就去找他。黄老大想了想，也只好这样了……我坐车去？吴响几乎气笑了，那么远的路，你想爬着去？黄老大哎哎着退出去，我坐车去，坐车快。

　　再他妈啰嗦，黄瓜菜也凉了。吴响暗骂。这句话倒提醒了他自己，不知毛文明把尹小梅怎样了。毛文明的目的是罚款，尹小梅老老实实的，不会有别的问题。如果尹小梅不知轻重就难说了。那可是乡政府，那可是毛文明啊。吴响不踏实了，决定去探探风。

　　吴响把自己的坐骑推出来。吴响对它是又爱又恨，虽说是旧摩托，骑着还是蛮威风，恨是因为它不长脸，往往在关键时刻熄火，怎么蹬也不哼一声。还特别费油，像喝一样。汽油比麻油都贵了，所以每次加油，吴响都想扇它几个大嘴巴子。

　　又是一顿乱踹，脚脖子都麻了，仍没响声。吴响骂声操，村长走过来，说，连摩托都操，你小子鸡巴是铁打的啊。村长冬夏扣着一顶蓝帽子，除非发脾气骂人才会摘下来。吴响漫不经心地瞅村长一眼，说，这破货，我真想操了它。村长问，尹小梅让毛乡长拉走了？吴响说，谁让她往枪口上撞？村长说，毛乡长不好惹，你求求情，一个女人，罚几个钱算了，黄宝又不在家，黄老大缠我半天，我就差给他下跪了。吴响乐了，村长也害怕？村长说，当然怕了，我担心他栽在我家门槛上。说着踢了一脚，摩托忽地发动着了。两人愣了愣，同时笑了。吴响骂，这小子，见了村长就不敢装哑巴了。

乡政府东面有一排旧房，是原先的兽医站。兽医站盖了新房，这里就作了乡里的临时仓库。吴响扒在门口，看见木桩上拴了两头牛，却没有尹小梅的。吴响纳闷，尹小梅关在什么地方？他憋足嗓子喊了两声，两头牛又是叫又是抻脖子的。

乡政府的院子很普通，还没有电管站的气派。吴响每次进来，目光都要往紧缩缩，不像在北滩那样肆无忌惮，随便乱撞。这是一种发怵的感觉。吴响很恼火，他一直认为自己天不怕地不怕。为了掩饰心虚，他就吹口哨，让口哨敲开毛文明办公室。

毛文明正往手心倒药片，桌上好几个药瓶子。他冲吴响点点头，指指沙发，让吴响坐。吴响问，毛乡长不舒服了？说着从烟盒抽出一支，自己点了。毛文明并不回答，将满满一把药片搁进嘴里，咕咚咽进去，方说，胃疼。末了又痛苦地补充，喝酒喝的。在北滩，吴响和村长是喝酒次数最多的人，也没喝到胃疼的份上。吴响用关心的语气说，以后少喝点儿。毛文明骂着脏话，你以为我想喝？不喝不行呀，天天有检查的，哪个也得罪不起，都得陪。我这还算轻的，李乡长最多一天陪了六班客人。李乡长是一把手。毛文明伸过头，让吴响看他的嘴。他的嘴唇上有几个黄豆大小的黑斑。毛文明说，看见了吧，这叫酒苔，肝胃吸收不了，就逼到嘴唇上了。吴响表示同情地叹口气，心里却巴不得自己长几个酒苔。

毛文明忽然问，那女人叫什么？

吴响马上坐直，叫尹小梅，她咋没在兽医站那个院子？

毛文明说，我把她关别处了，她态度实在不好。

吴响解释，她有病，这种人犯不着和她计较，我就怕她骂难听的，所以赶过来。

毛文明说，她骂倒好了，现在她死不开口，问她话，理都不理，紧抱着牛腿，好像我要把牛吃掉。

吴响说，我已经通知她家里人了，交了罚款，把她放了算了。

毛文明摇头，别人可以，她不行，必须让她从思想上认识到错误。想搞对抗，没门儿！都像她这样，乡里的威信往哪儿搁？我以后怎么开展工作？

吴响说，女人嘛，没啥见识，我说服她。

毛文明冷笑，你不相信我的能力？

吴响忙说，我没那意思，谁不知道毛乡长的能力，掏出来装两大麻袋。

毛文明说，我要是连个农村女人都治不了，就没脸在营盘乡呆下去。你等着瞧，交罚款的时候让她服服帖帖。

吴响呆了几呆，再次提醒，天黑前她家就能送来罚款。

毛文明摆摆手，这里没你的事了，你走吧。她家来人，找我就是。

吴响提出看看尹小梅。毛文明奇怪地说，看她干啥？她又不是你的相好。吴响没再坚持，这个时候看尹小梅，是自讨没趣。

吴响在乡政府门口守着，想等黄老大父子来了一块儿找毛文明。夜色重得抹都抹不开了，黄老大父子也没露面。这个黄老大，莫非在路上养孩子了？吴响骂着黄老大，去食品店买了两个麻饼一瓶桔汁，想送给尹小梅。毛文明办公室锁着，吴响转了半天也没找见。当然没法给尹小梅送去，他将东西放在毛文明门口，快快离开。

吴响一天没吃上囫囵饭，想去东坡解解馋。东坡有他的铁杆相好。到了村口又没进去，只要进去，一时半会儿就走不了。吴响怕黄老大找他扑空。家里没剩饭，吴响懒得生火，吃了一袋方便面，灌了两瓶啤酒。光棍的日子总是马马虎虎。夜短得还没火柴棍儿长，吴响睡了一会儿，天就亮了。吴响去找黄老大，两家门都锁着。难道黄老大走丢了？也不知尹小梅这一夜怎么过的。吴响惦记着尹小梅，如果黄老大还不露面，他一定要把她保出来。

一出村，看见被牛牵着的黄老大。牛饿了一夜，急于找吃的，疯疯癫癫的。黄老大弓腰拽着缰绳，脸憋成黑紫色，豆样的汗珠叮满每一道皱纹。黄老大想站住，可牛看见吴响，走得越发快了。吴响赶上去拽住绳套子，问，怎么才回来？尹小梅呢？黄老大喘着粗气说不出话。村长怕黄老大栽在门槛上，还真是这样，怎么看黄老大都是一盏纸灯笼。好半天，黄老大的喘才平息下去。他说天晚了，没赶上车，他和黄宝步行回来的。吴响吃了一惊，你也是走回来的？黄老大说，走……走回的。吴响问，尹小梅咋没回来？黄老大说，她在医院呢。吴响听出自己的声音抖了，她怎么在医院？黄老大的皱脸几乎垂下来，她犯病了，我紧走慢走，她怎么就犯病了呢？

吴响急赶到卫生院。院里站着三个人，毛文明、派出所焦所长、卫生院长独眼周。三个人围成半圆形，中间坐着一个抱着头的男人，是尹小梅的丈夫黄宝。站着的三个人都盯着吴响，黄宝依然是那个姿势，仿佛凝固了。焦所长和独眼周面无表情，毛文明则显得不安。

毛文明向另外两人介绍，这是北滩的护坡员吴响。

吴响问，尹小梅呢？

焦所长和独眼周冷漠地看着他，毛文明给吴响使个眼色，示意吴响走到一边。这时一直抱着头的黄宝突然仰起脸，眼睛红红地盯着吴响。吴响意识到黄宝的目光不对，尚未作出反应，黄宝猛地跳起来扑向吴响。焦所长和独眼周及时抓住黄宝，黄宝仍将一口痰吐到吴响脑门上。

吴响没有抹掉那口痰。听到尹小梅死去的消息，他彻底傻了。

3

尹小梅的死在村民嘴里嚼了一阵，便剩下几缕叹息。死是伤感的，带着寒意的，可死亡又是不可抗拒的，谁挡得住呢？

吴响不这么认为，尹小梅的死与他有着极大的关系。其实他能拖住死亡的腿，不让它靠近尹小梅。如果他不设套子，完全可以阻止尹小梅越过围栏；如果他不蓄谋搞她，就不会故意把她交到毛文明手里；如果她不被毛文明带到乡里，不被关起来，就不会丢掉性命。吴响被难过与自责纠缠着，怎么也挣不脱。

那些日子，吴响干什么都打不起精神。每天上午骑着摩托疯转，下午一头扎进三结巴酒馆，要一瓶酒，一盘花生米，一盘猪耳朵，提前了夜晚的生活。三结巴乐坏了，从乡里买了五十个猪耳朵，冻进冰柜，专供吴响。吴响的脑袋喝成斗篷，天差不多就黑透了。三结巴拿来纸笔，吴响歪歪扭扭写个"吴"字。三结巴赔着笑，让吴响再加一个字。吴响毫不客气地把笔扔掉。三结巴捡起笔，自己补个"响"。吴响看不见这些，他已踉跄在路上了。

吴响醉酒是为了躲开尹小梅。她把他折磨得精疲力竭,恍恍惚惚,实在吃不消了。如果脑袋不被酒精挤满,尹小梅就会钻进去。可后半夜酒醒之后,尹小梅还是往脑里钻。一绺头发垂下来,在眉角拐个弯儿,贴在鼻翼一侧。她的眼睛有些肿,有些红,水汪汪的,目光则硬得枪一样。她的嘴巴抽动着,似乎要说什么。吴响大汗淋漓,等尹小梅把那句话说出来。尹小梅却把嘴巴闭上了。吴响说,小梅,我对不起你。吴响说,小梅,我他妈不是人。尹小梅只是冷冷地望着他。

吴响乞盼白天,到了白天又早早地把自己拽进夜晚。吴响想找个藏身处,哪里找得到呢?

吴响对尹小梅三个字格外敏感,怕经过尹小梅家门前,怕别人提到尹小梅,谁说到尹小梅就和谁干架。村民摸透吴响的毛病,宁可跟黄宝、黄老大说尹小梅,也不跟吴响说。村民还摸透了吴响的习惯,只要吴响一进酒馆,便飞快地牵着牛赶着羊往围栏里去。其实,吴响知道,每日酒馆前总有一两个孩子或妇女,那是监视吴响的。吴响有意外的举动,比如突然离开酒馆,他们就迅速把消息传递开。但吴响懒得管,他想用稀里糊涂减轻一些罪责感,尽管他的马虎已和尹小梅无关。

那天,吴响刚喝了两口,村长进来了。吴响指指对面的凳子,坐下,喝几口。村长把帽子抓下来,往桌上一砸,你还有心思喝酒?你去看看围栏里成啥了?吴响说,不就是草么?今年吃掉,明天又长出来了。村长说,扯鸡巴蛋吧,那样还要你这护坡员干啥?你以为看草场是你一个人的事,弄不好,我跟着挨训,我也和乡里签了责任状。吴响灌下一杯酒,打着嗝说,那你护算了。村长说,工资呢,你也不要了?吴响说不要了。三结巴慌了,吴……响,不……能……不要……工……资,没工……资,咋……喝酒?吴响不言声了,三结巴说的全是大实话。村长说,毛乡长给我打电话,问你是不是整天睡大觉?吴响问,他呢?咋不来?出了尹小梅的事,毛文明很少在北滩露面。村长说,他去学习了,刚回来就听说你吊儿郎当的。吴响的心动了动,谁说我不管了,一天耗两个油呢。村长把酒瓶拿开,对三结巴说,不能让他喝酒了,他喝一次,我罚你一次,你挣十块我罚你二十,你挣二十我罚你四十。三结巴看看吴响，又看看村长，一脑门愁云。他刚又进了五十个猪耳朵。村长搡吴响，走，驮我去草场。吴响没犯拗。

两人一出门，一个妇女慌慌张张地跑了。

村长骂，操，都成游击队了。

吴响的院墙是黄土夯的，不足半人高，形同虚设。老远就看见院里一股黑烟，吴响说声糟了，大步跑起来。

摩托被烧得面目全非，只剩下一副污黑的骨架。地上的木条还未燃尽，仍在冒烟，显然是有人故意点的。尹小梅死后，村民对吴响有成见，吴响觉得出来，但没想到有人报复他。吴响的脸慢慢黑了。

村长安慰，反正是破车。

吴响踢了一脚，去草场。

第二天，毛文明打电话，让吴响去乡里找他。毛文明没有任何变化，还是平头，喜欢眯着眼看人，嘴唇上的酒苔又密了些。想必学习期间也没少应酬。毛文明说他刚回来就打问北滩的事，听说禁牧工作做得不好，是不是这样？吴响含含混混地说，是不太好。毛文明问吴响罚了多少钱，吴响说一个没罚上。毛文明沉下脸，怎么搞的嘛？既然有人违反政策，为什么不罚款？你的工资可是从罚款中扣的，你是不是想撂挑子？毛文明不是村长，吴响不敢那么随意，诉苦，我一去他们就跑了，根本逮不住。毛文明说，想办法嘛，这能难住你？尔后语气一转，问吴响摩托是不是烧了。吴响点点头。毛文明说，知道别人为啥烧你的摩托？为啥你管的时候不烧，你马虎了反而烧你的车？因为你管是代表政府，是在执行政策，所以没人敢烧你的车。谁敢和政府对抗？你不管，白挣着那份钱，大家心里不平衡，就烧你的车。你再这么没原则，下一步还要烧你的房子，烧你这个人。吴响辩不过毛文明，唯有点头。毛文明说，摩托烧就烧了，我给你弄辆新的。毛文明没说尹小梅，吴响也不敢提。

吴响从乡里回来，屁股底下已是一辆崭新的摩托了。毛文明的话起了作用，吴响在村里转了两圈，便去了草场。

晚上，吴响轻松下来，就去东坡找徐娥子。他和徐娥子相好很多年了，两个村的人都知道。先是地下行动，后来就公开了。徐娥子不怕，吴响当然更不在乎。

　　吴响的摩托一停，徐娥子就跑出来，探着头佯问，这是谁呀？吴响明白她嫌他不来了，在她胸上摸了一把。徐娥子有一对大奶子。徐娥子低声斥责，少占我便宜。吴响把摩托推进院，先一步进了屋。徐娥子的丈夫正吃面条，四十几岁的人已完全谢顶，亮闪闪的。他和吴响打声招呼，加快了吃饭的速度。徐娥子问吴响吃了没，吴响说没呢。徐娥子的丈夫搁下碗，对吴响说你慢慢吃，我得去菜园下夜。吴响掏出一盒烟，徐娥子的丈夫装上走了。

　　剩下两个人，徐娥子的气就粗了，你还能想起我呀？

　　吴响嘿嘿一笑，我把自个儿忘了，也忘不了你。

　　徐娥子呸了一声，没良心的东西。

　　吴响说，良心中看不中用哦。

　　徐娥子端上面条，上面卧了两个鸡蛋，一个红辣椒。吴响喜欢吃辣椒，徐娥子每年都腌一大罐子。吴响要酒，徐娥子说，骑摩托还喝酒，出事我可担待不起。

　　吴响知徐娥子还在闹气，想揪她的鼻子，她躲开了。吴响暗暗一乐，低头吃面。徐娥子说，吃了走吧，我今儿不舒服。

　　吴响挤挤眼，我带你去医院。

　　徐娥子骂声赖皮，给吴响倒了一杯酒。

　　吴响从怀里掏出一盒化妆品。这盒化妆品花了三十多块钱，是买给尹小梅的。吴响原打算把尹小梅搞到手后，送她一盒化妆品，怎料半点儿用场也没派上。

　　徐娥子说谁稀罕，还是接过去。打开，嗅了嗅，叹口气，我老眉老眼的，搽灵芝也不灵了。

　　吴响说，谁说你老了？掐都能掐出水来。

　　徐娥子翻吴响一眼，神情已经鲜活了。男人送一句讨好的话，比化妆品还灵验。

　　徐娥子把碗筷一收拾，吴响就搂过她。徐娥子说，我得洗把脸呀，你个饿死鬼！吴响说我帮你洗，一出汗连澡都洗了。徐娥子骂驴，呼吸已经不匀了，反手箍住吴响。女人就这样，只要往一块儿一睡，天大的怨气都能消。

折腾得湿漉漉的，两人歇着喘气。

徐娥子问，你刚换了摩托吧，那辆彻底烧毁了？

吴响问，你怎么知道？

徐娥子反问，我怎么不知道？美国总统搞女人我都知道，两个村离这么近，咋也没美国远吧？

徐娥子向来嘴快。吴响在她身上拍了拍，旧的不去，新的不来，这辆摩托是乡里给我买的。

徐娥子问，乡里给你一辆新摩托？

吴响有些得意，毛文明亲自给我挑的，别看我不是村长，可比村长的待遇高。

徐娥子嘘了一声，啥待遇？怕是堵你的嘴吧。

吴响愣住，堵我的嘴？

徐娥子说，给你摩托，你还能把黄宝女人的事说出去？

吴响嗖地坐起来，黄宝女人有什么事？

徐娥子说，瞧你吓成这样，还把我当外人呀！黄宝女人的事谁不知道？她死在了乡政府，乡里怕黄宝告状，给了他八万块钱呢。唉，说来说去，谁死谁可怜，黄宝有那八万块钱，娶两个都够了。

吴响怔怔的，尹小梅死后，这是他第一次听说她的事。徐娥子说得有板有眼，他竟一无所知。

吴响问，你知道她是咋死的？

徐娥子说，谁知道呢，听说发现的时候人就凉了。忽然想起什么，问，她到底怎么死的？是不是让那个姓毛的乡长……

吴响打断她，胡说！

徐娥子说，一辆摩托就把你的嘴堵死了，我又不跟别人说。

吴响说，她死在了医院，是犯病死的。

徐娥子道，哄鬼去吧，她死了才抬到医院的。

吴响审视着徐娥子，这是谁告诉你的？

徐娥子说，反正不是我胡编的，人们都这么说，你审问我干啥？

吴响忽然说，我得走了。

徐娥子急了，你这是咋了？坏了良心的，吃完就走！看你明儿还来！！

4

吴响回到家已经半夜。他急冲冲的，并不清楚自己要干什么。徐娥子的话让他震惊。尹小梅死在了乡政府。死后拉到医院。八万块钱。这些话不停地在脑里撞，撞得眉骨都要裂了。尖利的声音在耳膜上穿啸，搅得尘土飞扬。无风不起浪。徐娥子绝不会凭空捏造，她又有什么理由捏造呢？尹小梅和她没任何关系。毛文明说尹小梅犯了病，独眼周抢救半天也没抢救过来，这是吴响刚到医院时，毛文明讲的。吴响信以为真，他打算到停尸房瞅一眼的，被毛文明制止了。毛文明指指黄宝，狂怒的黄宝刚刚消停，吴响也就作罢。此刻他才明白过来，毛文明不想让他知道真相。如此推想，疑点确实很多：毛文明说尹小梅犯病，特意强调一犯病就送过来，乡里和医院尽了最大力，他为什么要强调？乡下人有句话，叫瓦片盖屁股，越盖越露。还有，为什么毛文明一脸不安？为什么焦所长也在医院？吴响当时没有细想，尹小梅的死把他搞懵了。如果没有问题，黄宝不会得到八万块钱。吴响试图找出传言的漏洞，如此推测下去，却对徐娥子的话做了一个论证。

尹小梅死后拉到了医院。

一条八万块钱的协议拴住了黄宝。

尹小梅的死就这么简单地结束了。更让吴响喘不上气的是，他对尹小梅死后的事一无所知。他沉在自责和悲痛中，堵住了自己的耳朵，害怕听到尹小梅的任何消息。

东方的曙光一点点挤进来，夜色一层层褪去。待吴响灰白的脸露出清晰的轮廓，他终于清楚自己要干什么了。他要弄明白尹小梅的死亡真相。他不知道弄清楚了又怎样，他没想那么远，他就是想弄清楚。吴响当然不会想到，他的决定会击碎一个封冻的冰面，会把自己拖进泥浆中。

吴响站在尹小梅家门口。院门用粗铁丝绞着，已然有了斑斑锈迹。

吴响拧了拧，放弃了。不是拧不动，是没必要。拧开，他会进去吗？窗户已经用泥坯封住，牛圈敞着门，鸡窝寂静无声，整个院落一派荒凉，唯有屋檐下两串孤零零的干豆丝，显示不久前还有人住过。吴响凝视片刻，缓缓移开。

旁边的院子却是另一个样子。没到门口，新鲜的牛粪味就扑进鼻孔。那头奶牛，就是尹小梅经常牵的那头，警惕地打量着吴响。吴响稍稍慌了一下，重重咳嗽一声。牛低下头吃草，吴响竟然长舒一口气。

吴响喊了两声，窗帘拉开一角，黄老大的脑袋闪了闪。尹小梅死的当天，黄老大找过吴响一次。一向懦弱的黄老大骂吴响害了尹小梅，拿头撞吴响。黄老大嘴角泛着白沫，喉咙呼哧呼哧响，吴响担心黄老大晕过去。人们把黄老大拉开，黄老大又是拍胸又是跺脚，乱叫，天呀，天呀！黄老大这样的人一旦发怒，是很难缠的。吴响想好了怎么对付他，可黄老大没再上门。

黄老大猛烈地咳嗽一阵，抱怨被苍蝇吵得没睡好，往天早起了。

吴响说，我路过这儿，顺便看看你。

黄老大略显不安，我这药罐子，一碰就碎。

吴响说，别让我站外面呀。

黄老大道，我打开门？

吴响笑笑，我飞不进去。

黄老大迟迟疑疑打开木栅门，却没有让吴响进屋的意思。吴响不轻易登别人的门，他去谁家，说明谁家有"事"了。黄老大盯着吴响，吴响却不看他，沿着院子扫视一圈，小房、鸡窝、柴垛，最后落在电视杆子上，黄老大买电视了。

黄老大问，又丢树了？可不是我干的。你瞧瞧，我这样子哪扛动一棵树？这根电视杆子是旧的。

吴响说，我不是来搜查的。

黄老大疑疑惑惑的，那你干啥？……那天的事是我不对，我老糊涂了，明明和你没关系的。

吴响说，过去的事，提它干啥？很随意地问，买电视了？

黄老大有些兴奋，但又不想让吴响看出来，别别扭扭地说，一台旧

命案高悬

电视，和我一样的毛病，动不动就喘。

吴响说，黄宝也真抠门，买一回为啥不买新的？新的也没几个钱。

黄老大说，有个看的就行了。

吴响低声问，那钱全拿到手了吧？

吴响问得突然，黄老大措手不及，慌了慌，一副要说又不情愿的样子。

吴响笑笑，我不是找你借钱的，再说钱也不是你的，那是黄宝的嘛。

黄老大终于吐出三个字，到手了。

吴响问，八万块一分没少？

黄老大惊愕地看吴响一眼，马上躲开。

吴响说，这有啥怕的，谁不知道？我是怕黄宝吃亏，这个钱不像别的，不能拖欠。

黄老大不好意思地说，毛乡长说话倒是算数，只是……这事不好听，说来是拿黄宝媳妇换的。

吴响的心被刺了一锥子似的，脸变得极其难看。

黄老大不解地看着吴响。

吴响说，人死了，他们应该赔，这头牛你可得喂好。

黄老大忙不迭地答应，那是，那是。

吴响套问尹小梅的死因，黄老大却说不上来。他说尹小梅身子骨挺差，但没听说她有什么病，平时也很少吃药。人就是这么不结实，说没就没了。黄老大回忆那天凌晨的过程，他和黄宝到了乡里，听说尹小梅已经送到医院。他急着把牛牵回来，就没随黄宝去。他觉得占了便宜，因为没人让他交罚款。黄老大后悔地说，要是知道黄宝媳妇病得那么重，他说什么也要去看看。吴响不怀疑黄老大的难过，黄老大不是会演戏的人。可他的难过能持续多久？一个喷嚏、一口唾沫的工夫。如果尹小梅不死，那头奶牛不会归黄老大，黄老大也不会得到一台彩电。这笔硬账足以抹掉黄老大那点儿难过。黄老大算没算过？吴响不好推测，黄老大不会再想那件事，则可以肯定。

尹小梅是怎么死的？有四个人肯定最清楚不过：毛文明、焦所长、独眼周和黄宝。吴响不敢贸然找前三个人，但可以找黄宝。黄宝承了他娘的性子，很精明，毛文明就是想瞒也瞒不住。吴响从黄老大嘴里得知，黄宝辞掉水泥厂的活儿，在县城开了个小店。黄宝封了家里的门窗，显然是不再回北滩了。

毛文明给吴响买的新摩托就是管用，百十里的路，没用两个小时。在县城找黄宝却费了一番周折。黄老大不清楚黄宝开什么样的店铺，吴响一家一家地转，晌午时候才找到。黄宝开了个果品店，店不大，二十几平米，货种倒很丰富，干果、水果，有的吴响叫不出名字。八万块钱撑起了黄宝的腰。过去黄宝再精，也得靠卖苦力挣钱。店名叫方圆，吴响琢磨不出这个店名有什么含义，至少，与尹小梅无关。

黄宝正给一位妇女秤瓜子。黄宝剪去了长发，显得很精神，脸上是买卖人常有的那种虚浮的笑。你买点啥？认出是吴响，突然间，他的目光跳了一下，笑意稀哩哗啦洒到地上。

那位大鼻子妇女叫，你的秤准不准，一斤就这么点儿？

黄宝说，大姐，看你说的，少一两，我赔你一斤。

可黄宝的神色实在让人起疑，大鼻子妇女不甘地掂了掂。黄宝抓了一大把，大姐，算我送你的。妇女却忽然不买了，说没装钱。显然，她不信任黄宝了。

吴响问，生意怎么样？

黄宝说，刚开，看不出来，买卖不好做，见谁都装孙子。黄宝已镇定下来，表情冷淡。吴响还记得那天黄宝悲愤交加的样子，现在一点儿痕迹也没了。黄宝眼里的敌意不是仇视，吴响虽是粗人，还是觉得出来，那是对吴响的防范。黄宝肯定猜出吴响不是无缘无故来的。

吴响问黄宝有没个坐的地方。黄宝拽把凳子丢给他。吴响掏出烟给黄宝，黄宝摆摆手，掏出烟，自己点上。

吴响说，我早就想来看看你。

黄宝无言。

吴响说，那件事我很难过，一直想找你说说。今儿就是向你赔罪，你有火就发，哥这张脸由你糊，你就是撕下来卷了烟抽，我也不吭一声。

黄宝的手抖了抖，轻声说，过去的事别再提了，和你也没啥关系。

吴响叹口气，干那个破差事，得罪了不少人，可我也得挣钱呀。别人养活一家，我不能连自个儿也养活不了。要是有你这么个摊子，谁还干它？

黄宝问，你骑摩托来的？显然，他不愿提及自己的果品店。

吴响点点头，一年多少租金？

黄宝说，一万，借了点儿，自个儿贴了点儿，总卖苦力也不是办法。

黄宝藏得严严实实，一个洞也不想露给吴响。吴响憋不住了，黄宝得了八万块钱已不是秘密，还有什么藏头？于是径直问，乡里答应的钱还没到手？

黄宝顿了顿，缓缓地摇摇头。

吴响说，去告他呀。

黄宝冷笑，告谁？

吴响说，告乡政府，告毛文明，你一告，他们就乖乖给你钱了。

黄宝说，我不想惹这个麻烦。

吴响说，尹小梅的死和他们有关。

黄宝纠正吴响，她犯了心脏病。

吴响说，不对吧，你到乡里的时候，尹小梅已经不行了，你怎么肯定她犯了心脏病？是毛文明告诉你的，还是独眼周告诉你的？尹小梅有心脏病吗？

黄宝噌地站起来，青着脸说，你什么意思？审问也轮不着你。

吴响说，我没别的意思，就是想弄清楚尹小梅怎么死的。

黄宝几乎吼了，你掂清了，她是我媳妇！

吴响反而笑了，所以我才来问你，你看过尹小梅了，肯定知道她怎么死的。

黄宝问，你跑这么远，就为问这个？这和你有啥关系？你不要欺负人，捅人伤疤自个儿取乐。我知道你厉害，没人敢惹。这儿可不是北滩，我不怕你。

吴响说，我没让你怕我，我只想知道真相。

黄宝说，她犯了心脏病，信不信由你。

吴响说，你撒谎，你肯定撒谎了，你的眼睛都是蓝的。

黄宝怒道，你出去，别影响我做生意。

5

　　黄宝像个木头疙瘩，吴响啃了半天，什么也没啃上。他不仅不肯说出尹小梅怎么死的，连那八万块钱也不肯承认。他不敢讲尹小梅的死因，他一定保证过。看得出，他得了钱，心里并不轻松。或者说，他本来轻松了，吴响提起，他又压了块石头。黄宝的严加防范没让吴响放弃，相反，越发揪紧了吴响。那感觉是痛中夹着痒，痒中又掺着痛，极其难受。吴响不信撬不开黄宝的嘴巴，他的嘴就是铁水浇铸的，也有漏缝儿的地方。

　　吴响在一个小吃摊停下来，要了一盘猪头肉，四个羊蹄，一盘花生米，一碟辣椒，一瓶白酒。摊主乐坏了，颤着肥胖的红脸恭维，一瞧您就是条汉子。吴响笑笑。和黄宝磨嘴皮子那阵儿，肚子就提抗议了。吴响边吃边瞅着街上的行人。他很少到县城。他喜欢呆在乡村。一个男人，尤其像他这样的光棍，有酒有女人就足够了。县城好是好，可在这儿，谁能认得他吴响？行人的目光从吴响脸上溜过，没有丝毫停顿，在他们眼里，吴响和一块砖头、和油腻腻的桌子没什么区别。终于有一位中年妇女多看吴响一眼，吴响感激地冲她一笑。那妇女受了惊吓似的，突然加快步子，走过去了，又回了回头，表情已是相当厌恶了。吴响的情绪顿时糟糕透了，觉得自己坐在这儿实在愚蠢。尹小梅已经死了，知道她的死因又有什么用？黄宝不愿提，黄老大不愿提，毛文明肯定更不愿提，他干吗要翻出来自找没趣？没人说吴响的不是，吴响犯不着折腾。这个时候，他应该躺在家里睡大觉，夜里找相好的痛快一番。他妈的，自己和自己过不去。吴响抓起酒瓶子猛灌，决定喝完就回家。

　　摊主劝，兄弟，你骑摩托可不能这么喝酒。吴响说我不会少给你钱。摊主说，兄弟，我是为你好，你非这么喝，我可报警了。吴响迟疑，摊主趁机把酒瓶盖住，留着下次喝，我送你一碗面。兄弟，遇事想开些，瞧我，头天离婚，第二天就娶一个。只要别把自己搞垮，这年头要啥有啥。

　　吴响脱口道，我要一个尹小梅，你搞得来？

摊主怔了怔，尹小梅？是个女人吧？我搞不来尹小梅，但能搞来张小梅、刘小梅，这有什么区别？

吴响打断他，别啰嗦，算账！

摊主乐颠颠地说，我眼力不错，兄弟够汉子。

吴响问附近有没有小店，摊主往巷子里一指，八九家呢，随你挑。

吴响把那半瓶酒揣进怀里，找了个旅店住下。不能这么回去，还得找黄宝。摊主劝吴响想得开，吴响反想不开了。一个鲜活的人瞬间就没了，他怎么想得开？事情是过去了，也没人责罚吴响，就算有人提起，吴响也能推得干干净净，正因为这样，吴响就更为不安。尹小梅的死毕竟和他有关系，他为什么不能知道真相？他一定要弄清楚。

吴响睡了一会儿，被吵闹声惊醒。坐起来，看见对面床上躺着个破提包，想必是他睡觉时又住进一个。吴响正要出去，一个男人神色诡秘地探进头，问吴响醒了，可惜把好戏误了。男人的嘴唇又宽又扁，似乎和鸭子有血缘关系。吴响一头雾水。鸭嘴问吴响是不是要出去，咬在吴响屁股后面说他暂时歇歇脚，不打算住。吴响没理他，这家伙肯定吃错药了，他住不住与吴响有什么相干？

黄宝靠在门口，两手抱着一个钢化塑料杯。杯里泡着厚厚一层茶叶和金莲花。他盯着水杯，仿佛水底藏着鱼。吴响咳嗽一声，黄宝抬起头，稍稍有些慌乱。吴响说，我又来啦。黄宝静静地看着吴响，慢慢将慌乱抹去，伸长腿，有意阻挡吴响进去。

吴响左右看看，忽然笑了，其实外面比屋里好，别看到处是人，可谁也不认识谁，和野滩没啥区别。

黄宝的表情动了动，却不想就犯，依然保持那个冰冷的姿势。一个行人在摊前停了停，黄宝赶紧迎上去。黄宝返回，径直进屋。吴响发现黄宝的腿似乎有点瘸。

黄宝把凳子重重地搁在地上，粗声粗气地问，你究竟要怎样？

吴响说，咱俩好歹一个村的，就算你现在是老板，也不能这么瞧不起人吧。

黄宝说，你影响我做生意了。

吴响说，屁股上的泥点子还没揩干净，就一口一个生意，钱就这么当紧?

黄宝敌视地瞅着吴响,这话该问你自己。

吴响说,我的钱来路正当。

黄宝马上敏感地问,谁的钱来路不正当?

吴响怕搞僵,打哈哈,那些贪污犯呀!毛乡长说前几天又判了个死刑,咱们没这资格。

黄宝问吴响喝水不。

吴响说当然喝了,最好把你的茶叶给我泡点儿,别加金莲花,草场到处是那玩艺儿。你说草场看得那么严,城里人从哪儿搞到的?

黄宝端杯的手抖了抖,水晃出来,手背顿时湿了。

吴响说,哎哟,可别烫着。

黄宝和吴响隔开距离,道,别绕弯子了,你到底要干什么?

吴响笑笑,我想请你吃饭,今天晚上,怎样?

黄宝说,我没空儿。

吴响说,不着急,你什么时候关门咱什么时候去。你晚上没约会吧?

黄宝皱皱眉,干吗不在这儿说?

吴响说,我住下了,咱哥俩好好聊聊。

黄宝无法摆脱吴响,又不能彻底翻脸,鼻子几乎错位。吴响清楚黄宝不好受,他恶意地想,谁让你把尹小梅忘掉了呢。吴响固执地认为黄宝已经把尹小梅忘了,黄宝的眼里没有悲痛和哀伤,至少不是吴响想象中的。

黄宝早早收了摊。旁边有个饭馆,黄宝不乐意去,而是选了车站对面的爆肚馆。黄宝的心思曲曲折折的。两人面对面坐了,黄宝脸色活络了点儿,说这顿饭他做东。吴响说不,这次是我提出来的,下次你来。黄宝眼里滑过一丝阴影,吴响装没看见。

吴响说咱俩还没喝过酒吧,今儿放开喝。黄宝喝酒绝不是吴响的对手,吴响想灌醉他。酒后吐真言,吴响非得从他肚里掏点儿东西。吴响说还是县城好啊,要啥有啥,不像三结巴酒馆,就点儿头蹄杂碎。不过,在三结巴那儿喝酒能听戏。黄宝问,什么戏?吴响说,听三结巴和女人吵架啊。我在外边喝,他俩在里面吵。三结巴女人也有点儿结巴,那次最好玩,三结巴女人骂三结巴,脑袋像……裤……裤……怎么也骂不出裤裆。三结巴急了,回骂,你才是……裤……裤……三结巴比女人反应快,拍着腿说,这儿!这儿!

黄宝笑了,但依然保持警惕,一再强调自己喝不了酒,每次只抿一小口。吴响两瓶啤酒光了,黄宝仅喝下小半瓶。吴响说,这么不给面子?黄宝愁眉苦脸地说,我喝酒跟喝毒药差不多,实在咽不下去。吴响说,哪有爷们儿喝不了酒的?来,我帮你。抓起酒杯端到黄宝嘴边,几乎是灌了。黄宝往旁边一拨,酒杯摔在地上。

黄宝恼火地说,你怎么灌我?

吴响的喉结动了动,挤出点儿笑,我脾气急。

服务员换了个新酒杯。吴响说,你不想喝算了。

黄宝放缓语气,你也少喝点儿。

吴响问,这么长的夜,你怎么打发?一个人的日子难过啊。

黄宝目光迷离,扑闪着阵阵雾气。

吴响压低声音,我知道你不好过。这么多年的夫妻,最后一面也没见上,放在谁头上也受不了。好端端的一个人……她怎么就……唉!

黄宝倒了杯酒,一饮而尽。

吴响趁机问,她怎么死的,说说……别一个人憋着。

黄宝呆滞地瞪着吴响,那话就在嘴边了,吴响伸手就能接住,可黄宝突地一拧脖子,我都说过了,你别再问我。

吴响乞求,兄弟,你告诉我好不?我没别的意思,就是想知道。

黄宝冷冷道,我说的你不信,我编不出来。

吴响想抓黄宝的手,黄宝缩回去了。吴响问,毛文明不让你说?

黄宝霍地站起来,别乱扯好不好?你没资格审问我。

吴响呆了呆,脸上就现出寒气,我不信你敢走出这个门。黄宝,别把自个儿当回事,逼急了,有你难堪的。

黄宝问,你要怎样?他用愠怒掩饰着胆怯。

两人僵持着。

吴响摆摆手,算了算了,你走吧。

吴响带着醉态回到旅店，没把黄宝灌醉，倒把自己灌晕了。黄宝难对付啊，吴响恨不得砸他几拳。

　　对面床上的黑提包不见了，吴响的半瓶酒也没了影儿。吴响躺了躺，鸭嘴又贼兮兮地进来，从提包拿出半瓶酒，正是吴响的。鸭嘴解释，他收拾东西不小心装进去的，发现就赶紧送回来，本来他已经退床，现在还得住一宿。吴响说，半瓶酒还值得送？鸭嘴正了脸色，东西再小，不是自己的，也不能乱拿。

　　吴响不想说话，可鸭嘴很饶舌，几乎问到吴响三代以上的事。说一会儿，鸭嘴探出头听听，很神秘的样子。吴响猜不出他干啥。过了约半个小时，外边传来嘈杂的声音。鸭嘴兴奋地说，又一对野鸳鸯撞枪上了。他拍拍吴响，喊吴响出去喝酒。吴响说喝不动了。鸭嘴出去拎了颗羊头，说，你的酒，我的菜，咱俩就在这儿喝。难得一个陌生人如此热情，吴响坐起来陪他。

　　鸭嘴酒量并不大，二两酒下肚，烧得耳朵都红了，话也越发多了。他问了吴响一年挣多少钱，说不行啊老弟，你得想法子，这个社会遍地是钱，就看你会不会捡了。鸭嘴把自己的底儿亮出来，吴响听出意思了。

　　鸭嘴是线人，专盯嫖娼。他不是盯小姐，小姐在豪华宾馆，他进不去，只盯那些三四十岁的妇女。她们专在车站拉客，要价也低，谈成就到附近小店开房，鸭嘴打个电话，公安迅速出击，便能现场抓获。公安按罚款的百分之二十给鸭嘴提成，下午鸭嘴举报了一下，已经领到手八百。本来鸭嘴准备回去了，又撞上一对野鸳鸯。鸭嘴咬着舌头说，今天太走运了。

　　若不是发现那对野鸳鸯，鸭嘴就把吴响的酒顺手牵羊了。鸭嘴太得意了，说漏了嘴。吴响没想到县城还有这号人，真是林子大了啥鸟都有。他那么想让黄宝酒后吐真言都白费劲儿，他提个头儿，鸭嘴全吐了出来。鸭嘴说，咱俩有缘分，我教给你条经验，你领相好的过夜，就去住宾馆，可别心疼钱住这种小店，让公安查住，拿不出结婚证就算嫖，罚你没商量。吴响说，这么厉害呀。鸭嘴说，那当然，我再交个实底，我举报的多是偷情的，就算他们不开房，在家，我知道一样报。

　　吴响对鸭嘴厌恶到嗓眼儿了。如果他知道吴响和徐娥子的事，恐怕吴响被罚得下辈子也翻不起身。吴响在黄宝那儿窝了一肚子火,正没地方发泄呢。他一拳打过去,骂,滚,少烦老子!

鸭嘴被吴响打蒙,脖子起伏着,不知还有多少话想蹿出来。他说,你醉了吧?我是你的朋友。吴响骂,谁他妈醉了,老子打的就是你,交你这号朋友,下辈子连条长虫都转不了。鸭嘴紧张地退到门口,我去派出所告你,逃了。

吴响挥挥拳头,兀自笑了。这一闹,酒意全无。吴响担心鸭嘴算后账,那家伙毕竟是线人,和公安套得上关系。于是退了房,连夜赶回。

第二天,吴响还睡着,村长就上门了,身后是阴着脸的毛文明。吴响以为草场出了问题,忙问,逮住了?毛文明对村长说,你忙吧,我和老吴谈谈。吴响听毛文明语气不对,做了挨训的准备。毛文明眯着小眼,使目光有了更坚硬的力度。吴响有些心虚,他没完成毛文明交代的任务。

过了好久,毛文明声音空空地问,听说你调查黄宝女人的事?

吴响吃了一惊,毛文明这么快就知道了?随即说,我随便问问。

毛文明生气地说,你是护坡员,不安心看草场,瞎鸡巴跑啥?你咋就有这么大兴趣,那女人和你有屁关系!想知道啥,问我好了。

吴响不敢和毛文明硬碰,又不甘心彻底投降,毛文明如此迅速地上门,足以说明他的重视与心虚。吴响笑笑,柔软的话里夹了几根硬刺,我没别的意思,就是觉得奇怪,尹小梅死了,好多人都怕提她。死人有啥可怕的?还能从土里钻出来咬一口?

毛文明说,这有啥奇怪的?说句难听的,摊在你身上,你愿意别人抓你的伤口?

吴响说,那是。

毛文明说,那件事乡里已作了妥善处理,作为死者家属,黄宝没有任何异议。已经过去这么长时间,你冒冒失失提起来,不是有别的用心吧?

吴响检讨,我吃饱了撑的。

毛文明说,老吴,我是代表乡政府和你谈,你可别做傻事啊。已经是警告了。

吴响保证，再不多嘴了。

6

吴响对毛文明毕恭毕敬的。他清楚自己是鸡蛋，毛文明是坚硬的石头。可他并没有被毛文明的话压住，那些话在耳旁停了停，羽毛一样飘走了。心中的疑团也越发重了。越怕他知道，他越是想知道。其实知道了又怎样呢？在北滩，吴响算一号人物，出了北滩，他就是一只蝌蚪，掀不起任何风浪。

吴响沿着草场转了一圈，没发现人，也没发现牲畜。他把摩托放倒，躺在一个芨芨丛旁。吴响敞开口袋，等别人往里钻。那天，他就是这样把尹小梅套进去的。现在，他没有明确的目标，谁钻进去，他都要把口子系住。尹小梅出事后，吴响没再设这种套子。他不是想玩这种游戏，他得向毛文明交差。他想让毛文明相信，他没有失职，一直在按毛文明的要求做。毛文明不怀疑他，他就有机会搞清尹小梅的死因。

天蓝得没一丝杂质，仿佛过滤了。阳光盖下来，有股咸咸的味道。尹小梅喜欢在阳光很好的日子洗衣服。天还是这样的天，日光还是这样的日光，尹小梅再也洗不成衣服了。吴响没有成心害她，他怎么会呢？他是那么喜欢她。至今，他也说不出喜欢她什么，可就是喜欢。尹小梅嫁到北滩那天，吴响喝过她的喜酒。那种场合当然少不了吴响，吴响只是喝酒，他的身份、岁数都不允许他耍什么花样。尹小梅和黄宝过来敬酒，吴响很随意地瞟她一眼。不知为什么，尹小梅慌了一下，躲着他的目光，不再触碰。尹小梅的神态攫住吴响，吴响突然就喜欢上了她。那种感觉很要命，吴响搞过那么多女人，从来没那么挠心、蚀骨。尹小梅像一只蝴蝶，在他眼前飞来飞去，却怎么也捕不到。是他费尽心机的捕捉，让她撞进了一张丢掉性命的大网。

脸湿漉漉的，吴响抹了抹，举起手指端详。他不相信这是自己的泪，他从来不会流泪。当然，如果往前追溯，吴响还是有过一次不光彩的流泪经历。忘了是什么时候，家里突然来了两个陌生人，一个鼠眼，一个疤脸。他们要把母亲带走，那个鼠眼竟然是母亲第一个男人。吴响的父亲，生产队脾气最暴躁的车倌提着菜刀横在门口，做出拼命的架式。疤脸夺过父亲的菜刀，让母亲选择。母亲几乎没有任何犹豫地选了鼠眼，父亲的头颓然垂下。吴响明白母亲要离他而去，抱着母亲哇哇大哭。母亲咬着吴响的耳朵说她还会回来。鼠眼和疤脸到底把母亲带走了。吴响依然嚎哭，父亲恶狠狠扇他一巴掌，吴响的眼泪戛然而止。母亲从此音讯全无，他的眼泪像母亲一样不再露面。吴响没有眼泪，北滩的村民都可以做证。没了母亲，父亲更加暴戾无常，村里来了要饭的、流浪的艺人，只要是女人，不管是聋的瞎的老的少的，父亲都要领回过夜。那种时候，父亲就把吴响撵出去。吴响缩在窗户底下，听着父亲雷一样的吼叫。吴响一滴眼泪也没掉过。父亲死得很惨，那次喝醉酒，他从车上栽下来，三匹马把他拖了二十多里。他习惯把缰绳缠在手腕上。被人发现，父亲半个脑袋和半个身子已经磨没了，露出白森森的骨头。可是，吴响没有流泪，他抽动得嘴巴都歪了，眼睛依然干涸。

怎么就流泪了呢？吴响觉得奇怪，再抹，又没了。他合上眼，尹小梅突然跳出来。她脸上没有一丝娇羞，生硬如铁，目光冒着水气，也是硬梆梆的。一绺头发垂下来，在眉角拐了个弯儿，贴在鼻翼一侧。

吴响哆嗦了一下，猛地坐起来。

日光白得晃眼，吴响还是看清了钻进草场的两个人。一个是王虎女人，一个是黄老大。黄老大拔腿想跑，见王虎女人靠近吴响，他也迟迟疑疑跟过来。

王虎女人提着筐，筐里是刚挖的药材，老远就冲吴响挤上眼睛了。吴响没想到装进袋里的是这两个，一个比一个难缠。吴响沉下脸，斥责，狗改不了吃屎。王虎女人笑嘻嘻地说，早就等上了吧。吴响厉声道，别跟我套近乎，公事公办。王虎女人撇撇嘴，你有啥公事？还不是裤裆里的。手已伸向腰带，她一解，吴响就拿她没奈何了。亏得黄老大过来，她才没下一步动作。黄老大神色慌张，喉咙里拉锯一样。吴响问，袋子里装的是啥？黄老大几乎没了声音，草。黄老大挺狡猾，没把牛牵进来，而是割了草喂。吴响说，你这是和政策对抗啊。黄老大的腿软下去，腰更弓了，脸上泛出黑呛呛的颜色。吴响怕他倒下，忙说，你走吧，下次不能这样啊。黄老大哎哎着，吴响，我正要找你呢。吴响问，找我干啥？

黄老大看看王虎女人，又看看吴响，王虎女人马上道，我先走了。吴响大声道，你站住！王虎女人嘟囔，我还不清楚你肚里那点儿货色。她让黄老大走，黄老大坚持要和吴响说事。黄老大很固执，吴响只得让王虎女人走。王虎女人嘻笑道，这可不怨我，是你让我走的。

吴响看着黄老大，什么事？

黄老大的眼和鼻子几乎抽到一条线了，吴响，黄宝没得了八万块钱。

吴响愣住，黄老大要把吐出来的东西吃回去。他问，得了多少？

黄老大摇头，没有，一分没有。

吴响冷笑，那你是胡说了。

黄老大说，我糊涂得白天黑夜都分不清了。

吴响突然问，黄宝几时回来过？

黄老大慌忙摇头，他……没回啊。

吴响说，算了吧，以为我眼睛瞎了？这是他教你的，对不对？

黄老大可怜巴巴地说，我是个糊涂虫。

吴响毫不客气地说，你不糊涂，糊涂的是黄宝。

黄老大说，乡里没给他八万块钱啊。

吴响说，行了行了，给不给钱与我无关，你不赶紧走，就把你送到乡里。黄老大这才慌慌地离开。

吴响望着黄老大的背影想，黄宝给黄老大嘴巴上锁了。其实这已经不是秘密，黄宝并不是怕别人知道那笔钱，而是怕人知道钱背后的事。

吴响原打算歇几天再调查，现在等不及了。

傍晚时分，吴响打着嗝敲开独眼周的门。独眼周最擅长治打嗝，村长得了打嗝病，用了好几个偏方都没效果，最后找独眼周，独眼周两耳刮就打好了。独眼周虽然一只眼睛，亮度却强过常人的两倍。他堵在门口，炯炯地盯着吴响。吴响说，周……嗝……院……嗝……独眼周明白了，摸摸吴响的头，突然扇了一巴掌。吴响的脖子火辣辣的，暗想，独眼周倒像打铁的出身，若套不出他的话，这一巴掌就白挨了。吴响押了押，周……院长。独眼周迅速抽回手。吴响扭扭脖子，讨好地说，周院长，你真是神了。独眼周傲然道，我治这种病，没超过两巴掌的……我好像见过你？吴响说，周院长好眼力，我是北滩的。独眼周点点头，想起来了。

吴响给钱，独眼周不收。吴响说那咋行，干脆我请你吃饭得了。独眼周说我今儿值班。吴响说我买回来，在值班室……有意停了一下。独眼周说，改天吧。吴响听出他口气松了，说我去去就来。

吴响买了两瓶好酒，一只熏兔，两只切好的猪耳朵，一瓶鱼罐头。独眼周已经把桌子腾开。独眼周嗜酒，喝了酒，胆子就出奇的大，什么样的病人求到他都敢下手。据说独眼周曾要锯掉一个罗锅背上的肉疙瘩，让罗锅变得像木板一样直，罗锅家人不接受独眼周的治疗方案，只好作罢。吴响走这着棋，就是冲独眼周的大胆来的。

开始，吴响百般恭维独眼周，说上次在县里住店，听说他是营盘的，同屋的马上问你们那儿是不是有个姓周的医生特厉害，瞧瞧，周院长名气有多大吧。独眼周先前还谦虚，后来瘪了的那只眼都隐隐地发亮，嘴巴关不住了。治病治病，一半是医术，一半是胆量，医术总是有限的，多高的医术也超不过病。世上的病千奇百怪，好些甭说没见过，听都没听过，咋办？靠胆量。治好一个没人说你凭了胆量，只夸你医术高。治死了呢也不要紧，反正他总要死的，治也是死不治也是死。姚家庄有个女人，肚里长个瘤子，在大医院转遍了，都说没必要治了，连三个月也活不出去。后来我给她做了手术，反正有用的就留下，没用的就割掉。医生不但要给自个儿壮胆子，还得给病人壮胆子，不然，她哪能活两年？还有东坡一个男人，摔断腿非要跑县里去接，接是接好了，可钢钉锈住了，谁也不敢取。要不是我，钢钉还在他骨头里长着呢。我靠啥？胆量。医院的器械根本用不上，我从街上修车铺借来家伙，没费劲儿就搞出来了。

吴响频频点头，佩服得要趴下了。他不清楚哪件是真的，哪件是假的，任由独眼周吹嘘。独眼周绝口不提败走麦城的事，去年他就吃过一场官司。

喝到八九成时，吴响截住独眼周的话，难怪别的乡卫生院都塌了，就咱们乡好好的，全凭周院长了。

独眼周说，我有多大劲儿使多大劲儿。

吴响遗憾，周院长要是自己干，早就发了。

独眼周说，这倒不假，可医院十几多个职工，都指着我吃饭呢。

吴响说，你们凭脑瓜子吃饭，咋都容易，我们靠力气挣钱就难多了。

独眼周姿态很高地说，一样的，分工不同么，当年我还背过砖呢。

吴响说，咋会一样？卖力气永远挣不了大钱，除非像黄宝那样。

独眼周说，死女人那个吧？那钱……咳，谁挣那个钱啊。

吴响附和，这倒是，不过，乡里赔偿也不能不要，农村人多少年才能挣到？

独眼周笑笑，老弟，心思可不能歪了。

吴响正色道，周院长，我可没把你当外人啊。

独眼周点点头，那女人是旺夫命，死了也不忘给男人挣一把。

吴响说，周院长还记得那天的事吧，黄宝好像疯了，没过两天他啥事都没了，这会儿县城开了个店，成了小老板。谁死谁可怜，亏得她死在乡政府，要是死在医院，黄宝肯定得不到那么多赔偿。

独眼周那只眼终于模糊了，要是在医院，我还能让她死了？就是早送来半个小时，也不至于……忽然停住，谁说她死在乡里了？目光又有了亮度。

吴响嘿嘿笑，表情暧昧。

独眼周说，兄弟，这话可不能乱说。

吴响诓他，我不光清楚她死在哪儿，还清楚她怎么死的。

独眼周果然上钩，你说她怎么死的？

吴响说，周院长想考我？

独眼周警觉地说，你是想套我的话吧，看不出，你还长了几根弯弯肠子。

吴响没料独眼周一眼识破他的阴谋，赶紧给独眼周倒酒，激他，我以为周院长的胆子有脸盆大，原来也就一只核桃。全乡都传遍了，你还不敢说。

独眼周比刚才还清醒，谣传不当真，说塌天都没事，我讲一个字都要负责的。你请我喝酒，也是这个目的吧？

吴响老老实实地说，周院长眼睛真厉害。

独眼周自诩，我一只眼顶别人三只眼。

吴响问，你不敢说？

独眼周很滑地说，怎么不敢？她是突发心脏病，我在死亡证明上签了字的。你问这些干吗？想和黄宝分一股？黄宝能答应？

吴响耐着性子，我只是想知道她是怎么死的。

独眼周打着哈哈，心不跳动，人就死了，这么简单的常识，你还不懂？独眼周彻底把话封死了。

这顿酒钱算白花了，还被他捆了一巴掌。吴响心底呼呼冒火，还是赔出笑脸说，我随便问问，没别的意思。想求独眼周别告诉毛文明，最后意识到那是很愚蠢的，于是再次笑笑。

7

吴响想徐娥子了。遇到不痛快，吴响就找徐娥子放松。和她在一起，吴响很随便。徐娥子对什么都满不在乎，这是吴响最看重的地方。别的女人只让他一个地方痛快，只痛快那么一会儿，徐娥子让他里里外外痛快。所以，两人的关系没有断过。

吴响从来不把女人往家里领，或者直接去找，或者在野外。有一次，徐娥子使性子，说吴响不领她去就别碰她。吴响坚决不同意。徐娥子问为什么，她不是非去不可，只是奇怪。吴响说没理由，不行就是不行。吴响忘不了父亲把女人领到家里的事，那些回忆肮脏而惨痛，吴响决不那么做，也决不把屈辱说出去。如果吴响一门心思娶个女人，也不成问题。他脾气刚了点儿，并没有穷得揭不开锅。吴响不娶，也是因为少年的伤痛。女人拴不住，万一她离开呢？他的担心似乎很可笑，却是千真万确。和别的女人保持关系，不用担心哪个女人突然从身边跑掉，总有替补的。

迎头碰见三结巴。三结巴在脸颊上比划着，他酱了几个特大的猪耳朵。三结巴说不出话，就用手比划。吴响拐到酒馆，要了五个猪耳朵，一瓶酒。三结巴乐得鼻孔能插大葱了。当然，他再怎么高兴，也不会忘了让吴响签字。每年年底，吴响会把一年的账全部结清。三结巴心中有数，吴响赊多少都不怕。刚上车，又被黄老大腻上了。黄老大已经是第四次找吴响了，反反复复就那句话，黄宝没得八万块钱。吴响对他又烦又怕。吴响说我相信我一百个相信，你就别缠我了。黄老大问，你真信？吴响说，我就是不相信自己是人养的，也相信你。乘黄老大咳嗽的空儿，吴响嗖地射出去。

这一耽误，吴响没赶上徐娥子家的晚饭。徐娥子拉长脸说，你想来就来，想走就走，多好的东西也留不住你，是不是又占了别的地盘子？吴响嘿嘿笑，哪个地盘子也没你的地盘子肥。问清她男人已经去了菜地，吴响的手就不老实了。徐娥子啪地打开，急啥？吃饱想跑？吴响说，今儿不走了。徐娥子的眉尖挑起来，呸，邀功请赏？我不领情。她的佯怒搞得吴响越发痒痒，从后边抱住她，咬着耳朵说，我就喜欢你生气，你越生气越好。徐娥子耳根腾地红了，骂，你个驴。吴响说，我不驴你还不喜欢我呢。徐娥子在吴响手背拧了一把，吴响哎呀一声，这就使上劲了？

两人刚解开衣扣，门咣咣响了。吴响问，他回来了？徐娥子摇摇头，不可能。吴响恼火地说，让人讨厌。徐娥子抱怨，我说不能性急吧，天还没黑透呢。两人快快地穿了衣服，徐娥子打开门。

竟然是村长，吴响愕然，你怎么找到这儿了？

村长瞅徐娥子一眼，说，我去哪儿找你呀？

吴响看出村长的严肃，帽子几乎遮住额头，脸就显得格外突兀。忙问，出了什么事？

村长说，没啥事，你跟我回村。

吴响把村长拽到一边，小声问，到底怎么了？

村长说，让你回你就回，别多问。

吴响望望徐娥子，徐娥子给他使个眼色，让他赶紧走。可吴响心有不甘，诡诡地对村长说，你先走，我一会儿就回。

村长生气地说，你脑袋没混吧，怎么连个轻重缓急也分不出来？

吴响悻悻地说，走就是了，发啥火呀。

路上，吴响又问村长什么事，村长阴着脸说回去就知道了。吴响稍有些不安，但并没太往心里去。他没惹出祸端，别的还怕啥？等看见停在村委会的警车，吴响胸腔内扑腾出声音。难道又出了人命案子？

焦所长和一位小个子警察同时站起来。吴响一瞅两人的架式，明白他们是专等他的。焦所长脸上长着丘陵状的疙瘩，脸本来就黑，村委会灯光暗，他的脸更显黑了。这样一张脸扣上警帽，威严咄咄逼人。吴响故作轻松地笑笑，焦所长来啦？

焦所长粗硬的目光在吴响身上绕着，绕得吴响骨头都紧了。你叫吴响？

吴响心里格登一下，答了声是。焦所长应该认识吴响的。

焦所长说，去趟派出所。

吴响问，现……在？

焦所长面无表情，当然现在。

吴响稍一迟疑，还是硬着头皮问，找我有事？

焦所长说，去就知道了。

吴响被带到派出所，已经很晚了。吴响一路忐忑不安，到那儿反镇定了。他除了爱搞个女人，没有别的毛病，更不干杀人偷盗的勾当。他也没强迫哪个女人和他睡觉。焦所长能把他怎样？吴响惋惜没来得及和徐娥子痛快一回，而且还饿着肚子。他暗骂村长，村长天生狗鼻子，竟找到徐娥子家。哪怕晚半个小时呢。骂过村长，又骂三结巴和黄老大，好事生生让他们耽搁了。

那间屋子不大，也就两间房的面积，可因摆设简陋，灯光刷亮刺眼，给人一种异常空旷的感觉。从吴响的长凳到焦所长的椅子似乎有几百米。

焦所长的脸在白花花的光亮里泛出冰冷的青色。他审视着吴响，好半天不说一句话。吴响摆出一副无所谓的架式，时间一点点过去，焦所长依然沉默着。吴响的呼吸不再均匀。他掏出烟，想递给焦所长，焦所长突然喝道，你给我坐好！吴响的头皮呼地一麻。

审讯开始。吴响已清楚这是审讯了。焦所长问，那个小个子警察记录。焦所长再次问吴响的姓名、年龄、居住地，吴响一一答了。

焦所长：七月二号那天你在什么地方？

吴响想了想，心中一惊，那天他去县城找黄宝。他没隐瞒，难道找黄宝还犯法了？

焦所长：住什么旅店？

吴响答了。

焦所长：你都干了什么？

吴响：没干什么，睡觉。

焦所长：你再想想。

吴响：喝了点儿酒，我就睡了。

焦所长：你什么时候离开旅店的？

吴响犹豫着：第二天。

焦所长：胡说，当天夜里你就离开了。

吴响的表情倏地抽紧。焦所长怎么知道？

焦所长问，你为什么连夜离开？

吴响说，我回去看草场。

焦所长道，胡说！有人举报，你还不坦白。

吴响诧异，举报我？

停所长问，一个男人是不是和你同住？

吴响说，是。

焦所长问，你给他买酒喝了？你为什么给他买酒？

吴响忙道，那是我喝剩的。

焦所长厉声道，别狡辩！

至此，吴响才明白自己为什么被带到派出所了。那个鸭嘴举报他嫖娼。那一拳让鸭嘴怀恨在心，所以报复吴响。鸭嘴打听吴响的情况，吴响没有丝毫隐瞒，有什么可隐瞒的？没想到让鸭嘴派上了用场。吴响纳闷的是已经过去八九天了，怎么才扯出来？如果鸭嘴举报，也应该是第二天啊。

吴响坚决不承认自己嫖娼。只要他咬紧嘴巴，焦所长就不能把他怎样。焦所长能凭空捏造一份证据吗？鸭嘴举报他嫖娼他就嫖娼了？

焦所长说吴响态度不好，搞对抗，又说吴响记性太差，给点儿时间让吴响想。焦所长和小个子警察离开，空阔的屋子只剩下吴响一人。吴响的心却堵得连一个缝隙也没有。焦所长真的认为他嫖娼了，还是借此紧紧他的骨头？他没得罪过焦所长呀。也许，和他调查尹小梅的死因有关？吴响不由一哆嗦，如果是那样，事情就麻烦了。

第二天，吴响第一个见到的不是焦所长，而是毛文明。没等吴响开口，毛文明便痛惜地说，老吴，你怎么能做出这种事呢？你可不是一般百姓，是乡里雇佣的护坡员，按过去的说法，是编外合同，传出去，影响乡里形象啊。吴响急忙辩解，发誓自己没干。毛文明说，没干怎么举报你？要说，这也没啥大不了，不就搞点儿乐子吗？你没家没口的。可是，你不能把老底全交了，不然哪知道你是营盘乡的？知道你是北滩的？知道你叫吴响？有一样对不上号也白搭，哎！说啥也是没经验。毛文明语速很快，嘴唇上的酒苔都要撞碎了，吴响急得汗毛孔都龇了牙。好容易截住毛文明的话，吴响重申，毛乡长，我没干，真的没干，那家伙污蔑我。毛文明顿时显出不快，他为啥不污蔑我？不污蔑别人？他和你又没深仇大恨，干吗要污蔑你？老吴啊，你要不是北滩的护坡员，我才不管呢。我一听到消息，赶紧来看你。你这个样子，好像我诬陷你了。吴响说，毛乡长，我没怪你的意思。毛文明说，这就对了嘛，不能把我当外人，这种事也就罚几个钱，不会把你咋的，我和焦所长说说，尽量少罚点儿。吴响越听越不对，这不是给他定性么？便用抗议的语气说，我要和举报人对质。毛文明理解地点点头，你可以提，不过，什么事都宜在小范围解决，闹得沸沸扬扬，没好处。

终于等到焦所长，吴响提出和鸭嘴对质。焦所长说你是不见棺材不掉泪，那就对质吧。吴响想看看鸭嘴怎么给他泼脏水。半天过去了，没见鸭嘴，焦所长也没了影儿。小个子警察把吴响照顾得很周到，照顾他吃，照顾他拉。吴响问焦所长哪儿去了，小个子警察说焦所长去找那个举报人。吴响问得等到什么时候，小个子警察说，这可说不准，你不是想对质么，总得找见那个人呀。其实，想快点了结也容易，罚几个款完事。吴响梗着脖子，我没干，凭什么承认？小个子警察说，不会刑讯逼供，强迫你承认，一定让你心服口服，想赖也赖不掉。吴响愤愤地想，除非你们拔掉我的牙。

又过去一天，焦所长依然没影儿。吴响终于失去了耐性，这么下去，他会疯的。小个子警察态度倒是挺好，问吴响想不想吃包子，他说在办过的案子中吴响享受着最好的待遇。吴响哪里吃得下？吴响生气也罢，发怒也罢，小个子警察就一句话，必须等焦所长回来。吴响实在耗不起了，试探着问，如果罚款，得罚多少？小个子警察瞄他一眼，五千。吴响失声，这么多？小个子警察说，态度端正了，可以象征性地罚点儿。吴响问，象征性是多少？小个子警察说一到两千。吴响咬了牙想，罚就罚吧，说什么也不能在这里呆了，就当出门让车撞了，认个倒霉吧。

总算见到了焦所长。吴响在口供上摁了手印，但一下拿不出一千五百块钱。毛文明帮了吴响的忙，把这几个月工资结了。毛文明责备，早知今日，何必当初？吴响说，我确实没干啊。毛文明不客气地说，你没干交什么罚款？吴响噎得脖子都是硬的。

毛文明让吴响交钥匙，原来他已经把摩托拉了回来。吴响问，不是解雇我吧？毛文明反问，你觉得还能再雇你？毛文明十分冷淡，与说服吴响时大不一样了。吴响问，不能通融了？毛文明摇摇头，我向乡里汇报一下，看以后有没有可能。吴响说不必了。临出门，毛文明意味深长地说，老吴，想开些，可别犯了打嗝病啊。

吴响吸口寒气，什么都明白了。

8

黄昏时分，吴响从他的黄泥小屋出来。他一天没出屋了，仰躺一会儿，侧躺一会儿，或者趴在冰凉的炕席上发一阵儿呆。吴响打算去三结巴酒馆喂喂肚子，不能拿肚子撒气。

突然被解雇，吴响一时难以适应。清闲总是让人发空、发慌。他表面装着不在乎，心里则窝着气。毛文明最后那几句话已经说得很清楚，问题还是出在吴响的调查上。毛文明知道吴响去套独眼周，肯定非常恼火，所以就借那件"案子"教训他。鸭嘴的举报本来是狗操猪，扯不上的，可正好给了毛文明借口。吴响真正生气的还不是丢掉差事，而是背后的缘由。他只是想搞清尹小梅的死因，并没干什么呀。张嘴咬苹果，却崩了牙。吴响不是个服软的人，认定的事就不会放弃。越是阻止他越上瘾。

他需要时间梳理自己的脑袋。

三结巴正和女人吵架，吴响坐下好一会儿，两人也没露面。话扯不出几句，声音一个比一个高，吵完怕得后半夜。吴响喊了一声，红头涨脸、青筋暴露的三结巴挑帘出来，身后是同样怒容的女人。吴响笑了，吵什么架啊。三结巴猛一抽搐，脸难看得要变形了。吴响大声说，发什么呆，切一盘猪耳朵，我饿透了。三结巴瞄女人一眼，女人丢给三结巴一个冷眼，返身进屋了。三结巴苦巴巴地说，没……猪耳……吴响说，不是冻了好些吗？没猪耳，切猪头、猪肘，猪屁股也行。三结巴说，都……没有……吴响的目光不再柔和，没有开什么饭馆？有什么？有什么上什么！三结巴说，啥……啥……都……没有……吴响瞪着他，明白了几分，气呼呼地说，怕我欠下你的？没钱我卖器官，卖一个吃你三年。三结巴讨好地说，那……当然……吴……响……你结……一……下……账……很利索地从怀里掏出个小本。吴响瞥了瞥，阎王爷还能欠下小鬼的？三结巴说，我……和……她……就……为这……事……三结巴指指里屋。原来两人吵架是因为吴响。吴响越想越火，丢了差事，难道连饭也吃不起了？他指着三结巴鼻子好一顿损。三结巴并不恼，连一句硬话也没有，就那么稀软地求吴响，一副可怜样儿。吴响闭了嘴。还能把三结巴咋办？可吴响又不肯狼狈离开，恼怒地沉默着。

这时，村长背着手进来。三结巴像见了救星，想说什么却没说，忙用袖子擦了凳子。村长便坐在吴响对面。

吴响虎生生地说，你不是告诉我，连护林员也不让我当了吧。

村长很吝啬地笑笑，好大的火气，不知道的还以为你立功了呢。他让三结巴上酒，说算在他头上，三结巴哎哎着去了。

吴响说，狗眼看人低，我什么时候欠过账？

村长说，凤凰下了树，鸡也要啄一口，何况你不是凤凰。三结巴也不是故意为难你，你吃了那么厚一沓，搁谁头上也害怕。村里人都知道，你的屁股都罚光了，你想想三结巴什么心情。

吴响一顿，谁说我罚光了？

村长说，你还有钱？那给三结巴结了呀。

吴响说，欠不下他的。

三结巴端上一盘猪耳朵,一盘花生米,四瓶啤酒,还不忘强调,都新……鲜……着呢……吴响暗暗骂娘。

村长叹口气,你说你,鬼迷心窍了,干吗去那地方找女人。那地方的女人也是你搞的?那不是真东西,是胶皮套,套子就是用来套人的,专套不长眼的。

吴响截住他,我没干,谁说我干了?

村长摇头,算了吧,罚款你都交了,还不承认。

吴响解释,他实在不想在那鬼地方呆了,交罚款是为早点出来。说他嫖娼是扯鸡巴蛋的事,他是因为调查尹小梅的死才惹出麻烦的。

村长显出吃惊状,你调查尹小梅的死因?

吴响说,尹小梅根本不是犯心脏病,去医院前就死了,你该听说过吧?

村长慌忙摇头。然后不解地问,你调查这干吗?那是黄宝媳妇啊。

吴响说,不干啥,我就是想搞清楚。尹小梅是黄宝媳妇,可她是因为我才弄到乡里的,我问问有什么不对?

村长突然哎哟一声,随后捂着肚子,问三结巴东西是不是变质了。三结巴慌得失了颜色,要扶村长。村长摆摆手,对吴响说他先回了,让吴响一个人喝。

吴响轻轻滑出两个字,泥鳅。

第二天,吴响去县里找黄宝。现在唯有问黄宝了,不管怎样,也要撬开黄宝的嘴巴。没了摩托,只能坐客车。从营盘到县里的车少,错过一辆,等下一辆差不多要三个小时。到了黄宝的店,已经中午了。

黄宝看见吴响的那一刻,像被蜂蜇了,整张脸往一个方向抽。他警惕、敌视着吴响,又不想表现得过明显,且故意做出轻松的样子,实在别扭。

吴响喜欢黄宝这样。至少在心理上,黄宝是虚的,惧怕吴响。

吴响大声说,兄弟,我又看你来啦。

黄宝往屋里溜一眼,下意识地竖在门口,防止吴响进去。

吴响觉出黄宝神色怪异,顺着黄宝身边的缝隙望去,见一个穿浅紫色半袖的女人正炒菜,煤气罐太低,女人蹲在地上。吴响嚯了一声,问,

命案高悬

有目标了?

黄宝皱皱眉,别胡说,是我才雇的。

吴响暧昧地笑笑,到底是老板,什么都有人侍候。人活着还是好啊。

黄宝厌烦得脑门卷成卷儿了,低声道,你又来干吗?

吴响戏他,你说我来干啥?

黄宝紧紧嘴巴,对女人说他要和朋友一块儿吃饭。女人抬起头,吴响终于看清她的面目。三十来岁,长相很普通,脸倒还白净。

在饭馆坐下,黄宝说我来吧。吴响不客气地说当然是你来啦,我现在穷得就差卖屁股了。可惜卖屁股没人要,不然我真要当街吆喝。黄宝不接吴响的话,点了三个菜,歪头瞅旁边的食客。

吴响说,有什么看的,脸上又没长钱。

黄宝不情愿地回过头,没有一点儿温度地问,今天是空了?

吴响说,那份差事丢了,以后我天天有空。

黄宝的吃惊倒不像装出来的,怎么会呢?

吴响松松垮垮靠在椅子上,知道为啥丢的么?因为我问了尹小梅的事,就这么简单。我一问,有人就害怕,就想法子搞我,你说怪不怪?

黄宝躲开吴响的目光,没人怕你。

吴响咄咄逼人地说,错了,怕我的不止一个。噢,你为啥把我找你的事告诉毛文明?是他让你报告的?

黄宝说,我干吗告他?

吴响说,你肯定告诉他了,要不他咋会知道?

黄宝端起杯喝了一口,刚刚露出的慌色消逝了,代之的是浅怒和嘲讽,你一来就审我?

吴响停了停,我口气冲是吧?好,我说慢点儿,乡里赔了你多少钱?

黄宝说,我凭什么告诉你?

吴响的口气终于软了,声调里有一丝乞求,你告诉我,黄宝,我就是想知道,我真没别的意思呀。

黄宝骂神经病,声音很低,似乎没打算让吴响听见,可那三个字落在吴响耳边却异常清脆。吴响说,我真神经了,你帮帮我。

黄宝说，我饿了。

吴响说，你是胆小鬼。

黄宝说，我真饿了。

吴响骂，你他妈是胆小鬼。

黄宝低头吃饭，声音很响。

吴响抓起酒瓶往黄宝头上浇去。吴响失去了耐性，想和这个暴发户干一架，他实在憋得太久了。黄宝不肯吃软的，就让他吃拳头。浅黄色的液体顺着黄宝刚刚长起茬的头发流下来，脸上、脖子上、衣服上刹时洇出一大片。服务员和旁边的食客都惊愕地看着。黄宝的脸涨得通红，肌肉抽动着，随时要飞溅起来。跳了几下，竟然又平静了。他抹一把脸，拿起餐巾纸缓缓擦着。他还笑了笑，仿佛这一浇，让他无比舒坦。

黄宝没被激怒，吴响一时无措。总不能把酒瓶子砸他头上。

黄宝冲服务员喊，再上一瓶。

吴响龇着牙说，黄宝你行啊，修炼成仙了。

黄宝说，谁还不开个玩笑，哪能当真？

吴响逼住他的眼睛，我没开玩笑，我真想把你的脑袋捅个口子。

黄宝的脸颤了颤，又平稳了，我要是得罪了你，随你便。

吴响忽地笑了，怎么会呢？我还打算去你店里上班呢。

黄宝神色平静，吴响还是捕到了他眼中的惊慌。

吴响不是威胁黄宝，吃完饭就去了黄宝的店。吴响用黄宝的茶杯泡了一大杯茶，坐在门口看黄宝卖东西。有时，吴响还和那个女人开句玩笑。女人脸上有一丝不快，因为摸不准吴响和黄宝的关系，也就低头不吭声。黄宝则木着脸。吴响很是痛快，看你能忍耐多久。夜里，吴响住进原先那个小店。如果碰见鸭嘴，吴响非得让他的鸭嘴变成猪嘴。鸭嘴不知在哪个店放套子呢，影儿也没有。

吴响到黄宝店里上了两天班，那个女人不见了。吴响觉出黄宝脸色不对，故意问，她呢？怎么随随便便就不来了？这工钱一定得扣。黄宝突然咆哮，你管得着吗？你算什么东西？吴响明白女人不会再来了。吴响想激怒黄宝，黄宝真的怒火冲天了，吴响反没了脾气。他拍着黄宝的肩，干吗这么大火？不就个干活的吗？又不是你的相好。不是你的相好吧？黄宝甩开吴响，青着脸坐下，无赖，你彻底是个无赖。吴响说，这还用你说，北滩谁不知道我是无赖？黄宝痛苦不堪，你干吗缠着我？吴响说，因为你撒谎。黄宝无奈道，你不相信，我也没办法。

　　吴响的纠缠已经奏效，黄宝被吴响整得焦头烂额。吴响从他疲倦的眼神推断，就算他不是恶梦不断，也睡得不安稳。吴响捋住他的脖子，慢慢往前挤，挤到最后，他的嘴自然就张开了。可一天天过去了，黄宝依然咬得死死的。吴响的情绪坏到顶点，忍不住大骂黄宝。吴响生气，黄宝反又平和了。他说，你真是不讲理，天天吃我的喝我的，还要骂娘，我爹也不敢这样。你是我爷爷！太爷爷！行了吧？！吴响说，屁，想让我入土啊，没门儿！

9

　　吴响回到了北滩。身上的钱花光了，再住下去就得趴车站。吴响缠着黄宝，吃着黄宝，黄宝硬是没吐出一个有用的字。吴响打算回村弄几个钱，村里还欠着他一笔护林费。还有，吴响馋女人了。一种渗进骨缝的馋。好久没找徐娥子了，尹小梅出事，打乱了吴响和徐娥子的规律与默契，搞得饥一顿饱一顿。

　　吴响想顺便到林带瞅瞅，就绕了几步路。没发现树木被砍，吴响松了口气。他是快走出林带的时候看见王虎女人的。王虎女人正撅着屁股挖什么东西，大概是药材吧。吴响嗨了一声，王虎女人受了惊吓，险些跌倒，看清是吴响，没好气地说，我以为撞上鬼了呢。吴响用目光摸了她一遍，问，你干吗呢？王虎女人说挖药材。吴响说北滩的药材都挖你们家去了。王虎女人冷冷地说，这又不是草场，你少管，我不挖药材，去哪儿弄钱？不像有些人从棺材缝儿还能抠钱，我没那能耐！王虎女人的话有些奇怪，但吴响没琢磨出味儿来，沉了脸说，树林也归我管。王虎女人说，少来这套，我不吃。吴响想抓她，王虎女人灵猴一般躲开，别碰我！吴响以为王虎女人故意吊他胃口，这个女人很懂得骚，便嘻笑道，两天不见，长刺儿了？王虎女人骂，也不撒泡尿照照，提着筐就走。声音极轻，但穿过密密匝匝的树叶，陡然有了坚硬的力度，狠狠撞了吴响一下。吴响愣住，继而羞恼万分，王虎女人的裤带松得很，谁碰都开，她有什么资格寒碜他？可她就是寒碜他了。

吴响愤愤地骂句脏话。

进屋不久，黄老大和三结巴先后追上门。这两人让吴响头疼，怎么躲也躲不开，似乎一直门外嗅着。炕上、桌上积满灰尘，吴响抓着一块破布狠狠地拍，屋内顿时弥漫起呛人的尘雾。黄老大和三结巴躲着吴响的布子，却不肯退出去。

吴响冷着脸，你俩有事？

黄老大和三结巴用眼神商量谁先开口，后又加了动作。吴响示意黄老大先讲。黄老大扭捏着，满脸皱纹绞出一个旋状的疙瘩，方说，吴响，黄宝没得过八万块钱呀。吴响已经对这句话过敏了，不耐烦地挥挥手，我向龙王爷发誓，我相信你，他得不得实在和我没关系。黄老大问，那你找黄宝干吗？吴响反问，谁说我找他了？黄老大一副看透吴响的样子，你能瞒谁啊？吴响不想理他，让三结巴讲。三结巴看着黄老大，想等黄老大离开。黄老大却把脸扭到一边。三结巴冲黄老大做了个厌恶的表情，然后陪着笑，吴……吴……吴响问，带来了吗？三结巴赶忙掏出账本。吴响拿了，瞅都没瞅，一下撕成两半。三结巴急得眼珠要冒血了，你……你……猛地扯住吴响。吴响说我和你说不清，找村长打这个官司。走出一段，见黄老大没跟上来，低声对三结巴说，你用透明胶先粘了，弄乱我就不认账了，放心，我跑不了。三结巴想了想，认为保存好账本还是重要，不情愿地撇下吴响。

这成啥了？竟混得没法在村里呆了。吴响没找村长，径直去了徐娥子家。

吴响进屋就觉出气氛异样，但没往心里去，也没听懂徐娥子的暗示。两口子都在，男人编筐，徐娥子躺着。徐娥子男人看见吴响，眼神里闪过一丝兴奋，一丝紧张。吴响早已习惯了无视他的存在，只是笑了笑。徐娥子男人借口去菜地，徐娥子张张嘴，似乎阻挡男人离开，可男人已经出去了。

吴响关切地问，你没事吧？徐娥子摇摇头，刚才躺在那儿，她慵懒又略带感伤，此时则显得忧心忡忡，还有几分焦灼不安。

吴响再次问，吵架了？

徐娥子说没有。

吴响问，生我的气了？

徐娥子幽怨地盯住吴响，这些日子，你干啥了？

吴响说，没干啥，去县城办了点儿事。

徐娥子问，你是不是想和黄宝分钱？

吴响几乎闪断舌头，你说啥？谁这么编排我？

徐娥子说，都这么说，还有假？你往县里跑，是找黄宝吧？我上次一说黄宝得了钱你是不是就动了心思？吴响，听别人这么说，我的心就像掉进毛厕，难过得要死，你咋就这样了？

一股冷嗖嗖的寒气逼进心口，难怪王虎女人用那副腔调和他说话，说他从棺材缝儿扒钱，原来她们都认为他想和黄宝分一股。吴响问，你也信？

徐娥子问，那你找黄宝干啥？

吴响把他怎么怀疑尹小梅的死，怎么找黄宝的事说了。

徐娥子凄然道，我信你，别人谁信？再说，过去的事你翻搅它干啥？不管她是咋死的，黄宝不追究，你跳腾个啥？搞清了又咋样？你想治谁的罪？就算治了谁的罪，你能把尹小梅救活？你一定是哪股筋抽住了，吴响，可别自个儿往烟囱里撞啊。

吴响说，和你说不清楚。

徐娥子恨铁不成钢地，你中邪了，你以为你是谁？你走吧，以后甭来了。

吴响板了板脸，忽又笑了，这就要分手啊？我可天天想你，都快想疯了。顺手一拉，把徐娥子拽进怀里。

徐娥子挣扎着，不行，今天真的不行。

徐娥子的不合作反激起吴响的欲望，当然，夹杂了些愤怒。吴响没强迫过别的女人，更没强迫过徐娥子，可今天他管不住自己，他彻底地疯了。

徐娥子急得脸都绿了，快走！……我男人……

吴响已经把徐娥子扑倒，徐娥子气恼而委屈地呀了一声，泪水倾泻而出。她咬住牙，任泪水狂奔。吴响顿住，没想到徐娥子会这样。在这短暂的静默中，门吭地开了。

冲进来好几个人，徐娥子男人，焦所长，小个子警察，还有两个陌生人。

吴响的脑袋顿时大了，死死盯住徐娥子。徐娥子羞愧而慌乱，让你……说出两个字便咬住嘴唇，痛怨的目光碰碰吴响，迅速躲开。直到吴响被带走，徐娥子方扭过头。她的眼神彻底乱了，如开得正浓的杏花遭了冰雹，纷纷飘落。她似乎要跳起来，男人死死拖住她。

吴响没想到他会再次被推进那个空得让人发慌的屋子。他钻进了别人的套子，就像当初尹小梅钻进他的套子一样。

焦所长沉着焦炭一样的脸斥责，狗改不了吃屎，这回捂到炕上了，你还有什么话说？我这个所长好像专为你当的，整天就处理你的事了。吴响垂着头，却没有愧色，鸭嘴说在县城和相好搞也不行，在家里也不行，吴响庆幸自己的活动仅限于乡村，没想到乡村也不行了。哪条法律规定男人不准找相好了？

焦所长说，你是死猪不怕开水烫了，还想搞对抗？

吴响觉出焦所长话里的火药味浓了，老老实实地说，没有。

焦所长说，营盘的治安一直搞不上去，就是你这种人搅的。

吴响稍一沉吟，神色变过来，焦所长，我和徐娥子是十几年的相好了，这是周瑜打黄盖，两厢情愿，你要是管，在全乡不得抓几百号？

焦所长厉声道，少跟我滑，徐娥子丈夫不告你，哪怕你好一百年呢，现在他告，派出所就得管。

吴响的目光疲软下去，淋湿了似的。徐娥子丈夫早已默认了他和徐娥子，为什么现在突然告发？显然是被人鼓捣的。不管什么原因，只要他告，就没那么简单了。

焦所长冷笑，咋不硬了？还相好呢，徐娥子说你一直纠缠她，不跟你好，你就威胁她。

这不可能！吴响大叫。徐娥子虽然在这个圈套里扮演了角色，但吴响相信她不会乱咬，决不会！

焦所长问，你是不是想对质？

吴响一顿，他对这两个字心有余悸。就算和徐娥子四目相对，又能有几成胜算？

焦所长说事情已经犯了，抵赖狡辩全没用。如果把吴响送交刑警队，判他个强奸罪也不是没可能。所里也不想让事情搞大，尽量做徐娥子男人工作，吴响给他点赔偿，让他放弃上告。两条路任吴响选。

吴响长叹一声。他还有别的选择吗？

第二天，村长把吴响领出来。村长把吴响的护林费结清，全部交给派出所。吴响身无分文，账上也无分文，彻底成了光棒。账倒也有，那是他欠别人的。村长知吴响饿着肚子，随吴响走进饭馆。村长说，你一直催我要钱，亏得没给你，不然去哪搞这笔救命钱？吴响说，啥人啥命。村长咦了一声，你怎么一点儿不伤心？吴响说，伤心顶个鸟用？要伤心，我能死一百回。村长感慨，你这号人也少见。说愣不愣，说傻不傻，就是脑袋太拧，还不老实，全栽在女人身上了。女人呀，那可是一股水，流到一个地方就变一个形状，没把握可千万别上。吴响笑笑，与女人无关。我不就想搞清尹小梅怎么死的吗？我问问有错了？一问就惹祸事，你说怪不怪？村长显出一丝紧张，可别乱说啊。吴响道，我怎么乱说了，她死得稀里糊涂……你别走，我不说了。村长又把屁股稳在凳子上，沉默了几分钟，小声说，你知道了又怎样？别人说你想从中分一股。吴响恶声道，谁他妈乱嚼，我撕他的嘴。村长踢踢吴响，低点儿，我搞不明白，你到底为啥？吴响想了想，我也不知道，真是说不清。村长说，你天生是个不安分的主，噢，林子你也甭护了。吴响急道，不护林，我吃啥？村长说，我连你的影儿都逮不住，有你没你还不一个样？吴响说，没饭吃，我就赖在你家。村长骂，狗日的，一条喂不饱的狼。吴响大声说，再切一盘猪耳朵，反正你也心疼了。

从饭馆出来，吴响说，我不回去了。

村长硬扎扎地看着他，想让我雇轿子？

吴响说，我找黄宝去。他还能回村吗？三结巴不把他喳喳死才怪。吴响原打算去找徐娥子，狠狠质问她一番，又觉得没意思。现在，他最想找的是黄宝，黄宝怕，他偏要找。反正他已落魄成这样，更没啥顾忌了。

村长抓抓帽子,又扣上了。你这根筋算是绷住了,算我白费唾沫,腿是你自己的,爱往哪儿呱哒往哪儿呱哒,往坑里掉吧你。

吴响说,还得借我十块钱。

村长没有好脸色,穷得就剩一张嘴了,还借,我再当两年村长,这条命也得让你借了去。掏出十块钱,狠狠拍给吴响。那顶帽子终是被他揪下来,那时,他已离开吴响很远了。

10

吴响踩着太阳的余光走进黄宝果品店。他的脸一半红,一半灰。红的那面是衬了霞光,灰的那面是挂了太多的尘土。

吴响没赶上客车,只好截了一辆收猪的三轮。收猪的汉子死活不拉,他说我开车是二把刀,摔了猪我不怕,摔了你我担待不起。你这么高,猪这么矮,也装不到一块儿,警察瞅见以为我贩人呢。吴响抓着汉子胳膊一定要坐,并把那十块钱塞到他兜里。汉子说我没见过你这么不要脸的人,上车吧。车上已有一头猪,吴响又随他收了一头。汉子怕猪跑掉,用脏兮兮的网连同吴响一块罩住。吴响说我护着不行吗?汉子说到时护住你自个儿就不错。三轮车在乡间的路上颠簸,卷起一条飞扬的土龙。吴响蹲在那儿,死死抓着车沿,躲着猪的碰撞,躲着车帮的摔磕,等下车时,汗水和尘土把他裹成了一个泥人儿。

黄宝惊愕的目光在吴响身上扑了几扑,问,怎么弄成这样?

吴响说,给我来一缸子冷水,渴死了。喝下三大杯,吴响的气才匀了点儿,再次用袖子抹了抹脸,涂出一幅劣质地图。

黄宝疑惑着,被抢了?

吴响扑哧一笑,谁抢我?一定瞎眼了。

黄宝问,你怎么来的?

吴响说乘专车,你信不信?

黄宝别扭地笑笑。

吴响大咧咧地坐下,抓起一张旧报纸来回扇着,咱店的生意咋样?吴响的样子狼狈,说话却镇定自若,暗藏机锋。

命案高悬

黄宝说，你来得正好。

轮到吴响发愣了。

黄宝不理吴响，转身打开抽屉，拿出一个纸包。纸包得不严实，从敞开的缝角能清楚地窥见包里的东西，那是钱，撂在一起的钱。黄宝说，我没和你说实话，乡里确实给了我一笔钱，我拿来开这个破店了，就剩了这点儿，这是五千，你先拿着。你也不容易，可我帮不上更多的忙。

吴响的脸慢慢黑了，黑得能滴出墨来。难怪都说吴响想和黄宝分一股，连黄宝也这么认为。他抓起纸包，手微微抖着。

黄宝说，是上午取的，没假。

吴响突地把纸包摔在黄宝头上。纸包松开，钱撒了一地。

黄宝猝不及防，连连后退，你嫌少？

吴响说去你妈的，扑上去擂了黄宝一拳。黄宝也怒了，叫骂着砸了吴响一杯。两人互相扯拽着，在地上翻滚。沿墙的纸箱翻了，瓜子、杏核、杏、桃早就不想在那个地方呆了，趁机跑出来，滚得满地都是，几个不安分的桃还跑到了门外。

旁边的人打了110，警察赶来，吴响和黄宝已停了手，喘着粗气对视着。衣服撕破了，脸上挂了彩。

警察要带走吴响，黄宝拦住了，说和吴响是一个村的，两人发生了点儿误会，没啥事，实在是没啥事。警察瞄一眼垂着头的吴响，说都快赶上伊拉克了，还没事？出了人命就晚了，有纠纷必须通过法律手段解决。黄宝赔着笑，小心翼翼地把警察送走。

两人沉默了一会儿，然后收拾满地的狼藉。瓜子、杏核已经混得难分难舍了，只好草草地装在一块儿。钱被重新包好，黄宝又把它锁进抽屉。

吴响没做任何解释，想看看黄宝还能搞什么花样。黄宝倒是老实，领吴响洗了澡，又走进一个小酒馆。喝了酒，黄宝的眼球不再僵滞，摸着腮帮子说，你真狠啊，牙都活了。吴响扬扬手，亏你牙活了，要不我手背上的肉还不少一块儿？你咋像个娘们儿？黄宝说，吴响，你太欺负人了。吴响说，是你先寒碜的我，你把我看成啥人了？我凭什么要你的钱？钱都肯给我，为啥不敢说句真话，我只要你一句话！黄宝愁眉苦脸地说,我说什么你都不信,你要我怎么办?吴响说,你骗不了我。黄宝说,她的死和你有啥关系?你到底想干什么?声音里又露出几分绝望。吴响的神色茫然而决绝,干什么?我也说不清楚,我非知道不可。谁也吓不倒我,谁也拦不住我。我已经进了两次派出所,不问尹小梅的事,我也不会进那个鬼地方。不就是让我尝点儿苦头,再罚几个钱么?我不怕。你可以再告诉毛文明,让他再想法子整我。除非把我投进牢,就算坐了牢,只要放出来,我还是要问。黄宝发誓,从没和毛文明说过。可他的目光虚软、无力,如一蓬永远晒不到阳光的草。吴响说,混了这么多年,把自己混成一个闲人,黄宝,你别嫌弃我,我要死心塌地在你店里上班了,工钱我不要,供我个吃住就行。黄宝说随你便,下意识地抚抚头。吴响说,放心,我没讹你的意思,你说出真相,我马上离开。黄宝轻声道,真相!真相在哪儿?吴响忍不住骂,在狗肚里。

睡觉成了问题,店里只有一张单人床。黄宝为难地说,大热天的,没法挤啊。打了一架,黄宝谦恭了许多,还有点儿无所谓。当然,这是表面上的,一个不经意的眼神,便滑出恼怒和焦灼。掏黄宝的话,只有让他的忍耐达到极限,彻底崩溃。吴响也怕耗,他强迫自己拿出全部耐性。已经蹚到河中心了,必须咬牙走过去。吴响笑笑,咱俩轮着睡,一个前半夜,一个后半夜。黄宝一头躺倒,我困了。可他睡不着,翻来覆去地滚,滚到半夜,眼皮刚碰住,吴响拍拍他,该我了。黄宝气呼呼地说,你讲不讲理,这是我的床。吴响说,咱们商量好的,你可不能耍赖。黄宝嘟嘟囔囔地起来,拽出鱼泡一样的哈欠。哈欠还没落完,吴响已扯出鼾了。黄宝气不过,故意搞出很大的声音,吴响依然死死的。

白天,吴响拿个凳子靠在门口,打量着过往行人。他很容易就能分辨出哪些是城里的,哪些是刚从乡下来的。城里人也长不出三只眼,女人穿的露点儿,男人肚子挺点儿罢了。困了闭会儿眼,听到声音,冲屋里喊一声,有人。黄宝便出来了。到了吃饭时间,黄宝就领他去小馆子。吴响体恤地说,自个儿做吧,这么吃馆子太浪费。黄宝骂,吃他个狗日的。夜里还是轮着睡。熬了几天,黄宝毛了,夜里清醒得像水洗过,一到白天就犯困。他给吴响租了间房,让吴响搬到那儿住。

那屋子也就少半间,一张床,一卷行李。待住下,吴响的心忽然就沉了。黄宝竟然给他租房，这是要拉开架式打持久战了。黄宝宁可破费也不肯讲那句话。究竟有什么复杂的原因，让黄宝惧怕到这个程度？他畏惧毛文明，还是畏惧别的？吴响难以想象。吴响嘴上硬，心里也很急。耗到什么时候是个头？

一个阴沉沉的日子，一位妇女领着一个小女孩买了二斤杏。吴响盯着妇女的背影，一下感伤起来。活了半辈子，什么事都没干成。没娶过女人，没弄个像样的家，干的事都是别人让他干的，自己想干的没有。现在，他想按自己的意思干一件，一件简单的事，竟是这样困难。

徐娥子就在吴响阴郁的思绪中撞进他的视线。

吴响的目光抖了抖，想，怎么像徐娥子呢？她笑着过来，真是徐娥子。吴响一阵惊喜，但他控制住自己，淡淡地说，你怎么来了？

徐娥子说，我来找你。

吴响飘出一丝冷笑，又摆什么宴席了？

徐娥子脸色暗下去，可嘴巴依然那么快，吴响，就是有天大的仇，你也不能在大街上砍我的头吧。

吴响把徐娥子领到租住的小屋。他不能把她晾在街上，毕竟两人好了近二十年。徐娥子打量着——其实一眼就看遍了，你就住这儿？吴响说，有地儿住就不错了，总比坐牢强。徐娥子歉疚地说，我对不住你，当时……唉，说啥也没用了，我今儿来，任你打任你骂。吴响说，我哪敢呀。徐娥子猛地抱住吴响，你受了委屈，我也难过呀。吴响推推她，这可是县城，警察随时都会闯进来。徐娥子的声音铮铮硬了，吴响，我知道你不是小肚量男人，要不也不敢来找你。我后悔了，后悔透了，我由你罚，你还想怎样？你不理我？算我贱！吴响一下抱紧她。说得没错，他不是小肚量男人，不记仇。说到底，他还恋着她。

徐娥子住了一夜，第二天走的时候，掏出两千块钱，她说这是你的，还给你。吴响让她拿回去，到三结巴酒馆结一下账。三结巴两口子每天不知吵几架呢，吴响可不想让他俩反复嚼他。徐娥子问吴响什么时候回去，其实夜里已经问好几遍了。吴响明白她的意思，再次说，等弄清楚就回去。徐娥子说，我还赶不住一个死人？吴响说，这是两码事。徐娥子叹口气，提醒他多长个心眼儿，别再撞进套子。

徐娥子的话让吴响想到了毛文明。这么长时间过去了，为什么没人找他的碴？揪他的辫子？是黄宝没再通报，还是毛文明已经不再把他当回事？这个谜底——如果算谜底的话，几天后解开了。

那天，吴响经过医院门口，意外地碰上了毛文明。毛文明正住院呢。见吴响疑惑，毛文明解释，没啥大病，肝出了点儿问题，喝酒喝的。毛文明嘴唇上的酒苔果然变厚了，像长了一圈小蘑菇。毛文明问，听说你还在调查那件事？吴响点点头。毛文明摇头，你的脑子真有问题了。吴响说，我还没到住院的份儿上。

到了晚上，吴响忽然想去医院看看，顺便探探毛文明的口风。他从来没问过毛文明，为什么不问问他？

毛文明正看电视，看见吴响也不意外，点点头，让他坐。过了一会儿，毛文明关了电视，问，找我有事？吴响稍一迟疑，干脆不绕弯子了，我还想问问。毛文明笑笑，我猜你就会来，好歹你在我手下干过，我不计较你，你不用再折腾了，我全告诉你。尹小梅确实是发病死的，送往医院途中就不行了。这不是秘密，也没想瞒谁，人死就按死的处理，依你还能怎样？吴响说，我不信，她是病死的，为什么焦所长也在现场？毛文明火了，你什么意思，怀疑我整死的？你去调查吧，没人拦你，看你能调查出什么？白的就是白的，黑的就是黑的，你一个农民能把黑白颠倒了？我不过可怜你，你倒上脸了！

吴响悻悻离开。他调查与否，毛文明似乎已不太看重。果如毛文明说的，是他胡乱猜疑？还是毛文明已经看出，吴响再折腾也溅不起水泡？吴响琢磨着毛文明的话，突然想出个主意，何不诈诈黄宝？在这次事故中，真正的主角是吴响和黄宝。只有他俩因尹小梅的死而留下了阴影，只不过黄宝掩盖住了。黄宝绝不可能像毛文明那么坦然，吴响再用把劲儿，黄宝没准就吐出来了。

黄宝已经睡了，他嘟嘟囔囔地打开门，又歪在床上。吴响大声说，我知道尹小梅怎么死的了！黄宝打个激灵，猛地坐起，紧张地盯着吴响。吴响迎视着他，我见到毛文明了，我刚从他那儿来，他住了院，把什么都告诉我了。黄宝的脖子抻长了，眼球渐渐变硬，哆嗦着问，她怎么……吴响激愤地说，你凭什么问我？事情早就过去了，毛文明都说了，你这个胆小鬼，还想烂在肚里，亏你和尹小梅做了这么多年夫妻，还给她编排出一个心脏病。黄宝红着眼催促，你倒是说呀。吴响冷笑，想考我？我偏不说。黄宝的头如晒蔫的柿子耷拉下去，我真不知道她是怎么死的，我没见上她的面，医生说啥我就信啥，我心里也犯嘀咕，可不敢问，我害怕问。我以为处理完，事儿就过去了，等你找来，我才知道不是这样的。从你来那天我就做恶梦，我不是怕你，我是怕……如琴弦突然崩断，余音不绝。

吴响目瞪口呆。没想到是这样。黄宝不是不告诉他，而是不清楚。他的躲闪和惊慌是因为再无法糊涂下去。吴响很恼火，因此没告诉黄宝刚才的话是编的，让黄宝折磨自己吧。

吴响走时，黄宝依然反复念叨，我怕呀，我是怕呀……

第二天，吴响起晚了些。尹小梅的死，怕是再也搞不清了。他心情灰暗，就像暴雨将至的天空。吴响不想再折磨黄宝了，得告诉黄宝，夜里是诓他。黄宝愿意糊涂就糊涂吧。只是，吴响总有些不甘心。

果品店门敞着，黄宝不见踪影，几只苍蝇倒是忙活得飞出飞进。吴响等了半天，还是不见黄宝。胡乱猜疑一番。直到半上午才听说，黎明时分，一个男人在大桥上撒了一大把钱，然后跨过栏杆跳下去了。吴响的心迅速沉下去，冲到大桥上。正是雨季，浑浊的河水如野马脱缰，滚滚而去。但愿那个人不是黄宝。尹小梅的死，已把吴响压得喘不过气，如果黄宝再出事，吴响会被碾成碎末。

吴响沿着河边疾走。目光是焦急的，而心是忧伤的。他只想问个清楚，没别的意思，难道，他真的错了？

（选自《当代》，2006年第4期）

点评者：张清芳　李云雷

在创作出《天外的歌声》、《秋风绝唱》、《极地胭脂》、《飞翔的女人》、《婚姻穴位》、《麦子的盖头》等作品之后，《命案高悬》是青年作家胡学文的又一小说力作。此篇小说延续了作家一以贯之的冷静节制的叙事方式，继续关注下层民众弱势群体的生存和反抗，堪称当下"底层文学"热潮中的又一代表作。小说通过对一桩命案的追寻，对当下农民的生存状态和农村基层权力的运行方式进行了深透而又精微的书写，无论是现实揭露的深入性、人物塑造的立体性，还是叙述控制的均衡性上，都达到了颇高的水准。

"官民冲突"是有关农村"底层写作"题材的一个常见主题，作者的巧妙处在于，他选取了光棍吴响的视角来追踪一桩命案。吴响既是乡村中的一个无赖泼皮，又是乡政府任命的护林员和看坡员，这种"亦官亦民"的特殊身份使他轻易地游走在"官"和"民"之间，把二者的生活状态尽收眼中，也成为"官民冲突"的见证人和参与者。作者没有把吴响简单地写成一个狐假虎威的反面角色，而是把他当成一个"圆型人物"来塑造。他虽然暂时为"官"，但身份毕竟是"民"，这使他在"官民"的冲突中，最终代表了"民"的一方。小说开头铺写的他对死者尹小梅的迷恋和追逐，也使他在尹小梅死后坚持追寻真相的举动变得合情合理了。如同秋菊要寻找一个"说法"一样，吴响的追寻也带有非理性的成分，那种在挫折面前反而爆发出惊人执著的倔强，让人想起路翎笔下那些具有"原始生命强力"的人物形象，内涵丰富而有力度。

吴响追寻真相的过程既是人物性格铺展的过程，也成为推进故事后半部分发展的动力，使小说保持了一种既从容不迫，又能够层层推进情节发展的叙述节奏。作者借吴响遭受的迫害逐渐展示出权力运作的狰狞面目以及在习惯性的忍气吞声中，农民心理上的扭曲异化。乡政府官员之间的互相勾结、金钱权力结成的天罗地网、受害者亲人在接受了八万元赔偿金之后的妥协、周围人们的麻木不仁……构成了底层社会的众生相。小说的结尾更意味深长，吴响始终没有查出尹小梅的真正死因，她究竟是旧疾心脏病发作，还是被副乡长毛文明威逼致死？答案始终扑朔迷离，这不仅是作者有意设置的一种叙事悬置，造成悬念，以呼应"命案高悬"的标题，更是一种对"底层"民众悲惨境遇的真实反映：在这里，不但农民的基本生存权利无法得到保障，甚至连了解真相的"知情权"亦被剥夺了。面对"高悬的命案"，农民不仅是求告无门，甚至鸣冤叫屈的愿望也早被权力和金钱所压抑腐蚀。这种含蓄"曲笔"的运用无疑比直接狂呼乱喊的方式更具有思想力度和艺术张力，从中可看到作者胡学文对现实生活的深透理解和小说艺术性的慎重考量。

提拉米酥

须一瓜

一

像钻进袋鼠袋子里的小袋鼠，老婆每次做爱舒服了，就用这种姿态延续幸福感。侧睡的巫商村和蜷在他怀里侧睡的老婆像一对大小括号。小括号说，你的误餐补贴呢？这个月的好像还没看到？

大括号不说话。巫商村是累了，但是，老婆这个问题把他问得像突然被人往脖子里泼了杯冰水。于是，巫商村装着迷迷糊糊，闭着眼睛用胳膊揽紧了点老婆。老婆却推开了他的胳膊，像爬出袋鼠腹袋的小袋鼠，老婆把头拱伸到和他的头齐高。

我记得你没有缴。每个月你都是十二号发的，今天都二十七号，不，二十八号了——喂，发了没有？发了吗？喂？嘿！老婆开始胳肢巫商村。巫商村用困倦万分的语气说，黎意悯借走了。快睡吧，我累了。

老婆不吱声了，安静得就像个侦探。

像被人在脖子里泼了杯冰水的巫商村，一下子就失去了刚才激烈的做爱换来的无牵无挂的疲倦。半个月间，他已经变成对误餐费这几个字有过敏反应——一种不太舒服的感觉。一提这话茬，他就睡不好了，但是，他没动，还轻轻地做了点均匀的呼噜声出来。

老婆却猛推了他一把：她那么有钱，干吗借你的误餐费？

怎么还不睡啊，都几点了？巫商村假装被推醒很不乐意的样子。老婆说，她那么有钱，干吗借你两百八的误餐费啊？现在还没还？

真烦人啊。巫商村说，不就这一点点钱吗？月初慈善一日捐，不是正好赶上印尼海啸吗，单位里领导把误餐费捐了，黎意悯出差，我打电话问她，她说代她把误餐费捐了。我就先替她捐了这个数。

　　后来呢？

　　什么后来啊。

　　她出差还没回来吗？

　　当然回了。

　　那还你钱呀！

　　……她一时忘了吧，等下个月领误餐费的时候，她就想起来了。

　　那她回来的这个月没领过误餐费吗？

　　……唔，领了……我估计那个马大哈一时忘了……唉，不就一两百块钱吗，睡吧。

　　什么？一两百块？嚯！你一个月多少个一两百块呀！两百八啊，就是三百块啊！

　　你烦不烦啊，巫商村说，这怎么都是我个人的事。快睡吧，睡吧，你不睡我要睡了！

　　老婆使劲推了巫商村一把，彻底远离了袋鼠怀抱。老婆这一折腾，巫商村的感觉已经不是一杯水，而是被一盆水泼了，浑身就是不舒服，甚至就像被人提到气锅里焖蒸，但巫商村还是做出睡过去的样子。

　　其实，这两百八十元的误餐费，像条小蛇，已经在巫商村的心里活了半个多月了。

二

　　在公司的人力资源部，甚至综合部、技术开发部，几乎谁都知道巫商村和黎意悯是挺不错的朋友。在办公室里，总显得互相赏识和彼此维护，他们的友好而默契，就像资源部大凉台上那两盆硬朗的巴西铁树一样明朗无疑。可是，他们没有任何绯闻传出来，也从来没有人开他们的绯色玩笑。而实际上，黎意悯是个招蜂惹蝶的热浪美女，虽然她能力出众、业绩突出，关于她本身，在办公室男女们背后的嘴里，还是评说纷纭的，甚至有点不良。但就这样一个人，关于她和巫商村，还就是没有绯闻传出来。

巫商村看上去就是一个话语不多、善解人意的淡泊男人。公司里，巫商村对上上下下——不管是总经理还是厕所保洁员，也不论小人还是忠良，他一律非常谦和、非常尊敬，任何时候他都宠辱不惊。大家也知道，巫商村对黎意悯最不错，大家很容易看到他俩大大方方互相招呼着，到单位前面那条街的查箸西餐厅吃中饭，或者看他俩一起顺道打的回去。在办公室，大家都看到黎意悯有时突然地蒙上巫商村的眼睛，意图制造一个没心没肺的惊喜；黎意悯没有当主任助理之前，大家还时不时看到黎意悯对巫商村花拳绣腿地踢打撒赖，但绯闻却一直没有出来，也许大家都觉得，和巫商村那样无拘无束是很自然的，巫商村其貌不扬，却有这样的慈父仁兄的吸引力和安全感，而这样的动手动脚和爱和性是没什么关系的。

四年前，主任和巫商村在人才市场摆摊，要收摊的时候，黎意悯来到摊前。三四年过去了，至今巫商村回想起黎意悯来求职的音容笑貌，就会联想起正在融化的冰淇淋，那流水行云般的美妙柔滑令人愉快而隐约着急。可以说，黎意悯是巫商村从人才市场挖掘来的，没有巫商村，就没有黎意悯。因为老主任不太习惯她半胸可见的透视装，尽管是黑色的；老主任也不能接受她一坐下就谈自己应聘这个岗位的劣势。这两步与众不同的险招，都正中了巫商村的下怀；而黎意悯能最后成为资源部新主任秘书，也是巫商村在来聆听意见的分管副总面前，做了有分量的优势分析。事实也证明，黎意悯的确是个聪敏能干的工作伙伴。

在巫商村看来，黎意悯处在美丽与平凡、狡猾与纯真的混合地带。她总有一种轻微的夸张，无论笑容、语调、肢体动作，甚至眼睛——圆睁起来比狗眼还简单。巫商村觉得她因此充满吸引力。她打定主意要影响人的时候，她就像一个正在溶化的可口冰淇淋，她的真诚、信赖、无助、自信、自贬，甚至孩子气，就这样一股脑儿融化在你面前，你难以抗拒，还要赶紧应承呵护。

成为朋友之后，黎意悯就会到巫商村家里来。巫商村老婆开始对她有些敌意，但禁不住她开门见山的、正在融化的冰淇淋外交，更禁不住她见面必送的大小礼物，还有女人的私密的悄悄话。有时，巫商村老婆甚至觉得黎意悯和她才是真正的好朋友，只是出于女人的本能，她对黎意悯背后扫视的眼睛，始终保持着一只冷眼。所以巫商村每次说，黎意悯其实是个很单纯的人，老婆就说，我看未必！

三

查箬西餐厅据说是位海归派开的，就在巫商村所在的公司大厦的前面一条街。那里环境很不错，坐在里面藤蔓造型的白漆藤椅上，可以透过大幅的玻璃水幕墙，看到五星广场，另一面通过大舷窗一样的绿箩窗，能看到白鹭飞翔的白鹭湖景。但黎意悯说，查箬有两大好处，一是那里的提拉米酥极好，二是洗手间极好。

第一次是黎意悯请巫商村和另外两个同事来吃海鲜自助餐的，大约是三年前了。那时，查箬西餐刚刚开张，在报纸上打广告并有剪报八折的优惠。三年间，黎意悯吃掉了起码有五十水晶碟的提拉米酥了吧，反正，在巫商村的记忆里，她是有来必点的。而第一次发现这里的提拉米酥好吃，是巫商村请她吃的。那一次是快下班的时候，黎意悯倚在巫商村的电脑桌边，两人一个坐着一个站着，一个写一个看，就那么不知不觉聊深了。那是第一次深谈，开始是黎意悯看巫商村在旧报纸上练毛笔字，说起了自己父母在当地书法界的影响，之后就由父母说到了自己失败的婚姻，和为什么背井离乡只身来到这个城市的原因。说到难过处，黎意悯泪水闪烁。巫商村就说，一起吃饭吧，我请你。老婆回娘家了，我也没饭吃。

那次，巫商村为黎意悯点了份意大利提拉米酥。他自己并不喜欢甜食，但是，他说，上周我老婆来这吃了后惊叹，说这是她吃过的最好吃的提拉米酥。我建议你试试。黎意悯吃了，说，啊，真好！真的不错！黎意悯没有奉承的意思，从此之后，她每次来都点，并没有因为是别人的老婆发现、别人的老公推荐老婆的发现而忌讳。

吃着提拉米酥，话题有时轻松有时沉重，有时郑重，有时蛮无聊的。

第一次吃，配送提拉米酥话题的是办公室话题的延伸，关于黎意悯的前婚姻。巫商村知道了，黎意悯的前夫是个个子不大嗓门大的家伙，已经离过婚；知道他在新加坡打过工、挣过大钱，回国后开过婚介公司，后来失败在家；知道了他老公嘴非常甜，颇得黎家父母欢心；知道住在黎意悯父母家时，因为他做爱的冲刺嗓门大得实在令黎意悯父母尴尬，因此被迫买房搬出；还知道他们离婚的时候，他连新买的一打洁柔卷筒手纸都列入婚后个人支出；还知道，离婚后，也就是黎意悯搬出后，忽然想起自己"个人支出"买过一个IBM鼠标（其实是朋友给的）。电脑分给男方了，便牢牢记着要去讨回折价。跑回去讨了两回，终于讨回二十三块八毛。前夫说，有你这么小气的吗？在法庭上你怎么不想起啊？黎意悯说，惭愧，下次再离，我也就知道手纸也要列入清单的。

说到这里，黎意悯哈哈大笑。离婚进行曲，像有了喜剧末章。

四

提拉米酥的制作也不太复杂：先将意大利起司和蛋黄打成糊状，再慢慢地加入糖霜及香草精混合；然后，咖啡酒加上咖啡粉拌匀，将饼干两面蘸上咖啡酒和咖啡粉制成的酱料；之后再一层饼干、一层起司蛋黄酱，如此重叠，最上面是一层厚厚的起司酱；完成后，盖上保鲜膜，放进冰箱，冰六个小时。端出食用前，可以撒上一些细细的巧克力粉。

每次都这样，只要吃得陶醉了，黎意悯招手就问服务生制作方法，服务生无一例外就要去垂询意大利大厨。到了后面，巫商村已经能倒背如流这个意大利提拉米酥的制作程序。只要服务生过来鞠躬着说，对不起，我这就帮您去问问厨师，巫商村就说，不用，我告诉你，麻烦你再告诉这位小姐。首先将意大利起司和蛋黄打成糊状，其次……

黎意悯吃吃大笑，向服务生摇手抱歉。她说，我永远都不可能去亲手做它，我就想用这个方式向制作者表示最高的敬意……

意大利提拉米酥的确是很好吃的。巫商村偶尔也吃。更多的时候，他是看着黎意悯摆弄着查箸镀银的精美餐具，一点一点、一口一口地品尝。提拉米酥入口的时候，她有时会闭上眼睛；有时候她会嘀咕，今天有点苦。通常她都很沉醉，沉醉了，就口无遮拦地说话。喂，我上周末的一夜情，感觉真的很好。就跟这提拉米酥一样，真的好！

巫商村搅着咖啡说，比上次的更好？

关键是——这个特别能布置情调。节奏感也特别好，哎，哎，真是好啊！

嫁给他吧。

真想呢。

巫商村嘴角一抹咖啡末一样的微笑。

唉，我跟你说，余副让我明天空出时间，要陪省公司的客人。上次我不是推托，你没早说，我有约了，你看，现在他就提前一天说。

那你就去吧，虽说余副不分管你，但老是推托，他有让你穿小鞋的机会。

我不想去。上次被他堵卫生间了，喝点酒简直就像个发情的畜生！你知道被他撕坏的衬衣多少钱！想了我就火冒三丈——你笑什么？！

我一直看你和他很哆呢，看你哆得好像要倒在人家怀里呢。你何苦要让他撕坏名贵衬衫？自己解不行吗？

呸，你懂！黎意悯用西餐刀背，打击了巫商村的头顶。我靠人家饭碗过活，当然要迎奉一点。这一点，你再聪明，也得到了我的处境你才懂。哼，万总在桌下把手伸到我裙子里，桌面上我不还是跟他媚笑吗？换你你大义凛然试试？你能说，拿开你的咸猪手？！那次在卫生间，我脑子里差点一根筋，要咬下余某的臭舌头，但是，我敢吗？不敢，我除了吐出来我躲开，我能干什么？第二天，我还要一见面说：余副，你昨天喝多了——你以为女职员好混哪。

要讨那么多人的喜爱，当然不容易。那你明天晚上别去。

去啦，要不今天请你吃饭？我就是想请你看我电话，大约在七点半多，你看我短信，就用固定电话打我手机，就说好友小孩跌伤了，急要帮助。我坚决不走，你怎么劝我都不走，就是不走。再过十分钟，你又打来，说急需送钱过去，我只好就抽身走人了。估计我也吃饱了。

巫商村嘴角又浮起咖啡末一样的微笑。

巫商村给黎意悯就是这样的感觉，深沉洒脱、包容万象，毫不让人腻色。黎意悯非常感激，当年这个陌生的城市，老天竟为她预备了这么个成熟通达的朋友。关于这个认识，黎意悯早就告诉过巫商村，我很幸运，有你这个什么都能谈的朋友。没有性没有嫉妒只有理解和爱护。女人是没有同性朋友的，只有我落难的时候，同性才会由衷地同情我爱我；女人也几乎没有异性朋友，因为男人要么性，要么什么都不。

巫商村摇头。他并没有问，那我是什么呢？

细细，黎意悯看着他说，你不一样，你是比性更重要的心血管。我的动脉啊。

巫商村笑，并不顺势占她便宜。黎意悯补充说，希望我有你的静脉地位。

五

每个月的十二号，人力资源部的老丁就会造表，到公司财务把部门的误餐费领出，然后大家到老丁那儿签名领钱。奖金是有系数级别的，两三千到万把块的楼梯差别很大，而误餐费是固定的，每人二百八十元。公司这些年效益不错，误餐费和大额的奖金相比，实在不算什么。可是，就这么一个普通偏小的数字却令巫商村敏感起来。早上看到靠窗的老丁戴着老花镜在填写一个细长的表格，巫商村心里就咯噔一下，要领误餐费了。后来巫商村借着到饮水机接水，又特意到靠窗的那边睃了一眼，没错，今天要领误餐费了。

他扭头看黎意悯。黎意悯一直在自己的位置上接电话。近期公司准备新成立一个部，人员要调整，于是，诉说自己调整岗位愿望的电话，在人力资源部多了起来。

巫商村听到老丁叫唤了一声：小黎！黎意悯也噢了一声，但黎意悯没有马上过去，好像电话又响了。老丁总是这么叫，大家都是心领神会地到老丁那儿签名数钱。老丁叫商村——巫商村说来了。巫商村走的是经过黎意悯位置的路线。他看她拿着电话一手在记什么，嘴里是好的。好的。嗯，我记着呢。好的。好的。

巫商村手里拿着误餐费——两张粉红的两百，一张绿色的五十，三张崭新的十元——他拿在手上，像拿扑克牌一样，经过了黎意悯的位置。她还没放下电话。巫商村经过她的时候，她夹着电话的半个脸，因为倾听而显得分外严肃的目光，那目光停在巫商村手里扇状的钱，并追随着它，但目光是透漏的，巫商村能明显感觉到，黎意悯的心思在电话里。

巫商村后来疏于观察，不知道黎意悯什么时候走了，等他忙完抬头找她的时候，她的位置已经空了。拿着茶杯再去饮水机那儿的时候，巫商村踱到老丁的位置。老丁已经摘下老花镜在忙其他活了。都领完了？巫商村说。老丁说，都领啦。主任的小黎代领了，她要赶到市人才中心开会，主任已经过去了。

看来，这件事情在黎意悯记忆里已经不存在了。否则，这是个唤起两百八的误餐费记忆的最好由头，巫商村一直认为这是黎意悯恍然大悟的时刻：啊，天哪！我差点忘了，该死该死！你为我代捐了海啸捐款呢！巫商村想自己肯定脱口就说，谁给不是一样的吗？你急什么呀。巫商村又想，也许自己会说，没事，你请我吃饭好了。可是，今天，黎意悯把钱领走了，而且还帮人代领了，这是多么近似的情景啊，这时候该想起了。其实，在公司大门口，捐赠人员的大红纸光荣榜，是一直贴到了她出差回来。那上面捐款人名字和捐款额都用毛笔字写的，黎意悯二百八十元，巫商村二百元，高层领导人有的捐六百的，普通职员也有人捐二十元。赈灾榜是红纸黑字，老远就能看见那么个东西。黎意悯自然一回公司就会劈面看见。后来当然是揭掉了。毕竟都快四十天了。

巫商村心中的小蛇又开始吐出分叉的红信子。黎意悯为什么还不还这笔钱呢？她怎么能这么糊涂呢？会不会黎意悯认为她和巫商村是好朋友，巫商村替她捐点钱也没什么？不过，巫商村觉得黎意悯不会这么认为。这毕竟是捐款，心意不是随便可以代替的吧。巫商村又琢磨是不是自己在电话里没有说清楚，她以为他就是帮她出了，出了也就算了？黎意悯是个马大哈，经常丢三落四的。刚来的时候，让她去买活动用品老是会忘一两样东西。然后一拍脑袋再赶去补买。后来再去，黎意悯就将需要物品写在字条上提醒自己。结果去了没多久电话就回来，啊——喂，快看看我把字条是不是放桌上了？我可能忘了带出来啦！是吧，黎意悯就是个马大哈，不过，巫商村转念又想，其实黎意悯也是脑子清楚的人，大伙外出吃饭，她不会老占别人的便宜，虽说不是AA制，但基本上还是遵循轮流坐庄的潜规矩办事，比如以意大利提拉米酥闻名的查筶西餐厅。

六

　　黎意悯的笑声，在电梯口像冰花一样高高扬起，又像风铃一样，随风而入进了办公室。巫商村没有抬头，依旧悬着腕练他的毛笔字，他听到后面有个女声用鼻子发出反感的啧啧声。黎意悯这样夸张的德行，办公室几个女人似乎都不太欣赏，老少男人则好像并不反感，有时跟着她的格式逗趣调情。

　　笑声进了门，黎意悯直奔巫商村来，后面还跟着两个办公室的小伙子。他们叫嚷着请客请客请客！黎意悯冲浪一样摇晃着一边肩头，一推一推地前进，又像是探戈步伐，反正是一种得意洋洋得不行的步态：嗨——嗨——嗨——嗨——你——看！你看！

　　她把一张小纸片，重重押在巫商村练书法的报纸上。巫商村把它拿开，黎意悯把它更重地擂在报纸中央，喂——我中啦！二等奖！就是我们前天一起买的体彩！我中啦！

　　巫商村定睛一看，果然是体育彩票。我要请你吃饭！黎意悯旁边的小伙子已经在喊，见者有份！见者有份！五千一啊，够我们吃几餐了。黎意悯说，大家都去！有福同享！就定在周末！杰克去荣记深海渔庄订桌。——哎，等等，商村，周末你有空吗？有空我们就定了？

　　商村边写边点了头。

　　办公室里已经像发了红包那么热烈，一干人的话题全部是体育彩票，哪里哪里的人第一次买就中了一千万，哪里哪里两个退休女人，为了中奖的彩票撕破脸面打官司；哪里哪里有个疯子，随便说的号码，都布满玄机，你悟得出，绝对中奖。说了半天，黎意悯发现，就是巫商村没有参加彩票讨论，回头看他，还在一个劲地练狂草。黎意悯又到了巫商村桌边，看了他一会儿字说，你这个啸字力量太过了，飞白这笔我觉得有些生硬。巫商村唔了一声,继续写。是不是周末不方便?黎意悯低下嗓子,你看上去不开心,和老婆打架了?巫商村笑笑,腕上的毛笔,仍然在大写海啸海啸海啸。

我可是希望你来,没有你帮我选号,我还中不了呢。你要来!

来。

啸这个字就是不好写,你写这么多海啸海啸干吗?嘿,海的写法比啸多多了。我来写一个!笔给我!

巫商村就把笔给黎意悯。黎意悯写得很认真,海字写得墨汁饱满,很端正。但啸字,写得很拙劣,连结构都很幼稚。嘿嘿嘿嘿,黎意悯说,愧对书法世家喔。黎意悯不甘心,开始专攻啸字。巫商村到饮水机打了水过来,黎意悯还在写啸字。黎意悯说,集团竞聘下周就开始了,上次我跟你说的,总裁助理的岗位,听说会拿出来,那我一定要去争取。

好啊。你总是心想事成。

不知道有几个竞争对手。我是不怕的。

不怕就好啊。

到时候,我的竞聘演讲稿,你要帮我看看。

难怪请吃饭。拉票呢!

屁!你还不知道我啊!你和他们不一样,你一直相信我的能力的。

七

荣记深海渔庄吃的都是珊瑚鱼。苏眉一斤三百五,东星斑和老虎斑也都是百元以上的价。包间桌上摆了两个电磁火锅,所有的珊瑚鱼,都是按部位片好,端上来的,单调味酱就每人上了三样小碟。东星斑是鲜艳的橙红色,通身洒着小白点;昂贵的苏眉则是蓝色、湖绿色加烟丝色,尤其老寿星一样的头部,全是迷宫一样似格子非格子的三色图案,顶部则布满美丽的绿豆细圆点。切开的皮有虾片那么厚,厚厚的鱼皮的截面都是蓝绿色的,带着透明的胶质感。老丁边吃边叹息,怎么能啊,怎么能吃掉这么美的鱼啊!怎么能啊,这个鱼只能放鱼缸里观赏啊。

两个女职员也像黛玉葬花那么叹惋着吃。但整桌热气腾腾十来个人都吃得很兴奋。巫商村爱吃鱼,他也和朋友来过这一家,看黎意悯点的鱼,他知道今天这餐至少两千打底,有意为黎意悯点便宜的啤酒,却被几个家伙改成了大金门高粱和鲜榨果汁。因为喝酒,又是周末,大家疯得很厉害,黎意悯后来抱着巫商村的脖子劝酒,村大哥——阿——村——我的亲大哥哎——你就替我喝了这杯吧……

第二天上午起来,巫商村的老婆就问,昨天怎么喝成那样?回来都几点了!

巫商村说,吃了深海鱼,那些人又要去唱歌,所以晚了。

请谁啊?

都是办公室的人。黎意悯中了体彩,五千多块钱奖金,大家就吃大户了。刚说完巫商村就后悔了,果然,老婆说,她请客?她中了彩票?她钱还你没有?

巫商村走到凉台上逗小鹦鹉。老婆却跟了过来。我说,黎意悯她还你钱没有?就那个误餐费。

还了,还了!你什么时候变得这么计较。

老婆跑到鸟笼边盯视巫商村。

不对,她没还,肯定没还!我看出来了,你在敷衍我!

唉,就算没还,这一点钱又算什么呢?人家昨天请客,一请就是三千。那一两百块就算送她也不吃亏啊。你也知道,我就爱吃苏眉——我看我都把钱给你吃回来了。

这不一样!请客是请客,捐款是捐款。我怎么知道她为什么请客,这个人精得很。就算是中奖,她会舍得把钱全部吃掉?肯定是哪个领导去了?万总?余总?还是集团总裁?

一个领导也没有!巫商村狠狠地说。他只有对老婆脾气糙一点,除外,他对所有人都非常精细。现在所以糙,是老婆戳到他不愿意想的东西。实际上,他昨天也这么说过黎意悯,但在心里,他是不相信黎意悯是个拉票的人。

那也一定另有所图!

人家不是老送礼物给你吗?她图什么?

我怎么知道?她心机那么深,你说她的礼物,我都不爱说,她给我的那些名牌衣服,全部是打折的!两千块的衣服,其实就值两百!

两百不也是钱吗?

可你心里不就还记着两千块的情吗!这人不得了呢!

巫商村开始给鹦鹉喂食面包虫。

老婆说,有些女人哪,就是以为可以白吃白捞男人的,捞一点是一点,金钱方面就糊涂装傻,可是都是傻进不傻出。有的男人傻乎乎的,还以为这女人单单只对他好只对他撒娇,是喜欢他呢,其实,这种小算盘小把戏,别想蒙过聪明人!她还以为自己很高明很可爱,却不知道聪明的男人在后面根本瞧不起她!

呵,我就是那种笨人了。

少来!除非你真是迷上她了!

你看我会喜欢那种"八婆"吗?

话一出口,巫商村自己暗暗吃惊。怎么会这样评价黎意悯呢?是为了让老婆宽心,还是误餐费搅乱了脑子?巫商村觉得自己很失态,并为此感到不快。

他开始吹口哨逗弄鹦鹉。

老婆说,反正我算是看透这类女人了!有两分姿色就以为可以横行天下!我敢保证她不会还你钱啦!我看啊你不如到你们工会把海啸捐款的名字改成巫商村得了。也算实至名归。

八

如果要把蛇变成钱,最好的办法就是把它吃掉;如果要把钱变成蛇,最好的办法,就是把钱借给别人,而那个别人有意无意的——就是不还你。

巫商村看着五星广场上一对在旱冰场上双燕滑翔的青年。对面的位置空着,黎意悯去了洗手间。透过玻璃水墙汩汩薄薄的流水,巫商村看远处那个绿衣滑冰女的腰肢,越看越像一条小青蛇。而那显然偏瘦的黄衣黑裤的男子,也舞出了金环蛇的意思。虽然他们双双不时并肩,做出飞燕掠空的样子,但没用,还是像蛇。巫商村看了看对面的空座。总是这样,离去时,黎意悯要去洗手间好一会儿的,等她再出来的时候,就像出水芙蓉一样清新了,雪肤红唇,神采奕奕,甚至比进来前还鲜亮动人。

公司的通告已经贴出来了,中层竞聘工作全面展开。巫商村不喜欢管人,身体也不太好,所以没有参加竞聘。办公室很多人都在为竞聘工作做努力,据说有人开始托找关系,上领导家活动。黎意悯对此很不屑,她需要奋斗的岗位就是总裁助理,整个集团已有五个人报名,就是说有五个竞争对手。其中有个女竞争者英语口语特别好,这是这个岗位的重要条件;还有一个竞争者,公司主营的三大业务都非常熟悉。黎意悯的外语和业务都不比那两位竞争者突出,但是,黎意悯的综合水准要比另外四个都强,比如她的亲和力、公关能力、天生的效率意识和对事物本质的把握能力。而且,她已经屡次受邀客串该角色,这个岗位的经验,正在迅速积累中,而据说,黎意悯还颇得分管市领导的青睐。但是,这次竞聘是场恶战,因为另外三个,传说都是有省里的天线关照的。

今天在查箬西餐厅,黎意悯和巫商村就是讨论竞聘的诸方面问题。黎意悯希望在竞聘演说上,赢得高分,因为演说时,所有受邀职员代表要当场匿名打分;集团还专门邀请了专家组成专家组,当场提问,最终形成专家分;会后,竞聘领导小组还要进行群众个别谈话程序。这些之后,再进入集团最高层研究。

巫商村帮黎意悯修改了演讲稿,逐项分析了她的优势。今天的提拉米酥没好好吃,但黎意悯对巫商村说话依然没遮拦。她说,我对自己有信心,可是,我对结果毫无把握。

巫商村知道她指的是总裁。黎意悯说,他的上唇左边薄右边厚,整个嘴巴看上去,像猪肝雕刻的牵牛花,一张嘴,一口歪牙,不干净,恶心。

那你就看他的眼睛吧。

他上午打我手机,问我竞聘准备情况,让我晚上去他家,把演讲稿给他看看。我说太打扰了,他说,没事,他太太去新西兰旅游了。我说不巧,我男朋友晚上的飞机要接。

那你就别竞聘这个岗位。

当然要！一人之下，千人之上，舞台多大啊。我知道我能干好。这是我才能杠杆的支点，我能撬起世界。

那凭什么嫌弃人家的猪肝牵牛花。巫商村一笑，要奋斗就会有牺牲。

我哪里牺牲得少呢。你以为我是超市吗？

出门买单的时候，巫商村以为黎意悯会掏包。实际上每次两人都会争先恐后地掏包，但最终还是心照不宣地按轮流做东的潜规则出牌。论潜规则，今天是该轮到巫商村，但巫商村认为办的事完全彻底是黎意悯个人的，他还陪出了一晚上时间，按理，黎意悯该主动地、歉疚地买单。巫商村这么想着已拿出钱包，说我来，并手脚利索地实施了买单。他的心思像小蛇一样分叉：我现在是不是变得过分计较了？黎意悯是不是太精明了？

九

黎意悯的竞聘演说很不错。实际上她一亮相就得到了挺高的印象分，棉质白衬衫，线条利索的烟色长裤；发型很漂亮，却不像另外几个竞聘者，个个都像是刚从发廊吹整出来。黎意悯是自然的，透着女人些微的妩媚和自信。脸上很干净，化了妆但精致得看不出来，目光明亮纯净。这是巫商村的形象建议。

演讲稿也是巫商村打大纲，关于集团的经营思想、状况的分析和所竞聘岗位的理解和任职设想，是两人讨论的，黎意悯写初稿，巫商村润色的。黎意悯还是紧张了，尤其是她念了个别字。这个在预演的时候，巫商村已经纠正过她两次，没想到她一紧张还是念错了。但是，黎意悯可爱在，她怔了怔，羞涩地一皱鼻子，说，喔，又错了——我从小就只念它一半。这次我还专门查过字典，一紧张又忘了。所有的员工代表几乎都笑了，几个专家小组成员也宽容地微笑。巫商村注意到，当黎意悯演讲完，他身边视力所及的员工代表，好像都给黎意悯打了"称职"栏的高分和较高分。

接下来的程序是，竞聘小组找竞聘者所在部门同事"背靠背"谈话。

小组成员在分头找人谈话，组长把巫商村请到小型会议室。会议室掩着门，组长和巫商村一人一支烟。组长说，商村啊，大家都说，你是最了解小黎的人。而你的人品一贯沉稳，有口皆碑了。希望你能本着实事求是的精神，提供最负责的信息。

巫商村微微一笑。你们要了解哪方面呢？是我把她从人才市场招来的，当时感觉不错，后来证明我们没有看错，是个挺能干的女孩，点子也多，对事务处理一下就能把握本质和要害。这是一种天赋吧。处理问题也颇有创意，不抠死道理，不过就是有点马大哈，丢三落四的，这大概是这类人的通性。

组长在记录，唔，好，人际关系怎么样呢？

对人的相处，她还是把握不错的。我看她颇有公关方面的潜质，应该说，给她机会，她会施展的。不过，可能你们已经听到大家会说她性情有些轻浮，个人生活比较随意，有人可能还会说，她在利用色相谋利，余总、万总经理什么的，都听她摆布，什么总助早就内定，老板早就许诺她大家是陪她竞聘作秀之类——你们听听就是了，有些人也是嫉妒，不一定客观的，再说，金无足赤人无完人，谁人后面不说人，谁人后面不被说？

组长接着说，是，是，老巫你说得很客观实在。你看她性情稳重可靠吗？你也知道的，总裁助理毕竟不是其他什么普通岗位。

巫商村说，我知道，但我一直认为像一夜情之类的私生活习惯，和工作能力、工作作风、效率，毫无关系。我不喜欢也不接受一夜情，但绝不影响我尊敬工作伙伴。

她经常发生一夜情吗？

这和我们的谈话目的有关吗？

唔，没有吧……但她怎么是……

总之，我相信她是这个岗位最合适的人选。

十

竞聘结果很快揭晓，新岗位获胜者，被张榜公布，进行最后的公示程序。公告上，没有黎意悯的名字。

因为一直认为自己稳操胜券,黎意悯还无牵无挂地出了趟差。回来看到公示榜,呆得迈不开步,眼泪刷地就流了下来。巫商村请她到查箸吃中饭,照样为黎意悯点了提拉米酥。

太苦了!还是苦——换一块!

黎意悯已经换了三块提拉米酥。每块都嫌上面的巧克力粉太苦。第三块她干脆摔掉了水晶小勺子。你们今天到底怎么啦?!黎意悯指着领班的鼻子:我从来没有吃过这么糟糕的提拉米酥!到底怎么啦!领班唯唯诺诺,黎意悯把叉子,狠狠扎在提拉米酥上,为什么换了个该死的厨师?!领班说,没有没有,您是老主顾了,我不敢骗您,我这就去问问厨师,对不起对不起。您稍候。

黎意悯突然拉住领班的袖子。她看了领班好一会儿,说,别去了……对不起,是我自己心情不好……黎意悯眼泪汪然而出。对面的巫商村站起来,示意领班离去。黎意悯抬眼看着巫商村,忽然咬手而泣,无助得像个孩子。巫商村尴尬于餐厅里左邻右舍因黎意悯突兀的哭泣声而纷纷投来的视线,连忙在黎意悯身边坐下,挽住她哭泣的肩头,不断拍抚她的背。那一瞬间,巫商村从心底里泛出内疚的涟漪。

晚上回家,吃过晚饭新闻联播快没了。看气象预报的时候,老婆说,喂,听说黎意悯那个大热门落选了?巫商村说,嗯。

不是你们各级老板都宠爱她吗?

巫商村没吭气。

你那天还说,她演讲得分最高,专家组和群众评议的分,都挺不错不是?

巫商村说,嗯。

那是怎么回事?突然失宠了?

巫商村没说话。

哪个小人这么厉害喔,居然破坏了这么牛的女官迷的美梦?

操那么多心干吗?!

我才不操心,我操她的心干吗?嘿,我是操心我家的钱!我操心她当了总裁助理,就该更不还我们家的误餐费了!

拜托你,宽厚点好不好?那两百八就算我们送她的,请你不要再提了!

送她?送人东西你也要告诉她吧?哪有这样不明不白的?这种人皮厚,她根本不记得这回事,送也白送!就是她记得也装糊涂,这样的送,你有什么人情?被人家耍了还不知道……

王子娟!你太俗气了!

我就俗,我还要打电话告诉她,你那份海啸捐款,是我们家送你的……

巫商村把手里的遥控器,摔向老婆王子娟的脑门。

(选自《人民文学》,2006第2期)

点评者:赵晖

若单论人情的微妙,须一瓜的《提拉米酥》在本年度《人民文学》中最拔头筹,小说既可玩味,欣喜便从中来。须一瓜一度沉迷于警察、凶杀等题材,作品常常闪现新闻报道的影子,拿到《提拉米酥》一读,烂熟的元素踪影皆无,不觉心中一喜——须一瓜终于走出对单一题材的复写,关心起身边的日常生活来了。

《提拉米酥》讲办公室的男女关系,但无关风月:巫商村与黎意悯在办公室"互相赏识"、"彼此维护","友好而默契"。巫商村对黎意悯有过知遇之恩,黎意悯亦将巫商村放在自己"动脉"的位置上,不论工作还是私生活,事无巨细——都与巫商村分享。如此情谊,仿佛两棵比肩而立"硬朗的巴西铁树一样明朗无疑",但却由于一件偶然的小事,铁树之间有了裂隙。巫商村曾代在外地出差的黎意悯向印度洋海啸捐了280元的误餐费,而黎意悯又"有心无意"地总是忘记还钱,这280元便幻化为小蛇,日日夜夜向巫商村吐着信子,它潜伏在巫商村的心里,却活跃于巫商村老婆的嘴上,从巫商村老婆的嘴上又钻进巫商村的心里,如此这般不断撼动着巫商村对黎意悯的信任。于是,那个总是吃提拉米酥吃到醉、有着"冰淇淋外交"手段的黎意悯在一次岗位竞聘中终于不明就里地栽在了她的"动脉"亚商村手里。故事的波折辗转还在其次，小说最让人惊喜的是须一瓜对人性分寸拿捏得准确尖刻。因了这不多不少的280元，亚商村对黎意悯既疑心又不愿疑心，待相信又不能全信；对她的竞聘既一如既往鼎力相助，又在关键时刻明褒实贬的倒戈；事前任是百般猜忌，事后又不免内疚；对老婆日日追查、不放过任何机会诋毁黎意悯的"俗"做法忍无可忍，却同样忍不住一再在自己心里噼里啪啦打响小算盘……世故人情的种种微妙，一时毕备文中。粗听这个故事有点夸张，看罢却不由得人不信：280元毁掉你对一个人的信任刚刚好。人性之外，小说也难言旨义深远，却显示了一个新锐作家走出瓶颈的努力和进一步发展的潜质。

苏安·梅

严歌苓

人们看见坐在苏安·梅旁边的非洲男子向她说了句什么。

苏安·梅脸红起来。她脸红的时候你心动极了。这样爱羞涩的女子一百年前就灭绝了。你心动还因为她笨重、痴肥，有着侏儒症患者特有的短手指——这一切都没有耽误她像最美丽的少女那样脸红。可惜会脸红的美丽少女也差不多灭绝了。你心动还因为除了脸红，苏安·梅没有任何让你心动之处。

人们把应付苏安·梅两三句对话看成自己的慈善业绩。问她："习惯非洲的气候吗？"她把肥胖的一张脸转向你，你马上明白她同意你的看法，也把你和她的辛苦搭讪看成慈善事业，她就在这时候红起脸。

所有人在背后讲其他人坏话，没什么恶意，只因为这个非洲西部的国家严重缺乏消遣，却没一个人讲苏安·梅的坏话。"苏安·梅是个一流秘书。""苏安·梅做秘书做得太酷了——不动声色把所有档案都处理了。"这些好话也是大家的慈善之举，把好话捐赠给这个一生也没出嫁希望的老姑娘，造成乐善好施的自我错觉，其实这些成堆的好话对于大家是废电脑、旧衣服、过期杂志，撂着也是撂着，于是大家比着捐。一次大家喝酒喝超了，说起各个年代流行的发型来。一个人说70年代末的"莫勒发"最难看，前面一大蓬，后面飘几缕。另一个人说大概苏安·梅家乡信息不通畅，所以到现在"莫勒发"还没有结束流行。这时苏安·梅正巧被谁邀请来了，第三个人便说："苏安，70年代刚打来电话，要你把拿它的发型还回去！"

苏安·梅摸摸自己蓬了一脑门的"莫勒发",脸色大红。人们顿时酒醒,觉得对苏安·梅慷慨捐赠的好话一下子透支了。苏安·梅一点也不会自己给自己找台阶下,一张张脸看过来,眼神含有强烈的求知欲。过了好一阵大家才明白,她不知道笑话的要点是什么。

正是蝙蝠出林的时刻,上万只蝙蝠使最后的天光阴暗下去。人们发现苏安·梅身边的男子不见了。再出现时手里端了两杯饮料。他取饮料去了,一杯是为苏安·梅取的。苏安·梅从塑料扶手椅上欠起身,对非洲男子的殷勤照顾万分领情。她害羞得作痛了。重新坐回去时,薄而轻的塑料在她的分量下失衡,两条后椅腿一屈,连人带椅险些来了个后滚翻。椅子让男子挡住了。只因一只脚在椅后一垫,便挡住了那个很可能引起重伤和失尊的后滚翻。

看见这一幕的人把它描述给没看见的人。把它作为苏安·梅突来的艳福描述。而错过那一幕的人都不信。他们对苏安·梅命中无艳福这一点很笃定;正因为她被认定没艳福,人们才放心大胆邀请她参加所有便宴盛宴、酒会茶会,尽管苏安·梅永远只喝可口可乐。艳福怎么可能降临苏安·梅呢?一米四的个子,三尺腰围,棕色头发有一半白了。她的父亲是个中国人,母亲遗传显然太霸道,因此她一点中国样儿都没有。

三个月前,来了个纽约人,六十三岁,铮亮的秃头,幽深的酒窝,谈歌剧谈高尔夫谈证券股票都充满激情和学问。有一次讲到自己离了婚的妻子,当众老泪纵横。不久他身边围上了一群人,女人多于男人,不知是爱他还是爱久违的纽约。苏安·梅静悄悄地尾随在他的尾随者后面,目光蓝蓝地照耀着他。苏安·梅的眼睛细看是好看的。纽约人对她一笑,问她是不是纽约人。苏安·梅红着脸说她是在那布瑞斯加的一个镇子上长大的,从来没去过纽约。纽约人心疼起她来。在纽约人看,没去过纽约比没谈过恋爱还悲惨,简直是上帝给你的生命交白卷。苏安·梅又补了一句,说她来非洲之前没乘过飞机。纽约人心疼坏了。她的天真诚实使他感到自己过分丰富的人生阅历、繁忙不已的度假和享乐以及对这一切的卖弄简直是在欺负苏安·梅。

不久,纽约人开始普及纽约生活,在家里开爵士音乐会,把古巴的"Buena Vistn Social Club"一群七八十岁的老乐手介绍给人们。还放映百老汇的戏剧、歌剧录像。这种音乐会一般只有六七个客人，纽约人要的是一种知己气氛，但苏安·梅回回受邀。纽约人的宅子变成阿布贾的纽约时，人们暗暗打听：这周被邀请的人是哪六位。有一种类似妒忌的感觉滋生出来，不常被请入纽约人宅子的人们心里酸酸的，对常常被邀请的人产生出不服气。

但没人妒忌每次被邀请的苏安·梅。不管纽约人给予她多少惠顾，或说命运从此给予她多少补救，她都无法在优劣势上和其余人扯平。

又过一阵，纽约人的音乐会上添出一个新客。一个苗条秀丽的尼日利亚姑娘，二十二三岁，叫奥利维亚。一次音乐会接近尾声的时候，客人们看出苗头来，找理由早告辞。六十三岁的纽约人和二十三岁的奥利维亚要做什么，假如奥利维亚没意见，谁也不会有意见。告辞非常拖沓，因为大家想让稳坐在情人沙发上的苏安·梅得到暗示。苏安·梅却仰着脸，一脸目送大家归去的粉红笑容。坐是坐得闺秀气十足，一腿前一腿后，两个脚尖吃力地举在沙发沿上，不够长度着陆。画面太惨烈：她身边就是黑色仙子般的奥利维亚，暗色皮肤有种丝绒质感，穿着牛仔裤也不妨碍你在脑子里看见那两条笔直圆润、长得惊人的裸腿是怎样从惊人的凸翘的臀部起头的。只有像纽约人这种爱够了白种女子的人，才有如此高的眼光，来爱奥利维亚这样的黑姑娘。

大家都同时明白了一个惨烈的事实：苏安·梅认为自己是应该有份留下，哪怕只留下一小会儿，和纽约人有一小会儿的私房空间。她把纽约人过分豪爽的善施误领了。这样的误差她可是不堪的。于是人们都认为有义务保护天真的老姑娘，也有义务替纽约人脱开干系。

就像大家起初不相信纽约人的荒唐，越过四十岁年龄去和奥利维亚浪漫一样，苏安·梅深信纽约人做不出这种事情来。苏安·梅一生中没动过几次情，再天真她也懂得那是枉然的。而这一次纽约人让她信以为真了。她觉得自己再是老姑娘比纽约人还是年少二十多岁。并且由于她曾经住过的镇子都是白种人，假如有一个黑人从镇上大街的一头往另一头走，不必走到头就会被警官截住，因为有好几户人家已向他报了警。在苏安·梅单纯的心灵中，她把纽约人和奥利维亚浪漫的可能性排除得很干净。她的中国父亲因为受不少小镇人的冷眼，才离开了她和她的母亲。她想她再怎么不济，也不会输给一个黑人女孩。她哪里知道纽约城的人有百分之四十是黑人和非白人。纽约的市民对非白人就像对杂粮面包一样，口味早就习以为常。

客人中有人建议：不如去英国领事馆再喝两杯，那里周末酒水半价。都明白他的用意，便起哄说一块儿去一块儿去。十分钟后这群人已经围在吧台边上，各自点了酒，某人为苏安·梅点了可口可乐。没有想伤害苏安·梅，所以都希望和她胡扯而抓住她的注意力，让她错过纽约人和奥利维亚悄然消失的一瞬。但这简直办不到，苏安·梅眼睛长在了纽约人身上，为着他发挥得越来越糟的调侃一会一脸红。酒吧旁边有三四个人在打桌球。有人想用这一招来使纽约人冲出苏安·梅蓝色目光的封锁线。结果马上就失败，苏安·梅用她侏儒症的短手指拾起一根球杆，等着轮到她上桌和纽约人打一局。

这时已过了十点半。酒吧十一点关门。假如苏安·梅坚守到最后，她一定会看见纽约人和奥利维亚双双乘车离去的一幕。正是这一幕不能让她看到。对于这个天真丑陋的老姑娘，非分之想是美丽的。人们不由恨起纽约人来，在他没来到这里之前，苏安·梅对自己一生孤单的结局多么死心塌地地接受。这一想连招聘苏安·梅的人也一块怀恨。虽说不歧视长相残疾是文明水准的体现，但把她推进一个乱施慈善的人群，却非常危险。一旦她目睹纽约人怎样带着奥利维亚一块回家，她就明白纽约人给她的除了善施什么也没有。这里的人都待不长，最长两年。她的非分之想也有限度，从来没想过纽约人会与她终身好合，但能抹去她情爱史上的全然空白，已终如愿以偿。纽约人之所以令她着迷，不是他迷倒其余人的魅力——那些魅力她并不懂，而是他的年岁。六十三岁，年轻女人，漂亮女人，苗条女人是不要的，可以把他剩给她。

苏安·梅开始减肥。她每天早晨五点起床，专门雇了一位教练，监督她做水下减肥操。教练是尼日利亚人，教得很好。但他来得太早走得也太早，大家没见过他，是从猛瘦下去的苏安·梅身上看出他的好来。一生没吃过蔬菜的苏安·梅开始以生菜沙拉为主餐。从来都喝可口可乐的她也改喝葡萄酒了。

大家全知道，就在苏安·梅一天天瘦下去的时候，纽约人和奥利维亚一夜夜地同居起来。幸亏这位英武的尼日利亚小伙子出现了，成了纽约人的救火队员。但愿小伙子能给她足够的动力，让她诀别全美国人民在70年代末就已经诀别的发型。非洲小伙子穿一件橘红衬衫。橘红和黑色是最好的搭配，因此他有种火烧火燎的热切感觉。再就是性感。虽然食品紧缺、自动化程度过低的生活使尼日利亚男男女女都削瘦而性感，这个小伙子还是遥遥领先于一般人。一看就知道他是个性活动好手。不知凭了什么，所有人一致认为苏安·梅是没有尝过性的滋味的，这可比没乘过飞机、没去过纽约问题大多了。渐渐降低体重的苏安·梅曾一度使怜悯她的人几乎走出对于她的绝望，认为纽约人或许会给她一个吻，那种不纯洁的，使她相信她身体还能引起他欲望的那种吻。反正又不破费他什么，却够苏安·梅一生玩味。苏安·梅不贪婪也很领情，这一点大家有数。

圣诞前夕，苏安·梅发出邀请，请了八个朋友去她家吃传统的圣诞餐。火鸡难买，她却买到了。还有新鲜奶油（而不是罐装的）做的蛋糕，蜂蜜火腿、红瓤白薯、南瓜奶油派，全是尼日利亚不常见的好东西，苏安·梅羞涩地通知这八个朋友，红着脸说她花了一个多月才把东西凑齐。八个朋友一听全明白，那些她费了一个多月的劲找来的好东西，也正是使矮胖的苏安·梅之所以成矮胖子的东西。

到了这一天人们却把这个餐会给干干净净地忘了。因为苏安·梅过分郑重，下达邀请过早，反而被后发出邀请的人替代了。圣诞前晚会、家宴天天有，人们疲于吃喝，一些晚会不到场也就不到场，没人介意。只有苏安·梅守着一桌丰盛的食物，穿着镇子上年年不变的红绿格子圣诞裙，坐在圣诞的蜡烛旁等候。事后人们自省起来，明白了自己是怎么回事，尽管他们对苏安·梅同情爱护，他们实际上是没拿她当回事的。稍不当心，就把她忽略得连影子也没了。他们常常问她周末打算怎么过，她认真列起活动清单时，他们一个字也听不进去，脑子想着部门头儿派下来的报告还没写完，老婆提出的度假计划还没谈定，艰苦地区外交官补助费据说又提高了，某同事居然志愿驻任伊拉克……因此当他们接受苏安·梅圣诞餐会邀请时，脑子里的所有事都显得比她的邀请重要得多。

在苏安·梅把火鸡第三次放进烤箱去热的时候,门铃响起来。苏安·梅打开门,门外是手牵手的纽约人和奥利维亚。假如她邀请的客人个个都不失约,纽约人和奥利维亚的关系不会被苏安·梅马上洞悉。因为她可以把奥利维亚看成其他客人带来的附属客人。一个开始暗恋的人可以使现实服从她的愿望,把现实按她的意志扳过来拧过去。而这时她把最近的一连串事件连起来看了,包括那个音乐会之后,大家酒足饭饱后又哄到英国领事馆酒吧去"喝两杯"。

苏安·梅毕竟是善良宽厚的人。她把纽约人和奥利维亚请进门,给他们斟酒,斟饮料,为他们摆出带圣诞字样的锡泊气球,带他们参观从非洲人那里买来的圣婴降生模型。难为她还把自己收藏的上百个布娃娃拿出来,让奥利维亚开心。她从六岁开始收藏娃娃。六岁的苏安·梅肯定不知道她将来会长成个患侏儒症的矮胖子,为一场从未开始的恋爱而失恋。

人们从此疏远了纽约人。纽约人太狠,诚实完全可以不以如此之狠的方式来呈现。大家对苏安·梅狠不下心的事,全让纽约人办到了。他居然吃得下苏安·梅烤的火鸡?!他以为作为纽约人就可以不事先征得女主人同意,临时带附属的女朋友吗?但纽约人毕竟是纽约人,他们的酷就表现在心胸和眼界上:谁和你们一般见识呢?他照样逢人笑嘻嘻地谈纽约最近轰动的剧目。纽约是充满敌意的城市,六十三岁了还不会在敌意中自如自在,那他早就搬离纽约了。或许搬到那布瑞斯加的某个远亲不如近邻的小镇去了。有人常常看见他和奥利维亚在餐馆里对坐,眉目传情,脚和脚在桌子下"探戈"。他会大方地打招呼,或请你到他桌上共饮一杯。人们对他的敌意渐渐公然化。他们为苏安·梅抱屈透了:苏安·梅的绝望表面上虽看不出,但她飞快增加上来的体重是她受重创的见证。她虽然每天早晨坚持水下减肥操,但心灵没了向往,身体自身就自暴自弃了。

因此当人们听说纽约人和奥利维亚散伙都暗自称快。纽约人主动打发了奥利维亚。奥利维亚有一天以旁敲侧击的形式提出要纽约人替她办赴美国签证。纽约人黯然神伤,醒悟到自己对于奥利维亚所含的巨大而不浪漫的价值。他含糊其词,告诉二十三岁的黑美人他不管签证,也无法左右签证部门的决策。奥利维亚似乎忘却了这桩事，不再提及。纽约人大大释然，以为一切不过是他那纽约特产的戒备心所致。在一次将醉不醉的最佳时刻，奥利维亚提出要嫁给纽约人。纽约人彻底认清了自己对于她那巨大而不浪漫的价值。纽约人的高尚也在于此：他绝不利用她的宏大企图而进一步榨取她的青春资源。纽约人紧急告假，返回了纽约。一周后回到阿布贾，他把自己的浪漫多情治愈了。善后也极漂亮，他跟一位同事调换了住房。新的住房和苏安·梅同院，纽约人出门必经过苏安·梅的门口。只要纽约人的大铁门一响，正跨在门槛上的苏安·梅立刻倒退回去，在阴暗的门厅里等待纽约人走远。她也有她治愈自己的方式。

　　人们很快打听出来，在晚会上对苏安·梅献殷勤的尼日利亚小伙子名叫阿吉波拉，是打井技工，被"援助办公室"请到晚会上来的。他非常好动健谈，英语却很糟。他从一个偏远省份的村庄里来，是跟打井工程师一块来向美国政府申请打井经费的。隔着种族看不透阿吉波拉的年龄，但人们猜他至少比苏安·梅年少十岁。打井的申请被拒绝之后，阿吉波拉却没有离开阿布贾。他偷偷在外交圈子里打听，是否可以找一份杂工的事由。工资要求不高，一百多元美金就行。在这期间，他两次出现在夜晚酒会上，人们知道并不是苏安·梅带他来的。苏安·梅从起初的羞涩渐渐变得矜持，再就是对他带搭不理了。

　　从纽约人的经历之后，苏安·梅活得更沉静。她不再强迫自己吃令她作呕的生菜沙拉，她恢复了小镇上人人喜爱、辈辈喜爱的酸奶油烤土豆、炸鸡。她还是动不动脸红，但人们觉得她也许并不像他们想象的那样懦弱羞涩。一次大家相约去远郊的民间工艺市场，去淘些收藏品，将来离开尼日利亚时有些纪念。四十多度的高温让木雕人像都汗淋淋的。棕榈高耸入云，丝毫阴影都洒落不下。和乌木雕塑一样色泽的贩子们坐在凉棚里，购买者们却得蹚着滚烫的红色沙土，走在太阳里。不一会苏安·梅的"莫勒发"就变样了、前面的大蓬头瘪下去，后面的几缕发粘在脖子上，她和大家告别说她想回家睡午觉。她走到灌木丛生的停车场，打开车门，让发动机发动起来好使空调放出的冷气驱走凝结在车里的热气。这时另一个人也热得受不了了，从工艺市场走过来，穿过一丛灌木，就在他能看清苏安·梅举在手上的矿泉水商标的距离，他突然纵身：两个持枪蒙面的黑皮肤男子从苏安·梅车后跃出来。这时苏安·梅什么也没意识到，正往车门里塞着自己肥胖的身体。这个目击者想喊，但他怕蒙面歹徒回身给他两枪。

苏安·梅一抬头，见两个枪口抵在她两扇窗口。歹徒叫她立刻下车，而车钥匙和钱包不要下车，苏安·梅把自己好不容易塞进车门的身体又塞出去，脑子还没转过来。一般人在这种时候脑子最好别转过来，这样容易配合对方的需求，听之任之，事情结束得比较快，好结束歹结束都快。但苏安·梅刚刚下到车外脑子就转过来了，对自己所处的危境立刻清醒。这些人要劫她的车呀！她在小镇一共才开过两部车，还都买的是二手货。她一生中唯一一部新车是在阿布贾买的，本田雅哥，新皮子的味道还没散尽呢，这些人就要把它抢走了。她发起了一生中最大一次脾气。苏安·梅的父亲遗传全体现在她性格上：温和、忍让、含蓄、知羞。她父亲是个特别爱惜财物的人，打碎一只碗也会自责半天。这也是他和苏安·梅那个大手大脚的母亲分歧所在。正如母系遗传在苏安·梅的相貌上横蛮霸道，她的父系在她性格上的遗传也独裁得很，绝不能看着她花在买车上的一万六千元霎时打水漂。她大吼一声：不！她吼得已经跑回市场去搬援兵的人也一哆嗦。这人回头，见苏安·梅和已坐在驾驶盘前面的歹徒拉扯起来。等那人搬了援兵来到停车场，正见到这样的场面：另一个歹徒人在车里，屁股和一条大长腿还在车外，苏安·梅举起自己短粗的腿向那个屁股踢去。她踢了三脚，直到车子开出去。

事后人们非常后怕。歹徒太有可能开枪了。在一把小刀能劫下载几百乘客的飞机的文明中，苏安·梅的勇敢显得太远古了。苏安·梅短而肥胖的腿三起三落，在歹徒屁股上留下了侏儒症患者特有的小脚印（她脚的尺度和她庞大的身躯不成比例），多少也伸张了些正义。人们更深地怀疑起苏安·梅的温顺表象来。

从圣诞开始到复活节结束，人们过一个节日又准备进入下一个节日。情人节是阿布贾的风沙季，萨哈拉来的沙土遮得巍峨的阿索岩连轮廓线也没了。有情人的都把休假日挪用到这一天，神神秘秘地消失了。有的飞去欧洲南部，有的飞去东部非洲。没情人的留在阿布贾，假戏真做地相互送些糖果。若在美国，同一办公室的男士或许会买一束鲜花送给女士，用意全无。但阿布贾没有鲜花可买，想买鲜花要提前一个礼拜在几百公里之外的农场花重金预订。

上班不久，秘书台上便出现了一束鲜花。玫瑰是橘红色，夹在蓝色勿忘我里。不得了，受花者是苏安·梅。苏安·梅正在其他办公室送文件，一回到秘书台便大红了脸。她的表情非常古怪，几乎是受了奇耻大辱。人们走过来走过去，夸奖多美的花，太美了。过了一会，花就从台子上下来了，下到了台子下的角落里。大家都暗暗可惜那些花，也可惜苏安·梅搁置一旁的艳福。

把鲜花从阿吉波拉手里捎给苏安·梅的小青年是刚从美国来的，才二十三岁，把对非洲人的亲和作为和保守派的界限。他非常自豪地划清这条界限。做足非洲研究，对殖民史有高度认识的科班研究生的他，要以对黑人种族过火的友善来挑衅保守的白种人，比方说：那布瑞斯加某小镇上那一类白种人。这个小青年在传达室里碰到抱着花的阿吉波拉，主动提供帮助。阿吉波拉的献花愿望遭到一连串打击——他求每个经过传达室的人把花捎给苏安·梅都被拒绝了。小伙子把花捎给了苏安·梅之后，又被某人差出去跑腿（年轻官员总是被老官员东差西差）。他发现阿吉波拉还在传达室里，才想起他是在等回音；苏安·梅是否接受他的晚餐邀请。小伙子想邀请一定是不会被接受的，因为鲜花已被搁在脚下了。他对阿吉波拉说苏安·梅如何感谢他的花，但晚餐邀请发得太晚了，她已跟别人约好了。小青年的诚恳和友善说服力很强，阿吉波拉灿烂地笑起来。这时他才露出他的美中不足：门牙和门牙间有条宽阔的缝隙。小青年还觉得对不住他，想把苏安·梅的冷漠多弥补一些，便说不久有一场大型舞会，各国使节都被邀请了，假如阿吉波拉愿意，他可以邀请他。

小青年立刻受到了攻击，同事们说难道他没听说苏安·梅不久前被劫车的历险记？这个打井技工万一危害各国使节的生命，谁负责？小青年想取消邀请，却又没有留下阿吉波拉的电话号码。

舞会开在星期日晚上，阿吉波拉被挡在门口。每个参加舞会的人都允许带一名舞伴。纽约人带了一位法国女子，一路法语地入场时，看见阿吉波拉站在门口东张西望。他入场后发现苏安·梅独自坐在一边,端着一个玻璃盏,里面盛了四五个各色冰激凌球。没有舞伴的人很少,像苏安·梅这样,只有一个图头,就是吃一顿丰盛的自助餐。纽约人见苏安·梅穿了套黑色晚礼服,露出粉白的上半个胸脯。不知哪家服装厂会生产这个尺码的晚礼服。刚这样一想,纽约人觉得自己太不慈善。他跟法国女子道了声歉,穿过舞场,邀请苏安·梅跳一支曲子。他想,反正这支曲子没剩几个小节了。苏安·梅脸一直红到胸脯,跟着纽约人跳起来,一双不成比例的小脚转得挺圆,黑色裙裾在又粗又短的腰身上兜起一圈圈风,使她成了盏黑色台灯。让纽约人大吃一惊的是苏安·梅的舞跳得极好。

见纽约人找苏安·梅跳舞,人们又开始向她捐好意好话了。一个个人上来请她跳,苏安·梅就要被好意淹没了。她却非常自重,只是认真跳舞,保持一贯的天真眼神,一贯的羞涩面容,舞毕诚恳地道谢。一支曲子结束,她总是为自己取一杯葡萄酒。这时她正跳着,从舞伴肩头看见了阿吉波拉。

一身黑西服的阿吉波拉眼神有种幽怨。苏安·梅突然得宠于众人似乎刺痛了他。他是被那个小青年带进来的。在进门前被仔细搜了身,确认没带炸弹才被警卫放行。

终于等到苏安·梅空下来。他上前去,郑重之极,紧张得太阳穴的血管一拱一拱。七分醉的苏安·梅在他眼里很美很美。他不会跳西方人的舞,把苏安·梅拉扯得恼火起来。她终于说:停。然后她甩下他走回自己的座位。他愣了一秒钟,跟过去。他刚一坐下,苏安·梅却站起来。这样两个人的高度不那么悬殊了。纽约人和法国女子风头最足,"恰恰"跳得炉火纯青。苏安·梅对自己说,盯住他不放,他就是最好的提醒。那个美丽年轻的黑妞儿奥利维亚怎么可能爱这个老头呢?这个老头对于小妞只是一张机票和一个签证,也许还有钱包、账户、卡迪亚手表。这个国家的人都没羞,为了逃避贫穷和饥饿什么都可以忍着恶心、捏着鼻子去吞咽,把这吞咽叫"爱"。她苏安·梅可不要让人忍着恶心、捏着鼻子吞咽,把它也叫作"爱",就像那束情人节花束的卡片上写的一样。

阿吉波拉在嘟囔囔地表达什么。所有人都在祝福:让苏安·梅好好享一回艳福吧。阿吉波拉的表达苏安·梅一句也没听进去，她就是盯着纽约人锃亮的秃顶旋过来转过去。阿吉波拉在表达他多么欣赏她的蓝眼睛，粉红的大脸蛋，圆滚滚的短腿短胳膊，以及她天使一样天真的神情。其实他说的全是真心话，他真心喜爱长着蓝眼睛身段肥胖的苏安·梅，尤其她的"莫勒发"让他醉心极了。这么多天看下来，苏安·梅是他见过最可爱的女人。假如人们这时仔细看一看阿吉波拉的眼睛，一定会相信他是真的。他和奥利维亚绝不是一回事。但没人看他。隔着种族，就是看也看不懂。种族的差异能使人把苏安·梅看得很美，也能把真心的阿吉波拉看得很投机，很功利，看成个骗子。男人们能对苏安·梅这样的女人做什么呢？只能抢她的汽车。苏安·梅坚定地相信这一点。

突然阿吉波拉的糟糕英文形成了意义："嫁给我吧。"他说。

人们只见苏安·梅往后一躲。然后温柔的她变得极其暴虐，常常绯红的脸蛋苍白，甩起短胖的胳膊掴在阿吉波拉脸上。

苏安·梅轰轰隆隆地快步走过木板舞池，消失在门外。阿吉波拉跟了几步，但很快就慢下来。他在门口停立了很久，背冲着白种舞者们。

阿吉波拉哭了。

那个新来的年轻官员看见的。

（选自《上海文学》，2006年第7期）

点评者：和碧

刊登在《上海文学》2006年第7期的严歌苓的"非洲小说专辑"，是当期"小说创作特大号"中熠熠生辉的佳作，也堪称今年文坛最美的收获之一。严氏文字之尖新、出手之狠准，总在妙手偶得的中短篇中淋漓尽致地展现，各色人等情绪微妙碰撞、语言俏皮又狂欢有度，让人读后只觉说不出的熨帖、合式、心悦诚服。她写的都是些伤心故事，可一望即知并非有意赚人热泪的凄惨，而是洞明世事之后的无奈。每个人物都有命有运——命是性格,运就是注定要遇到某个改变自己一生的"上帝－撒旦",几乎毫无选择,也绝无退路,不得不眼睁睁地错到底,来个"终生误"。

这篇《苏安·梅》是整个专辑里的第二篇,第一篇《集装箱》里的那个黑人女孩子玛丽亚被她的中国上帝麦克·李以不花钱的赞美和暗无天日的廉价承诺,诱惑了足足一年,甚至不惜为之在战乱中送掉小命;第三篇《热带的雨》则在短小篇幅内用更极端的情节探讨了更尖锐的问题:无法周全不能贯彻的善良,在某种境遇中反倒会变成最彻底的"上帝－撒旦"翻云覆雨手,中国女人婷婷值得嘉奖的慈善行为,最终变成好男孩丹纽的间接死因;而《苏安·梅》与上两篇相类似,同样是一个关于好意和幻灭的故事,故事中单纯羞涩的白人丑姑娘苏安·梅接演了玛丽亚和丹纽的卑微位置,"上帝－撒旦"混合体式的人物则换由一个美国老头子"纽约人"出任,因为"纽约人"特别的温柔体恤,苏安·梅大胆假设他爱上了自己;可这当然是除了当事人以外人人都知道的致命误会。老纽约人爱的是一个小他四十岁的漂亮的黑人姑娘奥利维亚,当然不是身高一米四、腰围三尺、永远没有艳遇的老处女苏安·梅。真相大白后苏安·梅陡然变得暴戾内向,不再轻易信任他人募捐的好意;这样毁灭性的自我否定在小说尾声终于达到了一个小的高潮:她断然给了结结巴巴向自己求婚的尼日利亚小伙子阿吉波拉一记响亮的耳光,而他是真心倾慕她的。她不知道。

这三个故事犹如一个非洲原始木雕的三面,事实上具有同样阴郁自省的内涵,只是《苏安·梅》或者在艺术上处理得更微妙,描绘众生相时勾画得更精细,带给读者的回味于是便也更多:这世界充满了重重误读,天堂地狱、善良邪恶、上帝撒旦,置换往往只在顷刻之间。而作者真正想做的,也许就是一个永远只说真话的卡桑德拉,不惮撕开童话并不光鲜美好的背面给我们看:没人会是另外一个人的救世主,自以为是的高尚也许会南辕北辙,而事实结果往往将事与愿违。这意思残酷,直接,疼痛,不讨喜,可却是真的。

携王奎向张亮鸣谢

曹寇

1

郊区青年张亮大学毕业后遵从国家定向分配的政策又回到了赵塘镇,成了镇政府土地所的一名干事,于是被所长老高亲切地称为小张。老高在小张报到那天就告诉后者,赵塘镇土地所不必对镇政府负责,他们的直管上级是区土地局。因此,虽然看起来小张与计生委的小童或水利办的小李量级相当,但人们普遍认为,小张要高级一点。这倒也是事实,后文有说。另外,老高退休在即,土地所所长这个肥厚的缺口,其一张一翕只能是冲着小张。也就是说,小张前途无量。

但是,人们并不知道,小张对自己具备的优秀条件一无所知。在大学时代,张亮同学就一直不被同学们所接受,在他们看来,这人呀,啊哈,天气不错。

有必要说的是,赵塘镇早年有个很土的名字,叫赵塘乡。撤乡建镇也只是小张来之前两年发生的事。按照规划,赵塘镇将放弃粮食种植,所有农户一律响应政府号召种蔬菜,而且是大棚蔬菜,也就是反季节蔬菜。也就是说,你他妈春天是吧,老子就不种春天的菜,我种秋天的菜给你看。张亮父母就是这些战天斗地进出于大棚之间的菜农。他们收获的蔬菜将通过二道贩子之手运输进城,供城市人口品尝新鲜蔬菜的滋味。从某种意义上来说，赵塘镇的规划是城市规划这面蓝图的一部分，属于菜篮子工程。当然，此种说法有待商榷，并不为世代为农的赵塘镇人所认可，他们希望藉小城镇建设的东风过过某种瘾，起码要实打实的换个身份，而并不是满足于户口本上家庭住址那一栏描有"赵塘镇"三个大字的虚名。所以，在种菜之末，也就是业余时间，他们想着法子干点别的。有钱的，到镇街道开个门面；没什么资本的，就把门前的河道捞干净，养些鱼来钓城里的垂钓爱好者，或者捆扎几面竹筏，让城里人自己动手在水上像鸭子一样划来划去。总之，他们希望这些业余爱好有机会转正为主业，并且他们也坚持不渝地相信，这只是迟早的事。

　　赵塘镇确实发生了许多变化，这是有目共睹的。在村庄之间，那些由开发商自选土地圈建而成的形形色色的度假村就是实例。虽然它们千篇一律，但又各有其拿手绝活。有的菜烧得好，有的是小姐长得漂亮，不一而足。每到夜晚，灯火辉煌，达官贵人，络绎不绝。此外，张亮毕业那年，一路直达城里的公交车把赵塘镇与城市连为一体。这辆公交车非常粗暴地把那些慕名而来且不明真相的游客载到赵塘镇。游客们两脚刚一落地，那些像昆虫一样的交通工具就蜂拥而至，于是，昏头昏脑的游客就被这些交通工具拖到司机家吃了一顿霉干菜烧肉之类的农家饭。吃饱后也不用跑远，就势在门前的河道里划划竹筏。然后留下人民币若干，便由来路被送滚蛋。游客们要么没反应过来，不知道自己怎么跑这儿来了；要么确实有感而发，啧啧称奇，大声赞叹蔬菜和空气之新鲜。

　　张亮回乡那天就曾被误认为什么游客，一群三轮马自达将他围在中间无路可逃。直到他对着一个黑脸汉子叫一声"刘大伯"，众汉子才感到自己受了骗似的一哄而散。那个被叫为刘大伯的汉子来不及躲，只好一脸倒霉相把这个世侄免费送到了家，连个饭都没兴致留下来吃。

　　关于赵塘镇的这种小型交通工具，也许我该补充说明一下：它俗称马自达，三个轮子，使用的是摩托车发动机，买来的时候不是现在这样，车厢棚顶是之后焊接上去的，但并不能有效地阻止灰尘和风雨。据说这种交通工具是为残疾人设计的，是一种基于人道和怜悯的发明创造。因此，政府也只准残疾人开，好使这些瘸子们能够自食其力，免得白吃白喝。但后来非瘸子发现瘸子们通过这个载客利润不小，甚至比自己过得还滋润，低头看看自己一双好腿，夫复何用？徒生惭愧。于是他们也假装行走不便或堂而皇之开起了马自达。于是马自达无处不在，泛滥成灾，严重影响日趋紧张的城市交通；而且噪音巨大，市容市貌几乎毁于一旦。政府只好取缔了该交通工具在市内奔跑的权力，而且看来决心很大，即便你真把腿搞瘸了也不许。城里呆不下去了，它们只好纷纷逃亡到城郊结合部和乡镇。

张亮的刘大伯倒确实是个瘸子，他早年在村服装厂上班，和张亮妈妈是一个车间的同事。后来服装厂倒闭，张亮妈妈只好响应号召和丈夫一道种起了蔬菜。刘大伯种菜当然不行，好在他技高一筹，居然自立门户，像大多数瘸子一样当起了裁缝和修鞋匠。在古代，裁缝或修鞋匠确实是瘸子们的最佳职业。但时代进步，大家不爱做衣服和修鞋子，商场里新衣新鞋物美价廉，所以刘大伯又遇到了难题。正所谓天无绝人之路，他便顺应潮流开起了马自达。但我们的刘大伯因为瘸已养成了自己一套生存法则，具体到当下就是开马自达是不能吃亏的，免费送客，这叫什么事呢这？他是个瘸子，请同情同情他吧。

就是这样，后来他找到张亮，希望后者允许他建几间平房。其时各村房产测绘已毕，政策精神是，土地要爱惜着用，测绘过，把各家各户房产证发放下去，以后就不能随便办证了，否则将来征收土地时拆迁赔偿怕到不了位，所以比较难办。张亮就问：

"你老家伙还盖房干嘛啊？"张亮确实不懂，刘大伯身残志坚，早就盖了一栋小洋楼，院子也挺大的，漂漂亮亮，其儿子娶两个老婆都没问题。

老家伙就套了套近，因为"不是外人"，说了实话，是想盖几间租出去。张亮知道这几年虽着小城镇建设的步伐越来越快，确实已逐渐有一些外地人口进入赵塘镇，但他们往往还是集中在镇街道附近租房子住。这里设施齐全，交通也便利，上了公交就进了城。而刘大伯家相对而言就比较偏了，和张亮家一样偏。这居然也有人来租？张亮还是有点吃惊。当然，问清情况后，张亮就征询了父母意见，然后请求老高取出他的印把子盖了一戳。

刘大伯不是吃亏人。

2

在镇机关大院,张亮的同龄人相当有限,仅局限于计生委的小童或水利办的小李。小童与其工作相匹配,是个女的;小李呢,男。他们均是高中毕业后因为种种关系被人搞到机关里干的,并没有像张亮这样念过大学,也不在编制之内。大院里人口众多,鱼龙混杂,但编制有限,张亮算一个。所以,二人在张亮面前虽然算是老同志了,但对后者颇为客气。问题还不仅这么简单,小童和小李是一对。打饭、洗碗均由小李负责,小童只负责吃饭,上下班往小李摩托车后一坐,小李作为车夫,风雨无阻,一干就干了三年。至于小李有没有使坏,即某日直接把载有小童的摩托骑到自己家,然后把后者按众人所理解的那样干了,张亮没听人说过。

说这个情况的目的在于,张亮来后,该情况就渐渐发生了变化。首先,小童变得勤快了,虽然食堂打饭的差事一如既往由小李负责,但洗碗的任务被小童发扬早已失传的贤妻良母的传统美德义无反顾地给包揽了下来。她不仅洗了自己和小李的碗,也把张亮的碗洗得干干净净。另外,小童开始骑自行车上下班。她的说法是减肥。小李和张亮看着她确实有点肥的身材,觉得有其道理。不过,因为张亮也骑自行车,二人便有点同上同下的意思。小李不禁对自己摩托车的速度感到苦恼。他只好踩最低档,把油门降到最低,与两个骑自行车的人并驾齐驱。但他还是难过地发现,和自己好了三年的小童只跟张亮说话,而把自己晾在一边,最后他不得不说一句"先走了",就一加油门真走了。

是个人的话都能感觉到这点变化,但人们还是和不分好歹的畜生一样什么也不说。这也是传统美德。这三个年轻人,两男一女,挺有意思的,他们只能这么想。但小李和张亮都不自在了,两个年轻小伙觉得有必要谈谈。

张亮声称,自己并无意于抢小李的女朋友小童,"虽然她挺漂亮的,人也不错",张亮违心地说,"但,兄弟,我怎么能做那种事呢?"说着他拍了拍小李悲伤的肩膀。小李对于张亮的兄弟情谊十分满意,但他还是难以释怀，想了想，问："谁都看得出来，小童喜欢你了，不喜欢我了，你是不是也喜欢她？"张亮肯定地说："没有，她是你的。"小李对这个说法不太满意，继续那个问题："我是说，你喜欢不喜欢她，喜欢，还是，不喜欢？"张亮只好说："不喜欢。"

也就是前次小李一加油门"先走了"之后，张亮对小童的说法与此相反，不相反也有别。当时到了小童家的时候，她邀请张亮去她家帮她安装一个电脑程序。张亮知道她自己会装，小李更会安装（小李挂在水利办，其工作实质就是整个机关的电脑维护）。但张亮盛情难却，还是到了她家帮她装了，并在她的闺房内吃了一个由她削皮的苹果。之后，小童又邀请他到她家门前河道里划一划竹筏玩。张亮想到自己确实没划过，就和她去划了。在竹筏上，他们像一对老年人那样彼此说了一些各自的陈年往事。张亮不太主动，因为岸上人来人往，都是小童他们村里的人。他们一定把我当作小李了，张亮想。所以，他只能勉强回答小童的问题，满足她那点可疑的好奇心。眼看天不早了，张亮就提出上岸回家，小童根本没理他，继续无比好奇心地提问。张亮只好说："你们村的人肯定当我是小李呢，以为我们俩在搞对象。"小童说："管他们怎么想呢，对了，你还没说你以前有没有谈过恋爱呢？"张亮就长话短说了自己大学期间唯一一次浅尝辄止的恋爱。被逼无奈之下，张亮说到了自己当年的一个恋爱细节。众所周知，恋爱总会使男孩有傻头傻脑的共性，所以小童听后就笑了起来，然后含羞说道："你还真挺可爱的。"张亮也便顺势回敬："你也挺可爱的。"虽然当时他和小童没有说喜欢不喜欢之类的话，但互称可爱是很不对的。什么叫可爱？张亮不禁在心里咬文嚼字起来，所谓可爱就是值得一爱，都"爱"了，岂"喜欢"二字了得。这他妈真是荒唐啊。

事后不久，小童果然就找上了门来了。很显然，小李已经把张亮"不喜欢"她的意见转达给了她，希望藉此阻止她胡思乱想、自作多情，回到与自己老老实实搞对象的正轨上去。但她此番来找也并没有因此质问张亮，把"可爱"和"喜欢"拿出来说事，而是趁老高不在，坐在他的旋转大皮椅上正对着张亮严肃认真地说："你别以为我跟小李有什么，我跟他什么也没有。"说完她就自作主张地走了。

小童的话不难理解为是对张亮的鼓励。张亮明白，她是想告诉自己，她虽然吃了小李三年的饭，并由他洗了三年的碗，也坐了他三年的摩托车，但这并不说明她就喜欢他，把他当男朋友，嫁给小李更是不可能。那么，现在，张亮你来了，我小童对你好着呢，说明什么呢，说明我喜欢你，即便你没有摩托车驮着我跑来跑去，也不帮我打饭洗碗，我还是下定决心要跟你搞对象，直至将来嫁给你。问题只在于，你不要有心理障碍。

确实如此。

3

张亮不能确定自己是不是有心理障碍，他觉得自己没有很大的必要一定要跟小童交往，也没有理由把她拒绝个干干净净。他初涉人事，对许多问题不太有理解力。

三个人因此不再在一起吃饭。小童自己动手，丰衣足食，减肥路上，来去自由，看起来倒也很是惬意。小李及时地认识到他和小童之间再无可能之后，请张亮吃了顿饭就离开了镇机关。他呆不下去了，虽然这个老实巴交的乡镇青年可以忍耐小童，但也是很要面子的。这一点张亮也是。

"这叫我以后在机关里还怎么混呢？"小李不胜酒力，在同样不胜酒力满面通红的张亮对面满面通红地说。

张亮不知道该怎么安慰他，想说什么，被小李制止了，他说："我不怪你，其实与你无关，要怪只能怪她，她是个什么东西啊，啊？他妈的简直是个婊子，啊！"

"其实还是怪我。"张亮不能附和小李对小童的婊子论，但把无关紧要的责任揽给自己往往也是一种比较得体的做法，算得上是传统美德，起码也是《青少年处世必读》之类书籍上所提倡的。

"唉，怎么说呢，怪你也不至于，只是，"小李说，"如果没有你，确实也不至于像现在。"

"对不起你了，我不是故意的。"张亮由衷地感到羞愧。

"别，没你的事，"小李拍了拍他的肩膀，举起酒杯，说，"干。"

这么干来干去（具体是两个不能喝酒的青年分别喝了一瓶啤酒而已），张亮不知不觉也喝多了。他记得小李后来哭了，说到自己从高中毕业至今一直在机关里混的这些年，而现在却不得不伤心地离开，大好青春和与小童维系多年的感情就此不复再来。更重要的是，这段青春和感情将和他以后的生活毫无关系，就跟梦似的。太令人伤感了。除了记得这个，张亮还记得自己曾摇摇晃晃向小李保证，小李走后，他张亮也决不会和小童有任何关系。

"如果有关系，我把鸡巴拔掉扔给狗吃！"他深受感染，几乎是搂着摇摇欲坠的小李说。

小李突然像酒醒了那样站直了，直勾勾地看着张亮，最后爆发了一句赞叹："兄弟！"

这个决心下得是有必要的，本来含糊不清的东西一下子明确了。张亮难得地把自己弄清楚了一回。豁然开朗。他所喜欢的姑娘决不是小童，他所希望的生活也决不在小童这种姑娘理解范围内的。当然，对于女人，对于生活，不可操之过急，尚且有待时日。所以，当父母等亲朋好友唠叨的时候，张亮就像个已娶了五房姨太太的人那样安慰这些还没见过女人的人们。

在小小的赵塘镇，很显然，发生在机关大院三个年轻人之间的这点小小的感情纠葛很快就众人皆知了。张亮的父母也听说了，他们一方面盲目地觉得儿子做了坏事，破坏了好好的一对；一方面在背地里暗暗高兴，试探着问是否可以把那个小童带来一见？该试探被儿子恼羞成怒地顶回之后，他们仍然高兴，为儿子有这么大的竞争力感到兴奋。所以，也就不把小童放在心上了，也便同仇敌忾地与儿子一起对那个势利得有点缺德的姑娘小童讨伐起来，儿子有志气、识大体的优秀品德令他们十分满意。总之，这事让他们高兴了很长时间。

也就是说，为儿子将来的婚事做应有的准备看来迫在眉睫，而这第一条就是房子。

前面已经说过，赵塘镇的城镇化建设正如火如荼，在镇上那条街上，左右盖满了商品房。这些房子面积宽敞，价格低廉。购买这些房子虽然仍然没有脱离赵塘镇这块小地方,但也是张亮之类婚龄青年的最佳选择。进城买房一方面价格太高,为菜农父母们所不敢想象;另一方面工作在赵塘镇,蓄意把家和工作地点拉得那么遥远(即便有公交车)太吃力,显得有点超现实。购买镇上商品房的除了张亮他们机关大院的人,其他就是镇上中小学教师、医院医护人员、供销社和银行职工等等在赵塘镇为数不多地端公家饭碗的人物。小童的理想也就是嫁个这样的人,住进那些单元楼房里去。她选择张亮乃务实之举。张亮因此对自己在赵塘镇买房的举动开始有所质疑,所谓在小童理解力之外的生活又究竟在哪儿呢?可惜这一问题他一不小心就跳过去了,没来得及深究,便在父母的张罗下买下了赵塘镇那套三室两厅。

张亮是个想法很模糊的人。

4

三室两厅价格上的低廉只是比较而言,张亮父母苦苦培养儿子这么多年,攒的有限,当然缺点,向亲朋好友借钱是必须的。残疾人刘大伯就慷慨解囊了一万块钱。张亮确实有点迷惑,一个残疾人,家里盖了那么多房子,他哪儿来这么多钱呢?没办法,张亮的结论是,这个世界上就是有许多神奇的东西不为人知。因为神奇,所以其中道理便懒得去想了。

刘大伯家的那排平房也已全部出租出去了。张亮是在经过这排房子时遇到白小云的。

白小云不是赵塘镇人,她大学毕业后被分配到赵塘镇中学担任语文教师。是和张亮同年分配而来的。这是张亮后来才知道的。当时他不知道这些情况,他只是看到有这么个姑娘在刘大伯家的院子里的那个井台上搓洗衣服。晴空万里,万里无云,这是一个周末,院子里晾满了房客们的床单和衣服。白小云穿着高领的粉红薄毛衣,高高地捋起袖子,两条纤细的胳膊在阳光和水光的双重夹迫下近乎透明。因为弯腰洗衣,雪白的牛仔裤所紧密包裹下的小屁股紧张地翘向张亮所经过的道路,这使张亮感到道路和一切都呈上升态势。可以这么说,张亮第一眼就被她的背影吸引了，然后他绕了过去，看到了她那张漂亮而矜持的脸。如果不看她的脸，他可能会多磨蹭一会儿，但看过脸，一个眼神交接之后，张亮就自惭形秽地赶紧逃出了刘大伯家。

第二次遇到白小云从某种意义上来说是蓄意的。张亮午饭后跑到机关不远处的中学门口转了转。他知道自己转一转是希望能遇到白小云，这只是可能发生而已，能不能遇到他不敢断定。所以说，也不能说是蓄意的，也算是巧遇。他在校门口和那群习惯于对中学生施行敲诈勒索的小流氓一样晃荡了很久，当他正绝望地准备离开的时候，白小云出来了。校园大门朝南开，阳光直射在她明净的额头上和她敞开的胸怀之间，她敞开的衣襟也因此在走动中飘扬。这使她看起来不是反射阳光的年轻身体，而是这个年轻的身体本身就是发光体。张亮只是来看看而已，他蹩在路边只看了她一眼就羞愧地低下了头，但他不甘心，又抬头看了她一眼。此时，她已走到了自己的面前，这时候，他居然发现她的嘴角向上一扬，分明是朝自己笑。张亮紧张不已，不知道如何应对。怎么应对白小云的笑的，我们现在可以想象，张亮应该慌张地回报了一个笑，只是跟哭没多大区别。

第三次相遇仍然是在刘大伯家的院子里，刘大伯家堂屋里正有一桌麻雀牌（不是麻将，是一种与麻将游戏规则相似的长条状纸牌）。他坐在一位娇小的老太边佯装学习这种即将绝迹的古代游戏。他知道，当面前这个老太在不久的将来死掉，那么牌局就是三缺一，并永远缺一，直到另外三个人也全部死掉。之后，这种古老的赌博方式只能在同样古老的阴曹地府开展了。这么说，是说张亮无法在面前这位老太死后补缺，不能胜任传承古老文明的重担。不仅如此，他对所有的牌局都感到莫名其妙，毫无兴趣，怎么学也不可能学会。他是那种毫无情趣，生活铁板一块的青年。

也就是说，他吃过午饭就去了，但整整花了一个下午的时间在老年人的身体气味里酝酿着与白小云的搭讪方式，直到黄昏才鼓足勇气和她说上了话。因为黄昏时，她正在锁门，看样子要出去。张亮制造了自己没有学会那种牌扫兴回家的场面和白小云一起到达刘大伯家的院门。

"嗨，你好。"张亮笑着打招呼，黄昏的阳光可以适当掩饰他的脸色。

"你好。"她也笑。

就是这样。张亮和她自此开始认识。

她是到镇上超市里买日用品,并顺便在镇上吃晚饭。她没有灶,吃晚饭的地点就在张亮那三室两厅的楼下的"陈记小吃店"里,并且为时已达半年,张亮居然从未发现。当然,张亮没发现的原因也很简单,因为他不必在外吃饭,也很少独自一人住在新家里。仍然来来往往和小童一道到各自村子里去。获知白小云这一情况后,张亮告别了村子生活,开始过起了镇上的日子。这样他每天就可以准时在小吃店里遇到她。

后来情况不外乎张亮请她吃饭,并且约她周末一起玩。赵塘镇确实没什么可玩的,划竹筏划了一次,二人就再无兴趣。当然,张亮没有把白小云带到小童家去划竹筏。更多的是张亮和她约定好一起乘公交进城,默默地陪她买东西,吃饭看电影由他买个单而已。他们的谈话正是那些无穷无尽的自我介绍,家庭、经历、朋友、恋情、生日、星座等等等等,而且,大部分情况下以张亮倾诉为主。他看起来简直像把自己有限的一生全部交付给她,至于将来,懒得去想,等于不存在。说明这一点很重要。

张亮曾含蓄地提议,白小云可以住到他的三室两厅里去,至于租金,可以不要。但白小云对此未置可否,只是轻描淡写地略过。

很显然,张亮不属于那种能花样翻新的人,后来他苦于无法使白小云对约会提高兴趣。还是她想了一个玩法,那就是他们提前买了食物,然后二人驱车到了江边,在草地上野餐。等他们到了江边,张亮才发现,正有一个家伙提前到达,在等着他们。那家伙是个男的。

5

那家伙也是赵塘镇中学的教师,叫王奎。张亮一眼就辨出他也是白小云的追求者,这是没有道理可讲的本能。那一天野餐,这两位白小云的追求者都事先没有接到通知,突然遇见十分尴尬。好在他们有某种一致性,彼此谦逊,互相礼让,对许多问题心照不宣,十分默契。这促使张亮和王奎后来成了一定程度上的好朋友。

白小云的做法不失高明，她这么做的目的旨在告诉张亮和王奎，他们是平等的。而他们之所以平等，就是因为她毫无兴趣在他们之中挑选一位。比如，王奎在镇上也有与张亮相仿佛的一套房子，他也曾邀请过白小云入住其中，但也被后者忽略而过。可惜张亮对此毫无理解力。

　　但王奎和张亮区别很大，前者盘腿坐在草地上直接向白小云表达了爱意，这是张亮永远也说不出口的，他还没有对白小云直接表白过，"喜欢"没说过，"可爱"亦未言。当然，王奎说话方式很得体，他属于能说会道的家伙。当时他们正说到赵塘镇刚刚结婚的一对新人，王奎不失时机地建议道："白老师，我俩什么时候结婚啊？"通过这种恰到好处的藉幽默来表情达意的方式让张亮大开眼界。之后，王奎的妙语连珠简直令他目不暇接。

　　回到王奎的问题，这也是张亮的问题，"白老师，我俩什么时候结婚啊？"白老师笑了笑，指着张亮说："你问他。"

　　张亮一下子脸红脖子粗，嗫嚅半响，一个字也吐不出来。王奎就说："这我俩的事，我这方面已经没问题了，问题是你那方面，你难道需要张亮给你做主？"

　　"是啊，是啊。张亮，你替我做主吧。"她顺势说。

　　这话让张亮产生了错觉，他以为这是白小云向着自己，是一种考验。所以他搞了句干巴巴的幽默，说："好吧，那你嫁给王奎吧。"

　　王奎和白小云听完他的幽默，给面子地勉强笑了一笑。

　　野餐之后，王奎就识时务地放弃了对白小云的追求。他以某种"过来人"的身份告诉张亮：白小云自从来到赵塘镇之后就在积极寻求调离此地的机会，她不可能嫁给他们之中随便谁；在此谈婚论嫁，也意味着要主动放弃机会，就是主动接受赵塘镇；她是不安于赵塘镇现状的姑娘，离开是迟早的事；决心那么大，她这么个小姑娘，孤身一人远离家乡亲人在外混，有那么简单吗？

　　要成全白老师的远大理想，这是我们应该做的。所以说，知难而退不失为一种美德。这正是张亮所缺失的。

　　就是这种情况，张亮不能理解这一切，他深陷于一厢情愿之中。王奎的话不仅对他毫无惊醒作用，反而使他执迷不悟，越陷越深。可以说，正是因为白老师另有旨趣，反而让他更喜欢了，至于为什么，他没搞明白。对她近在咫尺的朝思暮想演变为赵塘镇一个公开的场景：每天中午，土地所的干事张亮都会准时出现在中学校园；下班时分，该青年都会前来迎接白老师；逢周末，人们也可以看到这对年轻人成双结对的身影。人们并没有把这事往其他方面去想，在他们看来，婚姻正在这对年轻人的不远处等着他们，届时鞭炮齐鸣，早生贵子。

我们不得不承认，现象取代不了本质，但人们对于本质就是视而不见，这就是我们的陈规陋习。所以当结果到来，他们往往都要做出一副目瞪口呆的无辜表情，比如大家看看小童和小李吧。但人们还是不爱接受教训，爱在原地犯同样的错误，一如既往、乐此不疲地通过现象来描绘蓝图。这与其说一种偷懒，不如说是，是什么呢，用个时髦的词吧，是一种善良的愿景。嗯，愿景。

白小云显然对于张亮的热情感到过意不去，她多次推辞赴约，也拒绝接受后者赠送的小礼物，但都被张亮以一种不容反驳的态度给制止了。她说："张亮，这样下去，会使我觉得欠你的情的。"被爱情冲昏头脑的张亮于是乎说了句符合爱情也就是让人作呕的话："我觉得我来这世上就是来对你干这些事的。"迫于无奈，白老师对这一切只有笑纳了。碰上张亮这种人，你叫她一个小姑娘能怎么办呢？

6

现在，有必要说说小童。小李走后，张亮蓄意避开她使她难过了那么一阵子。她既难过张亮不喜欢她，更难过把忠诚于自己整整三年的小李给逼走了。在张亮恋上中学语文教师白小云后，她还照了照镜子，也上秤称了回，然后自卑地流了点泪，就果断地买了一辆女士摩托提高了自己上下班的速度。女士摩托的意义在此非同小可，它既恢复了小李当年所给予的速度，也毅然甩掉了踽踽独行的张亮。她是一个头脑清醒的姑娘，甩掉小李追求小张不是头脑发昏，现在甩掉张亮也一样，都是清醒的证明。她会另寻高明，也是证明。势所必然。

张亮的父母当然也听说了儿子和白老师的"关系"，但是他们始终不理解儿子有什么理由不把白老师带回来让这对老人表达一下公婆之心。张亮当然也希望能够如此，但他比父母了解内情，也不好向白老师提一提这个要求。不过，后来机会来了。

是这样，张亮的一拨在城里混得很妖娆的大学同学想来赵塘镇吃吃农家饭，顺便考察一番赵塘镇度假村里的灯红酒绿情况。借此机会，张亮希望白小云能够作陪。鉴于张亮没向她提过要求，后者考虑了考虑，爽快地答应了。不过她有个条件，就是希望把王奎也带上。张亮想了想，有点不快，但他还是点头答应了。也正因此，出于某种说不上来的心理，他也邀请了小童，小童当然没有道理不参加这群年轻人的活动。

大学同学们如约而至。一群人浩浩荡荡赶到张亮家，满满一桌。张亮的父母相当殷勤，他们已事先知道那个久仰的白老师会来，这是殷勤的一个重要原因。但来了两个姑娘，他们不知道哪一位是。把儿子拽到灶下问，张亮也不说。所以他们只能凭借传统观念来考察了。一个姑娘呢，瘦瘦的，挺能避重就轻，也就是花言巧语，这样的姑娘搞回来不是好媳妇。另一个倒是不错，脸盘子不小，福相，屁股也大大的，是生儿子的好身材，龙凤胎也未可知。张亮妈妈对小童可谓一见钟情，拉着后者的手说了不少贴己话。白老师就站在一旁鬼笑。张亮看不下去，就赶紧把人带走了。

在小童的盛情邀请下，一群人在她家门前的那河道里划了几划。

在竹筏上，张亮的大学同学们因为酒精的原因情绪高涨，向两位姑娘说了张亮大学时期的一些荒唐可笑之处。因为他们也搞不清楚哪位姑娘跟这位荒唐可笑至今的老同学有一腿，所以就这个讲了那一个也讲，这也正好，体现了他们对姑娘不论美丑、一视同仁的公正之心。也算是发扬了传统美德。张亮情绪很坏，他为父母及同学对他毫无了解而难过，也为身边的白小云像看笑话那样的心态而绝望。这时候，他突然发现一个异常现象：王奎和小童初次相见即已打得火热。二人在他们前方的那条竹筏上谈笑风生，相见恨晚。

总之这次本来构想中很正确的玩乐，结果却令张亮很伤心。他始终不太说话，强作笑颜。看着王奎和小童打情骂俏，听凭自己那拨发福长胖的同学对着白小云夸夸其谈。如果不是他是名义上的主人，后来度假村他简直就不想去了。任他们搞去,自己应该回去躺床上好好想一想(当然不要回村里的家中接受父母的盘问)。事实证明,这是多么必要。可惜他拗不过自尊心形状的东西,还是去了。度假村里开销很大,他们一顿饭吃掉一千多块钱。这当然由混得妖娆的同学们谁谁买单回去报销。

席间,张亮仍然无话可说,情绪很阴沉。也仅仅喝了两杯之后,他发现侍酒小姐就站在自己身后。小姐穿着旗袍,身材高挑,十分漂亮。张亮看着她,突然由她想到,这世上比白小云好的姑娘多的是,自己何苦一厢情愿地像条狗似的跟着她呢?于是他突然"发挥"了起来,大声对侍酒小姐喊道:"小姐,你真漂亮,能问问你名字吗?"

桌面上立即安静了下来,好像都想听一听小姐的芳名。可惜小姐笑而不答。

张亮继续喊道:"小姐,我可以跟你搞对象吗?"

这个问题不仅把小姐吓着了,在座所有人都被吓到了。问题不在于小姐能否跟张亮搞对象,即便跟张亮睡上一觉大概也没什么多大问题。问题在于这种事情不是张亮借题发挥大声疾呼所能解决的。它往往是一个秘而不宣的问题,也就是没问题。而大声疾呼就问题大了。

喝多了喝多了。大学同学像很了解张亮似的替后者向白小云、小童和王奎解释。

事后。

王奎说:"张亮,像你昨晚那态度,怎么会跟白小云磨来蹭去的呢?"他的意思是说,张亮这样挺好,就应该这样,平时也应这样,而不要局限于喝了点酒。

张亮就说:"是啊,好姑娘多的是。"

小童的感受是:"张亮,真没想到你是这样的人!"然后扭身就走。

但白小云未作评价。清醒过来的张亮希望听到她会说点什么,但始终没有,一直没有,将来也不会有。她对他的表现之类懒得去想,也不敢想,如果她做点什么评价,很可能又让张亮产生什么误解,那么就更难缠了。但张亮还是为想象中她的质问拟定了答辞,那就是:"小云,难道你没看出来吗,我是说给你听的,我是多么喜欢你。"

他的痛苦促使他终于作了个痛苦的决定：白老师如果不找他不联系他，那么他也永远不会这么做。必须要有个了断了，他咬牙切齿地告诫自己。

到这里，张亮和白小云之间其实已经完蛋了。这顿在度假村吃的饭可谓是"大团圆"。

7

因此，现在可以按下上述人等不表，容本人来自我介绍一番。本人乃赵塘镇人氏，也一郊区青年，与张亮的人生轨迹基本重合。首先我们是师兄弟，也就是毕业于同一所大学，同一个系，只是我低他三届。其次，我也遵从国家定向分配的政策（因为我处分在身）回到了赵塘镇，成了镇政府土地所的又一名干事，于是被所长老高和前辈老张亲切地称为小曹。

在大学期间，我和张亮就已经认识。我记得自己当年初来乍到，在山高水深的大学校园里举目无亲，经常迷路，是乡音亲切的张亮给我指点了迷津。应该负责任地说，张亮是一个相当忠厚、朴实的人。当时他行将毕业，但仍然像我这样保留着乡村少年的本分，比如不爱洗头，头皮屑直接落进我们的粗茶淡饭。裤带是那种红褐色人造革金属滚珠的。叫我怎么形容那种皮带呢，我经常由它想到明代官服上一种装饰腰带，而皮带头像极了他们帽子中间那块闪闪发光的白徽章。该形象似乎迄今还残留在道观里的道冠上。总之我对那种皮带说不好，虽然古朴，但不合时宜，所以进入大学也仅一个月，我就在养成洗头习惯的同时换了一条像模像样的皮带，和现在束缚你啤酒肚的那一条应该区别不大。这时候，我再次遇见了张亮，地点是在校外的一个小饭馆里。当时我正纠集着一拨新认识的同学勾肩搭背在那家饭馆喝酒，突然发现，我的老乡张亮就正在旁边的一条竹桶里插满一次性筷子的长桌上和一群红领巾儿童一起呼啦啦吃面呢。那些儿童是大学附属小学的，跟张亮没什么关系。见此情景，我鼻子一酸，就喊他，邀请他加入我们的酒席。他推三阻四、扭扭捏捏，死活不过来。我只好把他拉了过来，然后向同学们隆重介绍了我的这位心地善良的老乡。大家一面对他头上那些垃圾抱怀疑态度，一面看我的面子尊其为师兄。事实证明我邀请他喝酒是一件多么愚蠢的事啊。他才按规矩和天地分别陪了个不是，喝了两杯就不行了，一点不给大家敬他的机会，旁若无人地趴我们旁边就吐。那顿饭吃得我很没面子，同学们因此一度小瞧了我。为了挽回脸面，我花了父母给的血汗钱买了单。后来，也只好由我把老乡扛到他的寝室。到了他们寝室，也没有人接应，好像他们寝室是一群互不相识的人住在一起，也就是说随便谁住都可以。我扛着张亮进去就如同一个扛着一袋山芋的农民钻进路旁不知谁家的草堆，而里面已有先我而到的七个人（后来张亮说到这拨同学去他家吃什么农家饭真让我很吃惊）。这种情况提醒我帮张亮擦了擦满是污秽的嘴，也帮他把衣服扒了下来。注意，就是这时候我才发现他那条皮带的。他系着这条皮带去追求一个姑娘，在大学校园里，不为人知，闻所未闻。我怀疑他对小童所说的唯一一次恋爱的真实性。我更倾向于认为，他喜欢过一位女同学，仅此而已。

　　我说这么多只是想告诉各位，后来我遇见张亮之后就少有言语了，我甚至有点怕他，怕他突然从大学校园什么角落冒出来跟我两眼汪汪、称兄道弟。好在他很快就毕业了。我便放开胆子度过了风风火火的大学生涯。虽然毕业后乃是带罪（处分）之身，但国家还是给了我重新做人的机会，在此我表示相当的感激，我发誓好好工作，力争上游。这也是我前往土地所报到见到老高和久违的老张之后的第一想法。第二想法就是看一看老张的腰部，我的老天，他一如既往地系着那条明朝的皮带，这是我在回到日新月异的赵塘镇之后，第一遭着着实实地感受到它本质上的乡土气息。

　　我参加工作时，正是老张那场"大团圆"之后不久。因为同事，我也很快认识了小童。她的屁股很大，这在前面已经说过了。但我和老张一个想法，不喜欢大屁股，即便她乐意给我生对龙凤胎我也提不起兴趣。但我认识王奎并不是因为老张，而是小童的关系。此时此刻，王奎和小童关系相当紧密，据王奎私下里跟我所说，他已经把小童干了。其实，我坚信，即便没有老张，没有小童，我也会很快认识王奎。我们一见如故，否则他不会把自己干了小童的事告诉我。后来我把王奎干了小童的事告诉老张，后者的神情告诉我，他对此一无所知。

这是暑期，王奎作为教师无所事事，他便以小童男朋友的身份几乎每天都到镇机关大院来玩。我知道，他其实并没有到离不了小童的地步，要说只能说是已经过了这地步。相反，是小童离不了他，生怕这个干了她的人突然丢下她不管了。所以，王奎名义上到机关大院看女朋友，其实质是跑我们办公室跟我们玩来着。所以，小童一闲也来凑热闹。土地所一时成了年轻人的天下，集中了赵塘镇的精英分子。

挺快乐的。瞧，和蔼的老高、善良的老张、即将当副校长的王奎、将来想生二胎也可以帮忙的小童，真是到处都是我们的人啊，看来我被学校发配原籍回到赵塘镇没什么不好，将来没什么可愁的，应该说大有作为才是。老高也很高兴，行将退休的他受到年轻人的感染，梅开二度，又来了青春期，经常把我们大伙拉到镇上饭馆里大吃大喝。他签个字的小事，本不足提。只是老张同志和多年前一样，两杯就倒，颇扫人兴。后来，他有了自知之明，就不参加我们的活动了。我们就放开了量吃喝。吃了喝了，老高还心血来潮，又把我们带到新开张的KTV包间来一首《大海航行靠舵手》或《送战友》什么的。我说这两首歌名的意思是，别看我年纪轻就以为我只会流行歌曲，革命歌曲我也会。我拿腔捏调和老高合唱了一首《敖包相会》后，显得有点筋疲力尽的老高搂着我肩膀感叹："兄弟，不行喽，老喽。"我也就一把搂住他那猪肚子一样的短脖子，盯着他的裤裆看，说："高老，未必吧。"王奎和小童就在一旁使劲笑。

8

白小云的大名，我当然也通过他们的交谈如雷贯耳，心里有其大致轮廓。但遗憾的是，时在假期，她回老家避暑去了。到了秋天，我才看到她。

我是特意跑到赵塘镇中学找王奎的，可没站在门外候着。因为我知道自己不是敲诈勒索的小流氓，我就应该堂堂正正地到我的母校去给我的恩师们散包烟。一包烟值不了几个钱。

找到王奎，我问："白小云在哪儿呢？"他还没来得及回答，坐他身后一清秀姑娘就红着脸抬起了头。不用问了,她就是白小云。我就是这么和白小云认识的。

后来吃饭,玩,我们都会把白小云带着。老张因为"咬牙切齿"过,所以他尽量避开白小云,这样也好,否则大家都不尴不尬的。白小云确实如王奎所介绍,眼光很高,态度相当矜持。

我说:"白老师,调动工作的事有眉目了吗?"

她苦笑,有点疲惫之色。

我就说:"会有的,我保证。"

她鼻子一哼,说:"切,你保证什么呀?"

我说:"我是说,如果我有那能力,我会帮你的,一定。"然后我就说了一些同学和朋友的名字,这些名字都在教育部门。有一个名字白小云也认识,她很兴奋地与我一起谈了好一阵这个名字。

然后我好奇地问:"老张其实也可以帮你的,他怎么不帮你呢?"

她说:"是吗,张亮没说呀,不知道。"

我说:"也是,他这人一贯低调,人也正直善良。"

"哦,"白小云把嘴圆了圆,然后笑道,"是啊,人是挺好的。"

当晚是由我把白小云送回去的。我很认路,走一遍就认识。我记得到白小云的住处,需要从镇上往左边那条路走,然后过一座桥,再走十分钟,右拐,进巷子,大概三家狗叫之后,是一扇铁门,门不高,门后就是张亮那位刘大伯刘瘸子的院子,白小云这样的房客都有钥匙,开铁门进去,白小云住的那间是那排平房的第三个门。我没有进她的门,在门口和她道了别。我说:"白老师,你挺漂亮的,晚安。"就回了。

也许需要补充一点,老张的刘大伯刘瘸子看到我以为是他那位世侄,说:"小亮,好久没见你来了啊哈。"见我不是,表情便有点诡异了,似乎还有点敌意。给他递了根烟才缓和点。和白小云道别后,他仍然站在那里,我又给他递了根烟,并把自己和张亮的同事关系告知了他。大概因此,我走的时候,他把院门上方那盏门灯打开了,使我顺利地走出了巷子,然后身后才一片黑暗。

得说实话,我和老张一样,第一眼就喜欢上了白小云。我把这个对老张说了,他没有表示什么意见,而是冷不丁地说:"王奎也喜欢过,你知道吗？"这我当然知道，我跟王奎多好的朋友，他早告诉我了。但我对老张说："是吗，喜欢她的人还真挺多的。"老张说："是的，但她不喜欢喜欢她的人，这个王奎也知道。"我只好继续说："是吗。"

事实当然与老张同志的说法不尽相同，我们都知道。白小云没有道理不喜欢喜欢她的人，难道她非要学习老张喜欢不喜欢她的人？白小云很正常，她需要喜欢她的人，和所有女人一样。

那么后面的事情就很简单了，既然我喜欢她，那么我就使劲带着她到处玩，喝酒也让她喝几口，抽烟也让她呛两下。我们相处得相当愉快。看电影时捉她只手，她躲了躲，就没再躲了。

9

轮到我的父母批评我了，他们认为我不该把张亮的女朋友抢过来。张亮当年对白小云的好整个赵塘镇人所共知。我只能安慰父母，白小云并不喜欢张亮，但她愿意和我在一起玩。我妈妈白了我一眼，忙她事去了，我知道她心里替儿子得意着呢。后来，他们也学习张亮父母的做法，要替我在镇街道上买套三室两厅。我从小就继承了传统美德，体谅父母，所以觉得就家中境况而言，买房不太现实，因此不太必要。都这么个赵塘镇，镇上和村里，能有多少区别呢，上班又能远到哪儿去呢。在我的坚持下，买房的计划暂且搁置了。

对此，我是这么跟白小云说的，我说："我家里要在镇上买房给我娶老婆用。"

白小云说："是吗。"

我知道她会这么说。这种小把戏，她见多了。

我就说："我才不买呢，我家房子挺好的，买房干嘛呢。"

她说："嗯，有道理。"

这也在我意料之中。

我又说："当然了，如果有必要，为什么不买呢，我只是觉得没必要。到了有必要的时候，比如跟谁结婚了，夫妻两个拧成一股绳，使使劲，买好的，甚至到城里买，到上海买，到北京买，还他妈到纽约买。

你说是不是白老师？"

白小云眼睛一亮。

说到这里，你可能会认为俗，故事以及人物，都老套得很。说实话，我自己也这么觉得。但这是没有办法的事。后来我跟白小云说：这世界无论怎么变化，无论是乡村变成城市还是城市沦落为乡村，即便沧海桑田了，一切都仍然是这么回事或那么回事，而不可能是其他什么回事。大意如此。当然，这么牛X的话不是一般情况下能说出来的。我告诉你，这是我在白小云的床上说的。也就是说，最终，我像王奎把小童干了一样也把白小云干了。

那是在寒假到来之前，我和白小云的关系当然还没确定。没干怎么确定呢，这是一个当代国情。所以我要在寒假到来之前把她干了。否则夜长梦多，难说不会半路又冒出个谁谁。当然，这还是需要点勇气，而我勇气的来源同样俗不可耐，正是酒精。那晚，我在镇上和老高喝了酒。他说，他已经把明年退休后继任人的推荐材料上报到区土地所了。这个被推荐的人，当然只能在老张和我之间挑选，所以，当然只能是我了，否则老高特意把我喊来私下喝酒干嘛呢。他脑子和我脑子一样正常，并无代沟。

我当然挺高兴的。所以出了饭馆和老高道别之后不想回家，有了整体上升的冲动。于是我决定立即去看我亲爱的白老师。这里要申明一下，我对白小云的喜爱并不逊色于老张，请你们不要把我想象成酒色之徒，不要以为我毫无内涵，不要只同情老张而不信任我，行吗？

喝的是多了点，但路我认得清：从镇上往左边那条路走对吧，然后过一座桥对吧，再走十分钟对吧，右拐对吧，进巷子对吧，大概三家狗叫之后对吧，就是那扇铁门对吧，门不高对吧，门后就是张亮那位刘大伯刘瘸子的院子对吧，我没有钥匙对吧。好，门不高对吧，我翻过去总可以吧。没人发现。第三个门对吧。我敲敲总可以吧。

"谁？"她说。

"我。"我说。

"干嘛？"她说。

"想你了。"我说。

门开了。

我一把将她搂在怀里。

门开着呢。

那就关上吧。

我流泪了。我有点忧伤。不知道为什么,我突然莫名其妙地想到了早已消失的小李。

她也哭了。还不停地打我。我说:"你打我干嘛?"她不说。后来,她不哭了,突然像刚发现那样,说:"我比你大三岁呢,是你姐姐啊。"

"那又怎样,姐弟恋,时尚着呢!"然后我想到赵塘镇的一句老话,又补充道:"女大三,抱金砖。"

什么意思?意思就是我会和白小云过上幸福的生活。

(选自《花城》,2006年第5期)

点评者:余旸

小说标题相当醒目,小小一个题目,一举囊括了该小说中三个重头男性主人公:"我"(隐含的),王奎,张亮,而"携"、"向"、"鸣谢"使这个短语充满了动感和方向性,既概括了情节走向,也暗示了小说的重心不在戏剧化的故事情节,而是放在男性人物的关系上——这一点,隐约可见韩东对南京青年小说家的潜在影响。大体来说,故事的线索交织在追女人的核心问题上,而饮食男女的婚姻爱情,自然又和经济背景、身世、房子、野心交织成一片,而这围绕核心的潜在背景,都在"我"不动声色的叙述中穿插进来。小说前半部,只不过是三男两女之间略为复杂而又琐碎的追逐与拒绝的关系,铺叙有板有眼,眉目清楚,但人物关系却在此僵持住了,走进了死胡同:小李(男)被小童(女)抛弃,而小童却又遭遇了张亮(男)不明确的拒绝,同时心高气傲的白小云(女),不咸不淡地敷衍于张亮和王奎（男）之间，显然没戏。解铃还需系铃人，小说峰回路转，是幕后那个阴险的、幸灾乐祸、却又不动声色的叙述者"我"，施施然地从台后走到了台前，轻而易举拿下了对调动工作已疲倦失望的白小云，且顺利地越张亮而升迁为土地所所长的未来接班人。同样，王奎也迅速转向，一举搞定了没人搭理的小童，且马上就要提拔为副校长。小说关系还算复杂，也并不注重人物形象塑造，但平实的语言，被年轻作者的老到功力，调配得具有塑形功能。在"我"埋怨张亮的矜持、孤僻、猥琐、笨拙，大爆张亮大学时扭扭捏捏、放不开步子追女人的糗事时，活脱脱一个世事洞明顺风顺水的小人声口：略有节制但掩饰不住得意，而自己灵活、会来事、不固执的"小人"形象也历历在目。结尾处，"我"升迁有望后，酒醉而去翻墙越门攻克白小云时，节奏更为轻快，反诘的语气更是把一个自鸣得意忍不住炫耀的小人活化了。活化了的"小人"，又反过来烛照出张亮那个拉长着一张苦瓜脸郁闷蔫巴的"衰男人"的真诚形象，让我们对这个不起眼的小人物，对所有那些形象模糊蔫巴的人物产生同情，并返观自身猥琐平庸但却真诚严肃的一面。

  用最俗最滥的材料构成，从一个反面人物的角度切入，却最后抵达同情反省的阅读效果，最能见出年轻作者老到的叙述能力。

菜 地

王祥夫

一

怎么说呢，村长米菜籽背抄着手站在棉花地地坎儿上，笑眯眯对米仙红说这下子可他妈的好了，终于选中了你家的地，那你就来给那狗日的种这个菜吧，不过话说好了，你他妈的今天可要请客，因为什么要你请客？因为你这回可要肥疯了。村长米菜籽说话的时候，米仙红就站在地坎儿下边，脸红红的，仰着个下颏儿持久地笑着，他想不到自己的地会给那狗日的看上，忙说那当然那当然，这么好的事轮到我头上我怎么会不请客。村长米菜籽说我也不跟你多说了，我还有许多的事要做，照老规矩，你把村里该请的人都请到，敬神要敬到，请人要请到，别中午请，晚上请，让人们多在你那里坐坐，你把人们的嘴都给油那么一油菜地就好种了。米仙红觉着自己的嘴唇还是很干燥，忙伸出舌头把上下两片嘴唇又重新舔了舔，然后连说是是是，是是是，这我懂。村长米菜籽背抄手下了地坎儿，要走了，却又一下子站住，又不走了，又重新一迈腿，身子摇了摇，站在了地坎儿上，他想再说一回关于地的事，便又从头开始对米仙红说选菜地的事，说为了给那狗日的选这块地从春天到现在可把他累得不轻，他对米仙红说选地的事你也知道，是我带人一共大看过两回，第一回离那条河近一些，为的是浇水方便，怎么说呢，结果让那狗日的给训了一顿，说乡下人就是没头脑，说那条河早就给上游的金矿污染了，能选那里吗？种出的菜还不把人给活活吃死，后来再选，又选在了去区里的那条路边，在路边干什么都方便，上边的人来拉菜，或者是种菜的往地里拉大粪，干什么都方便，但又让那狗日的给训了一遍，说大路上什么车不走，什么人不过，你知道会把什么病毒或脏东西给菜地上招惹上？菜地要是招惹上什么病毒，或者是有什么人在菜叶子上做了手脚，谁敢承担？这菜地呢，那狗日的特别对村长说要选在离河和大路远的地方，地也不多要，只要一亩，种什么菜由上边定，这上边是谁呢？当然就是那狗日的，知道了吧，这亩地是专门给那狗日的种菜吃的，那狗日的说他吃的菜既不要种在塑料大棚里的那种，也不要种在地里上化肥的那种，他要吃的菜是一不上化肥二不打农药的菜，是要阳光雨露下茁壮成长出的菜。那狗日的真是狗日的，和一般人就是不能一样，但关于那狗日的选菜地的消息也需要保密，不能到处说，种地的钱是那狗日的出，而且是出三五倍，如果别人吃菜是一斤给三毛，他吃菜一斤最少也要给九毛，这是那狗日的私人的事，所以不要跟公家的事往一起掺合。因为是给那狗日的种菜，所以这块地绝对不许用化肥，只许用大粪，还不许用农药，要是真长了虫子就用手一个一个捉，这一亩地的菜不问产量只问质量，只要菜好就行。那狗日的还对村长米菜籽这么说，说他有的是钱，最不稀罕的就是钱！只要把菜给种好了，什么鸡巴钱不钱！村长米菜籽一听这话就来气，狗日的他怎么就那么有钱？人都是人，他怎么就那么有钱？这会儿村长米菜籽拍拍米仙红的肩头把那狗日的话又重复了一遍，说完这些话，村长米菜籽又说，种菜我看是小事，跟那个狗日的挂上关系你晓得是怎么回事，你这是给财神种菜，你多会儿听说过一个种菜的还要检查身体，种菜跟身体有鸡巴关系，这不，你连身体都跟上检查了，你他妈什么时候去医院检查过身体？你知道不知道检查一遍身体要花多少钱？那狗日的钱真是太多了，你是不是不知道给他种菜意味着什么？米仙红笑着说知道哇，村长我早就知道了，所以连我老婆都高兴得了不得，恨不得把两颗眼珠子给种地里，孩子也高兴，恨不得把小鸡巴也给种地里。村长米菜籽忽然咧开嘴大笑了，说你儿子要是有本事就把鸡巴种在那狗日老婆的身上好了，不过这事你知道就行，就是不能对别人乱说，要是知道的人多了，有人在菜地里下了毒，你说说看该是谁倒霉？米仙红给村长这话吓了一跳，两只眼就有些发愣。不说了不说了，村长又笑了笑，拍拍米仙红，说看把老米吓的，我还有许多的事要忙，你明天就起马铃薯吧，都起就都起，其余的地方种草就种草，反正那狗日的出钱，他肯出大钱你在炕头上给他种菜都行是不是？晚上，也许，我会过来好好喝几盅。村长对米仙红说你这就快去张罗吧，晚上两三桌就够，最好买些鼓楼的熟肉，那边的熟肉好吃，再炒二三十个鸡蛋，再买两三只欢乐街那边的烧鸡，还有猪蹄子，白酒啤酒都上，就摆在院子里，天好像不会再下雨吧？村长米菜籽仰起脸朝天上看看，天上果然就有几朵云，灰不灰黑不黑的，不是个正气颜色，不像是有雨的样子，村长米菜籽给太阳晃得打了个喷嚏，打喷嚏是个舒服事，仅次于搞女人，所以他还想打，但打不出了，村长张张嘴，抽抽脸皮，无奈地对米仙红说就这么办吧，你去张罗吧。

　　米仙红呢，没有马上回家，他离开棉花地去了自己地里，他想好好儿看看自己的地，他觉得自己这一回得感谢自己的这片地，怎么就给那狗日的人看准了呢，那狗日的是个什么样的人物？简直就是要多少钱就有多少钱的财神！现在真是好时候，世界上怎么就一下出了这么多财神，钱不当个钱花，钱多的可以包一片地专门给自己种菜吃，而且说好不要产量，只要不上化肥不打农药，用可以比别处多五六倍的钱弄这口菜吃，所以这么一来呢，选菜地便是村子里的一件大事了，而且是件长脸的事，是件让人长身份的事，米仙红现在已经觉得自己的身份和以前不一样了，消息刚刚一传出，村子里人们看他的眼神已经不一样了。但怎么就不把地都要过去种了菜呢？怎么就只要一亩。米仙红蹲在地头问自己，头皮给太阳晒得痒痒的，他摸摸脑门儿又摸摸地里的植物叶子，叶子这东西也怕人动，一动就会放出味道来，味道是怪怪的，这就是马铃薯，这地里种着是米仙红喜欢的马铃薯，正开着花，是紫花黄心，从花就可以看出下边结的是那种紫皮马铃薯，这种马铃薯吃起来最沙。可是他马上就得把这些马铃薯毫不客气地从地里起出来,不让它们继续长,其实它们还能再长,但米仙红说什么也不能让它们再长了,因为那狗日的马上就要让米仙红种秋菜了。种什么秋菜呢?村长米菜籽说那狗日的自有安排,而且种子也不用米仙红这边准备,再说米仙红也无法准备,他也找不到那些洋种子。村长米菜籽说要种的菜名儿那狗日的已经写好在一张纸上交给他了,可能一下子就要种好几种秋菜,因为无论是什么人,钱再多也不可能直接张嘴吃钱票子,到了秋天也总是要吃菜的,村长米菜籽说他晚上就会把那张纸拿过来,到时候大伙儿就都知道那狗日的秋天喜欢吃什么菜了。那狗日的既然秋天还要吃菜,那这地里的马铃薯就要提前起出来,马铃薯长得正好,已经能上市卖了,但如果再长一长,那些小不丁儿的也都能再长成大不丁儿。米仙红立起了身,身子侧了一下,把腿朝前迈,再朝前迈,每迈一步都先要把地里的马铃薯叶子用脚拨一拨,这就是爱护,庄户人的眼里,什么都比不上他们种在地里的东西。他从马铃薯地的这头往那头儿走,他一步一步地量,又量出一亩大小的地,回头看看,这一亩大小的地正好是马铃薯地的三分之二,也就是说起三分之二就可以了,留下那三分之一的地还可以让那些余下的马铃薯再长长。米仙红已经这么量了好几次了,每量一次都觉得心疼,是心疼地里那些还没有完全长好的马铃薯,是心疼他必须都得把这些马铃薯给起了,那狗日的说不能是种一亩地的菜就只起一亩地的马铃薯,这一片马铃薯都得起,除了种一亩大的菜这片地别的什么都不能种,要种也只能在菜周围种一种类似于足球场上的那种草,那种草要把一亩大的菜地都包围了,据说那种草有杀虫的作用。那狗日的说就让那种草围着那一亩菜地,这样一来就好了,什么病毒和虫害都休想传到那一亩菜地上去。那狗日的真是有钱,说虽然是种一亩的菜,但这一片地他都出钱,他只想吃一口世界上最最干净的菜,能吃这种菜的人都是有身份的人,他就是这个世界上最最有身份的人,什么钱不钱!钱算个什么?那狗日的说。米仙红又在地头蹲下了,摸摸马铃薯叶子,又摸摸马铃薯的叶子,骂了一句:狗日的!请客就请吧,起马铃薯就起吧,谁让那狗日的看准了,种马铃薯、种庄稼、种玉米都还不是为了挣钱。

二

中午的时候，米仙红满脸是汗，把晚上请人要用的东西都骑着车子买了回来，车把上，一包，又一包，还有一包，三个大黑色塑料包，都油乎乎的放射出无法阻拦的香气，这香气忽然让等在门口的米仙红的女人很生气，她就咕嘟了嘴，但她生气也确实没个方向，人这种东西，一旦没了方向便会发愣，米仙红的女人愣了愣，侧过了脸儿，问米仙红：你不会等地里的菜有了情况再请人？这么早，你请个什么球劲道？你说有什么球劲道？你还真要把咱们那一片马铃薯都给起了？还真要给那狗日的种草？米仙红已经把三个包拎进了苍蝇飞舞的小厨房，并且已经擦了脸，米仙红擦脸是在脸上擦一个圈儿，然后再在后脖子上擦一个圈儿，就擦完了，他把手巾一抛，抛到了从这头墙拉到那头墙的铁丝上。米仙红的女人跟在米仙红的后边，又咕嘟着嘴说：你真要好酒好肉地请他们？你不会等地里有了情况再请？米仙红把鼻子凑近了塑料袋，吸了口长气闻了闻，然后才对自己女人说你当这是好肉好酒？这是他妈的眼药。眼药？米仙红女人马上就不懂了，疑惑地看着米仙红，看着米仙红把那几个塑料袋子一一打开，米仙红先取出鼓楼的那两片猪头肉，油光光的，米仙红说：这是猪头牌儿眼药。接着，又取出那欢乐街的烧鸡，亦是红光光的，鸡的爪子和头都害羞似地窝在自己肚子里。米仙红又说：这是鸡牌儿眼药，打开另一个袋子，米仙红又从里边取出红红的四个猪蹄，说：这是他妈的猪蹄牌眼药。米仙红把要请客的东西简直是摆满了一炕，米仙红家的小厨房里也有条小炕，小炕上，除了猪头猪蹄和烧鸡，还有豆腐干花生米什么的，香气便在屋子里愈加汹涌澎湃，一直汹涌澎湃到院子里去。米仙红坐下了，看着那些东西直咽口水，米仙红说自己实在是太累了，所以呢，他要把那两个猪眼睛先切了解解馋，米仙红看着自己女人，对自己女人说猪眼睛其实是猪身上最好的部位，所以要切成薄薄的一片一片来吃才能吃出滋味，并且说自己还要先喝二两了，别等别人来庆祝，自己先庆祝庆祝自己才是个理。容易吗？不容易，那么多地就看准了你家的地，是该你发财的时候了，太他妈不容易！他这么说的时候，他女人还没转过神来，直盯着他，气呼呼地说这都明明是些吃的东西，怎么说是眼药，你是什么意思？米仙红就笑了，说你给那狗日的种菜地，一收就是三五倍的钱，村子里别人能不眼红？要想让人们不眼红你不得先给人们点些眼药？你说这不是眼药又是什么？米仙红对自己女人说你怎么这么笨，刚结婚那几年你看上去还可以，怎么这几年倒不会幽默了？米仙红说自己实在是太累了，是一定要把鸡腿弄下一条先慰劳慰劳自己了，还有，猪蹄儿也要劈下半个来，人这种东西，最要紧的就是要懂得先慰劳慰劳自己。说着，米仙红从炕沿儿上跳了下来，他开始动手，取了案板放在炕上，一只手按住那两片猪头肉，两个指头已经把两只猪眼黑黑白白地抠了出来，又一下子，一只手按住烧鸡，另一只手把烧鸡腿给摘下一条来，然后是取过了菜刀，把煮得就要四分五裂的猪蹄子，在案板上，一下，一下，又一下，终于劈下半个来。米仙红的女人就有些急了，她用一只手指着米仙红，说你妈不是说来着，说外人吃了是传名，自己吃了是填坑，你还真要填你那个坑？米仙红不理自己女人，只顾做他的事，案板上的两只手油光光的像要放出光来：狗日的，我把你个狗日的狗日的！米仙红不理自己女人，却对猪眼睛和鸡腿猪蹄说话：你们听着，你们这种香东西，别看你们这么香，无论吃到谁嘴里到最后还都要姓他妈的米！米仙红已经把猪眼睛和鸡腿猪蹄放进了一个塑料袋子。米仙红的女人愣了愣，这才明白米仙红的意思了，也知道他要把猪眼睛和鸡腿猪蹄拿去送谁了，米仙红女人在炕沿儿上坐下来，说：仙红，你，你看你，他晚上要来吃你还再送他？米仙红看看自己女人，说你明白了，但你就是不明白谁让他是村长，你爹是村长我照样送你爹。米仙红的女人咽着口水，那口水已经是在米仙红女人嘴里决了堤，香气是个看不到的东西，但有时候却要比镢头还要厉害，米仙红的女人用一个指头，按按案子上的猪头肉，又按按案子上的烧鸡，再放在自己鼻子上闻闻，闻过还不行，又把那手指放在自己的舌头上舔了一下,说这么好的东西要真是吃到你嘴里也算?要不,你就请他来,你和他一起吃?米仙红一只脚已经迈了出去,这会儿又收回来,回转身对自己女人小声说:你想想,那还不要再陪上一瓶酒,也许一瓶也不够。米仙红女人就张张嘴,她不再咕嘟着嘴了。

米仙红出去了,把个塑料袋子放在屁股后边遮着去了村长家。村长家就在米仙红家的前边,出了院子往南走,那边正在盖房子,一堆沙子,一堆水泥,一堆红砖。米仙红绕过那堆红砖进了村长家,村长正在炕上坐着,村长米菜籽的女人正率领着孩子们"嗯噜嗯噜"吃炸酱过水面,就着那一盆子黄瓜丝。惟独村长米菜籽坐在那里不动碗和筷子,看见米仙红从外边进来,村长米菜籽一下子笑了,拍拍手,说我算计好你米仙红要来,你说这说明了什么?米仙红脸有些红,想想,说:还不是村长算得准。米仙红这么一说,村长米菜籽笑得更厉害,又拍拍手,说:不是我算得准,是我看人看得准。米仙红的脸就更红了。村长米菜籽看着米仙红,笑着说你怎么不请我去你家一起吃?米仙红看看村长米菜籽的女人,她手里是一个大碗,碗里红光光的,不用说是炸酱里的油很多。米仙红咽了口口水,说:还有嫂子呢。村长米菜籽这时已经从身后摸出一瓶白酒来,说:我还不知道你是怕再贴上一瓶酒!米仙红的脸一下子就紫了。村长米菜籽把酒瓶放桌上,这才把米仙红送来的塑料袋子打开看了看,说:咦!仙红你怎么不买盘猪大肠,猪大肠下酒才香,臭香臭香,不臭不香,不香不臭,世上的事就是这个理。村长米菜籽这么一说,米仙红就不知道村长是什么意思了,不知道村长是什么意思就不知道该说什么了,就站在那里笨笑,笨笑都是个木头样,再木下去就不好了,米仙红觉得自己的嘴唇很干,他伸出舌头把自己的嘴唇舔了一圈儿,又舔了一圈儿。村长米菜籽决定不再和米仙红开玩笑了,他掉过脸盼咐自己女人马上再去炒个鸡蛋,说自己要和米仙红喝几盅,还盼咐自己女人把猪眼睛切得薄薄的再浇些蒜泥酱油。说完这些,村长米菜籽才掉过脸来对米仙红说我家酒多得很!你也别那么小气!上来上来,上吧,你看你,你还想让我把你抱上炕?米仙红只好上炕，先把屁股挨了漆了红漆的炕沿儿，然后才脱鞋，脱了鞋，再看看村长米菜籽，然后再把两只脚轻轻提上炕，再看看村长米菜籽，然后再把两条腿蜷起来，这么一来呢，自己的两只脚就给压在自己的大腿下了，这才叫上炕坐了。村长米菜籽这时便把那张纸从衣服口袋里摸给米仙红看，说这就是那狗日写在纸上要种的菜，这种事，虽然是小事，但也要保密，有钱人什么都要保密。米仙红把那纸接过来，纸上写着：欧芹、芦笋、空心菜、香葱、花柏、木高高、花舌果、西巴菜、秋毛菜、岳井红果。米仙红把纸看了好一会儿，眼睛就忽然飘了起来，眼睛飘飘的，就飘到了村长米菜籽的脸上，米仙红看定了村长米菜籽，说：村长你说水呢，别人种菜都在河边，为的是那股子水，菜这东西，狗娘养的，就是离不开水，村长你说这水呢？村长米菜籽笑笑的，两只眼，像是看着米仙红，而实际上却是看着自己手里的酒瓶和玻璃杯，不知什么时候，村长已经倒了满满一玻璃茶杯酒。村长米菜籽说：你米仙红是怕别人喝你的酒，才不请我去你家和你一起吃这一双猪眼睛和这一条鸡腿，还有这半拉猪蹄，可我呢，我就是想让人帮着我喝我的酒。村长米菜籽把杯子放在了桌上，指指，对米仙红说：你喝了，我就告诉你怎么用水。米仙红看着杯，一双眼并不抬，说：一下？村长米菜籽看着米仙红的脸，说：当然一下。米仙红这才抬起眼看着村长米菜籽：真一下？村长米菜籽嘴一下子咧开成一条缝隙，说：仙红你一下子干了，我就告诉你水在哪里。米仙红伸出手，用食指，摸摸杯子，又用中指，摸摸杯子，又用拇指和食指，然后又对村长米菜籽说：真的？村长米菜籽把脸一下子侧了，放在了自己的肩头上，他就这么看着米仙红，说：咦，你是不是说我经常胡说八道？米仙红便慌了，又伸出了另一只手，用手摸摸杯子，用一个手指，又用一个手指，这才下定了决心，把杯子端了起来，屋里一时忽然没有了唿噜面的声音。村长米菜籽女人这时出现了，手里挥着炒菜的小铜铲子，说坏菜籽你要是把仙红喝坏了看看晚上你怎么办？村长米菜籽只看着米仙红，不理他女人，他把脸又朝另一边侧，又把脸放在了自己的另一个肩头，就那么看着仙红，嘴里却对自己女人说：你个妇联家的还愁仙红那些酒肉没个去处？小心你那妇联家的鸡蛋别炒球糊了！你说呢？村长米菜籽又对米仙红说。米仙红看看手里的酒，再看看村长米菜籽，杯子是一下子送到了嘴边，杯子送到嘴边又停住，米仙红再看看村长米菜籽，村长米菜籽只是一脸的笑，只是把脸一侧一侧，一侧一侧，一会儿把脸搁自己这边肩头，一会儿把脸搁自己另一边肩头，像个孩子。你喝了这一杯我就告诉你。村长米菜籽说。米仙红就把身子挺了一下，玻璃杯一下子合到了嘴上，一下，两下，三下，米仙红眼泪出来了，四下，五下、六下，米仙红把酒一鼓气喝了下去。喝了酒，米仙红便憋不住，忙跳下炕，忙往外跑，跑到院门口，外边有人围了一圈儿在那里顶着荷叶儿打扑克，他便又跑回来，把一肚子酒都吐到了花池子里，花池子这边的大丽菊开得正好，红的一种，粉的一种，红粉的一种，花池子那边的大丽菊也开得很好，也是红的一种，粉的一种，粉红的一种。村长米菜籽也跟着捂着肚子跑了出来，一边跑一边哈哈笑着说：老米，老米，你说我为啥让你喝整整一玻璃茶杯？我就是要你吐，你吐了晚上才好招呼大伙儿，喝半杯你就不会吐了。村长米菜籽在花池边站定了，两只手在裤子上活动，边活动边说，仙红你还愁什么水，那狗日的早就说好了，要派人过来给你打口井，就在你那一亩地上打一口井，人家打口井算啥？就像你日一下你女人那个洞，那狗日的太有钱了！你就等着养老吧，他现在肯花钱给你到医院检查身体，你还怕他不给你花钱养老，我看你只要把菜地给那狗日的种好就行。村长米菜籽对屋里笑嘻嘻说：

我说妇联的伙计，你那糊鸡蛋炒好了没有？

三

米仙红晚上在自家房顶上摆了两桌，夏天的晚上只有房顶上才最凉快，所以酒桌就摆在房上，该请的人都请到了，人们一个个从房子东边的台阶上来。米仙红家的地被那狗日的一选中，怎么说呢，米仙红就好像在村里立刻变了一个人，人们都觉得他不再那么简单了，起码是跟别人不那么太一样了。人们都还有一个想法，那就是要和米仙红好好保持一种关系了，不但保持，而且要发展，把关系发展得好好的，村子里有句话，是挨上金是黄的，挨上玉是凉的，也许马上还会有人来村里包地种菜，也许那狗日的有许多阔朋友都会怀有这个想法，都想在村子里包块地专门给自己种菜吃，这就注定离不开米仙红了，人们都忽然想跟米仙红挨近一些，如果能再近一些就更好。人们都上到米仙红家的房顶了，房顶上一共摆了两张桌，平时人们绝对没有机会上到米仙红家的房顶，再说人们也没那种傻x想法，没事上人家房顶做什么？米仙红家的房顶一般来说也没有什么特殊的用场，也只不过是晒晒庄稼什么的，或者就是养鸡，那也只是鸡小的时候才能在上边养一养，一大了，鸡就不那么听话了，会给公鸡搅得到处飞翔。人们这时候都来齐了，有人还让自己女人也来了，让自己女人在下边帮米仙红女人的忙，比如递个什么，比如上来下去地端个菜，人们都在米仙红的房顶上坐定了，烫好的酒也给端了上来，就有人说可了不得，一下子上二十多个人，可别把仙红的房顶给踩坏了。村长米菜籽早就坐在了正中的座头上，这时就咧开嘴笑了，说看你们一个一个的鸡巴样，仙红还怕你们踩，仙红马上就要住楼房了，那狗日的有的是钱，还怕不给仙红出钱盖楼房？所以你们使劲儿踩，旧的不去新的不来，人家还在房顶上跳集体舞呢。村长米菜籽这么一说，还真有人附合着把房顶试着踩了踩，你也踩，我也踩，很快就踩出一片响声。就有人又说了，说话的是刘青水，刘青水说仙红这回要发了，房子踩坏了可以盖座大楼住住，但可别把房子踩坏把咱们摔下去，一下子摔到老米女人的炕上出了事可怎办。村长米菜籽拍了一下桌子，说青水你怎么这话越说越色了，你要摔到老米女人什么地方？摔到老米的青纱帐根据地里去？你还想扛着你的枪在里边打游击呢！惩酒惩酒！米菜籽这么一说，人们就都拍手高兴起来，都在夜色里看着村长米菜籽，这时的天光还亮亮的，虽然村子里整个都黑了下来，说村子里黑也不对，村子里现在是灯光闪闪。村长米菜籽说那就先惩青水一大杯，要是他洒一滴就再接着惩。村长米菜籽这么一说就马上有人把酒给倒好了，倒了整整一大玻璃茶杯。米仙红是东家，自然要靠着村长米菜籽坐，旁边的人便说咱们做什么也别走样，村长惩酒，东家就该监惩，让仙红监惩。仙红侧过脸看看村长米菜籽，村长米菜籽鼻子那里是一个亮点，十分亮，怎么就会这么亮？米仙红在心里说，嘴上却说，村长，要不，就，别惩了？村长米菜籽把脸掉过来对着仙红，鼻子上的亮点一滑就消失了，村长米菜籽对米仙红说，这是在你老米家吧？米仙红便忙说，我家还不是村长的家？瞎说！你是不是昏了头？村长米菜籽马上表示反对，你家怎么能是我家？村长米菜籽说仙红你怎么胡说，你家就是你家，你家怎么也不能成为我家，但你家虽然不是我家，但我还是能管了你家你说是不是？米仙红马上说是是是。是就好。村长米菜籽说，既然是那我就提议咱们大伙儿都面朝一个方向坐。村长米菜籽这么一说人们就都笑了起来，两桌人都朝一个方向坐还怎么喝酒？村长米菜籽说大家是不是都得听我的，都得听我的就都先面朝西，面朝西，都面朝西！人们不知道村长米菜籽是什么意思，就都把身子调了方向，都面朝西坐了，西边的天上有一颗星星出奇的大，亮闪闪的有些怕人。这时候人们听到村长米菜籽忽然喊了一声起立，人们就都站了起来。大伙儿都站好了？村长米菜籽又说，说要是都站好了就听我的口令。村长米菜籽说我的意思呢？咱们现在是站得高看得远，所以，听我的口令，咱们都朝着西边行三个礼。人们不知道村长米菜籽是什么意思，都嘻嘻哈哈笑，村长说你们笑什么，是不是笑我不够格儿做你们的村长？人们便都一下子停了笑。你们不笑啦？村长米菜籽说你们不笑了我就喊口令了，村长米菜籽喊了一二三，人们就七七八八地朝西边鞠了三下。在这村子里，人们都很服气村长米菜籽，米菜籽总是让人们捉摸不透。人们这时候就想村长是不是要做什么了，是不是有什么话要说了，米仙红的心里就更慌，重新又坐下来后，米仙红两眼就直看着村长米菜籽。米菜籽果然就笑了，对着米仙红，把一只手举起来，然后再慢慢慢慢放下去，把另一只手举起来，再慢慢慢慢放下去，然后忍不住笑了起来，又把手拍拍，说：仙红你说我为什么要人们朝西面鞠躬，你要是说对了，青水这杯酒就不惩了，你要是说不上来你就陪惩半杯。村长米菜籽这么一说，米仙红就站起身，站起身也只是为了朝西看看，西边的天上还亮亮的，米仙红朝着那边张张嘴，又坐下，他确实不知道村长米菜籽的意思，西边是个无限远的地方，再往西就进城了，进了城再往西就又出城了，出城再往西就到矿山了。米仙红的脑子还真是个脑子，他一下子就想到了那狗日的。既然是西边，是不是向那狗日的鞠躬？米仙红说。米仙红这么一说，村长米菜籽马上大声说了一句那狗日的算什么？不过是用公家的煤换了钱装自己的腰包！村长米菜籽不想说了，或者是觉得自己一激动说话说走了嘴，也是该喝酒的时候了，村长米菜籽也不想让人们猜了，他就是这么个性格，一阵一阵的：喝酒，喝酒，你们也不用猜了，西边是什么？西边就是仙红家的那片地，我是让你们朝那片地鞠躬呢，你们今天能喝酒还不得谢谢老米西边的那片地？村长米菜籽这么一说，人们才都明白过来，都"啊"了一声，都忙举了杯子往起站，便都说咱们原来是给咱们的地鞠躬，是给老米家的地鞠躬呢。等人们把酒杯端到了嘴边要喝的时候，村长米菜籽又让人们停下别喝。停下，停下。村长米菜籽伸出一只手，手心朝下，在空中摆了摆，然后对身边的米仙红说：你下去，下去。米仙红不知道村长让自己下去做什么？村长米菜籽说你下去让你那妇联代表也上来。米仙红却并不下去，他明白村长米菜籽是要自己女人也上来，便只站在房顶上朝下喊，一喊两喊米仙红的女人就从下边上来了，手里拿着一个盘，盘里是黄汪汪的炒鸡蛋，鸡蛋上边是一些香菜叶子。村长米菜籽要米仙红的女人把盘子放好，要米仙红和米仙红的女人并排站好了。米仙红已经让村长搞昏了头，他拉着自己女人面朝着村长米菜籽站好。朝着我干什么？我又不是你们的爹！村长说你们两口子都面朝西才对，都面朝西，都给我面朝西！这一回，米仙红明白是什么意思了，又拉了一下自己女人也让她面朝了西，村长米菜籽要米仙红两口子面朝西鞠三个躬。人们便都笑起来，觉得这太像是结婚场面了，这时便有人从下边上来看热闹，却给村长米菜籽赶鸡样赶下去，说你们还真想让老米家的房顶塌了？村长说仙红你和你女人是给你们那块地行礼呢，要行得整齐些才是，要听我的口令才是，好了，你们开始吧，一二三，不行，一二三，还不行，一二三，不行，一二三，他妈的你俩儿再行一次好不好？村长米菜籽已经真正的兴奋了起来，挥舞着双臂把米仙红和米仙红女人又拢到了一起，村长米菜籽一兴奋别人就更加兴奋，这就让米仙红家的房顶上突然有了某种节日的气氛。米仙红的女人突然害羞得了不得，不停地笑，弯着腰，靠着米仙红，她怎么也行不好那个礼，所以就行了又行，行了又行。狗日的，我把你个狗日的呀！米仙红在心里欢快地叫着，他想起了自己结婚时的情景，即使是结婚，当时也没有这么热闹过。米仙红行完礼，又在村长米菜籽旁边坐下，村长米菜籽对米仙红说刚才刘青水那杯酒你还惩不惩？米仙红说快别惩了，别惩了。村长米菜籽说我就知道你不想惩了，你是舍不得你的酒，酒算个啥球东西！我家有的是酒，要不要让人去取！足够，足够。米仙红忙说。咦！村长嘴里说了一声"咦"，两眼看定了米仙红：不过那狗日的家里可能酒更多，你以后跟那狗日喝酒的时候是不是更多，老米你说呢？村长米菜籽把脸一侧，把脸搁在自己的肩头上，看着米仙红。村长米菜籽这么一说，米仙红就知道村长的意思了，忙把自己的酒杯端起来，米仙红说那狗日的酒再好也比不过村长你的酒，再说没有村长也不会有这杯酒。米仙红一仰脸，一口气把自己杯里的酒干了。他妈的，你这样子不像是喝自己的酒啊。村长米菜籽笑着对米仙红说，这才转身对另外那些人说：好啊，大伙儿喝吧，这可是喝的人家仙红的酒，仙红的事，大家谁都不能耍弄。村长米菜籽坐正了，这就示意大家真的可以开喝了，酒桌上的人们这才开始纷纷喝酒。那狗日的到底是个谁？乱纷纷的，喝过许多酒，人们都已经兴奋起来。刘青水从另一桌摸过来敬村长米菜籽，敬完了酒不肯走，坐在那里问村长米菜籽。米菜籽只把脸一侧，把笑平在脸上，看着刘青水，把手里的杯慢慢放下，又把手慢慢抬起，把手伸到自己的衣服口袋里，手进去，那个小手机便给从口袋里取了出来。村长米菜籽把手机递给刘青水，拿着，你给我打。村长米菜籽对刘青水说。刘青水酒量不大，且又多喝了，接了手机，笨笨地看着村长米菜籽，说：给谁打？给谁？村长米菜籽看着刘青水，说：你不知道给谁？你不是想问问那狗日的是谁？村长米菜籽这么一说，人们就都笑了起来。再说，你也问错了人，以后要问，你就直接问老米。村长米菜籽看看米仙红，又说。米仙红又吃了一惊，忙又罚自己一杯。我问你，明天起马铃薯，用不用我帮忙？米仙红喝完这酒，村长米菜籽又笑笑地问米仙红。结果是，米仙红又喝了一杯，只说这杯酒是谢村长的。那亩半马铃薯，我和我女人夹泡尿也收了。米仙红说。

四

米仙红和自己女人下了地，米仙红穿了那双军用胶鞋，米仙红的女人也穿了一双军用胶鞋，天不下雨，两个人都还穿了雨披，天捂热捂热的，两个人去起地里的马铃薯。米仙红的女人一直咕嘟着嘴，从早上起一直咕嘟到这天下午，从马铃薯地这头儿一直咕嘟到地那头儿，一亩半多的地，米仙红和他女人多半天就起完了，前几天刚刚下过雨，地里是潮润潮润的，所以这马铃薯就极好起，刚刚从地里起出来的马铃薯甭提有多好看，那紫紫的颜色是鲜亮，但也只是马铃薯刚刚被从地里起出来的时候，给太阳一晒，鲜亮的马铃薯马上都变得灰不溜秋。米仙红和他女人起马铃薯的章程是先一个劲地拉马铃薯蔓子，一个劲儿地把马铃薯用耙子从地里耙出来，然后再慢慢慢慢把地里的马铃薯往袋子里装，收到下午，地里便完全是另一种样子了，这片马铃薯地好像是兵败如山倒的战场，昨天的鲜灵和好看一下子都不见了，放眼望去是遍地的马铃薯蔓子，是遍地的还没完全长足的马铃薯。一只花冠子戴胜可高兴坏了，在马铃薯地里飞来飞去啄食随马铃薯给起出来的那种肥白的虫子。到了下午，米仙红和他女人快收完马铃薯的时候，村长米菜籽在地头出现了。村长米菜籽先是在米仙红的地周围转了几个圈儿，然后就直接穿过地走过来了。村长米菜籽毕竟是村长，他办事向来利索，他站稳了，叉着腿，用手摸了一下脑门儿，放下，又抬起来摸了一下脑门儿，又放下，然后才对米仙红说：仙红仙红你先停停手，我跟你说句话。村长米菜籽也不顾米仙红的女人在不在跟前,也不顾她咕嘟不咕嘟嘴,村长米菜籽对米仙红说你前几天不是去医院检查身体,医院的结果出来了,你肝上有毛病,所以种地的事就没你的份儿了,那狗日的说你既然有病,病菌弄到蔬菜上怎么办?问题是那狗日的身体比谁的身体都重要,所以只好再找地让别人种。村长对米仙红这么说着,手里已经把一个医院的条子给了米仙红,另一只手呢,怎么说,也已经从衣服口袋里掏出了一沓票子,村长米菜籽把那沓票子在手里拍拍,然后也给了米仙红,说这钱也够你这一片马铃薯的收入了,你这一片地打死了也卖不了一千。村长米菜籽说这可是一千,那狗日的有的是钱,马铃薯起了就起了吧,你他妈还可以给自己种些秋菜。村长米菜籽一下子转过了身子,对米仙红女人说:你个妇联家的,你咕嘟个嘴做什么?一千块钱,这一片马铃薯你能收入一千?秋菜收了也还不是个钱?加起来,是多少?新马铃薯也下来了,晚上,我可要到你们家喝新马铃薯粥。村长米菜籽又转过身子,对着米仙红,说他还有事,当村长就有办不完的事,村长米菜籽说他马上就要去办事,说那狗日包菜地的事你们俩儿可谁也不能跟别人说,那狗日的可不是个一般人,那狗日的,是太有钱,太有钱的人就是谁也不敢惹的人,但那狗日的也仁义,你看看,人家不要你给人家种菜了,人家还不是照样给你一千,不但给,还多给,就是,不知道,人家还会不会再看上咱们村的地?会不会再在咱村包块菜地专门给他种菜吃。村长米菜籽看看米仙红,说:妈的,你怎么就不迟不早有了病,妈的,那狗日的也是,那狗日的是吃菜呀还是吃人肝儿呀,既然是吃菜,肝儿有病还能把病传给菜?村长米菜籽忽然大声笑了起来,也不知道想起了什么。米仙红的女人这会儿不咕嘟嘴了,她把那一千块钱已经数了不知有多少遍了。米仙红看着村长米菜籽往地头那边走,他忽然很想追上去问一句,要是自己看好了病,还能不能给那狗日的种菜地,自己的这片地可是片好地。米仙红站在那里有些发愣,这时候忽然就听到了自己女人的哭声。米仙红的女人又把钱数了数,张了张嘴,又张了张嘴,终于激动得忍不住哭泣了起来。管他呢,愿让咱种不让咱种,怎么说咱这马铃薯地也要种菜了。米仙红看着自己女人,觉着自己的嘴唇很干燥,但他没有伸出舌头去舔自己的嘴唇,干燥就让它干燥吧。管他呢,管他什么种菜不种菜。米仙红又说,这话是什么意思呢?什么意思也没有,一点点意思也没有,有一点点意思也不是米仙红的意思,那也只能是地的意思,地里的马铃薯既然已经起了,就只好种些秋菜了,到明年,地里种什么再说,今年秋天,这片地注定只能是菜地了,什么是菜地,菜地就是他妈种菜的地。

走到地头的村长米菜籽这时候忽然又走了回来,他回来也没别的事,他只想对米仙红再重复一遍自己刚才说过的话:记住,那狗日包菜地专门给自己种菜吃的事你可别对任何人说,这是那狗日安顿的,人家不想让人们知道这事。记住,别说,有人问你也别说。村长米菜籽想了想,又看了看西边,又说:那狗日的,比乡长,区长,怎么说,都他妈有钱!要不,人家怎么能在村里包片地专门给自己种菜吃?

那只花冠子戴胜真是飞得轻盈,一下子,又飞了过来,落在了地里。

(选自《花城》,2006年第1期)

点评者:李逸君

《菜地》是王祥夫津津有味地讲述的一个小故事。村长米菜籽给米仙红一家带来了希望,这希望真切又如同梦幻,甚至遭人妒忌——"那狗日的"(一个城里的有钱人)相中了米仙红的地,这块地将成为专门为"那狗日的"种环保菜的私家园地,它给米仙红带来的是利润和美好的希望。为此米仙红宴请了全村人,然而带有梦幻性质的欢乐和期冀最终由于他"体检不合格"而破碎了。破碎了期冀,而日子还得过下去,那块地,米仙红决定继续种菜,这里面,有和希望对抗与和解的双重成份，也有被掩蔽的怨气。

　　《菜地》着重的是小处的经营，它不激烈，却贮藏了众多的感怀和吁叹。作家故意不提供更多的线索，"那狗日的"除了拥有财富之外我们无法知道其他，这个人物始终被置于场外而又笼罩全篇。小说的叙述语调浑圆、细致，有质感，时时处处体现着精心。譬如：小说开始是村长和米仙红对话的场景，用场景进入是营造氛围的手段之一，王祥夫在小说一开始也将氛围感造得很足，它既交待了故事背景又埋入了谜，虽然这谜并不难猜，但充溢在字里行间的十足韵味依然让读者心甘情愿地跟着作者走，其中的吸引和趣味便不仅仅是叙述者一个人的夫子自道，更是"他"和读者的共谋。

　　比之《婚宴》(《人民文学》2005年第8期）中更多静态微妙的场面描述，《菜地》在情节上略具动感，这点动感像被砂石包裹的璞玉，规模初具，玉的光芒也偶有闪烁，但惜尚乏英华凝聚的一闪，那样的写作将更具有挑战性。

蓝铃姑娘

白 桦

  半个世纪以前,一个精通好几种边地民族语言的马锅头①阿伟带着我,骑着短小精悍的云南本地马,连续翻越了哀牢山脉的六座高耸入云的山峰和五道深深的峡谷。风餐露宿,行程半月之久,才进入雪松坪,雪松坪的位置在两个东南亚国家和中国的未定界上。一上路,"未定界"三个字就给了我一个总也挥之不去的悬念,也使我的猎奇心随着山路在我脚下的延伸而不断膨涨。我读过在东南亚旅行的冒险家约翰·琼斯的一些边地随笔,"未定界"给我的印象十分诡秘,通常是多国利益集团涉足角逐的地方,火药味极浓,到处都弥漫着易燃易爆的空气。就像是鬣狗集聚的丛林,鬣狗们个个虎视眈眈地埋伏在草丛中,随时等待着猎物的出现,龇牙咧嘴却又不轻易现形。势力一旦形成多边反而相对稳定,于是,未定界也就等于权势者们自说自话的自定界了。得天独厚的自然条件和地理位置,使他们无须接受任何一个国家制度的约束。果然,当我的坐骑跨入雪松坪地界,在山顶上居高临下鸟瞰的时候,雪松坪给我的第一印象是一个绝美的世外桃源,首先,她的绮丽风光让我甚为吃惊。温暖的山谷,潺潺的流水;繁花似锦、绿草如茵。东西两侧的山上有高耸入云的梯田,每一方寸的土地都插上了绿油油的秧苗,即使只能插一兜秧苗的田角地角也都盛满了水。起初,我完全不相信那是人工所能做到的。一条雪松河弯弯曲曲环绕着每一座小泥屋,每一座小泥

---

  ①马锅头,是对赶马人的通称。

屋都自作多情地依偎着雪松河。在远古时代，是堆砌小泥屋的人迁就了河流，还是河流迁就了堆砌小泥屋的人呢？我想应该是前者。最让我赏心悦目的是南北坡地上盛开的一望无边的鲜花，那是一种草本植物，红色和粉红色的居多，间或也能看见少量黄色和白色的花朵。它们在风中轻佻地摇曳着，诱使我情不自禁地跳下马来，采了一朵，用手指抚摸着比红缎子还要光亮的花瓣，阳光下的色泽鲜艳得令人心碎。我问阿伟这是什么花？阿伟要我猜，我猜不出，因为我从来没看到过如此绡薄而又如此美丽的花朵。当他说这是罂粟花的时候，我眼前的花朵和这一片天国的景象立即黯淡下来。罂粟花！我随即把花朵捻碎并丢弃在风中。阿伟是一个出生在红河上游的混血儿，连他自己都说不清他自己到底有几分之几属于彝族，几分之几属于苗族，几分之几属于傣族。那时候，在这些民族之间是不通婚的，我猜想他是私生子。我见到的第一个雪松人是一个火枪手，他的出现，加深了雪松坪的阴暗，原来这里是一个封闭而沉闷的袖珍王国。这个火枪手一语不发，虽然阿伟精通他们的方言，也无法交谈。这个火枪手既不诘问，又不回答。他的嘴紧紧地闭着，锈迹斑斑的枪口却从一开始就像一只圆睁的独眼，死死地盯着我的天灵盖。火枪手对我马鞍子上横着的那支美国造的司登冲锋枪却视而不见。他也许根本不知道我的司登冲锋枪可以快速连发，看样子他即使知道也无所谓。我欣赏目中无强敌的战士！我甚至怀疑他是哑巴。我问阿伟，阿伟对我说，他不是哑巴，他所以不回答，是因为他没有对外说话的权利，哪怕是一个字。怎么？他们还有自己的外交政策？阿伟点点头：可以这么说。阿伟费了好多唇舌，才让那个火枪手相信我们的来意是友善的。火枪手甩开拦在路上的一根藤萝，这根藤萝大约就是他们的"海关"了。我们反复请求火枪手带着我们去觐见他的主子——雪松头人。足足游说了一个小时，他才十分勉强地点了点头，条件是他要走在我和阿伟的背后，也就是说，他的火枪口始终要瞄准我们的后脑勺。玩过火枪的人都知道，火枪发射的是霰弹，一枪就能把我和阿伟的脑袋打得稀巴烂。我很清楚，这些山里铁匠制造的火枪，扳机上没有保险，撞针很容易滑脱，滑脱就是走火。我相信，他在开枪的时候首先考虑到的一定是，不能伤害这两匹劲健的走马和两匹驮马。他向雪松头人贡献的战利品必须是两匹完美的走马和两匹完美的驮马,至于我们两人的首级倒是不一定非要完美无缺不可。为了不让他产生误会,我和阿伟都挺着脖儿梗,目不斜视地任马由缰,向前趑行。路很窄,热带的旱蚂蟥趁机从树上降落到我们身上,好像它们知道我们顾忌身后的枪兵,不敢轻举妄动,连举举手都不敢。我们只能看着那些小虫弹动着腰在我们的皮肤上爬行,它们一旦发现静脉血管,就拼命往里钻。幸亏蚂蟥吸血的时候不痛不痒,我们还能挺得住。而且这个小小王国的疆土并不辽阔,很快就到了他们的"京城"。——当地人叫火烧堡。火烧堡门前竖着一排七根高约五丈的吊杆,其中六根吊杆都挂着一副人的完整骨架,只有中间一根是空着的,空着的那根显得更加阴森可怖。我暗暗认定这也许是从国外买来的骨骼模型,是医科大学放在试验室的教具,因为人的骨骼不可能在日晒夜露中保持得如此完整。可他们为什么要到国外买这种教具呢?接着,又让我想到前捷克斯洛伐克库那哈拉市的那座著名的教堂,那是一座在星期天才对外开放的教堂,表面上看起来是座十分常见的、哥德式教堂,而内部那些华美而又令人毛骨悚然的装饰品,却是用人的骷髅和骨骼拼装起来的,它们都是14世纪的遗骨。西方神学家表示,天主教把死亡看做人的神圣归宿,死后将骨骼献给上帝,象征着无尚的赞美,所以教堂里的"人骨装饰品"十分正常。而矗立于火烧堡的一排迎风发响的骨架又有什么特别的世俗或宗教含义呢?那枪兵把我们交给火烧堡的大管事和一群默默不语的门卫。大管事贡柯是个瘦小的老头儿,一双迎风落泪的小眼睛,下巴颏蓄有一撮山羊胡须。我们把枪支和马匹乖乖地交给了他们,随即被关进火烧堡。进了火烧堡,我们这才能放松下来收拾手臂上、脖子上的蚂蟥。阿伟首先来帮我,在我身上扯出好几条吸足了鲜血的蚂蟥,然后我再来帮他。为了彻底报复这些在光天化日之下公然袭击我们的吸血鬼,阿伟把从我们血管里拉出的蚂蟥集中起来,夹在两块太阳晒热的石头里,一面恶毒地咒骂,一面狠狠地、长久地研磨起来。那些门卫们裂着大嘴狂笑,个个都向阿伟伸出大拇指,佩服阿伟太了解这些吸血鬼了,如果你不把它们磨成齑粉,它们不仅立即复活,而且每一小段很快就能恢复成一条特立独行的嗜血怪物。我问大管事贡柯:

"吊杆上是真人的骨架吗？"

贡柯没有说不，也没说是，只向我神秘地一乐。

"一个真人怎么会变成一副如此完整的骨架呢？"

他又向我神秘地一乐。

在贡柯冲着大门哇哇啦啦通报之后，我们就只能站在门廊里恭候着。火烧堡实际上只是一座赤色砾石垒起的三层楼房，瓦片是用褐红色风化页岩制作的，排列得就像鱼鳞一样美观而整齐。门顶正中间挂着的装饰品是一只二目圆睁的熊头，因为它龇着獠牙，所以特别醒目。阿伟对我说，雪松头人就住在这座精致而厚重的小小城堡里。在我进入未定界之前就听说雪松头人有一个孪生姐姐，而且她的美名远播国外，但真正有幸见到她的人极少。男人的好奇心驱使我向阿伟斗胆提问：

"雪松头人的孪生姐姐真的那么漂亮吗？"阿伟一听，就冲着我大喊大叫起来：

"真的那么漂亮？！在三个邻国的边界上她数得上这个。"——他突然把大拇指伸出来，顶在我的鼻尖上，把我吓了一跳。

我们在门廊里等待头人召见的时候，发现门卫们的表情都非常严峻，通过阿伟向他们问话，他们都拒不回答。阿伟悄悄地对我讲：

"这些人还不是雪松头人的石头。"

"石头？"

"在雪松坪人们把雪松头人的家生娃子②称为石头，因为他们都是哑巴。石头的职责是在二门之内伺候头人和头人的家人。"

"都是哑巴？为什么？"

"因为只有娃子们的哑巴男孩和女孩，长到八岁才可以送进城堡当石头。石头送进城堡就再也不许出来了，从此与家人断绝一切来往。"

"可为什么会有这么多哑巴娃子呢？"

"雪松坪有一条哑溪，谁误饮了哑溪的水谁就变成哑巴。"

"本地人应该知道哑溪的厉害！既然误饮哑溪水的都是孩子，大人应该告诉孩子别走近哑溪呀！"

---

②娃子，即奴隶。家生娃子，即家奴。

"这里的娃子养孩子就像放牛放羊一样，主子的活都干不完，哪有时间管孩子。有些娃子恨不得自己的孩子一生下来就是哑巴。"

"为什么？"

"因为是哑巴才能进火烧堡当石头，一生一世都不在烈日风雨下受罪，顿顿都有饱饭吃。所以不少娃子都故意让自己的孩子去喝哑溪的水，反正语言在雪松坪的用处极少。"

这时，一个侏儒式的石头，圆圆的锅盖式的头发，短短的麻布衫露着肚脐眼儿。他拉开二道门，一跳一蹦地从堡内跳出来，贡柯出现在他的身后。贡柯用嘴一歪，向我们示意：进去！那小石头默默地拉拉我的衣袖，我们跟着他走进二道门。一进二道门就是一间没有窗户的阴暗大厅。大厅正中是一蓬熊熊燃烧的火塘。在正中间的位置上，一个穿着麂皮靴子、盘腿坐在上方的人大约就是雪松头人了。只第一眼我就吃了一惊，他的脸是一张用各种颜料涂抹成的假面，假面非常狰狞，一双倒竖起来的剑眉是用蓝色的矿物颜料勾画出来的，嘴唇是猩红色，又厚又阔。两颊上画着一对黄色的螺旋纹，额头上绘的是三条袅袅升起的黑色火焰。一身宽宽大大的麻布裤褂，经过蓝靛的濡染，硬而挺，很像甲胄，显得十分威武。头上的帽子是一条完整的狐狸皮，狐狸的嘴刚好咬住自己的尾巴。我悄悄问阿伟，他说，雪松头人的先辈都有戴面具的习惯，后来，面具不戴了，改为彩绘脸谱。我暗自揣摩着，这种习惯也许正是因为小国寡民缺乏自信的缘故吧。雪松头人的声音和他的狰狞面貌很不相称，显得非常轻柔，这就更加证实了我的猜测。他一开口就像是清晨的鸟鸣那样悦耳。他用手示意让我们在火塘边、正对着他本人的一方坐下。我注意到，石头们一点声音都没有，连哑巴通常有的"啊啊"声都没有。但他们个个都精于察言观色，雪松头人的所有吩咐，包括雪松头人没说出来的意愿，他们都能立即准确无误地领会到，并且付诸行动。所以在头人的嘴里有一个很亲切的称呼——"顺心"。当雪松头人有了侧一下身子的念头，立即就会有一个石头抢着伏在地上，用脊背承载着头人的胳膊。当雪松头人把鼻子仰起来在空气中轻轻一嗅，一个石头立即把鼻烟壶打开，凑上去在头人的鼻孔里塞进一小撮烟末。石头们开始动手给我们分发当地的奇珍异果了，据说这是少有的上宾待遇。一个石头女孩儿拿起一个菠萝蜜看看头人,头人向她眨了一下眼,她就把菠萝蜜塞进我的怀里,我拍拍她的脑袋,那女孩儿还会羞涩地一笑。雪松头人赞扬了她一句"好顺心!"通过阿伟,我向主人说明了来意,雪松头人才知道我是一个摇笔杆的汉人,摇笔杆的汉人在他的心目中就是帮闲、食客和猎奇的观光客一类。退一万步想,无非是某一个政府官员的师爷、说客。他很清楚,这些人到雪松坪来不会心怀叵测,不会有取而代之的野心,因为这既是不可能的事,也是办不到的事。一般来说,这些人也不会滞留得太久,因为外来人没有一个能吃得惯这里的饭菜,并能长期在如此潮湿和阴霾的气候里生活。于是他把贡柯喊进来,吩咐摆宴,摆盛宴。贡柯听完吩咐,有些为难地禀报说:

"头人老爷!在整个雪松坪刚好没有一头母牛会在下一个时辰之内生仔。"

阿伟在我耳边翻译着他们的对话,他说雪松头人很生气。

"偌大的雪松坪此时此刻难道就没得一头母牛生仔?我不相信,我的领地就那么小?"

贡柯小心谨慎地回话说:

"老爷!不管有还是没得,每一个寨子都会在每天午时以前派人向我禀报。"

"照你的说法,就没得办法了?"

"是的!头人老爷!"

"雪松坪此时此刻即使没得一头生仔的母牛,难道也没得一头怀胎的母牛?"

"当然,当然,头人老爷!有,有!"

"难道也没得一个会剖母牛肚子的娃子?"

"会剖牛肚子的娃子?当然,当然,头人老爷……有,有!"

"好了,那就少废话!"雪松头人冲着他的脊梁骂了一声:"你连块石头都不如!"对于贡柯来说,这是最可怕的一声骂。

贡柯喏喏连声地退了下去。

接下来,雪松头人就和我交谈起来,他提出的第一个问题就是:山外面有什么新鲜事呀?这个提问使我很吃惊,一个深藏在封闭山谷里的酋长,居然会关心山外的事。

我很迟疑地对他说:

"在我向贵宝地进发的时候,听说一条计划修建的公路已经有了图纸了,终点好像就在……您的雪松坪……"

我说完这句话连忙低下头,因为我以为他一定会大怒,一定会暴跳如雷。结果半晌没有听到他的声音,我抬起头来看着他,但在雪松头人狰狞的脸谱上,实在是猜测不出他的情绪。过了一会儿,他还是说话了,让我感到意外的是他的语音并无不快:

"好哇!这是摩登的事!"

阿伟听不懂"摩登"是什么意思,一时没法翻译下去。我一时也弄不清"摩登"是什么意思,因为我没想到他在土话里夹杂着英语。当他再重复一遍的时候,我才意识到他说的也许就是英语的 modern。我告诉了阿伟,阿伟问他,他点点头。他所以能说出一个半个西方语言的单字来,是可以理解的,这里是未定界嘛!这个词汇出自一个绘着脸谱的丛林酋长之口,实在是令我目瞪口呆。他离 modern 有多远呢?只能用俗话来说——十万八千里。

雪松头人接着说:

"公路当然是威胁!有了公路,外来人会更多,人心莫测!可也有一个好处,我的'卡尔'可以开出去了。"

这句话里又蹦出一个英语单字来——car。可他说的"卡尔"指的是什么车?进入雪松坪的路能通什么车呢,牛车?不能。连独轮人力车都不能,山实在是太高了。至于别的什么车,那就更难通过了。我只好问:

"什么车?牛车?独轮车?"

他摇摇头说:

"汽车。"

我不相信我的耳朵?我再一次问他:

"什么车?"

"汽车!汽车!汽车!"雪松头人有些发怒了。"你不相信我有汽车?"

我实在是难以置信,汽车?太荒诞了!他有汽车?首先汽车从哪里开进来?通向雪松坪的路全都是蜿蜒在悬崖峭壁上的羊肠小道,马鹿过身都得偏着头,否则不是路边的树枝挂断它们的角,就是它们的角挂断路边的树枝。只有一个可能,汽车是从天上吊下来的。虽然在二战时期世界上已经有了大型直升飞机,但是,谁会用大型直升飞机把一辆汽车运到这个偏僻的雪松坪来呢?问题是现在雪松头人的汽车从哪儿来?也许是他的某一个聪明的娃子,用木头和竹子按图索骥制作出的一个汽车模型。或许还是语言上的一个误会。雪松头人好像看出了我的怀疑,他一跃而起,向门外喊着:

"叫周晶华来!"

不大一会儿,贡柯就带着一个颇为英俊的年轻男子走进来,看样子那男子是个外来人,上身穿着一件蓝色的针织水手衫,一看就知道是舶来品。

雪松头人对我说:

"他是一个聪明的马来华人,叫周晶华,我的汽车技师。"简单的介绍结束以后,就指着我说:"他!远方来的客人!姓方?"

"是的,鄙人方挺。"

雪松头人对周晶华说:

"你们都跟我来!"

石头们立即搀起雪松头人和我,周晶华走在最前面,我们沿着独木梯子爬上城堡的三楼,三楼只有一间方方正正的石室。石头们一起用力推开一扇沉重的木门,一涌而进。然后一个石头踩着另一个石头的肩膀,把四面高高在上的窗户一一打开。亮光从四面八方的窗户上投射下来,偌大一间石室,只摆着一辆形似轿车的物件,物件上覆盖着一张深蓝色的篷布,一看就知道那是用很多块土布连缀起来的。此时,石头们的眼睛全都注视着雪松头人。雪松头人突然举起右手。石头们立即从四面八方拉住布篷的边角。雪松头人让我很意外地吹了一声口哨,石头们一起动手,拖开篷布。

"啊!"——我,只有我一个人失态地喊叫了一声。出现在我面前的竟然不是一辆小轿车的模型,而是一辆货真价实的蓝色小轿车,四轮腾空地架在石板上。我走过去抚摸了一下叶子板，叶子板上还涂着滑溜溜的上光蜡。引擎盖的最前方耸立着1943年雪佛兰的厂标。为了证明它是一辆真正的小轿车，雪松头人命令周晶华打开引擎盖，自己拉着我的手去摸水箱、化油器、电动机、电路和油路的管线……他问我：

"远方的客人！这是不是一辆汽车？"

"是的！头人老爷！"我不得不心服口服地承认这是一辆真正的汽车，但是，它是怎么来的呢？

雪松头人对周晶华说：

"让贵客听听响声。"

周晶华坐进驾驶室，打开电路开关，踏了踏油门。再下车，从地上拿起摇手柄，轻轻一摇，引擎就轰鸣起来。面对这辆均匀抖动着的汽车，诸多困惑一起都涌入脑际，没等我发问，雪松头人就大喊了一声：

"停车！进餐！"

石头们应声搀起雪松头人和我。

周晶华立即关了电路开关。由雪松头人领先，一个个鱼贯走下独木楼梯。

在厅堂里的火塘边落座以后，贡柯领着一群影子似的石头们从堡垒之外端来了一大堆菜肴。菜肴摆满了火塘宽阔的边框，主菜就是一只从母牛胎里取出的小牛仔，陶盆里的牛胎儿就浸泡在乳白色的胎水里。双目紧闭、四肢蜷成一团的小牛仔有时会突然痉挛地抖动一下。我一见这道菜，脑袋就"嗡"的一声响，像是扣上了一只硕大的石臼。我立刻想到一头大腹便便的母牛，未足月就被开了膛，从它血淋淋的子宫里掏出已经开始有了感知的小牛仔。我似乎能听见母牛绝望地吼叫。这时，我的五脏六腑都想往外翻，我拼命忍住，在迫不得已的时候才借口"方便"奔下楼去，一出门就钻进火烧堡旁边的林子里，好一阵呕吐。呕吐完了，我发现周晶华站在我身后：

"你？周先生！"

"方先生！头人让我来照应你。怕你……"

我实话实说：

"周先生！谢谢你！我实在是不能吃，也不能看那道主菜，想呕。"

"我看出来了。可那道主菜是对贵宾的最高礼遇,一点不吃是不行的。雪松头人会认为你瞧不起他,对他是一个奇耻大辱。他会大发雷霆,轻则下逐客令,重则把你的身子挂在城堡门外的吊杆上。你不是看见了吗?一排七根吊杆。"

"什么?那些吊杆上吊的骨架本来都是活人……?"

"当然,都是触犯了头人的娃子和客人。"

"客人,他敢把客人也吊上吊杆?"

"在雪松坪,他敢把任何人吊上吊杆。你以为他还会讲究外交礼节?中间那根吊杆总是空着,是给下一个倒霉人准备的,但愿不是你……在此之前,并非没有先例。一个外来人因为喝醉了,没有跟他喝完最后一碗酒,雪松头人一发怒,石头们就把那人拉了出去。这还不算,在吊上吊杆之前,雪松头人拎着那人的头发,硬是把他的嘴撬开,把最后一碗米酒灌进他的咽喉。"

这故事使我不寒而栗。

"就这点小事?他真是无所不用其极!"

"是的。方先生!"

"关你、杀你,任何理由都可以不要。"

"当然!"

"真叫人难以置信。"

"有时候仅仅是因为你说了一句话。"

"什么话?"

"谁也说不清,几乎任何一句话都可能触犯头人。"

"怪不得他身边使唤的全都是石头。"

"我在头人面前很少说话。"

"啊!是吗?我还以为这些骨架是买来的人体骨骼的标本,要真是活人的骨架,不是早就散了吗!"

"你哪天贴近了看看,每一根关节都是用细牛筋绳捆绑起来的。快回去吧,头人会疑心,他的疑心病很重。"

"他怀疑些什么呢?"

"他总在怀疑别人会暗算他,篡夺他的位置。"

"什么？就是火塘边那块又破又旧的牛毛垫子？"

"是的，因为占有了它也就占有了雪松坪的土地、鸦片、宝石和娃子、石头。"

"我们会眼馋这些东西？！……"这时我的胃又翻腾起来，真让人哭笑不得："那道主菜我实在是不能下咽，看第一眼就想大呕。"

"尝尝吧！"

我一听就想呕。

"尝尝？绝对不行！"

我的手连忙向他不停地摆动。他问我：

"你是不是觉得它脏？"

"不但是……"

"觉得它还在动？"

"也不但是……"

"你的武器是不是被他们搜去了？"

"是的。"

"那你就老老实实地尝尝这道美味佳肴吧！"

"照你的说法，我非吃不可喽？"

"是的，非吃不可。"

"不！要是吃或是死由我选择，我宁肯死。他真的会为了这么一丁点事把我像风干果子狸一样吊起来？"

周晶华反问我：

"你说，在这里——一个被世界遗忘了的地方，他怕什么？！"

"难道雪松坪就没接待过佛教徒？这里毗连东南亚，东南亚国家很多民族和部落都信奉小乘佛教。难道佛教徒也要接受这种宴请？"

"我想起来了，不久前，从曼德勒来了一位得道比丘尼法缘师太，为拒绝雪松头人的宴请僵持了很久，最后还是法缘师太占了上风。

"法缘师太凭什么占了上风呢？"

"她只是在他的耳边说了一句话。"

"一句什么话？"

"她对头人说，'雪松头人！你晓得不晓得，你出生的时候是谁给你接生吗？'雪松头人问：'谁？'法缘师太说：'我。'接着法缘说出雪松头人出生的年、月、日、时，头人一听，不仅立即息怒，而且倒头便拜。法缘师太拉起头人对他说：'我向故去的令尊保证过，出家人守口如瓶。''谢谢师太！我会给你很多很多的布施。'法缘师太说：'不！我只希望你以后别再强迫佛门弟子开斋。''师太！我依你。'"

"这样！我有救了。"

"方先生！你是佛教徒？"

"我可以说是。"

"啊！"他会意地笑了。"你真行！"

当周晶华带着我重新就座的时候，我注意到那些石头们都在发抖，个个把脊背紧紧地贴在石壁上。再看雪松头人，他怒不可遏，右手按着腰间的短刀，臀部已经腾空，就像一只即将一跃而起的猎豹。我刚一落座，就听到"噌"地一声，他把刀拔出来了，我身不由己地仰面倒了下来。雪松头人哈哈大笑，像夜间蹲在树上的鹞鹰发出的怪叫。周晶华连忙把我扶了起来，原来雪松头人刀的指向不是我，而是那只牛的胎儿。只一刀就把它剖成了两半，像是没有骨头似的，也没有血，乳白色的肉再也不会抽搐了。那能称之为肉吗？我怀疑。雪松头人用刀削了一块肉，他的刀尖首先伸向我，直指我的嘴边。一股让人非要呕吐不可的腥气扑面而来，就在那一瞬间，我立即双手合十，朗诵起佛号来：

"阿弥陀佛！"

雪松头人说：

"你是佛门弟子？"

"阿弥陀佛！"

"佛门弟子都是光头，你的头发为哪样会这么长呢？"

"阿弥陀佛！阿弥陀佛！阿弥陀佛！阿弥陀佛！……"

"方挺先生！我在问你呢？"

我再要不说话就搪塞不过去了，只好硬着头皮说：

"带发修行的居士也是佛门弟子啊！头人老爷！"

"啊！那我就不强求了。"

我这才像得到特赦一样：

"阿弥陀佛！"

雪松头人说：

"抬酒上来，方挺先生！喝酒！米酒不是荤腥吧？"

我只好点点头。

两个石头抬来一个酒缸，酒缸里插着许多弯曲的空心藤。一个石头把一根当吸管的空心藤塞在我的嘴里。我只好学着他们的样子吮吸着米酒。米酒里有一股子很呛人的馊味，但我已经很知足了，他总算没有再让我吃那只牛胎儿的肉以及蚯蚓、竹虫之类。我只胡乱吃些芭蕉心和芦根，借以掩人耳目。正当我们喝得脸红耳热的时候，贡柯走近雪松头人，弓着腰一面悄声向他密报什么，一面把一支红色箭杆的竹箭递给他，那支箭杆上绑着一只青色的螳螂。我注意到雪松头人的脖子立即胀得彤红，接着就把那箭杆指向周晶华。周晶华很紧张，但不知道应该接还是不应该接？正犹豫间，雪松头人便把箭杆丢在周晶华的身上了。周晶华拿起箭杆，很困惑。雪松头人厉声问他：

"你咯晓得这是哪样意思？"

"不晓得。"

"你不晓得，我来讲给你听！螳螂是雪松人的本尊神……"

看来周晶华并不特别紧张。

"不晓得！"

"不晓得？你咯是昨天才来到雪松坪的嘎？"

"真的不知道。"

"这是一个信号，挑战的信号。"

"不晓得。"

"你不晓得？这支箭杆是落在你屋顶上的。"

"落在我的屋顶上，那一定是个蹩脚射手。"

"不！射的很准，它在告诉你，他们要灭掉雪松坪，是不是要你里应外合？！"

"老爷！我只为你侍候汽车，别的事统统都不管呀！"

"不管！我不信。这些日子未定界又不太平了，至少有五家枪兵进驻日惹，日惹寨，你晓得不晓得？未定界上一个压线的寨子，一个有名的火药桶。"

"不晓得。"

"不晓得？上个月还有几个不明身份的高鼻子洋人在日惹落脚，那里经常发生枪战，血已经染红了小清江。你，你是哪股势力的奸细？"

周晶华那张漂亮的脸立即扭曲起来，额头上突然冒出了一大片汗珠子。

"头人老爷！你还不了解我？"

"我了解你？除了让你发动汽车，在雪松，我怎么知道你干了些哪样？"

"我经常和蓝铃姑娘在一起……不信你去问她。"

雪松头人勃然大怒，发出一声刺耳的尖叫：

"周晶华！我要活活把你吊死！"

周晶华此时忽然胆子大起来，反问说：

"老爷！为哪样要吊死我？"

"我问你！你肯定是哪一家派来的奸细！"

"头人老爷！我是你从海防请来的！我如果是奸细，肯定是你雪松头人的奸细，只要蓝铃姑娘对我说一声，我就死心塌地地做你的奸细。"

"你拿我姐姐当挡箭牌！贡柯！来人！来人！拉出去！"

一群持枪的娃子应声涌进来，风卷残云似的把周晶华拉了出去。

接着就是一阵极其尴尬的停顿，石头们真的都变成了亿万年的化石，一律是愕然的表情。贡柯注视着雪松头人，等待着他最后的命令。也许只有一分钟，但那是最要命的一分钟，在座的人都觉得非常漫长。刚刚来到雪松坪的我，什么都不敢说，也无话可说。为什么我会这么快也变成了石头呢？此刻，周晶华也只有默默等待的权利。雪松头人注视着贡柯，贡柯也是丈二金刚摸不着头脑。一直到雪松头人当胸给了他一拳，他才省悟过来。

"你也是一块石头？"

"老爷！我在等你呀！"

"我在等你！"

"仁慈的老爷！周晶华先生在雪松坪很久了，老老实实，兢兢业

蓝铃姑娘

业……当然,我也不能保证他会不会是哪一家派来的奸细。可单凭这根箭杆就把他吊死,怕是太简单了些,再说,他要是不在了,你的'雪佛兰卡尔'也就永远死了,以后再有贵客来,'雪佛兰卡尔'也就没有响动了。'雪佛兰卡尔'是雪松坪的骄傲啊!"

"先留下他?盯紧他,一刻都不能放松!"听口气可以听得出雪松头人还真的舍不得吊死他。

贡柯连忙说:

"老爷英明!在老爷的地面上,老爷的眼睛比苞谷地里的露水珠还多,怕哪样!"

这句话让我特别吃惊,这么一个"迷你"而又"迷你"的"王国"都会豢养这么多的特务走狗!暗处竟然有密密麻麻的眼睛!?

雪松头人问贡柯:

"贡柯!饶了他?"

"老爷!饶了他,他飞不了!再说,他也舍不了蓝铃姑娘……"

"出了事,你替他上吊杆!"

"那还用你说吗!老爷!"

"就按你说的办吧!放了他。"

"是,老爷!"贡柯退了出去。

雪松头人好像刚刚才发现这一切都在我的目睹之下。他说:

"远方来的客人!你们是不是觉得我太残忍了?……"

我一时不知道怎样回答才好,停顿了一会儿。雪松头人是个急性子:

"不好回答?为哪样?是就是,不是就是不是嘛。"

我斗胆说:

"是!"

"对了!我喜欢这样的人,哪怕你是来谋杀我的杀手,说明你光明正大,真心要跟我交朋友!喝酒!"

"谢谢!"

雪松头人吸了一大口酒之后叹息着说:

"唉!你们是游客,哪里知道坐客的难处!身上背着一份祖业,在未定界上立足，难啊！年年、月月、天天都有人想吞掉你、瓜分你。稍不当心，你的身子就挂在别人的吊杆上风干成一副骨架，不残忍，不残忍不得哩！不残忍就得当石头。"

我竟然在一个君主般的头人的语气里听到了辛苦、烦难和忧虑。我很难体会一个绝对权威此时此刻的心境，所以对他也就乏善可陈了。为了转移谈话的命题，我恭恭敬敬地请示雪松头人：

"老爷！我能跟周晶华先生谈谈吗？"

"谈哪样？"

"主要是好奇，其次是我的职业的需要。"

"职业的需要？"

"我和说书人差不多，不同的是说书人靠嘴说，我是用笔写，我相信周晶华先生的故事一定很有趣。"我当然不会向他说，我的真正目的是通过周晶华的故事来收集雪松坪的故事。

"是吗？"

"是的。"

"就像边地人听内地人的故事那样？"

"是的。"

"你去找他谈吧！"

"你不怕我是哪一方的奸细吧？头人老爷！"

"不怕，明人不说暗话，你跟他的每一句话都会有人向我禀报。"

虽然我压根就不相信，我还是笑着说：

"老爷！那就更好了，免得让你疑心。"

"不过，你在写的时候要小心，别提到我。"

"恐怕一定要提到你。"

"你倒真是直率，提到我，我会把你挂在我的吊杆上。"

"老爷！你看不到我写的书，到时候，即使你能看到我写的书，你也没法找到我。世界很大，你的管辖范围很有限哩！"

雪松头人吁了一口气，有些悲哀地说：

"你说的倒是实话。随你的便吧！只当我的娃子们在肚子里诽谤我。"

蓝铃姑娘

"雪松头人！谢谢你！"

说到这儿我就起身告别了。在我离开火烧堡的时候才知道，马锅头阿伟卸下了我的行李，饭都没吃就原路返回了。我理解他的麻利，谁都知道雪松坪是个是非之地，一不小心就得把自己的骨架留在雪松坪的风里雨里。

承蒙雪松头人的优待，分给了我一座蘑菇房，简言之，就是一座蘑菇形的小泥屋。为了透光和排烟，屋顶上开了一个大洞，据说这个大洞很奇妙，即使是暴雨天，雨滴也不会滴进来。整个屋内的设施只有一个火塘，火塘上有一个铸铁三脚架，三脚架上有一个砂锅。屋里黑黢黢的，墙壁上的表面黑得发亮，显然是被成年累月的柴烟熏黑的。没有床板，没有铺盖。据说，即使是另一个头人的特使或头人本人来作客，也都是这样安排。因为在边地行脚的人们一般都带有马匹和行囊。贡柯帮我点着火塘里的木柴，打开我的马鞍子，铺好铺盖，我就提出要他带我去见周晶华了。贡柯立即把我带到周晶华的蘑菇房，他的蘑菇房和我们住的蘑菇房惊人相似。周晶华把我让到火塘边坐下，贡柯就告退了。接着，周晶华就忙着给我用煨在火塘边的小陶壶沏茶。

"你怕吗？"

周晶华回答的声音很轻：

"习惯了。请喝茶。我的经历极其普通，可能你会失望。"

"那可不一定，我相信发生在你身上的任何事都是传奇。随便谈谈吧。首先，我想问问，今天的一捉、一放，有什么文章吗？"

他把嘴贴着我的耳根说：

"这是预防性的警告，已经有好几次了，我觉得就像一群孩子在成人面前煞有介事地做戏一样，我已经习以为常了。今天警告的对象应该是你。"

"是我？"

"所以我一点都不紧张。"

"你是不紧张，我是不知道紧张。"

"是的。"

于是，他向火塘里扔了几块松柴，背靠在墙上，一面饮着浓浓的大叶子茶，一面开始讲起来：

"方先生！关于我的故事得先从雪松头人的汽车讲起，他所以要拥有一辆汽车，是事出有因的。"

"啊？"

"每隔四年，未定界的头人们都会在日惹街有一次聚餐会。这种聚餐会叫长街宴，是一个与民同乐的形式，每每都是一百多张桌子连成线，号称街有多长，席有多长。桌面上摆的全都是奇奇怪怪的野生动植物，最让头人们兴奋的是一道热米饭拌牛肉糜，带血的牛肉糜放在热腾腾的米饭里一搅拌，立即冒出一股子特别的香味，头人们立即狼吞虎咽起来。带着枪炮来的头人们，每年在日惹街上聚会的目的就是当众夸强、夸富。席间还有一些来探宝石矿的西洋人。有一次，雪松头人从始到终都没有讲一句话。即将散席之前，他的大管事贡柯在他耳边悄声问了一句：

'老爷！你认输了？'

雪松头人抬头盯了他一眼。

'认输？胡说！'

'眼看席就要散了！该说的话快说出来！不然就来不及了！'

'我知道。'

其实，雪松头人一直都在心里盘算着该夸耀些什么。土地？矿藏？枪支？弹药？美女？娃子？年年都是这些，真烦！全都是不可靠的夸大其词，因为财富、武器与美女从来都是各自深藏不露的秘密。看也看不见，摸也摸不着。可此时此刻再不讲就真的来不及了。于是他站起来通过翻译向来自英国和比利时的商人发问：

'如今世界上最有钱的富翁占有哪样东西，算是最摩登、也最贵重呢？'

几位洋人像小学生向老师抢答口试题一样，异口同声地说：

'卡尔！'

'卡尔是哪样？'

'卡尔是跑得飞快的轿车。'

'咯能在山上跑？'

'当然能,只要山上有宽阔的公路。'

雪松头人听到这儿心里就有数了,他说:

'我要买一辆卡尔!'

一语惊四座!头人们一片惊愕:

'啊!?'

紧接着头人们就此展开了热烈的议论。洋人们相信雪松头人完全有足够的鸦片、宝石和稀有矿砂来交换一辆最新的轿车,纷纷向他表示愿意和他做这笔利润丰厚的生意。但是,他们却不相信雪松头人能把一辆轿车完整地运进雪松坪。即使能运进来,也发动不起来。即使能发动,摆在他的城堡里又有什么用呢?——洋人们最重视财富的实用性。但这一点他们并没有说出来,只要有钱赚,至于成交以后怎么运进来,是买主的事。而别的头人们受到的震撼比洋人要大得多,因为他们中间有些人看见过在滇缅公路上奔跑如飞的大卡车。雪松头人如果真的拥有了一辆'卡尔',在这段未定界上,他的威望无疑会立即上升到至高无上的地位!因为洋人们异口同声地说,'卡尔'是世界上最有钱的富翁拥有的最摩登、最贵重的珍宝。这不但是雪松头人的先声夺人,而且实际上在这一带,除雪松头人以外,哪一家头人也没有这样的魄力和实力。至于那辆'卡尔'能否运进来,没有一个头人会怀疑,因为他们从自己的切身体会中完全知道,娃子们面对死亡的恐怖,一切活人办不到的事他们都能办得到。后来,雪松头人的娃子果然为主子办到了。他的大管家贡柯通过一个洋人在海防③找到了我。战前我在南洋为富商开轿车,日本军队进攻中国以后,侨领陈嘉庚先生号召海外华侨支援抗战,有钱出钱,有力出力。我没钱,有力气,有技术,就在滇缅公路上为中国远征军开卡车。活着看到日本投降,老爹也在中缅边界找到我,父子二人一起流落到越南,在海防开了一家汽车修理店,专门修理各式各样的汽车。我对于汽车的结构恐怕比设计师都精通。像我这样的技术能手只能在贫穷的殖民地讨生活,因为在东南亚、包括在中国,所有的汽车都要超期服役,即使是百分之九十的零件都坏了,也必须让它滚动起来。所

---

③海防,越南的一个海港城市。

以,我能用我的双手仿制出所有厂牌的汽车零件。但由于老父亲生病,欠下了很大一笔高利贷,你看,放高利贷的人已经在我的脖子上留下了两条红线了,他说:事不过三,下一回就不再是浅浅的一刀了,而是身首分离。那时候,我天天都想把自己卖掉却找不到一个买主。所以,明知道去未定界是冒险,我也得应承下来。雪松头人的管家为我还清了债务,还送给我父亲一饼鸦片和一包纯度很高的金沙。这辆雪佛兰轿车从海防港的远洋轮上卸下来以后,在越北只开了一小段路就到了公路的尽头。在公路的尽头必须拆散,才有可能启运。我花了半个月的时间,把一辆轿车拆卸为三百八十六个部件,再用木箱仔仔细细加以包装。之后就是去征服二百五十九公里挂在悬崖上的崎岖山路。主要靠的是雪松头人的男女娃子和一个二十头骡马的马帮。五十多件没法拆卸的零部件,由于面积过大或是易碎,必须使用娃子——也就是头人们说的'高脚骡子'——来头顶、肩挑、背扛。热带丛林里无休无止的豪雨,泥石流往往会把半个山冲垮,原先的路无影无踪,只好让娃子用砍刀和他们的手脚去开辟一条新路。这段路整整走了半年零十五天。当这一堆零件运到雪松坪之后,我才看到满脸五颜六色的雪松头人,他在火烧堡门前设宴迎接我。劈头就问我:

'周先生!这堆杂碎装起来能不能跑?'

我回答他说:

'不能,因为没有公路。'

他看着从门前通向山外的小路,叹了一口气,说:

'它能不能响动?'

'不知道,一路上风雨雷电,娃子们扛着零部件跌跌趴趴,哪怕有一个零部件受损,引擎就转不动了……'

接着雪松头人的话吓得我没说出话来,他说:

'我敢用脑袋保证,一点损伤都不会有。'

停顿了好一会儿,我才对他说:

'头人老爷!是的,娃子们都很优秀,宁肯自己掉下悬崖峭壁,也不让零件有一点损伤。可是路太艰险了呀……'

他向我挥了挥手,断然地说:

蓝铃姑娘 239

'没有可是！你说错了！不是我的娃子优秀！是他的主子优秀，发明了这些挂骨架的吊杆。'

我情不自禁地打了一个寒颤，但我不得不承认他说的有道理。

他那五颜六色的脸突然向我逼近，他的鼻尖几乎碰上了我的鼻尖：

'给你二十天，它咯动得起来？'

'差不多。'

'差多少？'

'给我二十五天吧！'

'可以！二十五天以后让它唱歌。现在我就给八方头人发请帖。'

'老爷！请帖就不忙发吧，要是万一到时候卡尔动不起来，不是没有节目给他们看了吗？'

'周先生！你担心？请帖一定要下，到时候万一卡尔动不起来，就换个玩意儿……'

'换个玩意儿？'

'那就请他们看你的独角戏！'

'我的独角戏？'

'就是把你吊上吊杆儿，让头人们看看你在风中扭动的功夫！'雪松头人指着吊在吊杆儿上的骨架说：'像他们那样。'

这时，刚好刮来一阵夹着冷雨的斜风，吹得那些骨架哗啦啦一阵乱响。我的心骤然揪了起来。以后的二十五个日日夜夜我都在向自己念叨着同一句话：

'晶华！你在组装你自己啊！晶华！你在组装你自己啊！晶华！你在组装你自己啊！晶华！你在组装你自己啊！……'

我拼装着那些冷漠无情的零件，就好像是在拼装我自己的四肢和五脏六腑那样，反复摩挲，小心翼翼。在我把曲轴和气缸装进铸钢壳里的时候，我闭着眼睛祝祷说：

'我的佛祖啊！让我的心脏跳动起来吧！'

在我安装轮胎的时候，我忧心忡忡地问：

'佛祖啊！我的腿！我的腿还能奔跑吗？'

在安装的过程中，这些心灵手巧的石头们没有做错过一件事，真的是得心应手。我敢保证，他们现在的技术指标都能达到五级技工的水平。当每一颗螺丝都固定好了以后，我突然向那些为我打下手的石头们跪下了，吓得他们喘着粗气四处奔逃。我一面磕响头，一面说：

'谢谢啰！谢谢你们！你们真是我的救命恩人啊，每一个零件都像是刚刚出厂的样子，在如此险恶的运输途中都没有造成一点残缺。你们是神！还有那些为了这些零件的完整无缺而跌死在峡谷之中的娃子们！我不相信他们会死，他们一定是在落下悬崖的那一瞬间，脊背上突然生出一双翅膀，羽化升天了！'

当石头们默默地把轿车擦拭得一尘不染以后，我又让他们一遍一遍地涂抹了上光蜡，一直到这辆轿车的外壳达到俗话说的那样，连苍蝇都难以立足的程度。大管事贡柯首先看见装配齐全、光彩夺目的轿车，惊奇得眼珠子几乎掉了出来。他立即就要向雪松头人禀报，我一把抓住了他的袖子，对他说：

'你急哪样？还要看加了油能不能发动哩！要是发动不起来，我上了吊杆儿，头人也不会轻饶你。'

贡柯刚刚点燃起来的兴奋之火一下就被我泼灭了。虽然我对燃料在引擎里的气化原理，机械的传动和制动的规律，以及每一个零部件在运动中的关系了如指掌，我还是虔诚地匍匐在轿车前面的石板地上，祝祷天上地下一切神佛与鬼怪都来护佑我。因为我不知道在哪个环节上会遇见魔鬼作祟。这样的环节太多了！至少有一万个，一万个环节，也就会有一万个漏洞。当我抬起头来的时候，才发现贡柯和石头们也都跪下了。我爬起来的第一个动作就是拿起摇手柄开始摇动引擎，第一下气缸里的压力就把我弹倒在地上了。石头们连忙把我扶起来，我注意到他们个个目光惶惑，但是他们在我脸上看到了欣喜，他们也立即看到了希望。虽然他们不明白这一反弹表明气缸里有了压力。气缸密闭得很好啊！我立即登上轿车把摇手柄交给贡柯，要他去摇，我慢慢地踩踏着油门。但他竭尽全力的结果仍然没有成功。在他喘息的时候，我叫道：

'再来！'

一个十分劲健的石头从贡柯手里夺过手柄用力摇起来，它一口气摇了两分钟，引擎全无反弹。接着石头们一个一个主动地去摇，他们知道，成与败,生死攸关。为了保命都非常卖力,个个轮番去摇,摇得整个轿车都在晃动,但气缸就是不点火。我颓然坐在轿车里,凝视着窗外一排吊杆儿上的骨架在风中有节奏地晃动,我的每一个关节都凉了。骤然,短短的一声"嗵"把我从失望的深渊里拉了起来。我知道这是从汽缸里发出来的声音,燃料经过化油器,在气缸里有过一次——可能只是一刹那的爆炸。我立即跳下车,扑过去推开那个拿摇手柄的石头,夺过摇手柄,轻轻摇了一个三百六十度,如有神助一般,引擎随即运转起来。我迅速登车,踩踏着油门,一次又一次地把油门踩到底,颤抖着的轿车一次又一次地大声吼叫。贡柯和石头们像是有人下了命令似的,一起跪下,双手合十,仰面朝天,喃喃祝祷。就在这时,雪松头人在八位服饰华丽的头人的簇拥之下走上三楼。这些高贵的邻居大约就是八方头人了。在这辆光滑锃亮的轿车面前,八方头人先是一起变成傻子,一个个目瞪口呆。继而又都成了哑子,没有一个人的舌头是柔软的。最后全变成了疯子,一起用他们自己民族的语言不断地狂喊呼啸。作为主人的雪松头人反而很镇静,好像在冷眼旁观。一直到客人们围住他,向他提出各式各样的问题的时候,他才开口:

'周晶华!给他们讲讲!'

于是我立即遵命向这些喧哗的客人讲解了这辆雪佛兰轿车进货的价格、运输的路线、艰险的行程、轿车的舒适程度、载重量、时速等等。我的语气尽量平实,避免夸耀,他们还是不停地大声惊叫。看来他们中间没有一个人有再买一辆的意思,恐怕他们八位加起来也没有雪松头人的财力和魄力。雪松头人轻轻用手拍了一下我的肩头,这一拍,把他的得意和满足表现得恰到好处。事后贡柯对我说,他跟随头人多年,头人对他从来都没有这样的亲昵表示,也没看见头人对别人有过这样的亲昵表示。在雪松头人带领八方头人前去赴宴的时候,我一下就瘫倒在地不省人事了。太累、也太紧张了!就像一个没有资历的将军,竟然指挥一个大兵团,终于打赢了一场寡不敌众的战役。

在我渐渐醒来的时候,陌生的空间马上向我提出了一个问题,你身在何处?火塘里的火光让我一睁眼就看清了我的处境,这是一座圆形的泥屋,铺在自己身子下面的是一堆干草。右侧好像枕着一条潺潺溪水,扭头一看，原来是火塘边有一个歪嘴陶罐，陶罐里的沸水在响。这就是雪松头人赏赐给我的临时住所。

雪松头人一高兴，给了我整整一个月的假期，我花了一半的时间睡觉，弥补前一段的日以继夜。有一天，我从中午昏睡到黄昏。忽然，听见"嘭"的一声，我的门被撞开了，一个影子出现在门口，刚刚睁开的睡眼没看清，猜想或许是一只熊之类的野物。就在我揉眼睛的工夫，那影子已经窜到了我的身边，扑过来，一下就搂住了我的脖子。想吃我？顿时吓得我没了魂儿。幸好接着就是一串人的笑声，这才让我又还了魂儿；幸好贴在我脸上的不是毛茸茸的熊头，而是女子细滑温暖的面颊。

'你是谁？'我腾地坐了起来，一个热乎乎的女性胴体紧紧地抱着我。我是个很害臊、很怕痒的人，在此之前除了母亲之外，从不接受任何人的拥抱。我想挣开她，她的胳膊就像箍桶的铁环那样，使我无法脱身。一直到我的脸都涨得通红她才松手。我定睛一看，又吓了一跳，她竟然是一个在这种地方绝不可能出现的美少女，不仅美，而且五官生得极为精致。身上穿着一件本色麻布的超短紧身小褂，半露的酥胸和细腰是动人的浅栗色。一条黑色麻布曳地长裙，滚着猩红色的宽边。腰间扎着一条织有一串吻颈鸟的红腰带。她赤着一双五指分开的大脚。眼睛和嘴都很大，眼角和嘴角也都微微有些翘，即使是板着面孔也像在微笑。正因为这样，才减轻了我的惊骇。她见我半晌没有说话，就像猕猴似的伸出手抓我一把，再抓一把，连续抓了我三把。我只好开口说话：

'你是谁？'

'我是蓝铃。'

'蓝铃？'

她捂住嘴笑起来：

'你连蓝铃都不知道？'

我老老实实地说：

'不知道，我刚刚来。'

'刚刚来？不！你来了快两个月了。'

'是吗？我没日没夜地安装汽车，都忘了时间……'

'你装好的那辆汽车就安装在我的楼上。'

我这才有些明白了,她说的楼不就是头人的火烧堡吗?她该不是雪松头人的姐姐吧?是的,一定是的!据我知道,只有头人家里的妻女才能穿曳地长裙,才能束绣着一串吻颈鸟的腰带。她那惊人的美加上她那野性的无拘无束,更证实了我的猜测。不知道为什么,同时我也想到那些迎风发响的骨架,冷不丁地打了一个寒颤。她说:

'我看见过你。'

'你看见过我?我怎么没看见过你呢?'

'我天天看见你。'

'啊!?'我想,她大约是好奇,总在门缝里偷觑我。

'你叫周晶华,是吧?'

'是的。蓝铃姑娘!'

'我从来都没看见过像你这样一双巧手,干那样重的活就像绣花一样,一丝一毫都不马虎。'说着她拉住了我的右手,我没有往回抽。'我老是在想,你的这双手在女人身上咯也是那样仔细嘎?'

我感觉到她的手倒是比我的手还要细滑、温暖和柔软。很快,我的右手被她拉向更加细滑、温暖和柔软的地方,一时我甚至弄不懂这是她身上的哪个部位,我对女性的躯体太生疏了。等我的手指辨明这是一只坚挺的乳峰的时候,我的手才猛地往回抽。她是那样敏捷,一下就把我往外抽的手牢牢地抓住,像铁钳那样,使我的手压在她的乳峰上动弹不得。这时我已经忘记了那些迎风发响的骨架,甚至左手也自动地伸进她胸前另一团让人迷醉的温柔之中。她随即躺倒在我的身上,火光在她渐渐裸露的躯体上跳跃,她的胸脯像波浪那样起伏。这种直截了当的性挑逗,我承认,我投降了,失衡了,崩溃了!总之,她即使是死神,我也只好由她了。顿时我的头顶上没有了天,脚底下也没有了地,我的双手就像安装汽车那样,不自主地在她的胸前细腻而又用力地拨弄着、揉搓着。我为我无师自通的技巧感到惊奇。忽然,她坐起来,用双手抱着我的脖子,用她那丰满的嘴咬住我的嘴唇,狠狠地咬,我尝到一丝咸味,——我流血了。我想重新把她压倒在地上,没有成功,我十分诧异地发现我没有她的力气大。她跳起来,拉着我走出小泥屋,向一座搭建在悬崖上的茅屋奔去,那是一座歪歪倒倒的茅屋。

茅屋没有门,只有藤萝编织的门帘,我透过藤萝的缝隙看见屋中间的地上,燃烧着一堆熊熊烈火。一对对裸体的少男少女,围着火,贴着墙,如醉如痴地紧紧拥抱在一起。他们那赤铜色的躯体上大多数都还沾着红土。一片由于说不清是痛苦还是愉悦才发出的呻吟,他们都在做着他们欲罢不能的事情,对我们这两个不速之客却视而不见。我立即认识到,这大约就是'公房'了。这种'公房'在好多边地民族村寨里都有。在这种地方,他们从来都是这样旁若无人。他们只知道自己这一对,绝对不会注意另外那些情侣们的动静,不管是大呼小叫,还是叹息呻吟。这是从狩猎时代就开始有了的一种习俗,'公房'就像是他们婚前接受性启蒙教育的学校。蓝铃在门口把我向里推,我在发抖,像一匹没有调教好的犟驴那样挣扎,拼命抓住门框,无论她怎么推,都没法把我推进'公房'。她贴着我的背,把所有的重量都压在我的身上,用她那颤抖的双手在我衣襟里摸索着,半闭着眼睛,嘴唇半张着,发出呼呼的狂喘。我不知道我从哪儿来的一股子劲,反身把她抱起来转身就走,刚走几步她就反败为胜了,我被她推倒在地上。这时,我发现我们躺倒的地方正在悬崖的边沿,我的心立即怦怦跳起来,我告诉她:

'蓝铃姑娘!崖子边!'

她用手来回答我,一下就扯开我的衬衫,五颗纽扣崩了两对半。

'蓝铃姑娘!崖子边!'

她用脚来回答我,一下就蹬掉我的裤子。

'蓝铃姑娘!崖子边!'

她突然骑在我的身上,立即驾驭了我,像骑手那样大声吆喝起来,那喊声在山林里发出响亮的回声。小白兔似的双乳在星光下急速地蹦跳。开始,我实在是难以接受,我这不是回到原始人的群落里了吗!但很快,也许只是一分钟,我就把天地、山川、诗书、经卷、云霞、星月、佳木、芳草和栖息在树木上的鸟群、蜷伏在洞穴里的野兽统统都遗忘得干干净净。在她和我连连在地上翻滚的时候,镶嵌着星星和月亮的天空也跟着我们的节奏在旋转,一直到我们同时发出一声惊天动地的呼喊之后,她才惊骇地发现我们俩赤条条地躺在悬崖边上,她才立即拉着我迅速逃离这生死悲欢的极地。那天子夜和她分开以后,我反复想着一个问题，她为什么选中了我做为她的猎物呢？我立即联想到我看见过的一出类似的活剧。一只饥饿的隼在空中盘旋，俯瞰着河谷中一群戴胜鸟。突然！一只白鹇落进戴胜鸟群之中。隼很少有机会碰到白鹇，比较陌生。陌生会产生美，稀有会提升价值。于是，它立即风驰电掣地俯冲而下，牢牢地攫住那只白鹇，贪婪地撕掉了那只白鹇的皮。我不就是那只白鹇吗！

　　从此以后，她经常在夜间来到我的泥屋，约我出去幽会，她也许更喜欢在'公房'中，在群交的氛围里。她好几次都想把我拖到'公房'的门前，我都拼命挣扎着离开了。我毕竟在东西方文明的影响下生活了二十多年，实在难以接受他们那种过于原始的方式。我引导她到清静的溪水边，到隐蔽的林中空地里，到最接近星光的山顶上。后来她才悟到在两个人的世界里需要的是隐秘和优雅，这说明她渐渐在向我靠近，在向文明靠近。她会一夜一夜地倾听我的诉说，我讲述的都是我自己的经历，包括我在南洋曾经有过的两小无猜的初恋，在讲述南洋的故事的时候，我会给她唱那支让我终生为之动情的《梅娘曲》。讲到我在海上的漂泊，在现代都市里的奋斗，在战争中的九死一生，也讲到自己和她相识之前的贫困、苦闷，以及来到雪松坪以后的困惑，甚至对雪松头人的残忍也表示了直率的不满，在说到那些吊在风中的骨架的时候，我强烈地表现出我的厌恶和恐惧。我发现我过去的生命体验对她特别陌生，也特别有吸引力。她对我说，她过去从来不懂得人为什么会叹息，她是在倾听我的经历以后才身不由己地发出第一声叹息的。原先我还以为这种轻柔、委婉的叹息是她固有的习惯。在我叙述的时候，她总是不断地用紧紧的拥抱表示她的抚慰。在雪松坪，约束我的是契约和金钱，蓝铃在乎的却是因为我的困厄给她带来的快乐。对那些在风中飘摇的骨架，她没有表态，如果叹息也能算是她的态度，我在她的叹息声中听到了她也开始有了同情。我也喜欢倾听她的故事，她向我讲述她奇特的生活，孤独，孤独得就像一头刚刚发情的小母狼那样昼伏夜出。她直言不讳地告诉我，在我与她相识之前，她的热烈向往就是突然一步跨进发出怪声的'公房'，又碍于自己的身份而烦乱地徘徊于'公房'之外。即使贸然走进'公房'，谁敢接受她呢？至于她的孪生弟弟，她却只字未曾提及，虽然我曾经多次问过她。后来,她只要在我的怀抱里,就变得十分安静,经常像一只困倦的偎灶猫。我很得意地觉察到我对她的潜移默化,也觉察到她已渐渐爱上了我,我也渐渐爱上了她。而且爱得极深,那是一种刻骨铭心之爱,虽然我们的爱开始于一时的、原始的性冲动。我曾经忧心忡忡地对她说:

'小妹!'我很快就把她称为小妹了,她叫我哥。'小妹!万一我有一天出了差错,万一多疑的雪松头人起了疑心,惹火了他,要把我吊上吊杆,你怎么办?'

她许久都没有回答我。我故意说:

'小妹!等我变成一堆骨头的时候,你把我用麻绳穿成一副完整的骨架。'

我没想到,她竟然'哇'地一声嚎啕大哭起来。我抱住她哄了很久她才止住泪,回答我:

'哥!要是真有那一天,我就替你上吊杆。'说完这句话,她伏在我的怀里又哽咽了很久。

我相信她的真诚,更相信她的能量,因为她是雪松头人的姐姐,我一旦罹难,由她出面请求雪松头人赦免我,或许只要有她说句话也就够了。

'小妹!听说你和雪松头人是孪生姐弟,你是他的姐姐?'

'是的。'

'小妹!你比他大,继承雪松头人的应该是你,怎么?你让给了弟弟?'

蓝铃突然杏眼圆睁直愣愣地审视了我好久,问我:

'哥!你是明知故问吧?'

'我?我什么都不知道,怎么会明知故问呢?'

'哥!我们这个民族的头人只能由男孩儿来继承,你咯是不知道嘎?'

'小妹!我真的不知道。如果老头人只有女儿,没有儿子,怎么办?'

'那……只能把位子让给外人。'

'让给外人？'

'是的。'

'女儿很强悍、很精明也不行吗？'

'不行。跟你们汉人一样。听说从古至今真正的女皇帝一个也没有。'

'是的。要是没有了头人的位子，你们会怎么样呢？'

她十分明快地说：

'不当主子就得当娃子。'

我着实很吃惊：

'是吗？要搬出火烧堡？'

'何止是搬出火烧堡。我爷爷的爷爷那一辈，雪松的头人就是因为没子嗣，头人的地位被我们家爷爷的爷爷夺了过来。那一家的大人统统都被杀光，子子孙孙统统成了我们家的家生娃子。'

我情不自禁地倒抽了一口凉气，想道：多么严峻的、铁的定律啊！要么，锤；要么，砧。

她洋洋得意地说：

'哥！你咯晓得，幸亏和我同时落地这个娃娃的裆里多了一个小雀雀。'

'是的，小妹！在他身上，小雀雀可是太重要了！'

'幸亏。'

'双生姐弟应该很相像，你们长得像吗？'

'你不是都看见了？'

'不，雪松头人的脸是看不见的，我看见的是脸谱。'

'当然很像。'

'为什么头人的脸上要画上五颜六色的脸谱呢？'

'这是我们部落在老辈子传下来的规矩。'

'怕是很古老的规矩吧？'

'很古老，中间有好几代都没有画了，到了我弟弟这一辈才又重新实行老辈子的规矩。'

'小妹！在我们汉人的地方，戏子为了演不同的人物才画脸谱，头

人画脸谱是什么意思呢?'

　　'哥!很久很久以前,我们老辈子族人在很冷很冷的西北高原上讨生活,靠打野物过活,为了对付野物的攻击,人人都得画上脸谱。后来人多了,人跟人的火拼也多了,娃子的命贱,只有头人才能画脸谱。'

　　白天,我不得不面对一副狰狞的面目,听雪松头人那冷冰冰的声音,服从他的指使。当贵客来访的时候,他下令让我发动汽车,让汽车在原地奔腾咆哮。那些丛林部落的头人们的反应几乎一模一样,引擎的突然轰鸣,吓得来客个个都连连退后几步,有时竟会撞到墙上。流着馋涎的嘴张得老大,浑浊的眼睛骤然一亮,随即向雪松头人投以娃子见主子那样崇拜而又惊惧的目光。雪松头人满足了,那是一种极大的满足——凌驾于所有暴戾而又富有的头人们之上的满足。而我却紧张万分,一直到他向我下令停车熄火,走出火烧堡以后才能喘一口气。随着夜色渐浓,我终于真正地松弛下来。第一颗星星出现了,第二颗星星紧接着也显现出来,当满天星斗竞相争辉的时候,我从小泥屋的小门洞里钻出来,一个穿着曳地长裙的仙女从星光中向我走来。是仙女?是的,她是我痛苦和寂寞生活的唯一安慰。在我心目中,蓝铃姑娘比仙女还要美,她生活在天国,我几乎时时刻刻都在思念她,盼望她随时走向我,可她只能夜间来。谢天谢地!每晚她都是那样准时,没有延长我的痛苦。见面以后,她就化身为凡人了,给我的全都是实实在在的、人间的欢乐。曾经是野性的她,一切节奏都跟着我而变得极其温柔,她的躯体像热带的晚风,像阳光下灼人的溪水从我的肌肤上缓缓淌过,最后才是狂风巨浪般地覆盖我,淹没我,吞噬我。

　　我记得那天夜晚的月亮特别圆,月光下的雪松溪亮得像一条银河在奔流。一块巨大的石壁前,溪水在几棵大榕树的荫护下形成了一个深潭,潭水里永远有一个转动不止的大漩涡。我赤着身子侧卧在溪边一块平坦的巨石上,蓝铃也赤着身子站在我的身边,用手指梳理着自己的头发。这时,我突然看见一条眼镜蛇扁平的花脸从巨石板下伸上来,我看见它的那个瞬间,它也看见了我,它立即向后一闪——我当时就明白,那是眼镜蛇向它的敌人施行致命一击之前的一个动作。无论当时多么急促,我都知道这意味着蓝铃必死,而后我被她的弟弟吊上吊杆。我的脑袋立即'轰'的一声涨得像斗那样大。幸好我打了一个寒噤,这个寒噤给了我一秒钟的清醒,我利用这一秒钟的清醒猛地坐起来,用双手全力把蓝铃推进深潭,蓝铃的身体立即溅起一个巨大的浪花。再一看,眼镜蛇已经被吓跑了,跑得无影无踪。但蓝铃却在深潭里的漩涡中挣扎。她一边喊着哥,一边奋力划水,想摆脱巨大漩涡的俘虏。我跳下深潭奋力把她托上来,放在石板上。但是,她佝偻着身子,双手紧握自己的左脚。我俯下身子一看,才看到她的左脚小拇指血流不止,我判断,那一定是被水下的岩石撞破的。我当即从自己的衣襟上扯下一条布,帮她把脚趾缠上。在我扶着她回去的时候,她几乎是挂在我的身上。一路上,也许是为了减轻她的疼痛,不断地亲吻着我,她的吻痕遍及我的全身。

那天夜晚,她睡在我的蘑菇房里,火塘里的松柴通宵都在熊熊燃烧,她躺在我的被窝里,我用同样的炽热回报她在路上给予我的亲吻。她在接受我的时候,不断喃喃地对我说:

'阿爹阿妈给我的身子和魂灵儿已经给眼镜蛇吞掉了,现在我这个身子和魂灵儿都是哥给我的!哥打我、骂我、咬我、随时随地要我,杀我,哥!随你!这都是哥的,全都是哥的!……阿爹阿妈给我的身子和魂灵儿已经给眼镜蛇吞掉了,现在我这个身子和魂灵儿都是哥给我的!哥打我、骂我、咬我、随时随地要我,杀我,随你!这都是哥的,全都是哥的!'

那天夜晚,我才发现她的身子像一块栗色的完璧,既无瘢疤,又无伤痕,连一颗芝麻大点的痣都没有。虽然我们的幽会已经延续了半年有余,那天夜里就像第一次才认识她。她让我在她的蜜语中一次一次地迷醉,她让我在她的怀抱中一次一次地起飞。很怪,恰恰没有一丝远虑,也没有一丝近忧。总之,没有一丁点不祥的预感,就像神仙一样。在我的意念里,天地万物,包括雪松头人分给我居住的小小蘑菇房,都属于我。——因为蓝铃姑娘属于我。当我被一阵乱枪惊醒的时候,天已经大亮了,接着贡柯也闯进了我的蘑菇房,幸好蓝铃已经不在我的身边。贡柯说头人马上要接待一个缅甸境内的贵客,叫我赶紧去。我曾经听说过这个人的大名,他是一位富可敌国的宝石王,德钦头人。他拥有一座国际知名、盛产宝石的峡谷。昨天深夜他就到了雪松坪,雪松头人没有在第一时间里会见他,贡柯对他说,主人偶感风寒,暂不会客,使得他大发雷霆。一大早,他又让他的卫队在雪松坪的土地上向雪松坪的天空鸣枪,以示抗议。这次德钦头人专程前来,当然也是为了来参观那辆雪佛兰汽车的。据说他最难接受的事实就是雪松头人由于那辆雪佛兰汽车,已经被未定界所有部落公认为头人们的头人。当贡柯急急忙忙地拉着我赶到火烧堡的时候,堡外站满了德钦头人的卫士,他们个个都是一身的美式装备,美式卡宾枪,美式夹克,美式钢盔,只有他们身上的短裙和腰间的长刀是传统的德钦式。看来这个部落真的是财大气粗,武器都是宝石换来的。据说,他也曾经斥巨资购买过一辆福特轿车,没等运到,娃子们就死光了,汽车的零部件全部散失殆尽。他很想知道为雪松头人承运、维修和保养汽车的是一个何方神圣。——原来是冲着我来的。进了火烧堡,雪松头人和德钦头人正面对面坐在火塘两边,似乎此时他们的会见正处于僵持阶段。高大彪悍的德钦头人看见我进来,立即把脸转向我,那双豹子似的眼睛,竟然可以目不转睛地死死地盯着我一分钟之久。雪松头人慢慢把他那狰狞的脸谱转向我,淡淡地说:

'这是德钦头人。'

'头人老爷!'我向德钦头人深深鞠了一躬。

雪松头人对我说:

'客人想亲眼看看我们的汽车会不会动。'

我连忙说:

'会动,会动!'

雪松头人一边说一边站立起来。

'那就让它动起来给德钦头人看看、听听。'

雪松头人站起来的时候趔趄了一下,一个机敏的石头立即把他搀住,我也惊得'啊'了一声。就在这时,雪松头人向我厉声吼叫着:

'还不走在前面领路!'

在此之前,他从来没有对我这样粗暴过,吓得我连忙冲上楼梯,和石头们风卷残云似的掀起篷布,雪松头人和他的贵客也跟上来了,汽车随即发动起来,引擎的声音非常均匀。一切都很顺利。我低着头看着自己的脚,没想到雪松头人用手里的马鞭狠狠戳了我一下,大吼着:

'石板地上咯是种的有花嘎？你低着头做哪样？'

我连忙抬起头来。

德钦头人抚摸着光滑锃亮、微微颤抖的车身，把我拉过去，在我耳边对我说：

'你了不起！咯愿意换个主子，到我那里去做？我要向洋人买大批开山割玉的大机器，你要多少工钱就给你多少工钱，付宝石也可以。我们那里还有最漂亮、最懂得伺候男人的姑娘！'

他哪里知道，如果没有昨夜，也许我会为了他的宝石、姑娘动心。有了昨夜，一切都为命运所注定。昨夜是一个无可替代的夜晚，像烈火一样，把我的命运给焊接在雪松坪这个小小的帝国版图上了。即使是这里的独裁者再恐怖一些，对我再凶狠一些，我都无可救药地、死心塌地的做雪松头人的娃子，即使是死去，也值。我的回答脱口而出：

'不！我和雪松头人有终生契约。'

雪松头人和德钦头人当然都知道,我和雪松头人根本就没有什么终生契约。

德钦头人很失望，十分不解地看着我，然后对雪松头人说：

'雪松头人！你太恶了！他不敢说真话！'

'德钦头人！你想错了，他给你的回答连我都没想到过。'

德钦头人问我：

'周先生！你能告诉我为什么吗？'

'对不起，德钦头人！我不能告诉你。'

'你不怕我把你偷走？抢走？'

'不怕。'

'你不怕我杀了你?'

'不怕。'

'为哪样？'

'在这里，雪松头人会保护我。'

'是吗？雪松头人！'

雪松头人却没有回答这个对我说来生命攸关的问题。我想，大概这是一个无需回答的问题吧，而且蓝铃已经用她的至爱回答过我。

德钦头人临行前在我耳边恶狠狠低声对我说：

'即使是绑架，我也要让你属于我。'

为了让我的主子听见，我用尽可能大的声音回答他：

'德钦头人！把一头死都不愿拉犁的牛拉回去，有哪样用场？！'

我注意到雪松头人响亮地甩了一下马鞭。客人走的时候，雪松头人没有送，只是对他说：

'很抱歉，我的脚有点不方便。'

德钦头人头也不回，愤然拂袖而去。

我完全出于对雪松头人的关心，留下来轻声问他：

'头人，是哪只脚？你的脚怎么了？'

我低声下气的关心，换来的却是狂暴的咒骂，他在我头上挥动马鞭，喊着：

'滚！滚！滚！'"

周晶华说到这儿，我才问他：

"为什么他要用电闪雷鸣来报答你的和风细雨呢？"

"头人的狂吼，吓得我从楼梯上翻滚了下去。就在我滚下楼梯之前的一刹那，看见他的左脚没有穿靴子，只缠着白色的脚布……"

这时，门外传来一声说不清道不明的响声，很轻微。也许是一片撞门的落叶？周晶华突然打了一个寒颤，没说完的话也立即停顿了下来。蘑菇房里什么声音都没有，只有火塘里火焰燃烧的呼呼声，被周晶华主观的恐惧扩大为飓风的咆哮。他大睁着双眼，半响，才小声对我说：

"你不知道，在雪松坪到处都是眼睛，到处都是耳朵。防不胜防。"

"你太过敏了！简直是一只惊弓之鸟。"当即我从他的话里联想到一幅奇特的画面——周围的树上都挂满了眼睛，屋檐下、泥墙上密密麻麻贴满了耳朵。我忍不住笑了。"泥屋的墙连缝都没有，我压根都不相信雪松坪这种被现代文明遗忘的地方，会有什么有效的特工设施。"

"因为你刚刚来。朋友！你向我提出的问题正是我向自己提出的问题，为什么他总是用电闪雷鸣来报答我的和风细雨呢？我百思而不得其解，他的'脚有点不方便'让我想起蓝铃的脚。为什么蓝铃的脚磕破了，雪松头人的脚也'不方便'了呢？当时我就联想到一位遗传学专家对我讲过的话。他说共卵子的孪生兄弟姐妹之间有着某种生理上的神秘联系,比如说,一个头痛,另一个也会发烧;一个遭难,另一个也会心慌……是的,他们姐弟之间肯定也有这种神秘的联系……"

我等待他的下文却是一段长久的沉默,后来,他又说出三个字。

"会不会……?"

他的眼睛凝视着火塘里的火焰,双手抱着自己的膝头,好像是自言自语,又停顿了一会儿,他又重复了一遍:

"会不会……?"

他的眼睛仍然凝视着火塘里的火焰,双手抱着自己的膝头……

我又等待了很久,看来他是不会回答我了,我站起来围着火塘久久地踱着步子,想走。这时,他忽然向我招招手,我蹲在他的身边,他把嘴凑近我的耳朵说:

"他们姐弟俩会不会就是一个人?"

"什么?"我觉得他的猜测很荒唐,他以为我没听见,向我大声说:

"雪松头人和蓝铃姑娘会不会就是一个人?"他这句话一出口就又后悔了,戏谑地给了自己一耳光。"调门又高了!真没记性!"

"周先生!这应该问你自己,你跟蓝铃姑娘已经是那样亲近的关系了,她只要吹口气你都应该听得出她是谁!"

"方先生!是的,可据我自己这一段时间的接触,他们俩就像冰与炭那样截然不同啊!雪松头人是一个粗暴、残酷,多疑、喜怒无常的男人。他整天担心的就是什么人在觊觎他的地位,什么人冒犯了他的尊严,什么人想盗窃他的财宝,什么人想破坏他的'卡尔'。除了为他挖宝石、种鸦片的娃子之外,所有的娃子都撒出去,在境内境外捕风捉影,寻找敌对分子和疑似敌对分子。蓝铃恰恰相反,她千般风情、百般柔情,跟我没有一句谈到权势、娃子、土地、宝石、鸦片,她在我身上索取的只是没完没了的男欢女爱。他们姐弟俩,一个是太阳,一个是月亮;一个是大灰狼,一个是小锦鸟。"

"这不就得了吗!"

"可他们俩的脚为什么同时都碰伤了呢!而且都是左脚?"

"周先生!这只是一个巧合!别想它了!我得谢谢你,你给我讲了一个很美、很柔情、也很奇特的边地故事。"

"方先生！我知道，你不觉得这个故事还缺点什么吗？"

"是的，是结局，不过结局我已经猜出来了……"

"你已经猜出来了？结局怎么了？"

"周先生！那是一个很圆满的结局。说实话，我不喜欢圆满的结局，我偏爱悲剧。不过，这次倒可以破例写一个喜剧的结尾。比如你在雪松坪留下来，一直到老，给雪松头人养一大群外甥和外甥女，不摆弄汽车的时候，就坐在那些叮当响的人骨架下面烤太阳，你的儿女们环绕在你的身边。"

"真是一幅天伦之乐图。"周晶华笑着把我送出蘑菇房，指着我住的那座蘑菇房说："方先生！你住的就是那座。"

"我知道，晚安！"

我和他再次握别。

那一夜我睡得很安稳，一觉睡到快到中午，突然一阵粗暴的敲门声把我惊醒。我在穿裤子的时候，不小心，两条腿伸进一条裤管里，站立不稳，狠狠地摔了一跤，爬起来脱掉再穿，木板门已经被推开。贡柯走进来对我说：

"头人有请！"

"啊！是吗？"

他带来的几个火枪手虎视眈眈地看着我。在我束手就擒的时候，忽然想到我那支被收缴的司登冲锋枪，要是那挺冲锋枪还握在我的手里，我绝对会抢先给他们一梭子。

"方先生！你不是要见识见识一个活人咋个变成一副骨架的吗？机会来了。"

"你们让我上吊杆？"

"今天还轮不到你！"

"轮到哪个？"

"周晶华。"

"他？他出了什么岔子？"

"病从口入，祸从口出。"

蓝铃姑娘　　255

"啊？"我立即飞快地把我们昨天夜晚交谈的话重新在脑子里回放了一遍，啊！一个如此原始落后的袖珍王国会有如此先进的情报观念和效率！他们是怎么做到的呢？我百思而不可解，让人不寒而栗。

"贡柯大管家！我们没说过什么危害头人的话呀！"

"方先生！没有危害？有没有危害你们自己知道？我还想问问你呢！"

我谨慎地对他说：

"昨晚主要是听周先生谈他自己的故事。"

"还讲了哪样事？"

"我们在一起还、还猜了一个谜……"

"方先生！你们猜的是一个哪样的谜？！"

"是关于头人跟蓝铃姑娘……"

我还没说完，贡柯就大叫起来：

"停止！别说下去！我不要听！我晓得了！还说没有危害？！你呀！你——！告诉你！天上地下的鬼神联合起来也救不了你们啦！"

于是我就闭上了嘴，默默地跟着贡柯往前走，走近火烧堡门前的广场，看见整个雪松坪的娃子几乎都集聚在广场上来了。周晶华的脖子上已经挂上了绳套，站在吊杆下，脊背贴着吊杆。贡柯小声对我说，大家都在等待一个重要时刻的到来。那就是当阳光把吊杆的影子移到和火烧堡大门上的熊头对直，而且正好重合在它的鼻尖上的时候，行刑的娃子们可以不等任何命令，立即猛拉绳索，牺牲者就像飞似地挂上吊杆的顶端。以后就是围观者们伏地祈祷，再以后就是在锣鼓喧天中疯狂歌舞。

我被推到周晶华的身边，觉得有点"陪斩"的意思。周晶华的样子比我想象的还要沮丧，他似乎在对我说：你看，怎么样，不幸而言中了吧！朋友！

吊杆的影子和吊杆对准熊鼻子那条虚线形成的锐角还不到十五度，或许还有一个小时，周晶华就要升空了。八个娃子的十六只手都紧握着绳索，他们的眼睛都死死地注视着慢慢在移动着的那根追命的影子。

周晶华对我说：

"朋友！是我连累了你。"

我说：

"不！也许是我连累了你。"

围观的娃子们小声地交头接耳，发出小雨飘落一般的飒飒声。忽然，飒飒声突然消失，鸦雀无声。蓝铃姑娘带着一群石头从火烧堡走出来，她连看也没看我一眼，径直走到周晶华的面前，我注意到她行走的时候，左脚还有些微微的颠簸。

周晶华轻声问她：

"蓝铃姑娘！看来这回是真的了！"

蓝铃姑娘只是苦楚地看着他，没有答话。

"蓝铃姑娘！我犯了什么罪？"

蓝铃只是忧愁地看着他，没有答话。

"蓝铃姑娘！为我向雪松头人求个情吧！"

蓝铃只是抱怨地看着他，没有答话。

"蓝铃姑娘！你总不能见死不救吧？"

蓝铃只是绝望地看着他，没有答话。

"蓝领姑娘！雪松坪总得有个人发动头人的'卡尔'吧！"

这太重要了！周晶华被处死，等于汽车也被处死，这辆汽车既是雪松坪摩登的象征，也是雪松头人拥有巨大财富的象征。蓝铃摇摇头，我的心一下就缩成了一团。在雪松坪，肯定还有比汽车引擎的转动更重要的东西，可那是什么呢？我猜想，那就是雪松头人在雪松坪的地位。周晶华和我会危及雪松头人的地位吗？雪松头人也太脆弱了！

周晶华还在苦苦哀求着蓝铃姑娘。

"时间就要到了，快进去请头人出来吧！求求头人释放我们吧！再迟就来不及了！"

蓝铃姑娘真的拖着沉重的步履转身走进了火烧堡。

看来她真的去向雪松头人求情去了,我诚心诚意地希望蓝铃姑娘能够说动她的弟弟。我伸着脖子向门廊里瞄，瞄了好一会儿，火烧堡的门才打开，雪松头人果真在一群石头的簇拥下走出来。这充分说明雪松头人就是雪松头人，蓝铃姑娘就是蓝铃姑娘，绝非同一个人。雪松头人走到周晶华面前，一言不发，用愤怒的目光死死地盯着他，举起双手，像是要向他大声喊叫些什么。结果，他的手又放下了，并未出声。他既不说杀，又不说赦，一跺脚重又走进了火烧堡，大门在他身后关上了。我猜测，此时该是蓝铃姑娘和雪松头人在火烧堡内展开激烈争辩的时候了。周晶华或许有救？可又等了很久，火烧堡的大门才"呀"的一声再次打开，在一群石头的簇拥下走出来的不是雪松头人，而是蓝铃姑娘。她再次沮丧地走出火烧堡，再次径直走向周晶华，不断地摇头叹息。看得出，她所面临的是难以调和、难以言说的矛盾和一种沉重而绝望的忧伤，她拗不过她那无情无义的弟弟。她看到那根吊杆的影子已经离熊头的鼻尖很近很近了，她的眼神立即慌乱起来，抬起头再向太阳看了一眼，低下头长长地叹了一口气。我的心冷凝到了冰点。显然，太阳不会因为她的忧伤而止步……

  吊杆的影子像钟表的指针那样，在最后一微米的移动之前，给了人们一个或许会停顿很久的错觉。

  蓝铃姑娘的眼泪滴落下来，她柔声悲凉地对周晶华说：

  "哥！有些谜是猜不得的！哥！"

  吊杆的影子颤动了一下，就和熊的鼻尖重合了。突然，一团暗影在众人头上掠过。我以为是一只大鹰从头顶掠过，猛一抬头，看见的却是周晶华被高高地悬挂在我的头顶上，他甚至只扭动了一下腰就僵硬了，直挺挺地在我们共同的天空上摇晃起来。

  就在这时，蓝铃姑娘"啊"地一声尖叫，从腰里抽出一把锋利的佩刀，高高举起，那双由于悲伤显得更加美丽的大眼睛注视着我。她一定是迁怒于我了，她要杀死我。我只好等死，可就在我一眨眼的工夫，她把刀锋一转，猛地刺进了她自己的心脏。对自己，她是那样的绝情，只一下，半尺长的刀锋全都看不见了，只有刀柄露在肌肤之外。喷涌而出的鲜血像一股泉水，溅了我一身。

  围观的娃子们都像是猝然哑了似的，鸦雀无声。而那些最不该出声的家生娃子们——那些灵敏之极的石头们却出人意料地跳着、大声喊叫起来：

  "头人！头人！头人死了！"

  围观的火枪手们对于石头们开口说话，而且说的竟是胡话，感到十分恐慌、愤怒和惶惑不解。纷纷大声纠正他们：

"蓝铃姑娘！蓝铃姑娘！是蓝铃姑娘！"

石头们哭着、笑着、呼天抢地喊着：

"头人死了！"

"蓝铃姑娘就是头人！"

"头人死了！"

"头人就是蓝铃姑娘！"

所有的娃子和石头们久久伏地祈祷上苍之后，就开始手拉手高歌欢舞起来。舞姿极其狂放，歌声却极其凄凉。陡然之间，一个本来会出声的娃子和一个本来不出声的石头发生了争吵，这场欢乐的歌舞旋即停止，队伍在转瞬之间一分为二，形成两个敌对营垒。娃子们攻击石头们，是因为石头们大逆不道，竟敢出声，甚至开口说话。石头们反击娃子们，是因为娃子们不承认石头们亲眼所见的事实，——雪松坪从来就没有过真正的合法头人。他们为了恪守各自的神圣理念，由争吵而厮打，由厮打而械斗，终于爆发了一场遍及整个雪松坪的全面内战。结果当然是火烧堡被推倒，悬挂人骨架的吊杆被拔掉，汽车被砸烂，尸横遍野，数以百计的娃子和石头倒毙在鲜血染红的雪松溪里。贡柯由于始终低调斡旋于两个阵营之间，不仅在夹缝中安然无恙，还依然保持着居高临下的尊严、姿态和神情。生活告诫我们，做奴才的生存几率往往比做奴隶的高得多！在他们激烈厮杀的期间，我被敌对双方完全遗忘而幸免于难。贡柯的特殊地位又给了我一线生机。贡柯不仅私下里释放了我，还悄悄发还了我的司登冲锋枪，并且替我雇了两匹马和一个马锅头。他嘱咐我快走，越快越好。他还说从乱到治的过程最安全，历来如此。但我却一点也高兴不起来，原因之一当然是周晶华的横死。原因之二是娃子们和石头们还会通力合作在废墟上重建一座火烧堡，很快将有一个新的头人入主火烧堡。不管这个头人的形貌和性格如何，脸上画不画脸谱，是不是还会不惜一切代价运一辆汽车或是坦克进来，一概不得而知。但有一点可以肯定，那就是悬挂人骨架的吊杆一定还要在火烧堡门前重新矗立起来，而且只会更多，不会更少。这是雪松坪人的素质和牢固的传统观念所决定的。原因之三就是幸存的石头们又将失声、失语，虽然他们还是那样心灵手巧,还是那样精于察言观色。

看来,我这次死里逃生的历险,换来的恐怕只有这篇怪诞而又眼花缭乱的、原以为是喜剧的悲剧故事了。

2006 年 1 月 10 日　上海

(选自《上海文学》,2006 年第 4 期)

点评者:和碧

在分析白桦的边地传奇《蓝铃姑娘》之前,我想先引用一小段附在文后的创作谈,作者在其中坦言了自己对云南的偏爱和怀念,"面对我所熟悉的云南,既想讲出他们的故事,又想唱,长歌当哭"。老人将深厚的个人生命经历和体会一起尽情倾入文字,便成就了这样一篇异域风情浓烈的小说,虽然有些地方笔法稍嫌陈旧,但却并不影响小说本身具有的蓬勃生命力和魅惑感。

小说的故事结构颇似现代版的《聊斋》,只是雪松坪的外来者置换了鬼故事里的文弱书生,而同时扮演雪松坪的主人和女奴两个角色的蓝铃姑娘则置换了美艳不可方物的女鬼,除此之外,文中贯穿始终的猎奇心态、着意渲染的阴森气氛,挥之不去的死亡阴影,都使得这篇故事逼肖传奇。作者在保持叙述腔调始终引人入胜的同时,有意让读者每走一步都重新陷入某种惊魂不定,无法摸透最终陷阱将要设在何处何时;惯于下套也便了了,而使得这篇文字动人心魄的主因,则仍然和古老而永恒的爱情相关。既缠绵且悱恻并低回的郎情妾意,居然发生在地位卑微的汉人闯入者和宣判闯入者的残暴头人之间,着实让人匪夷所思乃至于脊柱阵阵发寒,而那个暴烈头人与温柔女子合二为一的形象偏生又塑造得如此生动真切,让人无法不相信这情爱是真有其事,并且美得奇诡浪漫,美得自在自为,美得毋庸置疑。这霸道手段让人不禁联想起梅里美对西班牙女子卡门的描写，同样的笔端极尽张驰之能事，同样的热烈有时，冷漠有时，天真有时，诡谲有时，顾眄多情有时，杀人不见血亦有时，而且两个故事中的主角最动人处都是情不知所以起、一往而深之际，而她们最危险的时刻也便发生了：卡门死在旧情人手下，而蓝铃虽集两种水火不相容的性情于一身——白昼为飞扬跋扈的部落头人，夜晚则回复驯顺如羔羊的女儿身——并将两个角色一起饰演得天衣无缝，最后却仍因一念之差情之所钟，不免秘密败露，落得个一死以谢众人。不知是巧合还是有意为之，蓝铃姑娘最终的命门竟和希腊神话中那个大地之子阿基里斯相近：前者是一握足踝即可置其于死地，后者则是受伤的脚趾泄漏了隐情，终使身份之谜大白天下。如此丰富瑰丽的想象力，如此血肉饱满爱恨分明的奇女子形象，以及作者讲故事时翻手为云覆手为雨的老辣功夫，委实都令人叹为观止，合卷后久久难以忘怀。

单双

黄咏梅

一

只有在做某次倒数运动的时候我才可能无条件地舍弃一些东西,因为,倒数的时间是有限的。倒数的节奏,好像一个人在等待一个预定下来的死期那样,充满了紧张。而只有在那样的紧张里,我的注意力才能高度集中,才能听到一些喧嚣的人声里难以听到的东西。

在我对自己的记忆进行倒数的时候,我很清楚地知道,我的记忆开始于那个偶然下地走路的黄昏。我的妈妈李婉芳看着我下地,半爬半走,一下子就把我拎了起来,扔回床上,随即一连串大声叫骂和摔打。

李小多,衣服又脏了!

李小多,生你还不如生一块叉烧!

李婉芳一边骂一边拍我屁股和手臂上的脏,好像要把那些衣服上的脏使劲地拍回进我的肉里边。

我的爸爸廖强在屋里听到这些鬼哭狼嚎,一阵暴怒,冲出来,扯着我的妈妈李婉芳的头发往后拖,等到李婉芳的脸正正对清楚了廖强的脸,目光也正正盯在了廖强的眼睛上的时候,廖强开始用手使劲地扇李婉芳的脸,像是要把李婉芳的目光扇回李婉芳的眼睛里藏起来一样。

李婉芳张开眼睛的时候,廖强已经不见了。廖强不见了,李婉芳马上就恢复了对我的打骂。廖强并不是因为我才使劲打李婉芳的,事实上，李婉芳不在场的时间里，廖强也跟李婉芳一样打骂我。对此，我老早就总结出了一个规律，那就是：廖强和李婉芳同时在的时候，我是安全的，而当其中一个在一个不在的时候，基本上我是危险的。

凡事都有规律，我总结出来的这条规律，百分百全中。

李婉芳打我的时候似乎希望每一巴掌都能落到实处，陈思婷则是我被打的最常见的理由。我们家跟陈思婷家住在同一个小巷里，隔三家门。每天放学，陈思婷背着书包积极地超过我，所以她总是先到家。我其实压根就没到别的地方玩。下课以后，从跨出教室门的那一脚，我就开始数数，一步一个数，一直数到家门口为止，所以我走得比陈思婷慢，更加没有理睬任何超过我身边的同学。陈思婷很讨厌我，大概因为我数数没有时间理睬她。可是我顾不上那么多了。谁都无法跟我分享数数的快乐，我像音乐老师弹着那辆脚踏风琴一样，边踏边数，那些数字的节奏就一路跟着我回家。回家的一路是我每一天最快乐的时刻，这些时刻大致有3990步到4000步之间，不会超过4000步。当然我数数是有目的的，在3990步和4000步之间，最后的一步，只要双数落地，那么我的妈妈李婉芳和我的爸爸廖强肯定都在家里，那么，我肯定就不会挨打；如果单数落地，那么我的妈妈李婉芳或者我的爸爸廖强肯定只有其中一个在家，那么，我肯定就会挨打。

我已经分不清楚放学路上数数的快乐是来自于那些数字像弹脚踏风琴一样的动听，还是最后那一脚落在单数或双数后应验的两种不同结果。反正有好多次，最后一脚单数落地，一进门，看到只有李婉芳或者廖强一个人在的时候，我的心里暗暗地笑，当李婉芳或者廖强扯着我打骂的时候，我的心里越发得意了，他们打我实际上是落入了我数字的圈套里。

我从来没有在数数上出错，这是李婉芳和廖强永远都比不上我的地方。事实上，要不是李婉芳和廖强在数数上出了错，我就不会生于偶然。

那天，廖强从工厂气鼓鼓地提前回家，李婉芳正在给廖小强擦口水，廖小强的口水总是不断地要从他歪咧的嘴角流出来，关都关不上。有心思的时候，李婉芳会给他擦擦，没心思的时候，就由着廖小强的口水从嘴角一直流到地面上成一窝，像拉尿一样。廖强看着李婉芳俯下身给廖小强擦口水，圆圆的屁股撅在自己的眼前，于是他跑去扯李婉芳，用力要把李婉芳的屁股转过来面对自己。李婉芳首先是愣了一下，随即用屁股几次撞开廖强的手。廖强先是去转李婉芳的屁股，后来索性就去转廖小强的椅子，他把廖小强的椅子转到了背面，这样，廖小强的嘴巴和口水就背对了李婉芳。

知道了，知道了，等一会能死？李婉芳似乎对丈夫这样出其不意的要求感到一些陌生的害怕。

他妈你再不来我要拉尿了！廖强已经一头冲进了房间。

我怀疑当时我的爸爸廖强在上班时间回家，除了因为又输光了口袋里的钱之外，那样急不可耐地进入我的妈妈李婉芳的身体里，就是为了将我从他的身体里赶进我妈妈的身体。他后来把廖小强扔给李婉芳，把跟他一样姓廖一样流着他的血的廖小强赶到李婉芳一个人的生活里，足以证明我的这种怀疑是正确的。

那个下午，我的爸爸廖强和我的妈妈李婉芳发生了一场拉扯和推让，最终李婉芳输了，廖强胜利地把我留在了李婉芳的身体里。输赢决定下来，廖强靠在床上，似乎把我赶出来后心情轻松了不少，李婉芳爬起来看看床头的日历，顿时轻松地笑了，3月5日，这个日子李婉芳是安全的！他们靠在床上，像一对赌徒一样地各自侥幸着。接着李婉芳开始后悔刚才那场对我的推让是多么地没有意义，遗憾地对身边的廖强说，太快了，太快了。廖强只顾自己抽着烟，他知道李婉芳在安全期的时候做爱的德行，应酬使他每次都很不耐烦，不耐烦就要从床上吵到床下，李婉芳对廖强的仇恨也从床上落到了床下。

严格意义来说，李婉芳和廖强对我的虐待从这场推让就开始了。

那个下午过后不久，当李婉芳尖叫着对廖强宣布她算数出错的时候，廖强表现出了一种很复杂的表情，有些幸灾乐祸又有些好玩。

廖强你他妈算准了啊，今年2月是闰月，少了两天啊。

与其说李婉芳输给了廖强，不如说李婉芳输给了自己糟糕的算数本领。

廖强没有搭话，他看着李婉芳着急地数日历牌的样子，暗自好笑，自己算数出了错，还能怨谁？

后来李婉芳真的着急了，连声问，廖强怎么办，怎么办？

自己出错，当然自己负责，这道理天下都走得通啊。

李婉芳把我从身上撺下来的时候,据说廖强仅仅在产房门口站了半小时，几乎在我的第一声喊叫的同时，廖强就断定了我跟我的哥哥廖小强一样都是错误,于是不耐烦地把我对他的呼喊远远地甩到了身后。李婉芳不得不独自负起了这算错数的责任，她想都没想，随口就叫我，李小多。

在廖强看来，李婉芳因为算错数生下我，已经是一错再错。李婉芳生下廖小强，除了小鸡鸡没有弄错之外，其余全是错的，而我和廖小强却刚好相反，除了那个地方弄错了之外，其余全是对的。我和廖小强是李婉芳犯下的双重错误。所以到了最后，廖强觉得李婉芳的错误实在是无法挽回了，就对李婉芳说，我不等了，走了。李婉芳就扯住廖强的胳膊，嚎叫着不许他走。廖强只好回过头来劝李婉芳，我留一个男人给你还不够？那男人不也姓廖？刚开始我不明白廖强说留给李婉芳姓廖的那个男人是谁，等到廖强真的从我们的日常生活里出走了以后，我才搞清楚，他指的那个男人就是廖小强。

廖强经常趁着李婉芳不在的时候，脱下廖小强的裤子仔细地看他的小鸡鸡，看着看着就拿手去逗弄两下，我的哥哥廖小强大概被逗得很高兴，廖小强一高兴，廖强立刻就会变得很狂躁，手转个方向绕到廖小强的屁股后边，狠狠地打了起来。

你妈个B，养出这么个小白痴，小鸡鸡不尿尿你偏要在嘴巴上尿⋯⋯

廖强看不得我和廖小强高兴的样子。一高兴，廖强的巴掌和拳头就不知道会从哪个方向挥了过来，所以我基本不会高兴，除了实在憋不住，我就在喉咙的门口笑几下。可怜我的哥哥廖小强，一直没有领悟，所以他总挨打得不明不白。

我不上学的时候，就在家里数扣子。李婉芳从成衣厂领各种各样的衣服回家钉扣子。她让我把扣子数好分成一小堆一小堆。比如说，一件衣服5颗大衣扣，2颗小袖扣，那么我就将每件衣服需要的5加2分成一堆。李婉芳钉扣子的速度跟机器一样，针一进扣眼里，线往返两个来回，打个结，扣子就被死死地钉在了衣服上。所以，我分扣子的准确性直接影响了李婉芳的速度。有一次，我算少了一颗扣子，当李婉芳机器一样的手，抓不到那件衣服最后一颗扣子的时候，她随即尖叫了起来。在李婉芳面前，任何错误我都会忍受，但我绝对不能忍受自己数数的错误，因为这是我唯一认为可以打败李婉芳的地方，一直到现在为止，我都这么认为。我躲避过了李婉芳的尖叫以及伴随着尖叫而来的暴力。

李小多，你居然顶嘴？！

我只是坚决不承认少了一颗扣子是我数数上的错误，我跟李婉芳说本来就给少了一颗扣子，我数的时候早发现了。当我最终找到那颗错误的扣子出现在一包凌乱的针线里的时候，我迅速地把它吞进了我的肚子里。李婉芳将信将疑地盯着我的脸，就像要把那颗找不着的扣子钉到我的脸上一样。

李小多，如果真是你算错，我把扣子钉在你屁眼里。

那天晚上睡觉的时候我特别紧张，肚子里好像伸进了李婉芳机器一样的手，在里边穿针引线，一直要把那颗扣子牢牢地钉在我的屁眼里。我拼命爬起来喝水，我希望那颗扣子在我的肚子里随着我咽下去的水勇往直前乘风破浪，逃脱李婉芳的追杀，直到跑出我的身体为止。第二天上厕所的时候，听到一声清脆的滴答声，我松了一口气，它经由我的内脏终于使我逃出生天。这样，我更认准了在数数上打败李婉芳是我唯一的出路。

二

廖强像只萤火虫，每天晚上电视一亮就扑到跟前。电视机是李婉芳用钉扣子的钱买回来的，大黑白，据说比我的同学陈思婷家的要大，因为陈思婷家的电视机买得比我家早，既然比我家早，那么李婉芳肯定要买比她家的大。李婉芳就是这样的，她经常对廖强说，有了一，就要有二，难道还要有零不成？廖强看看歪着脑袋盯着电视机看的廖小强，又看了看专心地数着扣子的我，长叹一口大气说，有了一，有了二，难道就不会有零？李婉芳就不再吭气了。

廖强对电视的要求跟他训练廖小强到天台上摇天线一样严格。我怀疑廖强每天晚上萤火虫一样地扑在屏幕跟前，就是为了捕捉屏幕上的那一丝丝雪花和模糊。

廖小强，摇天线。他总是发出一声短暂的命令。像一个主人训练一只小狗到便盆里拉尿一样。然而，廖小强从来没有独立完成过摇天线的过程。9楼的天台上，长满了许多户人家枝枝丫丫的天线，我们家的惟独长得偏僻，廖强把它安到栏杆的最外边，每次摇天线，需要把脚跨上栏杆，而另外一只脚需要悬空在9楼的高度上。

廖小强的畏高症就跟他的傻一样，是天然的，我现在深深地相信天然会产生一种力量，没有任何人可以训练纠正的力量，是难以违逆的。即使廖强每次抓小鸡一样把廖小强拎到天台摇天线，都没能违逆廖小强那种天然的力量。于是廖强变本加厉地要打消廖小强这种天然的力量。

那次，廖强猎人一般地找到了电视机上的一点雪花，马上发出那声短暂的命令。当时廖小强手里依依不舍地玩一个小塑料人，一捏肚子，屁股后边就会喷气并发出怪异的叫声，廖小强兴奋了一个晚上。他没有理会廖强习惯了的声音而去钻研那塑料小人的声音。廖强一怒就扯住了廖小强的胳膊往天台的楼梯上拽去。廖小强企图让那种不可违逆的力量从这个塑料人身上提前施展出来，所以，还没到楼梯口，就开始了拼命的挣扎。可是，他高估了塑料人肚子的能量，廖强虽然艰难但还是拎着他爬上了通往天台的楼梯，一级一级地上去。还没走到我们家那棵天线，廖小强提前挣扎的力气已经用得差不多了，这下，只要廖强轻轻一递，廖小强就会生平第一次也是最后一次克服了他一直在逃避的高度。

在廖小强伸手就可以成功碰触到那棵天线的时候，我忽然明白，廖强根本就不需要廖小强用手去碰天线，他只是需要廖小强用脚去踏平9楼的高度。那天晚上天台上的月光总在我记忆中亮晶晶着，它直接流泻在廖小强因为恐惧而奔涌出来的口水上，像是从银河里落下来与廖小强会合一样，充满了耀眼的光辉。而我，也因为这耀眼的光辉而鼓舞着，飞快地冲到了我们家那棵天线边，使劲用手像摇晃着一棵长满了金银珠宝的大树一样。很显然，我的摇晃打断了廖强把廖小强递出这个世界的动作,他发现了我并且犹豫了下来,注意力一分散,他的手就开始松懈。廖小强像泥鳅一样顺势滑下了栏杆。栏杆上,剩下我和廖强,我们的影子从脚到头一直搭到了对面楼的墙上,同时,我家天线的枝丫也顺着影子蹿上了我跟廖强影子对峙的墙上,像一个懂得攀缘的阴谋,呼吸一样贴在我和廖强的影子上。

　　结果,我和廖小强被廖强暴打了一顿后,被罚跪在天台上的月光里。廖小强跪在月光里还对他的塑料小人依依不舍,一直在按它的肚子。我在廖小强的身边,跪成一棵长满了枝丫的天线,只要稍微摇晃一下,脑子里就立刻下满了雪花,在月光下,泛着耀眼的银光,哗哗啦啦的一大片银光掉到地上的响声,我的全身也随着颤栗起来。

　　这些枝丫,跟着我后来的整个生理期,逐渐长成我身体上的器官,分别长成了肉的形态,它们让我比别人都多了不少东西,就像多了一个手指多了一个脚趾,多了一页心脏多了一副肝胆一样。以至于后来人们总觉得我有一种天然的超能力,而这种超能力在我的赌博生涯里得到了淋漓尽致的发挥。

　　我最终在数数上打败了我的妈妈李婉芳,导致我的爸爸廖强最终在我们的生活里出走,用他的话来说就是,我不玩了,等不及了。我现在想,廖强逢赌必输的惨败,错就错在他总是等不及,赌博的人,最需要的不是运气,而是耐心。等待数字的落地,等待你需要的牌出现,等待你判断结果的声音在你心里响起,等待下一个庄家的开盘,等待这些,都需要无限的耐心。

　　10岁那一年我终于等到了李婉芳为我开的盘。

　　我的妈妈李婉芳起了个大早,盛了两大碗八宝粥放在我和廖小强的跟前,李婉芳指着盛得满一些的那碗对我说,让哥哥吃多的,你吃少的。我答应了,因为等一下李婉芳和廖强会罕见地带我到街上转转。

　　李婉芳看着廖小强把最后一口粥咽下肚子,随手就把一颗糖果剥光了塞到廖小强的嘴里,廖小强尽力地嘬着那颗糖,一滴口水也没让浪费。

　　接着李婉芳和廖强在前边领着我出门。我们三个人都离得很开。我不知道这样领着我兜兜转转走这些街道有什么好玩，不过我习惯了出门数数，所以我照旧跟在他们身后数数。李婉芳和廖强沉默地各自走着，彼此都没有说一句话，可是步伐却出现了一致的节奏，让我不得不怀疑是否他们也跟我一样，在心里数着数。我又一次发现了数字的奥妙，它简直可以指挥一切不服从指挥的事情，就像现在，我们三个，在数字的指挥下，整齐地迈着各自不得已迈着的步子，向前，向左，向右。

最终，丧失了耐心的廖强终于开口让李婉芳掉头回家。于是，我跟着他们换了个方向，依旧前后脚地数回了家里。

家里的厨房光线很暗，尽管看不清楚廖小强躺在地上的姿势，我的妈妈李婉芳还是很快尖叫了起来。廖小强死啦！廖强比李婉芳迟一步发现廖小强，可是，还没走到厨房他也迫不及待地喊起来，真死了吗？

廖小强这个样子，我见过多次，只要他生气，滚到地上，拼命蹭地板的时候，身上的衣服扣子就会被他脱光，短裤被他蹭到了大腿上。我觉得李婉芳和廖强都上了廖小强的当。可是，当我俯下身子看廖小强的时候，我发现他的身上吐满了辨认不清的脏东西，顺着这些脏东西，密密麻麻地粘上了许多大蚂蚁。这些大蚂蚁一动不动跟廖小强一起躺着。我不明白这些大蚂蚁是怎么排着队溜进我家的，我从来没有在家里见过那么多的大蚂蚁。

当廖强出门领回了几个人的时候，我的妈妈李婉芳开始哭喊。我则按照李婉芳的吩咐，呆在厨房里，将爬在廖小强身上的大蚂蚁一只一只地数清楚并捉到李婉芳递给我的一个瓶子里。在任何地方，任何时候，我都无法抵抗数数的快乐。所以，进入我耳朵里夹杂着李婉芳哭声的众多声音，一点也没有分散我的注意力，我趴在廖小强的身边，一只一只地数着那些一动不动的大蚂蚁。

当我最终数遍了廖小强身上的大蚂蚁的时候，我忽然看到廖小强的小鸡鸡居然动了一下。廖小强身上都洒满了那些呕吐出来的肮脏的东西，只有在小鸡鸡上，什么都没有，所以，我很容易证实了廖小强的小鸡鸡自己跳动了一下。于是我拿着那瓶蚂蚁冲出了厨房，朝人群里的李婉芳喊——

廖小强的小鸡鸡还活着。

我的喊声顿时打断了李婉芳的哭，她转过头来，鼻子憋得红红的，大声斥骂我，乱讲，你的哥哥早死了。

廖强在人群里走过来，以一贯的凶悍朝我的脸刮了一巴掌。因为力量如此的巨大，我手上的瓶子摔到了地上。廖强还要继续打我的时候，屋子里的陌生人围过来拉住了他。

瓶子掉在地上我的眼泪也掉了下来。第一次发现，在陌生人面前被打原来是会掉眼泪的，无论轻还是重。所以，现在我从来不愿意在陌生人面前挨打。

李婉芳破天荒地抚摸我被打的脸，不知道是对我还是对陌生人解释，李小多，是蚂蚁在哥哥的小鸡鸡上动，知道不？你肯定数少了一只蚂蚁。

李婉芳这样的解释对我来说，比廖强当众刮我还难受。要我在这么多人面前承认自己数错了数，打死我都不愿意。于是，我狂叫起来，我在狂叫的同时感到体内那些根深蒂固的天线的枝丫，被许多双手疯狂地摇晃着，我一边颤栗一边狂叫。

我的异样引起了人们的注意，他们纷纷走进我家阴暗的厨房，将我的哥哥廖小强抬到了客厅的亮处。

廖小强的小鸡鸡上干干净净，一只蚂蚁也没有。

那不久后，廖强就离开了李婉芳和我们，他对李婉芳说不跟我们玩了，他等不及了。

我跟廖小强，缩在李婉芳哭丧一样的嚎啕声里。我感到一种意想不到的狂喜，仿佛为我的第一次豪赌获胜而庆祝。我全身颤抖。

三

大概出门数数这样的过程，是我人生里最漫长的一个赌博过程，以至于现在，只要我一开始迈步，就意味着这样的赌博开始了。赌博的快乐到今天等同于我出门数数的快乐，我在输和赢的结果里徘徊、留恋，就像我在音乐课的教室门口留恋那一曲脚踏风琴的节奏一样，重复、徘徊，并且忘我。

几乎在李婉芳停止从成衣厂里领扣子回来钉的同时，我们这个小县城开始流行买六合彩，本来就冷清的小城，到了晚上，基本上成了空城，人们像老鼠一样聚集在一个个地下庄家家里，等待听到最终摇出来的数字，就像等待上帝的福音在这个县城的上空降临。

李婉芳拿着庄家白天塞到门缝里的各种传单，吮着手指头揣摩上边的提示，用廖小强的铅笔在上边不断地打勾打叉，就像一个认真的小学生一样。每次看到李婉芳这个样子，我的喉咙口会有一双手在轻叩，我当然不会笑出来，因为那个时候的李婉芳是我眼里最可爱的样子，我也只有在心里亲近那些时候的李婉芳，所以李婉芳买六合彩的晚上，是我的一个机会，一个亲近李婉芳的机会。

当然这些机会也成全了我。

那天晚上李婉芳指着传单上的话问，三七开两边，到底是多少？

我估计李婉芳实在难以决定这个数字的最后结果，她每天拿两块钱去等待一次巨大的胜利，需要的耐心已经超出了一个女人所等待的结果。她孤单地要得到一种决断，事实上，李婉芳就是一直无法决断。廖强离开我们之后，她带着我和我的哥哥廖小强，一直都在犹豫着，一点改变也没有，既没有改变对我们的打骂，又没有改变对她自己的优待。

李婉芳把三七开两边种种可能的数字都排列在了纸上。三的两边，七的两边，二十一的两边，十的两边。2、4、6、8、22、23、11、12，这些数字一直缠绕她，就跟过去钉扣子的时候理一团绕成了死结的线一样麻烦。

我的眼睛一下子就放到了23上。这是一种本能。我决定了这个数字，而这个数字也立即从李婉芳用铅笔写出来的排列里放出了银光，随即发出了哗哗啦啦的声音。数字脱口而出的刹那，我的身体像是被谁的手一阵撼动后，颤栗不已。

结果李婉芳那天晚上买了两块钱，赢了十六块钱。

李婉芳多次用两块钱试探我的本能之后，她开始对我产生了一种绝对的信任，以及随之而来的依赖。我早就知道我在数字上可以打败李婉芳，但我绝对料不到我还可以在数字上控制李婉芳，她现在几乎每天晚

单双　271

上都乖乖地呆在家里等待我的选择,像一个信徒。

可是我的妈妈李婉芳开始高兴地数钱的时候,我开始恐惧这样一个事实。那个缺乏耐心,将我迫不及待地赶出他身体的廖强,尽管离开的时候他带走了一切值钱的东西,可是却没有将他在身体里留给我的一个事实带走,那就是:我跟廖强一样,看不得别人高兴。这个事实一钱不值可我却执着地将它保留了下来。所以,每次看到李婉芳高兴地用手一张张铺展开钞票的样子,我的心里就产生一种厌恶,一种极端到想使用暴力的厌恶。

一次,由于李婉芳下狠心买了50块,当天就赢了400块,这是她最大的一次胜利,所以她高兴得早早就出门了。我躺在床上数着她出门的脚步声一点一点变小,心里的厌恶也一点一点地膨胀。可是,我没有办法让我的妈妈李婉芳停下她赢钱的脚步。这个时候,睡在我下铺的廖小强发出一些呓语,仿佛是为李婉芳得意的脚步伴奏一样,如此欢快。我用脚猛跺着床板以打乱那些欢快的节奏。我的哥哥廖小强惊醒了,发出了一阵低低的呻吟。我索性一跃下床,用手朝廖小强黑暗中的身体扑打过去。直到我感觉到廖小强惊悸的身体开始发生痉挛才停止。

我就是这样,矛盾着,徘徊着,我让李婉芳赢钱,却厌恶李婉芳赢钱。所以,每一次开盘的晚上,我是那样地焦虑,这些焦虑跟我那些长成了肉的质地的枝丫一起,茁壮成长,我能清楚地看到它们,在辗转难眠的深夜里,婷婷玉立,美得让我极度地愤怒。

不久,关于我的妈妈李婉芳遇到神仙的这种说法就传开了。要知道,在这个除了想钱外什么也不想的地方,一切关于赢钱的话题,就跟每家灶台上那几瓶油盐酱醋一样平常,而李婉芳遇到神仙赢钱的话题,马上就从灶台上蹦了下来。

首先,我的同学陈思婷的妈妈第一个跑到我们家,要知道她跟陈思婷一样不喜欢我也不喜欢李婉芳。她手上同样拿着李婉芳正在揣摩的那张传单,满脸虔诚地看着我的妈妈,像看一尊懂得天机的佛。李婉芳才不管她虔诚不虔诚呢,她才不想当一尊佛给人虔诚,她现在满脑子想的只有钱,虽然她过去也曾经在某个紧急关头,比如说等待开奖的那几分钟，她会在嘴巴上诚惶诚恐地把佛跟钱死死地捆绑在一起，当然那跟她在忍受某种疼痛时紧紧地拧着一块破棉絮是一样的。

神仙在哪啊？只有傻瓜才相信李婉芳真的遇上神仙了，陈思婷的妈妈问李婉芳时的神情，却还装着生怕踩着了神仙的尾巴。

神仙嘛，当然只有我能见到，神仙啊，那么容易见得着？一开始，人们就把李婉芳赢钱的奇迹当作一个神话来看，李婉芳想，既然是神话，就肯定有神仙啊，可谁是神仙呢？当然李婉芳打死也不会愿意说我是神仙，这让人听起来多么不体面和荒诞啊。

那，你什么时候能见着神仙？陈思婷的妈妈当然知道李婉芳不愿意带她去见神仙，如果真有神仙的话，她一定会用黑布像捂一只蟋蟀一样捂得严严实实，再牢牢地扣在裤腰带上。陈思婷的妈妈只是想李婉芳去看神仙的时候，能够让她也沾点光，搭注买几回。

再说吧，等神仙要来的时候通知你吧。李婉芳被陈思婷的妈妈小心求着感到了无比的幸福。

所以，有事没事，陈思婷的妈妈总是喜欢迈过三户人家，爬上三楼经过我家，问李婉芳，来没来？

要不是陈思婷的妈妈给了李婉芳灵感，我想，李婉芳那糟糕的算数头脑一定不会想到要用别人的钱来赌钱。

那个晚上陈思婷的妈妈又来了。她没再问李婉芳神仙来没来，只是掏出一叠钱放在桌面，接着又从另外一个口袋里掏出几张钞票，塞到李婉芳手上。

就当搭你的队买猪肉，你横竖是买，少是买，多也是买，你就搭我买点？

李婉芳这些天似乎想到了一个比较成熟的方法，所以显得特别从容。她捏着手上的钞票，若有所思的样子在我看来是多么滑稽。

我也不知道在外头搭注是个什么价，再说，神仙也不是每次都能见着，万一哪天神仙不来了怎么办？

输了就算我的，总是输了赢，赢了输，输了又赢，天下哪有人只赢不输的？陈思婷的妈妈倒是显出很慷慨的样子。

那成，输了就算你的吧，赢了，我拿百分之二十，这样好算。李婉芳像是终于等到了她这句话，急急就把这几天想好的一个方法送了出去。

跟着陈思婷的妈妈后边，搭注买"猪肉"的人一个搭一个地逐渐队伍壮大起来。

数字对于人来说，是一种欲望的排列，而且绝对是顺序的，这跟李婉芳的赌本一样，也是顺序的，有增无减。她不再满足自己那点可怜的赌本，开始替四面八方陈思婷妈妈这样的赌徒收集赌本，也就是说，我的妈妈李婉芳能干到替别人赌钱了。她上庄家家里等待开盘时握在手中的钱越来越厚，每次从赌徒赢来的钱里抽取百分之二十，她的钱就像滚雪球一样蔚为壮观，顺序递增。她辉煌的业绩在赌徒里获得了绝对的信任，而她获得数字的准确性概率，也为她赢得了赌场地位。

人一旦尝到甜头，就不肯再吃苦。我不得不请求我的妈妈李婉芳不要再赌钱了，虽然我是出于私心——我不愿意看到她高兴。

怪啊，有了一，就会有二，难道还会有零不成？

李婉芳又开始将她的口头禅挂在嘴边了——有了一，就要有二，难道还有零不成？她已经不能忍受零的出现。所以每次输钱的时候就会明确地告诉我，等够本了，就去找廖强算账。我知道，这是李婉芳鼓励自己赢钱的一个动力，并且希望我也以此为动力更专心地替她赢钱。我对此很不以为然，廖强离开我们已经快有十年了，一贯缺少耐心的廖强，估计在外边也赢不到什么好处。何况，对于李婉芳糟糕的算账本领，我一点都没有信心。就算后来李婉芳在某个清晨的浓雾里消失在我和廖小强的梦乡之外，我都难以承认，李婉芳真的去找廖强算账了。

四

李婉芳将我的数字潜能当作一种神仙本领的时候，我也开始一发不可收拾光明正大地将我的这种潜能运用到了极致。不多不少，他们都这么叫我。

那一回赌场上一共开了六摊，而且清一色男人。当我把一张一百元扔在我的右手边，那个长着一双小眼睛的对手，看看我那一百元，没说话。

按照平常,这张一百元可以管我一个晚上,它是我的一粒种子,经过一夜,它就会发芽开花,然后让我摘了果子从这里出去。

我让庄家派牌的时候,小眼睛忍不住说话了。

我从不散赌。

我怀疑我听错了。继续示意庄家下手派牌。

我说我不散赌。小眼睛重复这些话的时候,一脸不耐烦。

钱已经放下了,我只跟你一锤定音。

通常在赌局上我不太说话,我觉得在这里说的话全都是废话,这是一个给人享受的地方,就好像街上忽然一窝蜂流行起来的卡拉OK厅一样,不是给人去说话而是给人唱歌的,赌场也不是给人来说话,而是给人来赌钱的。赌钱就是赌钱,说话就是说话。然而,钱放下了,我就一定要赌。

小眼睛把牌拿在手里的时候,我压根就没再瞧他。

我叫停,庄家随即停下了给我派牌的手。

我想都没想,把手上的牌扔了出去。

赢你三点。我只是想跟这个小眼睛一锤定音,跟这样的人赌博,用我的习惯说法就是——没前途。

还没等小眼睛把牌亮到桌上,我已经把右手边自己那张钞票转手递给了身边一个赌徒,让他替我买对面正在甩着的色子,我对那个人说,买一百块单,赢了钱归你。

小眼睛还来不及愤怒,庄家就把他那一百块顺利地渡到了我桌前。小眼睛似乎还不相信自己那么快就输了,而且不偏不倚如我所言输了三点。他反复地揣摩手上那几张牌,正面、反面。扑克牌的背面是同一个半裸的美女,两个呼之欲出的大乳房被小眼睛拼命地抓在手上,反复揉搓,乳房仿佛都要被他挤出来了。

嘿,妈的,不多不少?小眼睛一面揉搓一面看那些个乳房,一副不真实的样子。

往往对如此轻松赢过的人,我的兴趣很快就会消失。

我站起来,对面色子激烈的碰撞声很快也就停了下来。我还没走到对面，就听到我买的答案是如此稳当地屹立在一片哗然声中，光华万丈。

而在人群里，再也找不到那个替我买了单的赌徒。天上掉下了一笔钱，对于一贯靠碰运气赢钱的人来说，见好就收，一收就溜，绝对是个很正确的做法。

那个晚上，我用小眼睛的那张一百块做了种子，似乎还赢得更容易了，让我的数字们开成了一朵怒放的花。

后来，因为小眼睛滑稽的样子，庄家到处拿来做笑话，不多不少这个外号也就随着小眼睛在赌徒中传了开去，代替了李小多。

基本上我赢来的钱和花去的钱都一样，不多不少。我的钱跟李婉芳那个每天打开又锁上的小铁罐里的钱不同，那里边的钱是有作用的钱，它们的累计似乎代表着某个光明的阴谋，而我赢来的钱只是一种数字的钞票形式，数字每天都像光阴一样在流动着，从零开始增长，然后又降落到零，这个过程同样使我感到兴奋莫名。

算起来，我已经跟过无数个陌生人赌钱，赢过无数次陌生人了，可是，每次决定输赢，都没有跟向阳赌来得干脆。

向阳是个不计较后果的赌徒，而且只赌大不赌小的人，而我，大小都赌。我之所以无论大小都赌，跟我对数字的癖好有关。我怀疑我喜欢赌博是一种病。一个数字的声音在我的意识中响起时是以一种旋律的形式响起的，给予我的是任何事情都无法替代的快感。

那天，向阳从兜里掏出一把花生米撒在茶几上，问我，单还是双？我只是略微地瞥了一眼，漫不经心地说，双。

他的眼睛盯着我问，赌不赌？

我告诉他我没有赌本，尽管我知道我一定赢。

后来向阳数都没数那些花生米，就塞给我一张钞票。

从那把花生米之后，我跟向阳赌，永远不需要赌本。我在他身上赢来的钱作为我去赢下一个赌徒的赌本。也就是说，向阳无条件地提供给我赌本，他让我充分地享受着一个赌徒的快乐。

有一个晚上，向阳带我到外面赌，他说这次要赌大的。对于向阳所赌的大，我早就听说。基本上，我出入的那些数得出来的赌场都看不到向阳，向阳赌的地方，只需要看楼下有没有停车场。也就是说向阳只跟开车来的人赌，而且要把车钥匙别在腰包上，这意味着，赌局的最后，很有可能是有一方把车钥匙交出来然后打出租车甚至徒步走回家的。关于向阳赌大的猜测，赌徒们就像猜天有多大一样，越说仿佛就越大了。但无论怎么讲，向阳赌的大，就跟天确实是大的一样，没人需要推翻，也无力推翻。

我跟在他身后，月光把他的影子拉得比较不真实，事实上向阳没有他的影子高，我的心里充满了紧张和兴奋。

赌多大？

向阳没有回答我，只是让他的影子往我的这边挪了挪。

我们一直走到公园里，这个公园平时就没多少人，在这个开盘的夜晚更加没有人去看风景。我猜测公园里有向阳约来赌博的一群人在等他。

后来向阳一直盯着一棵小树看，看了一会儿，就坐在小树对面的石凳上，他让我坐在他旁边。

他看着我的眼睛在黑夜里如此的晶亮，以至于让我遗忘了那些赌局上他那双稍微布着血丝的眼。

不久，向阳指着对面那棵小树说，单还是双？

顺着他的手指看到的那棵小树，估计是刚植上去不久的，细细的树干上稀稀拉拉地吊着一些树叶。从叶片的形状上来看，应该是我们这里最常见的马蹄树，之所以叫它马蹄树，就是因为它的叶片长得跟马蹄一样。月光透过这些稀疏的马蹄，一路照下来，像一匹老马疲倦地走在沙漠上，有一些荒凉。

我无法断定单双，只是长久地凝视着这月亮下的叶片，等待聆听心里习惯性地响起一个结果。然而，我也长久地等不到那种判断的声音。秋天的晚风婆娑地抚摸着一个赌徒的脸，它甚至分散了我的注意力，我出现了慌乱。

单。我乱报了一个结果。

我违背了我心里的声音，尽管我相信只要我再等待下去，那声音一定会在我心里响起。可是我在这棵马蹄树跟前失去了耐心。

按照习惯，向阳总是让我先亮结果，只要我出单，他一定会出双。

当那些叶片一张一张毫无所动地任由我数过去的时候，我不得不承认，这是向阳给我开的一次最难以分单双的赌局，我无法用眼睛对每一片数过以及没数过的叶片做任何记号，我更加没法将它们区分开来。

确实是单。

向阳又让我赢了，就像第一次把那把花生米撒在桌上那样干脆。

对于这场根本没有结果的赌局，我感到了一些沮丧。

我期待向阳亮出他输给我的钱，因为他先前说过，这次是要赌大的。然而，最终向阳输给我的却是我这一生中从没得到过的赌本，我说不清楚它值不值钱，但它却是向阳给我的一个记号，是由疼痛和刺激划出来的。这个记号，划进我身体里，以瞬间的方式长成了肉的形态，充满了无限的玄机。

我从那晚开始迷恋上了向阳在我身上用各种姿势做记号，那些时刻，等同于每一次开盘，等待数字最终跌落在我的意识里，灿烂的，颤栗的，有节奏的。那些时刻，向阳故意跌落在我数字的陷阱里，让他这个作为他的整个世界都停顿在我最终的那一声数字的叫声里。单还是双？向阳总是要问我。其实，他知道我心里默数下来的答案。我认为只有在这些没有任何掩饰的，没有任何虚假的一场场赌局中，数字才有可能成为谎言，任何有序的排列此刻都是不真实的。

一个被男人划上了记号的女人，这记号是永远都无法模糊的。所以当我的妈妈李婉芳出门不再回来，我在心底其实是相信，她真的是揣着廖强给他的记号走的。

向阳是个做记号的高手。要不是我亲眼所见，我真的不敢相信，他之所以在赌局上常胜，跟运气没有一点点关系，而是跟他那精湛的做记号技巧有关。我曾经跟在向阳的身边，目睹过他在一群人当中赌，肉眼看不到他拿在手上的牌跟别人的牌有任何区别，可是他就总会赢，用那些赌徒们的话来说，就是——邪了门了。

不邪门能叫赌博？向阳的邪门是看不到方向也看不到痕迹的，就像他的表情一样，既看不出兴奋也看不出失望。我遇到过不少赌徒，他们在紧张时刻总是要不自觉地哼歌甚至将自己十个手指的关节捏得劈里啪啦响，这些赌徒在我看来都是没前途的。而向阳在赌场上的前途没有人能够估量，他的对手永远不能看出他手法上的一点破绽，就算输得一败涂地，心里明白着了向阳的道，也只有哑口无言。尽管人们知道向阳的厉害，可他还能找到不怕输的人跟他赌。那些在赌场楼下车来车往的壮观景象，常常成为这个小地方一种特别排场的风景。而向阳聚赌的老地方，也总是能带旺一些其他的服务行业，就像饭馆、宾馆、沐足廊、按摩房之类的，生意特别好。

久了之后，我才知道向阳跟一般赌徒不一样，比一般赌徒有前途，是因为他比一般的赌徒胆子大。向阳的胆子大到了没有的地步。

实际上，向阳不仅没有胆，而且他身上的内脏几乎都没有了，只剩下跳动的心脏。

根据向阳的说法，我计算了一下，向阳刚刚出来赌的时候，我还在家里给李婉芳数扣子，李婉芳还在将拥有一部比陈思婷家要大一寸的黑白电视机视为最终的奋斗目标。对接这样的时间，我就可以完全理解向阳为什么会把自己身上的器官输给了老乌。

据说那次赌博向阳跟老乌在一个地下赌场进行了两天两夜。

可以想象，那个时候的向阳，就跟一朵向日葵般地血气方刚，并且喜欢招摇，遇到老乌这个劲敌是他生命中的一种必然。我相信，一个赌徒在他的一生中，必然会遇到自己棋逢对手的那个人，也就是说，再厉害的赌徒总也会有输的时候，只不过输的原因有很多种而已。向阳经常说，赌博靠运气一定会输，因为人的运气是会用光的，只有技术才会越用越精湛。所以，无论跟谁赌怎么赌，向阳都像一只老鹰时刻盯牢自己的猎物，聚精会神投入地把每一次赌好。

向阳在跟老乌赌的时候，一半靠技巧，一半还是靠运气，以至于他会输得那么彻底。

老乌赢光了向阳所有的钱之后，跟向阳说，回去再好好练练，练好了再找我。

可向阳死活不愿意。

老乌就说，你连裤子都输脱了，还有什么可以赌的？

于是向阳就开始赌自己的内脏。

老乌起初不愿意跟向阳赌，说，这些不值钱的东西留着你自己用吧。

向阳硬是拿起一把刀，顶着自己的身体，盯着老乌说，这些东西搁在我这里边，你什么时候要，什么时候取走，我把命都搭给你，你不要？向阳一边说，一边用刀一点一点地划破了自己的肚皮，血慢慢地从衬衫上渗出来，就像把刚说出的话都写在了上边，写了一行又一行。

老乌凝视着那一行又一行的血，哑口无言。

后来，赌局不得不又重新继续了。

然而铁定了想要赢老乌的向阳始终没有看到奇迹的发生，他拥有的胆量，以及他所下的决心，对他赢老乌一点点帮助都没有。每输一局，向阳就输掉一个内脏。输了胆，输了肝，输了肠，输了胃，输了肺。到后来就输剩下心脏了。

到此为止吧，心脏都没了，那可就真的没命从这里走回去咯。老乌对这个输红了眼的青年起了怜悯。老乌没想到，就是这怜悯的眼光，让他最终坐进了监狱。

在这样的怜悯的目光底下，输剩下心脏的向阳，在心里忽然冒出了一个念头，他想，他需要延长时间，而这些时间是他赢回自己内脏的唯一机会。所以，他决定了终止这场赌局。

他对老乌说，我留下心脏，只要我还有心脏，还有手，我一定会再把我输掉的加倍赢回来。

那个晚上，向阳从城东走到城西，又从城西走回城东，反复来回，一边走还一边发出些没有任何内容的呐喊。

过了两天，老乌照样在一个地下赌场赌博，却无故遭到了公安局的伏击，老乌在反抗的过程中，用刀捅伤了一个警察。就这样，老乌进了监狱，被判了18年。据说那次完全是因为有人告密，通知了公安。

老乌准备进监狱之前，让人特意带话给向阳，说他很后悔没把向阳的心脏也赢过来，出狱之后，他一定将向阳欠他的一副肝胆，一副肠胃、两只肾，一叶肺，再加上一个心脏，一点不剩地全都要回来，让向阳替他好好保管着。这话向阳记下了十来年。一次我好奇地问，老乌到底什么时候出来？向阳没有接话，不断地拨弄着手上玩着的一副扑克牌，过了良久，才狠狠地说，只要我还有一个心脏，一对手，我就在这里等他出来，逐件逐件赢回来。

老乌进去之后，向阳就有时间了，他越赌越大，把技术练得越来越精。

我想，向阳多半是因为要等老乌出来好把自己的内脏一件一件地赢回来的，他为此一直在等待某次最刺激的开盘。

五

要不是我的妈妈李婉芳打破了赌博的游戏规则，我绝不会最终输给了向阳。

十年前廖强的出走，就像一张充满了暗示的传单，贴在李婉芳的记忆当中，够她花上一辈子的时间来判断了，事实上李婉芳带着这张传单出门，就是为了确认另一种生活的可能性。

我想我该去找你的爸爸算账了。李婉芳好像是对我又好像是对着手里的那一大包钞票说。关于算账的话，我听李婉芳说了好多遍了。每次赢到钱她都会这样说，然而等到第二天重新开盘的时候，她又屁颠颠地拿着那些钱到庄家家里了。

可是这一次不同，她是清晨拿着那包钱出门的。

当我被一堆人围上来，被一堆人揪着衣服问，李婉芳究竟藏哪里了？我才意识到，我的妈妈李婉芳确实是出门找我的爸爸廖强算账去了。围打我的这些人，把钱作为赌本交给了李婉芳，作为庄家的庄家，李婉芳只能将赢来的钱中抽取百分之二十留下来，可是李婉芳却把那包钱自己带出门了。

我当然不知道李婉芳跟着钱走到了哪里。

当我沉默地被这些愤怒的人围住的时候，我的哥哥廖小强被另外一堆人也同样包围着，可是他一点也不害怕，这个淡定的廖小强跟我认识的廖小强完全是两个样子。后来那一堆人放弃了廖小强加入了对我的审问和揪打。忍受疼痛我比廖小强拿手,可是忍受陌生人的打骂,我从来没有学会。在我拼命抗争的同时,我开始对李婉芳的离开感到了无比的仇恨,我甚至认为,廖强和李婉芳前脚后脚地离开我们,完全是一个预谋,就是为了让我此刻成为这个众人质问围打的公敌。

大概这些人觉得再打下去,我也无法交出李婉芳以及那包钱,所以他们停了下来。

限你一个星期内把李婉芳的钱还清楚,要不,打死你为止。走的时候,他们反复地说,我听得明明白白。

李婉芳的钱跟我有什么关系?

难道你不是李婉芳的女儿?你姓什么?

我姓李,叫李小多。我的哥哥姓廖,叫廖小强。

李小多要给李婉芳还钱。

他们之所以不逼迫廖小强,是因为廖小强是个傻瓜而已。跟姓名没有关系。

我狂怒地吼叫着,那些人在我的吼叫声里骂骂咧咧地走了。

我是我的妈妈做过记号的人,她将我从她身上撵下来的时候,一张嘴,那么随便地就喊我——李小多。现在想来,她是多么地不负责任。

面对这样的处境,我第一个想到的是去找这个世界上给我做过记号的另外一个人,他是个只赌大不赌小的人,他说的。所以我决定跟他赌一局大的。

我下这个决心,并不完全为了我的妈妈李婉芳以及她所欠下的那包钱,我是真正地想去跟他赌一局大的。我对跟向阳一贯保持的那种赌博已经显得不耐烦了。尽管他不断地让我赢,不断地有意无意地跟我的数字节奏同步,但是,我对向阳有了野心。与其说我想跟他赌一局大的,不如说我想赢他一局大的。

当向阳把碗里所有的花生米倒到桌面上的时候,我前所未有地感到一种揪心,我相信我脸上沉默的肌肉在不断地抽搐,这种抽搐在我的哥哥廖小强的脸上时常有意无意地出现着,我想,在平静的生活里我的哥哥廖小强的内心一定存在一些无边的恐惧,或者是来自他想象世界的,或者是他对现实世界的一种认识。

这回要赌大的。我记得那个马蹄叶的夜晚，向阳出发前也是这样对我说的。

赌多大？向阳的镇定让我感到一种轻蔑。

我赢，给我一百万。只要稍微在这个县城里走动过的人，一定知道这些天这个一百万的数字跟一个叫李婉芳的女人以及她的女儿李小多有着生死存亡的关联。

我赢呢？

我跟你。

向阳的脸上微微地露出了笑容。依旧是在我面前不计较输赢的样子。说实在的，如果向阳不是一个赌徒，我相信他会是一个品学兼优的男人，我之所以用品学兼优这个词，是因为他长得太像我读书时的班长了，我应该是在心里喜欢过他的。

单还是双？

我凝视那一堆花生米，比任何时候都久，好像凝视的是一堆难以数得清楚的命运。我企图用我的眼睛将那些有的饱满有的干瘪的花生米一粒一粒地分辨出来。我用尽了全力去赌，这是我前所未有的一次充满了野心的赌博。当然，我像平时那样听到了那个声音响起，虽然带着些颤音，但是却是确定的。此外，我还用眼睛急切地在花生米里印证这个结果。

双。

我喊出来的同时，我的身体鱼贯而出一些零散的节奏，时而断，时而续。这是我一个人的独舞，漫天飞扬的雪花，突然降临在我的头和脸上，冰冻的，刺骨的。我死死地定在向阳的眼前。

向阳缓缓地、一双一双地将那些花生米分成了若干小堆。

最终一粒花生米孤零零地留在了向阳那一边。那是一粒看上去比较干瘪的花生米，它被单列下来的命运，跟它过早地被人从地里拔出来，甚至被人剥光了衣服是一样的。

我失手了。这结果让我精疲力竭。

我的失手应验了向阳在临死之前对我说的最后一句话。他是这么说的，一个赌徒，最想赢的那一局，往往会输。

这一局，向阳就没有让我赢。

我说过，向阳是个做记号的高手。他可以在神不知鬼不觉的瞬间就对一张手里的牌做下记号，当然他也可以在神不知鬼不觉的瞬间把一颗花生米变走。

关键是，向阳这局没有让我赢。他既没有将李婉芳拿走的那包钱给我，也没有让我跟他。

当别人盯上你手中的那张牌，把所有赌注都跟着你下的时候，你最好趁早扔掉那张牌。多年来向阳明摆着是不愿意别人跟着他的。既然这样我让向阳给我赢，给我一百万。

向阳看了看我，摇了摇头说，不值。

那天，我空着手离开了向阳。

人的野心就像一个赖皮狗一样，一旦盯上了某个人的裤脚，就非要咬住不放，任由人的脚一踹再踹，甩掉了一次，又继续被咬上，被咬上了，又继续甩。所以，某种程度来说，人所必经的每个角落里，都时刻潜伏着一只赖皮狗，伺机袭击过来。

我觉得自己就是被一只赖皮狗袭击并咬住了裤脚，加上我现在已经走投无路，连迈步都显得如此困难。

所以我又去找了向阳。虽然我到死也不会承认我在那个黄昏去过向阳家。

是那个黄昏，没错，那个黄昏成为这里的人们很长时间内不会忘记的黄昏。在我出发之前，我完全知道了它的特殊性。所以，我显得比较慎重。

向阳对我忽然上门来赌博，表现出了我意料中的惊讶。我想，这就对了，在一个人毫无心理准备的时候，绝对无法施展他那尽管训练得非常娴熟的技巧。我认为他这次输定了。

我没有一百万，也不要你跟我。我还没有宣布赌局开始的时候，向阳就提前亮出了他的底牌。这让我更加肯定了这个男赌徒注定有一场失败的赌博。

我再跟你玩一把，不赌大也不赌小。

我没理会向阳将信将疑地看着我的眼神，继续从口袋里掏出了一把花生米，撒在他家泛着豪华光影的地面上。

单还是双？

这次，我需要先发制人。我想，只要他先决定，就无法更改结果。

我现在知道向阳何以每次都先问我，单还是双？因为当一个结果落地的时候，下一个结果就停留在半空中，你可以让它出现，也可以让它就此消失。所以向阳可以让我赢的时候赢，输的时候输。

单。

当他决定这个结果的时候，他不知道我已经决定了另外一个结果。向阳高估了他多年形成的赌徒经验，只专注于自己迅速进行的赌博技术。

说实话，我跟向阳其实真的是一对难分高下的赌徒，他所要说的，就是我要说的。这个结果将使我们两个都会赢。

可是，谁都知道，一个这么关键的赌局里，永远只能允许一个人赢。

所以，我迅速地采取了我在出门前就已经想好了的结果。

我用刀子给这个将要胜利的男赌徒身上划下了他永远的记号。我惊讶地发现，疼痛和刺激长久地挂在他的脸上，我眼睁睁地看着他，分不清楚他到底是在挣扎还是在享受。有的感受是可以含混不清的，这我明白，然而输和赢却是绝对的，来不得半点含糊。我把向阳在马蹄树前给我做的记号，用同样的力度，更深地划给了他。

要不是一个偶然的事实出现，我会对这次赌博感到很完美。要知道，当一些排列按照顺序流畅地进行着的时候，它们是多么地可爱和安详，就像一首流畅的乐曲滑动在那些光线上，在这个有着斑斓的颜色的黄昏，聆听一首动听的乐曲，我觉得这完全可以称得上一种完美。可是，这些顺序却被讨厌地打乱了，它虽然细微却足以彻底搅乱一个结局。

我不得不用给向阳划过记号的刀子，给那个一直躲在屋里直到发出惊恐叫声的女人划上了另外一个记号。

那个女人像一颗花生米一样无声地滚落在地上。

这是一个遗憾。这个遗憾足以使我这一局输得干干净净。

六

输给向阳的挫败，很奇怪地令我对赌单双这样的游戏感到了从没有过的厌倦。

多年以前廖小强被廖强强行拉到天台上摇天线以踏平他所恐惧的高度以来，他变得喜欢趴在阳台的栏杆上看下去了，尽管我家住在三楼，是天台高度的三分之一，但我想，如果我的爸爸廖强现在再次命令廖小强去摇天线，他一定不会再像面对死亡那样地鬼哭狼嚎。我的信心来自于我对廖小强的逐渐理解。

整个上午，我学廖小强一样，骑在阳台的栏杆上。下面那些行走的人无动于衷地从远处走近，又无动于衷地从我的脚底下钻过去。很显然，我在满足地享受他们从我脚底下钻过的时候，他们一点都感觉不到。没有一个人会抬起眼睛看到骑在他们头上的我，以及晃荡着两条设计好了让他们钻过去的腿。我的哥哥廖小强这么多年趴在这里，等待一双偶尔瞥上来看到自己的眼睛，实在等不耐烦了，他的嘴巴会发出一些莫名其妙的怪叫，那些人循声而看到一个傻瓜的表演，无一不像逃避瘟疫一样加快了他们躲过廖小强视线的速度。

我还是对我脚下的人头开始了习惯性的赌博。我在心里给自己开了盘。以十个人为单位，当钻到我脚下的第九个人过去之后，那么下一个人的眼睛一定会发现我，发现一个下午坐在栏杆上赌博的人。

我对这种赌博方式感到极其不习惯，很快我完全失去了信心和耐心。所以我总是输，事实上如果不是有一次我吐了一口痰飞下楼，那个男人才不会抬起头来发现我的眼睛。

最后，我用一个花盆结束了这场毫无意义的赌博。那是我数到七的时候，楼下一个女人拉着一个小女孩的手向我的脚迎面走来，以往过去的那些人，都是单个的，有序地鱼贯而过，这个女人拉着小女孩并列地打乱了我数数的顺序。这让我感到很恼火。任何打乱我数数顺序的因素，都会导致我彻底输掉。我在恼火中顺手抓起了旁边的一个小花盆，死命地砸到了那两个人即将到达的空地上，并且我像我的哥哥廖小强一样发出了一些莫名其妙的怪叫。

那个惊魂未定的女人,眼睛死死地盯着我,双手紧紧地护着身边受了惊吓还来不及哭泣的小女孩。

神经病!你不怕砸死人啊!女人声嘶力竭地朝我喊。

大概在正常人的思维中,只有神经病才不怕砸死人。我觉得这是给廖小强的一个最高的荣誉,他不参与任何赌博就赢得了别人的尊重。

我不得不带我的哥哥廖小强出门。

我想我已经病入膏肓了,我再也想不出什么形式能够重新恢复我对赌博的兴趣,所以,我带着廖小强出门赌博去了。

廖小强以一种跟他的年龄很不吻合的好奇心,欢快地跟在我的身后,他对街上所有流动的东西保持着强烈的好感,可是,我很快让他的这些好感跌到了地下。

我领着他钻进了这条地下隧道。隧道有着东南西北四个出口,每个出口又各有两边分支。这么复杂的地形,到了晚上自然就会围满了聚赌的人,那些四面八方的几个出口,仿佛就是为了给这些赌徒们疏散用的。

看起来我的哥哥廖小强对这条隧道并不喜欢,因为它单调地藏在地面下,简直跟廖小强平时藏在家里没有什么两样。所以,廖小强在隧道里发出了他的那些莫名其妙的怪叫。空洞的隧道到处回荡着廖小强的声音,似乎每个出口都有跟廖小强捉迷藏的人,他们堵住了这些声音,让这些声音不得不退回到隧道里,这些声音互相认识,互相撕咬,互相撞击。

我意识到我跟廖小强的赌博应该在这条隧道里举行。

我把廖小强从东出口带了进去,趁他不注意的时候自己跑了出来。

如果我能够透视,一定会看到我的哥哥廖小强正在这个空洞的隧道里喊叫,喊叫着抗拒那些未知的在他看来是黑暗的陌生,然后一个出口一个出口地寻找他所熟悉的光亮,当然那些熟悉的光亮只有我才能带给他。

我等在东出口,一直没有离开过。我相信,我的哥哥廖小强现在是输给我了。

可是，当我忽然发现他重新出现在东出口楼梯底下，以一种胜利者的蹒跚朝我走过来，走上地面的时候，我重新感到了赌博曾经给我带来的那种刺激和紧张。

我不止一次诅咒过我的妈妈李婉芳，对于她破坏赌博的游戏规则的无耻所应该承受的后果，我做过无比歹毒的设想。但我没想到，我由于我的哥哥廖小强，也被迫地开始破坏了赌博的游戏规则。

我居然无耻到让这次赌博无效。

我再次带着廖小强深入地下，继续在原来的位置放弃了他。这次我换了个方向，沿着西出口跑了很远很远，并且在西出口两条分支迅速地选择了一个出口。钻出地面所看到的建筑，这些侵略着天空的高高低低的突起，顿时让我眼前一黑。

这次我一直在西出口等到了天黑。

我终于赢了廖小强，当我确认这次胜利的时候，我颤抖着，泪流满面。

七

我现在实在想不起来我还有谁该去赢了。我想过去找我的爸爸廖强和我的妈妈李婉芳，可是，他们在若干年前就被我赢过了。他们的相继离开充分地说明这种惨败。

我的对面是一个电子屏幕，屏幕上的数字在做一种倒计时的运动，还差733小时35分40秒，这个倒数的运动才能结束。我不明白为什么要数完这么多时间，我猜测当屏幕的各个单位都定格在0的位置上的时候，时间肯定是完成了某项功能，或者是一个胜利的庆典，或者是一个美好故事的开始……反正，这些被公之于众的时间，是如此地有价值，它将被载入史册。

但这些倒计时，目前只能让我的心跳一分一秒地加速，我跟这个世界的联系随着那些数字的跳动而跳动。没有人知道，坐在这个马路的中心转盘上，面对这些无序地奔跑着的车辆，我开始了最终的一场赌博。

在60秒种内通过我脚下这条黄线的车，我买了单。

也就是说，只要数够60秒，我跟自己赌的最后一场就要决定胜负了。

第5辆车压过黄线的时候，电子屏幕上的秒表就快颤动地跳到4了，我想又是我赢了，这些叫嚣而过的车辆增添了我赢的气焰。然而，一辆蓝色的小车以一种加速度朝黄线冲过来，它的出现将取消我赢的资格。我觉得这太不可思议了，我直接阻止了第6辆车。

我想，我能够改变结局。

的确，我改变了结局。当我躺在路上，面朝天空，我判自己赢了。

再度赢了的我，清晰地看见，天空中伸下了一双手，毫不犹豫地将我当作那些摆在桌上的赌注一样捋走了，它的准确与迅猛让我忽然明白，它早早在我身上做下了只有它自己才看得见的记号。

（选自《钟山》，2006年第1期）

点评者：王斌

黄咏梅借小说第一人称主人公李小多之口，向我们展示了某种偏执疯狂的女性经验，也展示了作家深入人物内心的无限可能性。这种经验让人惊奇，这种可能性则让人惊喜。

出生在一个暴虐的家庭中，李小多承受不幸的同时也制造着不幸。对数字与生俱来的敏感和偏爱，让她获得了预测单双控制输赢的信念。这种不容触动的信念让她变得更加偏执、决绝。现实生活中一次次的惨烈遭遇，却被她冷漠地描述成自己获胜的赌局。李小多的"赌"其实是对外部世界的无望挣扎。本已绝望，输得彻底，却偏要以胜利的姿态来面对。当她以这样那样的方式赢了父亲，赢了母亲，赢了向阳，赢了廖小强之后，她突然发现，"我现在实在想不起来我还有谁该去赢了"。在最后的与自己的赌局中，李小多为了改变结果，义无反顾地赌上了性命。

和短篇小说《负一层》(《钟山》2005年第4期) 中智障女阿甘一样，李小多也是一个非正常的人物，黄咏梅在处理这样的人物的时候，似乎总是能深入人物的灵魂。用这样的视角来看世界，也总是与常人不同。阿甘的世界那么简单而温暖，李小多的世界这么冷酷而疯狂。当她们与现实接触，最终结果却都是死亡。通过李小多这个鲜明执拗的人物，小说展现了生命的无常和脆弱，展现了一种非理性的绚烂，一种悲壮而忘我的投入和盲目。小说的叙述语调很有特色，透着一股漠然处之的冷劲儿。黄咏梅这样独特的风格，在当代的作家中非常少见。虽然小说还不够圆熟，为了把故事发展往"单双"、数字上靠，个别情节有"做"的痕迹，不能让人信服。但是其题材和风格的独特性，让这篇小说获得了自身的价值。

成 人 礼

温亚军

  吃晚饭时,女人说,上河湾的伍师达这几天要来,儿子已经七岁了。男人正埋头用心地吃拉条子,他喜欢吃拉条子,面劲味道足。他嘴里嘴外都是没扯断的拉条子,呼噜呼噜的声音像打鼾似的。嘴里塞满了拉条子,没有说话的空隙,男人抬头看了女人一眼,明白女人的想法,他没有响应,又继续埋头吃起来。女人心里不悦,看着男人狼吞虎咽的吃相,暗怨道,好像八辈子没吃过拉条子,饿狼似的!女人心里埋怨,却没有责怪男人。男人是家里的主心骨,地里、圈里的活,出来进去都靠他一个人。自从有儿子后,男人就不叫女人去地里干活,她只负责在家带儿子、做饭,偶尔也帮男人给圈里的马羊添把草料,干一些离家近也不费力气的活。儿子缠人得很,女人上个茅房都跟着,像她的尾巴一样,甩都甩不掉,女人哪都不能去,整天窝在家里,烦透了。男人没有单独带过儿子,体会不到女人这份烦恼,他认为,女人在家带孩子天经地义。

  一大盘拉条子吃完,男人伸出舌头把盘子里的汤汤水水舔干净,又端起女人早准备好的一大碗面汤,试了试温度正好,咕咚咕咚一口气灌进肚子,才满足地用手抹抹嘴,掏出一支烟点上抽了一口说,你说的是儿子的虚岁,他离成人还差一截呢。

  女人说,到年底不就满七岁了?上河湾的伍师达难得来一回呢。

  男人站起身说,到年底再说吧,不就行个割礼么,离了上河湾的伍师达,儿子就不能成人了?

  女人白了男人一眼,都说上河湾伍师达的手艺好,人家可是区长请来给他儿子行割礼的，好多人都想着沾区长这个光呢。

男人不高兴了，没好气地说，我就说呢，你这么心急，原来是想着给区长那条老骚狗捧场……

女人手中的湿抹布飞过来，砸在男人的脸上。

区长曾叫人从卫生院的值班室里光溜溜地捉过奸,祖宗八代的人都丢光了，可有些女人说起区长来，像是他给祖宗增光了似的。

男人的女人不是那种女人，他知道把话说重了，便抹了一把脸上的油腻，弯腰捡起地上的抹布放在桌子边，默默走出屋子，去马圈拌草。

碗筷摆在锅台上没有洗涮，女人钻进被窝把自己裹起来，一个人先睡了。儿子爬在炕沿上推母亲，叫她给自己洗脸，然后讲故事。女人被儿子推得摇来晃去，就是不吭声。

男人进来看到眼前的情景，知道老婆给他怄气，他一点都不生气，把脏兮兮的儿子拉下炕，弄些热水胡乱洗把脸，叫儿子脱衣去睡觉。男人上上下下地把自己洗净了，回来见儿子还坐在炕上，没有脱下一件衣服。儿子是在等母亲给他脱呢。男人突然间来气了，冲儿子吼了一声，儿子吓坏了，嘴角抽动着，眼里泪光闪闪，但没有哭出声。儿子带泪的眼怯怯地望着父亲，就是不脱衣服。男人气愤地抓过儿子，粗暴地几下扒掉他的衣服，把他塞进老婆旁边的被窝里。儿子这下才开始哭，小身子在被子下面一耸一耸的，很压抑，像是受了多大委屈似的。

女人转过身看了一眼身边的儿子，又看了一下男人，转回身搂着儿子睡。女人在乎了，男人的气消了一大半，他关掉灯脱掉衣服，侧躺在女人身边，伸手去揽女人。女人裹着被子的身子拧了一下，把男人的手甩掉了。男人在黑暗中摇摇头，笑了一声，又去抱女人。女人这回没有把男人的手甩开，象征性地挣扎几下，被男人扯开被子抱在了怀里。男人的手顺着女人的衣服钻进去，女人的身子扭动着，转过身来，恶狠狠地对男人说，一边去，我心里正想着区长呢。

男人嘿嘿笑道，去他妈区长，我知道你连正眼都不会看那个老骚狗的，他算啥东西。我是图嘴上痛快呢。

男人这么一说，女人的气全消了，说，你痛快过了，现在该说正事了吧。你刚才都看到了，儿子依赖到了啥程度，这么大了，衣服全靠我给穿脱，越长越小了。

男人叹口气说，是不像话，我小的时候可不是这样。

那你同意这次给儿子行割礼了？

男人抽出手来，解着女人的衣服说，这次下次还不都一样，迟早都得割。只是——和区长那个老骚狗的儿子一起割，我心里不舒服……

这阵子秋收，地里活忙，男人干上一天的活，总要拿女人解解乏。女人不再固执，一边动手解自己的衣服，一边说，他割他的，咱割咱的，各不相干，你不是说，这次下次都一样，那就这次割吧，咱图的是上河湾伍师达的手艺。

男人不吭声，手上使劲把女人胸口的衣服褪下。女人一把拨开男人的手，扯过衣服掩住胸口，对男人轻声说，儿子还没睡着呢。

男人抬起身，凑到儿子跟前看了看，儿子玩一天累了，哭够早就睡着了。男人迫不及待地又扯女人的衣服。女人坐起来自己褪尽身上的衣服，嘴附在男人耳边，小声说，你等等，我去洗洗。男人身上呼地一热，哪还等得急，扯住女人，不让她下炕，可女人一挣脱，鱼似的哧溜跳下炕，闪着白光走了。

地里的庄稼收完后，剩下的活就是把收回来的玉米秸和干草码起来。这个活得两个人干，一人站在草堆上码，一人往上面丢。女人扎一条大头巾，帮男人码草，男人丢上去几个草捆，又跳上草垛去码好，才给女人说，你看我一个人能弄这活，你还是去给儿子的成人礼做准备吧。女人扯下头巾，看着男人上蹿下跳挺自如，想着儿子的事比码草重要，便给男人提来一壶奶茶，带儿子去镇街上买东西了。

先得给儿子买身新衣服。女人心细，在镇街上转了半天，打听到区长给他儿子买的衣服，咬咬牙给自己的儿子也买了同样的一身。她家的日子不如区长家好，但她不能让自己的儿子在成人礼上输给区长儿子，穿同样的衣服，又是一个伍师达行的割礼，她儿子不比区长的儿子差，这样一来，她的心里才平衡。

只是，在给行割礼的伍师达买礼品时，女人动起别的心思，本来该

成人礼

买一双皮鞋的,她却买了一顶帽子。在镇街上转来转去,女人发现,好点的皮鞋都要一百多块钱,差点的又拿不出手。就在她犹豫不知道要不要买好点的皮鞋时,她看到了那顶羊羔皮帽子,颜色极纯,黑得利利落落,又庄重又富贵,一看进眼里心里就熨熨帖帖的。她一下子喜欢上了这顶帽子,一问价,才三十块钱。女人毫不犹豫选择了这顶羊羔皮帽子。买到自己满意的东西,又省下了钱,女人心里高兴,没想给自己买什么,却想着给自己男人买点啥东西。在街上又溜达几个来回,除过给男人买了一公斤莫合烟外,竟想不出还能买别的啥。男人的衣服不用买,还没到过年的时候呢,他是个怪脾气,现在买了,他认为是浪费,不会过日子的人才这么浪费呢,他一定会发火的。男人一年到头,地里家里的忙碌着,是家里的支柱,该给他买点啥东西才对。买啥呢?女人犯愁了。

思忖来思忖去,最后,给男人买了一条红裤带和红裤衩。来年就是男人的本命年,女人想着先把这东西备下,免得到时忘记。

天将黑时,女人心满意足地带着儿子背着东西回到家。一进家门,见男人在吃冷馍,知道男人已饿得撑不住了。女人连连向男人道歉,把包袱塞进男人怀里,赶紧去洗手做饭。

男人吃着冷馍,在炕边打开包袱,边吃边翻看女人买的东西。男人先翻看儿子的衣服,回过头问了女人价钱,他认为值。儿子毕竟是过成人礼,一生就这一次,是得好点。看到给伍师达买的羊皮帽子,男人很满意,知道了价格,更是对女人大加赞赏,好像女人干了一件不得了的事,把女人夸得有些不好意思,脸红彤彤的,不住地拿眼瞄男人,心里满是欢喜。男人拿起帽子准备往自己头上戴时,发现帽子里的红裤带和红裤衩,或者是鲜红的颜色过于扎眼,男人的眼睛一瞬间被刺得睁不开。他把这些东西掏出来打开,眼前更是一片跳跃的红色,像一把正在熊熊燃烧的火苗,蹭地一下,把他心里的怒火点着了。男人连问都没问,极冲动地把红裤衩和红裤带揉成一团,扔向女人,冷笑道,好啊,你个不要脸的,说是给儿子行割礼,却给伍师达连这种东西都买好了,原来你早就认识他,我就说呢,你怎么非要这个时候给儿子行割礼,敢情不是为儿子,是为你自己!

正在和面的女人还沉浸在男人对她的赞赏里呢,哪里想到男人会突然翻脸，她大吃一惊，不明白怎么把他给惹了，等看清扔过来掉在地上的东西，火气噌地窜上来，推开面盆指着男人骂道，你是眼瞎了咋地，不看看这是派啥用场的？不会看还不会问？胡乱发啥脾气。过年就是你的本命年，这是给你本命年用的！

火焰被女人的话浇灭了，男人愣愣地看着女人，他这时的处境很尴尬，想笑笑不出来，道歉说不出口，脸上的表情讪讪的。好久，男人才想起要给自己辩护一下。这……我……我的本命年不是已经过完了吗？他说这话时犹犹豫豫，底气明显不足，可见，他心里还是明白自己本命年的。

你也不问个青红皂白，就骂我，你不是不承认儿子的虚岁吗，咋把自己的虚岁过得这么踏实……

我……我……男人心虚，说不出个所以然来。

谁知道你一天到晚脑子净瞎想啥呢，你自己瞎想也就罢了，还老把我想得不干不净，当我什么人呐？

女人伤心，丢下面盆，干脆不做饭了。她越想越气，渐渐地哭了起来。从一提起给儿子行割礼开始，男人就不给她气顺，她做错什么？她为谁呢？女人越哭越觉着这委屈受大了，一头扎到炕上使劲狠哭起来，一直哭得黑天夜地。

哭够了，女人躺在炕上摆出罢工的架势，无论男人说啥，她都不吭声。男人没法，只好给儿子弄点开水泡馍一吃了事。

这次，男人没有把女人哄转。第二天，男人躲着女人的目光，感觉很别扭。

女人不顾这么多，哭过了，所有的不愉快都随泪水一起流掉了，什么都不往心里去，该干啥干啥，她还指使男人去打听上河湾伍师达到来的具体日期，给儿子割礼能排上第几名。区长出面请的伍师达，应该去问区长，男人没去找区长，在外面转了一圈，回来说，排不排名都一样，反正都得做，早一个晚一个不太重要。女人却不行，见男人不把这排名当回事，自己专门跑去找区长。回来的时候，女人一脸喜悦，说区长其实人不坏，满口答应给她排在第二名。有那么多的孩子等着行割礼，区长却能把她的儿子排在第二，女人觉得很有面子，心情自然很好，甚至还有些暗暗的得意。男人却不这样认为，他才不稀罕呢，见女人愉快的样子，心里不舒服，说出来的话像含着鱼刺似的，把女人刺得身心不舒服。两口子闹起别扭，一个不搭理一个了。

秋收结束，上河湾的伍师达来了。

区长的儿子行成人礼，算是件大喜事，想巴结区长的人都来贺喜，当然不能空着手来，他们送来的礼品有衣服、被面、毛毯。礼送得重的，有肥羊，还有送小牛犊的，送这些礼的人大多有求于区长，或者是讨好区长，平时想巴结找不着机会，这下给逮着了。区里的那些干部凑份子，买了一匹枣红色儿马，才两岁的口，这是送给区长儿子最贵重的礼物。区长很高兴，酒席摆满一院子，比普通人家结婚都要大。一时间，区长家人欢马叫，像集市一样热闹。这热闹的欢叫声，却掩饰不住区长儿子的哭叫声。他被伍师达手中行割礼的刀子吓得尿都出来了，但没有人去注意区长儿子的哭声。这哭声是长大成人的标志，吉祥着呢。

转天，给男人的儿子行成人礼，他家没有区长那么排场。男人杀了两只羊，炖一大锅肉，摆了两桌酒席，贺喜的亲戚朋友来了一屋子，也够热闹的。

可是，区长儿子行割礼时那声嘶力竭的哭声，早把男人的儿子给吓坏了，要给他行割礼时，却找不着他的人。伍师达把行割礼的家什摆好，要他们把儿子抱过来时，男人和女人一直忙着招呼客人，偏偏忽略了真正的主角，这会儿急了，奔来跑去喊叫着儿子的名字，把能找的地方找了个遍，也没找着儿子。男人急得眼里冒火星，看自己的女人，眼里噼哩叭啦地打火，吓得女人一边找儿子，一边躲自己男人。平时女人专门看管儿子，这会儿子找不见，肯定是她的错。女人比男人更着急，她一直都没有停歇过，儿子添的这份乱，慌得她腿都软了，眼里泪水涟涟，看着挺可怜的。

这个可怜的女人还算幸运，有人在她家的干草堆顶上发现了儿子，女人像看到自己的救星，扑腾着要爬上干草堆抱儿子。草堆又高又大，女人怎能爬上去。有人搬来木梯，女人慌乱地爬上去。儿子在干草堆上蜷缩成一团，眼里是汪汪的泪水，脸也被泪水弄得花了。看到母亲上来，儿子这才委屈地哭出声。女人抱着儿子下来时，奇怪地想，没有梯子，儿子是怎么上到干草堆上的呢。

男人闻讯跑过来，从女人怀里抢过浑身发抖的儿子，把他送到伍师达跟前。帮忙的人一拥而上，七手八脚帮伍师达摆开阵势。女人取来早煮好的鸡蛋，边跑边剥皮，跑到儿子跟前，把一个囫囵熟鸡蛋塞进儿子嘴里，叫他咬着止疼。

割礼开始了，男人才擦拭一下额头的汗，脸上露出笑容，冲着众人发烟，叫女人从锅里捞肉，开席。

在一片喝酒的混杂声中，男人没管儿子的哭叫声，他偶尔朝儿子那边扫一眼，吆喝着众人喝酒、吃肉。倒是女人，一边忙碌，一边竖着耳朵听儿子那面的动静，儿子的哭声穿过所有的声音，十分清晰地灌进女人的耳朵里，女人的心跟着儿子的哭声一颤一颤的，手下迟钝许多，男人不时地催促她，不一会，她的眼泪止不住涌了出来。大家都在忙着喝酒吃肉谈天，没人注意女人的情绪。只有男人，看到女人的眼泪，他别过头，破天荒地再没有责怪女人。

上河湾的伍师达手艺的确不错，一支烟功夫，他就使一个儿童完成了成人仪式。男人把伍师达让到酒桌上敬酒时，女人抱着还在哭泣的儿子，脸上苦苦的，不知该怎么哄劝儿子，只是把儿子抱得很紧，紧得儿子快喘不过气来，暂时停止哭泣，在母亲的怀抱里挣扎。

吃完肉，喝好酒，伍师达该走了，女人把儿子交给男人，从屋里拿出给伍师达的谢礼。伍师达客气地推让了一下，往自己包里装礼物时，他的眼睛突然一亮，拿起那顶黑羊羔皮帽子戴在自己头上，兴奋地说，这帽子不错，上河湾还没人戴呢，看来今年冬天，我要戴着它出风头了。

苦着脸的女人笑了，就这么一句赞赏的话，女人知足了。她买这顶帽子，算是买对了。

晚上，到了该睡觉时，男人没和女人商量，在大屋里给儿子新搭了个床。女人收拾完厨房进来看到小床，她看了一眼蜷缩在大炕上的儿子，心里不是滋味。按她的想法，要儿子先在炕上和他们一起睡，等他伤口好后再分开。可看男人的表情，女人没敢开口。按理说，行完成人礼的孩子，算是成人了，就得和大人分开睡，如果女人这个时候说出自己的想法，肯定会遭到男人的反对，她还记着白天找不到儿子情景呢，怕男人骂她。女人默默地铺好小床，去炕上抱儿子。

儿子脸上还挂着泪珠，见母亲来抱他，又哭起来，他推开母亲的手，紧紧抓着被角，好像被子此刻就是他最可靠的支撑似的，他拒绝到小床去睡。女人的心顷刻之间又让儿子的眼泪泡软，她跪在炕上不动弹了。女人想着，就是叫男人骂一顿，还是想让儿子在大炕上睡几天。男人已经走来拨开女人，上炕硬把儿子抱下来，放到小床上。儿子哭得昏天黑地，挣扎着要下床。男人冷着脸对儿子吼道，再哭，就叫伍师达来，把你的小鸡鸡全割掉！

儿子已经领略过伍师达刀子的厉害，害怕伍师达真的会来割他的小鸡鸡，吓得再不敢动，也不敢哭出声，却把哭声压在喉咙里，两只泪眼可怜巴巴地看看母亲，又看看凶神似的父亲。

女人的心碎了，泪水哗地冲出来，她扑过去抱住儿子，和衣和儿子躺在小床上。

儿子哭累了，慢慢地睡了。女人轻轻爬起来，伸展一下酸麻的腰腿，去洗漱完毕，回来又要往儿子的小床上躺时，男人严厉地把她叫住了，回到炕上来！是你要给儿子行割礼，你现在也不能给他开这个头。

女人回头看一眼炕上的男人，男人冷冷地盯着她，好像她是一贴膏药似的，一个不留神，她就会粘到儿子身上不好揭下来。女人看着睡熟的儿子，伸手抹去儿子脸上的泪痕，慢慢地回到炕上，在另一头和衣躺下来。

男人起身关掉灯，脱了衣服要挨着女人睡，女人负气挪开身子，离男人远了点，大睁着眼睛看着黑暗中的屋顶发呆。

儿子睡得一点都不踏实，麻醉药的劲早过了，偶尔会疼得哭上几声。女人只要听到儿子那面稍有动静，就爬起半个身子，在黑暗中往小床那边瞅。每当这时，男人警告的声音会及时响起，女人叹口气，又倒下睡觉。女人一点睡意都没有，她翻来覆去在炕上烙大饼，倒把男人给引了过来。他毫不犹豫地伸手解女人衣服，被女人毫不犹豫地推开，他又去解，显得很有耐心，可女人没给男人机会，她爬到炕的另一头，用被子把自己紧紧地裹了起来。

男人愣了好一阵，才憋声憋气地说，你别趁我睡了，去小床那边，否则我饶不了你！

不一会，响起男人的鼾声。女人等了一阵，才爬起身，正要下炕时，男人突然说道，你干啥？我的话都不听了！

女人的身子僵住了，停了一会儿，她咚地一声，把自己甩在炕上，继续翻过来折过去，折腾了半天，就是没一点睡意，大脑反而越来越清醒。女人的肚子也叽哩咕噜叫唤起来，她突然想起，忙乎了一天只顾招待客人，自己竟忘记吃饭，怪不得睡不着呢。一意识到自己没吃饭，她的饥饿感更加强烈，想爬起来去吃点东西，可又担心惊动男人骂她，硬挺着没动。硬撑着睡吧，睡着就不饿了。女人心想。

夜是静谧的，显出小床那边儿子鼻息声的沉稳和安静，还有炕那头男人粗重鼾声的香甜。在两个男人的睡梦里，女人迷迷糊糊睡着了。

女人是被恶梦惊醒的，她爬起来一看，天已经麻麻亮，炕上除过她之外，空荡荡的。她转过头，看到男人半个身子悬在小床边上，盖着一半被子，侧身搂着儿子睡着。

女人的眼窝一热，泪涌出来。她是被男人和儿子的睡相惹出泪水的。

（选自《大家》，2006年第2期）

点评者：邓菡彬　吴弘毅

所谓叙述，就是用一定的语言形式表达内容。叙述的好坏，往往关系着一篇小说的成败。叙述是可以学习的，但这学习不是一种纯粹知识的学习，而需置入作者本人切身经验，化为己有。所谓"学我者生，似我者死"，攒着劲儿模仿自己喜欢的叙述，很难贯穿始终。反之，假如仅仅依靠生活的经验或者素材，即便故事够丰富，但小说也往往潦草浮泛，因为缺乏一种小说叙述的追求来熔炼，再多经验也会显得贫瘠，显得跟别人都差不多，显得不值一提。

而《成人礼》，则是从一种饱含深情的个人经验出发，创造出一种不温不火饱满紧凑的叙述，将溶化在日常生活中的的"原味"提出来，恰到好处。作者心目中的生活，显然就像小说开头写的"拉条子"一样，虽然没有什么特别的鲜美，但是劲道非常。而作者笔下的文字，也正有这种相应的劲道。

小说切入的角度也好。作者没有给这对夫妻起名字，直称"男人"和"女人"。这一对连名字都没有的普通乡间夫妇，他们的生活想必是忙碌而平静，日复一日。为了给儿子行割礼，平日里埋在平静生活之下的细微情性，都有了展示的机会。女人看重的是上河湾伍师达的手艺（有趣的是，这是小说中唯一有名有姓的人），想让儿子跟区长的儿子一起行割礼，而男人则不屑于沾这个光。然而男人把话说重了。女人生气了，摆了摊子。一场恩爱夫妻的怄气经过，被写得十分生动而精确。最后，男人故意粗暴地对待儿子，于是，"女人在乎了，男人的气消了一大半"。这是神来之笔，一笔写出人物之间的好多层次。女人对儿子的爱，女人对丈夫仅仅是虚张声势的生气，男人对女人试探式的生气……没有对生活的丰富感受写不出来，没有对生活感受的提炼也写不出来。再往下，类似的波折还有三个，特别传神的句子也不断出现。比如行割礼时，儿子躲起来了，作者写道："男人急得眼里冒火星，看自己的女人，眼里噼里啪啦地打火，吓得女人一边找儿子，一边躲自己男人。"作者敏锐地抓住这样稍纵即逝的细节，把人物的性格和当时场景中蕴涵的人物关系，都挖了出来。

小说的微瑕在于有些地方还有赘笔。比如小说的最后一句。本来已经无须多说，可作者仿佛生怕读者不明白似的，又添上这一句，反而有点破坏情境的自然。

流浪者拔营（节选）

苏伟贞

谜题终于揭晓，关于人生唯一一次的诘问（关于一个毕生最大的诘问，关于毕生最大的诘问），你的丈夫张德模死后会出现：他是怎么样的鬼？（来了，来了，反诘问："他是怎么样的人？"）

净身完毕，送他往太平间的时刻于是来临。你告诉他："张德模，现在没事了。"

最后一次为他捻熄房灯。（你是留下者，对你而言，再也没有去而复返的旅者了）失去了他，现在的这个人世原乡，你沦落成为难民。落在巨大逃亡队伍尾巴，跟在医护殡葬业者后头鱼贯迈入电梯。（恶瘤附身，你们如亡命天涯忽上忽下，你因此练就进出电梯好身手）你摁下楼层数字键，金属门缓缓合上。（你们在同一个盒子里了）穿越身体间隙凝视他面容简洁坦然。（你不让殡葬业者蒙住他的脸）

你明白了，答案只有一个：是怎么样的人，就是怎么样的鬼。

进医院就证实食道癌末期，医生估计的时限如期兑现，整六个月。他们无法预料的是，这名患者居然没有弥留时间也没有弥留现象。

人们入梦的半夜，他自行拔掉鼻胃管和氧气管，王者降临："我要走了。"语气坚笃，不是商量是决定。结局之声，说来就来，（哪来预备死亡这件事？）你如此幸运，得以亲耳聆听到。

你在内心深深请求他，再给你一点时间，不是一年半载三个月，只要天亮。你好和驻扎城外等消息的队友联系。陪病如驻扎守城，调兵遣将，你是新帅，不时退避墙垣痛哭，他倒优游从容。（"我的命你哭什么？"你知道的他的话）世间林林总总他说事缓则圆，一路提醒你："怕死也是死，不怕也是死。"或者来段戏谑词儿："天要下雨，娘要改嫁，由他去吧！"加长型补一句："伸头一刀缩头一刀。"你质问隐形的导路者："看到了吗？你何方神圣看到了吗？"这名凡人闯阴走阳，你倒是要问问鬼神怕不怕。（脾气坏的人最简单）

这时候的窗面，灰色大气下降。传说中子然独立旅者要拔营了。

流浪者上路。你们只被允许送行至太平间，他将在那里停留一晚，过渡生死场。世俗的路已到尽头。是的，非只你的家人死亡才算悲剧。陶渊明《挽歌》好巧的为你发了言：亲戚或余悲，他人亦已歌。（入梦者离开，无梦者，亦离开。他决定孤寂启程，你是个凡人，你忍不住想挽留，你默声哀求：人的记忆器官，视神经最后完成，也最先离开。即使不把孤独当回事，城外亲朋快赶来了，再等会儿，带他们的面孔走啊！）

电梯由五楼下降，太平间到了。他将独自留下，以平常交谈语调，你说："爱独处嘛！老小子，这下又让你得逞了。"（张德模，我不能帮你关灯了："你死了，他们说没有自己的意志了。"太平间的灯火统一管制，这里不熄灯）终于违背了先前的约定："谁先死，活人要负责关灯。"（你们隔段日子晒书似摊开阳光下晒晒这话）一直以为我们会在自己睡惯的床上闭眼，你怅然想着："原来并不是。"

没有比太平间更安静的地方了，（盲目游戏终站，喀啦一声，结束之声吗？你仍为他关了生命的灯）你轻抚他死了也还是坦然的脸："（你听见了吗？·）我们走了。"（哎呀呀呀！再见了。《上帝也疯狂》里热爱非洲原始生活的人类学家，语言不通，山路下坡刹车失灵、狮子老虎犀牛后头狂追，无奈、生气、高兴、信仰不同……一概："哎呀呀呀！"）

哎呀呀呀！进了医院，他的身体展现前所未有的敏感与强韧，（早干嘛去了？）你几乎以为神迹降临。（并没忘记，他从不相信神迹这劳什子）最后冲刺，当着你面，将自己海抛，做他自己。（哪里是拍电影拼镜头抢最后黄昏狼狗时光一定会在白日将尽）你亲睹传说中灵魂穿透身体，重量如何被瞬间丈量出来。神迹。

（第七个月第一个深夜降临。你们离开大楼，被释放，却没有当人质的感觉）芥川龙之介说，人生不如一行波特莱尔。（张德模说："我要走了"）以张德模为名，更短，人生不如一行张德模。

结束与开始同时发生，火水同源，黑夜与白昼并存的极地。你是拜火教徒，你开始有种共生的信仰：人生不如一行张德模。

是活成一篇小说好呢？还是虚构一篇小说好呢？（沉默计时已激活，你将不在人前谈论他）

你握紧方向盘，直视前方，观看到远方黑幕播放序号错乱的影片：瑰丽塘鳢，背鳍宽大对称如协和飞机，尾鳍月形，顶流栖息礁石区洞穴上方。水里是最好的无重力浮游场。是的，纳入你们的人生，你很清楚，旅行时间，生病时间都是。（行旅地图抛出过一次隐喻：之前1998年3月张德模罹患膀胱癌。反迷信，你们放弃了解读的机会，落入现在这个迷思：一个人五年内因两种癌症住进同一间病房的机率有多大？）

流浪车队朝更远黑夜驶去。（并行旅程。方舟装满食物和酒，劳伦斯《死亡之船》：你踏上最长的旅程，向下漫长地航向遗忘）

（"走着走着，站起来就走。"你每次都被这话逗得大笑。他喜欢的相声词儿，还有："走两步，退三步，等于没（发 mo 音）走。"以山东腔，废话句，他喜欢就因为没事儿："干嘛？要做正经事登陆月球去"）

流浪者上路，去实践他的流浪地图，世世代代族群的圣经，你听见了："活着是怎么样的人，死后就是怎么样的鬼。"生即死。

并行旅程，倒数计时，流浪者元年激活。（午时之声播响，这一天即将过去）

新人生叠架旧人生，路轨上一座巨大攀岩，以后你回家，如迤逦之水流向张德模生命遗迹。

走江湖：马戏团出动

亡者转乘，道上有条规矩，新魂必须停灵十二小时等候确认。（这回，清清清楚要为他办丧事了。竟是无泪的。现在，你也是）

你坚持让张德模穿上家常衣服覆着平日盖惯的薄被，避开繁文缛节佛释道基督，勇者回返，无须符节安魂。（倒是祈愿土著之夜歌守灵

者，已经出发迎接他：蒙赐鞋袜／往后每个黑夜／坐下来穿戴／请纳此灵）

若无奇迹，12小时后，他没有醒过来，2004年2月26日22时20分，将正式烙印他的死亡证明上。

与其说不相信奇迹，不如说你们不会违背彼此的意念，像是一点都不遵守发愿仪式，以你减寿云云来交换延长他的生命。相反，你选择痛斥任何神。他病发不久，你正式宣战："不管他叫什么，阿拉！上帝、主、穆罕默德、佛陀……我告诉他，再这样对他，我真的要生气了！这样纯粹人格特质，不就证明有神？如果他胆敢拿走他，我会以一生来呵斥他！"宗教意义的浮泛，你们从来不参与。（一年后，你去到圣家堂黄昏那堂弥撒，推门扑面《君王面前》圣歌：君王面前／我们一起屈膝……你屈膝入座。"为什么要信神？为什么要到神的面前？"台上弥撒主祭神父问。"我在等待亵渎神明。"你内心回答。终于，那一刻来临：领圣体，耶稣肉身和血。你没受洗，不能领圣体。但你看着他："我要试试他。"你跟随教友一步步靠近主祭神父，直到站在他面前，你没有伸出双手捧圣体，神父微笑注视你，时光凝冻。你知道你办不到，你没有信仰，怎么能真正亵渎任何神？你抬起双手交叉胸前，神父明白了，你未受洗，他以拇指在你眉心画十字。你在《你是我的避难所》：他释放我的心，因此我不害怕……圣歌中离去）

警卫台，那是另一个转乘站，（告解圣台？）你直直经过，让孩子去交涉。大脑海马会自动倒带数月前邻房病人临终，（事后，他的妻深宵在此与警卫谈什么，现在，你懂了。行政人员已下班，依规定家属得在此办临时退院手续）这位人妻单独从大楼门口登车匆匆离开。这类人口每天累积，"一切都是数字"，忘了谁说的。你们现在就是。（走江湖，马戏团拔营上路）

孩子将在那里交回陪病证，正式失去伴病资格；正确说，你们无病人可陪了。倾斜了的大楼倒影，真像你现在的写照。

站在大门口，医院那股形容不出的味儿刺穿术似的在你体内环绕，你不很在乎，抬起衣袖嗅了嗅，确定没摆脱："来吧！放马过来。"你说，将终生带着。（四周农地虫鸣轰然，眼看你就要心神涣散没顶）背住光，隐隐听见孩子的脉动传出丧家犬哀鸣。你们没办法直接回家,你们甚至没办法交换悲伤。

最后你的决定,转往常去的pub,自家人在那里与张德模正式道别:"这才像你的场子。"(佚名土著传统守灵歌,是这样的:黑夜来／黑夜来／往后的每个黑夜／室内烛火荧烧／请纳此亡灵)

但死亡的颜色显然太新,即使不把悲伤挂在脸上,深夜举家出现,安静又骚动,你们神情肢体话语恐怕太像舞台终场谢幕的演员。(角色们被告以诠释死)

灰色夜幕完全降下,异教徒的礼忏仪式开始。你们围坐一圈,牵亡者,高能量发光体。热气流与冷气流相遇,热气流上升,此时,哀伤平原降下丰沛雨水。你们为张德模斟满酒,人子上路,你高举酒杯:"敬把拔!"(天主教《奉献全家于耶稣圣心颂》:我们愿把一切,完全托付你,求你祝福我们在家的或外出者)

牵亡吸盘引来四周不断投注的目光。从现在开始,地球体由西往东转,像西班牙南方之土或德国哥塞克地区,(那里有座七千年历史人类最古老的天文台,用来测量太阳运行的古老日晷)你们所在的地方合适建造天文台,观测日月星辰,气流风向极稳定。你们是一群走江湖卖艺者,最古老的流浪子民,复眼,动脉流着蓝色血液,活化石,鲎。

现在,失去了共同领袖,你们变得毫无抵抗力,将被凡俗豢养,成为世世代代居有屋岛民。真正沉到海底。抽光你们的蓝色血液,取走你们的复眼。不再适合观天象人间,在这间pub建造天文台?"除非太阳从西边出来。"你想。(这些好奇的目光究竟看见什么?他们知道了吗?你们和他们不一样)

目睹至亲死亡,会不会就像外星人地球化?亲人相认靠眼神,外星人有没有这样的眼神?你没有答案。一夜之间,你失去了原来的坐标位置。你说,把拔真正走了。

马戏团原本扎营和信基地,兵临城下,倒数计时归零时间到。两儿子张篆楷与媳妇翠娟、张浥尘前后脚抵达,(七点,发出烽火:"不玩了,把拔说要走人。路上别急,他会等。"你知道,张德模是没有离愁的,说走就走)推门进来,望见父亲,片刻愣住,眼神充满问号:"把拔怎么像要走呢？"反而张德模心头雪亮，嘴角微扬，轻松挥手招呼，（他到底没有失去他的神智）分明在道："再见。"

（从小一块长大的老友胡茂宁亦赶来病房。你真的不想用"赶"这个字，觉得羞辱了张德模）

住院医师最后一天清早踏入张德模病房。眼前这位重症病患神智清明，（你保留了两张他的重大伤病卡）医生惯例问诊："张先生哪里不舒服吗？请张开嘴我看一下。"掏出小电筒，例行查房。什么时候了！难道看不出来吗！你喝阻："不要动他！"张德模微笑，不理会你，双手朝他比画了个利落的剪刀动作："咔嚓！"医师单纯地笑着："什么意思？"

你冲出病房恸哭。什么意思？那是电影剪 ending 镜头啊！剪完 ending 镜头，片子结束，进入后制作。（不劳旁人动手，他剪接自己的生命）住院医师趄出来道歉，仍不解那手势，对死亡没有类似经验，好奇追问仍想知道。你瞪他："他在剪一个结束点。"

重进病房，胡茂宁、翠娟病床边各据一角，摆出阵仗在玩什么游戏？翠娟说："把拔在打麻将。"张德模问翠娟，看得出他手上少哪几张牌吗？翠娟："把拔，你说呢！"（根本不懂麻将。媳妇进门，他说，终于有人清清楚楚喊爸爸。形容两儿子喊人："嘴里含块石头！"）

见到你，张德模满脸愉悦明亮，促狭地朝你微笑眨眼，食指并中指空中比画两圈，语带玄奥："东西。"东风与西风，最后的天机，（此去迷津，一定是了）跟着目光发亮如鹰眼扫描仪释出底牌："上家要打了。"（病后，眼光一天比一天炯炯有神，水洗过般，新生深邃湖泊视网膜望出去，快速换焦，鹰眼般复印这个世界，准备带往另一个世界。你感觉他不断净空载体，好大量储存人世镜头）

胡茂宁好心支持，打出一张牌："张模，喂你。"（张模，家里从小这么叫）张德模不要，他伸手抓牌，手停在半途，摸清楚了，推倒："自摸。"抬头看大家，语句清晰："胡了，走人。"（胡茂宁忍住泪，说再打一圈。多留一会儿，别走啊！）

张德模喜滋潇洒："无聊。"把牌抹散，不玩了："牌越打越薄，酒越喝越厚。"喝就喝，胡茂宁泪眼迷离，以川音："张模，哦俩干杯二锅头。"（夏季柏油路面氤氲现象，生命正在蒸发）玩起家家酒，胡茂宁做倾酒状，满上杯，张德模接过，仰头喝掉杯口朝外："干杯。"半年滴酒未沾啊！

张篆楷让张泡尘去买啤酒，（大不了喝死）张德模听见，说喝这个就可以。无色无味虚拟二锅头。（你不确定，要不要真给他酒喝，干脆引发肿瘤大出血动上一刀，真死在手术台上如他所愿，还是比画比画就算。你确定的是，不来死刑犯临终高度酒精麻痹那套。你们要的是正常道别，没冤屈，不需要赎罪。死，就是死）

超过五十五年交情的老友各自站在生命两头，伸长手碰杯干尽。这次，胡茂宁没说："我肝不好喝不得。"（你害怕这无形的酒杯对张德模也嫌沉。但你确定他的灵魂比这酒杯重得多）

喝过酒，张德模放下酒杯说同时比手势："我要站一下。"（他订出了私家诀别仪式规则）两个月没下床，（两个月前，医生都劝他找机会下床练习走路，他淡然表示："我最喜欢走路。"无须向任何人证明他偷懒，能走早走了）现在，他要用自己的力气双脚着地，如果可能，他会自行走过忘川之上奈何桥。你上床由背后撑住方便他好下床，双脚着地，身体打直，两腋被架住，确定可以便放手，他摇头："不行，待会试。"坐床沿，免得一次次由床中央往外移，是项大工程。体力蓄够了，他说："再来。"又一次，还不行。他无所惧："不急，慢慢来。"

（如眺望一支远远看着你们这支无目的流浪队伍同类，你感到了什么，抬头凝望虚无处，你想你听见他们来了）张德模再度坚定说道："再来。"你跪坐床上从背后出力，他缓缓挺直身躯，光脚板贴住地面简洁说道："行了。"支架缓缓撤开，他自己，足足站稳十秒钟。鹰眼聚光望向窗外远处，那么笃定收回视线："可以了。"

（主治医师请你到护理站）2004年2月26日上午10点，你和孩子共同签下不急救、器官提供医院解剖证明文件，是你亲手把他送走的。你坚持使用自己的墨水钢笔，木然签妥名字，完全没必要检视内容，你应该在乎是不是签对地方吗？还能怎样？把命拿走吧！（这是一条伪航道）

签妥字，你没问手续是否完备，仅牢牢记住："把笔带走。"（到处找不着一枝笔,他常说。现在,你以此为回忆圆心)径自踅返病房。

医护人员已经准备妥当,见你回到病房,吗啡注射阀打开。"会多久?"不知谁问了句。以你的理解:"把拔会很快走掉。"他没有失去他的风格。即使医生说很难判断。有的甚至拖上一周。(你知道无论过多久,想到这些你仍会好痛,但你知道,留他苟延残喘,多一秒钟,都破坏了他的泰然。太不符合他的行事:"吵死了你们,以后我要一个人住到乡下,你们来探望我得事先申请")

你的决定,但你就是无法目睹全程,来日回想,这段记忆必须空出来。(那必须是一个面,而非一线。你据此与以往区隔。并且技术性注射激活,你要知道干嘛呢?)你告诉孩子会离开一会儿:"你们单独陪陪把拔,把你们一生未来的计划和以前没说的,都告诉他,没时间了。"曾经迎接他们出生,现在,由他们送终。(人生是如此循环吗?)

大约是讶异你这时还有事,张德模满眼疑问,(仍没留你)你微笑道:"我去办公室请假。别趁我不在的时候做坏事噢!"不准偷偷死掉。听力极坏的他居然听见了点头且举手比了OK。

你不知道的是,不久他就该走的,但坚持留下来等你。一向重然诺。(你哪都没去,直接进办公室,快速安静处理妥未来一周工作。没有从医院打来的电话,那也一定是,向来公私分明。请妥假,没有惊动任何人。你有这个把握,你的脸上不会流露任何情绪)

你经过排头病房,短短一个早晨,已经又有新的病人住进。之前挂掉的病人,家属年三十晚几天前便急着把整间病房布置上大红色炮竹挂饰,倒"福"倒"春",全家约七八位成员年假前便围在病床边。他们不时出现备膳室料理三餐或访客室接待朋友,病房用餐总像开团圆饭,不时在备膳室与其他病房家属讨论附近哪个菜市便宜,简直过家常日子。除夕当天,更摆出大拜拜阵仗,各式锅碗炊具齐全,一路暖岁、守岁、年夜饭、初一……每天都当在赶场。偶尔你经过,碰上人进出开了房门,椅子上、打地铺横七竖八全是身体,病床上最宽敞。

在你看来,那是等待死亡了。

没等到元宵节,半夜你去加水,撞见送终队伍围绕推床进往生专用电梯,团圆年节正式结束。待你回转,病房敞开已清理消毒完毕,电扇大头哗哗转动在扇风。家属没带走艳红炮竹挂饰。死亡原来如此安静。死亡不是人类经验,哲学家维特根斯坦说。

(巨大的结束将附着于某种叙述而无限延长)当你重返病房,吗啡已经注射10mg,医生说,不可思议,这么重的剂量。也有拖上几天的,但是都在失去知觉的状况下,如此强悍地掌控意识,甚罕见。(四小时,沉重眼皮挣扎着不肯完全闭紧,他还在)你推门,他感觉到了吗?转头,撑开眼睑放出一道光,千山万水迎上你,嘴角露出一抹难解的笑,"只有你看见吗?"他把最后的力量传输给你。你说:"把拔,我回来了。"于是合拢。那抹笑,临终者可能的最洒脱。死亡如此私秘,二十五年,你和他发生过的事,他怎么看待?你永远无法从他嘴巴听见了,但你也许已经知道。(光线将变暗,不久黄昏将擦去各种东西的区别)

孩子说,把拔一直在找你。于是,你给出回答:"张德模,走吧,别撑了。"揽住他的头,深恐他重重跌进深渊,但你明知他将在死后向上升华。(笛卡儿曾假设人类有灵魂,松果腺是可能的储藏抽屉。灵魂多重呢?二十一公克,后来的人说)

(本文为作者长篇小说《时光队伍》第一章节选)

(选自《上海文学》,2006年第9期)

点评者:和碧

台湾女作家苏伟贞的《流浪者拔营》,截取自作者长篇小说《时光队伍》中第一章,虽有头无尾,因题材和叙述腔调的特殊,抽出来恰也能独立成章;而无论是《流浪者拔营》,还是《时光队伍》,都是颇富张力和想象力的好名字,里面藉着书写骨肉至亲的丈夫张德模患癌、临终、送亡的过程,缓慢抒发作者个人对于时间、生命与死亡的独特思考。

正如当红台湾作家蔡康永所言,"如果你对于台湾的小说很注意的话，不可能忽略苏伟贞这个名字。"作为台湾当代文坛除朱家三姐妹、三毛、简祯等等之外的另一位重要女性作家，苏伟贞崛起于上世纪70年代末期，二十五岁凭借《陪你一段》成名，代表作有《红颜已老》、《世间女子》、《离开同方》、《热的灭绝》、《沉默之岛》和《魔术时刻》等，小说题材多为痴男怨女的爱欲纠缠，以及对人情世故的冷眼旁观，尤其对书写女性情欲流淌、永不停息的本质颇有独到之处，美学观照精致幽微，题材较窄，追求语言的洁净讲究，迷恋这种题材者将她的文字推崇到极致，说苏伟贞让她的人物"专心对付情天欲海里种种险恶，无怨无悔。情到深处，何庸千言万语；两心相许的极致，是一种付托，也更是一种义气，不劳外人置喙"，又称赞她笔下的男男女女是"情场上的行军者"，厉行沉默的喧哗，锻炼激情的纪律，并以此成就了"一种奇特的情爱景观"；而不喜这样过多的重复主题的读者，则或者也易将之看成是带有几分知识分子气的言情小说。

这篇《流浪者拔营》写于作者不惑之年，文字间虽仍然未脱坚持绝对的完美主义倾向，较之过去的极端执拗也还是多了几分通透豁达，文章多次引据安纳托·卜若雅《病人狂想曲》的话："死之将至，所余唯风格而已。"小说中的丈夫张德模和"我"风格何其相似，强悍不容商量，在病魔面前也不肯低半点头，坚持一贯行事风格，要求直接上手术台而不是一而再地吃药拖延，知道了无希望便自行拔掉鼻胃管和氧气管，亲自决定自己的死期，……无怪乎连另一位台湾作家骆以军也忍不住点头赞叹，将两人比成"一对打劫医院的绿林夫妻"，只因为生死排场，空荡背景，皆挡不住"一种让死神也自愧寒碜的派头"，死生契阔，亦是清坚绝决，流浪者一经拔营，从此便头也不回。这样的文字，恐怕就是专让读者们惊觉活着竟如此之平庸、又不甘活着竟如此之平庸，不免从此要想方设法、也勉力找寻一番生命存在之意义的当头棒喝；又或者可以理解为某种现身说法，看不尽那舌灿莲花。

抬头老婆低头汉

冯骥才

一

这世上的事说复杂就复杂，说简单就简单。要说复杂，有一堆现成的词儿摆在这儿，比方千形万态、千奇百怪、千头万绪、千变万化等等等等，它们还互不相干地混成一团，复不复杂？要说简单——那得听咱老祖宗的。咱老祖宗真够能耐，总共不过拿出两个字，就把世上的事掰扯得清清楚楚明明白白。这两字是：阴阳。

老祖宗说，日为阳，月为阴，天为阳，地为阴，火为阳，水为阴，男为阳，女为阴，对不对？大白天，日头使足力气晒着，热热乎乎，阳气十足，正好捋起袖子干活；深夜里，月光没有什么劲儿，又凉又冷，阴气袭人，只能盖上被子睡觉。日，自然是阳；月，自然是阴。至于天与地、水与火、男与女，更是阴阳分明，各有各的特性。何谓特性？阳者刚，阴者柔。然而单是阳，太刚太硬不行；单是阴，太柔太弱也不行。阴阳就得搭配一起，还要各尽其能，各司其职。比方男女结为夫妻，向例都是男主外，女主内；男人养家，女人持家；男人搬重，女人弄轻……每每有陌生人敲门，一准是男人起身迎上去开门问话，哪有把老婆推在前头的？男人的天职就是保护女人，不能反过来。无论古今中外全是这样。这叫做天经地义。

可是，世上的事也有格路的、另类的、阴阳颠倒的、女为阳男为阴的，北方人对这种夫妻有个十分形象的俗称，叫做抬头老婆低头汉。

二

　　这对夫妻家住在平安街八号一楼那里外间房。两人同岁，都是四十五。
　　先说抬头老婆。姓于，在街办的一家袜子厂当办公室主任。但从来没人叫她于主任，不论袜子厂上上下下还是家门口的邻居都喊她于姐。这么叫惯了，叫久了，连管界的户籍警也说不出她的名字来。
　　于姐精明强干。鼓鼓一对球眼，像总开着的一对小灯亮闪闪。她身上的一切都和这精明外露的眼睛相配。四十开外的人，没一根白发，满头又黑又亮齐刷刷。嘴唇薄，话说得干脆利索；手瘦硬，干活正得用；两条直腿走路快，骑车也快，上下车骗腿时动作像个骑兵。别小看了这个连初中也没毕业的女人家，论干活她才是袜子厂的一把手。凭着她勤快能干，办法多，又不惜力气，硬叫这小厂子一百来号人有吃有喝有钱看病一直挨到今天。
　　再说低头汉，姓龚。他可不如他老婆，不单名字——连他的"姓"也没人知道。所有熟人，包括他老婆都叫他老闷儿。
　　他人闷，模样也闷，好像在罐里盒里箱子里捂久了，抽抽巴巴，乌里乌涂。黑脸的人本来就看不清楚，一双小眼再藏在反光的镜片后边，很难看出他的心思。他从不张嘴大笑，不知他的嘴是大是小。虽然没听说他有什么病，但身子软绵绵，站直了也是歪的。多少年来，他一直像个小学生那样斜挎着一个长背带的黑色的造革公文包上下班。他在大沽路那边的百货公司做会计。有人说他这样挎包是因为包里边装的全是账本，提在手里不保险，会丢，会被抢，套在身上才牢靠。他走路很慢，不会骑车，每天走路要用很多时间，他为什么不学骑车呢？不爱说话的人的道理是无法知道的。
　　他的脚步极轻，没有声音。这脚步就像他本人，从不打扰别人，碰上邻坊最多抿嘴一笑，不像她老婆兴冲冲的步伐像咚咚敲鼓。老婆喜欢和人搭讪，喜欢主动说话，不在乎对方是不是生人，也不在乎别人什么想法，求人帮忙时也一样，就像工厂派活时，一下子就交到人家手里。可是老闷儿不行，逢到必须开口求人帮忙时，嘴上就像贴了胶带。于是家里所有要和外边打交道的事就全落在老婆身上。

老婆在门外边,他在门后边;老婆与人谈判,他站在一边旁观,也决不插嘴。可户主是他老闷儿呀。

其实不只是家外边的事,家里边的事也都摊在老婆身上。

老婆急性子,老闷儿慢性子;性急的人遇事主动抢着干。老婆能干,他不会干;能干的人遇事不放心交给别人干。这就是为什么世上的事总是往急性子和能干的人身上跑的缘故。

久而久之,这个家庭形成的分工别有风趣。老婆做饭,老闷儿洗碗;老婆登梯爬高换灯泡换保险丝,老闷儿扶梯子;老婆搬蜂窝煤,老闷儿扫煤渣,老婆还总嫌他扫不干净一把将扫帚夺过去重扫。这个家里给老闷儿只留下一件正事,就是给不识数的儿子补习数学。所以,老婆常常会对人说,我在家是两个人的"妈"。在这个老婆万能的家庭里,老闷儿常常找不到自己。从属者的位置是可悲的。这是不是老闷儿总那么闷闷不乐的根由?

于是平安街上的人家,常常可以看到这对抬头老婆低头汉几近滑稽的形象——

于姐习惯地扬着脸儿、挺着胸脯走在前边。一个在家里威风惯了的女子会不知不觉地男性化。她闪闪发光的眼睛左顾右盼,与熟人热情和大声地打招呼。老闷儿则像一个灰色的影子不声不响紧紧跟在后边。老婆不时回过头来叫一声:"你怎么也不帮我提提这篮子,多重!"

这一瞬,老闷儿恨不得有个地沟眼没盖盖儿,自己一下掉进去。

改变这种局面是一天夜里。老婆突然大喊大叫把老闷儿惊醒。老闷儿使劲睁开睡眼才明白,一只大蝙蝠钻进屋来,受惊蝙蝠找不到逃路便在屋里像轰炸机那样呼呼乱飞,飞不好就会撞在头上。

老婆胆子虽大,但她怕一切活物。从狗、猫、老鼠到壁虎、蟑螂、屎克螂全怕。更怕这种吱吱尖叫、乱飞乱撞的蝙蝠。儿子叫道:"老师说,叫蝙蝠咬着就得狂犬症!"吓得老婆用被子蒙头,一手拉着儿子,光脚跳下床,拉开门夺路跑到外屋。动作慢半拍的老闷儿跟在后边也要逃出去。被老婆使劲一推,随手把门拉上,将老闷儿关在里边。只听老婆在外屋叫着:"该死,你一个大男人也怕蝙蝠,不打死它你别出来!"

老闷儿正趴在地上打哆嗦,老婆的话像根针戳在他的脊梁骨上。他忽然浑身发热,脸颊发烧,扭身抓过立在门后的长杆扫帚,一声喊打,便大战起蝙蝠来。他一边挥舞扫帚,一边呀呀呀地喊着。这叫喊其实是一种恐惧,也为了驱赶心中的恐惧。

然而,于姐在门外看呆了。她隔着门上的花玻璃看见丈夫抡动扫帚的身影,动作虽然有些僵硬,但从未有过如此的英勇。伴随着丈夫的英姿,那一闪一闪的东西就是发狂的蝙蝠的影子。只听几声哗哗啦啦瓷器碎裂的声音,跟着像是什么重东西摔在地上,随即没了声音。于姐怕老闷儿出什么事,正疑惑着,突然屋里爆发一阵大叫:"我打死它啦,我胜啦,我胜啦!"

老婆和儿子推门进去,只见满地的碎壶、碎碗、糖块、闲书、破玻璃,老闷儿趴在中间,手里的扫帚杆直捅墙根。一只可怕的黑糊糊的非鼠非鸟的家伙被扫帚杆死死顶住,直顶得蝙蝠的肚肠带着鲜血从长满尖牙的嘴里冒出来。

老婆说:"老闷儿,你还真把它弄死了。"伸手把他拉起来。

儿子兴奋极了,说:"我爸真棒,我爸是巨无霸!"

老闷儿一身是土,满头是汗,眼镜不知掉在哪儿了;抖动的手还在紧握着扫帚杆。过度的紧张和兴奋,使他的表情十分怪异。他对老婆说:

"我行——"

然后,直盯着老婆,似是等待她的裁决。

老婆第一次听到他用"我行"这两个字表白自己,心里一酸,流下泪来。对他哽咽地说:

"是、是,你行,真的行!"

三

进入二十一世纪的第一个月,老闷儿流年不利,下岗了。一辈子头一遭没事干,或者说干了一辈子的事忽然没了,人也就空了。

这并不奇怪。公司亏损,无力强撑,便卖给私企老板,老板精兵减员，选人择优汰劣，这都是在理的。但老板只讲效益，不讲人情，人裁得极狠，下去一半，老闷儿自然在这一刀切下的一堆一块里边。

老闷儿和他老婆慌了神，着实忙了一阵，托人找事，看报找事，到人才中心找事，在大街上贴条找事；用会计的单位倒是有，但那种像模像样的企业一见老闷儿就微笑着说拜拜。小店小铺小买卖倒也用人，可就是另一层天地另一番人间景象了。经老婆的袜子厂一位同事介绍，有三家店铺都想用人，铺子不大，财务上的事都不多，想合用一个会计，月薪不算低。说要老闷儿和他们"会会"。老婆怕老闷儿不会说话，好事弄坏，便和他同去。这两口一前一后走进人家的店铺，很像家长领着一个老实的孩子来串门。

待和这三家的小老板一一见过谈过，才知道在这种店铺里，会计这行当原来只是一台数字的造假机器。前两家的小老板说得直截了当，不管他用偷税漏税加大成本还是开花账造假账等等什么花活，只要保证账面上月月"收支平衡"就行。小老板对老闷儿龇着黄牙笑道：

"您是见过世面的老手，这种事对于您还不是小菜一碟？"

这话叫老闷儿冒一头冷汗。

第三家是一家国营的贸易公司下边的实体。老板的左眼是个斜眼，眼神挺怪，话却说得更明白："我们这买卖就是为领导服务。领导的招待费礼品费出国费用全要揉到账里。"他用食指戳戳账本，"你的工作是在这里边挖口井。"

老板的话是对老闷儿说的，眼睛却像瞅着于姐。老闷儿听不懂他的意思，没等他问，于姐便问：

"什么井？您说白了吧。"

老板一笑，目光一扫他俩，一时弄不清他的眼睛对着谁，只听他说：

"你们怎么连这话也听不懂？小金库嘛！井里不管怎么掏，总得有水呀！"

这话叫于姐也冒出冷汗。走出门来，于姐对老闷儿说："咱要干这个，等于把自己往牢里送！"

打这天，于姐不再忙着给老闷儿找事，老闷儿便赋闲在家了。

在旁人眼里，老闷儿坐着吃，享清福。整天没事，有人管饭，多美！

但世上的美事浮在表面，谁都能看见；人间的苦楚全藏在心里，唯有自知。为了表示自己的存在价值，老闷儿把接送儿子上下学、采买东西、洗碗烧饭、收拾屋子全揽在自己身上。一天两次用湿布把桌椅板凳擦得锃亮。

可是老婆并不满意他做的事，干惯了活的人的手闲不住，随手会把不干净不舒服的地方再收拾收拾。这在老闷儿看来，都是表示对他价值的否定。

老闷儿便悄悄地通过他有限的熟人，为他介绍工作。邻居万大哥也是下岗人员，靠卖五香花生仁度日。五香花生仁是他自己炒的，又脆又酥又香，卖得相当不错，有时还能挣到些烟钱酒钱零花钱。

万大哥对他说："哪有老爷们吃老娘们的，这不坐等着别人说闲话？跟我卖花生去！喂不饱自己的肚子，起码也能堵住别人的嘴。"

老闷儿跟着万大哥来到不远的大超市那条街上，按照万大哥的安排，两人一个在街东口，一个在街西口。可是老闷儿总怕碰见熟人，不敢抬头，抬起头又吆喝不出口。不像卖东西，倒像站在街头等人的。直等到天色偏暗，万大哥笑嘻嘻叼根烟，手里甩着个空口袋过来了。老闷儿这口袋的花生仁却一粒不少。

就这一次，万大哥决定把自己的义气劲儿收回了。

一天，老闷儿上街买菜。一个黄毛小子叫他，说一会话才知道是七八年前到他们百货公司会计科实习过的学生，只记得姓贾，名字忘了。小贾听说老闷儿下岗陷入困境，很表同情，毅然要为老闷儿排忧解纷。他说，卖东西最来钱的是卖盗版光盘。卖光盘这事略有风险，但对老闷儿最合适，不但无须吆喝也根本不能吆喝，一吆喝不就等于招呼"扫黄打非"那帮人来抓自己吗？只要悄悄往商店门口台阶上一坐，拿三五张光盘放在脚边，就有人买，卖一张赚两块。其余光盘掦在书包里，背在身上。万一看到有人来查光盘，拾起地上的那几张就走，如果查光盘的人来得太急，拔腿便跑，地上的光盘不要了，几张光盘也不值几个钱。

不等老闷儿犹豫，小贾就领着老闷儿到不远一家商店门口，亲眼看见一个人半小时就卖掉五六张光盘。十多元钱的票子已经装进口袋。

身在绝境中的老闷儿决心冒险一搏。晚上就向老婆伸手借钱。家里的钱从来都在老婆的手里攥着。老婆听说他要干这种事，差点笑出声来。可是老闷儿今儿一反常态，老婆反对他坚持，老婆吓他他不怕，看上去又有点当年大战蝙蝠的气概。老婆带着一点风险意识，给了他三百块本钱。转天一早老闷儿就在菜市场等来小贾。小贾答应帮他去进货，还帮他挑货选货。他把钱掏出来，留下一百，其余二百交给小贾，一个小时候后，小贾就提来满满一塑料兜花花绿绿的光盘。对他说：

"您运气真够壮。正赶上一批最新的美国大片，还有希西科克的悬念片呢！都是刚到的货。保您半天全出手！"

老闷儿把光盘悉数塞满那个当年装账本的黑公文包，斜垮肩上。自个儿跑到就近的一家商店门口坐在台阶上。伸手从包里掏出五张光盘，亮闪闪放在脚前边。没等他把光盘摆好，几只又黑又硬的大皮鞋出现在视线里。查光盘的把他抓个正着。他想解释，想争辩，想求饶，却全说不出口来。人家已经把他所有光盘连同那公文包全部没收。只说了一句："看样子你还不是老手。你说吧，是认罚，还是跟我们走。"说话这声音，在老闷儿听来像老虎叫。

他的腿直打哆嗦，走也走不动了。只好把身上剩下的一百块钱掏出来，人家接过罚款，把他训斥一番，警告他"下不为例"，便放了他。他竟然没找人家要罚单，剩下的只有两手空空和一个吓破了的胆。

当晚，老婆气得大脸盘涨得像个红气球，半天说不出话来。待了一会儿，她眼皮忽然一动，目光闪闪地问道：

"没罚单怎么知道他们是扫黄打非的？他们穿制服了吗？别是冒牌的吧？"

老闷儿怔着，发傻。他当时头昏脑涨，根本没注意人家穿什么，只记得那几只又黑又硬的大皮鞋。

老婆突然大叫："我明白了。这两个人和你那个小贾是一伙的。他们拴好套，你钻进去了。老闷儿呀——"这回老婆气得没喊没骂，反倒咯咯笑起来，而且笑得停不住也忍不住。

老闷儿像挨了一棒。这一棒很厉害，把他彻底打垮。

世上有些事，不如不明白好。

四

小半年后的一天晚饭后,于姐的弟弟于老二引一个胖子到他们家来。

胖子姓曹,人挺白,谢顶,凸起的秃脑壳油光贼亮,像浇了一勺油。这人过去和于老二同事,在单位里伙房的灶上掌勺,手艺不错,能把大锅菜做出小灶小炒的味儿来。近来厂子挺不住,刚刚下岗。于老二想到姐夫老闷儿在家闲着,而姐夫家在不远的洋货街上还空着一间小破屋,不如介绍他们合伙干个露天的"马路餐馆",屋里砌个灶做饭,屋外摆几套桌椅板凳,下雨时扯块苫布,就是个舒舒服服的小饭摊了。于老二还说,洋货街上的人多,买东西卖东西的人累了饿了,谁不想吃顿便宜又好吃的东西?

"你给人家吃什么?"于姐问曹胖子。

曹胖子满脸满身是肉,肚子像扣个小盆。一看就是常在灶上偷吃的吃出来的。他神秘兮兮地说出三个讨人喜欢的字来:

"欢喜锅。"

"从来没听过这菜名。"于姐说,脸上露出颇感兴趣的样子。

于老二插话说,听说过去南方有个地方乞丐挺多,讨来的饭菜都是人家剩的,没有吃头儿,只能填肚子。可这帮乞丐里有个能人,出一个主意,叫众乞丐把讨来的饭菜倒在一个锅里煮。别看这些东西烂糟糟,可有鱼尾有虾头有肉皮有鸡翅膀有鸭脖子,一煮奇香,好吃还解馋,从此众乞丐迷上这菜食,还给它起个好听的名字,叫"欢喜锅"。

"瞎说八道!我听怎么有点像'佛跳墙'呢,是你编出来的吧。"于姐笑道。

曹胖子接过话说:"还不都是种说法。那'李鸿章杂碎'呢,不也是把各种荤的、腥的、鲜的全放在一锅里烩?要紧的是得把里边特别的味道煮出来。"

"这些东西放在一块煮说不定挺香的,就像什锦火锅。再说鸡脖子鱼头猪肉皮都是下角料,不用多少钱,成本很低。"于姐说。

"您算说对了!"曹胖子说,"其实这锅子就是'穷人美',专给干活的人解馋的,连汤带菜热乎乎一锅,再来两个炉干烧饼,准能吃饱。"

"怎么卖法?"于姐往下问。

"我先用大锅煮,再放在小砂锅里炖。灶台上掏一排排火眼,每个火眼放上一个砂锅,使小火慢慢炖,时候愈长,东西愈烂,味愈浓。客人一落座,立马能端上来,等也不用等。一人吃的是小号砂锅,八块;两人吃,中号,十二块;三人吃,大号,十五块。添汤不要钱,烧饼单算。"曹胖子说。看来他胸有成竹。

这话把于姐说得心花怒放。凭她的眼光,看得出这"欢喜锅"有市场,有干头。合伙的事当即就拍板了。往细处合计,也都是你说我点头,我说你点头。于姐和曹胖子全是个痛快人,不费多时就谈成了。小饭店定位为露天的马路餐馆。单卖一样欢喜锅,一天只是晚上一顿,打下午六点至夜里十一点。两家入伙的原则是各尽所有,各尽所能。老闷儿家出房子和桌椅板凳,曹胖子手里有成套的灶上的家伙。两家各拿出现金五千,置办必不可少的各类杂物。人力方面,各出一人——老闷儿和曹胖子。曹胖子负责灶上的事,老闷儿担当端菜送饭,收款记账。谈到这里,老闷儿面露难色,于老二一眼瞧见了。他知道,姐夫是会计,不怵记账,肯定是怕那些生头生脸的客人不好对付。因说:

"姐夫,反正你们这马路餐馆只是晚上一顿,晚上只要我没事就来帮你忙乎。"

于姐斜睨了老闷儿一眼,心里恨丈夫怕事,但还是把事接过来说道:

"我晚上把儿子安顿好也过来。"

老闷儿马上释然地笑了。老婆在身边,天下自安然。

曹胖子却将这一幕记在心里。这时,于姐提出一个具体的分工,把餐厅买菜的事也交给老闷儿。曹胖子一怔。不想老闷儿马上答应下来:"买菜的事,我行。"

老闷儿因为刚刚看出老婆不高兴,是想表现一下,却不知于姐另有防人之心。曹胖子老经世道,心里明明白白。他懂得,眼前的事该怎么办,今后的事该怎么办。因说道:"那好,我只管一心把欢喜锅做成——人人的喜欢锅!"说完哈哈大笑,浑身的肉都像肉球那样上下乱蹿。

在分红上,于姐的表态爽快又大方,主动说十天一分红,一家一半。这种分法,曹胖子原本连想都不敢想,连房子带家具都是人家的呢!可是曹胖子反应很快,赶紧说了一句:"我这不是占便宜了吗?"便把于姐这分法凿实了。随后,他们给这将要问世的小饭铺起了一个好听好记又吉利的名字:欢喜餐厅。

于姐这人真是给点阳光就灿烂,给个舞台就光彩,而且说干就干!打第二天,一边到银行取钱和凑钱,一边找人刷浆收拾屋子,办工商税务证,打点洋货街的执法人员,购置盘灶用的红砖、白灰、沙子、麻精子、炉条、煤铲、烟囱,还有灯泡、电门、蜡烛、面缸、菜筐、砂锅、竹筷子、油盐酱醋、记账本、手巾、蝇拍、水桶、水壶、暖壶、冲水用的胶皮管子、扫马路的竹扫帚和插销门锁等等。但是,能将就的、家里有的、可买可不买的,于姐一律不买。桌椅板凳都是袜子厂扩建职工食堂时替换下来的,一直堆在仓库里,她打个借条从厂里借出七八套,连厨房切菜用的条案也弄来一张,并亲手把这些东西用推车从厂里推到洋货街。她干这些活时,老闷儿跟在后边,多半时候插不上手,跟着来跟着去,像个监工的。

于姐还请厂里的那位好书法的副厂长,给她写个牌匾,又花钱请人使油漆描到一块横板子上,待挂起来,有人说字写错了。把餐厅的"厅"上边多写了一点,成了"庁"字。这怎么办?曹胖子不认字,他摆摆肉蛋似的手说,多一点总比少一点强,凑合吧。偏有个退休的小学教师很较真,他说繁体的"廰"字上边倒有个点,简体的"厅"字绝没点,没这个字,怎么认?怎么办?于姐忽然灵机一动,拿起油漆刷子踩凳子上去。挥腕一抹,将上边多出来那一点抹到下边的一横里边。虽说改过的这一横变得太粗太愣,但错字改过来了,围看的人都叫好。老闷儿也很高兴,不觉说:

"她还真行。"

站在一旁的曹胖子说:

"你要有你老婆的一半就行了。"

老闷儿不知怎样应对。于姐听到这话,狠狠瞪曹胖子一眼。对于老闷儿,她不高兴时自己怎么说甚至怎么骂都行,可别人说老闷儿半个不字她都不干。这一眼瞪过去之后,还有一种隐隐的担忧在她心里滋生出来。这时,一阵噼噼啪啪的声音打断她的思索。两挂庆祝买卖开张的小钢鞭冒着烟儿起劲地响起来。洋货街不少小贩都来站脚助威,以示祝贺。

不出所料,欢喜锅一炮打响。

人嘴才是最好的媒体。十天过去,欢喜锅的名字已经响遍洋货街,跟着又蹿出洋货街,像风一样刮向远近各处。天天都有人来寻欢喜锅,一头钻进这勾人馋虫的又浓又鲜的香味中。自然,也有些小饭铺的老板厨师扮作食客来偷艺,但曹胖子锅子里边这股极特别的味道,谁也琢磨不透。

老闷儿头一次掉进这么大的阵势里,各种脾气各种心眼各种神头鬼脸,好比他十多年前五一节单位组织逛北京香山时,在碧霞寺见到的五百罗汉。他平时甭说脑袋,连眼皮都很少抬着,现在怎么能照看这么多来来往往的人?两眼全花了,心一急就情不自禁地喊:

"老曹。"

曹胖子忙得前胸后背满是汗珠。光着膀子,大背心像水里捞出来似的湿淋淋贴在身上。灶上一大片砂锅中冒出来的热气,把他熏得两眼都睁不开。这当儿,再听老闷儿一声声叫他,又急又气回应一嗓子:

"老子在锅里煮呢,要叫就叫你老婆去吧。"

外边吃饭的人全乐了。

人和人之间,强与弱之间,都是在相互的进退中寻找自己的尺度。本来曹胖子对他还是客客气气的,可是冒冒失失噎了他一句,他不回嘴,就招来了一句更不客气的。渐渐的,说闲话时拿他找乐,干活憋手时拿他撒气,特别是曹胖子一个心眼想把买菜的权利拿过去,老闷儿偏偏不给——他并不是为了防备曹胖子,而是多年干会计的规矩。曹胖子就暗暗恨上了他。开始时,拿话呛他、损他、撞他,然后是指桑骂槐说粗话;曹胖子也奇怪,这个窝囊废怎么连底线也没有。这便一天天得寸进尺,直到面对面骂他,以至想骂就骂,骂到起劲时摔摔打打,并对老闷儿推推搡搡起来。老闷儿依旧一声不吭,最多是伸着两条无力的瘦胳膊挡着曹胖子的来势汹汹的肉手,一边说:"唉唉,别,别这样。"他懦弱,他胆怯,不敢也不会对骂对打;当然也是怕闹起来,老婆知道了,火了,砸了刚干起来的买卖。

每次曹胖子对老闷儿闹大了,都担心老闷儿回去向于姐告状。可是转天于姐来了,见面和他热情地打招呼,有说有笑,什么事儿没有,看来老闷儿回去任嘛没说。这就促使曹胖子的胆子愈来愈大,误以为这两口子不一码事呢。

洋货街上的人都是人精,不甘自己的事躲在一边,没人把老闷儿受欺侮告诉于姐,相反倒是疑惑于姐有心于这个做一手好饭菜并且一直打着光棍的胖厨子。有了疑心就一定留心察看。连她对曹胖子的笑容和打招呼的手式也品来品去。终于一天看出眉目来了。这天收摊后,歇了工的老闷儿夫妇和曹胖子坐在一起,也弄了一个欢喜锅吃。不止一人看到于姐不坐在老闷儿一边,反倒坐在曹胖子一边。吃吃喝喝说说笑笑之间,曹胖子竟把一条滚圆的胳膊搭在于姐的椅背上,远看就像搂着老闷儿的老婆一样。可老闷儿叫人当面扣上绿帽子也不冒火,还在一边闷头吃。

人们暗地里嘻嘻哈哈议论开了。一个说:看样子不是曹胖子欺侮他,是他老婆也拿他不当人,当王八。

另一个说,八成是这小子不行。干那活儿的时候,这小子一准在下边。

前一个说,等着瞧好戏吧,不定哪天收了摊,这女人把他支回家,厨房的门就该在里边销上了。

后一个说,那"欢喜锅"不变成了"欢喜佛"?

打这天,人们私下便把欢喜锅叫成"欢喜佛",而且一说就乐,再说还乐,越说越乐。

可是世上的事多半非人所料。一天收摊后,老闷儿动手收拾桌椅板凳,曹胖子站在一边喝酒,他嫌老闷儿慢,发起火来。老闷儿愈不出声他的火反而愈大。到后来竟然带着酒劲竟给老闷儿迎面一拳。老闷儿不经打,像个破筐飞出去,摔在桌子上,桌面一斜,反放在上边的几个板凳,劈头盖脸全砸在老闷儿身上。立时头上的血往下流。曹胖子醉醺醺,并不当事。看着老闷儿爬起来回家,还在举着瓶子喝。

不会儿,于姐突然出现,二话没说,操起一根木棍抡起来扑上来就打。曹胖子已经醉得不醒人事,却知道双手抱着头,蜷卧在地,像个大肉球,任凭于姐一阵疯打,洋货街上没人去劝阻,反倒要看看这里边是真是假谁真谁假。于姐一直打累了,才停下来,呼呼直喘,只听她使劲喊了一嗓子:"别以为我家没人!"

这话倒是像个男人说的。

打这天起,欢喜餐厅关门十天。第十一天的中午曹胖子来卸了门板,收拾厨房,从里边往外折腾炉灰炉渣,不会儿黑黑的烟就从小屋顶上的烟囱眼儿里冒出来,看样子欢喜餐厅要重新开业。

下午时分,于姐就带着老闷儿来了。于姐扬着头满面红光走在前边,老闷儿提着两筐肉菜跟在后边——抬头老婆低头汉也来了。

洋货街的小贩们都把眼珠移到眼角,冷眼察看。不想这三人照旧有说有笑,奇了,好像十天前的事是一个没影儿的传说。

五

一个卖袜子的程嫂听说,于姐已经在袜子厂停薪留职,来干欢喜锅了。她放着袜子厂的办公室主任不做,跑到街头风吹日晒,干这种狗食摊,为嘛?为了给她的宝贝老公撑腰,还是索性天天"欢喜佛"了?如果是后者,那天那场仗的真情就变成——曹胖子打老闷儿是给于姐看,于姐打曹胖子是给大伙看。这出戏有多带劲,里边可咀嚼的东西多着呢!

可是,于姐的为人打乱了人们的看法。她逢人都会热乎乎地打招呼,笑嘻嘻说话,有忙就帮,大小事都管,看见人家自行车放歪了也主动去摆好。最难得的是这人说话办事没假,一副热肠子是她天生的,很快于姐就成了洋货街上受欢迎的人物。这种人干饭馆人气必然旺,人愈多她愈有劲,那双天生干活的手从来没停过;从地面到桌面,从砂锅到竹筷,不管嘛时候都像刚刚洗过刷过擦过扫过一样,桌椅板凳叫她用碱水刷得露出又白又亮的木筋。而且老闷儿在外边听她指挥,曹胖子在厨房听她招呼,里里外外浑然一体。自打于姐来到这里,再不见曹胖子对老闷儿发火动气，骂骂咧咧。老闷儿那张黑黑的脸上竟然可以清晰地看到笑意。

她来了三个月，马路餐桌已经增加到十张，但还是有人找不到座位，把砂锅端到侧边那堵矮墙上吃；四个月过去，于姐给曹胖子雇个帮厨；半年过后，曹胖子买了辆二手九成新的春兰虎摩托，于姐和老闷儿各买一个小灵通。到了年底，于姐和曹胖子就合计把不远一连三间底层的房子租下来。那房子原是个药铺，挺火，后来几个穿制服的药检人员进去一查，一多半是假药，这就把人带走，里边的东西也掏净了。房子一直空着没用，房主就是楼上的住户。

于姐对曹胖子说："我已经和房主拉上关系了。前天还给他们送去一个欢喜锅呢。拿下这房子保证没问题。"

日子一天天阳光多起来，闪闪发亮，使人神往；但日子后边的阴气也愈聚愈浓，只不过这伙人都不知觉罢了。

天冷时候，露天餐馆变得冷清。这一带有不少大杨树，到了这节气，焦黄的落叶到处乱飘，刚扫去一片又落下一片，有时还飘到客人的砂锅里，于姐打算请人用杉篙和塑料编织布支个大棚，有个棚子还能避风。不远一家卖衣服的小贩说，他们也想这么干，要不衣服摊上也都是干叶子，不像样。他们说西郊区董家台子一家建材店就卖这种杉篙，又直又挺，价钱比毛竹竿子还低。他们已经订了十根，今晚去车拉。于姐叫老闷儿晚上跟车去一趟，问问买五十根能打多少折。傍晚时车来了，是辆带槽的东风130，又老又破。马达一响，车子乱响；马达停了，车子还响。

卖衣服的小贩叫老闷儿坐在车楼子里，自己披块毯子要到车槽上去，老闷儿不肯。老闷儿决不会去占好地方，他争着爬上了车槽。老闷儿走时，于姐在家里给孩子做饭。于姐来时，听说老闷儿跟车走了，心里一动，也不知哪里不对劲儿。是不是没必要叫老闷儿去？老闷儿即使去也没多大用处，他根本不会讨价还价，那么自己为什么叫老闷儿去呢？一时说不清楚是担心是后悔还是犯嘀咕，后脊梁止不住一阵阵发凉发瘆，打激灵子。她只当是自己有点风寒感冒。

　　这天挺冷挺黑，收摊后远远近近的灯显得异样的亮，白得刺眼。于姐、曹胖子和那个帮厨正在把最后几个砂锅洗干净，嘴里念叨着老闷儿该回来了，忽然天大的祸事临到头上。洋货街一家卖箱包的小贩上气不接下气地跑来报信，说老闷儿他们的车在通往西郊的立交桥上和一辆迎面开来的长途大巴迎头撞上，并一起栽到桥下！

　　于姐立时站不住了，瘫下来。曹胖子赶紧叫来一辆出租车，把她拉到车里。赶到出事的地方，两辆汽车硬撞成一堆烂铁，分不出哪是哪辆车。场面之惨烈就没法细说了，血淋淋的和屠宰场一样，横七竖八的根本认不出人。曹胖子灵机一动，用手机拨通老闷儿小灵通的号码，居然不远处的一堆黑糊糊的血肉里响起铃声。于姐拔腿奔去，曹胖子一把拉住，说嘛也不叫于姐去看，又劝又喊又拦又拽，用了九牛二虎的力气，又找人帮忙才强把她拉回来。看着她这披头散发、直蒙瞪眼的样子，怕她吓着孩子，将她先弄到洋货街上。谁料她一看到欢喜餐厅的牌子，发疯一样冲进去把所有砂锅全扔出来，摔得粉粉碎。她嘶哑地叫着：

　　"是我毁了老闷儿呀，是我毁了你呀！"

　　她的喊叫撕心裂肺，贯满了深夜里漆黑空洞的整条洋货街，直喊得满街的冰雪。

　　曹胖子忽然跑到厨房把炖肉的大铁锅也端出来，"叭"地摔成八瓣。

　　欢喜餐厅的门板又紧紧关上。照洋货街上的人的看法，于姐一定会带着儿子嫁给光棍曹胖子，和他一起把这人气十足的饭馆重新开张干起来。但是，事违人愿，一个月后，于姐人没露面，却叫曹胖子来把那块牌匾摘下来扔了，剩下的炊具什物全给了曹胖子。

　　又过些日子来了一高一矮两个生脸的人，把小屋的门打开，门口挂几个自行车的瓦圈和轮胎，锄头改锥活扳子扔了一地，变成修车铺了。矮个子的修车匠说这房子花两万块钱买的。这才知道香喷喷的欢喜锅和那个勤快又热情的女人不会再出现了。

有人说，她没嫁给曹胖子，是因为曹胖子有老婆，人家还有个十三岁的闺女呢；也有人说，欢喜锅搬到大胡同那边去了，为了离开这块伤心之地，也为了避人耳目。

真正能见证于姐实情的还是平安街的老街坊们。于姐又回到袜子厂。据说不是她硬要回去的，而是厂里的人有人情，拉她回厂。她回厂后不再做那办公室主任，改做统计。倒不是因为办公室主任的位置已经有人，而是她不愿意像从前那样整天跑来跑去，抛头露面。

此事过去，她变了一个人。平安街的老街坊们惊奇地看到，从眼前走过的于姐不再像从前那样抬着下巴，目光四射，不时和熟人大声地打招呼。她垂下头来，手领着儿子默默而行。人们说，她这样反倒更有些女人味儿。

开始都以为她死了丈夫，打击太重，一时缓不过劲儿来。后来竟发现，先前那股子阳刚气已经从她身上褪去。难道她那种昂首挺胸的样子并非与生俱来？难道是老闷儿的懦弱与衰萎，才迫使她雄纠纠地站到前台来？

这些话问得好，却无人能答；若问她本人，则更难说清。人最说不好的，其实就是自己。

（选自《上海文学》，2006年第4期）

点评者：和碧

这篇《抬头老婆低头汉》，可以说是冯骥才当年名作《高女人和她的矮丈夫》的姐妹篇。

正如作者在"新作附记"里所说，两篇都是"一对内心相爱的夫妻不幸和伤感的故事，都是弱者，都是反常的另类，所用的笔法也都是卓别林式的外谐内庄"；然而细读两篇，仍能发现情节不同之外，落笔轻重也更有分寸，像一个深谙听众心理的评书家，嘈嘈切切错杂弹，该大肆渲染的地方浓墨重彩，该一笔带过的地方轻倩有致，一开头就以一大段看似不相干的议论起兴，开门破题：什么是阴阳，什么又是"抬头老婆低头汉"？从字面上看来似乎是偶然的颠倒世情，字里行间实则却暗留了反讽回旋的余地。故事里老闷儿和于姐一对平民夫妻，看似是于姐为人处事处处占尽先机，在人前把八竿子打不出句言语来的丈夫"老闷儿"处处压下去；然而到了结尾，一直在"怕老婆"的传统场景里轻松愉快着的读者们心上却突然间被猛击一棒；老闷儿死于意外后，一直轻视他的所有人——包括书里的闲杂人等，以及书外读者们——这才惊觉于姐在感情上其实竟如此地倚赖他，看重他，需要他，甚至没有他就活不下去。这时我们才终于知道，原来所谓的"抬头"和"低头"原来都不过是婚姻生活里无足轻重的表象，而夫妻间的互相扶持、相濡以沫才是最根本的血肉。

冯骥才以他惯常的先甜后苦，苦里作乐，诙谐语写辛酸，再次诉尽了底层小人物的无奈、贫寒夫妻的悲哀，虽然这里的无可奈何，早已不再是过去的不得不。借用他自己在创作谈《新作附记》中的一段话，"自那篇小说《高女人和他的矮丈夫》在《上海文学》刊出，至今已有二十四年。哪有姐妹相差二十四岁？整整隔了一个时代。其实当时这抬头老婆和低头汉的形象就已经从脑袋里冒出来。大概我是画画的出身，对可视的形象非常敏感，常常是先有影像和画面，后有个性和冲突。可如果那时写了一定还是'文革'背景，今天写便是当代底层小人物的无奈了"，也就是说人物形象可以长存心底，题材却应该始终贴合时代；做到这点本身已属不易，而我觉得作者最难能可贵的是，经过二十四年蛰伏也并不见如何退步，反倒似乎学会了更好地躲在了人物和情节后面，"努力使性格的逻辑推动小说"，不动声色地操纵大局，堪称宝刀不老，更显着炉火纯青，游刃有余。

霓 虹

曹征路

现场勘察报告

正式勘察开始于当日早8时40分，12时结束，当时天晴。

现场位于沿河街旧写字楼一出租屋小偏房内，为坐西朝东砖瓦结构三层住宅，房东侧是胜利大道，北面正对富临大酒店，南侧为王朝大厦后门，写字楼南北两侧院内为相连的临时住宅。该房东侧是一间大卧室，西侧是厨房和洗手间。现场的南侧靠墙边的地面上有一个矮柜，堆放着日用杂物，靠西墙边地面上有一张旧写字台，室内无任何贵重物品。地面宽220cm，地面中间靠西侧有少量的滴状血迹和三个沾血的卫生纸团。地面北侧为一单人床，床上有一套被褥，褥子上有一具女尸，呈仰卧位，头朝南脚朝北，身上盖着毛巾毯，只露头部，女尸头下的枕头上有少量碎头发。颈部有掐痕，但未见打斗挣扎痕迹。死者衣着完整，死前没有性行为，初步意见是颈部受重压窒息身亡。

该房，北墙和西墙上各有一个窗户，窗帘破旧。窗户的南侧上面的玻璃被卸下一半放在地上，距厨房出入门向西120cm有一个塑料盆，内有沙土和草本植物残留，盆北侧有一个空盆和一个肥皂盒。写字台抽屉内放有几本杂志、两个笔记本和一只手机充电器，其他未发现异常。

参加人员，本队二组全体。

侦查日志 1

二组作了分工,张、王负责检验现场可疑物品,刘、李负责死者身份调查。其实身份很清楚,是那种街头拉客的暗娼无疑。引起我们好奇的是,这间出租屋里竟然连基本的生活用品都不齐备。

刘、李分析:她要么是新来的,要么另有居所,当然也存在第三种可能:这里不是第一现场。但似与常规不符,从着装看也不像。这一带出租屋地处繁华街道的背面,是挂上号的准红灯区。决定:先分头研究这两本笔记。

×月×日

晴,微风。真是好笑,我还跟小学生似的,晴不晴和我还有关系吗?不论刮风下雨,还是下雪下刀子,对我都一样。白天黑夜也都一样,我不需要知道这些,我只要能看清楚钱就行。我是头黑夜动物,没有黑色的眼睛,更不用寻找光明,两只大眼睛只能看见钱。我连灯泡都没去买,这间屋不需要灯。我看阿红她们是用那种粉红的插座灯,大概是客人不喜欢摸黑干活吧。他们还要看。看着你一点一点脱下来,脱得一丝不挂原形毕露了他们才会高兴。光线太强了也不行,太强了他们也不自在,他们也不愿被别人观赏。他们购买的是那种能满足自己又让别人原形毕露的快乐。所以那种小瓦数的插座灯最合适,粉红代表了温暖,昏暗体现了暖昧,他们花了钱,他们有权力享受温暖和暖昧。这间屋满足了这两个条件,一北一西两个窗户都对着霓虹灯电子屏,两个墙壁都是大屏幕,五彩斑斓闪闪烁烁而且变化无穷。这座城市有多少欲望,墙上就有多少美女,有多少超一流的想象,墙上就有多少榜样,一下子全都被我搬到屋里来了,情调一下子就上去了。他们花五十块就享受大干部待遇呢。

我能下这个决心,就应该能承受这一切。对我来说,死是最简单的解决。可我没有那个权力,我必须对那些好心借钱给我的人负责,还有对艾艾和奶奶负责。从现在起,我要做个务实的人。脚踏实地,丢掉幻想,认认真真,对每一个过路的男人抛去媚眼,他们需要快乐,我需要钱，我是个娼妓。

×月×日

大风，有点冷。估计今天不会有客人了。

我现在已经不会写了。有一个成语，本来就在嘴边，愣是写不出来，很多词忘了。快两个月才写一篇。可是我真想写啊。当我决定租下这间屋的时候，我心里有多少话想说啊。在家整东西的时候，其实脑子全是乱的，空了，越整越乱，只记着要带上一个本儿。本儿带来了，可是我又不会写字了。其实从前我是会写的，上小学，上中学，屁大个事我都能写得天花乱坠，回回作文都是A。记得有次得了一个B，回家哭了半夜，端着一碗饭愣是拨拉不进去。那时候爸还在，乐得满屋乱转，说这丫头出息了，将来能给老倪家挣面子。那时我还有过虚荣心，还想给老倪家挣面子。就是后来在厂里，我也是给老倪家挣面子的，办黑板报，组织合唱队，还得过奖。有一首歌我现在还会唱。年轻的朋友们今天来相会，荡起小船儿暖风轻轻吹，花儿香，鸟儿鸣，春光惹人醉，欢歌笑语绕着彩云飞。啊，亲爱的朋友们，美妙的春光属于谁？属于我，属于你，属于我们八十年代的新一辈！再过二十年我们重相会，伟大的祖国该有多么美！天也新，地也新，春光更明媚，城市乡村处处增光辉。从前人真傻，歌唱得甜心里想得也美，怎么知道二十年后我能成了婊子？

爸爸要是还活着，见到我这样，该有多伤心啊。当然也不一定，绢纺厂现在有几家日子好过？连里子都翻出来了，还挣面子呢。人都到什么时候说什么话，爸爸活着也顶多生生闷气骂骂娘，还能怎么样？他顶多上酒楼去掀领导的桌子，从前他就这么干过。可他能干多少回？三回五回，十回八回？他掀得过来吗？

爸爸在我心里现在还很清晰，热情快活，高声大气，说话没遮没拦，开心时四处乱蹿，见到谁都想拍一巴掌。为这，他没少和继母，还有他的顶头上司干仗。他永远是一副天不怕地不怕的样子，他属于那个时代。爸临死的模样很惨，圆睁着眼，浑身缠满绷带，他已经不能说话了，可还嗷嗷吼着，还要冲锋陷阵的样子。他抢出了一百多包生丝，给厂里挽回不少损失，当时所有的人都把他当成英雄。他真是爱厂胜过爱家的人呀,可那又能怎么样?我们当工人的,把命搭进去了,把家庭幸福搭进去了,把子孙后代搭进去了,就能挽救工厂吗?那些人把厂子搞败了,拍拍屁股走人了,所有的苦果还不全是工人自己吞?我自己不也是这样?当年常虎被行车砸死,百分之百是厂里责任,他们也都认账,可厂里有困难,我就信了他们的话。共渡难关,共渡难关,最后他们是渡过去了,却把我扔在了深渊里。我们不过是一块垫脚石,垫过了人家也就忘记了。

阿红过来了,她最近好像有心事。这孩子比我还苦,连垫脚石也没当过。我不管怎么说还有过几天快乐日子。跟她比,我的地狱还在十七层,她早就到十八层了。

×月×日

今天打了艾艾。一路上心里那个疼,说是刀割火燎还是轻的,那种难受我写不出来。就像是心被掏出来,搁脚底下踩,又像是有一只手从喉咙口插进去,把五脏六腑一点一点往外掏,掏出来又塞回去,掏出来又塞回去。可是在巷口碰见姓梁的我还是得笑,只是笑得比较难看吧。我估计是难看的。这个老梁说他等我好半天了,我能不笑吗?他说他不愿找别人,只愿意和我,也许是真的,管他呢。可是完事以后我心里还是疼。

艾艾说她不想上学了,她不愿见到我这样。我说你早干吗去了,你生病的时候喊疼的时候花钱的时候干吗去了?你妈都成这样了,你才嫌你妈丢人了吗?你就是嫌你妈丢人,就是。艾艾哭着往我怀里钻,说不是不是。我越打她越钻,这孩子现在已经懂事了。我从来就没打算瞒她,可是我心里真疼啊。我也知道这不是个长事,干这个的谁能想得长远?艾艾还得吃药,还得上学,我的债务比三座大山还沉重。我必须干下去,挣一个是一个。

可是奶奶还是知道了。有天我上房捡漏,听见奶奶在里头骂,说我不吃,这个不要脸的拿什么山珍海味我都不吃,我嫌脏!艾艾说,奶奶你别听人瞎说,我妈怎么得罪你了?我妈天天捡白菜梆子萝卜缨子你就吃了吗?奶奶说我宁愿吃白菜梆子萝卜缨子!艾艾就哭了,说那你是说我吃药花钱多了是吗？你拿这个抽我几下出出气，你别骂我妈了行吗？奶奶也哭了，说我怎么舍得抽你啊，我是骂那个不要脸的货啊，她这么出去卖，老常家的脸往哪搁啊，我怎么死不了啊，我怎么办啊，她嚎得一板一眼。我眼一黑就从屋顶上滚下来。

后来就是邻居们工友们七嘴八舌地劝，叹气的骂娘的抹泪的，什么都有，奶奶才好歹吃了几口。我什么都没说，收拾收拾又上沿河街来。我能说什么呢？我说我无能，我不要脸，我不是东西，那能顶钱花吗？有一阵子，奶奶故意把屎啊尿啊弄在床单上，骂我整天出去浪，对她不管不顾。其实邻居都看得清楚，我要真是不管她，别说一个瘫子，就是伤筋动骨的也都留下褥疮了。就这，我还得忍着泪，给她一遍一遍擦，一遍一遍洗，她还故意犟着不配合。后来前头郭奶奶说了她，才好一些。郭奶奶说，你也不想想，红梅不出去做，你家艾艾还有命吗？你是猪脑子啊？嚎，就知道干嚎！

这些老邻居也算够意思了，当初艾艾住院，大家把老底子都翻出来救命。可人家也是穷人，谁都不富裕。现在偶尔有点风言风语又算得了什么？你什么都卖了，还怕人家说？前头老安家把所有的存款都借给了我，现在丫头考上大学了，我不干这个，不是逼人家老安上吊吗？那天，他们家琪琪把我堵在门口，嘴没张开眼就红了，然后跟着就要下跪，然后老安又过来要扇她，然后他一大家子都冲出来又拉又扯。这种撕心裂肺的场面，这种敲骨剔肉的疼痛，不是亲身经历是想不出那种苦的。当时我说，安琪你放心，等到开学我肯定把钱给你凑齐，凑不齐我就是把房卖了也不敢耽误你上大学啊。其实那时我也不知怎么才能凑齐。

艾艾，你要真的懂事，就听妈的话，不管人家说什么，你都要咬着牙把书读出来。你要有骨气就念高中，上大学，妈为你把骨髓榨干了都乐意。你妈既然走上这条道，就不可能再回头。

×月×日

我现在已经习惯于凝视霓虹灯了。看着它一点一点变红，变绿，变蓝，变紫，变成各种图案各种造型各种姿态的美女。这些美女线条夸张风情万种，向人们许诺着各式各样的幸福，从内衣到唇膏，从轿车到豪宅，从户外到室内，从床头到厕所，从嘴巴到屁眼，它全包了。这些美女在不停地诉说，不停地催促，让那些人，当然是男人，掏钱掏钱掏钱，大把地掏钱。她们说，看啊，人家都那样了，我们还这样，我们已经落伍了，跟不上潮流了。

看懂了这些，我好像又进了一步。这样的课程，任何大学里都学不到，而我只要躺在床上就学完了全部。在我的墙壁上，她们每天都在上演，每天都在变幻。我可以清楚地知道，下一节是什么，她们将怎样动作，调动哪一个器官，刺激哪一部分神经，拉出一段什么样的屎。这的确很有收获，以前我只知道霓虹灯好看，五光十色，是现代化的标志。现在我认识到，它不仅是最现代化的享受，而且还是我们这座城市的经济晴雨表，我可以准确地判断出哪家企业财大气粗，哪家公司日子难过，哪家工厂即将倒闭。甚至我还可以推算出他们的科研实力，下一个新产品的推广力度，有可能向哪个方向发展，以及它们的轮换周期。这比来月经还准确。

现在我躺在床上就能享受这座城市的全部现代化成果，这是完全免费的，就像空气和时间。它代表着这座城市的豪华水平，和全部夜生活。只是它们不属于我，也不属于大多数人，它们属于上等人，那些天生代表别人的人。他们代表我们享受了人类的最新发明最新创造，和全部聪明才智。我得感谢他们。当然，我早就不是我自己，我被代表了。

×月×日

明天是艾艾十二岁生日，我要给她买了一盒蛋糕。我是这样想，趁现在还有能力，就尽量让她过上正常的生活，人家有的快乐，她也应该有。她应该多一些美好记忆，少一些生活的阴影。尽管我心里很明白，这样的日子已经过一天少一天了。我要趁着现在还能做，多给她留下一些美好。说不定哪天我说走就走了，那她就要凭着这点底气生活下去。当然，我也不知道她的希望究竟在哪里。所以钱一定要省着花，尽量留些积蓄。这一点，奶奶也是同意的。

奶奶在我决定改嫁的时候寻过死，可是她挺过来了。我不知她从哪弄来那么多安眠药，也许是攒下来的。以前给她开过安眠药，她瘫得太久，睡不着。奶奶并没有阻拦过我，她心里明白得很，只是觉得自己活着多余，死了就少一个拖累。改嫁是当时厂里单身女工共同的出路，每个家庭都需要有个男人来支撑。绢纺厂改制意味着大家都失去了饭碗，从前还硬撑着不向男人低头的女强人们，全都比霜打的还蔫，乖乖地低下了骄傲的脑袋。找新男人，找旧男人，反正你得找个男人啊。有的干脆说，他把那骚货天天带回家我都不管，我还给她腾床挪位置呢，只要他答应养家。奶奶对这些都明白得很，她只是不想拖累我。但我怎么可能撇下她不管呢？抢救过来她答应不死了，我跟她说，你吃的是你自己的低保金，你不在了，这个钱也就没有了，她就答应了。所以她现在一发火就拿这话来杵我，说我吃我自己的，我死不了也不拖累你。

养奶奶，是我跟那个小混混提的唯一条件，连结婚都没让他花一分钱。怨只能怨我命不好，摊上一个嫖客。当时也是被那一股风吹昏了头，我瞎了眼。他看中的是我的姿色，脑袋里根本不知家是什么东西，他把我家当成了妓院。既然是这样，我又何必跟你结婚呢？要你有什么用？睡一下留下五十块钱？然后多少天都不见影子？与其这样还不如了断。让他一个人在家嫖一百次，和跟一百个人在外各嫖一次有什么区别？我的脸面没那么重要，名声不能当饭吃，更不能变成艾艾的住院费，和能救命的药片！

×月×日

艾艾真的长大了，懂事了。我绝对想不到，她是以这样的方式迎接自己十二岁。她是天使，是我活下去的理由。

中午，我买回了蛋糕，原本是想让她找些邻居家小孩来家吃蛋糕的，我想象这情景也该像电视里一样，小孩们围成一圈，唱祝你生日快乐，然后艾艾闭上眼默默许愿，然后吹蜡烛……然后我们家也有了笑声，我就很满足了。我的期望不高，我们家艾艾能像正常家庭一样过上生日，看见她开心地笑上一回，我真的已经心满意足了。

可是艾艾，领上她班里的五六个同学一起来家，她是班上的小干部，这我知道。艾艾说，她有一篇作文，老师表扬了，然后就集体朗诵了这篇作文。题目叫《伟大的母亲》，内容没有什么，无非是母亲怎么样为她作出牺牲，怎么样在她住院的时候熬红了眼睛累弯了腰。可是我听出来了，她没有说出来的内容远远多于这些，远远大于这些。她说，从母亲身上，她理解了生命和生命的延续，理解了爱和爱的传递。更重要的是，母亲为她做的一切都是伟大的牺牲，就像美丽的小人鱼一样，宁愿为爱把自己变成一个水泡。她说，这样的爱，比什么样的流行歌曲都动人，比什么样的营养品都滋补，都能让她更快长大……

艾艾了解家里的一切，当然也知道我在干什么，穷人的孩子早当家啊。为这她发过脾气摔过药瓶，我也打过她，可现在通通烟消云散了。她是用这样的方式告诉我，她原谅了妈妈。我应该难过还是应该高兴？

下午，我做好饭就出门了，我还得"上班"。可是走到我们厂西门那一片建筑工地，看到秋风落叶荒草萋萋，看到那些新砖旧铁，还有恶魔长腿一样踩过来的塔吊，一点一点逼近我们的肉体，踏碎我们的生活，踩烂我们的梦想，我再也忍不住放声大哭。那种哭，不是难受，不是绝望，而是一种悲凉，一种冰寒彻骨万劫不复的悲凉。也不光是为自己哭，还有我们的父兄，我们的工厂，还有我们那两千多姐妹。

艾艾，你真是长大了。你能明白妈妈的委屈，比说什么都管用。我就是现在就死，也没什么放心不下的，更没有什么遗憾。真的，该做的努力我都努力去做过，该吃的苦我都去吃过，我问心无愧。我卖过早点，当过保洁，端过盘子做过按摩，我什么都试过，可那点钱换不回你的小命啊。你妈不傻，更不是个懒女人，你妈这双手从前也是绢纺厂的技术能手，创造过精纺车间的单产最高纪录。当然今天说这个已经没意思了，就好像白切鸡说自己从前也长着美丽的羽毛。

谈话笔录4

谈话者：徐娟红；年龄：22岁；×县人；暂住本市×街×号出租屋302室；职业：暗娼。

问：不说话可不行，你是不是想换个地方说？我们没时间等你。说。

答：好好，我说。我是难过，不是隐瞒。

问：你认识她？

答：是。我们都管她叫梅姐姐，她是好人，谁也没想到会这样。怎么说走就走了呢？想不到啊我真的想不到，我好难过好难过。

问：说具体点。

答：她就是此地人，原来是在纺织厂，下岗的，去年夏天来租的屋。

问：你最后见她是什么时间？

答：昨天晚上九点多，我们还在外头聊天。后来我有生意，就走了。后来就不知道了。

问：没见到她和什么人接触过吗？

答：没有。

问：平常她与谁来往多？都叫什么名字？

答：干这一行的，不问客人名字。她就跟我们接触多一点。

问：她家住哪里？她经常提到谁？

答：她有个女儿，好像身体不很好，不然她也不会走这一步。家住哪里不知道。她回去都是半夜了，没生意了才走。

问：她女儿叫什么？

答：叫艾艾。姓什么不知道。上初中了。

问：她是不是手头有点钱？

答：你看她那个屋，能有钱吗？一天就吃一个盒饭。

问：你们干这个，不就是挣钱容易吗？

答：容易？

问：那你说说怎么不容易。

答：说了你也不信。就是挣了钱也不敢存，都寄回家，怕抢……

问：她都这么大岁数了，能有生意吗？

答：有。她是城里人，跟我们不一样。

问：你是说，她很风骚？会勾搭人？

答：不是。她是个好人。真是好人。骗你我都不是人。

问：那怎么个好法？

答：我说不上来。反正她是好人。现在人都不在了……

问：今天就到这里。想起什么你再跟我们联系。

侦查日志 2

地点：建设新村 70 栋 3 号房；该房为一进两小间，南北向老式平房，厨房为一连体披厦。住户为祖母、孙女两人，祖母瘫痪在床，孙女名常艾艾，现在市 54 中初中 204 班上学。搜查时天阴，光线中等。初步了解：祖孙二人都清楚死者倪红梅的卖淫事实。但她们还是感到突然，无法接受死亡的事实，谈话无法进行下去。

倪红梅，1966 年生，高中肄业，原市绢纺厂工人，1983 年顶替进厂，在精纱车间任过小组长、质检员、团支书，得过两次厂先进。一次市先进生产者荣誉。据反映，该女性情温和，与邻居关系良好，群众对其卖淫事实也不反感。主要因为家庭经济状况太差，婆婆瘫痪多年，女儿亦住院多次。

在检查遗物时发现一本旧书内夹着两张百元新钞，疑为假钞，带回检验。其他无异常。

当晚刘、李再次勘查了案发现场。在没有照明的条件下，室内光线充足，而且闪烁不定，给人一种奇特的感觉。现已查明，室内遗留的纸团血迹与死者无关，可以认定是犯罪嫌疑人留下的，有可能是鼻血。问题是罪犯为什么故意留下这些线索？决定继续研究死者的笔记本。

×月×日

阿红又过来哭了一下午，弄得我们只好陪着她哭，没心思做生意。说来说去还是为钱，钱是个王八蛋。阿红的父亲又来逼她，这回是亲自来的，说要是不够数就把她儿子卖了。其实我们这一拨人里就数阿红年轻，也是她挣得最多，可还是远远不够。她大弟弟读研究生，现在小弟弟也考上大学了。这孩子十五岁就出来洗头，没多久就跟一个小老板生了儿子，本来一心想当人家填房的，结果儿子却成了父母的人质，没完没了为全家人填窟窿。她们那个村子已经形成了风气，家家都把女孩子送出来打工挣钱，他们认为女孩比男孩挣钱容易。还互相攀比，谁家寄钱多谁家又盖新房了。家家都这样，所以父母也不觉得心亏。

肥肥出主意说，不如把儿子偷出来，然后远走高飞。这话不过说说而已，亲情岂是轻易能割断的？如果这么简单，谁都不会走上这条路。就是肥肥自己，夫妻俩出来打工，什么负担没有，现在还不是自己做鸡养活老公？我们这些人，谁都是谁的影子，谁也都是谁的镜子，我们永远走不出自己。

当初，我如果听那个小混混的，撇下家跟他一走了之，我能落到这个地步吗？再当初，我如果坚持把常虎的惨死作为工伤事故处理，到劳动局备了案，我能落到走投无路吗？再再当初，我能稍微无耻一点，混个干部当当，我也许早就不是我了。说到底，我们还是太轻信，太理想，太善良。我们这些人，哪个不是善良的人？因为善良，我们才千人骑，万人踏，永远见不得阳光。

×月×日

我为什么总要写那些阴暗的事情？我不想这样，这不是我的初衷。从今天起，我要把从前的每一点快乐，每一分一秒的美好时光都从脑袋里挤出来，写下来，留给我的艾艾。让她知道，即便是地狱里也会有歌声，妈妈即使在最灰暗的日子里，内心也是向着光明的。

其实艾艾比我做得好。从她12岁生日以后，她就变了一个人，身体没有发育，可人已经成了大姑娘了，她甚至比我还要懂得体贴。我相信这是苦难的赐予，可是我又有点担心，毕竟她还只有12岁啊，她不该承受这些。而她做到了。

每天，她都早起，倒痰盂，搞卫生，洗漱，然后做早饭，安排奶奶吃过后，才去上学。中午饭，有时是我留下的，有时还要自己做。晚上更要自己动手料理一切。她不大看电视，电视机已经被她弄到了奶奶床头，她说电视不好看，其实哪个孩子不爱看电视啊，起码看看动画片也好。可她不看。她做作业，自己找点书看，我不知她从哪借来的书。她变得老成，是一种超出年龄一大截的老成，目光里有一种让人捉摸不透的沉静。她脸拉长了，眼睛显得更大了，人家都说越长越像我，这更令人担心。我真怕出现《月牙儿》里的场面，男孩子追着她问，咳，你卖不卖？

奶奶还是在怨恨我，但已经不像从前那么凶了。从前连碗都不让我碰，嫌我脏，所以都是艾艾伺候她。但擦洗艾艾就帮不上，她搬不动她。那我就不能不咬紧牙关，怎么恨怎么骂我都听不见，我要是不给她翻身不给她擦洗，那一身肉还不早烂完了？艾艾见我这样，慢慢地就主动过来打岔，我明白这孩子是心疼我了。

只要我在家，她就会找出各种各样的话题，没完没了缠着说，好像一停下来，这个家就没了活气，而她就是全家的发动机。学校啊同学啊，外面听来的小的消息啊，还有数不清的笑话故事。她不要我插话，好像我一开口就会说出什么不吉利的事情，她对这一切都负有重大责任。我知道她是操心我，怕失去我，可她的神经绷得太紧了，她才只有12岁呀，而且身体还没有完全恢复。由于先天性的心肌功能不全，动过大手术，别的女孩已经抽条了，有的都初潮了，可她还一点动静都没有。她不让我说，也不许我问，她说所有的知识她都懂，自己只是慢一点罢了。她甚至对自己的病也了如指掌，她查过所有的医书，知道所有的新名词和新药，她说她知道该怎么做。她呱拉呱拉地说，没完没了地说，为一个并不可笑的笑话哈哈大笑。我能怎么办？我只能静静地听，跟上她一起笑。我也不想破坏家里难得的气氛。

有时她也跟我报报账，说她买了什么东西，然后告诉我哪个超市的东西实惠，让我以后少买那些没用的东西。家里的钱现在都是她管着，一家三口的低保金，还有我的每一笔收入都是她管着。这是我安排的，我给她存了一张卡，有一点就往里存一点，只有她自己能取。我身上一般不留钱，当初的想法就是害怕，做这一行的，随时都有可能被抢被抓。我必须给她留下所有的钱，生活费医药费学费，这样我的屈辱才是有效的。但我无意间培养了一个理财高手，她告诉我，她把大部分都转成了七天自动转存的储蓄，她的卡上也不留多少钱，万一被抢了怎么办？她还计算过，半年期一年期和三年期怎么倒换着存才能利息最高。这孩子聪明。

其实我也能看出来，她在计算我的每一笔收入时，心里有多难受。有一次我看见她记账时有一行泪挂在小脸上，像一条透明的蚯蚓在腮上爬，隔着玻璃窗在灯光下悄悄爬。我当然不提这个事，装没看见。以她的聪明，她完全能够推算出我接客的次数和每一笔的单价，我看到了那个账本角上用铅笔写的几个"正"字。可是她一发现我动过账本,这些字立刻又消失了。

她还是笑,尽可能让我也笑。我也必须笑。在家笑,在外更要笑。听说市领导在提倡微笑,说微笑是我们这座城市的表情。如果评比,我能得表情冠军。

×月×日

那个姓梁的又来了。来了就呆呆地坐着,我碰他,也没什么反应。后来我就替他脱,我不能为他一个人耽误时间,我也得讲效率。完了他长长地叹了一口气,说他真的很喜欢我,他真的没找过别人,就和我一个人好。我说那是你照顾我,谢谢你了。他说今天主要是和儿子吵架,心情不好。我以为他是没尽兴,就问是不是想再来一次。他摇头,说儿子老想来逼他的钱,这回是要买车。他说他一辈子就这么点积蓄,如果全部给儿子买车了将来怎么办,所以很烦。然后他就一直这样嘀嘀咕咕说着,倒是把我也说烦了。让我觉得他是在暗示我,他很有钱。他有钱是他的,和我有什么关系?这个世界人和人真的不一样。但我也无法安慰他,他的烦恼不是我能安慰得了的。最后他说,今天出来匆忙,身上没带钱,问下次再补可不可以。

做这行的,从来不相信下一次,也不相信爱呀喜欢呀这类话,我们只相信现金。比较而言,倒是那些农民工更干脆,问清价钱就干,有的还先付钱,干完了就走人,一句废话没有。可是这个姓梁的确实来过很多次,也不像个无赖的样子,我只好说下次就下次吧。可是他临出门又把钱掏出来了,而且一下就给了三百。大家都说我要交好运了,让我请客。我立马去搬来一个大西瓜,今天确实好运气。

肥肥说,这个姓梁的说不定是想娶你,他是在考验你呢。我当然不会这样傻,我已经不是从前的倪红梅了。姓梁的叫梁什么我都没记住,他是和我说过的,我忘了。而且即使他有那个心,我也不能同意。我是没有资格结婚的人,我还不至于轻狂到这种程度。结婚和做爱是两回事,这我还能不懂吗?他现在无论怎样喜欢,都不可能忘记我的身份,何况他还有儿子、亲戚、朋友。可是大家还是说个不停,好像真有那么回事似的。肥肥、阿月她们很能想象,已经想到怎么样才把他的钱抓在手里,在她们看来抓住了钱就抓住了根本,这叫以经济为中心,至于亲戚朋友怎么想,有那么重要吗?只有阿红一个人呆呆地,说要是有人想娶她,哪怕是想包她,哪怕是说着好玩,她也会心软的,让他随便亲,亲个够。做这行的不跟客人接吻,这是行规,她突然提起这些,大家立刻就像被狗血淋了头,动弹不得,谁也无话可说。可见天下女人都一样,谁不想找个真正的依靠?哪怕是被包。

但不管怎么说,今天是快活的。

×月×日

艾艾一直捣鼓我去买个手机,我一直在犹豫,我舍不得。其实做这一行的,倒是真需要手机,年纪大了,有手机就能拉住回头客。《月牙儿》里那个老妓女就说过,我们是拿十年当一年活着。对我,十年已经太长,我要把一年当十年来活。艾艾是怕有事找我找不着,她害怕。我就去买了个二手手机,150块。也给艾艾买了一张电话卡,她说有这就不害怕了。

另外艾艾说我最近夜里老哭,哭得她也有点害怕。我说不会吧,我都累得跟死猪一样,睡着了哪还有劲哭啊?可艾艾说是真的,说奶奶也听到了,说要是太难就别撑着了。我说你们有这个心就好,我以后注意点就是了。

没想到头一天手机就派上用途,艾艾打电话说,那个畜生又来了,还拎了一堆东西,全让我扔了。我问是哪个畜生,她说还有哪个?我问他来干什么,艾艾就冷笑,说回头是岸呗。这样我就必须回去,老让这个人来捣乱也不是个事。艾艾恨死这个人了,说他动手动脚,还偷看她洗澡。我想这也不至于。这人是个小混混不假,还不至于下作到这种程度吧?

可也难说,当初认识他,不就是在天兴酒楼被他捏了屁股吗?他是个生意人,浙江来的,想起来又是一段让人伤心的事,还是不想了。怪只怪自己才出来,见识少,几句好听话一煽头就晕了。现在回头想,这种人就属于有点钱但又不是太多的那种,想包女人又舍不得钱,想玩妓女又怕不安全,真结婚了他又觉着吃了亏,整个儿是把结婚当生意来做的。他说他爱我是真的，笑话，这种人有什么资格说爱？

还是回去看看。

×月×日

果然是想回来。这两年大概亏了不少，灰头土脸的。他说他看透了，不想再折腾了，想回来踏踏实实过日子。他说他很怀念跟我的那一段，这两年总也忘不了我。当然，他的衣服还是很体面，衣领上还是有股子香水味。

我承认，自己是喜欢那种体面周正的男人。自己没上过大学，就特别崇拜有知识的。他在这方面确实迷惑过我，还有那些温存的高雅的很难让女人不动心的言谈举止。还有他的生意经。还有他的俏皮话。还有他的黄段子。还有那些时而活泼时而忧郁的眼神。可如今一个妓女，经历了这么多的男人的女人，已经一眼就看穿了这些外表。一个人的品性，宽厚与自私，高尚与卑劣，纯洁与肮脏，和这些外表没有关系。他衣服脱光还不如那些农民工，农民工起码还有淳朴的一面，知道公平交易，讲价讲在明处，起码他们不想欺负人，只是要解决自己的问题。可是他的逻辑只有一条：赚了，还是亏了。

我们是在雅丽咖啡屋见的面，选在这里是我要求的。他第一次约我就是在这儿，替我挂上外套，替我拉开椅子，轻声细语，彬彬有礼。而我，只不过是天兴酒楼端盘子的女招待。被人这样尊重着，我能不头晕吗？我根本忘记了就是这个人刚才还在桌子底下偷偷摸我屁股。

他还是那一套，甜言蜜语，细声细语，吹他还有多少实力，认识多少大人物，将来要对我怎么好，然后来电话故意不接，然后就伸出了咸猪手。我说你这个人怎么还不长记性？选在这儿不是让你重新表演。我是要告诉你，我现在是个名副其实的妓女。你是不是想睡我？想就直说，我可以给你优惠价，200块一次，怎么样？想白占便宜可不行。我认识很多警察，一个电话就能罚你五千块，你自己掂量掂量。然后他的手就悬在空中，眼角飞快地朝两边睃，挨了枪子似的颤悠悠地仰到后面去，还是慢镜头。

其实我也可以采取另外的方法，让他先拿出钱来，然后慢慢修理他。可好像那样做并不解气，反而瞎耽误几天功夫。对我来说，时间就是金钱，效率就是生命。更重要的是，他还会去家里骚扰。而且这个人的钱永远在支票上，他只会支出一文不值的甜言蜜语，还有永远看不见的美好未来。从前他就是这么干的，他的好听词儿可真是不少。你喜欢什么车？你喜欢海吗？在海边买一套房怎么样？要不就到深山里去？城市哪是人待的地方啊，粉尘、噪音，一点都不环保。可是领了结婚证他立马就把户口从农村老家迁来了。他比我小两岁，头发自来卷，一笑一口白牙，当初我就是被这些迷上的。我天生长着一副爱照顾人爱听好词儿的贱骨头。

从雅丽出来我吐出了一口长气，好像卸下一个大包袱，轻松了不少。现在不是他甩了我，而是我实实在在甩掉了他。华灯初上，秋风送爽，出一口恶气感觉真不错。

×月×日

其实让我走上这条道的还不是他。我得承认，他还给我带来过一丝幻觉，让我以为自己还有价值，还可以通过勤俭，通过劳动，最不济也可以通过婚姻改变命运。他还让我萌生过一丝爱意，一点期待，尽管那只是一场梦。真正让我清醒的还不是这个人。

那是我当按摩小姐的时候，在大海浪洗浴城。不知什么开始这座城市兴洗澡了，澡堂子忽然都变得比宾馆还富丽堂皇。当按摩女挣得多，起码比酒楼、美容店挣得多。阿红阿月她们原先也在那儿干，我就是在那儿认识她们的。

那天，我一眼就认出他来了。他高大，健壮，被一群客人拥着很突出。他好像是想着什么事，眉头锁着，也不太搭理别人。我没上去叫他，怕他难堪，可又希望他能认出自己，心跳得很急，可能脸色也变了。不知他是不是注意到了这些，也许他并不在意，他扫了一眼就指着我说，就是她吧，你来给我按。

现在我懒得写出这个人的名字，我恶心。因为他曾经是爸爸的朋友，一个我当做父亲一样尊敬过的人。从前，他经常来家找爸爸下象棋，来了还带西瓜，还带花生米。有一次他送给我一个玻璃球，一摇晃就能下雪的那种，看着那里面的大雪，想象自己成了白雪公主，在大森林里遇上七个小矮人。爸爸说他是臭棋篓子，是来吃马屎的，是交学费来的。可是我喜欢他，每回来他都要抱我，把我扔到天上，让我高高地飞起来，然后拿胡子扎我的脸，说这丫头真漂亮，说真叫人妒忌。我上初中时还能经常见到他，经常拿手在我头上按按。

其实当时也没发生什么。他叫的是普通按摩，一个钟。在大海浪，进包间的叫这个，会被认为没"料"，是来蹭油的。他还是没认出我，只是闲聊时问了些情况。我当然也不便说我是谁，只是说到绢纺厂，泪水就再也止不住。我跟祥林嫂似的说了很多"我真傻"，见了他我真想哭啊。他也叹了气，但又说了不少要正确对待的话，他说，从前以厂为家是对的，现在下岗回家也是对的，顾全大局是对的，不找领导麻烦也是对的，领导从前那么答复是对的，现在这么处理还是对的，总之全对。我不知这是在夸我，还是在教育我。

一个钟很快就过去了，他又加了一个钟，后来又加一个。那天我是说痛快了，我一直说一直说，他也一直听一直听。尽管我知道说的都是没用的，不过是说说而已，谁也解决不了谁的问题，谁也帮不了谁。最后他给了我一张名片，让我去找他。他说，来吧，看看吧，看看能不能帮你一把。他让我去之前一定要给他先打电话。这样我才知道，他已经是个大人物了。

如果是个陌生的人物也许我还会警惕，可是这样一个人物我心里只有期待了。究竟期待什么？我也说不清。我前前后后回忆过这件事，我找他是想请他帮忙安排工作吗？以我的条件能安排什么工作比当按摩女挣得多？显然不可能。是想让他支援一笔钱帮我把债还清吗？显然也不可能，我还不至于这么不要脸。那还期待什么？也许我心里总想找一个支撑，找一个慈祥的，有力的，可信的理由，能让我坚持下去的勇气……我真的不知道。我是一个站在水边的人，也许心里总想抓住点什么。总之我打了电话，而且去了。也许这就是命，他不过是命运的开关。也许我本来就是一条河，他不过是在我拐弯的地方立下了一座碑。

在大海浪那样的地方，这样的客人见得多了，我们有一整套拒绝客人的办法。当然也不是真的拒绝，否则它就不叫洗浴城了。阿红阿月她们就是在那儿被训练出来的,只是在那儿还要被妈咪剥一层皮,所以才出来单干的。我那时刚和小混混离婚不久,打这份工也不容易,有时躲不开,被人摸就摸一下掐就掐一下,一般都不吱声。但一个刚经过离婚的女人,对男女之事正厌倦着,身心还疲惫着,怎么会有那种要求?可是,可是,可是我竟然连一点拒绝的意思都没有。

我整个儿软了,瘫了,一点力气都没有。眼前是一片白雾,什么也看不见,好像掉进一个温泉,被热气蒸裹着,越挣扎陷得越深。我喘不出气来,眼看着自己胸口裂开了,能听见自己的心跳,和血管里哗哗地流淌声。我闻到了烟草还有一股羊膻气味,我想呼救,发出的却是嗤嗤的笑声。我不停地喊爸爸救命,可嗓子里只有啊啊的哑音,好像另外有一个自己躲在一旁操纵着,令我不能不一沉到底。后来我就浮起来了,飘起来了,轻得像一粒灰尘,在一线光柱里漂浮。我看见自己像一朵蒲公英在风中飘零,美丽的羽毛转眼间就被一根一根拔光,我终于看清了自己的原形毕露。我听见他咕噜一句,身材挺好。

趁他进洗手间的时候,我赶紧穿上衣服,抓上包就跑。可他在里头说,茶几上有个信封,拿上吧。我去拿了那个信封。他又说,需要什么就打电话。我还答应了一声。我相信他自始至终都没认出我来,但他是个真正的老手。从把我带出来起就把我握在掌心里,掌控着每一个环节。他是那么有把握,那么地从容,那么地慈祥,清楚地知道我不但不会反抗,还要配合他,还要感谢他!我数了那信封里的钱,不多不少,整整五百大元,够我挣半个月呢。于是我就笑了,那笑声像出膛的浓烟,一团一团地冲出喉咙,呛着了似的,干呕似的,怎么也止不住,后来才发现泪流满面。我是一遍一遍数着那五张纸走出那栋大楼的。我回头看看,记住了那个地方,那地方有一个巨大的电子显示屏,清晰地向我展示着美好未来,而过去的一切都在崩塌。

×月×日

冷静地想,我也不能埋怨别人,那天其实还有一个原因。我脑子已经迟钝了,很多事已经理不出头绪。

那天打了电话,那个人是让我到人民路路口等他的,可我从大海浪出来碰见了我们厂的刘师傅,给耽误了。如果不是碰见刘师傅,事情也许不会变得失去控制。我是说如果。

刘师傅是我们厂的保全工,以前常到我们车间来,特爱开玩笑发牢骚。他有点油,鬼点子也多,还爱占女工的嘴巴便宜。但他不害人,顶多算个口头流氓。所以大伙并不觉着他讨厌,有时候还挺欢迎他来的。可现在他竟成了这样!

那天我听见有人喊倪红梅倪红梅,可在四周看不见一个熟人,等他到了跟前,才看清楚是个瘫子一点一点挪过来。他坐在皮垫子上,腿已经没了,拿两只手走路。这个世界变化太快,跟着眨眼都来不及,才几年时间,他怎么就落到这个地步了?我问他出什么事了,怎么闹成这样了,真吓人。他还笑,说你怎么还这么漂亮呀,真让人羡慕死了。他说你别瞧不起人,现在我比你们谁都有保障。他说我注意你好几天了,你不就是在大海浪当按摩小姐吗?这话让人有点气急败坏,我说当小姐就当小姐,总比你要饭强。他说你看见我要饭了吗?我就有点发憷,又不好意思问了。我一句话没有,瞧着他冬瓜样的腿,两只熊掌样的胶皮手套,都不知该怎么跟他说。真的很难想象,从前那么活泛的一个人,现在拿两只手走路,他一大家子可怎么过呀。

可是他一脸的坏笑,说我还是招了吧,你要是活不下去,也可以用我的专利。他说这年头什么人好混?我算是琢磨出来了。第一是动物,你要是条狗,你比谁都滋润,你没看见狗都进按摩房了吗?第二是残疾人,你要是残疾了,国家就优待你,你又是女的,又这么漂亮,没准儿都成电视明星了,还到处做报告!他说他现在虽说手跟脚一样,但按月拿钱,拿的比原来工资还高,快活得很。他咧嘴大笑,两排白牙撑在那些褶子里特别刺眼。原来他是上访时出了交通事故。他说,两眼一闭两腿一伸,疼了几个月,快活一辈子。人家给他装假肢,他还不要,宁愿拿两只手走路,没钱花了就往机关门口一坐。

我说你这不是讹人家吗?他说讹人?我还没杀人呢。

我赶紧就逃走了,头晕得厉害,胃里直翻苦水。他还在后头喊,有难处就说话,我给你出点子!我相信他的点子比我多得多,可他的点子我真受不了。

然后我就找到了那个人，那个让我像父亲一样尊敬的人，坐上了他的车，上了他的床。我浑身发冷，簌簌乱颤，脑子里翻江倒海。我好像经历了那个血糊拉稀的场面，好像自己已经被碾成好几段。那样是能活下去，可我不想活成他那样。再难，我也不能把自己弄成那样。就是死，我也希望自己是完整的。我害怕。

把这些事记下来，并不想埋怨谁。没有他们，也许我照样会走这条道。对我这样的女人，最后的本钱就是身体。当一个破败的房子到了风雨也挡不住的时候，你留着那些本钱又有什么用？在这个劳动等同于下贱的时代，女人的肉体其实一直在升值，就看你敢不敢。阿月说得好，又不偷又不抢，自己挣自己花，我卖的都是我自己的。而且，还有安全套！

侦查日志3

初步意见：自杀，否定。情杀，否定。抢劫杀人，基本否定。

张、王有重大发现。从带回的假钞检验看，这两张假钞与去年1018假钞案中的纸张、版型完全一致。因此怀疑该案与假钞案有某种联系，这使二组全体摆脱了沉闷乏味的情绪。

经汇报，局领导批准与1018案并案侦察。振奋。

1018案情：去年10月，本市发现少量百元假钞的未完成品边角料，经检验，系新近的印刷品，故确定为本市特大案件，专案调查，后又转为省厅挂牌督办案件。但此后，类似假钞印刷品再未出现，相关信息亦消失，案情无进展。

此次并案，不仅力量加强，且有正面价值。

谈话笔录9

谈话人：管××；年龄：55岁；原市绢纺厂厂长，现任市贸发局副局长。

问：因为绢纺厂已经不存在了，所以找到了您。

答：是啊，两千多人呢，说散就散了。干部也都各奔东西了。

问：倪红梅您还有印象吗？请谈谈情况。

答：有印象。她父亲叫倪大民，是厂里的老工人。83年仓库大火时表现很英勇，牺牲了。她就是顶替进的厂。当时高中好像还没毕业，还不太情愿，可家庭生活困难。这孩子挺老实，是厂里的文艺活动积极分子，工作也不错，挺好的。

问：她死时是在做暗娼，您知道吗？

答：不知道。怎么能干这个呢？再困难也不能干这个。

问：对不起我们是例行公事，厂里不少人都说您能提供点线索。

答：我知道他们是什么意思。是我把工厂搞破产了，卖了，贪污了，拍屁股走人了。我不怕。卖厂是市里的决定，我有什么办法？改革嘛，总是有成本的。

问：倪红梅后来找过您吗？

答：找过我的人多了。可我有什么办法？我就是个副局长，能安排多少人？再说她能干这个，不能说没有一点点主观原因吧？

问：您了解她家的情况吗？

答：具体不了解。不过也都差不多。困难啦生病啦孩子上学啦。我就是不吃不喝也解决不了几个人。

问：您最后见她是什么时候？

答：有半年多吧。说句心里话死了人我也很难过，可把责任往我这儿推，公平吗？你顶多说我思想工作做不到家。我有那么多思想吗？我是谁呀？

×月×日

看来老梁头是真的想包我。每回来了就不想走，收工了也不走，撵他也不走。就是走了也是站在巷口看人打麻将，要不就是跟人聊天，弄得我没心思再招呼别人。可又不能把话说绝，毕竟他是我为数不多的固定客户，很烦。

老梁头人不坏，没架子，也知道疼人。他是太孤单了才到我们这里找安慰的，他儿子媳妇一年到头也跟他说不上几句话。但他也是个人，不想做一架提款机。他儿子现在还没撵他走，原因就是房子还没过户。他活成这样，也够难为的。

他说他真的喜欢我，我也相信。在他看来像我这样的，能体贴的能说说话的，不多。他说他见我这个样子心里真难受，这话我就不信了，我要不是这个样子他能认识我吗？我对谁都不隐瞒自己下岗女工的身份，而且就是本地人。他说他原来是当老师的，而且还是个教授。也许就是因为这个吧，他难过。他说，你跟了我吧，我给你租个房子，我能养活你。他的要求只有一条，别再跟别人来往。这个要求不算高，是个低得不能再低的门槛，甚至也可以理解成是一种感情专一的表示，他只爱我一个。可一个有过两次家庭经验的人明白，开头谁的要求都是不高的，谈恋爱的时候一般只要求上床。何况他只是包我，还不说娶我。

我并不在意名分，像我这样的人是没有资格谈名分的。我只是不相信，一个人可以忘记过去。过去就像胎记，永远洗不干净，再疯狂的爱情都不可能让它消失。一旦热乎劲退了，过去就会像鬼魂一样附体，到那时打个哈欠都能溅出火星子来。杜十娘的悲剧不是因为钱，也不是因为李公子特别坏，而是因为她想要的人根本就不存在。爱情这个东西就像毒品，海洛因，吗啡，摇头丸，越吃越上瘾，越上瘾就越悲惨。

不是我心冷了，而是我看透了，经历过这么多男人还看不透？就是那种没有过去的人，像我和常虎当初那样，碰上今天这个形势又会怎么样？也难说不变化。经过这些年这些事，我确实是明白了不少道理。人要有自知之明。何况大家都还有各自的负担和责任。他说他现在可以不理儿子媳妇，将来呢？

我还是这个态度，不说行，也不说不行，否则他就不来了。他来也就一周一次，挣他50块钱。我要是拒绝了，他不是连这点爱也得不到？这样想想也就心安理得，有点像等鱼上钩的姜太公。

我养的虎皮海棠开花了，长出一串艳红的花瓣，羞羞地垂着头，每朵都是两片，像少女的唇，真招人疼。这是我在外面住宅楼下拣的，不知是谁家分叉后扔掉的，被我插活了，居然能开得这么好，这让我记起自己的从前。从前我是多爱养花啊，见什么花都爱，屋前屋后，到处是我栽的。从前厂里姐妹们还有互相送花的风气，哪家有什么品种，还带

霓虹　349

到厂里来，当然也有炫耀攀比的意思。白兰花、栀子花是别在胸口上的，玫瑰和茉莉是包在手绢里的，还有大理花、牡丹花干脆就插在头上，真疯啊。

那时大家都说我是花痴第一名，其实我是花命，开得快，败得也快。如果比作花，我更像蒲公英，柔柔弱弱，纤纤细细，随风飘散，无影无踪，我能给人留下的印象也就是一瞬间。

×月×日

阿红和肥肥又在外头打起来了，两个人互相扯着头发，谁也不肯撒手，像两只斗红眼的公鸡。她们也骂对方是鸡，是烂屁眼的鸡，秃尾巴的鸡，没人要的鸡，遭雷劈的鸡。这样的场面我见过很多次了，麻木了，懒得去拉。这次是为打麻将，阿红输急眼了，就埋怨肥肥硬拉她充数，成心骗她的钱。阿红胆小，不敢赌钱，每一分钱都要为家里存着，结果自然是越怕越输，越输越怕。其实肥肥也不是那种喜欢欺负人的人，一般来说肥肥还比较好相处的，只是她们不打架又能干什么？打架也是一种发泄。打完了，骂过了，呼呼喘着粗气瞪着对方，然后该干啥还干啥，第二天还能站在一起拉客。

有时她们也来找我评理，呱拉呱拉喊上一通。我跟她们说，大家都是姐妹，都是苦命人，有什么可吵的？今天能站在一条街上做生意，明天还不知谁怎么样了呢。我说的都是真话，女人心眼小，从前在厂里也是张家长李家短的吵，后来怎么样？谁见到谁不哭鼻子抹眼泪，跟亲人一样？

我的话她们也能听进去，想想就明白了。谁也不傻，这还看不透？

×月×日

我们沿河街也有竞争，我刚来的时候还受过排斥。那时肥肥常来搅和，我跟客人说什么她都插嘴，好像这就是她的地盘，只有她说话的份儿，我是抢了她的食。我当然不和她争，她一来我就让。老梁头就是在那种情况下认识我的，他说我这个女人不寻常，跟她们不一样。我说那你不成刁德一了？他就笑了。

但沿河街的竞争不像后街那样凶。听说后街那边不是拉扯就是压价，结果大家都不落好。矛盾大了自然就要烧香引鬼，结果就被一个叫蜡烛头的人控制了。听说这个蜡烛头是个二尾子，从前人见人欺，现在被她们养得脑满肠肥。

也可能我年龄大一些又是本地人，我的话她们愿意听。我们这边的做法是，按自然秩序来，大家心中有数。客人指着谁自然是听客人的，客人不指名，就按顺序一个一个地来。这样不伤和气，也能多挣点。

我们这样做，还是得罪了人。有一天房东把我喊去，说有人找我问话。到了那儿，看不见人，只有房东站在我旁边，里边人问一句，我就答一句。问的也就是一般情况，但那气势很吓人。后来问我是不是真的下岗工人，真的本地人，真在绢纺厂干过，我说我要不是逼急了能干这一行吗？你要不信你就去调查！那里头安静了好半天，后来就让我回来了。我听见房东牙花格格格地响，发电报一样，可见那人来头不小。

经过这件事，我们沿河街就按自己的规则做事了。慢慢地，也有了一点繁华，开小店的多了，行人也多了。房东们整天支个桌子在巷口打麻将，我们就在里头做生意，谁也不扰谁。阿月在大酒店见过世面，她说人家外国有红灯区，早就不管妓女叫婊子了，叫性工作者。她说政府应该成立一个性工作者协会，还定期检查身体发营业执照呢。另外人家嫖客也不叫嫖客，叫"炮友"，现在广大炮友同志对我们沿河街反映挺好的，开始注意我们沿河街了。我们都笑，看来什么都是外国的好，连干这个的也有先进性——性工作者。

×月×日

今天肥肥突然和丈夫闹起离婚来，哭天抹泪的，跟真的一样。我从家回来迟了，没赶上打架场面，她们说是真打，两个人都头破血流。可我不相信，这两口子要离早就该离了，不用等到今天。他们能撑到今天，肯定有拆不散的理由。

她男人叫强子，出来打工好几年了，高不成低不就，一心想进入黑社会也进不去，现在就在家吃软饭。一个男人混到这个地步本来就够窝囊了，可昨天夜里喝醉酒了，居然把阿月叫出来，说他喜欢阿月，阿月洋气肥肥老土，还掏出50块钱。阿月当然不能答应，就把肥肥喊醒了。这样两口子就黑夜闹到天明，早晨闹到傍晚。

两个人本来已经没劲了，肥肥嗓子已经哑了，可是见到我肥肥又扑上来。肥肥说她不想活了，真不想活了，说要是离不成她一定去死。我看强子已经瘟了，脑袋耷拉着坐在地上，大气不敢吐一口，就明白了七八分。可肥肥还是不放过他，说他俩从小青梅竹马上小学就在一起了，临到结婚头一天她爹妈还不同意，为了他能出人头地自己什么苦都吃过了，现在当婊子养活他他还不满足，还想着到外头去嫖！说人活到这个份上已经一点意思都没有了，说着就去抓锅铲子去砍他。那强子见她抓锅铲也不跑，就是把脑袋一缩身子一蜷装死猪。我赶紧扑上去拦，但见肥肥拿了锅铲子并不直接砍，还在锅沿上磕了几下，把饭磕干净了才去砍，又觉着动作有点怪。果然轻轻一拉扯她就蹲到地下了，然后号啕大哭。

这动作让我心里直颤，跟着眼泪也酸酸下来了。锅铲，粮食，女人，这就是女人啊。这就是女人的心思啊，不管是贵是贱，是贫是富，是苦是乐，心里始终围着一道坝。她们永远走不出这道坝，她们怎么能不悲惨？

×月×日

老梁头又来提那件事，气鼓鼓地，说好歹要给一句明白话。他还说了些狠话，说如今花钱找女人睡觉比找狗都容易，别以为自己是个人物。说他是同情我可怜我，并不是来求我。我知道再敷衍下去已经没有可能了。就答应让他明天来，我说我要想一想。我承认，他说的都对。我对他讨好地笑着，求他再给我一点时间。

其实有什么好想的？答案早就明摆着。他能包我一个人，包不了我全家。他能包我一年两年，包不了我一辈子。真正需要想清楚的是，他这次给的是不是最后50块钱。如果他真像他宣布的那样，今后绝对不再来了，能不能再多给一点？我知道我已经很无耻了，真的很无耻，但这也没办法。听说现在外头男人喝酒划拳都改了酒令：谁无耻啊，你无耻啊，谁流氓啊，你流氓啊，他无耻啊，大家都流氓啊。

屋里很静，外面的喧嚣已经远去，这种镀了光的安静很适合想象。他不再说话，眼睛闭着，呼呼吐着粗气。似乎刚才只是耍了一通小孩子脾气，一切都过去了。我抚摸着他的脸，尽可能多给他一点温存，尽可能让自己也喜欢上他。毕竟，他是这个世界最后一个说喜欢我的人，而且三番五次地说。五彩灯光在他干瘪的脸上跳跃，使他松弛的皮肉也有了弹性，那些褶皱被推开来，好像日头推着白云的影子在草地上爬行。我闻到了阳光的气息，听到了生命的脚步，一切都在幻觉之中。我幻想自己还是少年，一切都还来得及重新选择。那样的话，我会选择他吗？他干净体面，不吸烟不喝酒，对女人也仔细，可那就是我想要的吗？好像也不是。也许我对男人已经麻木了，已经分不清好歹了？尽管他让我相信全世界男人就他对我最好。

　　我问，你究竟喜欢我什么呢？他说你跟那些农村人不一样，那些女人太粗，别看她们年轻，她们屁都不懂。你安静，不烦人，你还有点文化有点头脑，一个成熟的女人怎么能没有头脑呢？然后他就谈到了头脑和思想，谈到正在研究的什么学，还有一套理论，还有不少新名词，全是我听不懂的。

　　他也产生了幻觉，再一次把我紧紧箍住，说是真的喜欢我，要我答应别再干这个了，他能养活我，他身体好，保证能满足我。我忽然冒出一个刻毒的念头：他就是要一百次，我也得给，这我不能拒绝，可这方面他比得上一个农民工吗？那些小伙子个个身强体壮，龙精虎猛，他能比吗？

　　我是活颠倒了，黑白不分了，对这个世界已经不想看懂，连我自己我也看不懂了。我不知道。

　　我相信他是真的。但是我不能。

　　×月×日
　　我把老梁头的事跟大家说了，然后问，我该怎么办？
　　我的本意是，我要怎么做才能把他留住。没想到这个性工作者协会第一次大会却作出了这样一个决定：大家轮流去勾引老梁头。如果老梁头能够两周不上钩，她们说，那包就包啰，只当赌一把，大不了赌输。在她们看来，男人都一样，那些好听话是枕头边上说说的，当不得真。她们是不相信，而我却想到了将来。这就是年龄的差别。

霓虹　353

但我还是接受了这个决定。我相信人多主意多,肯定比我自己想得周全。我现在好像已经成了那些光彩霓虹里的人物,好吃好喝,好穿好戴。豪宅靓车,风光无限,享尽荣华富贵,好日子请随便挑。

×月×日

一连三天,老梁头都来了。可他找不着我,又不好意思问,就站在巷口看人家打麻将。麻将散场了,他把眼睛四处扫扫,然后翻起衣领回家。三天都是这样。我有点忍不住了,有几次想算了,想出去招呼他,都被她们拦回来。她们认为,这才刚开始,既然想考验他,就不能半途而废。

这是共同的乐子,我不能扫大家的兴。我也在想,妓女究竟是种什么人?自己这样不幸,怎么还有兴趣捉弄别人?我这样说,并没有把自己排除在外,其实我心里也有按捺不住的好奇。我也想知道,那些来嫖的男人,是不是没有一个正经的?后来我也想通了,其实大家最想知道的还不是老梁头,而是自己的命运。我们都想知道,那个冥冥之中左右着我们的家伙,是不是真的不长眼睛。她们嘴上说男人都一样,其实心里总盼着自己能遇上一个不一样的。

×月×日

现在真相大白了,命运果然无情。上个星期没事,他没出现。但总共才过去一个多星期,按照我们的计划才刚刚轮流上场,老梁头就顶不住了。在这之前,阿月去过,阿红去过,老梁头都没点头。可今天,肥肥刚出门老梁头就迎了上去。

阿月飞一样跑来报告:干了干了,那老头跟肥肥干上了!然后大家就放声大笑,笑啊笑啊,把眼泪花都笑出来了。起初我也跟着笑的,可突然间,就觉得心里一紧,被门板夹住了一样,整个身子都痉挛起来。这种感觉是难受?是愤怒?是失望?我说不上来,反正就像在大街上被强奸,当众剥光了我还在笑。

我跳起来,想过去拍肥肥的门,被阿红拽住了。阿红叫了声梅姐姐梅姐姐,然后我就愣了,软了。毕竟这是大家商量过的,我不能坏了规矩,阿红是怕我吃亏。再说这也不能解决我的问题,老梁头算是我的什么人？后来又想，那也不能让老梁头白白耍一回，尽管从一开始我就没当真，可也得出了这口气。

　　我拿了个小板凳，坐在路口等他。他出来时脸还是红的，见到我刷一下就白了，然后他想跟我笑，嘴呲着却没有声。我瞧着他，也不出声。就这么僵了好一会儿他才转身走了。他好像在哪儿被绊了一下，脚踮着，霓虹灯光在他后背上一闪一闪，使他像个卡通片里的人。我忽然想起"炮友"一词，我想他也不过就是乱放一炮，说到底他还是广大炮友同志中的一员。

　　×月×日

　　下了第一场雪，雪花不大，却是密密匝匝，天下黑了，地却下白了。一切都昏暗着，只有霓虹广告仍在闪烁，似乎天地间只有它能永葆色色的笑靥。房间里很冷，没有客人。墙上的舞蹈还在进行，但这光电更加倍放大了清冷，好像冷气跟妖精一样都从墙缝里钻出来，舞着扭着，令我瑟瑟发抖。还好肥肥拿来一条被子，她说你要这样下去非冻死不可。可是今天一笔生意也没做。

　　我们究竟是些什么人？是用身体来交换衣食的人？那么谁又不是这样的人？我们有没有灵魂？有的。我们也会承受心灵的煎熬。从这个意思上说，我们也是有自尊心的。比如受了欺骗会委屈，受了欺压会报复。我们只是在有限的时间出卖肉体，而不是一辈子，更不是全部时间。我们多为生活所迫，自己不骗人也不想被别人骗。我们凭信用赢得顾客，交易时明码标价，我们不立牌坊为自己做广告。我们有竞争，但绝不排斥其他姐妹。我们没有文化没有理论，我们不想领导谁。我们不需要你的爱，只要你按劳付酬，我们就对你笑脸相迎。我们不分等级没有核心，我们不敢代表别人。我们也有羞耻感，不敢告诉家人，我们明知生命有限还要拼命工作。我们不用遮羞布，我们让顾客随意挑选。我们要养活家庭，但只勾引男人，不去祸害儿童。我们允许别人轻视，却并不小瞧自己，我们渴望从良，但永远不会勉强别人。我们出卖的是肉体，不是灵魂，从这个意思上说，有些上等人还不如我们，别看他们又有思想又有理论。

元旦过后老梁头又来过一次，他给了我100元，我找给他50。临走时他嘴唇动动，想说什么，我装没看见。我不想见也不想听。我相信那件事他再也不会提了，他是要面子的。也许他以后还会来，来了我还接待他。我要让他明白，"炮友"和"性工作者"就是这样一种关系，别太贪心。

我听见他踩着干雪咯吱咯吱地走了，心里有了一点报复的快慰。他想得到的，终于没有得到。我想逃避的，却成功逃避了。我想他走在雪地里的样子一定很滑稽，想快又想稳，想抓住点什么又什么也抓不住。他们这样的人就是贪心，让我们付出身体还不够，还要我们付出情感。好像我们真的爱他，起码要装作很爱。

×月×日

头天艾艾就告诉我，上头来通知了，让家家都留人，说今天市领导要来慰问下岗职工。这才想起，快过年了。等到九、十点钟，果然敲锣打鼓的，拖电线的扛摄像机的都来了。然后就是领导挨家挨户送慰问粮、慰问金，拍电视。每家50斤米50块钱，和去年一样。不同的是今年领导来的多，今年都改穿西装了，不像去年都是一律的夹克衫。他们都有好身体，不怕冷。

结束以后，我以为没事了，收拾收拾就准备走，谁知来了个女记者。她问我愿不愿意接受采访，那我就能愿意了吗？就让她去找别人。她说她问过别人了，知道我有文化，家里也困难，肯定感想特别多。我说我感想再多也不能跟你谈。她就脸红了，吭哧吭哧说，接受采访是有报酬的。我问多少钱，她说50。我想我接一回客衣服扒光了身子冻青了才挣50，跟她说几句话也能挣这么多，为什么不干？就答应了。

第一次面对电视镜头还真有点紧张，她问什么我也听不见，我究竟说什么也搞不清楚，反正浑身发抖就是了。看热闹的也多，嘻嘻哈哈弄得我更紧张。我说算了算了，我还有事，找别人吧。谁知那记者早有准备，她让人展开一张大纸，举在摄像机旁，然后她问一句，让我照着念一句。

我就照念了，大意是感谢市领导的亲切关怀，感谢他们在百忙之中看望我们，给我们送来了温暖。现在我们人虽然下岗了，但思想没有下岗，我们还在关心改革发展。今天是个好日子，日子越过越好，好日子还在后头呢。说到这一句，我都忍不住笑了。后来那女记者说，我笑起来很好看。

我好看吗？这话应该"炮友"来说。这丫头还年轻，不懂笑也分专业的和业余的。反正我现在是这样一种人了，邻居们都知道我缺钱，他们也不会怪我。他们也觉着好看，强奸确实好看。一个连强奸都不在乎的人，被人多看几次有什么要紧？如果广大炮友同志在电视里看见我，会不会多给两个？

谈话笔录15

问：我们知道你是好孩子，还是三好生。妈妈走了你很难过。
答：我不会说什么的。
问：我们也是女的，谈话是咱们女人之间谈。
答：女的才倒霉呢。
问：你很爱妈妈，是吗？
答：妈妈是好人。我当然爱她。
问：你能说说她怎么好吗？不要哭，跟阿姨说。
答：你们出门问问就知道了，随便问问谁。
问：你生的病，要花很多钱是吗？
答：妈妈早就想死了。要不是为了我，她活不到今天。
问：你的继父，来不来看你？
答：你少提他。畜生。
问：你知道那本书里的钱是假的吗？
答：知道。
问：留着假钱是干什么用的？
答：那是我们家的纪念币。
问：纪念什么？你还记得当时的情形吗？
答：记得。她说今天倒霉了，这两张是假钱。
问：还说什么没有？

答：还说不要用这个钱,留下它当个纪念。

问：妈妈为什么这么说?

答：妈妈说,咱们不能拿出去用。妈妈说,咱们不能做害人的事。妈妈说,咱们再穷也不去害别人。妈妈还说……

问：今天就到这儿。你是好孩子。

×月×日

今天在路上碰见刘师傅,他坐在一架平板车上,撵得飞快。这种车从前我们用来拉煤球,几块木板钉四个大轴承那种小车。现在他改装了,轴承换上小胶皮轮,拿手摇,还带刹车。这家伙干什么都能干好,只要他想干。

他说,他们组织了一个互助会,都是几家老厂的下岗工人,大家互相帮助,问我愿不愿参加。他说他现在想通了,要干点正事,发牢骚、蛮干、破罐子破摔都不是办法。看来他对从前的莽撞有点后悔。我问,是不是想让我捐点钱?他就笑了,说你想哪去了,以后如果谁有困难,需要捐再捐,现在主要是建立联系,通通信息。这我就犹豫了,答应想想。

其实让我捐钱我反而愿意,经历了那些伤痛,我现在特别理解那些需要帮助的人。开口求人难,人不到逼急眼了谁愿意开口求人啊?可是手一伸你腰就弯了,而且再也直不起来,永远直不起来。但让我参加互助会就不行了,我哪有时间跟他们互通信息呀,再说我的身份对他们也不好。我没把手机号留给他。

刘师傅是个好人,敢作敢为,人也聪明,这我知道,可这人有点轻浮,不太稳当。从前厂里没一个干部他能看得惯,动不动就说外国好,人家国外企业是这样搞的吗?好像他刚出国考察回来。在他看来从厂长到科长没一个好东西,经常编出点故事来恶心他们。但刘师傅技术好,人家也拿他没办法。厂里女工多,他一来车间里就会热闹,来点新闻来点笑话有时还来点恶作剧什么的。那时大伙儿也爱逗他玩,说刘师傅刘师傅,又从哪国考察回来啦?资本主义那么好你还回来干吗?他还一本正经,说那么艰巨的任务能轮上我吗?资本主义早都让领导消灭完啦。说急眼了他还跟人抬杠,脖子涨得比脸还粗,好像他真的见识过资本主义，他还举着双手喊——万恶的资本家，快来剥削我们吧！结果万恶的资本家来了，他把两条腿也搭进去了。他就像那个烧香引鬼的黄道士，鬼没来他天天盼，鬼来了他又嫌这个鬼太丑，不是他想要的鬼。

现在我说他其实也在说我自己，自己当初何尝不是这样？总觉着在厂里干没什么劲，干多干少一个样，大锅饭不好。可是一旦离开，才明白人和人其实没多大差别。鱼离开了水，能力大点小点都是一个死，有什么差别？从前以为这叫阵痛，痛一阵子就过去了，好日子还在后头。现在总算明白了，我们不过是一块抹布，用过了就该扔。谁也不会把抹布当作人。

我还是自己单干，自己对自己负责，我也不拖累任何人。我现在还不老，还能卖钱。我能做一天是一天，能余一点是一点，债虽然还清了，可艾艾还有将来。等有一天不能做了，我会痛痛快快死，绝不拖累艾艾。我已经活够了。

这个世界，还有什么能激动人心？

×月×日

头天阿月过来说，有个从前在酒店里认识的炮友来找她，说有个大单，要两个人，陪一晚给500，问我去不去？我问去哪，她说是一个大机关，而且是过夜的。我想艾艾明天开学，我答应去见她老师的，犹豫半天还是让给阿红去了。谁也没想到，她们一去就出了事。

肥肥过来说，快去看看吧，阿红一身肉都烫烂了！

原来阿月认识的炮友是大机关的一个小头头，为了给一个什么人物祝寿，就叫几个小姐去陪。谁知那人物对上床不感兴趣，只想作践人，先是让她们脱光了陪酒，然后让她们举着蜡烛围着酒席转，再后来就是动手掐，拿香烟烫。阿月聪明，还知道往那个大人物怀里拱，阿红哪见过这个？躲不开逃不走就骂，越骂越遭罪，乳头、肚皮、还有下身，全都烫伤了。

阿红这孩子没什么头脑，别看她儿子都六岁了。有次她拿手机给我看，上面有条短信说，找小姐太贵，找情人太累，还是找下岗女工最实惠。她笑得嘎嘎的，说梅姐姐你不就是下岗女工吗？现在广大炮友同志就喜欢你这样的。我脸都气青了,她还看不出来,还笑。其实我们这几个,最单纯的就是她。去了医院也不会遮掩,三问两问就说出了实情。这样那些女医生自然也没什么好脸色,随便处理一下就叫她们滚蛋。

阿月也烫伤了,但轻得多。她哭着说,不知道啊,我哪知道啊?那孙子从前也人模狗样的,不像这么孙子。开头我还以为那老头真的有料呢,连他们都给他摆两大桌,谁知是这么个老妖怪。

女人的身体并不金贵,也不像歌里唱的是什么仙境,什么生命源头,说这话的一般比较有钱,还想有更多的钱。她们也许是高级娼妓,我们只是下等娼妓。可下等娼妓也是人,她的身体跟任何人的没有两样,凭什么受到这样的虐待?这些人就不是人养的?他们没有母亲,没有姐妹?我浑身发冷,嗓子里像塞进一团纱布,我说不出话来。那些流浆大泡跟过电一样在我身上流淌,爬满了角角落落。

是的,我们是抹布,是下贱,为了多挣一点什么罪都得受。可我们天生是做抹布的吗?我们愿意当抹布吗?我们也曾经主人过。

×月×日

阿红身上化脓了,发起高烧。我们轮流去陪她,生意也没心思做了。阿月哭着说,她真的不知道会这样,她不是故意的。她的意思是只能认倒霉了,可我却突然想到,难道就这样算了?难道我们就不能讨个公道?妓女有没有地方说理?尽管我明白,这个时代最困难的事情就是没地方说理,也没人听你说理。

×月×日

不能就这么算了。我越想越咽不下这口气。

我问阿月,敢不敢再去那个地方,找那个人赔偿?阿月支吾半天不吭声,她只知道哭。阿红突然说,梅姐姐,你陪我们去吗?阿月也说,你去我们就敢去。

事情就是这样,总得有人先站出来,何况我们是这样一群人。从前,见别人被欺负,我们沉默,结果自己也受到同样的欺负。从前,明知不合理我们也忍了,我们不好意思说,结果人家好意思把你推进火坑。今天我们落难了,于是别人也沉默了。事不关己谁都不愿伸头,结果就是大家都进火坑。

我说,我陪你们去,话也由我出头说,但你们要挺得住,坚决不让步。你们要想好,如果到时候你们害怕了松口了后退了,我就只有一死。

阿红说,我不怕死,梅姐姐你要去死我就陪着。阿月见我们这么说,也突然跳起来,说你们这么讲话,不就是说我怕死吗?告诉你们,我都自杀过两回了,没死成,现在这个身子就是我赚的。我要后退半步都不是人养的!连肥肥也说,我也陪你们去,我要怕死我就是猪!

我们说着这些狠话,都跟什么似的。我们眼睛里放着光,胸口里滚着热浪,好像很久很久都没有过这种感觉,很久很久都没这么有劲过了。后来,我们就抱在了一起。我们谈到了死,没想到这个话题是这样热烈。原来我们这些人,个个都不怕死,每个人都想到过死。

我自己曾经设想过多种多样的死法,从高楼上跳,往汽车下钻,拿刀子割手腕。可是那样把自己弄得血糊糊的,不好看,我得让自己有个完整的交待。这个看法她们居然也和我一样,大概女人天性爱美,连死也不想弄得太难看。但她们说城里连口水井都找不到,不然跳井倒是个好办法。说农村很多女人都把井当成好去处,井,本来就是为女人准备的。在她们看来,死在井里就好比回到母亲的肚子里去,那是一种最温暖最安全的方法。这我倒没想过,我说城里的办法是吃安眠药。我就准备了一大瓶,把奶奶剩下的药都积攒在一起。我把它放在一个秘密的地方,一旦时候到了它就是我理想的助手。我可以把自己当成那个飞升的嫦娥,偷偷吃药。我不迷恋人间。即便没有那么浪漫,至少我还有做梦的权力。我玩不过你们我就不和你们玩了,我做梦总可以吧,梦总是我自己的吧。死了,我也不想留下什么遗言,艾艾知道该怎么做。

明天,我们就去会会那个"孙子"。

×月×日

这件事我必须记下来,记清楚。

我们找到了那个"孙子",小伙子长着一张娃娃脸,白白净净的,看上去还挺善。听我把来意一说,他脸就更白了。他对阿月说,上这儿来横的？你不是找死吗？以后还想不想做生意了？阿月也不含糊,告诉他我们也是人,生意要做,赔偿也要。

然后我们就在大门外一直坐下去。其实还是挺吓人的,铁门,高墙,还有铁丝网,还听见里头有狼狗叫。这样僵持到中午,围观的人越来越多了,出来一个年纪大点的。他说,你们谁受伤了？是来卖淫受的伤吗？阿月阿红就把经过说给他听,可那家伙突然就翻脸了,说卖淫犯法你们不知道吗？我这才有点反应过来。我说,没有嫖娼的就没有卖淫的,要犯法也是在你这儿犯的法。后来他看看我,指着她们俩说,你们两个,跟我进来,我们有医生给你检查。阿月阿红就跟他进去了,那人又阴阴地扫了我一眼。

过了几分钟,那"孙子"出来说,阿红阿月因为涉嫌卖淫被拘留了,让我们回去,说小心别把自己也折进去。说着还故意在腰上撩了一把,我看见那儿是有手铐叮当一闪。我的心一下就提起来,我知道我们这时候退缩已经来不及了,我说你把我也铐进去吧,我们是一起来的就要一起走。肥肥也说,凭什么抓人？干脆把我们都抓进去。肥肥嗓门大,她一叫唤围观的人都上来了,那"孙子"又赶紧退回去说,抓谁了？你们看见抓谁了？这时那年纪大点的又出来,问我是干什么的,跟阿红阿月什么关系。我告诉他,我也是干这个的,我是下岗女工,市绢纺厂的,你要抓就连我一块儿抓。他盯着我半天,说一句你等着。然后那铁门轰隆一声就关上了。

然后我们就等着,一直等。等到天快黑了,阿月阿红才被放出来。我问怎么说,她俩也稀里糊涂,说她俩进去根本没人理,就那么一直坐在屋里,叫谁谁也不答应。刚才来个人叫她们先回来,说门口有人等你们回去吃饭,她们就出来了。

之所以要把这过程记下来,是因为事情没完。而且那家伙阴阴的眼神让人生疑,他说你等着,绝不是让我等在门外,而是让我等待报复。我记得那眼神,冰冷、尖锐、刺人。也记得那声音,低低的,压在嗓子眼里。我等着他。

我们说好了明天还去。猴子不上树,多敲几遍锣,不能算完。

×月×日

连夜去找了刘师傅。我想来想去，还是找了他。

我说我以前对不起他，但我确有我的难言之隐。我说了我在当妓女。他笑，说他早就看出来了。他说但凡还有一点办法，你是不会走上那条路的。然后他就给我介绍，说在场的都是下岗工人，大家没事就在一起研究研究法律，让我放心大胆说。我把经过说了以后，他问另一个师傅：国外有没有妓女维权的事？那个师傅答，人身权利谁都有，只是咱们中国妓女是地下的，还不能拿到桌面上谈，想打官司都打不成。开头我还有点放不开，可发现在场几位都严肃得很，谁也没有瞧不起我的意思，我也就坦然了。维权，我们也要维权。

他们分析说，这事简单得很，第一，他们无权抓人，要办拘留也要派出所来办。西关派出所就在旁边，几步路的事，为什么不让派出所处理？说明他们不愿意让派出所知道。第二，祝寿摆酒还请小姐，不仅违反规定，而且本身就够上组织卖淫嫖娼罪。第三，这个道理他们自己明白得很，所以才不敢声张，也不敢对你们怎么样，想把你们吓唬回去了事。

我说这我就放心了，明天我们还去。刘师傅说你放心大胆去，现在维权就要靠自己，你自己不争取，别人怎么帮？到时候我们也去助阵，看他能怎么样。

人到势单力薄时才感觉到抱团的重要。以前我还觉得刘师傅是个破罐子破摔的人，我还不太瞧得起他，但现在看来他比我强大得多。如果他还是单个人，他就还是那副邋遢相，可是他现在有互助会，他就腰杆笔直，中气十足，真是不一样了。出门时我说了些感谢的话，他爱人突然插进来说，红梅你千万别这么想，从前我们就是把自己看低了才被人家扔来扔去，让人卖了还帮着他数钱。其实大家都是一样的人，谁也不比谁高贵！刘师傅开玩笑说，红梅从前还是我们厂的厂花呢，谁比谁差啊？

×月×日

激动人心的一天。

早晨7点，她们几个就来了，说是睡不着，然后一边打哈欠一边瞧着别人傻笑。我说咱们吃饱了再走。肥肥就说她已经熬了一大锅稀饭，阿月就赶紧去买油条大饼，我们似乎都想表现表现。出了巷口，阿月叫起来，为什么走着去？我们打的！

我们去要求赔偿，它跟钱有关系，跟伤痛有关系，跟精神损失有关系，但好像跟这些又没有太大关系，钱不钱的已经无所谓了，我们好像是去干一件大事，一件了不起的大事。

那地方大门紧闭，连边门都关了。那"孙子"也好像知道我们要去，早早就等在那里。他说领导们已经知道了，正在开会研究，让我们先回去。他不再摸腰了，态度也不那么横了，又回到了小男孩模样。我们当然不能回去，我们说我们愿意等。那个阴阴的家伙没露脸，倒是听见里头有人喊，维权，维权，连他妈的婊子都要维权了！可是一直等到中午，还是没给答复。我去交涉，说是领导还在开会。我说行，领导开一天会我们就等一天，开两天会我们就等两天。他还嬉皮笑脸说，那领导要一直开会呢？我说，那我们就一直等，我们什么都没有，就是时间富余。

这时外头已经明显热闹起来，马路对面陆陆续续来了不少人。骑车的，挂拐的，蹬三轮拖板车的，还有一些老头老太。他们来了也不说什么，就是站在马路对面看。只是有一点很特别，他们都穿着工作服，是从前那种老式的印着厂标的工作服，有焦化厂的，钢铁厂的，也有绢纺厂的，棉纺厂的。刘师傅特意在工作服里面打着一条红领带，红领巾似的特神气。他把那架自制的小车摇来摇去，特意对我挥了挥手。

见到这情形那"孙子"脸色陡然就青了，一张娃娃脸转眼就裂开好几道口子，说你们想干什么？你们还想闹事啊？也不等我回答，身子一扭就不见了。我听见小铁门咣当一响。我冷笑，他们想糊弄过去已经不可能。

这一刻，一种久违了的感觉突然回到身上。一股热烘烘的东西从心涌到了头，又从头传到了四肢。我好像又回到了从前的某一个早晨，上老白班的和下大夜班的全都在工业大道上相遇，人们疲惫地粗鲁地招呼着吃喝着，自行车铃铛声、饭盒茶缸碰撞声还有不着调的歌声响成一片，那些年轻小伙比赛着车技，他们故意在女工堆里钻来钻去，引起一阵又一阵笑骂，这是我们最熟悉最亲切也最心酸的一幕。我想，从前我们也有过不顺心不如意,但顶多发发牢骚骂骂娘,我们很少为将来发过愁。一切都有领导在考虑在安排,我们就把自己忘记了,不知道自己还有权利,好像我们只能为保健票为病假条为评先进操心。从前,在他们中间我不觉着什么,离开了也没觉着什么,好像只是日子艰难了才觉着孤单。可是这一刻,我突然明白了自己。热泪就像被憋得太久,是那么突然地往外一喷!这就像猛然走进一部老电影里,我们迎着高压水龙,迎着让人窒息的无可诉说的悲痛,还有像鞭子一样抽下来的暴风雨,劳苦人拉起了手,唱起了歌。这是孤雁追上了队伍,是溺水者看见了海岸线。我不知这话该怎么说。

我给对面鞠了一躬,深深的一躬。然后她们几个见了也都给对面鞠了一躬。那一刻,谁都没有出声,可是又觉得说了很多很多,在心里说的。那一刻的泪水是汹涌的,痛快的。那一刻的时间是静止的,凝重的。因为那一刻,用阿红的话说,猛然觉得自己活了这么大,到现在才知道啥叫个人。

以至于结出了果实,我们都不觉着重要了。赔礼道歉,经济补偿,要严肃处理等等,听上去好像都很遥远,跟我们关系不大的样子。最重要的是,我们做了一回人,有尊严的那种人。

×月×日

做人的感觉确实很好。走路轻快,吃饭香甜,睡觉踏实,时不时地还哼两句。

肥肥要回家了。她过来道别,说得眼圈红红的,可我看得出来,她心里特高兴。夫妻俩为这事已经争吵了很久,现在老公总算想明白了,城里再好也是别人的,看得见摸不着,等于零。她老公发誓赌咒要对她好,还说回去就打算怀孩子。说到这些,我心里也有点酸。他们家其实并不很差,只是强子这些年被发财搞懵了,总以为城里能挣大钱,弄得家不家业不业。肥肥是多好的女人啊,为丈夫做出了这么大牺牲。现在老公总算回心转意了,她也算熬出头了,怎么着也该庆贺一番。

阿月说,她要为肥肥全家饯行。阿红也说应该由她来请。后来我们商量,大家姐妹一场,还是集体为肥肥送行比较好。阿月兴奋极了,一个劲嚷嚷要去大酒楼,富豪,王朝,要开包房,让那帮孙子也来伺候我们娱乐我们,还要卡拉OK!

我忽然想到,自己呢?今后该怎么办?真的卖笑卖到死?

×月×日

今天又有一件高兴事:艾艾悄悄把我拉到外面说,奶奶已经有变化了,让我跟奶奶好好聊聊。我问奶奶怎么变化的,她说跟她叨咕了好几遍:你爸爸没福气呀,这样的好女人上哪去找啊。艾艾说,这还不叫变化?奶奶高兴了大家都高兴,我求求你了吗!我搂住艾艾什么话也没说,可我心里真是高兴!我体会到了什么叫幸福,一个猪狗不如的人其实也有幸福,它就在我们心里藏着,一点不比别人的少。

这种变化从哪一天开始的我不知道,但我已经隐隐约约感觉到了。以前给奶奶擦洗的时候,让她怎么配合她都不答话,只是照着做,可那天她突然说了句:你放心吧。我去看她,她又把眼睛闭上了。我猜想,可能是因为那天说到了厂里一个工友跳楼自杀值不值的事。我说了句,死还不容易?真正难的是活。也许这句话刺疼了她。

这是真心话,我早就不把死当回事了,而且我随时都准备去死,我把每天都当最后一天过,我身上不留一分钱。我猜奶奶已经明白了我的心思,她也想通了。只是我们大家都必须默默地等待那一天。那一天并不残酷,那一天对大家都是一种解脱,我相信奶奶的话也是真心的,这是一种心灵的默契,是两个苦命女人谁都不愿说破的秘密。最好,她能笑着,面对面地说一声——你放心!

中午,我给她换衣服的时候,我们的脸碰在一起了,她对着我的眼睛看了一气,然后什么也没说,她还是没有说出来。我抱住她,听到了她钟摆一样的心跳,她的手在用力,让我感觉到了支撑,和她发自内心的理解,和温暖。于是我也像触了电一样。我们在心里把什么都说完了。作为媳妇,有她这句话,我知足。

×月×日

我听见自己的哭泣了。艾艾借来的录音机,把我的哭声录了下来。

这哭声是倒吸着的，呜呜地，沙沙地，像是台漏气的抽水机。我不知道为什么会这样哭，这样难听。如果知道，我会放开喉咙，美美地痛哭一场。我最近已经感觉到从下腰到后背有点不对劲，又酸又疼，有时还往脖子上蹿，像阿红讲的那样。听到自己的哭声，才明白其实自己并不像嘴上说的那么坚强。我无言以对。

艾艾瞧着我的眼睛，严肃地说，妈妈我求你了，求求你了！隔壁奶奶的哭声也断断续续传过来，她们好像商量过了一样。我只好答应她，我要想一想，想一想总可以吧。

我看见霓虹灯又开始眨眼，电子广告又换了一批。这些彩色的光束在我身边旋转，我也加入进去旋转，我已成了它们的一部分。我们被消费了，我们被娱乐了，我们是为繁荣做出贡献的人。我们就在这彩色的光柱上，攀援，上升，飞腾。只是最后，谁来关电门呢？

谈话笔录 19

谈话人：犯罪嫌疑人丁××；年龄，26；无业。

问：是这间屋吗？

答：是。

问：知道为什么带你来这吗？

答：知道。

问：因为什么？再说一遍。

答：因为杀人。

问：为什么要杀人？

答：因为假钞。

问：你想要回假钞？

答：是。老板为这个发火了，砍了一个弟兄的手。不拿回来他还砍。

问：所以你想把它要回来？

答：是。

问：说说具体过程。

答：没什么过程。我要，她不给。我就掐她，没想到她这么不经掐。

问：她没有反抗吗？

答：没有。我也想不通。她还说谢谢。

问：说什么？谢谢？

答：是。她是说谢谢。她倒在床上，一动不动，说谢谢。

问：再确认一下，是这间屋吗？

答：是。这间屋挺怪。

问：怎么怪？

答：满屋都是光，一闪一闪，让人头晕。

侦查日志 9

结案。

结案。

结案！

（选自《当代》，2006年第5期）

正方点评：李云雷

曹征路先生的《霓虹》，可以视为其"底层小说"代表力作《那儿》（《当代》2004年第5期）的姊妹篇。在《那儿》中，下岗工人杜月梅为生活所迫做了妓女，在回家的路上被狗咬了，从而引起了此后的故事。但在《那儿》中，杜月梅的故事并不是小说的主体，而只是小说中的线索之一。在这个意义上，《霓虹》可以说是对《那儿》的一个补充，它将《那儿》中没有充分展开的杜月梅的生活，以倪红梅的故事重新讲述了出来，让我们看到了沦为妓女的下岗女工生活的悲惨与无望，以及在无望的挣扎中所蕴蓄的力量。

在形式上，《霓虹》由勘察报告、侦查日志、谈话笔录以及小说主人公倪红梅的日记构成，前三部分构成了小说的外在故事框架，倪红梅的日记则为我们充分展现了她的现实世界与内心感受，这构成了小说的主体部分。在这里，作者摒弃了全知全能的叙述方式，将不同的文本拼贴，力图在艺术上加以创新，但小说的主要价值却并不在艺术层面，而在于它对社会现实的尖锐揭示，以及在其中显现出来的深厚的同情心与朴素的阶级意识，这在当下的文学作品中是弥足珍贵的。

在内容上，小说有两个层面，一是倪红梅走上做妓女道路的历程，二是她沦为妓女后所面临的艰难困境。倪红梅之所以走上卖淫的道路，尽管不无"丈夫死、女儿病"这些个人原因，但更与整个社会、与绢纱厂改革的不公正密切相关。正是为改革的"阵痛"付出代价的这些人最终被社会抛弃，才形成了这样悲惨的局面，所以在倪红梅身上所显现出来的，不仅是她一个人的悲剧，更是一个阶级、一个时代的悲剧。小说中，当倪红梅走过以前工厂废墟的时候，忍不住放声大哭，"那种哭，不是难受，不是绝望，而是一种悲凉，一种冰寒彻骨万劫不复的悲凉。也不光是为自己哭，还有我们的父兄，我们的工厂，还有我们那两千多姐妹。"正是在这里，小说通过倪红梅人生历程的追溯，对我们改革的方式提出了尖锐的疑问，主导改革的权力者会说，"我知道他们是什么意思。是我把厂子搞破产了，卖了，贪污了，拍屁股走人了。我不怕，卖厂是市里的决定，我有什么办法？改革嘛，总是有成本的"。我们看到的是，改革的成本总是由工人们负担，这把他们逼到了悲惨的处境中，而另一些人则升官发财、从中渔利，二者形成了鲜明的反差。

做了妓女之后，倪红梅的生活同样是艰难的，小说通过描写以下几种关系来展现她在社会中所处的尴尬、屈辱的位置以及她是如何忍辱负重，在绝望中挣扎的。

首先，是她与女儿、"奶奶"的关系。倪红梅出卖自己的身体，也感到对不起女儿与"奶奶"，但为了女儿的医药费、学费，"奶奶"的生活费，她又不得不出卖身体。在这里，小说细致地勾画了女儿、"奶奶"对倪红梅态度转变的过程。一开始，"奶奶"是咒骂、寻死，而到最后，则对倪红梅有了一定的理解与关怀。这是在共同的艰难生活中培育出来的感情，是在无奈中认同现实所产生的同情，这样的情感虽然产生于卑污的生活，但却是圣洁的，是最为动人的。

其次，是倪红梅与嫖客的关系，她与老梁头的关系便是一个很好的见证。老梁头要跟她好，要"包"了她，但她清醒地意识到，他们之间只是妓女与嫖客的关系，不可能出现"喜欢"、"爱"的关系。这虽然残酷，却是事实，尽管这一点一旦被证实，倪红梅也不由得感到难过，"毕竟，他是这个世界上最后一个说喜欢我的人，而且三番五次地说"，但他们的关系决定了他们只能限制在金钱与肉体的交换上，不会有另外的可能。

再次，是倪红梅与其他妓女的关系，如阿红、阿月、肥肥等等。这些人之间既相互体谅，又相互争斗，形成了一种复杂、微妙的关系。小说的一个好处在于，它虽然以倪红梅为小说的主人公，却也以相当的笔墨勾勒出了阿红、阿月等人的生活处境，从而在总体上呈现了底层妓女这一阶层的生活状态，这是一种卑贱、无望的生活，她们仿佛置身于泥泞之中，无法挣脱。小说以几个故事，写出了她们泥泞生活中的质感与内在逻辑，同时写出了她们对爱与幸福的卑微追求，尽管靠出卖肉体为生，但她们"心里始终围着一道坝"，这是她们生活的最后底线。值得注意的是，倪红梅与其他妓女有着明显的不同，她是城里人，年纪大，是下岗女工，而且人"很好"，这就决定了她在她们中是一个类似"大姐"的形象，正是她调解她们的纠纷，倾听她们的心事，她是这样一个小社会中的精神支柱。

以上两方面的现实，为我们展现了底层人惨不忍睹的处境。但小说并未到这里为止，在写尽了她们生活的黑暗与无望之后，它又给我们展现了她们的力量，她们的力量虽然卑微，却也正是改变不合理现实的希望。小说中，阿红和阿月去一个"大机关"为一个"什么人物"祝寿，"谁知那人物对上床不感兴趣，只想作践人，先是让他们脱光了陪酒，然后让她们举着蜡烛围着酒席转，再后来就是动手掐，拿香烟烫……"在饱受了欺凌与摧残之后，这些妓女终于无法忍耐了，她们开始起来维护自身的安全与权利，而在这一过程中，曾经做过工人的倪红梅起到了重要的作用，"事情就是这样。总得有人先站出来，何况我们是这样一群人。从前，见别人被欺负，我们沉默，结果自己也受到同样的欺负。从前,明知道不合理我们也忍了,我们不好意思说,结果人家好意思把你推进火坑。"

"婊子难道也要维权?",这是"大机关"的人对她们的讽刺,他们威胁、恫吓,想把她们唬住,但这些人是吓唬不住的,"我们谈到了死,没想到这个话题是这样热烈。原来我们这些人,个个都不怕死,每个人都想到过死"。当这些人失去了一切时,当她们被逼到绝路时,当她们对未来不存在丝毫幻想时,她们才明白,只有斗争,只有自己起来维护自己的权利,才能为自己争得公平与正义,争得本来就属于自己的"尊严","最重要的是,我们做了一回人,有尊严的那种人。"

有些出人意料的是,她们的维权竟然取得了成功。在这个过程中,我们看到了"组织起来"的力量,看到了工人阶级意识的重要性。小说中,刘师傅和他的下岗工人"互助会"在精神和行动上的支持,是维权成功的重要因素,而最重要的则是她们自身的抗争,是倪红梅残存的阶级意识所焕发出来的力量:"从前,在他们中间我不觉着什么,离开了也没觉着什么,好像我们只是日子艰难了才觉着孤单。可是这一刻,我突然明白了自己。……这就像突然走进一部老电影,我们迎着高压水龙,迎着让人窒息的无可诉说的悲痛,还有像鞭子一样抽下来的暴风雨,劳苦人拉起了手,唱起了歌……"正如马克思主义经典作家所指出的,也正如中国革命史所一再证明的,受压迫的人一旦组织起来进行抗争,将会改变自己的命运,也将会改变不公平、合理的现实社会,而这也是他们改变世界与自身的唯一途径。正是在这个地方,小说让我们看到了希望,而这也是这篇小说区别于那些一味渲染苦难、悲惨的作品之处。

在《霓虹》中,我们看到了苦难、欺凌与侮辱,也感受到了洋溢于作者笔端的正义感和悲悯感,更重要的是我们看到了未来的出路,这尽管不无理想主义的色彩,却正是所有"劳苦人"的希望之所在。

反方点评：谢俊

《霓虹》这个小说往往被看作2004年颇受瞩目的小说《那儿》的姊妹篇。在这个作品里，作家把问题聚焦在街头暗娼陋室中，在霓虹灯的昏晦里，讲述了一个下岗女工沦为妓女及至被离奇杀死的惨痛故事。

在一些持较激进左翼立场的批评者那里，这个作品至少在以下两点上得到肯定：一是揭露底层妓女生活的悲惨与无望，二是展示在无望的挣扎中所孕育的力量（在小说中表现为妓女的维权行动）。他们并且据此认为，小说的思想性可以掩盖小说艺术创作上的种种瑕疵，从而推举《霓虹》为2006年最突出的中篇小说之一。

这样的高评价激怒了一些对"文学性"、"艺术性"有着强烈追求的读者和评论者，在他们看来，这个小说在语言、故事和细节等方面一无可取之处。然而，用源自西方现代派的旨在关照个体内在世界的文学标准去衡量反映外在世界的现实主义性质的写作是不公允的，这正如刻意在先锋派写作中去寻求社会的承担或者道德的力量是苛求一样。所以，在这里，我希望站在对现实主义写作同情的立场上，并从现实主义的文学标准出发来讨论《霓虹》所存在的问题。

一、艺术性与人物形象塑造

《霓虹》尖锐地反映了当代中国社会中被遮蔽的现实问题，在这一点上，它有着作为"问题小说"的成功之处。然而，如果从批判现实主义传统来要求，一个更为优秀的作品，必须成功地塑造典型环境中的典型人物。借用恩格斯的话来说，每个人都是典型，但同时又必须是一定的单个人，是一个"这个"（《致玛·哈克奈斯》）。相比于《那儿》里头既有阶级觉悟又有个体情感的悲剧英雄"小舅"，《霓虹》里头的倪红梅则显得面目呆板，毫无血色。这个人物的失败在于她是一个理念化的人物，是作者想象出来的下岗工人的典型，却失去了作为一个现实人物的个性。

小说采用日记体的形式，本可以较大程度地开拓人物内心世界的丰富性。然而，小说中倪红梅却成了有道德的、有尊严的、乐于承担并敢于反抗的神圣化的人物。这种神圣化宛如圣徒的面具，它拒绝了人物内心的复杂化。所以对待奶奶，我们看不到她的委屈和厌恶；对待同行，她没有丝毫的嫉妒和私心；甚至于她第一次出卖身体的场景也是模糊的，我们看不到她内心的挣扎、紧张，乃至堕落的羞耻和快慰。在小说的很多颇具戏剧化场景的地方，比如和嫖客"姓梁的"的情感，本来很可以突出人物的性格斗争，但这些关节处都被作者轻飘飘地解决了，似乎苦难和神圣化的道德感可以掩盖人物内心的一切波澜，如果人物在最生动的现实困境里都是表情漠然，哪里还会有可爱可怜之处呢？

神圣化推至极端就是对现实逻辑的违背，在小说的结尾，倪红梅死于一场离奇的凶杀案，仅仅因为道德的圣洁感，倪红梅没有使用两张百元假币，这本来已经让世俗人情愕然了，她却还要保存这两张假币而最终被假币集团杀死，并且死的时候还是面带微笑，说了声谢谢。这几乎是超现实主义的结尾，与通篇的现实逻辑严重背离，倪红梅一旦成为了一个有道德洁癖的、不可理解的人物，就丧失了她作为典型人物的代表性，也就一定程度地损害了作品的现实主义精神。

恩格斯在致敏·考茨基的信中还曾指出，作家如果过分地欣赏自己的人物，总是不好的，那容易使个性更多地被消融到原则里去。我认为，曹征路先生在塑造倪红梅的形象时也犯了这个错误。

这里涉及到左翼文论中著名的"倾向性"问题，恩格斯认为作家的倾向性应该在场面和情节中自然地流露出来，这在我们今天也是有指导意义的。在《霓虹》中，倪红梅形象的另外一个问题是太像一个反思知识分子了，在大段的抒情里头，她可以反思自己的身份，反思自己的阶级处境，反思生死的意义，总之倪红梅的日记除了叙述故事，就是对自己生存状态的思考。当然，作者已经交待了倪红梅是一个有文化的下岗女工，但无论如何这样的形象在暗娼中不是典型的。事实上，作家在塑造人物时如能按照人物本身的性别、阶级、文化身份说话行事，有效地抑制情绪，用人物自身的命运和情感来感染读者，则会收到更好的效果。在老舍的《月牙儿》中，第一人称的"我"是一个读过小学的妓女，作者对叙述者的文化程度、道德观念有着恰当的把握，她只能说出她能说出的话，感受她能感受到的悲凉，反抗她能够理解的反抗，但其间却能够透露出作家的关怀和悲悯。而在《霓虹》里则完全不同，倪红梅俨然是一个觉悟的工人，一个时代的殉道者，同时又是一个严肃知识分子，她在生活中过于睿智和从容，反而让我越来越感受到人物的扭捏作态。

所以，《霓虹》里倪红梅的塑造是失败的。这样的失败同时体现在其他一些人物身上。小说中的人物可以分为正面和反面两类，正面如倪红梅、女儿、刘师傅等都显示出一种哀戚而自尊的容颜；反面如父亲的朋友、"那孙子"、浙江的生意人则都是放荡而卑劣的丑态。除此之外，具体人物的笑靥则都是模糊的，我认为这同样犯了从理念上写人物的毛病，而个性化人物塑造的失败对一个现实主义小说是致命的打击。正如胡风指出的："没有个人的物事就不是艺术，没有了社会的物事就不是'典型'，不能达到艺术的使命。"（胡风：《典型论的混乱》，见《胡风全集》，第2卷）

二、现实主义精神与生活

除了人物塑造这个问题，小说的另一个问题就是对现实生活的态度问题，我认为这是现实主义精神的一个最重要的方面。

在《霓虹》这个作品中，作家运用了几种文体样式参与文本的构成，除了日记之外，还选用现场勘察报告和谈话笔录这两种文体样式。本来各种体裁所产生的拼贴性和互文性可以加强整个文本意义的含混，是个非常有想法的艺术探索。但是，这个实践效果却并不理想，其中一个原因在于作家对这几种文体的语言方式不甚熟谙，不严谨的公文体反而突出了文本在最表层上的不真实：就是不像。比如在文章最后侦查日记9上，就只是重复写了两次"结案"，这无论如何不可能是形式缜密的公安刑事卷宗的写法。当然，这只是无伤大雅的小问题，但却透露出作者或多或少对写作的一种轻率，而对真实生活的轻率态度则是我接下来要重点批评的。

2005年10月13日，《南方周末》曾做过一次报道，讲述了一个发廊女被谋杀后留下两本记载着对丈夫一往情深的日记本的故事。这个报道曾经轰动一时,很多读者为底层的惨淡和惨淡中的真挚而唏嘘叹息,而在报纸选登的几则日记里,也的确弥漫着底层年轻人之间小资味浓郁的情愫。

《霓虹》创作于2006年2月,《南方周末》的报道又产生了极大的影响,很容易让人联想到这次报道对《霓虹》创作的启发,而小说内容的多处重合似乎可以印证这一种揣度(不仅整个故事构架——妓女突然死亡,警察发现日记是类似的,一些细节,比如《霓虹》中的手机和报道中小灵通的价格同为150元,同样发现的日记是两本这样的数字也是吻合的)。不过,《霓虹》中所揭露的暗娼的现实苦难又在多大程度上来源于和反映了现实生活呢?

在《那儿》里头,对国有企业内部认购事件的描述是相当细致、准确的,因而很多评论家认为这个小说的一个重要意义在于记录一个时代的社会政治历史,这也是恩格斯在致玛·哈克奈斯的信中对巴尔扎克的赞赏中提到的观点。作者当过工人,对工人的生活有相当程度的熟识,同时也对国企改革的问题和事件比较熟悉,这些都成为作者成功创作《那儿》的重要资源。

然而在写作《霓虹》时,我却从作品中明显地感受到作家对暗娼生活状态的隔膜。细节真实在现实主义小说中至关重要,但在《霓虹》中可以让人信服的关于暗娼生活的细节却很难找寻:一般的调查报告中都会提到的暗娼与警察、社会闲杂分子的依附关系,对"性病"、"抢劫"等的恐惧和防治措施在小说中都没有正面展开;而小说中描写到的几个暗娼都是有觉悟有道德的,她们身上由于奴役而产生的精神的扭曲并没有被开拓,从而那次鼓舞人心的维权运动中体现的牺牲精神与下岗工人的协助也在某种程度上有一厢情愿的理想色彩。总之,小说所讲的以一个下岗女工为中心的暗娼故事与现实生活并不贴切,总让人感受到作家的主观虚构占据了很大的部分。

当然,暗娼的街头毕竟是一个昏晦之处,要求作家深入理解生活颇有些苛求,我这里所要针对的是一种在底层写作中的主观主义的态度。作家不应该去写他所不熟悉的生活,一旦作家要为人民写作就要深入到人民中去,并且正如胡风谈到的:"作家应该去深入或结合的人民,并不是抽象的概念，而是活生生的感性的存在"，同时"对于作家，思想立场不能停止在逻辑概念上面，非得化合为实践的生活意志不可"。进一步讲，曹征路先生可以带着一个写下岗女工沦为娼妓的理念去观照暗娼生活，但必然要领会和深入那个由一个个血肉之躯的个体所构成的复杂和含混的典型环境，作家要通过与现实的搏斗来改造自己的理念，尽可能地反映出现实的深邃本质。然而，在《霓虹》中我们却感觉不到那个世界的错综复杂，倪红梅是单纯的，她的生活也是单纯的，甚至于她的苦难——仅仅是钱的匮乏——也是单纯的，这一切都可以被一种关怀轻率地概括，这使得小说趋于简单，归根到底是作家仅仅停留在生活的表层。而一个真正的现实主义作家应该"一方面要求主观力量的坚强，坚强到能够和血肉的对象搏斗，能够对血肉的对象进行批判"；"另一方面要求作家向感性的对象深入，深入到和对象的感性表现结为一体，使他所创造的艺术世界真正是历史真实在活的感性表现里的反应作家对生活的态度"。（胡风：《置身在为民主的斗争里面》，见《胡风全集》，第3卷）

以上是我对曹征路先生《霓虹》的两点批评，曹先生的作品里总有一种"骨干"之气，即作家能够拥有强烈的世界观来改造和把握现实生活，即便在并不成功的《霓虹》里也是如此。相对于形形色色的"客观主义"书写——在那里作家往往只能浮光掠影地记录社会事件表达一些空浮的道德义愤，而无法真正用思想穿透生活——曹先生的底层创作是有独特的意义和品质的。但我认为仅就这篇小说而言，《霓虹》在艺术上是失败的，最主要的问题就是作家的理念和世界观脱离了生活，这也是左翼文学中的老问题了。

色拉酱

文珍:《色拉酱》,《山花》2006年第1期,短篇存目

点评者:刘勇

  文学新人文珍的《色拉酱》有着令人讶异的新异品质。小说以追忆的口吻叙述了两个女孩之间"几近天真蛮暴,不可理喻"的热情,尽管篇幅不足四千字,却充盈了种种细节,丰盛而轻盈,微妙而深切,这般从心中流出的文字,绝不混同于以奇异情节取胜的小说。

  某一类抒情小说的叙述往往就从一个饶有意味的代表性符号开始,一旦确定了合适的点,文字便如植物般在其上自在无羁地生发下去。《色拉酱》无疑就属于这类不像小说的小说;而本文中那个具有决定性意义的符号则是"色拉酱"。普鲁斯特笔下的玛德莱娜小甜饼串起了七卷本缓慢抒情的巨著,而色拉酱柔软腻滑的意象则贯穿了这篇小品,是起兴,也是文中两个女孩奇异情谊的隐喻和象征:"那种柔软略带一点油哈气的香,形同色拉油在蛋黄液的泡沫中渗透开来的徐徐。……你却非常之喜欢那种味道","尤其那种跌宕得一塌糊涂的媚态……"阅读这样的文字,便就可以预先料知字里行间将满盛着无边风月,温柔溢于纸表。可以想象写《色拉酱》时作者的心很静,堪比岁月静好的静,也有此情可待成追忆的惘然,却是无论如何,一点也不哀怨,不悲戚,甚至也并不特别疼痛。毕竟里面的女子是在最好的年华邂逅,之于彼此都有知遇之恩,且共享过那么一段纯粹静好的时光,便是曲终人散去,追思起来也不免荡气回肠:"我就在这样隐约而酸楚的回忆之香里,慢慢扭开瓶子,用一把小勺子小口小口地啜着。里面有多少甜,就有多少年少青涩。有多少腻滑,就有多少黯然神伤。"年少青涩是真的,黯然神伤恐怕却只是浅尝辄止,更多的则是曾经拥有过的满足和哀矜,哀矜到了无法言说的地步,是以文中一切细致好意最终都归结了一句祝辞:"我却并没有要和你厮守一生一世的意思。我只是一心但愿我们彼此都活得

丰盛。"

若将《色拉酱》比作一首暮春低吟的歌曲，不难发现小说的结构也与文字间的情绪暗合，"我"的喃喃自语与两人之间曾经的对话交替出现，前者身处此刻却是追忆，后者沉于过往却若新语，两者的组合犹如两个高低不同的声部，若即若离间两个时空的界限已然模糊，只剩下纯然的抒情。

《色拉酱》另可玩味之处在于文字，文珍的语言空灵犀异，如清泉圆润跳脱，孤洁而不失温情，寻得见古典气韵，又隐约有文体实验的影子。小说里说品尝色拉酱，"便如在春日繁花烟柳下，一起做一次奢华的味觉旅行"，读这篇小说也不啻于一次奢华的文字旅行。

物理老师

——"《深圳人》系列小说"之一

薛忆沩:《物理老师》,《花城》2006年第3期,短篇存目

点评者:邓菡彬　朱晓科

　　表面上看,这是一个简单而老套的言情小说,但事实上是一个关于"女人"和"永恒"之间的故事。

　　女主人公在少女怀春的年纪被人告知:女人的生命中有着美丽的花园,但进入了花园就要面临掉进下水道的命运。女主人公由于害怕得不到永恒,因此干脆原地踏步,站在花园的外面固步自封,自欺欺人。这一站就站了8年,直到一个小男孩的出现,重新燃起了她对花园的向往。明知道前面是险途,但是,在此情势下,怎能理智地去衡量"永恒"?……小说打动人之处就在于:在你把什么都想清楚之后,还是不能任由那一抹哀挽从身边溜走。

　　小说写的不止一个女人。围绕这个女人的还有几个男女以及他们各自出场、未出场的故事。"她"大学时一门选修课的老师,本来在作为故事主线的"她"的生命中没有多深的痕迹,甚至都算不上让"她"感兴趣的老师,然而他课下闲聊说的一句有关"理想的女人"的奇谈怪论,以及他最终自杀身亡的人生结局,却在"她"的生命经验中不可拔除。为什么?因为他背后未出场的女人用她没有被讲述的故事深深地抓住了"她"。还有"她"的学生的母亲,她背后显然也有更多故事,小说也故意留下空白。"她"的学生也是一个高度女性化的形象。他的敏感"会赋予一个随意的词巨大的破坏性,将他引向孤独和绝望"。这种敏感正是与对永恒的审视联系在一起的。

　　几个人物的人生虽然详略不同,但可以看出,这并不是一个简单的师生恋故事——故事的走向也恰恰是因为一个可以称得上是"理想的女人"的人物的出现而发生了逆转。小说中每一个人的生命,因其在别人

生命中的存在而获得意义,同时也正因此而被改变。我们于是依稀可以感觉到小说中几句诗的深意:"生命的桨/溅起意义的哀叹/好像时间/是即将降临的灾难。"

　　小说的叙述密度很高。前半篇的时间推进仿佛是牛吃草,先大口吞进胃里,再慢慢反刍,先杀到一段故事的末尾或中间,再返回来写其原委。比如先从老师说"人生的幸福就是成为美的奴隶",直接跳到毕业两年后一个圣诞前夜得知老师自杀身亡的消息,再返回去写当年那次课间闲聊的细节。或者更像是一种舞步,进两步退一步,回环交叉,曼妙自如。比如从她和学生谈天期间接到父亲打来的电话所用的一个措辞,随即滑入学生有关这个措辞的一封来信以及她对信的感受,然后又从这个感受,跳回此前那次会面结束之后她收拾房间和仿佛听到有人敲门时的感受。每次跳跃,都显得那么自然。小说在这种简短而能委婉的气质之中,把它对时间、对生命的思索,像烟圈一样,缓缓弥散开来。

医　院

李师江:《医院》,《花城》2006年第4期,短篇存目

点评者：余旸

很久以来，阅读当代小说，已经变成一件吃力而又枯燥的负担。近几年，小说并不景气，但大多数的写作者态度端方，严肃认真。严肃认真，当然是好事，但端方过度，语言并不饱满，体验又不深入，原本鲜活生动的小说，往往就变成了干瘪的没有想象力的说教，缺乏足够激活读者的文字表现效果。可是李师江的《医院》极富游戏精神和黑色幽默元素，具有当今文坛中难得一见的开心品质。

严格来说，《医院》不算一个故事，固然有迹可循，支撑小说主干的，却是王朔式的对话——没正经的调侃、没正经地调情，加上一些荒诞的情节，比如死尸复活教训主角：生命之脆弱，太平间之拥挤；鳄鱼开口控诉人之黑心对海水的污染，而小说居然也就一路凯歌迅猛下去，完成了一次荒诞的医院之旅。说小说荒诞，并不准确，与小说叙述圆滑而略显轻浮的语调并不符合，其中鳄鱼开口相当好玩，死尸复活也并不恐怖，连调情也都让人觉得只不过是口上花花而已。在作者看似随便实际严谨的欢快节奏引导下，读者只是享受了一次"爆炸"式宣泄的语言快感，当不得真。但是释卷之余，好像又心有牵挂。实际上，小说羚羊挂角地旁敲侧击了许多社会主题：医院小病大治的坏现象；退休院长的权力欲；旅游热疗的时髦风气；全国人民打麻将的普遍颓废；环境污染、人心恶蚀的新抗议等等不一而足。但真要寻找这些擦边球的痕迹，却又埋藏甚深，若有若无，而洋溢在文本层面上的快乐（语言的快乐、想象的快乐）却是显然的。如果我们不对小说做过于严肃的使命要求的话，《医院》是一篇品质独特的好小说。

失败之书

李 浩：《失败之书》，《山花》2006年第1期，中篇存目

点评者：刘勇

在本年度发表的诸多小说里，《失败之书》因其主题陡峻、质地坚硬而具有某种独特性。看完《失败之书》的读者，大概长久不会忘记小说中的"哥哥"，那个"坚硬的失败者"，那个在人生遭遇惨败之后变得阴郁古怪的男人，那个返回家庭却拒绝家庭温暖的孤独者，他的遭遇令人惋惜，而他的蓄意作对又着实令人难以忍受。如此强烈的人物形象在近年来的文学作品中较少出现，能如李浩般凌厉地将其写出的更不多见。

《失败之书》几乎将全部力量用在了"哥哥"身上，将现实与想象交织在一起，层层地堆积起众多的事件，从冷漠的拒绝、激烈的争吵到故意的破坏，哥哥与父母、与妹妹之间的冲突不断升级，他的形象也愈加孤戾，愈加难以捉摸。没有人知道他究竟在想什么，却又能从他冷冷的言辞和可恶的行动里感受到他在内心里撕扯着一些东西。尽管作者对"哥哥"进行了多角度的刻画，却并未将他写成一个坏人，尽管他令整个家庭感到压抑和窒息，对他充满怨恨的妹妹也不得不承认他是个被失败一路追赶无处躲藏的人、一个自暴自弃的失败者，无论是否愿意面对，他都那样地存在着。

为了深度塑造这样的人物，作者有意将整篇小说始终笼罩在紧张的气氛之中，全力将波澜推向高处，每次冲突过后稍许流露的温情往往立即被哥哥另一场粗暴的言行所淹没，绝不令读者对故事的走向抱有一丝美好的幻想。此外，作者用短句结构全篇，语言直接有力全无虚饰，拳拳到肉，更给人强烈的阅读感受。

小说以"妹妹"作为叙述人，以女性的视角观看、体味，而且将兄妹各自的故事作为两条并行的线索来写，使小说增强了张力。但遗憾的

是，作者对女性的感觉、心理把握得不够确切，因此相比"哥哥"形象饱满厚实，"妹妹"则显得有些虚弱。她的那场恋爱经历显得过于概念化，缺少耐人咀嚼之处；在描述对哥哥的怨恨心理时，她又常说"我是小女巫，带有七分之一的恶毒"，不仅与全文的语境不符，而且缺乏足够的穿透力。

车厢峡

李冯:《车厢峡》,《收获》2006年第4期,中篇存目

> 正方点评:过桥

当代小说的发展似乎总在矫枉过正的两极中左冲右突,上个世纪八十年代的先锋小说是对前此文学的意识形态工具论的矫正,在消除了传统的一些积弊的同时,带来了某种程度的技术至上的危险;九十年代以来的现实主义回潮,成功地将飘浮在半空的小说拉回了人间,给文学接上了地气,但同时又在另外一个极端里把文学埋进了现实的尘埃中难以升腾,尤其是新世纪以来,一些急功近利的伪现实主义的盛行,越发将小说降格为粗糙的民间故事,作为一门独特艺术的小说正在急剧地丧失其艺术性和创造性,同时也在悄悄地篡改文学本应面对的命题。这在2006年整体懈怠的小说创作中已有显著的体现。

正是在此所谓的"现实主义"锣鼓喧天的背景下,李冯的中篇小说《车厢峡》显得有些寂寞,也正因为这寂寞,才值得我们认真地关注。和很多伪现实主义比起来,我以为,它执行的是真正的文学的议程:首先,它是一件追求精进的艺术品;其次,它解决的是文学需要解决的"人"的问题。

从小说的基本面来看,《车厢峡》的语言、技术和结构能力以及整体上呈现的张力,在当下的小说中无疑属上乘。语言挺拔洗练,故事回环扯动,用足以整合复杂故事的结构,有效地将李自成漫长的后半生纳入了两万余字的篇幅里。在技术方面,除了起承转合和细部的处理圆润外,李冯在这个小说里表现了较高的处理复杂的时间和空间的能力。这是绝大多数小说都无法具备的。在对先锋小说的矫正之后,我们的文学一侧身进入了另一个极端,把技巧看成了文学的"身"外之物,面对庞大的"现实",大家突然间变得耻于谈及技巧了,似乎一讲点技巧就有深度欠缺、现实关怀不够之嫌,似乎真正的好小说从

来都是排斥技巧一样。在这个意义上，《车厢峡》玩了一回文学的艺术体操就显得难能可贵。

当然，《车厢峡》不是单纯的艺术体操，它有巨大的想法，从进入个人与历史之间的缝隙时开始，它肩负的就不仅是颠覆解构的任务：把闯王从万人之上拉下马来，重构一个"个人化"的起义者形象；它还要解决如下两重关系：具体的个体/领袖与抽象的个体/领袖的关系，个体/领袖与群体的关系，它们在什么时候可以统一，在什么时候又能相互转换；以及作为个体的闯王对"自由"的独特理解。在《车厢峡》里，李冯有效地解析了李自成一生的战斗历程和精神历程，尤其是后者。李自成所以念念不忘车厢峡，是因为车厢峡里的状态正是他人生的状态，也是他的人生哲学和军事哲学，那就是困兽犹斗，勇往直前。

也许所有的艺术品质都会不再新鲜，所有的道理和判定都将过时，这个小说免不了也要灰飞烟灭，但在2006年大面积的平庸懈怠的小说创作中，《车厢峡》之精神抖擞，也算是荒年里一只殷实的饭碗。它面临和闯王同样的"困兽犹斗"的局面，让我们兴奋的同时，也让我们对当下的文学创作心怀忧惧。

反方点评：邓菌彬

《车厢峡》或许是一部对于小说家有意义的小说，一个学习写作的人可以从中观察小说技术的复杂使用。但它也是一部空疏的小说，在密密实实的叙述铸就的铠甲之下，保护着的只是一个草扎的人儿。

作为一篇历史小说，《车厢峡》的视角算得上独特。选择小说的主人公李自成作为叙述者，使我们有可能从一个比较私人化的角度窥探历史细微处的秘密。但与其说它提出了对作为个体的历史人物的独特理解，倒不如说它又用一种早已变成陈词滥调的"新视角"来比附了一个古人。没头没脑的暴力、膨胀而压抑的性、夸张淋漓的鲜血、沉闷迫人的天气……到处是力比多的舞蹈，而人物则面目模糊，仿佛纸贴的俑人，随时准备燃起转瞬即逝的火焰，祭奠叙述者的心血来潮。假如说李自成曾经被简化为仅仅是一个阶级定义上的人，那么现在他就是被简化为一个欲望定义上的人。从一种比附到另外一种比附，如此而已。昆德拉说，小说存在的唯一理由就是小说的发现，发现仅为小说能发现的东西。然而《车厢峡》所"发现"的，不过是另一种俗套。李冯把闯王拉下马来，并不比上世纪80年代先锋小说正红火的时候，格非在《大年》中把新四军干部拉下神坛多些什么，反而要少些什么——就像那个跟着别人把姑娘比作花的人一样。小说自己的真正发现，需要的是无限丰富的毛孔一般的细部来作为支撑，而这正是《车厢峡》苍白的向壁造车所缺乏的。如果正正经经地做历史小说，需要作者在对史料的充分细致掌握的基础之上，对人物进行合理而深入的想象；如果仅仅是借历史为壳，作者蛮可以把自己的丰富经验植入历史之中。但我们看到的则是闯王捏着一个架子在那里空洞地游行：闯王跟历史上那个叫李自成的人没什么关系，作者自己的经验也进不去，更像是小孩子的扮家家，诗人扮大将，对所扮的对象并不了解，但却严肃地扮演着，因为不管旁观者怎样看，他相信他所扮演的就是那个角色。

假如说这篇小说真有什么写作者个人鲜活经验的渗入，那大概就在于小说中闯王对"困兽犹斗"的迷恋，是对作者的小说写作本身的一种隐喻：当已经到了不知为什么而写（就好像不知为什么而杀伐一样），而又被自己所处的地位所挟持而不得不写（就好像不得不杀伐）的时候，唯有当初处于困境时因某种形而上的本能而去写（去杀伐）的那种刺激还让人怀念。

再说它的技术。不得不承认，李冯玩得不错。但首先，小说技术永远不是一项孤立的东西，它像武术，必须带点"效果决定论"——除非是单为练技术的习作，否则就是花架子。确实，在小说两万余字的篇幅里，对时间和空间进行了复杂的处理，但这种处理，是"不及物"的，或许这恰恰是为了遮掩作家对具体时空之构造能力的缺失。像开头的山谷战斗这一场景，连官军和李自成军的相互方位都写不清楚，面对险峻的车厢峡和围堵的官军，李自成军到底从何处突围，当然也是含糊不清；后来李自成居然在死马的肚子里待了十天，冬天的马血结冰，也没把他冻死……要玩高难度的技术，先得要在低难度的技术上过了关。把具体的时空当作儿戏，所谓的天马行空不过是凌空虚蹈。

蓝宝石戒指

滕肖澜：《蓝宝石戒指》，《人民文学》2006年第4期，中篇存目

点评者：赵晖

滕肖澜的《蓝宝石戒指》乍一看并非光彩夺目，味道却都浸在小说的"举手投足"间，像一个难言出众却十分耐看的女子，它的好处有点渐入人心的味道。故事在两个年龄处境迥异的女人之间展开，一个不失风韵、事业有成，却为老公的婚外情所困；一个年轻质朴、夫妻恩爱，日子却有几分拮据。二人从相识到相交，先是互存羡慕，各有庆幸；复而相互嫉妒，挣扎不出，以致不惜夸饰自己的所有来贬踏对方的痛处。其间，影影绰绰让人想见张派人物的鞿鞻，只是与张派人物的老辣相比，这两个女人却处处显出小家碧玉的局促。小说每一步都迈得"小"而谨慎，作者也以小心翼翼的笔致将两个本性纯良的女人的潜意识一点点地挖了出来。两人相持时有种互相被激发的决绝，这种决绝却总是带有一种当事人并不自知、无法控制的冲动，她们脱口而出的言语常让书里书外的人均有愕然，好在这"愕然"却有顺理成章的情感逻辑托底，一来不失唐突，二来也有了内在的劲道。只是有时她二人的对决包裹得不甚周严，戏演得过于明白，反露出三分做的痕迹。

较之《月亮里没有人》（滕肖澜《人民文学》2005年第8期，中篇），《蓝》的结构更为紧凑，剔除了情节上那种不自然的巧合，叙事也少了牵强。值得注意的是，《蓝》与《煲汤》（畀愚《人民文学》2004年第7期，中篇）、《紫蔷薇影楼》（乔叶《人民文学》2004年第11期，中篇）在风格上的一脉相承。这类注重人物小心机、讲究叙述小腾挪的作品似乎成为《人民文学》近年来推出的在技术与内容上最为均衡的一类中篇小说——虽然，近期关注底层的作品被屡屡推重，但往往失之机械、粗陋，倒是《蓝》这类"小模小样"的作品更耐咀嚼，或许它们会在一段时间内阴错阳差地成为《人民文学》的一块金字招牌？

云端

马晓丽:《云端》,《十月》2006年第4期,中篇存目

点评者:魏冬峰

《云端》探讨的是女性问题,构成小说筋骨的是两个女人的"较量",但这里的矛头所向不是狭义层面上的女性较量——虽然也着眼于女性的硬与软、贫乏与富足、精神财富与外在地位等方面,但更致力于揭示的是掩藏在革命、正义、进步等名义下女性的压抑与抗争。

小说的构思颇为巧妙,两个同样叫"云端"、同样有着温婉细致内核的女性,在特殊的战争年代,被分属于两个不同的阶级阵营。当国民党军官太太的云端成为更名为"洪潮"的共产党将领夫人云端的俘虏,她们的高下似乎显而易见。但外在地位在这里显然不是衡量两位云端之间等级尊卑的唯一标准,国民党太太的云端与丈夫之间的两情缱绻显然不是虽历男女之事却几乎懵懂无知的"洪潮"所可比拟的,因为这一女性经验的差异,两位云端之间的地位因此倒了个个儿,最终在获知各自丈夫阵亡的消息之后引发了血与血的冲突。某种程度上,国民党军官太太的云端在这里成为"洪潮"的"启蒙者",而在处处努力以"洪潮"这一名字所限定的身份来规范自己言行的云端身上,我们反倒时时可以窥见那个喜欢《西厢记》、那个本质上也想要"小资产阶级情调"的曾经的云端。小说的张力也恰在两个云端彼此之间的爱恨交加和更名为"洪潮"的云端在"身份"(洪潮)和"本性"(云端)之间的游移和挣扎中显现出来。而在更深广的背景下,这种"身份"和"本性"的冲突当然不仅仅是不同人生道路的选择所致,它更是一个诉诸于革命、集体、阶级等众多宏大命题的范畴,这显然不是诸如云端这样一名女性的个人选择和一篇小说所能解决的。

小说不独构思巧妙,细节也较为丰满,冲突爆发之前两名女性的"较量"你来我往、斗智斗勇,甚为热闹,于情节安排上也疏密有间,在大处和小处都见出作者的努力和用心。

奸细

罗伟章：《奸细》，《人民文学》2006年第9期，中篇存目

点评者：赵晖

尖子生是重点中学的活招牌，一个高考成绩优异的尖子生意味着来年的滚滚财源，于是各重点中学在高考前都身不由己地卷入了一场争夺尖子生的"掐尖儿"大战，为此甚至不惜重金收买外校老师以获得尖子生的情报。徐瑞星作为重点学校火箭班的班主任，安于教职，本性亦远非贪财之徒，但在"尖子生至上"的校园氛围下，却一步步沦为自己学校的"奸细"。

"奸细"是一种悖反的生存状态，对于徐瑞星来说，一面同情被"掐了尖儿"的学校和老师，一面又悄悄地卖出本校的学生，更是双重的悖反。他因为清高和正直，不愿做奸细；因为理解教师对尖子生付出的心血而不忍做奸细；但他同样因为人本能地为己为家的私心而不甘心不做奸细——不做奸细，他就隐隐觉得对不起自己，就一天比一天更看不惯学校对尖子生的千依百顺、奉若神明，看不惯有些尖子生缺乏对教师的基本尊重；做了奸细，他又良心不安，寝食难宁。徐瑞星就像那个同名的杀毒软件，原以清除病毒为己任，但却缺乏足够的力量来剿灭自己身上的病毒，如此，这种双重悖反又难以自拔的生存状态也在更广阔的层面获得了意义。

《奸细》的结构线索亦可称道，小说前后安排了五个尖子生——一个从外校挖来的准状元；一个徐好友班上的学生；一个打了老师；一个家庭条件不好；最后一个是徐自己班上的一个虽出身贫寒，却没有骄气、懂得"感恩"的"好"学生——串联起了整个叙述，这五个尖子生宛若五面澄亮的铜镜，映照出徐瑞星深处的灵魂。前四个学生为徐出卖良知提供了借口；最后一个学生的家庭也需要钱，但他面对外校的收买却毫不动心，他以一个少年的"庄严"拯救了徐正在下沉的灵魂。"尖

儿"和"掐尖儿"的奸细之间微妙的张力,使小说免于说教的呆板。

小说的几个次要人物也让人印象深刻。毫不掩饰自己拜金、大大咧咧的吴二娃,呕心沥血的教师康小双,培养线人专挖尖子生的教导主任黄川……小说并没有将这些人钉死,每个人的背后都有转弯,看似风光的人有自己的苦处,敬业到家的人有自己的偏差,年年"掐尖儿"的人有自己的不得不。小说在金钱与良知、学业与品质、教与被教、高考制度的利与弊上都留下了让人思考的空间。

比起罗伟章以往的小说,《奸细》在艺术上有了明显进步。小说的速度慢了下来,文字细致了,人物的内心世界随之打开,青涩蜕去;作者对主人公的同情仍在,那个引导我们阅读的叙述者却隐去不见,人物的所思所为反而更令人信服,他们的挣扎之痛也获得了力量。《奸细》当然不是一个顶点,但是我们希望它能成为一个转折点,希望那个重新把双脚踩在地上的罗伟章能不慌不忙,把路走得宽广。

《苏州医学·2022：心身专题研究》编写组

主　　审　　蔡国强（昆山市第二人民医院）
　　　　　　黄　吉（苏州大学附属太仓医院　太仓市第一人民医院）
　　　　　　许春芳（南京医科大学附属苏州医院　苏州市立医院）
　　　　　　任　鹏（南京医科大学附属苏州医院　苏州市立医院）
　　　　　　刘　馨（南京医科大学附属苏州医院　苏州市立医院）
　　　　　　惠　李（苏州大学附属广济医院　苏州市广济医院）
　　　　　　叶　刚（苏州大学附属广济医院　苏州市广济医院）
　　　　　　汤　臻（苏州大学附属广济医院　苏州市广济医院）
主　　编　　赵　中　　杜向东　　石冬敏
副 主 编　　闵　寒　　孙坚彤　　周　华　　金　星
执行主编　　丁信园
编　　者　　谢林俊　　张建明　　夏　婷　　车　丹
　　　　　　邬　丹　　丁乐韵　　朱　莹

目　录

论著 ……………………………………………………………………………………………（ 1 ）

　　脑卒中后抑郁患者西医治疗的研究进展 …………………………………………………（ 1 ）

　　伴中重度阻塞性睡眠呼吸暂停低通气综合征的抑郁症患者多导睡眠监测特点 …………（ 6 ）

　　盐酸舍曲林预防性治疗卒中后抑郁的多中心研究 ………………………………………（ 11 ）

　　早期应用不同剂量舍曲林干预脑梗死患者卒中后抑郁效果观察 ………………………（ 16 ）

　　舍曲林单用与合并不同剂量丁螺环酮治疗抑郁症患者的对照研究 ……………………（ 20 ）

　　女性抑郁症患者焦虑症状与血清同型半胱氨酸及尿酸的关系研究 ……………………（ 24 ）

　　伴与不伴焦虑的女性抑郁症患者外周血性激素、皮质醇及 C-反应蛋白特征比较 ……（ 28 ）

　　首发广泛性焦虑障碍患者外周血炎性细胞因子与执行功能的相关性 …………………（ 31 ）

　　首发广泛性焦虑障碍患者认知功能特点 …………………………………………………（ 35 ）

　　血府逐瘀方治疗气滞血瘀型稳定性心绞痛合并焦虑临床观察 …………………………（ 40 ）

　　心理疏导在集中医学观察点医护人员中的应用 …………………………………………（ 44 ）

　　不同性别首发未用药精神分裂症患者血清 VEGF 水平与临床症状的相关性 …………（ 48 ）

　　中老年焦虑障碍与胰岛素抵抗相关性研究 ………………………………………………（ 52 ）

　　功能性便秘临床症状与肛门直肠测压特征相关性研究 …………………………………（ 56 ）

　　精神分裂症患者棕榈酸帕利哌酮注射液中断治疗的相关因素分析 ……………………（ 62 ）

　　彩色腕带在开放病房精神分裂症患者护理风险管理中的应用 …………………………（ 67 ）

　　中文版抗抑郁药物依从性量表的信效度研究 ……………………………………………（ 72 ）

　　非酒精性脂肪性肝病与抑郁障碍的相关性研究 …………………………………………（ 76 ）

　　基于过程控制理论的导医服务质量提升措施研究 ………………………………………（ 80 ）

　　癔球症的研究进展 …………………………………………………………………………（ 83 ）

　　家庭医师科普在预防心身疾病中的作用 …………………………………………………（ 86 ）

　　广济医案分析 ………………………………………………………………………………（ 90 ）

　　精神分裂症与双相情感障碍的临床诊断进展 ……………………………………………（ 97 ）

科普 ·· (100)

心身疾病 ··· (100)
抑郁症防治问答 ·· (102)
总是治不好的胃病可能病不在胃 ··· (104)
被心"伤"过的胃，拿什么来拯救你？ ·· (105)
会说话的身体——肠易激综合征 ·· (106)
为什么拉肚子总是治不好？吃抗生素有用吗？ ··· (108)
孩子不上学，听听医生怎么说 ·· (109)
从暗服药冲突谈起——说说精神分裂症的治疗手段 ····································· (112)

·论著·

脑卒中后抑郁患者西医治疗的研究进展

作为脑卒中患者常见并发症,脑卒中后抑郁(post-stroke depression,PSD)是指脑卒中患者除了存在脑卒中的各种症状外,出现了以思维迟滞、活动机能减退、情绪低落为主要特征的一类情感障碍性疾病,属于继发性抑郁。国内研究报道,患者在脑卒中后2~12个月内至少有31%~36%存在抑郁体验。国外文献报道,脑卒中后抑郁发病率为23%~65%。抑郁的出现在一定程度上影响了脑卒中患者的认知、神经功能等方面的恢复,可进一步增加脑血管病患者的病死风险,不利于脑卒中患者的预后。并且有研究报道,PSD为脑卒中常见并发症,可对脑卒中患者的预后产生消极的影响,严重时可导致患者出现自杀行为,给患者及家属带来严重的精神及经济负担。由上述研究发现PSD的危害是多方面的,其在影响患者神经恢复的同时,不利于患者进行日常功能锻炼,对患者的康复不利,因此积极防治PSD十分必要。现阶段临床关于PSD的治疗多采取西医治疗,包括物理、心理及药物治疗,其中以药物治疗在临床最为常用,心理及物理治疗多作为辅助治疗手段,虽有一定的治疗效果,但受患者个体因素的影响,治疗效果仍有待提高。本文现就上述部分西医治疗PSD的研究予以综述,通过探讨西医治疗PSD患者的效果、安全性,为PSD患者的临床治疗方案的拟定提供参考价值。

一、PSD发病机制

现阶段,临床关于PSD的发病机制尚不明确,研究认为,大脑损害导致的5-羟色胺(5-hydroxytryptamine,5-HT)和去甲肾上腺素(norepinephine,NE)之间的平衡失调与PSD的发生密切相关。NE能和5-HT能神经元胞体位于脑干,其轴突通过基底核、丘脑至额叶皮质,若病灶累及以上部位,可对区域内NE能和5-HT能的神经通路造成影响,降低5-HT、NE含量,继而导致抑郁。同时,有研究指出,因脑内定位神经病理学发生改变,可引起脑卒中患者神经递质活动功能、脑内整合调节障碍,增加PSD发生风险。而中枢NE、5-HT活性降低,血小板单胺氧化酶(monoamine oxidase,MAO)活性改变,尿中NE代谢产物3-甲氧基-4-羟基苯乙二醇排出减少等均是脑卒中后发生抑郁的主要原因。研究指出,PSD是对突发事件的一种心理反应,部分危险因素如神经质、负性生活事件、社会支持缺乏等均是导致PSD发生的重要因素。文献指出,脑卒中患者在患病初期面对躯体功能丧失、社会能力降低及家庭角色转换,可导致出现较大的社会心理压力,并由此产生失望、悲观的情绪;而恢复期时间较长,又可导致患者长期不能参加工作,与外界隔离,可产生消极、自卑情绪,最终促使PSD的发生。由上述内容可知,PSD的发病机制是多方面的,不仅与患者社会支持情况、心理变化等因素有关,还与神经递质的改变有关,而神经递质改变是抗抑郁药物开发的理论基础。

二、西医治疗PSD的研究

现阶段,西医对于PSD的治疗包括药物治疗、心理治疗、其他治疗等,其中药物治疗包括三环类抗抑郁药、四环类抗抑郁药、选择性5-羟色胺再摄取抑制剂(selective serotonin reuptake inhibitors,SSRIs)、单胺氧化酶抑制剂(monoamine oxidase inhibitors,MAOIs)、5-羟色胺和去甲肾上腺素再摄取抑制剂(serotonin and norepinephrine reuptake inhibitors,SNaRIs)、他汀类药物;心理治疗有行为疗法、家庭疗法、人际关系疗法、认知疗法及心理分析疗法等；而其他治疗则包括电惊厥、高压氧治疗。现阶段，上述西医治疗 PSD 的方法已逐渐在临床实践中得到广泛应用，其中以药物治疗效果最佳，其在降低脑卒中患者 PSD 发生率方面有一定的效果，而心理治疗和电惊厥、高压氧等多作为辅助治疗方案，在临床治疗 PSD 中均具有一定治疗效果，但 PSD 患者西医治疗方案目前仍未统一，且鲜有研究，未能全面分析西医治疗的局限性，不利于未来对 PSD 患者实施针对性西医治疗。由此可见，仍需对 PSD 西医治疗方案进行进一步研究。

（一）药物治疗

1. 三环类抗抑郁药

作为第二类常用抗抑郁药，三环类抗抑郁药可对肾上腺素和多巴胺的再摄取进行阻断，使这两种物质突触间的浓度增加，并在突触后受体产生作用，最终达到抗抑郁目的。同时三环类抗抑郁药还可下调 β 肾上腺能受体，降低受体对递质的敏感性，进而发挥抗抑郁效果。目前，阿米替林、普罗替林、去甲替林等是临床常用的三环类抗抑郁药，已被研究证实对各种类型的抑郁症或抑郁状态均具有较好的治疗效果。但研究指出，抗抑郁药的起效时间与抑郁症患者的治疗效果密切相关，而三环类抗抑郁药的起效时间为 2~4 周，起效时间较慢。表明三环类抗抑郁药的治疗效果可能受药物的起效时间影响，因此临床在后续治疗中应联合其他干预方法，以进一步提高三环类抗抑郁药的治疗效果。此外，相较于其他类型的抗抑郁药，三环类抗抑郁药的安全性较低，易导致患者致死性心律失常，同时增加治疗费用，对患者的治疗依从性造成影响，进而影响治疗效果。而且三环类抗抑郁药可阻滞胆碱能和毒蕈碱样受体，导致患者产生便秘、口干、尿潴留、心动过速等难以耐受的不良反应，且 PSD 多发生于老年群体，而老年患者因机体器官衰弱、代谢能力差，多不耐受，不利于三环类抗抑郁药的治疗。由此可见，三环类抗抑郁药物的治疗效果及安全性方面欠佳，临床应用受限，对于耐受性差及抑郁症状较为严重的 PSD 患者不建议使用三环类药物。

2. 四环类抗抑郁药

四环类抗抑郁药是在三环类抗抑郁药的基础上演变而来的，其目的是提高治疗效果，提高安全性，目前多被用于重度且不宜使用三环类抗抑郁药的抑郁症患者，主要包括曲唑酮、阿莫沙平、米安色林等。上述药物虽均属于四环类抗抑郁药，但其作用机制并不相同。其中，阿莫沙平可通过选择性对中枢神经突触前膜再摄取 NE 进行阻断，达到抗抑郁的目的；米色安林可拮抗突触前 α_2 肾上腺素受体，增加去甲肾上腺素能的传递，恢复正常突触传递，从而发挥治疗效果；曲唑酮可经阻断突触后膜 5-HT_2 受体和 α_1 受体来提高脑内生物胺水平，达到治疗目的。周刚等研究采用四环类抗抑郁药曲唑酮治疗 PSD，可有效减轻患者的抑郁症状，且不良反应少。徐勇研究指出，四环类抗抑郁药疗效确切，但副作用明显，部分患者治疗效果不佳，且有显著的抗胆碱能不良反应，可对患者的工作、学习造成影响。这说明与三环类抗抑郁药相比，虽然四环类抗抑郁药在 PSD 的治疗中具有显著的治疗效果，且不良反应少，但仍有部分患者可出现轻度或重度的抗胆碱能不良反应，影响患者的日常生活。因此，四环类抗抑郁药在治疗 PSD 时虽有一定的效果，但其安全性仍需进一步研究考证。对于三环类抗抑郁药治疗无效的 PSD 患者可考虑使用四环类抗抑郁药，但其安全性仍需进行大规模研究试验证实。

3. SSRIs

SSRIs 因药物有效剂量易于掌握、作用范围小、副作用少，已成为临床治疗 PSD 的首选药物。其作用机制为选择性抑制突触前膜再摄取 5-HT，增加突触间隙中 5-HT 浓度，最终达到治疗目的。帕罗西汀、氟西汀、西酞普兰、舍曲林等均为临床常用的 SSRIs 类药物，其中帕罗西汀为最强效的 SSRIs，其次为西酞普兰。研究指出，SSRIs 类药物的抗胆碱能作用较少、无 α_2 肾上腺素受体的亲和性，降低低血压、心脏毒性及中枢抑制的发生，在治疗开始时便可给予患者有效剂量，较适用于 PSD 患者，尤其适用于老年患者。关韧研究指出，西酞普兰可促进脑卒中患者神经功能恢复，并指出西酞普兰可提高脑内 NE、5-HT 水平，进而改善患者的抑郁状态。据报道，氟西汀可增加脑卒中患者偏瘫侧上肢拮抗肌、主动肌作用，可能与氟西汀发挥神经保护作用有关。Zahrai A 等研究指出，氟西汀可诱导 PSD 小鼠体内分泌 5-HT 和 NE，利于减轻小鼠抑郁症状，同时促进小鼠脑损伤的恢复。由此可见，SSRIs 不仅有助于改善 PSD 患者的抑郁症状，在脑卒中患者脑损伤康复中也有一定的促进效果。但研究指出，中老年抑郁症患者采用氟西汀治疗，10～40 mg/d，持续 2 周，平均体重下降 6.8 kg。胡佳佳等观察了不同 SSRIs 类药物治疗 PSD 的效果，结果显示，相较于氟西汀，西酞普兰可更好地控制 PSD 患者的血小板相关指标，长期使用效果显著，但易导致心律失常及脑血管事件的发生。因此，在使用 SSRIs 类药物进行治疗时，应密切关注不良反应发生情况。

4. MAOIs

作为一种微粒体酶，MAO 是单胺类递质 NE、5-HT 的重要降解酶，而 MAOIs 是一类选择性抑制 MAO 活性的药物，主要包括苯乙肼、吗氯贝胺等，可通过抑制 MAO 活性，提高 NE、5-HT 水平，提高突触间隙有效递质水平，达到治疗目的。传统 MAOIs 包括肼类和非肼类，药物毒性强，对机体造血和肝脏系统的损害较为明显，研究显示，若患者在服药期间食用酪胺食物，如奶酪、发酵食品等，则会发生高血压危象。相燕静等研究指出，丙烟肼、司来吉兰等 MAOIs 类药物虽可抑制 MAO 释放，减少儿茶酚胺的代谢灭活，产生抗抑郁作用，但药物间可存在相互作用，不良反应较多，可导致患者出现不耐受情况，不利于治疗。作为可逆性选择性 MAOIs，吗氯贝胺口服吸收迅速，起效快，且副反应轻。研究显示，重度抑郁症患者在服用吗氯贝胺时，不易引起高血压危象，在治疗难治性抑郁中获得满意的效果。Norman TR 等研究采用吗氯贝胺在难治性抑郁症获益，有效改善患者的抑郁症状。上述研究提示，MAOIs 类药物吗氯贝胺在抑郁症的治疗中可获得满意的效果，但 PSD 作为抑郁症的一种，MAOIs 类药物对其的效果、安全性未能得到大量研究证实，在临床应用推广受限，仍须进行大规模的实验证实 MAOIs 类药物吗氯贝胺在 PSD 患者中应用的可靠性。

5. SNRIs

SNRIs 类药物包括萘法唑酮、文拉法辛、度洛西汀等，可选择性地与抑郁症相关神经递质 5-HT 和 NE 结合后共同产生治疗效果。杜扬等研究指出，老年抑郁症患者采用度洛西汀治疗的效果及安全性均优于舍曲林，证实了 SNRIs 类药物在抑郁症患者中的应用效果。孙伟伟等研究指出，文拉法新的潜在益处是对大部分抑郁症患者均具有一定治疗效果，且当治疗过程中增加文拉法新的剂量时，其治疗效果也会随之提高；同时，因文拉法新在不治疗过程中受体部位的亲和力较低，进而导致患者的副作用较少，因而具有较高的安全性和耐受性。白维等对 150 例 PSD 患者进行研究，结果显示，度洛西汀与帕罗西汀治疗 PSD 患者的效果相当，且度洛西汀在改善 PSD 患者抑郁情绪方面起效更快，不良反应轻微，可适用于 PSD 的长期治疗。钱烈等研究提示度洛西汀和氟西汀均可有效缓解 PSD 患者的抑郁症状，且度洛西汀起效更快，可有效改善 PSD 患者的预后。由上述研究不难发现，SNRIs 类药物较 SSRIs 类药物效果更好，且短期治疗期间不良反应更为轻微。但上述研究均未观察 PSD 患者的长期治疗效果及不良反应发生情况，其长期治疗的安全性方面还需要进一步大样本、长时间的研究。

6. 他汀类药物

他汀类药物既往多用于调脂、抗动脉粥样硬化中，但有研究证实他汀类药物对抑郁症的治疗也有积极作用，包括心血管疾病抑郁及神经系统抑郁患者。他汀类药物治疗 PSD 的机制为：（1）他汀类药物可将海马脑源性神经营养因子水平提高，对 N-甲基-D-天冬氨酸受体和一氧化氮-环磷鸟苷（nitric oxide-cyclic guanosine monophosphate，no-cGMP）的合成进行抑制，从而发挥抗抑郁作用；（2）他汀类药物可通过抗氧化、抗炎性能，减轻机体内炎症反应程度，进而降低 PSD 发生风险；（3）他汀类药物可稳定斑块，抑制局部功能细胞凋亡，改善 5-HT 和 NE 神经元通路，提高局部神经递质水平，进而达到抗抑郁的目的。杜华平等研究指出，他汀类药物可降低 PSD 风险。但他汀类药物存在一定的不良反应，主要为肝脏、胃肠等的不良反应。Gougol A 等指出辛伐他汀+氟西汀可降低患者汉密尔顿抑郁量表（Hamilton Depression Scale, HAMD）评分，抑郁症早期改善率明显，且头痛、腹痛、恶心呕吐等不良反应发生率较低。上述研究说明辛伐他汀+氟西汀在治疗抑郁症患者中安全性较好。但有研究指出，辛伐他汀联合帕罗西酮使用可引起肌溶解及急性肝损害。苑杰等研究指出，奈法唑酮为强效细胞色素 P450 3A4 酶（Cytochrome P450 3A4 enzyme, CYP3A4）抑制剂，辛伐他汀为 CYP3A4 酶底物，二者联合使用会增加横纹肌溶解发生风险。因此，在使用他汀类药物治疗 PSD 时应注意药物的配伍禁忌，注重用药的安全性，以改善患者的抑郁症状。

（二）心理治疗

作为临床治疗 PSD 的另一种方案，心理治疗可调动神经-内分泌、神经-免疫等途径潜能，唤醒适应机制，以改善患者的情绪，发挥心理防御作用，进而改善患者的抑郁症状。目前，心理疗法主要有心理分析疗法、行为疗法、认知疗法、人际关系疗法及家庭疗法等，其中以认知疗法最为常用。但因心理治疗仅通过相关干预措施改善患者的心理症状，并不能从根本上治疗 PSD，因此，临床多将其与药物联合应用于 PSD 的治疗，以进一步提高治疗效果。李予春等研究采用认知行为疗法联合米氮平治疗 PSD，结果显示，认知行为疗法联合米氮平不仅可减轻 PSD 患者的抑郁程度，还可提高患者的认知功能，效果较好。武文玲等研究采用心理治疗联合常规治疗可有效改善急性缺血性脑卒中后抑郁症患者的抑郁症状及生活质量，且神经功能缺损症状有明显好转。因此，以上研究说明心理治疗可在 PSD 的临床治疗中获益。上述结果证实心理治疗在 PSD 患者中的应用效果，因此在临床治疗 PSD 的过程中，可加以心理治疗，以强化临床 PSD 治疗效果，改善 PSD 患者的预后。

（三）其他治疗方法

除上述药物及心理治疗外，PSD 的治疗还包括物理治疗，如电惊厥、高压氧治疗等。其中，电惊厥是利用短暂、适量的电流刺激患者的大脑，引起患者全身抽搐发作及意识丧失来控制患者的精神症状。研究指出，电惊厥治疗可降低抑郁症患者的复发率，在治疗严重抑郁中有较好的效果，提示了电惊厥治疗抑郁症的有效性；但同时有研究指出，电惊厥可加重抑郁症患者的认知功能障碍。因此，PSD 的电惊厥治疗还有待进一步研究。高压氧治疗作为 PSD 的另一种物理疗法，可通过提高机体脑血管血氧分压，改善脑组织供氧，促进脑组织损伤修复、脑组织代谢，建立侧支循环，减轻缺血区再灌注损伤，逆转海马体萎缩，继而改善患者抑郁症状。王娟等研究指出，高压氧联合艾司西酞普兰保护 PSD 患者神经功能缺。王金枝等研究指出，高压氧不仅可促进 PSD 患者神经功能及生活能力康复，而且可改善患者抑郁症状，安全性好。上述研究均证实了高压氧对 PSD 的治疗效果，因此在未来 PSD 的临床治疗中，在经济条件允许的情况下可利用高压氧治疗，以强化治疗效果。

三、小结

PSD 的危害是多方面的，其不仅影响患者康复锻炼的主动性、神经功能恢复，同时可导致患者出现社会功能、躯体缺陷，对患者产生直接的病理、生理作用，若不经治疗可延缓患者认知及神经功能的恢复。且现阶段在 PSD 治疗的过程中仍存在一些问题，不同药物治疗的安全性及有效性还有待进一步研究，故在选择药物时应注重安全性、耐受性、疗效、费用及简便程度，同时应根据患者的抑郁特点、年龄及耐受情况灵活应用。单一药物疗效欠佳或患者的治疗依从性较差时，可加用心理治疗、高压氧治疗，或对改善 PSD 患者的预后有所帮助。但现尚无充分证据证实电惊厥的有效性，故在使用电惊厥治疗 PSD 时应慎重，且应展开更多的研究。

参考文献

[1] 伍俊, 罗国刚. 脑卒中后抑郁发生的相关因素分析[J]. 中国康复, 2017, 32(4): 271-274.
[2] SHI Y, YANG D, ZENG Y, et al. Risk factors for post-stroke depression: A Meta-analysis[J]. Front Aging Neurosci,

2017, 9(9): 218.

[3] 刘增雪,陆静珏,周一心.关于卒中后抑郁发病机制的研究新进展[J].中国医药导报,2019,16(2):24-28.

[4] KASATKINA M Y, ZHANIN I S, Gulyaeva N V. Ischemic stroke and depression biomarkers: Are there specific markers for post-stroke depression[J]. Neurochem J, 2020, 14(4): 353-361.

[5] LIEGEY J S, SAGNIER S, DEBRUXELLES S, et al. Influence of inflammatory status in the acute phase of stroke on post-stroke depression[J]. Rev Neurol, 2021, 129(21): 35-37.

[6] KARAAHME O Z, GURACY E, AVLUK O C, et al. Poststroke depression: risk factors and potential effects on functional recovery[J]. Rehabil Res, 2017, 40(1): 71-75.

[7] ARWERT, Henk J, Jorit J, BOITEN, et al. Post stroke depression: A long-term problem for stroke survivors: Erratum[J]. Am J Phys Med Rehabil, 2018, 97(11): 854.

[8] 李同明,张展,陈秋雷,等.脑卒中后抑郁发病机制的研究进展[J].中华航海医学与高气压医学杂志,2018,25(2):124-126.

沈蓉　周华　著,赵中　审
[南京医科大学附属苏州医院（苏州市立医院）东区神经内科]

伴中重度阻塞性睡眠呼吸暂停低通气综合征的抑郁症患者多导睡眠监测特点

睡眠中断、早醒被认为是抑郁症常见的伴随症状。多导睡眠监测（polysomnography，PSG）研究表明，抑郁症患者存在睡眠进程和睡眠结构异常，包括睡眠连续性改变、慢波睡眠在总睡眠时间中的占比减少、快速眼动（REM）睡眠在总睡眠时间中的占比增加等。阻塞性睡眠呼吸暂停低通气综合征（obstructive sleep apnea hypopnea syndrome，OSAHS）是指各种原因导致睡眠状态下反复出现阻塞性睡眠呼吸暂停和（或）低通气，引起低氧血症、高碳酸血症以及睡眠中断，从而使机体发生一系列病理生理改变的临床综合征。OSAHS 与抑郁症存在明显相关性，两者存在症状的重叠，导致对抑郁症患者的 OSAHS 识别不足，最终部分抑郁症患者即使经过系统的抗抑郁治疗，睡眠障碍仍未得到有效改善。一项关于严重精神障碍患者 OSAHS 发生率的 Meta 分析显示，抑郁症患者共病 OSAHS 的发生率高达 36.3%，高于双相情感障碍和精神分裂症等其他重性精神障碍患者。与低氧血症及 5-HT 神经递质改变相关的睡眠片段化被认为是其高共病率的主要原因。根据呼吸紊乱指数（AHI），OSAHS 分为不同的表型，轻度 OSAHS（AHI<15）与中重度 OSAHS（AHI≥15）的临床特征存在较大差异，且对持续正压通气（CPAP）治疗的应答及依从性不同。本研究采用 PSG 技术，探索抑郁症共病中重度 OSAHS 患者睡眠结构的特点，了解两种疾病对患者睡眠结构的影响，以改进对抑郁症患者睡眠障碍的评估和治疗方法。

一、对象与方法

（一）研究对象

回顾性分析：2017 年 12 月—2019 年 10 月在苏州市广济医院睡眠医学中心完成 PSG 监测者为被试。

1. 伴中重度 OSAHS 的抑郁症组（简称共病组）

入组标准：① 根据《国际疾病分类（第 10 版）》[*International Classification of Diseases*（*tenth edition*），ICD-10] 诊断为抑郁发作（F32）或复发性抑郁障碍（F33）；② 年龄≥18 岁；③ PSG 监测中 AHI≥15。排除标准：① 合并严重的脑、肝、肾、肺、心等实质性脏器疾病或内分泌、代谢紊乱等；② 共病其他精神障碍；③ 6 个月内接受电休克、经颅磁刺激治疗者。共入组 31 例，其中男性 11 例，女性 20 例；年龄（61.81±10.16）岁；BMI（30.10±57.29）。

2. 不伴 OSAHS 的抑郁症组（简称抑郁症组）

入组标准：① 根据 ICD-10 诊断为抑郁发作（F32）或复发性抑郁障碍（F33）；② 年龄≥18 岁；③ PSG 监测中 AHI<5。排除标准：① 合并严重的脑、肝、肾、肺、心等实质性脏器疾病或内分泌、代谢紊乱等；② 共病其他精神障碍和睡眠相关疾病；③ 6 个月内接受电休克治疗者。共入组 79 例，其中男性 33 例，女性 46 例；年龄（51.52±13.61）岁；BMI（26.18±7.27）。

3. 中重度 OSAHS 组（简称 OSAHS 组）

入组标准：① 符合《阻塞性睡眠呼吸暂停低通气综合征诊治指南（2011 年修订版）》中 OSAHS 的诊断标准，表现为典型的夜间睡眠时打鼾、呼吸不规律、白天过度嗜睡，经多导睡眠图（PSG）监测发现整夜 7 h 睡眠中呼吸暂停及低通气发作 30 次以上，或 AHI≥15；② 年龄≥18 岁。排除标准：① 合并严重的脑、肝、肾、肺、心等实质性脏器疾病或内分泌、代谢紊乱等；② 共病精神障碍或其他睡眠相关疾病。共入组 96 例，其中男性 77 例，女性 19 例；年龄（55.06±7.37）岁；BMI（26.92±3.29）。

4. 正常对照组

为完成整夜PSG监测的正常人群。入组标准：① 无精神疾病史；② 年龄≥18岁；③ 无睡眠障碍；④ PSG监测结果显示睡眠结构正常。排除标准：合并严重的脑、肝、肾、肺、心等实质性脏器疾病或内分泌、代谢紊乱等。共入组32例，其中男性9例，女性23例；年龄（25.97±15.85）岁；BMI（20.40±3.43）。

四组被试性别构成比（$X^2=44.263$，$P<0.01$）和年龄（$F=64.650$，$P<0.01$）差异均有统计学意义，BMI差异无统计学意义（$F=0.652$，$P>0.05$）。

（二）方法

1. PSG监测方法

采用德国SOMNOmedics V6多导睡眠记录系统进行监测，以睡眠诊断蒙太奇安置电极和传感器：六导脑电导联（F4-M1、F3-M2、C4-M1、C3-M2、O2-M1和O1-M2）、两导眼动导联（E1-M2和E2-M2）、两导下颌肌电导联（chin1-chinZ和chin2-chinZ）、左右胫前肌电导联、心电导联，同时佩戴口鼻热敏传感器和鼻压力传感器、RIP胸腹呼吸感应体积描记带、麦克风鼾声传感器、Nonin手指脉搏氧饱和度探头和体位传感器。由睡眠技师按照《美国睡眠医学会睡眠及其相关事件判读手册（2.3版）》分析睡眠及其相关事件，再由睡眠科医师核对后出具报告。主要指标如下：① 睡眠进程相关指标，包括总睡眠时间、睡眠效率、睡眠潜伏期、觉醒次数；② 睡眠结构相关指标，包括N_1、N_2、N_3期和快速眼动睡眠（REM）期占总睡眠时间的比例以及REM潜伏期、REM期持续时间；③ 睡眠呼吸相关指标，主要为氧减指数。

2. 统计方法

采用SPSS 22.0进行数据分析，正态分布的计量资料以（$\bar{x}\pm s$）表示，计量资料各均数间比较采用方差分析，采用Bonferroni法进行事后多重比较。百分率或构成比比较采用X^2检验。检验水准$\alpha=0.05$。

二、结果

（一）睡眠进程相关指标比较

四组被试总睡眠时间、睡眠潜伏期和觉醒次数差异均有统计学意义（P均<0.05）。OSAHS组总睡眠时间短于正常对照组（$P<0.05$），抑郁症组睡眠潜伏期长于正常对照组（$P<0.05$），共病组和OSAHS组觉醒次数多于抑郁症组（$P<0.05$），且三组觉醒次数均多于正常对照组（$P<0.05$），见表1。

表1 四组被试睡眠进程相关指标比较（$\bar{x}\pm s$）

组别	总睡眠时间/min	睡眠效率	睡眠潜伏期/min	觉醒次数/次
抑郁症组（$n=79$）	445.82±67.09	0.86±0.09	20.80±30.44	23.82±13.16
共病组（$n=31$）	446.97±95.67	0.81±0.13	21.23±22.89	32.71±19.84
OSAHS组（$n=96$）	426.06±86.78	0.87±0.73	11.70±25.28	31.92±16.84
正常对照组（$n=32$）	470.60±51.11	0.95±0.03	5.83±5.22	15.19±8.54
F	2.874	0.459	3.959	12.291
P	0.037	0.711	0.009	<0.010
两两比较	a=b=d>c	a=b=c=d	b=c=d<a	b=c>a>d

注：a—抑郁症组；b—共病组；c—OSAHS组；d—正常对照组。

（二）睡眠结构相关指标比较

四组被试N_2期、N_3期占总睡眠时间的比例以及REM潜伏期、REM期持续时间、REM期占总睡眠时间的比例差异均有统计学意义（P均<0.01）。共病组和抑郁症组N_2期持续时间及占总睡眠时间的比例均多于OSAHS组和正常对照组（P均<0.05）。共病组和抑郁症组N_3期占总睡眠时间比例小于OSAHS组和正常对照组（P均<0.05），且OSAHS组N_3期占总睡眠时间比例小于正常对照组（$P<0.05$）。抑郁症组REM潜伏期短于共病组（$P<0.05$），但长于OSAHS组和正常对照组（$P<$

0.05），共病组REM潜伏期长于OSAHS组和正常对照组（$P<0.05$），OSAHS组REM潜伏期短于正常对照组（$P<0.05$）。共病组和抑郁症组REM期持续时间均短于OSAHS组和正常对照组（$P<0.05$）。抑郁症组REM期占总睡眠时间比例大于共病组（$P<0.05$），但小于正常对照组（$P<0.05$），共病组REM期占总睡眠时间比例小于OSAHS组和正常对照组（$P<0.05$），见表2。

表2 四组被试睡眠结构相关指标比较（$\bar{x}\pm s$）

组别	N_1期持续时间/min	N_1期占总睡眠时间/%	N_2期持续时间/min	N_2期占总睡眠时间/%	N_3期占总睡眠时间/%	REM潜伏期/min	REM期持续时间/min	REM期占总睡眠时间/%
抑郁症组（$n=79$）	91.78±75.10	18.12±12.48	272.24±108.78	61.09±19.61	3.75±5.76	224.14±105.62	63.33±32.00	16.56±11.70
共病组（$n=31$）	99.66±47.27	22.60±9.70	287.14±70.07	64.46±8.72	1.61±2.68	285.24±93.95	52.85±36.45	11.30±7.50
OSAHS组（$n=96$）	72.49±52.63	16.74±10.81	215.21±63.48	51.19±13.15	13.22±8.75	114.49±75.33	80.39±30.25	18.81±5.62
正常对照组（$n=32$）	92.91±104.67	20.06±24.83	203.93±106.21	43.99±20.37	16.88±8.45	132.26±61.61	90.53±27.96	23.23±9.69
F	1.920	1.556	10.846	13.885	48.013	41.492	11.827	10.552
P	0.127	0.201	<0.010	<0.010	<0.010	<0.010	<0.010	<0.010
两两比较	a=b=c=d	a=b=c=d	a=b>c=d	a=b>c=d	a=b<c<d	b>a>d>c	a=b<c=d	d>a=c>b

注：a—抑郁症组；b—共病组；c—OSAHS组；d—正常对照组。

（三）睡眠呼吸相关指标比较

四组被试氧减指数比较差异有统计学意义[（4.14±3.57），（30.47±19.20），（33.68±11.21），（1.05±0.96），$F=170.585$，$P<0.05$]。抑郁症组氧减指数低于共病组和OSAHS组（$P<0.05$），与正常对照组比较差异无统计学意义（$P>0.05$），共病组和OSAHS组氧减指数高于正常对照组，差异有统计学意义（$P<0.05$）。

三、讨论

本研究采用PSG对共病中重度OSAHS的抑郁症患者睡眠进程、睡眠结构及呼吸相关事件的指标进行检测，结果表明，共病患者睡眠效率低、睡眠潜伏期长、觉醒次数多。这与既往关于抑郁症患者睡眠结构的相关研究结论一致。但本研究中，共病中重度OSAHS的抑郁症患者总睡眠时间与正常对照组相当，而既往研究表明，抑郁症患者睡眠总时间较少，这可能与OSAHS相关。陈锐等研究显示，中重度OSAHS患者N_1和N_2期睡眠时间更长。也有研究表明，OSAHS患者与正常人群睡眠总时间差异无统计学意义。这提示共病OSAHS的抑郁症患者总睡眠时间可能与单纯抑郁症患者存在差异。

在睡眠结构上，共病组和抑郁症组以N_1和N_2期睡眠为主，N_3期睡眠少，几乎消失，提示N_3期睡眠比例明显减少可能是抑郁症患者睡眠结构中潜在的特征性标记，这支持既往研究得出的抑郁症患者慢波睡眠更少的结论。本研究中，共病组及抑郁症组REM期占总睡眠时间的比例更少、REM期潜伏期更长，这与既往研究中抑郁症患者REM期占比更高、第一个REM期睡眠时间延长、且REM期睡眠潜伏期减少的抑郁症特征性PSG结果不一致。一项关于抑郁症患者的睡眠脑电研究显示，抑郁症患者的REM潜伏期长于对照组，其中男性抑郁症患者REM潜伏期最长。但在一项关于抑郁症共病阻塞性睡眠呼吸暂停患者睡眠结构特点的研究中，同样未发现上述被认为是抑郁症特征性变化的REM期占比增高。出现上述不一致结果的可能原因如下：①抑郁症和OSAHS对睡眠进程和睡眠结构影响存在相反的作用，OSAHS患者可表现为REM期占比更少，在REM睡眠期间会出现更加频繁的呼吸事件。在CPAP治疗的初始阶段，OSAHS患者的REM期睡眠比例增加，称为